Lynn Austin
FIONAS GEHEIMNISSE

Lynn Austin

Fionas Geheimnisse

francke

Über die Autorin:

Lynn Austin ist verheiratet, hat drei erwachsene Kinder und lebt am Lake Michigan. Ihre zahlreichen Romane sind allesamt Bestseller und mit unzähligen Preisen ausgezeichnet worden. In Deutschland gilt sie als die beliebteste christliche Romanautorin.

Bibliografische Information Der Deutschen Bibliothek
Die Deutsche Bibliothek verzeichnet diese Publikation in der Deutschen Nationalbibliografie; detaillierte bibliografische Daten sind im Internet über http://dnb.ddb.de abrufbar.

ISBN 978-3-86827-523-0
Alle Rechte vorbehalten
Copyright © 2001 by Lynn Austin
Originally published under the title
All she ever wanted
by Bethany House Publishers, a division of Baker Publishing Group,
Grand Rapids, Michigan, 49516, USA
German edition © 2008/2012/2015
by Verlag der Francke-Buchhandlung GmbH
35037 Marburg an der Lahn
with permission of Bethany House Publishers, USA
Deutsch von Dorothee Dziewas
Umschlagbild: © iStockphoto.com / RelaxFoto.de
Umschlaggestaltung: Verlag der Francke-Buchhandlung GmbH/
Sven Gerhardt
Satz: Verlag der Francke-Buchhandlung GmbH
Druck und Bindung: CPI books GmbH, Leck

www.francke-buch.de

„… lass mich weder arm noch reich sein! Gib mir nur,
was ich zum Leben brauche! Habe ich zu viel,
so sage ich vielleicht: ‚Wozu brauche ich den Herrn?'
Habe ich zu wenig, so fange ich vielleicht an
zu stehlen und bringe deinen Namen in Verruf."

Sprüche 30,8-9 (Gute Nachricht Bibel)

Teil 1

Kathleen und Joelle

2004

Kapitel 1

Das wäre nicht das erste Mal, dass Kathleen Seymour von zu Hause fortging, um niemals zurückzukehren. Aber nach dem Tag, den sie hinter sich hatte, war sie schwer in Versuchung, alle ihre Sachen zu packen, in ihren Lexus zu steigen und so weit zu fahren, wie eine Tankfüllung sie bringen würde. Dem Wenigen nach zu urteilen, das sie über ihre Vorfahren wusste, war es beinahe schon eine Familientradition, von zu Hause wegzulaufen, wenn Schwierigkeiten auftauchten, und in einer neuen Stadt noch einmal ganz von vorne anzufangen. Wenn die hohen Tiere vom staatlichen Zeugenschutzprogramm Rat brauchten, wie man jemandem an einem neuen Ort eine neue Identität verschaffte, konnten sie sich von Kathleens Verwandten vielleicht noch ein paar Tipps holen. Das waren Experten.

„Ich haue ab und komme nie wieder!", schrie ihre sechzehnjährige Tochter Joelle, als wollte sie Kathleens Gedanken aussprechen. Joelle stampfte demonstrativ die Treppe hinauf in ihr Zimmer, aber der dicke Teppich dämpfte die Wirkung ihres Wutanfalls.

„Gib dir keine Mühe!", rief Kathleen ihr hinterher. „Ich gehe zuerst!"

Als Erwiderung knallte Joelle ihre Zimmertür so heftig zu, dass die Teetassen unter ihr im Esszimmerregal bebten.

„Weißt du was? Ich habe die Nase gestrichen voll von deiner Frechheit, Joelle", brüllte Kathleen und schlug sich dann die Hand vor den Mund. Sie hatte genau die gleiche Formulierung benutzt, in genau demselben Tonfall, wie ihre Mutter es immer getan hatte. Wann hatte sie sich in ihre Mutter verwandelt?

Sie sank auf einen Stuhl am Küchentisch, weil ihre Beine sie nicht länger tragen wollten. Vor einigen Stunden während der Auseinandersetzung mit ihrem Chef hatten sie zu zittern begonnen und sie kaum zum Parkplatz getragen, als sie aus dem Bürogebäude gestürmt war. Es war gut, dass sie in ihrem Auto gesessen hatte, die hochhackigen Schuhe ausgezogen, als die Polizei sie auf ihrem Handy anrief. Sonst wäre sie vielleicht auf der Stelle eingeknickt.

„Mrs Seymour? Hier spricht Wachtmeister Marks von der städtischen Polizei. Wir haben Ihre Tochter Joelle Marie Seymour … in Gewahrsam …"

Danach konnte Kathleen sich nur noch an wenig erinnern. Irgendwie war sie zum Einkaufszentrum gefahren, hatte das Büro der Sicherheitskräfte gefunden und eine qualvolle Begegnung mit Wachtmeister Marks und dem Ladendetektiv durchlitten, der Joelle dabei erwischt hatte, wie sie einen Lippenstift im Wert von sieben Dollar an der Kosmetiktheke gestohlen hatte. Es war ihr wie ein böser Traum erschienen, vor allem Joelles Reaktion auf die ganze Sache. Sie hatte keine Reue gezeigt, wie sie da auf dem Stuhl hing, die Arme verschränkt, und sich weigerte jemanden anzusehen, während sie lässig mit dem Fuß wippte – die hübsche Joelle mit ihrem zimtfarbenen Haar, das Kathleen so an das ihres eigenen Vaters erinnerte. Aber das Letzte, was Kathleen in dieser Situation brauchen konnte, war eine Erinnerung an ihren Vater.

Zum Glück hatte sie den Geschäftsführer des Kaufhauses überreden können, keine Anzeige zu erstatten, weil es Joelles erstes Vergehen war, aber ein Hausverbot für ein Jahr wurde verhängt, und im Falle eines zweiten Diebstahls war eine Vernehmung durch die Polizei genauso fällig wie eine Jugendstrafe. Kathleen hatte Wachtmeister Marks praktisch bekniet, Joelle zu verschonen.

„Wo sind deine Freundinnen?", fragte Kathleen ihre Tochter, als die Polizei sie schließlich gehen ließ. „Bist du nicht mit Colleen und Stacey zum Einkaufszentrum gegangen?"

Joelle zuckte mit den Schultern. „Sie sind abgehauen, als ich geschnappt wurde."

„Schöne Freundinnen."

„Kannst du mich bei Colleen absetzen?", fragte Joelle, als sie den Wagen erreichten.

Kathleen starrte sie ungläubig an. „Hast du den Verstand verloren?"

Joelle ließ sich auf den Beifahrersitz fallen und knallte die Tür zu. Den Sicherheitsgurt und das lästige *Pling* des Warntons ignorierte sie. Als sie die Hand ausstreckte, um die Lautstärke des Autoradios aufzudrehen, schob Kathleen ihren Arm zur Seite.

„Lass das – und schnall dich an."

„Als ob es dich interessieren würde, was mit mir passiert!"

Kathleen spürte, wie sie allmählich die Beherrschung verlor. Sie ließ den Motor an und lenkte den Wagen mit quietschenden Reifen vom

Parkplatz hinunter. „Warum machst du so etwas Dummes, Joelle? Was hast du dir eigentlich dabei gedacht? Ich gebe dir jede Woche fünf Dollar Taschengeld – was ist bloß in dich gefahren, dass du einen Lippenstift für sieben Dollar klaust?"

Joelle zuckte mit den Schultern. „Ist doch keine große Sache. Sie haben mich schließlich laufen lassen."

Danach hatten sie sich auf der Fahrt nach Hause nur noch gegenseitig angeschrien, was in Joelles Drohung endete, abzuhauen und nie wieder nach Hause zurückzukehren. Kathleen hatte genau dieselbe Drohung ausgestoßen – vor wie vielen Jahren? Und sie hatte ihre Drohung auch wirklich wahr gemacht.

Kathleens Hände zitterten noch immer, als sie quer über den Küchentisch zum Telefon griff, um ihren Mann anzurufen. Zum Glück erreichte sie Mike persönlich und nicht seinen Anrufbeantworter. „Was ist los, Kat?"

„Du musst nach Hause kommen", sagte sie mit zittriger Stimme.

„Kannst du mir etwas mehr sagen? Ich habe eine Menge –"

„Joelle wurde wegen Ladendiebstahls verhaftet." Jetzt flossen die Tränen – Tränen der Wut, des Nichtbegreifens und des Kummers. Zuerst gab sie keinen Laut von sich, während die Tränen über ihr Gesicht liefen, aber als sie aufblickte und an der Kühlschranktür den Zettel sah, der sie daran erinnerte, dass Joelle heute Abend etwas zu knabbern zum Jugendtreff in die Kirche mitbringen sollte, begann sie zu schluchzen.

„Ich bin gleich zu Hause", sagte Mike ruhig.

Er kam gerade rechtzeitig, um Joelle aufzuhalten, die ihren Rucksack und einen zum Bersten gefüllten Koffer die Treppe hinunterschleifte. „Ich werde nicht zulassen, dass du wegläufst, mein Schatz", besänftigte er sie. „Komm, wir gehen nach oben und reden darüber."

Kathleen fragte sich, ob Mike versucht hätte, sie aufzuhalten, wenn sie diejenige mit dem Koffer gewesen wäre, und nicht Joelle. Sie lauschte dem Klang ihrer Stimmen, der aus dem Obergeschoss zu ihr herunterdrang, eifersüchtig auf die enge Beziehung, die diese beiden Menschen verband. Sie selbst hatte es mal wieder vermasselt. Sie und Joelle stritten sich genau so, wie Kathleen und ihre Mutter sich immer gestritten hatten – vielleicht sogar noch mehr. Kathleen schwor sich immer wieder, dass sie versuchen würde, eine bessere, liebevollere Mutter zu sein, aber sie wusste nicht, wie sie es anfangen sollte.

Sie griff nach dem gerahmten Foto, das auf ihrem Schreibtisch in der Küche stand. Es war im letzten Winter während ihres Skiurlaubs in Colorado aufgenommen worden. Alle drei lächelten in die Kamera und blinzelten im hellen Licht der Wintersonne, ihre Gesichter in einem seltenen Augenblick der Zusammengehörigkeit aneinandergedrückt, eine Bilderbuchfamilie. Mikes ständige Sorgenfalten hatten sich zu Lachfalten entspannt, seine stoppeligen grauen Haare waren unter einer Skimütze versteckt, sodass er jünger aussah als seine achtundfünfzig Jahre. Kathleen selbst war es gewohnt, dass man ihr ihre vierundfünfzig Jahre nicht ansah – dank eines regelmäßigen Trainings im Fitnessclub und einer kreativen Friseurin, die Kathleens hellbraunes Haar modisch schnitt und von eindringendem Grau befreite. Sie war achtunddreißig gewesen, als Joelle nach jahrelangen medizinischen Verfahren und endlosen Gebeten endlich geboren wurde. Sie hatte geschworen, dass sie um ihrer Tochter willen jung bleiben würde, aber heute kam sie sich vor wie die böse alte Hexe in einem Märchen.

Auf dem Foto fiel Joelles Haar in üppigen Naturlocken, die ein Gesicht umrahmten, das noch die Weichheit und Unschuld eines Kindes widerspiegelte und zugleich die Verheißung fraulicher Schönheit und Sinnlichkeit enthielt. „Herr, hilf uns!", seufzte Kathleen und schloss die Augen. Joelle war erst sechzehn und schon in Schwierigkeiten. Gott allein wusste, wie das enden würde.

„Ich habe sie beruhigt", sagte Mike, als er eine Stunde später herunterkam. Er hatte seine Krawatte gelöst und die Ärmel seines gestärkten weißen Hemdes hochgekrempelt. „Aber ich glaube, du solltest raufgehen und mit ihr reden. Zeig ihr, dass du sie trotzdem liebst."

„Im Moment bin ich sehr, sehr wütend auf sie", sagte Kathleen mit gepresster Stimme. Sie hatte endlich die Kraft gefunden, den Stuhl zurückzuschieben und ein paar Reste in der Mikrowelle fürs Abendessen aufzuwärmen – obwohl sie alles andere als hungrig war. Sie hatte weder ihre Kostümjacke noch ihre Schuhe oder ihre Strumpfhose ausgezogen, so als spiele sie immer noch mit dem Gedanken zu gehen.

„Wir haben ihr alles gegeben, was sie sich nur wünschen konnte, Mike, und trotzdem ist sie so undankbar. Als ich so alt war wie sie, habe ich mich nach einem solchen Leben gesehnt. Ich kann nicht fassen, dass sie all das für einen dämlichen Lippenstift zum Fenster hinauswirft. Warum macht sie so etwas Dummes? Sie bekommt ein großzügiges Taschengeld. Sie könnte sich einen Haufen Lippenstifte kaufen."

„Vielleicht versucht sie deine Aufmerksamkeit zu erlangen."

Seine Worte fühlten sich an wie ein Schlag ins Gesicht. „Wie kannst du es wagen, so etwas zu sagen? Du bist manchmal wochenlang von zu Hause weg! Ich bin diejenige, die immer für sie da war!" Sie riss ihre Handtasche vom Tisch, fischte ihren Autoschlüssel heraus und ging auf die Terrassentür zu.

„Geh nicht, Kathleen. Das hier ist ein Problem, vor dem du besser nicht davonläufst."

Sie wirbelte herum und funkelte ihn an. „Ich laufe nicht davon – obwohl ich zugeben muss, dass die Versuchung groß ist! Ich gehe nur ein bisschen frische Luft schnappen."

Mit einer schnellen Bewegung nahm er ihr den Autoschlüssel aus der Hand. „Dann setz dich wenigstens nicht hinters Steuer. In deinem Zustand solltest du nicht Auto fahren."

„Gut!"

Sie stolzierte bis zum Ende des Häuserblocks, dann wieder zurück, ihre hohen Absätze bereiteten ihr zu große Schmerzen, als dass sie hätte weiterlaufen können. Das vornehme Viertel war ruhig, denn in dieser Gegend fuhren an einem warmen Sommerabend keine Kinder mit ihren Fahrrädern herum oder spielten auf der Straße Ball. Sie brauchte sich keine Sorgen darüber zu machen, dass neugierige Nachbarn ihre lautstarken Auseinandersetzungen mit Joelle mit anhören oder sich fragen könnten, warum sie in ihrer Arbeitskleidung auf der Straße hin und her lief. Die Häuser standen auf riesigen Grundstücken weit genug voneinander entfernt und waren zusätzlich von Büschen und Bäumen abgeschirmt, während jedes Geräusch von draußen durch das Surren der Klimaanlagen und das Summen der Swimmingpoolfilter gedämpft wurde.

Auf dem Weg zurück zum Haus blieb Kathleen vor ihrem Briefkasten stehen und zog einen Stapel Kataloge, Broschüren und Werbemüll heraus. Einen handgeschriebenen Brief in der Papierflut zu entdecken, war inzwischen eine solche Seltenheit geworden, dass der einsame Umschlag ihr direkt ins Auge fiel. Sie suchte nach dem Absender und entdeckte den Namen ihrer Schwester und darunter eine

Adresse in Riverside, New York, wo sie aufgewachsen waren. Warum schrieb Annie ihr? Kathleen riss den Briefumschlag auf.

Darin fand sie eine schrill-bunte Einladung, die mit Luftballons und Partyhüten verziert war. Sie sah aus wie eine Karte aus einem dieser Billigläden. Kathleen überflog die Einzelheiten und las sie dann noch einmal, um sich zu vergewissern, dass sie es nicht missverstanden hatte: Ihre Schwester veranstaltete eine Party für ihren Vater. *Bitte versuch zu kommen, Kathy*, hatte sie unten auf die Einladung geschrieben. *Es würde Papa unheimlich viel bedeuten.*

„Das ist wirklich der Gipfel!", murmelte Kathleen. Sie schritt die Auffahrt hinauf und ins Haus, während sie versuchte, sich nicht das ansteckende Lächeln ihres Vaters vorzustellen und sich nicht an das Glück zu erinnern, das sie jedes Mal empfunden hatte, wenn er sie mit seinen sommersprossigen Armen hochgehoben und sie „meine Kathy" genannt hatte. Ihr unbekümmerter Papa mit seinem zimtfarbenen Haar. Es konnte gut sein, dass er inzwischen eine Glatze hatte, immerhin war es fünfunddreißig Jahre her, dass sie ihn zum letzten Mal gesehen hatte.

Aber sie konnte nicht nach Hause fahren – jetzt nicht und auch in Zukunft nicht. Schon bei dem Gedanken an eine Rückkehr nach Riverside hätte sie am liebsten vor Scham ihr Haupt bedeckt. Sie würde dann an ihrer alten Schule vorbeifahren müssen, wo sie vier Jahre lang mit eingezogenem Kopf herumgelaufen war in der Hoffnung, dass niemand sie zur Kenntnis nahm und dass niemand sie „Läuse-Kathy" oder, noch schlimmer, „rote Kathy" nannte. Nein, sie war schon einmal davongelaufen und würde nie zurückgehen … und schon gar nicht ihrem Vater zuliebe.

Kathleen warf die Einladung in den Mülleimer unter der Spüle und schleuderte die restliche Post vor Mike auf den Küchentisch. Er leerte gerade einen Teller mit aufgewärmtem chinesischem Essen und las in der Washington Post. „Ich gehe schlafen", sagte sie zu ihm. „Ich will vergessen, dass es den heutigen Tag überhaupt gegeben hat."

„He, warte mal eine Minute, Kat. Willst du nicht erst etwas essen?"

„Ich habe keinen Hunger." Sie ging bis zur Küchentür, dann drehte sie sich um und fügte hinzu: „Übrigens, ich hatte heute Nachmittag eine Auseinandersetzung mit meinem Chef – vor dem Zwischenfall mit Joelle. Ich habe mich umgedreht und bin einfach gegangen. Es könnte also gut sein, dass ich arbeitslos bin."

Sie wartete Mikes Reaktion nicht ab, sondern ging die Treppe hinauf ins Bad, das an das Elternschlafzimmer grenzte, und duschte lange und heiß. Dies war viel schlimmer als nur ein schlechter Tag. Kathleens sorgfältig errichtetes Leben stürzte allmählich in sich zusammen, und sie wusste nicht, wie sie es reparieren sollte. Sie dachte an die biblische Gestalt Hiob, der sich darüber beklagte, dass das, was er am meisten gefürchtet hatte, über ihn hereingebrochen war. Kathleens größte Angst war die gleiche wie seine: dass alles, wofür sie gearbeitet hatte, und jeder, den sie liebte, ihr weggenommen wurde.

Unter der Dusche ließ sie ihren Tränen freien Lauf. Als sie aus dem Bad kam, saß Mike im Schlafzimmer. „Ich habe das hier im Müll gefunden", sagte er und schwenkte die mit Ballons verzierte Einladung. „Wolltest du die wegwerfen?"

Sie atmete aus. „Ich hätte sie sogar durch den Aktenvernichter gejagt, wenn wir einen hätten."

Kapitel 2

Am nächsten Tag ließ Kathleen sich auf den Fahrersitz fallen und lehnte ihren Kopf gegen das Lenkrad. Sie hielt die Tränen nicht mehr auf. Mehr als zwanzig Jahre hatte sie für die Impost Corporation gearbeitet und sich von der Buchhalterin zur Controllerin und schließlich zur Finanzchefin hochgearbeitet – und jetzt war ihre Karriere in dieser Firma beendet. Kummer überwältigte sie, als ihr klar wurde, was sie soeben alles verloren hatte. Als sie die Besprechung mit ihrem Chef an diesem Morgen noch einmal im Geiste Revue passieren ließ und überlegte, ob die Situation nicht auch einen anderen Ausgang hätte nehmen können, war sie weiterhin überzeugt davon, dass sie richtig gehandelt hatte. Es ging um moralische Fragen, aber im Recht zu sein, linderte den Schmerz nicht.

Schließlich setzte sie sich auf, weil sie sich Sorgen machte, jemand auf dem Parkplatz könnte sie sehen, und wischte sich die Augen mit den Fingerspitzen, sorgfältig darauf bedacht, ihre Wimperntusche nicht zu verschmieren. Sie atmete tief ein, als könnte die Luft ihren Kummer ersticken, dann stieß sie die Luft in einem Seufzer wieder aus. Als sie die Fassung wieder gewonnen hatte, holte sie ihr Handy aus der Tasche und drückte die Kurzwahltaste, unter der sie Mike erreichen würde. Sie wusste, dass er auf ihren Anruf gewartet hatte, weil er gleich beim ersten Klingeln abnahm.

„Hallo, ich bin's", sagte sie und schluckte den Kloß in ihrem Hals hinunter. „Also, jetzt bin ich offiziell arbeitslos."

Er schwieg lange. Kathleen erkannte an den Hintergrundgeräuschen, dass er auf einer Baustelle war und nicht in seinem Büro. Sie sah ihn vor sich, mit seinem gelben Helm, wie er die Augen schloss und den Kopf vor Kummer hängen ließ, wie sie es getan hatte. „Es tut mir furchtbar leid, Kat", murmelte er schließlich. „Geht es dir gut? Wo bist du?"

„Auf dem Parkplatz vor der Firma. Ich sollte reingehen und meine Sachen packen, aber …"

„Das kann warten", sagte er, und seine Stimme klang heiser. „Die Sachen kannst du ein anderes Mal holen. Erzähl mir, was passiert ist."

Sie lehnte den Kopf zurück und hielt das Handy ans andere Ohr, während sie ihre Ohrclips entfernte. Sie und Mike hatten ausführlich über die Zwickmühle geredet, in der sie sich befand, und sie waren sich einig, dass es die richtige Entscheidung war, ihrem jungen Chef die Stirn zu bieten. Wäre es ihr doch nur gelungen, ihren Vorgesetzten davon zu überzeugen, die Lage ebenso zu sehen wie sie!

„Ich habe ihm erklärt, dass die Dinge sich geändert haben, seit die neuen Finanzrichtlinien der Firma in Kraft getreten sind, und dass ich das Danbury-Projekt nicht guten Gewissens abzeichnen kann. Er hat mich gezwungen zuzugeben, dass er streng genommen kein Gesetz bricht – also lief alles auf meine christliche Überzeugung hinaus. Damit waren wir in einer Pattsituation. Er hat gesagt, dass er meine Kündigung annehmen wird."

„Du hast richtig gehandelt", sagte Mike leise.

„Ja – aber es fühlt sich nicht so an. Das wäre nie passiert, wenn sein Vater noch Geschäftsführer wäre … aber …" Kathleen starrte durch die Windschutzscheibe, und ihre Tränen ließen das Pink und Rot der Blumen, die den Mittelstreifen säumten, vor ihren Augen verschwimmen. Sie holte noch einmal zitternd Luft und wusste, dass sie wenigstens so lange mit dem Weinen aufhören musste, bis sie zu Hause war. „Wahrscheinlich rufe ich besser die Personalagentur an, über die dein Freund letztes Jahr eine Stelle gesucht hat. Wie es aussieht, brauche ich einen neuen Job."

„Ich finde, du solltest noch ein bisschen warten, Kat. Nimm dir eine Weile frei. Impost wird dir eine Abfindung auszahlen, und Urlaubsanspruch hast du auch noch, oder? Vielleicht ist es besser, wenn Joelle nicht den ganzen Sommer allein zu Hause ist."

Kathleen hatte ihre Probleme mit Joelle erfolgreich verdrängt, während sie sich auf die Schwierigkeiten bei der Arbeit konzentriert hatte. Aber plötzlich sprang der Kummer über das, was ihre Tochter getan hatte, aus seinem Versteck wie ein Eindringling, der hinter einer verschlossenen Tür gewartet hat, und traf Kathleen wie ein Schlag in die Magengrube.

„Dann darf ich also in Zukunft Joelles Gefängniswärterin spielen? Toll. Was sollen wir denn den ganzen Tag zusammen machen? Shoppen im Einkaufszentrum fällt schließlich aus."

Mike reagierte nicht auf ihren Sarkasmus. „In der Kirche haben sie am letzten Sonntag Freiwillige für die Ferienbibelschule gesucht. Du und Joelle könntet doch –"

„Genau. Wir sind fantastische Vorbilder. Ich wette, die anderen Mütter sind begeistert, wenn ich ihre Kinder unterrichte und nicht einmal mein eigenes Leben im Griff habe."

Mikes langes Schweigen ließ sie ihre bitteren Worte bereuen. Es tat ihr leid, dass sie ihn als Ventil für ihre Wut und ihren Kummer missbrauchte, aber zugleich war sie auch froh, dass er ihr so bereitwillig zuhörte. Sie hörte, wie er seufzte.

„Ich weiß, dass du verletzt bist, Kathleen, aber lass es nicht an Joelle aus."

„Es tut mir leid … aber ich mache mir einfach furchtbare Sorgen um sie! Ich habe Angst, was aus ihr werden könnte …" Jetzt liefen ihr wieder die Tränen über's Gesicht.

„He, hör zu, ich mache mir doch auch Sorgen, aber sie ist ja nicht gerade eine Berufsverbrecherin."

Noch nicht. Kathleen konnte sich gerade noch beherrschen, diesen Gedanken laut auszusprechen.

„Ich habe heute Morgen mit Al Lyons aus meinem Männergebetskreis über Joelle gesprochen", fuhr Mike fort. „Er arbeitet im Christlichen Beratungszentrum –"

„Das ist nicht dein Ernst, oder? Ich will nicht, dass alle in der Gemeinde wissen, was bei uns los ist!" Kathleen war entsetzt. Sie wusste, dass die Gemeinde Hilfe und Trost in Zeiten der Prüfung und Schwierigkeiten bieten sollte, aber sie würde lieber sterben, als den anderen ihre Bedürfnisse und Ängste auf die Nase zu binden. Man kannte sie als reife Christin, als eine Frau, die stark war und alles im Griff hatte, eine Frau mit einem unerschütterlichen Glauben. Der Gedanke, dass die Leute erfahren könnten, was Joelle getan hatte, versetzte sie in Panik.

„Al ist ein Profi", sagte Mike ruhig. „Er weiß, was Schweigepflicht ist. Er glaubt, ein paar Sitzungen mit einem Therapeuten könnten ihr helfen, und ich sehe das genauso. Er sagte, sie würden jemanden beauftragen, der die Familie nicht kennt. Ich habe schon einen Termin für sie vereinbart."

„Gut. Wenn du meinst, dass das hilft."

„Das tut es bestimmt." Mike seufzte. „Das wird schon wieder, Kathleen. Fahr vorsichtig. Wir sehen uns, wenn ich nach Hause komme."

Als Kathleen auflegte, fühlte sie sich, als hätte sie einen Tag Schwerstarbeit in einer Sträflingskolonne hinter sich. Wie in Trance fuhr sie den vertrauten Weg nach Hause, während sie darüber nachdachte, wie Joelle auf die Nachricht, dass Kathleen ihre Stelle bei Impost verloren hatte, reagieren würde – und darüber, dass Joelle einen Termin beim Psychologen hatte. Was um alles in der Welt sollten sie den lieben langen Tag gemeinsam machen? Joelle war schon lange aus Bastelstunden und Ausflügen zum Kindermuseum herausgewachsen.

Als Kathleen nach Hause kam, lag ihre Tochter noch im Bett. Und wie sich in den nächsten Tagen herausstellte, hätte sie sich keine Gedanken darüber zu machen brauchen, was sie den ganzen Tag über zusammen unternehmen sollten. Joelle wachte selten vor halb zwei am Nachmittag auf, und nachdem sie eine Schüssel Cornflakes gegessen hatte, verbrachte sie den Großteil des Tages damit, sich Fernsehserien anzusehen oder eingeölt am Swimmingpool zu liegen und mit ihren Freundinnen zu telefonieren. Allmählich begann Kathleen sich zu fragen, ob Joelle vielleicht aus schierer Langeweile geklaut hatte. Der Gedanke war irgendwie tröstlich. Vielleicht war ihre Tochter doch keine Soziopathin oder Kleptomanin.

Kathleen jedenfalls würde mit Sicherheit nicht jeden Tag bis halb zwei im Bett bleiben, aber sie hatte auch keine Ahnung, was sie mit all der freien Zeit anfangen sollte. Sie fuhr zu Impost und räumte ihr Büro aus, las einen Roman, den sie schon seit einiger Zeit hatte zu Ende lesen wollen, und dann verbrachte sie ein paar Stunden an ihrem Computer zu Hause mit einer halbherzigen Stellensuche im Internet. Die Aussicht auf ein Vorstellungsgespräch überzeugte sie rasch, dass Mike recht hatte: Sie sollte sich eine Auszeit gönnen. Sie war viel zu deprimiert, um in einer Reihe von Bewerbungsgesprächen eine erlesene Männerriege zu beeindrucken.

Es war beinahe eine Erleichterung, als Joelles Therapiesitzungen zweimal die Woche begannen, sodass sie beide einen Grund hatten aufzustehen und sich anzuziehen. Joelles Therapeutin, Dr. Marie Russo, war klein und rundlich mit graumelierten braunen Haaren, die sie zu einem unordentlichen Knoten hochgesteckt hatte. Sie trug bequeme Schuhe und langweilige braune Kostüme, die aussahen, als hätte sie sie in einem osteuropäischen Land auf dem Flohmarkt gekauft. Nach Joelles vierter Sitzung bestellte Dr. Russo Kathleen in ihr Büro.

„Ich würde gerne einen Teil der nächsten Sitzung mit Ihnen sprechen anstatt mit Joelle, Mrs Seymour."

Kathleen starrte sie an. „Mit mir? Warum?"

„Ich glaube, es wäre gut, wenn ich einen Eindruck von den Familienbeziehungen bekäme. Das Verhalten Ihrer Tochter kommt schließlich nicht von ungefähr."

„Richtig, die Mutter ist immer schuld", sagte Kathleen nur halb im Scherz. „Und ich hatte gehofft, es wäre etwas Einfaches wie Gruppenzwang."

Dr. Russo lächelte nicht. Sie stocherte erfolglos in ihrer Frisur herum. „Wir sehen uns dann am Donnerstag, Mrs Seymour."

Als Kathleen am Donnerstagmorgen aufwachte, verstand sie sofort, warum Joelle geweint und mit Mike diskutiert und ihn angefleht hatte, als er ihr sagte, sie würde zu einer Therapeutin gehen. Der Gedanke, dass ein Fremder versuchen könnte, Türen zu öffnen, die man all die Jahre sorgfältig verschlossen und verriegelt hatte, war beunruhigend – so, als würde ein Computerhacker alle Passwörter knacken und Zugang zu den geheimsten Daten erlangen. Steif saß sie Dr. Russo im Sessel gegenüber, ihre Füße flach auf den Boden gepresst und die Handflächen, mit denen sie die Armlehnen umfasste, schweißnass. Man brauchte kein Psychologe zu sein, um Kathleens Körpersprache zu interpretieren. Dr. Russo verschwendete keine Zeit, sondern kam sofort zur Sache. Sie war der Typ Frau, dachte Kathleen, der ein Pflaster in einem einzigen Ruck entfernte.

„Joelle hat mir erzählt, dass Sie beide nie miteinander reden", begann die Ärztin. „Sie sagt, sie habe große Schwierigkeiten, mit Ihnen zu kommunizieren."

„Ist das bei Teenagern nicht normal?", fragte Kathleen mit einem nervösen Lachen. Die Therapeutin lächelte nicht.

„Als ich sie bat, Sie zu beschreiben – mir ihren Eindruck von Ihnen als Mensch zu geben –, war sie dazu nicht in der Lage. Sie weiß nicht, wer Sie wirklich sind, wenn Sie nicht die offensichtlichen Rollen als Ehefrau oder erfolgreiche Geschäftsfrau spielen."

Kathleen konnte darauf nichts erwidern. Sie hatte alles getan, um dafür zu sorgen, dass niemand ihr wahres Ich kannte. Und das Letzte, was sie wollte, war eine tiefer gehende Beschäftigung mit sich selbst.

„Ich sehe Ihnen an, dass Joelles Bemerkungen Sie getroffen haben", sagte Dr. Russo, während sie sich ein wenig vorbeugte. „Ich glaube, es wäre hilfreich, wenn Sie mir sagen, was Sie denken." Als Kathleen noch immer nicht antwortete, sagte die Ärztin: „Ich weiß, dass dies Ihre erste Sitzung bei mir ist, Mrs Seymour, aber Sie können mir vertrauen."

Kathleen räusperte sich. „Es tut mir leid, aber Vertrauen ist für mich eine problematische Sache."

„Würden Sie mir erzählen, warum das so ist?"

Sie schüttelte den Kopf. Sie dachte daran, wie sie in einem Ratgeber einmal gelesen hatte, wenn das Vertrauen eines Kindes in seine Eltern in jungen Jahren zerstört wurde, sei es für dieses Kind sehr schwierig, jemand anderem zu vertrauen – Gott eingeschlossen. Aber der Grund für ihren Mangel an Vertrauen war eine Büchse der Pandora, die sie ganz sicher nicht hier und jetzt öffnen würde. „Ich dachte, hier geht es um Joelle und nicht um mich", sagte Kathleen schließlich. Dr. Russo zuckte nicht mit der Wimper.

„Würden Sie sagen, dass Joelles Einschätzung, was Ihre Beziehung betrifft, den Tatsachen entspricht?"

„Sie meinen, dass unsere Kommunikation nicht gut funktioniert. Ja, das stimmt. Ich habe im College Mathematik und Betriebswirtschaft studiert. Ich bin Wirtschaftsprüferin mit einem Hochschulabschluss. Ich war noch nie sehr gut mit all dem Betroffenheitskram oder darin, meine *innersten Gefühle* auszudrücken."

Aber sie war auch keine komplette Versagerin in Sachen Kommunikation, wollte sie hinzufügen. Sie und Mike sprachen über alles und stritten sich selten. Sie hatten geheiratet, als sie beide Mitte dreißig gewesen waren, beide eingerichtet in ihrem Singledasein und zufrieden mit ihrem Leben ohne den anderen. Kathleen war nicht der Typ Ehefrau, der einen Mann brauchte, der sie „vervollständigte" oder der lange, introspektive Gespräche über alles führen wollte. Was ging es sie an, was Mike den ganzen Tag über dachte oder fühlte?

„Joelle ist eine sehr sensible junge Frau", sagte Dr. Russo und unterbrach damit Kathleens Gedanken. „Sie will ihre Gefühle ausdrücken – und zwar Ihnen gegenüber, nicht nur bei ihren Freundinnen. Aber sie muss das Gefühl haben, dass Sie im Gegenzug auch etwas von sich preisgeben. Sehen Sie, sie versucht herauszufinden, wer sie ist, und ein Teil dieser Entdeckungsreise ist auch das Bedürfnis zu wissen, woher sie kommt – woher ihre Eltern kommen."

„Moment!" Kathleen hob abwehrend beide Hände. Alarmglocken und Warnsignale ertönten in ihrem Kopf wie bei einem Großbrand. Beinahe hätte sie erwartet, dass die Sprinkleranlage sich einschaltete oder dass die Sekretärin zur Tür hereingestürzt kam und „Feuer!" schrie. Kathleen wäre am liebsten aus dem Büro gerannt, aber ihre Sorge um Joelle war stärker, tiefer als ihre Angst. Sie war immer noch nicht überzeugt, dass Joelle vor einem Leben in der Kriminalität gerettet werden konnte, wenn sie ihr sorgfältig verborgenes Ich offenbarte, aber sie wusste, dass sie für ihre Tochter selbst einem lodernden Feuer die Stirn bieten würde.

„Sehen Sie, ich will ehrlich sein, Dr. Russo. Ich habe Joelle hierher gebracht, weil sie beim Ladendiebstahl erwischt wurde. Ich verstehe nicht, inwiefern es sie daran hindern kann, es noch einmal zu tun, wenn wir über meine Vergangenheit reden."

„Sie nähern sich der Sache so, als ob Joelle ein Problem hätte, das ich ‚reparieren' soll, damit Sie wieder eine perfekte Familie sein können."

„Da irren Sie sich. Ich hatte nie eine perfekte Familie. Ich würde noch nicht einmal eine erkennen, wenn ich sie sehe, geschweige denn, dass ich wüsste, wie man in einer lebt."

Die Ärztin steckte eine Haarsträhne, die sich gelöst hatte, wieder in den Dutt, woraufhin drei andere ergraute Strähnen ihr stattdessen ins Gesicht fielen. Kathleen biss sich auf die Zunge und widerstand dem Drang zu sagen: „Um Himmels willen, gehen Sie zum Friseur!"

„Um Ihre Frage zu beantworten", fuhr Dr. Russo fort, „ja, ich glaube, dass es Joelle helfen wird, wenn wir über Ihre Vergangenheit reden. Ich glaube, dass der Vorfall mit dem Ladendiebstahl ein Schrei nach Aufmerksamkeit war."

„Ich bin jetzt den ganzen Tag mit ihr zu Hause! Sie kann zwölf Stunden lang mit mir reden, wenn sie will." Obwohl Kathleen niemals zugeben würde, dass der Gedanke sie in Angst und Schrecken versetzte.

„Ich möchte, dass Sie beide zusammen zum nächsten Termin kommen", sagte Dr. Russo ruhig. „Ich biete Ihnen einen sicheren Ort, an dem Sie sich ausdrücken können, und werde als Moderatorin fungieren, während wir ein paar effektive Kommunikationsstrukturen erarbeiten."

Warum klang es bei ihr so, als wäre es etwas viel Komplizierteres als ein einfaches Gespräch zwischen Mutter und Tochter?

Kathleen versuchte in den folgenden Tagen die gemeinsame Therapiesitzung aus ihren Gedanken zu verdrängen. Als es schließlich so weit war, saß sie Joelle mit derselben schweißnassen Angst gegenüber, die sie empfunden hatte, als sie unter vier Augen mit Dr. Russo gesprochen hatte. Kathleen hätte genauso gut auf einem elektrischen Stuhl festgeschnallt sein können, wo sie auf den ersten Stromschlag wartete.

Und dann kam er.

Joelle zog die Einladung mit den Ballons – die jetzt mit süßsaurer Soße beschmiert war – aus ihrer Handtasche und schwenkte sie vor Kathleen durch die Luft. War an diesem Ding ein Bumerang angebracht? Wie kam es, dass diese Einladung immer wieder aus dem Müll zurückkehrte, um sie zu verfolgen?

„Die habe ich im Abfall gefunden", sagte Joelle vorwurfsvoll. „Warum redest du nie über deine Familie, Mama? Warum kenne ich noch nicht einmal meine Tante" – sie warf einen Blick auf die verschmierte Schrift – „meine Tante Annie? Habe ich nicht das Recht, sie oder meine eigenen Großeltern kennenzulernen?"

„Ich will nichts mit ihnen zu tun haben, und sie wollen nichts mit mir zu tun haben", erwiderte Kathleen mit gepresster Stimme. „Glaub mir, es ist besser für dich, wenn du sie nicht kennst – wenn sie nicht Teil deines Lebens sind."

„Warum?" Joelle funkelte sie an. Sie wollte eine Antwort.

Kathleen wandte sich an Dr. Russo und bat sie wortlos um Hilfe. Sie konnte das nicht tun. Es tat zu weh. Sie hätte am liebsten mit der Ärztin allein gesprochen, um ihr alles zu erklären, ohne dass Joelle zuhörte. Aber sie wusste auch, wenn sie ihre Tochter jetzt ohne eine Antwort fortschickte, würde das ihrer ohnehin wackligen Beziehung den Todesstoß versetzen. Sie umkrallte die Armlehnen, als hinge ihr Leben davon ab.

„Ich habe vor langer Zeit entschieden, mich von meiner Familie zu trennen", sagte sie schließlich. „Aus reinem Selbsterhaltungstrieb."

„Deine Schwester veranstaltet eine Party für deinen Vater", sagte Joelle mit Nachdruck. „Wie kannst du so kaltherzig und gefühllos sein?"

Der elektrische Stuhl versetzte ihr einen zweiten Schlag. „Das denkst du? Dass ich kaltherzig und gefühllos bin?"

Joelle antwortete nicht. Das war auch nicht nötig. Sie ließ sich in den Sessel zurückfallen und starrte zur Decke hinauf, um nicht zu weinen.

Endlich griff Dr. Russo ein. „Ich glaube, Joelle will sagen, dass es ihr manchmal schwerfällt, Sie zu verstehen oder sich Ihnen nahe zu fühlen. Habe ich das angemessen beschrieben, Joelle?"

Sie nickte und wischte sich eine Träne fort, die ihrer Kontrolle entkommen war.

Kathleen atmete aus. Allmählich fiel ihr nichts mehr ein, wie sie der Frage ausweichen konnte. „Ich komme aus einer schrecklichen Familie", sagte sie. „Keiner meiner Angehörigen war Christ, und ich bin gläubig. Das hat zu großen Spannungen geführt. Wir haben einfach keine Gemeinsamkeiten. Ich habe mich entschlossen zu gehen – und bin nicht mehr zurückgekehrt."

„Aber wenn Sie alle Bande zu Ihrer Familie durchtrennen", sagte Dr. Russo, „schneiden Sie damit auch einen Teil von sich selbst ab. Wenn Sie Christin sind, verstehen Sie sicherlich das Prinzip der Vergebung –"

„Ich habe meiner Familie vergeben", unterbrach Kathleen sie. „Schon vor langer Zeit. Aber ich habe mich von ihr ferngehalten, um nicht erneut verletzt zu werden. Ich musste sichere Grenzen abstecken."

„Grenzen sind hilfreich, solange sie nicht eine Ausrede sind, um Fragen der Vergebung auszuweichen. Und solange sie nicht auf Kosten Ihrer eigenen Gefühle gehen."

„Ich habe mir beigebracht, überhaupt nichts zu fühlen, was meine Familie betrifft – als hätte ich nie eine Familie gehabt. Es war die einzige Möglichkeit, mein eigenes Leben zu leben und noch einmal von vorne anzufangen." Sie wandte sich Joelle zu. „Es tut mir leid, wenn du den Eindruck hast, ich sei kalt und gefühllos. Du musst wissen, dass ich ... dass ich deinen Vater und dich ... sehr, sehr lieb habe."

Joelle antwortete nicht und sah auch nicht auf, und die eisige Distanz zwischen ihnen erschreckte Kathleen zutiefst.

Schließlich brach Dr. Russo das Schweigen. „Joelle, gab es nicht noch eine andere Frage, die du deiner Mutter stellen wolltest?" Joelle zuckte mit den Schultern und putzte sich die Nase mit einem Papiertaschentuch. Als sie nichts erwiderte, sagte die Ärztin: „Mrs Seymour, Joelle hat sich gefragt, wie Ihre Beziehung zu Ihrer eigenen Mutter war, als Sie in Joelles Alter waren."

„Schrecklich", antwortete Kathleen. „Wir haben nur gestritten. Über alles."

„Und wie ist die Beziehung zwischen Ihnen und Ihrer Mutter jetzt?"

Kathleens Herz machte einen Satz. Es war, als würde die Therapeutin in ihren Wunden herumstochern und dabei dem Teil ihrer Persönlichkeit, der verletzt und zerbrochen war, Stück für Stück näher kommen. Wenn sie ihn erreichte, das wusste Kathleen, würde der Schmerz unerträglich sein. Sie blickte sich hektisch im Zimmer um, auf der Suche nach einem Ölgemälde oder Hochschuldiplom, auf das sie ihren Blick richten konnte – irgendetwas, um das Bild ihrer Mutter zu verdrängen, das sich in ihren Gedanken formte. „Meine Mutter ist tot", sagte sie leise.

„Das tut mir leid. Haben Sie sich ausgesprochen? Konnten Sie sich versöhnen, bevor sie starb?"

Ganz im Gegenteil. Die letzten Worte, die Kathleen jemals zu ihrer Mutter gesagt hatte, waren voller Wut gewesen – Worte, die sie nie mehr zurücknehmen konnte. Die Psychologin wartete auf eine Antwort.

„Meine Mutter starb sehr … plötzlich. Unerwartet." Kathleen konnte es nicht näher erklären. „Ich verstehe nicht, wie das irgendjemandem helfen kann."

Dr. Russo lächelte. Kathleen vermutete, dass es ein Zeichen des Mitgefühls sein sollte, aber unter diesen Umständen, in denen Kathleens Leben um sie herum auseinanderbrach, sah die Ärztin eher aus wie eine zerzauste Frau Nikolaus. „Vielleicht könnte Joelle sich mehr mit Ihnen verbunden fühlen", sagte sie mit der Stimme einer Erzieherin im Kindergarten, „wenn Sie ihr etwas von den Schwierigkeiten erzählen, die Sie mit Ihrer eigenen Mutter hatten."

„Und mich als menschlich wahrnehmen, anstatt als kaltherzig und gefühllos? Sagen Sie, wann ist mein Mann an der Reihe, sodass Sie seine Vergangenheit ausgraben können?"

„Natürlich möchte ich auch mit Mr Seymour sprechen. Oder, besser gesagt, mit Ihnen dreien zusammen. Ich weiß, dass es schmerzhaft sein kann, in der Vergangenheit zu forschen, aber ich beschreibe den Prozess gerne als abgerissenen Faden, den man aufwickelt, um zu sehen, wohin er führt. Wenn wir erst einmal verstehen, wovon er ursprünglich ein Teil war, können wir beginnen, ihn in ein neues, schönes Muster zu weben."

Wer war diese Frau? Das Sandmännchen in Verkleidung?

Kathleen hatte Mike mit voller Absicht in das Gespräch einfließen lassen, in der Hoffnung, er würde etwas von der Kritik ablenken, die sie zu spüren bekam. Aber als sie schließlich das Büro der Therapeutin verlassen hatte, wünschte sie sich, sie hätte Mike herausgehalten. Sie wusste genau, was er sagen würde; dieses Thema hatten sie schon öfter diskutiert. Mike würde sagen, sie solle versuchen, sich mit ihrer Familie zu versöhnen, bevor es zu spät war. Er würde sie an den Bibelvers erinnern, in dem es hieß, man solle, wenn man im Streit mit seinem Bruder lag, zuerst zu ihm gehen und sich mit ihm versöhnen, bevor man den Herrn um Vergebung bat. Er würde sie fragen, wie sie sich fühlen würde, wenn Joelle von zu Hause wegging, so wie Kathleen es getan hatte, und nie zurückkehren würde.

Kathleen musste plötzlich an die dumme Einladung denken, die einfach nicht im Mülleimer blieb, wo sie hingehörte. Sollte sie zu der Party ihres Vaters gehen? Ihre Arbeit konnte sie jedenfalls nicht als Ausrede vorschieben.

Auf dem Heimweg warf Kathleen immer wieder verstohlene Blicke auf das vollkommene Profil ihrer Tochter und den leuchtenden Haarkranz um ihr Gesicht. Erinnerungen an die Zeit, als Joelle noch ein Baby gewesen war, trieben ihr die Tränen in die Augen. Warum hatte sie ihre Liebe zu Joelle nie richtig zum Ausdruck bringen können? Sie hätte ihre Tochter so gerne an sich gezogen und sie fest in ihrem Herzen verankert, und doch wurde sie daran gehindert von der schrecklichen Angst, sie könnte enttäuscht, ihr Vertrauen missbraucht werden … so wie ihr eigenes Vertrauen grausam zerstört worden war. Sie sah, wie Joelle sich von ihr entfernte, und sehnte sich danach, sie zu sich zu ziehen, bevor es zu spät war. Aber wie? Wenn der einzige Weg, Joelle zu retten, der war, dass Kathleen sich mit ihrer eigenen Vergangenheit auseinandersetzte, dann würde sie es tun, beschloss sie. Sie fuhr den Wagen in die Garage und stellte den Motor aus.

„Warum siehst du mich so an?", fragte Joelle, als sie merkte, wie Kathleen sie anstarrte. Kathleen räusperte sich und blinzelte die aufsteigenden Tränen fort. Warum war das so schwer?

„Ich liebe dich, Joelle."

„Ich weiß", murmelte sie. Sie stiegen aus und gingen schweigend in die Küche.

„Könnte ich bitte meine Einladung zurückhaben?", frage Kathleen beinahe im Flüsterton. „Ich werde es tun. Ich werde es tun." Joelle sah sie nicht an, als sie ihr die Karte hinhielt. Dann flüchtete sie in ihr Zimmer.

Kathleen nahm das Telefon in die Hand, bevor sie es sich anders überlegen konnte. Wenn sie ihre Schwester tagsüber anrief, war Annie vielleicht bei der Arbeit und Kathleen musste nicht mit ihr reden. Sie könnte eine Nachricht auf dem Anrufbeantworter hinterlassen. Erstaunt stellte sie fest, dass es ihr etwas ausmachte, die Nummer ihrer Schwester nicht zu wissen. Zum Glück war sie auf der Einladung vermerkt.

Annies Telefon klingelte viermal … fünfmal … *„Dies ist der Anschluss von Annie und Bob. Bitte hinterlassen Sie eine Nachricht …"*

Gott sei Dank.

Kathleen umklammerte das Telefon fester. Ihre Stimme bebte. „Hi, Annie, hier ist Kathleen. Ja, ich weiß, es überrascht dich wahrscheinlich, von mir zu hören. Also fall nicht in Ohnmacht … Jedenfalls, ich werde versuchen, zu dem … ähm … Treffen nächste Woche für Papa zu kommen." Sie konnte es nicht Party nennen. Wollte es nicht. „Tja dann … würde ich sagen, sehen wir uns nächste Woche? Tschüss." Sie legte das Telefon vorsichtig auf den Tisch, als könnte es hochspringen und sie beißen.

Was um alles in der Welt tat sie da?

Kapitel 3

Das Telefon klingelte um vier Uhr dreizehn in der Nacht und riss Kathleen aus dem Schlaf. Sie spürte die Erschütterung des Bettes, als Mike im Dunkeln nach dem Hörer tastete, dann hörte sie ihn mit schläfriger Stimme murmeln: „Hallo … ja … Wirklich …? Wie viele Stunden später?"

Kathleen stöhnte und drehte sich auf die andere Seite, sodass sie mit dem Rücken zu ihm lag. Mikes Ingenieurbüro hatte Partner in aller Welt. War denn keiner seiner Kollegen in der Lage herauszufinden, wie spät es in Amerika war, bevor sie anriefen?

Er legte auf und kroch aus dem Bett – kein gutes Zeichen. Sie zog sich das Kissen über den Kopf, als sie das Wasser in der Dusche laufen hörte. Dann erinnerte sie sich daran, dass sie heute nach New York zur Party ihrer Schwester fahren würde, und eine Welle der Übelkeit erfasste sie. Um gestern Nacht einschlafen zu können, hatte sie zwei Stunden und eine Schlaftablette gebraucht. Jetzt würde sie überhaupt keinen Schlaf mehr finden. Kathleen war immer noch nicht sicher, wie dieses Opfer – und ein anderes Wort gab es dafür nicht – Joelle helfen konnte. Sie hoffte nur, dass ihre Tochter es als Ausdruck ihrer Liebe verstehen würde.

Sie war hellwach und starrte zur Decke hinauf, als Mike aus der Dusche kam. Er schlich auf Zehenspitzen zu seinem Schrank, ein Handtuch um die Hüfte gebunden, während er seine stoppeligen Haare mit einem zweiten Frotteetuch trocken rieb. „Wer war das am Telefon?", fragte sie.

„Unser Kunde in Südafrika. Tut mir leid, dass der Anruf dich geweckt hat. Wie es aussieht, muss ich rüberfliegen."

Sie setzte sich mühsam auf. „Nach Südafrika? Wann?"

„Hm, wenn ich mich beeile, bekomme ich noch heute Vormittag einen Flug und bin Mitte nächster Woche wieder zu Hause."

„Aber … aber ich soll an diesem Wochenende zu dem Treffen mit meiner Schwester fahren. Ich fahre heute, hast du das vergessen?"

„Und?" Er sah sie fragend an.

War er denn so schwer von Begriff? „Ich kann Joelle doch nicht alleine lassen. Und jetzt ist es zu spät, um etwas anderes für sie zu organisieren."

Noch während sie die Worte aussprach, verspürte Kathleen eine gewisse Erleichterung. Vielleicht würde ihr diese Tortur doch noch erspart bleiben. Vielleicht genügte die Bereitschaft hinzufahren als Beweis dafür, dass sie Joelle liebte.

„Nimm sie mit", sagte Mike. „Dann kann sie deine Familie kennenlernen."

„Du machst doch wohl Witze! Ich will diese Leute noch nicht einmal sehen – wie kann ich sie dann meiner Tochter zumuten? Ich schäme mich so, ihr zu zeigen, woher ich komme, wie ich gelebt habe, wer meine Verwandten sind ..." Tränen erstickten ihre Worte. Mike setzte sich mit seinem nassen Handtuch aufs Bett und zog sie in seine Arme.

„Nun komm schon ... es gibt keinen Grund, warum du dich schämen solltest. Deine Vergangenheit ist nicht deine Schuld. Vielleicht wäre Joelle etwas nachsichtiger mit dir, wenn sie davon wüsste."

„Ich will kein Mitleid von ihr – und auch von niemandem sonst."

Er seufzte und ließ sie los. „Soll ich im Büro zurückrufen und Südafrika absagen?"

„Das würdest du tun?"

Er nickte – widerwillig – und sie stellte verblüfft fest, dass er sie genug liebte, um seine Pläne um ihretwillen zu ändern. Ihr wurde bewusst, dass ihre eigene Selbstlosigkeit eine ähnliche Botschaft an Joelle senden würde.

„Das ist lieb. Aber du fliegst besser. Einer von uns muss schließlich in Lohn und Brot bleiben, wenn wir das Dach über unserem Kopf behalten wollen."

Er lächelte, und seine Haare standen ihm zu Berge. „Denkst du wenigstens darüber nach, Joelle mitzunehmen, bevor du deine Schwester anrufst und einen Rückzieher machst?", bat er. „Die vielen Stunden im Auto wären eine gute Gelegenheit für euch, Zeit miteinander zu verbringen."

„Fantastisch. Sechs Stunden mit der Musik von Jessica Simpson. Ich kann es kaum erwarten."

Um sieben Uhr weckte sie Joelle und lud sie ein mitzukommen.

Sie hoffte, dass die Begeisterung ihrer Tochter, die Verwandtschaft kennenzulernen, sich legen würde, wenn sie erfuhr, dass sie dazu vor Mittag aufstehen musste.

„Ich komme mit, aber müssen wir denn so früh fahren?", stöhnte Joelle.

„Ja. Es ist eine lange Fahrt. Glaub mir, ich habe auch keine Lust dazu", sagte Kathleen. „Aber ich möchte, dass wir –" *Was? Die perfekte Familie sind, die ich nie hatte?* „Ich fände es schön, wenn du mitkämst", sagte sie schließlich.

Joelle sah sie mit einem spitzbübischen Lächeln an, das Kathleen nicht mehr gesehen hatte, seit ihre Tochter ein Kleinkind gewesen war. „Und was ist mit meinem Termin bei Dr. Russo?"

Kathleen fühlte, wie auch ihre Mundwinkel zuckten. „Dr. Russo kann sich selbst analysieren."

„Ja!" Joelle reckte die Faust in die Luft und kletterte aus dem Bett.

Kathleen schenkte sich noch eine Tasse Kaffee ein, während sie wartete, doch dann schüttete sie die schwarze Brühe mit einer schnellen Bewegung in den Ausguss. Ihre Nerven waren ohnehin schon gespannt wie ein Flitzebogen. Sie ging noch einmal durchs Haus, um nachzusehen, ob alles ausgeschaltet war, was ausgeschaltet werden musste. Sie rief in Dr. Russos Praxis an, um den Termin zu verschieben, betrachtete noch ein letztes Mal die Straßenkarte und kramte Kleingeld für die Mautgebühren hervor.

Joelle schüttelte den Kopf, als Kathleen ihr Frühstück anbot, und nahm sich stattdessen einen Müsliriegel und eine Cola. Schließlich stiegen sie um zehn nach acht in den Lexus.

„Wie lange dauert die Fahrt denn?", fragte Joelle, als sie auf der Autobahn waren. Stadteinwärts waren alle Spuren vom Berufsverkehr verstopft, aber stadtauswärts, in der Richtung, die sie nahmen, war alles frei.

„Ich würde sagen, sechs oder sieben Stunden", sagte Kathleen. „Hängt vom Verkehr ab." Sie waren beide nervös, daran gab es keinen Zweifel. In der Vergangenheit hätte Kathleen das Radio angemacht oder eine CD eingelegt – irgendetwas, das das unbehagliche Schweigen füllte –, aber heute tat sie das nicht.

„Und jetzt lerne ich endlich meine Oma und meinen Opa kennen?", fragte Joelle nach einer Weile.

„Meine Mutter starb, als ich achtzehn war, kurz nachdem mein Studium am College anfing."

„Ach ja, tut mir leid. Hab ich vergessen." Joelles Miene wirkte weich und kindlich, so als stellte sie sich vor, ihre Mutter wäre gestorben und sie wäre deswegen traurig. „Was ist mit deinem Vater? Hast du außer Tante Annie noch mehr Geschwister?"

Kathleen holte tief Luft und schob die Frage nach ihrem Vater zunächst beiseite. „Ich habe zwei Brüder, JT und Mütze, und –"

„Mütze? Was ist das denn für ein Name?"

„Eigentlich heißt er Donald, wie mein Vater, aber er war immer so langsam – eine Schlafmütze – und so ist der Name hängen geblieben. JTs richtiger Name ist John Thomas, was viel zu würdevoll klingt, wenn man bedenkt, dass sein Lieblingszeitvertreib darin bestand, Insekten und andere kleine Tiere zu quälen. Und Annie ist meine einzige Schwester."

„Sind sie älter oder jünger als du?"

„Ich bin die Älteste. Ich war vier, als Mütze geboren wurde, sechs, als JT auf die Welt kam, und bei Annies Geburt war ich acht." Sie warf Joelle einen Blick zu und sah, dass sie lächelte. „Was ist?"

„Ich wette, es hat Spaß gemacht, eine kleine Schwester zu haben. So, als hätte man eine lebende Babypuppe."

„Das könnte man meinen. Aber Annie hat jede wache Minute ihres Lebens geschrien. Es ist ein Wunder, dass sie nicht ganz ledrig und ausgetrocknet war, als sie größer wurde, so wie dieses furchtbare Yuppie-Trockenobst, das Papa immer kauft. Mütze und JT waren wie eine Reinkarnation der James-Brüder."

„Wer sind die James-Brüder?"

„Du weißt schon … Jesse James, der berühmte Bandit, und sein Bruder Frank. Meine Brüder fahren wahrscheinlich Motorrad und sind inzwischen mit Tätowierungen und Piercings übersät. Es würde an ein Wunder grenzen, wenn sie nicht im Knast sitzen. Sie haben immer irgendetwas ausgeheckt."

„Was denn zum Beispiel?"

Sie kramte in ihrer Erinnerung nach einer ihrer harmloseren Eskapaden. „Einmal hatten sie keine Lust mehr, auf ihre kleine Schwester Annie aufzupassen, also haben sie ihr mit dem Bademantelgürtel meiner Mutter Hände und Füße zusammengebunden und sie in einen

Schrank gesperrt." Joelles mädchenhaftes Kichern spornte Kathleen an. „Und einmal waren sie wütend auf die Nachbarin, da haben sie den Gartenschlauch in ihren Trocknerabzug gesteckt und das Wasser aufgedreht."

„O nein!", lachte Joelle. „Das ist ja übel!"

„Ja, sie waren schon früh auf dem Weg, Verbrecher zu werden, und –" Sie erstarrte, als ihr wieder einfiel, dass Joelle erst neulich mit dem Gesetz in Konflikt geraten war. Joelle wandte sich abrupt ab, als würde sie die Landschaft betrachten, aber ihre Wangen waren gerötet. Zwischen ihr und Kathleen war es so gut gelaufen, und jetzt war es, als wäre eine Tür zugeknallt worden, und Kathleen wusste nicht, wie sie sie wieder öffnen sollte. In diesem Augenblick hätte sie gut einen Rat von der altbackenen Therapeutin Dr. Russo brauchen können, aber die war nicht hier. Kathleen wollte aus Notwehr gerade das Radio anstellen, als Joelle das Schweigen brach.

„Papa hat mir erzählt, dass du eine schwere Kindheit hattest."

„Hat er das? Was hat er denn sonst noch erzählt?" Sie hatte das Gefühl, als sitze sie auf einer Kiste voller giftiger Schlangen und versuche, den Deckel fest geschlossen und all das Hässliche verborgen zu halten.

„Er sagte, es wäre nicht seine Sache, sondern deine, mir davon zu erzählen. Aber nur, wenn du das willst. Er sagte, es war ziemlich traumatisch."

„Ja – zunächst einmal waren wir sehr arm. Als ich klein war, habe ich nie jemandem in die Augen gesehen und meine Haare ins Gesicht hängen lassen, in der Hoffnung, dass niemand mich wahrnimmt. Und du kennst doch diese heruntergekommenen Häuser in den Armenvierteln mit ihren schiefen Dächern und rostigen Autos in der Auffahrt und kleinen Kindern, die halbnackt und völlig verdreckt draußen herumlaufen?"

Joelle starrte sie an, um zu sehen, ob sie Witze machte.

„Es stimmt. So bin ich aufgewachsen. Natürlich wusste ich nicht, dass wir arm waren, als ich sehr klein war. Aber ich erinnere mich noch gut an den Tag, an dem es mir zum ersten Mal bewusst wurde. Es war im Sommer und ich war neun Jahre alt ..."

Teil 2

Kathleen
1959–1968

Kapitel 4

Riverside, New York – 1959

Das erste Grummeln des Sommergewitters ertönte in der Ferne, als ein brandneuer Cadillac Baujahr 1959 vor unserem Haus hielt. Das Auto sah so glänzend und wichtig aus, dass ich meine kleine Schwester von der baufälligen Veranda hob, auf der wir gesessen hatten, ins Haus rannte und brüllte: „Mama! Mama, komm schnell!"

Ich erhielt keine Antwort. Schnell durchsuchte ich den Bungalow mit seinen vier Zimmern, dann rannte ich nach draußen zum alten Schuppen mit dem Plumpsklo im Garten. Das Baby schrie mir ins Ohr, während ich mich auf die Zehenspitzen stellte, um durch das halbmondförmige Fenster zu lugen. „Mama …? Bist du da drin?"

„Was willst du denn, Kathleen? Siehst du nicht, dass ich beschäftigt bin?" Was ich sah, war meine Mutter, die auf einem kaputten Küchenstuhl saß und in einem Versandhauskatalog blätterte.

„Mama, vor unserem Haus hat ein schickes schwarzes Auto gehalten –"

„Die Kutschen der Bourgeoisie", stieß sie verächtlich aus. Ich hatte keine Ahnung, was „Bourgeoisie" bedeutete, aber ihre Stimme klang, als redete sie von widerwärtigen Nagetieren. „Sag ihnen, wer auch immer das ist, dass ich nicht zu Hause bin."

„Du willst, dass ich *lüge*, Mama?"

„Das ist keine Lüge. Ich bin nicht zu Hause – ich bin hier draußen. Sieht das hier etwa aus wie mein Zuhause? Jetzt geh und frag sie, was sie wollen."

Regentropfen fielen auf meine nackten Arme, als ich ins Haus zurückeilte, während der Donner in der Ferne grummelte. „Oh, halt den *Mund*, Annie!", befahl ich meiner weinenden Schwester. „Sonst gebe ich dir einen Grund zum Heulen." Ihre Windel roch wieder und ihr Gesicht war vom Rotz verschmiert.

Als ich das Haus erreichte, hatte die schlanke blonde Frau, die den Wagen gefahren hatte, sich bereits einen Weg durch den zugemüllten

Vorgarten gebahnt, worauf sie an das Fliegengitter vor unserer Tür klopfte und rief: „Hallo? Ist jemand zu Hause?"

Meine zwei Brüder, nur mit schmuddeligen Unterhosen bekleidet, starrten sie durch das zerrissene Fliegengitter an. Die Frau sah in ihrem sauberen, marineblauen Leinenkleid, den hochhackigen zweifarbigen Pumps und dem kleinen Hut aus, als wäre sie geradewegs aus dem Versandhauskatalog spaziert. Ich wünschte, meine Mutter wäre so hübsch wie sie. Mama war es völlig egal, wie sie aussah. Sie trug ausgebeulte Baumwollkleider, die vorne mit einem Reißverschluss versehen waren, und ihr dunkelbraunes Haar band sie zu einem Pferdeschwanz zusammen. Ich setzte Annie neben Mütze und JT auf den Boden und trat dann zögernd an die Tür.

„Meine Mutter ist nicht … hier." Die Worte fühlten sich wie eine Lüge an. Es fiel mir schwer, sie auszusprechen. „Sie ist nicht hier im Haus bei uns, meine ich."

„Ich heiße Cynthia Hayworth. Kommt deine Mutter bald zurück, Liebes?"

Ich zuckte mit den Schultern. Ein Schulterzucken war keine Lüge, oder? Außerdem wusste ich ja wirklich nicht, wie lange meine Mutter sich noch im Schuppen einschließen wollte – in ihrem Heiligtum, wie sie ihn manchmal nannte. Ich hatte keine Ahnung, warum sie so viel Zeit dort verbrachte. Ich selbst wäre garantiert nicht freiwillig eine Sekunde länger an einem solchen Ort voller Spinnen und Spinnweben geblieben als unbedingt nötig – und selbst dann nur in einem Notfall, zum Beispiel, wenn die Toilette im Haus verstopft war.

„Ach, eigentlich kann ich die Sachen auch genauso gut dir geben, Liebes", sagte die Frau. „Ich –"

Ein lauter Donnerschlag ließ uns beide zusammenfahren. Draußen auf der Straße wurde plötzlich die Autotür aufgerissen und ein pummeliges kleines Mädchen, das ungefähr so alt war wie ich, rannte auf unser Haus zu, eilte die ausgetretenen Stufen zur Veranda hinauf und klammerte sich an seine Mutter, als wollte es sie nie wieder loslassen. Das Mädchen trug eine rosafarbene kurze Hose und eine genau dazu passende Bluse mit rosa Blümchen. Selbst die Schleifen in den hellblonden Haaren und die Spitze an den Söckchen waren rosa.

„Aber May Elizabeth! Du brauchst doch keine Angst zu haben", sagte die Frau besänftigend. „Das sind doch nur die Engel im Himmel, die mal wieder ihre Möbel umstellen."

Diese Erklärung für Donner hatte ich noch nie gehört, aber sie gefiel mir. Ich musste lächeln, als ich mir vorstellte, wie weiß gewandete Engel mit Flügeln aus Federn Sofas und Sessel und Fernseher über den hölzernen Fußboden des Himmels schoben. Dann erstarb mein Lächeln, als das neue Mädchen an mir vorbei in unser Wohnzimmer spähte und sagte: „Iiih! Was ist denn mit euerm Haus passiert?"

„Still, May!", schalt ihre Mutter sie.

„Aber es stinkt, und die Decke kommt ja schon runter, und –"

Die Frau legte einen mit rotem Nagellack verzierten Finger auf Mays Lippen, um sie zum Schweigen zu bringen, dann wandte sie sich wieder freundlich lächelnd mir zu. „Ich habe ein paar Sachen mitgebracht, weil ich dachte, dass eure Familie sie vielleicht brauchen kann. Wenn du und deine Brüder mit zum Auto kommt und uns beim Tragen helft, können wir vielleicht alles hineintragen, bevor es anfängt zu schütten."

Ich konnte mir nicht vorstellen, wer diese Fremde sein könnte oder was sie uns brachte oder warum, aber ich stieß meinen Bruder Mütze an und zog an ihm, damit er aufstand. „Komm schon, sie braucht deine Hilfe. JT, du bleibst hier bei Annie. Und pass auf, dass sie nicht wegkrabbelt."

Der harte Lehmboden fühlte sich heiß unter meinen Füßen an, als ich Mrs Hayworth durch den Garten zu dem Cadillac folgte, den widerstrebenden Mütze hinter mir herziehend. Das Mädchen in Rosa hielt mit mir Schritt und flüsterte mir ins Ohr, damit Mrs Hayworth sie nicht hören konnte.

„Seid ihr gerade erst eingezogen oder so? Habt ihr deshalb keine Gardinen oder Teppiche?"

„Nein", erwiderte ich mit stolz erhobenem Kinn. „Wir wollen einfach keine, das ist alles. Wir mögen unser Haus, wie es ist."

„Kommt schon, Mädchen. Schnell!", rief Mrs Hayworth. „Rennt zwischen den Regentropfen durch!"

Ich sah sie erstaunt an und blickte dann zum dunkel verhangenen Himmel hinauf. „Aber … wie soll ich das denn machen? Ich sehe die Tropfen doch nicht kommen."

Mrs Hayworth lächelte, legte den Kopf schief, als würde sie einem kleinen Hündchen zusehen. „Natürlich geht das nicht, Liebes. Es ist nur so eine Redensart." Sie öffnete den Kofferraum ihres Wagens und reichte mir eine Papiertüte. „Hier sind ein paar Kleider, aus denen May Elizabeth herausgewachsen ist. Du siehst aus, als wärest du eine oder zwei Größen kleiner als sie." Sie holte eine zweite Tüte heraus und drückte sie Mütze in die Hand. „Und hier sind Spielsachen, mit denen mein Sohn Ronnie nicht mehr spielt. Meinst du, du kannst sie tragen?"

Mütze nickte feierlich, während er die Tüte entgegennahm, aber ich sah ein aufgeregtes Funkeln in seinen Augen, als er das leuchtendrote Feuerwehrauto erspähte, das oben aus der Tüte ragte. Er ging mit der Tüte über den Rasen zurück, wobei sein nackter Po hinter der hängenden Unterhose sichtbar war.

Wir anderen folgten ihm, in den Armen noch mehr Einkaufstüten, aber der riesige Kofferraum des Wagens enthielt noch mehr Schätze. Ich sah Gemüse, Cordhosen für die Jungs und gestreifte T-Shirts, bunte Pullover und Winterjacken und eine Barbiepuppe in einem schwarzweißen Badeanzug mit winzigen, passenden Schühchen dazu.

„Warum kann ich nicht im Auto warten?", murrte May Elizabeth, als wir zum Cadillac zurückkehrten, um die nächste Ladung zu holen. „Ich werde ganz nass!"

„Nein, Liebes. Du wirst schon nicht schmelzen", sagte Mrs Hayworth.

Ich starrte May Elizabeth entsetzt an und dachte an die böse Hexe im *Zauberer von Oz*, die geschmolzen war. „Was meinen Sie?", fragte ich. „Warum sollte sie denn schmelzen?"

„Was ich meine", erklärte Mrs Hayworth, „ist, dass sie zwar süß ist, aber nicht aus Zucker, und Zucker löst sich in Wasser nun einmal auf."

Ich fand es toll, wie diese elegante Frau redete: „Die Engel stellen ihre Möbel um … zwischen den Regentropfen hindurchlaufen … so süß, dass man sich wie Zucker auflöst." Ich konnte mir nicht vorstellen, dass Mrs Hayworth jemals Dinge schrie wie: „Jetzt habe ich die Nase aber gestrichen voll!", wie meine Mutter es immer tat, oder dass sie stundenlang in einem ollen Schuppen herumsaß.

Mrs Hayworth drückte ihrer Tochter eine Tüte in die Hand, in der obenauf Tomaten lagen, dann reichte sie mir die Tüte mit der Barbiepuppe. Mütze war nicht mehr mitgekommen, um uns beim Tragen zu helfen. Ich konnte hören, wie er im Haus Sirenengeräusche nachahmte, während Annie kreischte und JT rief: „Lass mich auch mal, lass mich auch mal!"

Als wir die letzte Tüte zur Veranda getragen hatten, hatte das Unwetter uns beinahe erreicht. May Elizabeth rannte zum Auto zurück, sprang hinein und knallte die Tür zu. Mrs Hayworth zog eine Broschüre aus ihrer Handtasche und gab sie mir. Vorne drauf war ein Bild von der Kirche, an der wir immer vorbeikamen, wenn ich mit meinen Brüdern zum Dorfpark ging, um dort zu spielen.

„Gibst du das bitte deiner Mutter? Sag ihr, dass ihr alle bei der Kirche in der Park Street jederzeit willkommen seid. Und wir haben auch Kindergottesdienst für dich und deine Brüder. Hast du Lust, irgendwann mit May Elizabeth mitzugehen?"

„Okay", sagte ich. Aber ich war ziemlich sicher, dass meine Mutter es niemals erlauben würde.

„Also, ich beeile mich besser", sagte Mrs Hayworth, als ein Blitz die Straße erhellte. „Auf Wiedersehen, Liebes." Sie rannte nicht, sondern schwebte beinahe zu ihrem Cadillac wie ein Filmstar, der einen roten Teppich entlanggleitet.

Ich schleppte die Tüten alle ins Wohnzimmer und setzte mich dann im Schneidersitz auf den Fußboden, um die Kleider genauer zu betrachten, aus denen May Elizabeth herausgewachsen war. Ich zog hübsche karierte Kleider für die Schule mit passenden Kniestrümpfen heraus; Kombinationen aus Shorts und Bluse, die farblich aufeinander abgestimmt waren; und sogar ein geblümtes Nachthemd, alles sorgfältig gebügelt und ordentlich zusammengelegt. Allem haftete ein süßlicher, blumiger Duft an. Ich hatte gar nicht bemerkt, dass ich weinte, bis Mütze plötzlich fragte: „Was ist los? Warum weinst du denn?"

Ich wusste nicht, warum. Am liebsten wäre ich in mein Zimmer gerannt und hätte all diese schönen neuen Kleider anprobiert – und doch hasste ich mich dafür, dass ich sie so gerne haben wollte. Ich hatte gesehen, wie Mrs Hayworth Mütze und JT in ihrer zerschlissenen Unterwäsche angesehen hatte, und ich war alt genug, um zu erkennen, was in diesem Blick lag – Mitleid.

Ich stand auf, plötzlich wütend, und stopfte die Kleider in die Tüte zurück. „Nichts ist los!" Ich trat die Tüte mit meinem nackten Fuß, sodass sie umkippte. Dann rannte ich in mein Zimmer, um meine Tränen zu verbergen.

Kapitel 5

Die nächste Gelegenheit, bei der ich May Elizabeth wieder sah, war der erste Schultag im Herbst. Ich ging gerne zur Schule und war immer eine gute Schülerin. Ich genoss sogar den langen Fußmarsch zur Grundschule von Riverside, der über die Brücke, durch die winzige Innenstadt und den Hügel hinauf bis zur Schule führte. Das moderne einstöckige Gebäude war nach dem Krieg erbaut worden, um die Babyboomer-Generation zu beherbergen, und es hatte einen langen Hauptflur und riesige Fenster in jedem Klassenzimmer, die bis auf den Boden reichten und von denen man den Rasen des Schulgrundstücks und den Spielplatz überblicken konnte.

Nachdem ich mich den ganzen Sommer über um meine Geschwister gekümmert hatte, war ich froh, aus dem Haus zu kommen und ihnen zu entfliehen – obwohl ich in diesem Herbst Mütze an der Hand nehmen und zum Kindergarten bringen musste. Er ging zudem noch aufreizend langsam und sah sich nach allem um, als wäre er gerade erst aus dem Ei gekrochen und hätte nie zuvor die Welt gesehen. Seine Arme müssen an diesem ersten Tag mehrere Zentimeter länger geworden sein, so wie ich ihn hinter mir her zerrte. Als wir schließlich ankamen, schob ich ihn durch die Tür in den Kindergartenraum und floh dann, um nicht mit ansehen zu müssen, wie Mütze alles vernichtete.

Der Klassenraum für die vierte Klasse, in die ich ging, lag ein Stück den Gang hinunter, und die Handvoll Kinder, die vor mir angekommen waren, liefen herum und sahen sich alles an. Ich fand einen Tisch, auf dem mein Name angebracht war – Kathleen G. – und rutschte auf den Sitz, um dann ein paar Mal damit zu kippeln und die Klappe meines Schreibtischs auf und zu zu klappen. Der Deckel quietschte. Ich mochte das Geräusch, das nach einem unheimlichen Spukhaus klang, deshalb hob ich die Klappe noch einige Male hoch. Dann segelte May Elizabeth ins Klassenzimmer.

Selbst im zarten Alter von neun Jahren beherrschte sie schon die Kunst eines großen Auftritts. Sie winkte mit der Hand wie die Präsidentengattin und rief: „Hallo-o, ich bin hi-ier", als hätten wir alle die Luft angehalten und nur darauf gewartet, dass sie kam. Und so wie die anderen Mädchen sich um sie scharten, hätte man meinen können, sie wäre Elvis Presley. May und ich waren noch nie zuvor in derselben Klasse gewesen, aber die anderen Kinder wussten bereits, dass sie mit einer Wagenladung Süßigkeiten und fantastischen Kinderfesten rechnen konnten, wenn sie eine Hayworth zu ihren Klassenkameradinnen zählten. Die Hayworths waren die reichste Familie in der Stadt. Mays Bruder Ron, der zwei Jahre älter war als May, herrschte auf dem Schulhof, wie Jimmy Hoffa bei der Transportarbeitergewerkschaft.

„Das ist also mein Klassenzimmer!", sagte May atemlos. Ihre blonden Locken hüpften, als sie sich umsah. „Ich hatte gehofft, ich würde in Miss Powells Klasse auf der anderen Seite des Flures kommen. Sie ist jung und hübsch und macht furchtbar lustige Sachen mit ihrer Klasse. Na ja. Ich muss wohl das Beste draus machen, nehme ich an."

Sie war wie aufgedreht, redete ununterbrochen, war der Mittelpunkt der Aufmerksamkeit. Die anderen Mädchen, die vor Mays Ankunft gelacht und geredet hatten, waren vor Ehrfurcht verstummt. Die Jungen lagen ihr praktisch zu Füßen. Ich beobachtete ihren Auftritt aus der Ferne, froh darüber, eine unbeteiligte Zuschauerin zu sein, als May Elizabeth Hayworth sich zu meinem Entsetzen plötzlich mir zuwandte.

„Dich kenne ich", sagte sie und zeigte mit dem Finger auf mich. „Du bist das Mädchen, dem wir alle unsere alten Kleider gegeben haben, nicht wahr?"

Ich versteckte meinen Kopf hinter der Schreibtischklappe wie eine Schildkröte, die versucht, sich in ihren Panzer zurückzuziehen, und klammerte mich an die aussichtslose Hoffnung, dass niemand sie gehört hatte. May kam näher, und unbewusst zog ich die Beine unter meinem Stuhl an, um kleiner zu wirken – oder vielleicht sogar zu verschwinden. Doch beides war mir nicht vergönnt.

„Das Kleid war mal meins", verkündete sie der gesamten Klasse. „Ich wollte es nicht mehr, weil es hässlich ist und ich Grün hasse. Die Kniestrümpfe haben mir auch gehört."

Ich spürte, wie sich meine Wangen vor Scham und Wut röteten. Jedes Jahr, seit ich in den Kindergarten ging, war jedes Kind außer mir mit einer neuen Garderobe zum ersten Schultag erschienen. Diesmal konnte ich endlich neue Kleider tragen – oder wenigstens waren sie so gut wie neu – und dann musste May Elizabeth kommen und alles kaputt machen. Niemand hätte gewusst, dass mein Kleid abgelegt war, wenn sie nicht so dumm gewesen wäre und lieber den Mund gehalten hätte. Warum musste sie alles verderben?

„Dieses Kleid kannst du auch haben, wenn ich es leid bin", sagte sie und hob den Stoff mit spitzen Fingern an, um ihn dann fallen zu lassen, als wäre er Dreck.

Ich biss die Zähne zusammen und wünschte, sie würde nach China ziehen – oder wenigstens in die „lustige" Klasse von Miss Powell wechseln. Aber nein, May fand den Tisch mit ihrem Namen darauf und ließ ihren pummeligen Hintern genau neben mir auf den Stuhl fallen. Ich wäre in meinen Schreibtisch gekrochen und hätte die Klappe geschlossen, wenn ich nicht Angst gehabt hätte, darin stecken zu bleiben. Es würde meine Demütigung nur noch verschlimmern, wenn die Freiwillige Feuerwehr von Riverside geholt werden musste, um mich zu befreien.

„Wollt ihr meine neuen Schulsachen sehen?", fragte May ihre Anhänger, die sich um sie versammelt hatten. Ich schielte hinüber, als sie eine wunderschöne rot karierte Schultasche mit Lederecken und Messingschnallen öffnete. Der Ranzen war voll mit neuen Dingen: Scheren, Radiergummis, bunten Bleistiften, einem geblümten Federmäppchen mit Reißverschluss, Lineal, einem Set aus Winkelmesser und Kompass und einer nagelneuen Schachtel mit Buntstiften – die Sorte, die es in vierundsechzig Farben gab und einen Anspitzer in der Packung hatte. Ich liebte die Farben, aber ich musste immer die Stifte benutzen, die der Schule gehörten – dreckige, abgebrochene Wachsmalstifte, deren Papier abgerissen war. Wenn ich damit gemalt hatte, fühlten meine Hände sich immer ganz schmierig an.

Ich sah zu, wie May ihr Materiallager einrichtete, und bemerkte, dass die Klappe ihres Schreibtischs sich geräuschlos öffnen ließ. Ich musste mich abwenden, weil meine Wangen nicht mehr rot waren, sondern grün vor Neid. Ich hob meine eigene Klappe an, aber das Quietschen machte keinen Spaß mehr; jetzt klang es nur noch alt und kaputt. Ich hielt die Klappe mit meinem Kopf auf und schob schnell meinen „neuen" Stiftekasten – eine von Onkel Leonards abgelegten Zigarrenkisten – hinein, damit niemand ihn sah.

Dann kam unsere Lehrerin zur Tür herein. „Guten Morgen", sagte sie in ihrer heiseren Raucherstimme. „Ich bin Mrs Wayne." Sie war so groß und stämmig, dass Generationen von Schülern vor mir schon vermutet hatten, dass sie die Zwillingsschwester von John Wayne war. Gebaut war sie allemal wie er. Ältere, klügere Kinder wie Ron Hayworth ließen verlauten, dass sie früher der Zwillingsbruder des Duke gewesen sei, aber dann nach Skandinavien gegangen sei, um eine Geschlechtsumwandlung vornehmen zu lassen wie Christine Jorgensen.

Mrs Wayne hatte einen Busen so groß wie der Mount Everest, und es schien ein ständiges Problem mit den Trägern ihres Büstenhalters zu geben. Sie verbrachte im Unterricht Stunden damit, in ihre Bluse zu greifen und die auf Abwegen befindlichen Träger wieder über ihre Schultern zu streifen. Bei ihr sah es wie eine lästige Tätigkeit aus – so aussichtslos, als würde man Sand gegen die Wellen anschaufeln –, dass ich froh war, dass ich mir in den nächsten paar Jahren noch keine Sorgen über so etwas Kompliziertes wie Büstenhalter machen musste. Als ich irgendwann meinen ersten BH bekam, dachte ich immer an Mrs Waynes Probleme und achtete sorgfältig darauf, in der Öffentlichkeit keine peinlichen Korrekturen vorzunehmen. Natürlich verbrannten kluge Frauen zu diesem Zeitpunkt sowieso ihre Büstenhalter aus Protest – und ich könnte wetten, dass Mrs Wayne eine der Ersten war, die ein Streichholz an ihr Exemplar gehalten hat.

Aber ich mochte Mrs Wayne trotz ihrer BH-Sorgen. Sie war eine warmherzige, mütterliche Person, und das gefiel mir. Sie führte ihre Klasse mit gleichem Recht für alle, ob reich oder arm, Junge oder Mädchen, und sie geizte nie mit Lob, wo es verdient war. Ich lächelte, wenn ich die knappen Bemerkungen unter meinen Arbeiten las – Gute Arbeit, Hervorragend –, und in Gedanken stellte ich mir vor, wie sie mich mit ihrer rauen Männerstimme lobte.

Der erste Morgen in der Schule verging schnell und ohne weitere peinliche Bekanntmachungen von May Elizabeth über meine Garderobe, und mittags gingen wir den Flur entlang in den Speisesaal. May war so reich, dass sie die Schulmahlzeiten für einen ganzen Monat im Voraus bezahlen konnte. Ich stellte mich an, um meine Milch abzuholen, die von einem öffentlichen Hilfsprogramm gespendet wurde, dann setzte ich mich allein an einen leeren Tisch in der Ecke. Wenig später setzte May sich mit einem grauen Plastiktablett mit Essen neben mich: ein klebriges Nudelgericht mit Tomatensauce mit dem Namen „Ferien in Rom", ein Brötchen, roter Wackelpudding mit

Früchtecocktail und Schokoladenpudding mit einem knopfgroßen Klecks Sahne obendrauf.

Ich hielt meine zerknitterte Brottüte auf meinem Schoß und spielte mit meiner Milchtüte herum, während May zu mir herübersah. Ich schämte mich, mein Essen vor jemand anderem auszupacken, geschweige denn vor einer Hayworth. Ich hatte die Brote selbst geschmiert mit den einzigen Zutaten, die ich an diesem Morgen im Schrank gefunden hatte – zwei übrig gebliebene Enden eines Weißbrots und eine Schicht Erdnussbutter von der Fürsorge, und das Ganze in gebrauchte Alufolie gewickelt. Ich aß mit gesenktem Kopf, das Brot auf meinem Schoß vor Mays Blicken verborgen, und biss heimlich davon ab, während May gabelweise „Ferien in Rom" in sich hineinschaufelte. Als ich fertig war, faltete ich die Folie und die Papiertüte sorgfältig zusammen, damit ich sie wieder benutzen konnte.

„Willst du den?", fragte May und zeigte auf ihren Schokoladenpudding. „Ich kann nicht mehr." Sie blähte die Backen auf, als könnte sie all das, was sie gegessen hatte, kaum bei sich behalten. Gleichgültig zuckte ich mit den Schultern und versuchte mein Verlangen zu verbergen. Ich liebte Schokoladenpudding. May stach einen Löffel durch die gummiartige Oberfläche des Puddings und schob das Schälchen vor mich hin. „Hier. Meine Mutter mag es nicht, wenn ich Lebensmittel verschwende. Sie sagt: ‚Denk an all die Kinder auf der Welt, die hungern.'"

Ich ignorierte die logische Schlussfolgerung, dass ich zu den hungernden Kindern auf der Welt zählte, in dem Wissen, dass es wahrscheinlich der Wahrheit entsprach. Ich verschlang den Pudding mitsamt Haut, dann leckte ich das Schälchen und den Löffel ab. Ich glaube, es war May Elizabeths mittägliche Wohltätigkeitsgeste, die mich später dazu bewog, ihr zu helfen, als Danny Reeves in der Pause auf dem Schulhof versuchte, sie herumzuschubsen.

Danny war ein Schlägertyp, der schon auf eine weiterführende Schule hätte gehen sollen, aber eine oder zwei Ehrenrunden gedreht hatte. Er streunte durch die Viertel mit heruntergekommenen Häusern, als gehörte ihm die ganze Welt, und nahm sich, was immer er wollte, wann immer ihm danach war. Alles, was nicht niet- und nagelfest war, betrachtete er als sein Eigentum – und es hätte mich nicht gewundert, wenn er einen Bolzenschneider mit sich herumgetragen hätte, nur für den Fall. Ich hatte mich schon einmal gegen ihn zur Wehr gesetzt, als er versucht hatte, Mütze das Feuerwehrauto wegzunehmen, und dabei hatte ich die Erfahrung gemacht, dass Danny im tiefsten Innern seines Herzens eigentlich ein Feigling war. Auch diesmal bot ich ihm die Stirn, als er die Kette von Mays Schaukel mitten im Flug anhielt, sodass sie beinahe in den Sand geschleudert worden wäre.

„Ich bin dran", knurrte Danny. „Runter da!" May hatte ganz offensichtlich Angst, nicht nur, weil sie beinahe gestürzt wäre, sondern auch, weil Danny ein angsteinflößendes Sträflingsgesicht hatte und eine drahtige, bulldoggenartige Haltung an den Tag legte, so als würde er Stacheldraht frühstücken und zu Mittag Landminen essen. Sein Lieblingssatz war: „Willst du dich mit mir anlegen?" In der Schulhofhierarchie stand Danny eine Stufe tiefer als Mays Bruder Ron, und ich fragte mich, ob er beschlossen hatte, seinen Frust an Rons pummeliger kleiner Schwester auszulassen.

Ich ging zu den Schaukeln hinüber und knöpfte mir Danny ohne zu zögern vor. „Verschwinde, Danny Reeves, und lass sie in Ruhe. Du bist hier nicht der Boss."

„Willst du dich mit mir anlegen?"

„Mrs Wayne vielleicht. Sie ist unsere Lehrerin."

„Und? Wen interessiert's?", höhnte er. Aber er machte sich trotzdem davon. Offensichtlich kannte er Mrs Waynes Ruf in Sachen Recht und Gerechtigkeit – von ihrer kräftigen Statur ganz zu schweigen. Ich zitterte in meinen Schuhen, aber es war ein gutes Zittern, das von einem Adrenalinanstieg herrührte und nicht von Angst. May starrte mich bewundernd an.

„Wow! Du hast mir das Leben gerettet!", sagte sie in ihrer übermäßig theatralischen Art. „Danke!"

„Gern geschehen." Ich drehte mich um und ging, während sie versuchte, mit dem Schwung ihrer Beine wieder luftige Höhen zu erreichen. „Ihr Leben gerettet" war vielleicht eine Übertreibung, aber ich war trotzdem stolz auf das, was ich getan hatte. Meiner Meinung nach hatte ich mich revanchiert und damit das Stigma der Wohltätigkeit ausgelöscht, sodass die abgelegten Kleider jetzt wirklich mir gehörten. Ich hatte sie mir verdient. Ausgerechnet Danny Reeves hatte ich die Stirn geboten. Meine Schuld hatte ich beglichen.

Später an diesem Nachmittag, als Mrs Wayne sagte, wir sollten uns für ein Kunstprojekt zu zweit zusammenfinden, drehte sich May gleich zu mir um und sagte: „Ich nehme Kathleen G." Normalerweise landete ich bei Kindern wie Charlie Grout, der neben uns wohnte und beinahe so arm war wie wir. Charlie hatte sich bereits in der ersten Klasse zum Gespött seiner Mitschüler gemacht, als er ein halbes Glas Kleister hinuntergeschlungen hatte, bevor die Lehrerin ihn erwischte. Aber ich musste heute nicht Charlies Partnerin sein. Die Klassenkönigin hatte mich erwählt.

„Meine beste Freundin war Suzanne Clerk", ließ May mich wissen, „aber sie ist im letzten Sommer nach New Jersey gezogen. Du kannst meine neue beste Freundin sein."

Ich zögerte, weil ich nicht sicher war, ob ich die Nachfolgerin sein wollte. Ich kam mir vor wie das Mädchen in der Miss-Amerika-Wahl, das neben der Siegerin stehen und zusehen muss, wie eine andere Freudentränen vergießt, wenn man ihr die Krone auf den Kopf setzt. Dann dachte ich an meinen Zusammenstoß mit Danny Reeves, und ich wusste, dass Mays Freundschaftsangebot kein Almosen war; ich hatte es mir verdient. Ich schob meinen Tisch über den Gang zu ihrem, bis die beiden Tische sich berührten. Wir waren Partner.

„Braucht jemand Stifte?", fragte Mrs Wayne. Sie kam zu meinem Tisch und schwenkte eine Schachtel mit abgebrochenen Stiften, die einmal neu gewesen sein mochten, als George Washington Präsident war. Unsere Stadt war klein, und Mrs Wayne wusste, dass ich zu den Kindern gehörte, die immer die Schulstifte ausleihen mussten. Sie blieb neben mir stehen, die abgewetzte Schachtel in einer Hand, während sie mit der anderen nach dem Träger ihres Büstenhalters fahndete. Diesmal rettete May mich.

„Hier", sagte sie und holte ihre wundervolle, nagelneue Vierundsechzig-Stifte-Packung hervor. „Du kannst meine mitbenutzen."

Ich beschloss, dass es ein wunderbares Jahr werden würde.

May Elizabeths neue beste Freundin zu sein, brachte eine Kette von Problemen mit sich, die begann, als meine Mutter von unserer Freundschaft erfuhr. „Hayworth!", knurrte sie, und so wie sie den Namen aussprach, klang er wie ein Schimpfwort. „Ich will nicht, dass du dich mit diesen hochnäsigen reichen Leuten abgibst. Halt dich von ihr fern."

Mein Onkel Leonard – Präsident, Gründer und einziges Mitglied der Kommunistischen Partei der Drei Bezirke – sah die Sache besonders düster. „Nur weil die Hayworths eine Fabrik besitzen, glauben sie, die ganze Stadt gehörte ihnen, samt allen Leuten darin. So eine Verbindung kann zu nichts Gutem führen, Kathleen. Wenn das Proletariat versucht, sich mit der Bourgeoisie anzufreunden, wird am Ende immer der arme Arbeiter ausgebeutet. Solche Beziehungen begünstigen die Reichen und nützen nur ihnen. Weißt du, daran wird nur deutlich, dass wir eine Gesellschaft brauchen, in der die Ressourcen gleichmäßig verteilt und gemeinschaftlich genutzt werden anstatt –"

„May Elizabeth lässt mich ihre Buntstifte mit benutzen", sagte ich zu ihrer Verteidigung.

„Eine solche Pseudo-Großzügigkeit beeindruckt mich nicht. In einer wahrhaft kommunistischen Gesellschaft würde das Hayworth-Mädchen ihre Stifte *weggeben* und sie gleichmäßig unter allen Schülern aufteilen."

Ich rechnete das schnell im Kopf aus: In der Schachtel waren vierundsechzig Stifte und in meiner Klasse sechsundzwanzig Kinder, was bedeutete, dass jeder zweieinhalb Stifte bekäme. In Onkel Leonards kommunistischer Gesellschaft wäre ich genauso schlecht dran, als wenn ich die abgebrochenen Wachsmalkreiden der Schule benutzte. Nein, ich fand es schön so, wie es war. Ich saß in der Schule neben May Elizabeth, und sie teilte alle ihre Schulsachen mit mir – ihrer neuen besten Freundin. Auf dem Schulhof war ich ihre Beschützerin, die Rüpel wie Danny Reeves in Schach hielt.

Als ich eine Einladung zu Mays Geburtstagsfeier im Oktober nach Hause brachte, war meine Mutter außer sich vor Wut. „Kommt nicht in Frage, Kathleen! Du hast bei diesen Leuten nichts verloren."

Zum Glück war mein Vater ausnahmsweise einmal zu Hause, als ich ihn brauchte. Er eilte mir zu Hilfe, wie Superman, der seine Lois Lane rettet. „Komm schon, sie sind doch noch Kinder, Eleanor. Gib der kleinen Hayworth nicht die Schuld für die Fehler ihrer Eltern. Gönn ihnen ihren Spaß." Er wandte sich an mich und grinste. „Möchtest du zu ihrer Feier gehen, Kathleen?"

Ich war noch nie in meinem Leben bei einer Geburtstagsparty gewesen – noch nicht einmal bei meiner eigenen oder der meiner Geschwister. Manchmal backte Mama Kuchen aus einer Backmischung, wenn sie daran dachte, was für ein Tag es war – und wenn sie genug Trockenei von der Fürsorge bekommen hatte. Ich schielte zu meiner Mutter hinüber und sah, dass sie kochte.

„Ja", erwiderte ich leise, in der Hoffnung, dass meine Mutter mich nicht hörte. „Ich möchte gerne gehen."

„Dann sollst du auch hingehen!" Papa lachte und zog mich in seine mit Sommersprossen übersäten Arme. Ich liebte ihn. Niemand konnte mich so umarmen, wie Papa es tat. Immer wenn Mama mich in den Arm nahm, war es schnell und sachlich, nicht warm und lang wie Papas Umarmungen. Während der wunderbaren Tage, an denen mein Vater da war, war ich sein Mädchen, seine Prinzessin.

Mein Vater war der freundlichste, sanfteste Mann auf der ganzen Welt und so unbekümmert wie ein Zirkusclown. Er setzte sich auf den Fußboden und spielte mit den Jungen und mir, und wir kitzelten einander durch und lachten, bis uns die Tränen übers Gesicht liefen. Papa verlor nie die Beherrschung mit uns oder schlug uns, selbst wenn die Jungs es verdient hatten. Und selbst dann nicht, wenn Papa getrunken hatte. Und meine Mutter behandelte er wie die Königin der Welt. Schade nur, dass er viel mehr fort war als zu Hause.

Als ich alt genug war, um Mama zu fragen, warum Papa so oft weg war, erzählte sie mir, er sei Fernfahrer. Später wandelte sie die Geschichte ab und sagte, er sei Vertreter. Ich fragte nie, was Papa transportierte oder verkaufte. Mein melancholischer Kommunistenonkel wohnte bei uns, wenn Papa nicht zu Hause war, manchmal mehrere Monate am Stück, sodass wenigstens ein Mann im Hause war.

Onkel Leonard war Mutters älterer Bruder und Papas bester Freund. Er war sehr groß, hatte hängende Schultern, ein schlaffes Bluthundgesicht und zurückgekämmte schwarze Haare. Er schlief auf dem Sofa in unserem Wohnzimmer, und seine Kleidung bewahrte er in Kartons dahinter auf. Er hatte Hunderte von Büchern, die sich in jedem Zimmer unseres Hauses stapelten. Die Jungs benutzten sie als Steine, wenn sie eine Festung bauten. Onkel Leonard saß abends immer an unserem metallenen Esstisch und verfasste Manifeste auf einem Notizblock mit gelblichem Papier. Die Stapel mit seinen kommunistischen Ergüssen ließen uns keinen Platz zum Sitzen und Essen, aber das machte nichts, denn wir setzten uns zum Essen sowieso nie an den Tisch.

Unser Auto gehörte Onkel Leonard und unser Fernseher auch. Er hatte das Gerät gebraucht gekauft, sagte Mama, damit er die Mc-Carthy-Anhörungen verfolgen konnte. Jeden Abend sah er die Nachrichten an, und ich bin sicher, dass selbst unsere Nachbarn zwei Blocks weiter noch hören konnten, wie Onkel Leonard mit dem Nachrichtensprecher stritt. Ich hatte mich an meinen Onkel und seine qualmenden Zigarren als Teil der Einrichtung gewöhnt, aber an dem Tag, als er seinen Senf zu May Elizabeths Geburtstagsfeier gab, machte er mich wütend.

„Und was ist mit einem Geschenk?", fragte er. „Ein verwöhntes, bourgeoises Kind wie sie wird ein Geschenk erwarten – und zwar ein schönes."

Papas Grinsen war unverändert. „Na, dann gehen wir wohl besser mal einkaufen, nicht wahr, Kathy?"

„Einkaufen!", sagte Mama verächtlich. „Meinst du, die Hayworths sind noch einmal sechs Monate wert, Donald?"

Es schien mir, als lasse sein Lächeln bei ihrer Frage ein wenig nach, aber er erholte sich schnell von dem Schlag. „Meine Kathy ist es ganz sicher wert."

Ich hatte keine Ahnung, wovon sie sprachen, aber einige Tage vor der Feier lud Papa Mütze, JT und mich in Onkel Leonards klapprigen Ford aus dem Jahr 1950 und fuhr mit uns zum Einkaufen. Und zwar nicht zu Brinkleys Drugstore im Zentrum von Riverside, sondern wir fuhren den ganzen Weg nach Bensenville, um bei Woolworth einzukaufen. Papa trug JT auf dem Arm, während wir durch die Gänge streiften und nach etwas suchten, was May Elizabeth gefallen könnte. Er hatte Annies unförmige Wickeltasche über seine Schulter gehängt, was ein wenig merkwürdig schien, da die kleine Annie zu Hause geblieben war und der dreijährige JT keine Windeln mehr trug. Abgesehen davon hätte Papa nie freiwillig eine Windel gewechselt, selbst wenn JT welche getragen hätte. Aber dies war nicht der richtige Zeitpunkt, um Fragen zu stellen. Und von der großen Auswahl wurde ich schnell abgelenkt.

„Ich weiß nicht, was ich ihr kaufen soll", jammerte ich.

„Überleg mal, sie ist deine beste Freundin", ermunterte Papa mich.

„Such dir einfach etwas aus, was du gerne hättest, dann mag sie es bestimmt auch."

Es gab viele Dinge, die mir gefielen. Papa sah zu, wie ich Päckchen mit Haarspangen anstarrte, eine Zaubertafel, auf der man etwas zeichnen und anschließend mit einer Bewegung löschen konnte, eine Puppenflasche aus Plastik, die sich auf magische Weise zu leeren schien, wenn man sie auf den Kopf stellte, und vieles mehr. Mütze trieb sich in der Nähe der Lederstrumpf-Utensilien herum: Waschbärfellmützen, Gummi-Tomahawks und Revolver aus Plastik mit passendem Halfter. Ich entschied mich schließlich für einen Karton mit Knete in vier verschiedenen Farben als Geschenk für May Elizabeth.

Nachdem ich meine Wahl getroffen hatte, führte Papa uns zu dem Regal mit den Kleinigkeiten und sagte, wir dürften jeder einen Vierteldollar ausgeben. „Ich muss noch etwas für eure Mutter suchen", sagte er und setzte JT neben Mütze und mir ab. Papa verschwand und überließ uns dem Vergnügen, die bunten Auslagen mit Spielsachen für zehn Cent zu bestaunen.

Es gab so viel Auswahl! Natürlich wollten meine Brüder alles haben, was sie sahen. Sie verstanden nicht, wie viel fünfundzwanzig Cent waren, und holten mit ihren schmierigen kleinen Händen ständig neue Dinge aus den Kisten, so als hätte Papa gesagt, sie sollten von jedem eins kaufen. Ich war schließlich ganz erschöpft, weil ich ihnen immer wieder irgendwelches Spielzeug entreißen und ihnen erklären musste, dass all die Trillerpfeifen und Gummisoldaten und Spielzeugautos, die sie in ihre Taschen stecken wollten, viel mehr Geld kosteten, als sie zur Verfügung hatten, woraufhin ich mir ihr Protestgeschrei anhören durfte. Der Ladenbesitzer blieb immer in unserer Nähe, und ich sah, wie ihm der Schweiß auf die Stirn trat, während er versuchte sich zu vergewissern, dass alles, was die Jungs in ihre Taschen steckten, auch wieder heraus kam.

Schließlich kam mein Vater wieder und schritt ein, indem er JT half, eine Gummischlange auszusuchen und Mütze dazu brachte, sich für einen Plastikdolch zu entscheiden. Ich hatte für mich eine Kette mit aufgefädelten Plastikperlen ausgesucht. Papa hob JT auf die Ladentheke, während er für unsere Sache und für eine Dose Puder bezahlte, die er für Mama ausgesucht hatte. Wir waren wieder im Auto und auf dem Heimweg, als mir schlagartig bewusst wurde, dass wir ausgerechnet das vergessen hatten, weswegen wir gekommen waren: May Elizabeths Geschenk.

„Halt, Papa! Wir haben das Geschenk vergessen! Wir müssen zurückfahren!"

„Das habe ich nicht vergessen, Schatz", sagte er lachend. „Es ist dort in der Tasche."

„Wo? In welcher Tasche?" Ich lugte über den Vordersitz und suchte alles ab. In der Woolworthtüte war nur Mamas Puder. Ich sah nirgendwo eine Schachtel mit Knetgummi. „Wo, Papa? Wo ist es denn?"

„Es ist hier ..." Papa fuhr ein bisschen langsamer, eine Hand am Steuer, während er mit der anderen Annies Wickeltasche vom Boden hob und auf den Sitz stellte. Und siehe da, May Elizabeths Geschenk war in der Tasche – und außerdem die Zaubertafel und die Plastikpuppenflasche, die ich so bewundert hatte, dazu eine Waschbärfellmütze für jeden der Jungen. Außerdem sah ich eine Flasche Parfüm für Mama, passend zu dem Puder, und ein glänzendes dreiteiliges Schraubenzieherset, von dem ich annahm, dass Papa es für sich selbst gekauft hatte.

„Gehören alle diese Sachen uns?", fragte ich erstaunt.

„Darauf kannst du wetten. Warum sollte die kleine Hayworth die Einzige sein, die Geschenke bekommt?"

Es war ein Gefühl wie Weihnachten, als ich den Jungen ihre neuen Mützen gab und mich mit meiner Zaubertafel zurücklehnte. JT und Mütze wechselten sich dabei ab, mich mit ihren buschigen Waschbärschwänzen zu ärgern. Erst später an diesem Nachmittag fragte ich mich, wann genau Papa für all diese Überraschungen bezahlt hatte. Er hatte sie nicht auf die Theke gelegt, als er an der Kasse stand. Und warum hatte der Angestellte alles in die Wickeltasche getan anstatt in eine Woolworthtüte? Ich hätte ein paar zusätzliche Tüten für meine Schulbrote brauchen können.

Je mehr ich darüber nachdachte, desto komischer wurde das Gefühl in meinem Magen, sodass ich schließlich an etwas anderes denken musste.

Kapitel 6

Verglichen mit unserem Haus, lebten die Hayworths in einer herrschaftlichen Villa. Onkel Leonard fuhr mich am Tag von May Elizabeths Feier hin, und er schüttelte mit betrübter Miene den Kopf, als er den Wagen in die lange, gebogene Auffahrt lenkte. „Weißt du, wie viele Wohnungen für Proletarier man aus diesem bourgeoisen Palast machen könnte?", fragte er.

Ich wartete nicht, bis er zu Ende gerechnet hatte, sondern schlug die Tür kräftig zu – das musste man, damit sie sich nicht wieder öffnete – und rannte die Stufen hinauf, um die Klingel zu betätigen. Als Mrs Hayworth mich hereinbat, sah ich als Erstes, dass alle Gäste schicke Kleider trugen. Ich kam mir ganz hässlich vor. Die anderen Mädchen hatten raschelnde Petticoats unter ihren Festtagskleidern und Schleifen in ihren Shirley-Temple-Locken. Mein stumpfbraunes Haar hing in schlaffen Strähnen herunter, und ich war die Einzige, die Stoffschuhe trug anstatt Lacklederschühchen. Mein Geschenk, das ich in buntes Billigpapier gewickelt hatte, sah neben all den anderen mit Glitzer und gekräuselten Bändern und glänzenden Schleifen versehenen Päckchen regelrecht trostlos aus. Mehrmals sah ich, wie die Erwachsenen mir Blicke zuwarfen, und ich wusste, dass sie hinter vorgehaltener Hand über mich sprachen.

Das Essen war wunderbar. Mr Hayworth briet Hotdogs auf seinem Holzkohlegrill neben dem Swimmingpool, und ich durfte so viele essen, wie ich wollte. Ich aß vier Stück, in weichen weißen Brötchen mit Senf, Ketchup und Zwiebeln. An diesem Tag aß ich zum ersten Mal in meinem Leben Kartoffelsalat und hartgekochte Eier, von denen May sagte, es seien „teuflische" Eier. Außerdem gab es ein himmlisches Dessert, das sie Göttersalat nannte, eine riesige Schüssel voller Wackelpudding in bunten Schichten und Pepsi-Cola zu trinken. Der Kuchen war aus einer Konditorei und war mit riesigen Zuckergussblumen und zehn Kerzen verziert, die May ausblies. Sie gab jedem Gast eine Tüte voll mit Süßigkeiten und einen nagelneuen Hula-Hoop-Reifen, den wir nach Hause mitnehmen durften.

Das Haus war ganz modern und sauber, mit dicken Teppichen und einem abgesenkten Wohnzimmer mit dänischen Möbeln. Das einzige andere Haus, das ich jemals betreten hatte, war das von Charlie Grout nebenan, und so kam mir Mays Haus vor wie aus einem Traum oder einer Fernsehsendung. Sie hatte ihr eigenes Zimmer mit einem Himmelbett, eine weiche Bettdecke, Hunderte von Plüschtieren und mehrere Dutzend Puppen. Selbst ihr Bad war voller Rüschen und ganz sauber, mit einem glänzenden türkisfarbenen Waschbecken und passender Toilettenschüssel und einem Mosaikfußboden, der so makellos sauber war, dass man davon hätte essen können. Ich spähte unter die Prinzessinnenpuppe, die auf dem Spülkasten saß, und sah, dass unter ihrem Rüschenrock eine Ersatzrolle Toilettenpapier versteckt war.

Später spielten wir Topfschlagen und Reise nach Jerusalem, aber ich gewann keine Preise. Ich lief den ganzen Nachmittag über wie in Trance herum, so wie Mütze es immer tat, während ich versuchte, alles zu erfassen. Die Party ging wie im Flug vorbei, und ehe ich mich's versah, fuhr Mrs Hayworth mich nach Hause.

„Hast du Lust, morgen mit May und unserer Familie mit in den Gottesdienst zu kommen?", fragte sie, als der Cadillac vor unserem Haus hielt.

„Ich glaube schon …" Das war meine Standardantwort, wenn ich verlegen war und nicht wusste, was ich sonst sagen sollte. Entweder das, oder: „Ich weiß nicht …"

„Warum fragst du nicht deine Eltern? Die Sonntagsschule fängt um halb zehn an. Wir warten dann am Sonntagmorgen vor der Kirche auf dich. Du weißt doch, wo die Kirche in der Park Street ist, nicht wahr, Liebes?"

„Mhm." Mama und Onkel Leonard würden sagen, Religion sei eine Krücke für die willensschwachen Massen, aber ich wollte wirklich mitgehen. Ich wollte überall lieber sein als zu Hause. „Danke für die Einladung zu der Party", fiel mir gerade noch ein, als ich aus dem Auto stieg.

„Gern geschehen, Liebes. Ich hoffe, du besuchst uns mal wieder."

Es ist immer eine gewisse Ernüchterung, nach einer Feier nach Hause zurückzukehren, aber was ich an diesem Nachmittag empfand, als ich die ausgetretenen Stufen zu unserer Veranda hinaufstieg, war viel, viel schlimmer. Ich sah mein Zuhause mit neuen Augen und bemerkte zum ersten Mal, wie sehr es stank – nach dreckigen Windeln und zu vielen Katzen. Der Boden in unserem Wohnzimmer bestand aus nacktem Sperrholz; das Linoleum in der Küche war fleckig und eingerissen; der Badezimmerfußboden faulte unter unserer undichten Toilette weg. Alle unsere Möbel waren durchgesessen und rochen muffig, und das Bild unseres Schwarz-Weiß-Fernsehers wackelte so sehr, dass man die ganze Zeit mit dem Kopf nicken musste, um überhaupt etwas sehen zu können. In unseren Zimmern gab es noch nicht einmal Betten, sondern nur Matratzen auf dem Boden. Wir vier Kinder schliefen alle im selben Zimmer, Mütze und JT auf einer Matratze, Annie und ich auf der anderen.

Als ich an jenem Nachmittag durch die Haustür trat, lag Papa ausgestreckt auf dem Sofa und nickte sich durch ein Baseballspiel. Er hatte die Lautstärke ganz aufgedreht, damit er trotz Annies Geheul etwas hören konnte. „Wie war die Feier?", fragte er.

„Gut."

„Gut? Das ist alles – nur ‚gut'? Hat ihr das Geschenk gefallen, das wir besorgt haben?"

„Ja, ich glaube schon. Es hat Spaß gemacht", sagte ich ohne jede Begeisterung. „Sieh mal, was ich alles bekommen habe."

Ich trug den Hula-Hoop-Reifen um den Hals und die Tüte mit Süßigkeiten hielt ich hoch über meinen Kopf, damit meine Brüder sie nicht erreichen konnten. Sie rochen Süßes, wie Haie Blut riechen, und sie hatten sich sofort auf mich gestürzt und umkreisten mich, um ihre Beute zu erlegen. Ich wünschte, ich hätte ein geheimes Versteck, wo ich die Sachen aufbewahren konnte. Die Jungen nahmen mir ständig etwas weg und machten es kaputt. Sie hatten bereits meine Puppenflasche zerstört, weil sie sehen wollten, wie sie funktionierte, und von der Zaubertafel hatten sie die Folie abgerissen, um sie auf den Fernseher zu kleben und auf ihren Lieblingstrickfilmfiguren herumzukritzeln. Meine Puppen hatten so umfangreiche Misshandlungen von Mütze und JT erlitten, dass sie mehr den Opfern einer Naturkatastrophe glichen als einem Baby. Wenn ich nicht alle meine Süßigkeiten vor Sonnenuntergang aufaß, war ich sie los.

„Ich wette, die Hayworths haben ein großes Haus, oder?", fragte Papa. „Und viele tolle Sachen wie einen Farbfernseher?"

„Ja, das ist wirklich nett." Ich setzte mich neben ihn aufs Sofa und stopfte mir Bonbons in die Backen wie ein Eichhörnchen. Er jagte

Mütze und JT fort und stellte mir eine Menge Fragen über das Haus der Hayworths, die er mit einer merkwürdigen Frage beschloss: „Haben sie einen Hund?"

Ich wollte nicht mehr an Mays Haus denken, aber Papa schien der Einzige zu sein, der etwas von der Feier hören wollte, also kuschelte ich mich an ihn und erzählte ihm alle Einzelheiten. Ich traute mich sogar, ihn zu fragen, ob ich am nächsten Tag mit May Elizabeth und ihrer Familie zur Kirche gehen dürfe.

„Es sind also religiöse Leute?", wollte Papa wissen. „Zu welcher Kirche gehören sie denn? Gehen sie alle, auch Mr Hayworth? Jeden Sonntag? Um wie viel Uhr?"

Er klang so interessiert, dass ich mich fragte, ob er vielleicht auch mitkommen wollte. Sein Lächeln wurde immer breiter, während ich alle seine Fragen beantwortete. Dann drückte er mich und sagte: „Sicher, mein Schatz. Ich finde, es ist eine sehr gute Idee, wenn du mit in die Kirche gehst." Er stellte den Fernseher aus und eilte zum Haus der Nachbarn, um deren Telefon zu benutzen. Wir hatten kein Telefon, weil Onkel Leonard nicht wollte, dass das FBI seine Gespräche belauschte.

Ich war von der Aufregung der Party ganz erschöpft, und von den vielen Süßigkeiten war mir schlecht. Ich ging in unser Zimmer, den Hula-Hoop-Reifen noch immer fest umklammert, und überlegte krampfhaft, wo um alles in der Welt ich ihn verstecken konnte. Aber als ich meine muffige Matratze sah, über die nie ein Laken gespannt war, und mich an May Elizabeths bauschiges Himmelbett erinnerte, rannte ich in den Garten hinaus und weinte.

Am nächsten Tag ging ich allein zur Kirche in der Park Street und stand lange vor dem Eingang, von wo aus ich Ausschau nach dem Cadillac der Hayworths hielt. „Kathleen, du bist gekommen", sagte Mays Mutter, als sie mich sah. Sie klang überglücklich. May Elizabeth schien weniger erbaut, als sie mich von oben bis unten begutachtete. Ihre Mutter nahm mich bei der Hand und führte mich hinein, als gehörte ich zur Familie. Die Sonntagsschule sollte gleich beginnen.

Schüler aller Altersklassen trafen sich in einer Gruppe im Souterrain der Kirche. Wir sangen Lieder mit vielen Bewegungen, und die Kinder warfen Zehn- und Fünfundzwanzig-Cent-Münzen in einen Kollektenkorb. Als es Zeit war, sich für den Unterricht in kleinere Gruppen aufzuteilen, herrschte Chaos im Raum, denn Kinder zogen

Stühle über den Betonfußboden, und die Lehrer stellten Paravents auf, um den Raum zu unterteilen.

„Wir sind in einer Gruppe mit den Viert- bis Sechstklässlern", erklärte May mir und versuchte, den Lärm zu übertönen. „Wir treffen uns oben im Heiligtum."

Ich starrte sie entgeistert an. Ich dachte an Mamas Heiligtum, und da war mir klar, dass ich irgendetwas missverstanden haben musste. „Was? Im *Heiligtum*?"

„Ja", nickte sie. „Oben, in der Sakristei."

Ich stellte mir vor, wie sich alle in einen stinkenden Schuppen hinter der Kirche quetschten, und wich zurück. „Ich setze mich auf keinen Fall ins Heiligtum!", sagte ich, während ich auf die Tür zulief. May rannte hinter mir her.

„Warte … warte … wo willst du hin?"

„Im Heiligtum stinkt es entsetzlich und es gibt Spinnen und Fliegen."

„Was erzählst du denn da? Es gibt keine Spinnen. Und es riecht wirklich gut. Komm mit, dann wirst du es ja sehen."

Ich dachte daran, wie sehr sich Mays Haus von meinem unterschied, und überlegte, dass die Heiligtümer reicher Leute wahrscheinlich auch schöner waren. Deshalb folgte ich ihr nach oben. Die Sakristei der Kirche war wunderschön, hatte Bleiglasfenster und polierte hölzerne Bänke. Es roch nach Blumen und Kerzenwachs. Ich sah keine Spinnen – und auch kein Loch, in das man sein Geschäft machen konnte. Aber ich war immer noch verwirrt von dem Wort „Heiligtum", und jahrelang dachte ich, dass Gott einen ziemlich schönen Schuppen hatte.

Der Unterricht an diesem ersten Morgen handelte von Jesus und den Aussätzigen. Zuerst dachte ich, die Lehrerin spreche von „Aufsässigen", und fragte mich, was die Leute denn wohl gegen Jesus gehabt haben mochten. Dann erklärte sie aber, dass die Aussätzigen Menschen waren, die eine schreckliche Krankheit hatten, durch die ihre Gliedmaßen verfaulten und abfielen. Diese grausige Beschreibung fand großen Anklang bei allen Jungen, und Ron Hayworth begann zu singen: „Der Aussatz folgt mir auf dem Absatz … und mein Auge fällt in die Lauge …"

Die weißhaarige Lehrerin, Miss Trimble, musste mit ihrer zittrigen Stimme immer wieder „Kinder … Kinder …" rufen, bis endlich wieder Ruhe einkehrte. Als ich einige Jahre später die Früchte des Geistes kennenlernte, beschloss ich, dass Miss Trimble Geduld von der Größe einer Wassermelone gehabt haben musste.

Als sich schließlich alle wieder beruhigt hatten, erklärte sie, dass die Krankheit sehr ansteckend war und jeder, der einen Aussätzigen berührte, wahrscheinlich auch einen Daumen oder die Nase verlieren würde. Um eine Katastrophe zu verhindern, mussten die Aussätzigen schon von weitem rufen: „Unrein … unrein!", damit die Leute wussten, dass sie ihnen nicht zu nahe kommen durften.

„Aber Jesus ging einfach zu den Aussätzigen und berührte sie", erzählte Miss Trimble uns fröhlich. Ron und die anderen Jungen verstummten sofort, beeindruckt davon, wie mutig Jesus war. Dann erzählte die Lehrerin uns, dass Jesus nicht nur alle seine Finger und Zehen behielt, sondern dass der Aussatz wie durch Zauberhand aus dem Körper der Kranken verschwand, wenn Jesus sie berührte, so wie die Bilder auf meiner Zaubertafel verschwanden, wenn ich die Folie anhob.

Ich verstand die tiefen geistlichen Prinzipien, die die Lehrerin an diesem Tag zu vermitteln versuchte, nicht, aber ich verstand gut, dass es zwei Klassen von Menschen gab – Aussätzige und Nichtaussätzige. Onkel Leonard hatte mir die Wahrheit über die Klassengesellschaft von klein auf eingebläut, und ich wusste, dass die herrschende Elite immer auf den Verlierern herumhackte – den Aussätzigen. Wenn ich die Sonntagsschulstunde aus dieser Perspektive betrachtete, mochte ich Jesus. Er war auf der Seite des kleinen Mannes – wie eine Art freundlicher, magischer Gewerkschaftsführer.

Die Lehrerin gab jedem von uns ein buntes achtseitiges Heft, das wir mit nach Hause nehmen durften, und ermahnte uns, den Bibelvers für die nächste Woche auswendig zu lernen. Dann betete sie in ihrer zittrigen Stimme für uns und entließ uns. Kaum war die Stunde beendet, falteten die Jungs aus ihrer Kinderzeitung Flugzeuge und veranstalteten einen Wettkampf, um auszuprobieren, wessen Papierflieger als Erstes auf den Orgelpfeifen landete. May Elizabeth und ich gingen auf den Gang hinaus, wo Mr und Mrs Hayworth auf uns warteten.

„Hast du Lust, noch zu bleiben und mit in den Gottesdienst für Erwachsene zu kommen, Kathleen?", fragte sie.

Der Flur und die Sakristei füllten sich mit Familien und ich konnte sehen, dass ich wieder einmal anders angezogen war als alle anderen.

Zum Beispiel trug jedes Mädchen, das ich sah, schwarze Lackschuhe, die mit Vaseline poliert waren, und ich hatte meine Leinenschuhe ohne Socken an, weil ich an diesem Morgen keine sauberen gefunden hatte. Die Frauen und Mädchen trugen alle Hüte und weiße Handschuhe, auch May Elizabeth und ihre Mutter. Das schien hier die gewünschte Ausstattung zu sein. Eine Familie mit drei Töchtern hatte Hüte, die wie ein ganzes Essservice aussahen: Die Mutter trug den Essteller, die älteste Tochter die Suppenschüssel, die mittlere das Salatschälchen und die jüngste die Teetasse.

„Nein, danke", murmelte ich. „Ich muss nach Hause."

„Bist du sicher?", fragte Mrs Hayworth und lächelte. „Wir würden uns freuen, wenn du mitkämst." Ich schüttelte den Kopf und schob mich zum Ausgang. „Vielleicht kannst du nächste Woche mit uns Gottesdienst feiern", rief sie mir nach, als ich davoneilte.

Ich verbrachte den ganzen Sonntagnachmittag damit, einen Ort zu finden, an dem ich meine Zeitung verstecken konnte, damit die Jungen sie nicht zerstören konnten. Ich wollte den Vers für nächste Woche auswendig lernen, damit ich einen Preis gewann. Mir fiel nur ein Ort ein, an dem meine Brüder niemals suchen würden: Mamas Heiligtum. Irgendwie schien es mir ein angemessener Platz.

Am Montagmorgen kam May Elizabeth mit einer schockierenden Nachricht in unser Klassenzimmer gestürzt. „Bei uns wurde gestern eingebrochen!", erzählte sie uns aufgeregt. „Die Diebe haben Rons Transistorradio und sein Tonbandgerät gestohlen und Papas neuen Farbfernseher und etwas Geld und ein paar Küchengeräte und eine ganze Menge von Mamas Schmuck und ihren Pelzmantel …" Sie hielt inne, um Luft zu holen. „Sie haben sogar die Whiskyflaschen aus Papas Bar geklaut!"

Wir starrten sie mit vor Schrecken offenen Mündern an. Das war wie eine von diesen Fernsehsendungen. Wenn nur Perry Mason in der Nähe wäre, um dieses schreckliche Verbrechen aufzuklären. Uns allen tat die Familie leid, die so viel verloren hatte, aber ich merkte, dass May Elizabeth das ganze Drama so richtig genoss.

„Sie sind eingebrochen, während wir in der Kirche waren!", sagte sie voller Verachtung, als wäre das der übelste Schlag von allen. Alle hingen an ihren Lippen, als sie ihren Bericht mit den Worten schloss: „Papa sagt, wir kriegen einen Wachhund!"

Plötzlich hatte ich wieder dasselbe komische Gefühl im Magen, das ich auch an dem Tag gehabt hatte, als wir Mays Geburtstagsgeschenk besorgt hatten. Ich konnte einfach nicht anders, als mir Gedanken über die genauen Fragen meines Vaters nach der Party zu machen und warum er ausdrücklich nach einem Hund gefragt hatte. Ich wollte mit ihm darüber reden, damit das komische Gefühl verschwand, aber als ich von der Schule nach Hause kam, war Papa nicht da.

„Er musste gestern Morgen zur Arbeit, als du in der Kirche warst", sagte Mama. „Er wird die ganze Woche unterwegs sein. Warum?"

„Ich habe mich nur gefragt … ach, nichts." Ich hatte Angst und war gleichzeitig wütend, aber ich wusste nicht, warum. Ich ging in unser Zimmer und versuchte in Ruhe über die Sache nachzudenken, da sah ich, dass mein Hula-Hoop-Reifen verschwunden war. Ich hörte meine Brüder im Garten bösartig lachen und rannte nach draußen.

„Halt! Gebt ihn mir zurück!", schrie ich. „Ihr macht ihn doch kaputt!" Die Jungen hatten meinen Reifen mit einem Stück Seil an den Ast eines Baumes gebunden und wollten ihn gerade als Schaukel benutzen. Ich raste durch den Garten auf sie zu, aber es war zu spät. Der Reifen zerbrach unter Mützes Gewicht und er fiel zu Boden, genau auf JT. Ich ging weinend zurück und hoffte, dass der Sturz ihnen beiden das Genick gebrochen hatte.

An Halloween lud May Elizabeth mich ein, mit ihr die Runde durch ihr Viertel zu machen und „Süßes oder Saures" zu verlangen. Die reichen Leute in ihrem Stadtteil verschenkten tatsächlich Süßigkeiten, während es in unserer Gegend überwiegend Saures gab.

„Du kannst mit ihr losziehen", sagte Mama, „aber du musst Mütze und JT mitnehmen."

„Mama, nein!", jammerte ich. „Es wird überhaupt keinen Spaß machen, wenn ich sie durch die ganze Stadt schleppen muss."

„Irgendjemand muss sie mitnehmen. Sie sind noch zu klein, um so etwas allein zu machen."

„Kannst du oder Papa oder Onkel Leonard nicht mit ihnen gehen?"

Ich war der Meinung, dass man nicht viel Make-up brauchte, um meinen Onkel als Frankenstein zu verkleiden.

„Gut", sagte Mama in einer Stimme, die mir klar machte, dass sie es überhaupt nicht gut fand. „Deine Brüder müssen dieses Jahr nicht mitgehen. Aber du wirst alle deine Süßigkeiten mit ihnen teilen, wenn du nach Hause kommst."

Ich nahm die Jungen mit.

May Elizabeth war als Elfenprinzessin verkleidet, mit einem langen, glitzernden Gewand und flauschigen Flügeln auf dem Rücken. Sie trug eine Krone auf ihren goldenen Locken und hatte einen Zauberstab mit silbernen Bändern. Mama sagte, die Jungs und ich sollten uns als Vagabunden verkleiden, aber ich sah keinen sehr großen Unterschied zwischen unserer Verkleidung und unseren normalen Kleidern. Mütze und JT waren die Kostüme ohnehin egal – sie waren nur scharf auf die Süßigkeiten, die es umsonst gab. Jeder von ihnen hatte eine Papiertüte in der Hand, um ihre Beute zu transportieren, aber sie aßen die Bonbons so schnell, wie die Leute sie ihnen gaben, und ließen eine Spur aus Milky-Way-Verpackungen und Bonbonpapieren wie tote Blätter hinter sich zurück. JT hatte einmal drei Lollis gleichzeitig im Mund. Sie stopften sich mit Süßigkeiten voll, bis sie grün im Gesicht waren.

Wir sparten uns May Elizabeths Haus bis zuletzt auf, weil ihre Mutter uns heißen Kakao geben und uns nach Hause fahren wollte. Wir klingelten an der Haustür, als wäre es ein beliebiges anderes Haus, und ich stand kichernd auf der Treppe, während wir auf unsere Süßigkeiten warteten. Mütze war verdächtig still.

„Süßes oder Saures!", riefen wir im Chor, als Mrs Hayworth öffnete.

„Hilfe! Wer ist das denn?", fragte sie. Sie tat so, als wäre es eine Überraschung, aber gleich darauf verwandelte sich ihre Miene in echtes Entsetzen, als Mütze sich vorbeugte und sich über ihren goldenen Wollteppich erbrach. JT, der alles tat, was Mütze ihm vormachte, übergab sich gleich daneben. May Elizabeth schrie.

Ich schloss die Augen und wünschte, May könnte ihren Zauberstab schwenken und mich verschwinden lassen.

Kapitel 7

„Hast du deinen Wunschzettel für den Weihnachtsmann schon ge-schrieben?", fragte May Elizabeth einige Tage vor den Weihnachtsfe-rien. Beinahe vier Monate waren vergangen, seit die Schule begonnen hatte, und so erstaunlich es auch schien, waren wir immer noch beste Freundinnen.

„Nein ... noch nicht", murmelte ich. Sie musste bemerkt haben, dass ich den Kopf schnell eingezogen hatte, und sie kannte mich in-zwischen gut genug, um zu wissen, dass ich der Frage ausweichen wollte.

„Was ist los, Kathy?"

„In unser Haus kommt der Weihnachtsmann nicht." Ich zuckte mit den Schultern – was, wie ich hoffte, gleichgültig wirkte –, damit sie wusste, dass ich nicht auf Mitleid aus war. „Onkel Leonard sagt, er ist eine Lüge und die Erfindung gieriger Kapitalisten, deshalb glaube ich, dass der Weihnachtsmann sauer auf uns ist."

„Der Weihnachtsmann wird doch nicht sauer, du Dummerchen. Für ihn ist nur wichtig, ob du ungezogen warst oder lieb."

„Tja, meine Brüder wurden schon ungezogen geboren", sagte ich hoffnungslos. „Sie hätten selbst die Säuglingsstation in Brand gesteckt, wenn sie Streichhölzer in ihre kleinen Finger bekommen hätten. Das Wort *lieb* kennen sie gar nicht."

„Aber du bist lieb, Kathleen."

Ich schüttelte den Kopf. Der Weihnachtsmann schien jedes Jahr un-ser ganzes Viertel zu meiden. Ich war immer davon ausgegangen, dass es einfach nicht genügend „liebe" Kinder gab, sodass er sein Rentier und seinen Schlitten lieber nicht irgendwelchen Gefahren aussetz-te. Danny Reeves wäre auf das Dach des Hauses geklettert, sobald der Weihnachtsmann ihm den Rücken kehrte, und hätte einen Sack Spielzeug gestohlen. Und Charlie Grout hätte wahrscheinlich Rentier-Burger aus Santas Schlittentieren gemacht.

„Wer weiß", sagte sie und warf mir ihr Grübchenlächeln zu. „Viel-leicht kommt er ja dieses Jahr."

Ich verließ mich lieber nicht darauf.

Ich war sonntags regelmäßig mit May in die Sonntagsschule gegangen und hatte beschlossen, am Sonntag vor Weihnachten mit ihr zur Weihnachtsfeier zu gehen. Sie spielte im Krippenspiel die Maria, die Mutter des Jesuskindes – und es wurde eine wunderbar anrührende und dramatische Aufführung. Als der Wirt sie abwies und zum Schlafen in den Stall schickte, steigerte May sich so sehr in ihre Rolle hinein, dass sie wirklich zu weinen begann und bat: „Können wir nicht wenigstens einen Schluck Wasser bekommen?"

Der Wirt war kein so gewiefter Schauspieler wie May Elizabeth, und so schüttelte er den Kopf und sagte: „Nein! Das steht nicht im Text."

May war außer sich vor Wut. „Pass auf, dass du keinen Aussatz bekommst", brüllte sie, „denn dann werde ich Jesus sagen, dass er dich nicht heilen soll!"

Ich war mit der ursprünglichen Geschichte nicht so vertraut, deshalb fand ich die Auseinandersetzung ganz spannend. Der Rest des Publikums krümmte sich vor Lachen.

Nach der Feier verteilte der Sonntagsschulleiter Süßigkeiten und Orangen an alle Kinder, und Miss Trimble gab jedem in unserer Gruppe ein Geschenk. Meins war eine Kette mit einem kleinen goldenen Kreuz daran. Ich schaffte es einfach nicht, die Tränen zurückzuhalten, als ich ihr dafür dankte, vor allem, als sie mir über den Kopf strich und sagte: „Jesus hat dich sehr lieb, Kathleen." Ihre Augen schienen auch ein wenig feucht, aber das war vielleicht wegen ihres Alters.

Die Kirche sah mit dem Weihnachtsschmuck und den bunten Lichtern so schön aus, dass ich beschloss, Papa zu fragen, ob wir ausnahmsweise einen Weihnachtsbaum kaufen könnten. Ich setzte mich neben ihn aufs Sofa, als ich von dem Krippenspiel nach Hause kam, und er wurde ganz still, als ich ihm meine Kette zeigte. May Elizabeth hatte mir geholfen, sie anzulegen, und ich hatte bereits beschlossen, dass ich sie niemals wieder ablegen würde.

„Die ist wirklich schön", sagte Papa. „Sieht auch aus wie gute Qualität. Davon wird dein Hals bestimmt nicht grün." Seine Worte sollten mich beruhigen, aber ich bekam bei dem Gedanken, mein Hals könnte grün werden wie der eines Marsmännchens, einen solchen Schrecken, dass ich beinahe vergaß, worum ich ihn bitten wollte.

„Können wir dieses Jahr einen Weihnachtsbaum haben, Papa?"

Er seufzte. „Ein Baum ist eine Sache. Aber wir brauchen dann ja auch Lichter und Schmuck und all das Zeug ... und dann erwarten alle, dass unter dem Baum auch Geschenke zu finden sind. Nein, so viel Geld haben wir nicht, Kathy. Wir sind im Moment ein bisschen knapp."

Ich war enttäuscht, aber nicht überrascht. Wenn wir einen Baum bekämen, würden Mütze und JT ihn wahrscheinlich ohnehin schneller demolieren, als man „Christbaumkugel" sagen konnte. Und was nützte ein Baum ohne Geschenke? Aber später am selben Abend, nachdem Papa und Onkel Leonard ein Sixpack Bier geleert hatten, änderte er plötzlich seine Meinung.

„Zieh deinen Mantel an, Kathleen. Ich glaube, ich weiß, woher wir einen Baum bekommen können – und Lichter."

Wir sprangen in das Auto meines Onkels, und Papa erlaubte mir, vorne neben ihm zu sitzen. Unser lausiges Viertel sah richtig festlich aus mit einer Handvoll blinkender Weihnachtslichter und einer Schneedecke über dem ganzen Müll und den Autowracks. Wir fuhren eine Zeit lang in Richtung Bensenville, bogen dann in eine Nebenstraße und fuhren aufs Land hinaus, wo die Bauernhöfe waren. Als der Abstand zwischen Häusern und Scheunen immer größer wurde, ging Papa vom Gas und schaltete die Scheinwerfer aus. Während wir im Dunkeln noch ein, zwei Kilometer weiterrollten, hatte ich wieder das komische Gefühl im Magen, sodass mir ein bisschen schlecht wurde.

„Was hältst du von dem da?", fragte Papa plötzlich und zeigte auf eine kleine Kiefer am Ende der Auffahrt zu einem Hof.

Er hatte seine Stimme zu einem Flüstern gesenkt, deshalb antwortete ich mit gedämpfter Stimme: „Ist das nicht der Vorgarten von den Leuten dort drüben?"

„Der Baum hat eine hübsche Form, meinst du nicht? Und guck mal, er hat sogar eine Lichterkette." Er brachte den Wagen neben dem Baum zum Stehen und ließ den Motor laufen.

„Ich glaube nicht, dass die Leute es mögen, wenn wir ihren Baum nehmen, Papa ..."

„Schhh ... Wir horchen erst mal eine Minute, ob sie einen Hund haben." Er öffnete die Autotür und stieg aus, dann blickte er über den stillen Hof und lauschte. „Alles in Ordnung", flüsterte er. „Komm."

Er zog eine Axt und eine Säge aus dem Kofferraum und gab mir ein Zeichen, ich solle ihm folgen. Ich wusste nicht, was ich tun sollte.

Einen Weihnachtsbaum zu holen, war meine Idee gewesen, deshalb konnte ich jetzt kaum einen Rückzieher machen. Trotzdem war ich ziemlich sicher, dass derjenige, der die Bäume und Büsche am Ende der Auffahrt geschmückt hatte, es nicht getan hatte, damit jemand kam und einen davon abschlug. Aber ich konnte meinem Vater doch nicht den Gehorsam verweigern, oder?

Ich schloss meinen Mantel bis zum Kinn und versuchte mich darin zu verstecken, als ich aus dem Wagen stieg. Der Text von „Stille Nacht" ging mir immer wieder durch den Kopf, während ich versuchte, den Frieden und die Zufriedenheit zurückzuholen, die ich wenige Stunden zuvor in der Kirche empfunden hatte: *Alles schläft … einsam wacht …*

„Streck deine Hände durch die Äste, Kathy, und halt den Stamm für mich fest. So …" Keiner von uns trug Handschuhe, und die Kiefernnadeln stachen mich, während Papa meine Hände durch die Äste führte und mir zeigte, wie ich den Baum festhalten sollte. Der Stamm fühlte sich kalt und klebrig an. „Versuch ihn gerade zu halten, Schatz. Es dauert nur eine Minute."

Papa hockte sich auf den Boden und begann den Baum abzuhauen. Ich wäre am liebsten in eine Schneewehe gekrochen und hätte mich versteckt. Mein Blick war fest auf das Bauernhaus am anderen Ende der Auffahrt geheftet, weil ich erwartete, dass jeden Augenblick die Tür aufgehen und ein Bauer mit seiner Schrotflinte in Begleitung von zwei Dobermännern herausstürmen würde.

… Schlaf in himmlischer Ruh … Warum hatte ich nur den Weihnachtsbaum erwähnt?

„Wir haben es gleich geschafft", sagte Papa fröhlich. „Halt gut fest."

Der Stamm zitterte unter meinen Händen, als er von der Axt zur Säge wechselte. Meine Zehen wurden allmählich taub.

Ma-ach doch schnell, sang ich insgeheim zur Melodie von „Stille Nacht" *Bitte, mach schnell …* Ich hatte Angst, mir in die Hose zu machen.

„Warte!", sagte Papa im letzten Moment. „Die Lichterkette ist noch eingeschaltet." Er kroch herum und suchte das Verlängerungskabel, und mit einem Mal gingen die Lichter aus – und zwar nicht nur die Lichter an unserem Baum, sondern an allen Bäumen und Büschen.

„Ups!", sagte Papa und unterdrückte ein Lachen. „Wir beeilen uns wohl besser."

Ich wünschte, er würde aufhören, „wir" zu sagen.

Papa sägte, als müsste er mit Paul Bunyan, Amerikas berühmtesten Holzfäller, um die Wette sägen, und plötzlich fiel der Baum zur Seite und zog mich mit sich. „Papa, Hilfe!", quiekte ich. Er fing den Baum gerade noch auf und rettete ihn und mich vor dem Sturz. Er lachte, und es war ein so ausgelassener, fröhlicher Klang, dass ich nicht anders konnte, als kichernd einzustimmen. Mein Lachen war zuerst eher hysterischer Natur, aber als wir den Baum auf die Ladefläche des Autos verstaut hatten und die Straße hinunterfuhren, war ich wirklich glücklich. Wir hatten einen Weihnachtsbaum! Mit Lichterkette!

Wir waren bester Stimmung und mein wundervoller, unbekümmerter Vater fing an zu singen: „Wenn die Winterwinde wehn, wenn die Tage schnell vergehn ..."

Ich stimmte in den Refrain ein und wir rollten nach Riverside, während der Weihnachtsbaum in unserem Auto wippte, und sangen aus vollem Hals: „Jingle Bells, Jingle Bells, klingt's durch Eis und Schnee ..." Wir lachten und sangen immer noch, als Papa seine Beute die Stufen zur Veranda hinauftrug und wir den Baum durch die Eingangstür quetschten.

„Fröhliche Weihnachten!", rief Papa. Er setzte den Baum mit einem triumphierenden Bums auf dem Boden ab. Mütze und JT fingen an darum herumzutanzen wie zwei kleine Heiden. Bei all der Aufregung begann Annie zu weinen.

„Er ist voller Schnee, Donald!", sagte Mama. „Du machst noch den ganzen Fußboden nass." Als wenn das in *unserem* Haus eine Katastrophe gewesen wäre.

„Wie willst du ihn ohne Christbaumständer aufstellen?", wollte Onkel Leonard wissen. „Oder willst du so stehen bleiben, bis Weihnachten vorbei ist?"

„Er hat sogar eine Lichterkette", sagte Papa grinsend. „Stöpsel sie ein, Kathy, dann zeigen wir allen, wie schön das aussieht."

Ich ging auf alle Viere und suchte den Stecker, dann kroch ich zur Steckdose in der Wand. Sie war schon überlastet mit all den Kabeln und Steckern und Verteilerdosen, und ich hoffte, dass die Sicherung nicht herausspringen würde. Das kam bei uns zu Hause regelmäßig vor. Ich zog den Stecker einer Stehlampe, nur um auf Nummer sicher zu gehen, und einen Augenblick später erwachte unser herrlicher Baum zum Leben.

„Ta-taaa!", sang Papa.

„Die Kapitalisten im Elektrizitätswerk werden begeistert sein", sagte Onkel Leonard. „Deshalb haben sie diesen Pseudofeiertag erfunden."

Ich wollte nicht zulassen, dass mein Onkel diesen besonderen Moment verdarb. „An Weihnachten wurde Jesus geboren", erklärte ich ihm.

„Dann muss er auch Kapitalist gewesen sein."

Schließlich war Papa es leid, den Baum festzuhalten, und er und mein Onkel bastelten einen Ständer aus Holzstücken. Er sah genauso baufällig aus wie alles andere in unserem Haus, aber zumindest hatten wir einen Weihnachtsbaum, und das kam mir vor wie ein Wunder.

An Heiligabend geschah ein noch größeres Wunder. Ich lag im Bett und versuchte einzuschlafen, als ich jemanden an der Haustür klopfen hörte. Mein Herz schlug höher. Wenn der Weihnachtsmann beschlossen hatte, sich in unsere Gegend zu wagen, würde er den Haupteingang benutzen müssen, denn einen Kamin hatten wir nicht. Ich hörte Stimmen und schlich mich auf den Flur hinaus, um nachzusehen. Es war nicht der Weihnachtsmann, aber der Mann vor unserer Tür hatte den Arm voller bunt verpackter Geschenke. Ich fragte mich, ob er vielleicht der Leibwächter des Weihnachtsmannes war. Dann erkannte ich den zweiten Mann – den Sonntagsschulleiter –, und auch er hatte die Arme voller Geschenke.

„Was ist das denn alles?", fragte Onkel Leonard. Er hatte gerade schlafen gehen wollen und deshalb die Tür in Unterhemd und Boxershorts geöffnet.

„Ein paar Geschenke für die Kinder", sagte der Sonntagsschulleiter. „Fröhliche Weihnachten!" Die beiden Männer stapelten ihre Päckchen unter unserem gestohlenen Baum und gingen so schnell, wie sie gekommen waren. Ich war so überwältigt, dass ich nicht wusste, ob ich lachen oder weinen sollte. Ich musste mich in den Arm kneifen, so wie sie es in Geschichten immer tun, um zu sehen, ob ich nicht vielleicht träumte.

Als ich schließlich wieder in mein Bett zurückschlich, stand Onkel Leonard noch immer in seinen Boxershorts vor dem Baum und schüttelte langsam den Kopf.

Der Frühling brachte Blumen – und eine neue Krise, die mir den Magen herumdrehte. Die ganze Schule musste sich auf Kopfläuse untersuchen lassen. Mrs Wayne ließ alle Schüler unserer Klasse in einer Reihe antreten und zum Büro der Krankenschwester marschieren. Die Schwester trug Gummihandschuhe, während sie einen nach dem anderen untersuchte. Als sie mit einem hölzernen Spatel mein Haar im Nacken hochhob, schnappte sie hörbar nach Luft.

„Sieh mal", erzählte sie ihrer freiwilligen Helferin, einer Oberschülerin, die sich für den Beruf der Krankenschwester interessierte. „Das sind *Nissen*!"

Die zukünftige Krankenschwester machte so schnell einen Satz rückwärts, dass sie über die Waage stolperte und sie mit einem lauten Krach umstieß. Charlie Grout, der in der Schlange hinter mir stand, brüllte: „Kathy hat Läuse!", und Mrs Waynes ordentliche Reihe löste sich in Chaos auf. Die Jungs lachten schadenfroh, und die Mädchen kreischten, als würden sie von Ratten angegriffen.

Ich wurde nach Hause geschickt, zutiefst gedemütigt. Meinen Bruder Mütze schickten sie ebenfalls heim. Wir schliefen im selben Zimmer und benutzten denselben Kamm und dieselbe Bürste, also hatten wir auch alle Läuse. Wir waren ein Musterbeispiel für eine gerechte Gesellschaft mit freier Verteilung der Waren, so wie Onkel Leonard es immer wollte. Selbst Annie hatte Läuse in ihren verfilzten Haaren.

Mama verpasste den Jungen einen Igelschnitt, womit ihr Problem erledigt war. Ich hatte die Haare immer lang getragen, aber sie musste alles abschneiden und es zusammen mit unserem Kamm und der Bürste verbrennen. Als ich in den Spiegel blickte, sah mein Haar aus, als hätte meine Mutter eine Rührschüssel auf meinen Kopf gesetzt und rundherum abgeschnitten. Danach schrubbte sie mich mit einem Spezialshampoo, das furchtbar stank und wie Feuer brannte. Es war ein hoch wirksames Zeug. Dann wickelte sie das, was von meinen Haaren noch übrig war, für fünfzehn Minuten in eines unserer verschlissenen Handtücher, um dafür zu sorgen, dass alle Nissen starben. Ich hatte Bilder von der Verwüstung gesehen, die eine Atombombe anrichtete, und ich war sicher, mein armer Kopf würde durch das Gift in den nächsten fünfzig oder sechzig Jahren kahl bleiben.

Als die Schulbehörde mir offiziell erlaubte zurückzukehren – natürlich erst nach einer Inspektion im Krankenzimmer –, erfuhr ich, dass ich einen neuen Namen erhalten hatte. „Läuse-Kathy … Läuse-Kathy", riefen die Jungen auf dem Schulhof. Die Mädchen rannten vor mir davon, wenn ich ihnen zu nahe kam, und kreischten: „Achtung! Du fängst dir Kathys Läuse ein!"

Niemand wollte mich beim Sportunterricht in der Mannschaft haben. Jeder, der in einer Reihe neben mir stehen musste, achtete darauf, dass zwischen uns ein ausreichend großer, nicht verseuchter Zwischenraum lag. Alle Kinder, die in der Schule an Nachbartischen saßen, rückten diese weiter weg, bis es aussah, als wäre ich die einzige Überlebende auf einer einsamen Insel. Ich dachte an Miss Trimbles Sonntagsschullektion über Aussätzige und fragte mich, ob ich für den Rest meines Lebens „Unrein!" rufen musste. Selbst May Elizabeth hielt mich auf Abstand.

„Wie ist das, wenn man Läuse hat?", fragte sie mit vor Neugier weit aufgerissenen Augen. „Kannst du fühlen, wie sie auf deinem Kopf herumkrabbeln?"

Ich ließ sie stehen und ging.

Als ich am Ende dieser schrecklichen Woche von der Schule nach Hause ging, hielt der Cadillac von Mays Mutter neben mir. Sie kurbelte das Fenster herunter. „Kathleen, steig mal kurz ein. Ich habe etwas für dich." Sie deutete auf den Platz neben ihr auf dem Vordersitz. May Elizabeth saß in sicherer Entfernung auf der Rückbank.

Ich stieg ein und achtete darauf, dass mein Kopf nicht das Auto berührte, für den Fall, dass sich doch noch die ein oder andere Nisse zwischen meinen Stoppeln versteckt hatte und nur darauf wartete, herauszuspringen und jemanden anzustecken.

„Kathleen, Liebes, ich habe gehört, dass einige der Kinder dich wegen der Läuse aufziehen, und ich wollte dir sagen, dass du nicht auf sie hören solltest. Du brauchst dich nicht für etwas zu schämen, wofür du nichts kannst."

Ich starrte auf meinen Schoß und nickte, weil ich nicht wusste, was ich sagen sollte.

„Hier, das ist für dich …", sagte Mrs Hayworth. Sie reichte mir eine Einkaufstüte. Darin waren zwei nagelneue Packungen mit Haarspangen und ein kleiner Geschenkkarton mit drei Flaschen mit rosafarbener Flüssigkeit: eine mit Shampoo, eine mit Parfüm und eine mit Handcreme. Sie alle dufteten nach Erdbeeren. Ich blickte zu ihr auf, zu gerührt, um etwas zu sagen.

„Du hast wunderschönes Haar", sagte Mrs Hayworth zu mir, und dann streckte sie die Hand aus und berührte es, und ihre beringten Finger strichen mir sanft über den Kopf. Eine Träne kullerte mir über die Wange.

Ich wusste jetzt, wie die Aussätzigen sich gefühlt haben mussten, als Jesus sie berührte und wieder gesund machte.

Kapitel 8

Nachdem die Sommerferien begonnen hatten, sah ich May Elizabeth bis zum Herbst nicht. Ihre Familie besuchte im Urlaub jedes Jahr aufregende Orte und verbrachte zusätzlich Zeit in ihrem Ferienhaus an den Fingerseen. Und May und Ron waren natürlich eine oder zwei Wochen in einem Ferienlager. Ich musste zu Hause bleiben und versuchen meine Brüder daran zu hindern, dass sie sich selbst, einander oder die Nachbarkinder umbrachten.

Das war der Sommer, in dem Mütze und JT Charlie Grouts kleinem Bruder Larry einredeten, er sei Superman, und ihn dazu brachten, vom Dach seines Hauses zu fliegen. Zum Glück überlebte Larry mit nur einem gebrochenen Bein. Und die Fehde meiner Brüder mit Mrs Garvey begann auch in diesem Jahr. Mütze und JT, die immerzu Hunger hatten, stahlen das Gemüse aus ihrem Garten und das Obst von ihren Bäumen, sobald es reif war. Die daraus resultierende Feindschaft glich der legendären Schlacht zwischen Peter Rabbit und Farmer McGregor – obwohl ich nicht glaube, dass Mrs Garvey sie wirklich zu einer Pastete verarbeitet hätte. Als Mrs Garvey sie „stinkende kleine Diebe" nannte und mit dem Rechen hinter ihnen her rannte, beschlossen sie, sich zu rächen, indem sie Mrs Garveys Gartenschlauch in den Trocknerabzug steckten und das Wasser aufdrehten.

Wenn sie gerade nicht Mrs Garvey quälten oder versuchten, Larry Grout umzubringen, waren meine Brüder damit beschäftigt, Dinge anzuzünden. Ich konnte sie nicht eine Minute aus den Augen lassen. In der Zeit, die ich brauchte, um ins Haus zu laufen und auf die Toilette zu gehen, konnten sie den Schuppen eines Nachbarn niederbrennen. Sie hatten auch großes Vergnügen daran, Spraydosen in den Feuerfässern der Nachbarn zu verstecken und auf die Explosion zu warten. Die meisten Kinder genossen die Sommerferien und gingen nicht gerne zur Schule zurück, aber bei mir war es genau andersherum. Ich konnte es kaum erwarten, dass die Schule wieder losging.

Begeistert stellte ich fest, dass May und ich auch in der Fünften in derselben Klasse waren. Unser Lehrer war Mr Standish. Wieder wählte

May mich als ihre beste Freundin, aber diesmal lag es daran, dass sie Mathematik nicht konnte und meine Hilfe brauchte.

Ich liebte Zahlen. Sie waren so ordentlich und genau und einfach zu kontrollieren, während in meinem restlichen Leben ständig ein Durcheinander herrschte: Ich wusste nie, wann wir etwas zu essen bekamen oder wann ich hungrig zu Bett gehen musste; wann mein Vater zu Hause sein würde und wir alle glücklich waren oder wann ich meinen Onkel Leonard schnarchend auf dem Sofa vorfinden würde; wann meine Mutter meine Kleider wusch oder wann sie sich in ihrem Heiligtum verbarrikadierte; wann Annie mitten in der Nacht unser Bett nass machen würde oder wann ich ruhig schlafen konnte.

Ich führte ein unorganisiertes Leben, das unberechenbar war, aber Zahlen – Zahlen benahmen sich geordnet: Eins und eins ergab zwei. Ich konnte die Multiplikations- und Additionstabellen auswendig lernen in dem Wissen, dass sie sich nie ändern würden. Ich liebte lange Divisionsaufgaben, sogar mit Restbeträgen. Und am liebsten löste ich eine ganze Seite mit Textaufgaben, vor allem jene, bei denen Züge mit verschiedenen Geschwindigkeiten aus unterschiedlichen Richtungen kamen, oder die, bei welchen ich ausrechnen musste, wie viele Pfund Tomaten ich bei einem Preis von neununddreißig Cent pro Pfund kaufen konnte, wenn ich nur zwei Dollar hatte. Andere Kinder stöhnten, wenn Mr Standish uns ein Arbeitsblatt mit Brüchen aushändigte, aber ich freute mich darauf, den gemeinsamen Nenner zu finden. Mathematik war für mich ein Vorgeschmack auf Onkel Leonards vollkommene Gesellschaft, in der Unterschiede eingeebnet und vereinheitlicht wurden. Das Beste aber war, dass niemand in meiner Klasse mir in Mathe auch nur annähernd das Wasser reichen konnte. Ich bekam in allen meinen Klassenarbeiten eine Eins, Mr Standish nahm mich beiseite und sagte mir, ich sei die beste Schülerin, die er je in Mathematik gehabt habe. Er behauptete, ich sei sehr begabt.

May Elizabeth hingegen konnte noch immer nicht das Einmaleins und musste mit Karteikarten üben. Mr Standish fragte, ob ich ihr Nachhilfe geben könnte. Wir suchten uns eine stille Ecke hinten im Klassenzimmer, und dann hielt ich eine Karte hoch, auf der zum Beispiel 6 x 9 stand, und sie sagte dann: „Ich weiß nicht … irgendwas mit vierzig?"

Ich sagte dann das, was Papa immer sagte: „Dicht daneben ist auch vorbei, außer bei Hurrikans und Handgranaten." Er hatte im Krieg gekämpft, deshalb wusste er über diese Dinge Bescheid.

„Lass uns die Hausaufgaben zusammen machen", bettelte May. „Du kannst nach der Schule mit zu mir kommen."

Es war das Ziel aller meiner Wünsche. Ich würde Mütze erst nach Hause bringen müssen, aber dann würde ich so schnell wie möglich zu May gehen und dort mit ihr die Hausaufgaben machen. Ihre Mutter gab uns nach der Schule wunderbare Dinge zu essen wie Muffins und Pepsi-Cola und Kartoffelchips – Leckereien, die wir in unserem Haus noch nie gesehen hatten. Ich konnte alle meine Lieblingsfernsehserien in Farbe sehen, und das Bild auf der Mattscheibe wackelte nie so nervtötend wie bei unserem alten Schwarz-Weiß-Fernseher.

„Ich hasse Mathe", stöhnte May Elizabeth, während sie neben mir auf dem Wollteppich vor dem Fernseher lag. In der Zeit, die sie für eine einzige Aufgabe benötigte, konnte ich eine ganze Seite lösen.

„Es wäre viel einfacher, wenn du dein Einmaleins lernen würdest", sagte ich zu ihr und leckte die Cremefüllung aus meinem nächsten Schokoriegel.

May seufzte und zog einen Schmollmund. „Ich weiß, aber bitte, *bitte* sag mir nur, was bei der ersten Aufgabe herauskommt. *Bitte?* Nur dieses eine Mal?"

Natürlich war es nie nur „dieses eine Mal". Sie schrieb jeden Abend meine gesamten Hausaufgaben ab und wunderte sich dann, warum sie in den Arbeiten Fünfen und Sechsen schrieb. Mir war es egal. Ich aß jeden Nachmittag Käsebällchen, bis meine Zunge ganz gelb war. Mein Leben schien zum ersten Mal wirklich glücklich, und ich hatte schreckliche Angst, dass dieses Glück nicht von Dauer sein könnte.

Es war auch nicht von Dauer.

In diesem Jahr, 1960, waren Wahlen, und der Wettlauf um das Weiße Haus zwischen Richard M. Nixon und Senator John F. Kennedy spitzte sich zu. Unser Lehrer meinte, wir sollten mehr über Politik und Regierung lernen, und so beschloss er, dass wir einer der Wahldebatten beiwohnen sollten. Keiner echten, natürlich. Der Debattierclub an der Riverside Highschool veranstaltete im Hörsaal der Schule eine Scheindebatte zwischen den Vorsitzenden der beiden politischen Parteien. Unsere Klasse sollte die drei Häuserblocks zur Highschool gehen und uns die Sache ansehen.

Alles wäre in Ordnung gewesen, wäre Papa zu Hause gewesen, aber das war er nicht. Ich musste die Einwilligungserklärung für den Schulausflug meinem Onkel Leonard zur Unterschrift vorlegen.

„Das ist doch die Höhe!", bellte er, und sein Gesicht war so rot wie seine Gesinnung.

„Es macht nichts, Onkel Leonard. Es ist nur eine dämliche Versammlung in der Schulaula." Ich versuchte ihm den Zettel zu entziehen. „Keine Sorge, Mama kann es für mich unterschreiben." Der einzige Grund, warum ich ihn überhaupt gefragt hatte, war der, dass ich nicht zum Schuppen gehen wollte, um meine Mutter zu suchen. Jetzt bereute ich das. Onkel Leonard war nicht mehr zu bremsen.

„Das hier ist Amerika!" Er schlug mit der Faust so fest auf den Chromtisch, dass ein Stapel gelber Notizblockzettel auf den Boden segelte. „Ich dachte, wir hätten in Amerika Redefreiheit."

„Die haben wir auch, Onkel Leonard. Unser Lehrer hat es uns erklärt. Deshalb gibt es diese Debatten ja."

„Dann will ich wissen, warum die Kommunistische Partei nicht eingeladen wurde, um wie jede andere politische Partei über diese Dinge zu debattieren!"

Ich war erst zehn, aber ich hätte ihm sagen können, warum sie nicht eingeladen worden waren. Amerika war im Kalten Krieg. Jeder hasste die Kommunisten. Unsere Väter hatten gerade im Krieg gegen die Nazis gekämpft, und jetzt wollten die Kommunisten die Weltherrschaft übernehmen. Man brachte uns bei, dass die Russen Raketen auf Amerika abschießen und uns im Schlaf mit der Atombombe angreifen und unser Leben bestimmen würden. Von der Wiege bis zur Bahre würden sie über alles, was wir taten, entscheiden: wer zur Schule geht und wer nicht, was wir studieren, wen wir heiraten, wo wir arbeiten – so wie sie es in der UdSSR und in Rotchina taten. Kinder würden in Kommunen aufwachsen – was mir egal war, solange ich nicht in derselben Kommune leben musste wie Mütze, JT und Annie. Die Kommunisten konnten uns alle zwingen, die gleiche Kleidung zu tragen und in identischen Häusern zu leben – auch das war mir recht, solange die Kleidung und die Häuser aussahen wie die von May Elizabeth und nicht wie meine.

Die Kommunisten würden uns unsere Freiheit rauben – zusammen mit unseren Fernsehern und Autos und professionellen Baseballmannschaften. Aber zuerst würde es einen Atomkrieg geben mit all den Schrecken, die damit verbunden waren. Seit die Russen im Jahr 1957 den Sputnik gestartet hatten und damit im Weltallwettlauf die Nase vorn hatten, wusste jeder, dass es nur noch wenige Tage dauern würde, bis die Kommunisten ihre Raketen aus dem All abfeuerten. Alle paar Monate hatten wir in der Schule Luftschutzübungen. Die Stadtsirene ging dann los und Mr Standish brüllte: „Runter und verstecken!", und wir mussten uns unter unsere Tische kauern, den riesigen Panorama-fenstern den Rücken zukehren und unsere Augen bedecken, um uns vor der Druckwelle zu schützen. Aber selbst wenn man zu den Glück-lichen gehören sollte, die die Pilzwolke überlebten, musste man sich noch Sorgen über die radioaktive Verstrahlung machen. Das Wasser würde ungenießbar sein und die Luft giftig, und man musste dann in seinem Atomschutzraum bleiben – sofern man reich genug war und einen hatte –, bis man etwa drei oder vier Jahre später gefahrlos wieder herauskommen konnte. Ja, jeder hasste die Kommunisten. Und mein Onkel war einer.

„Ich muss ein paar Anrufe erledigen", sagte Onkel Leonard. Er eilte nach nebenan zum Telefon der Grouts, meine Einwilligungserklärung immer noch in der Hand. Ich musste Mr Standish bitten, mir ein zwei-tes Exemplar zu geben, und es meiner Mutter zur Unterschrift vorlegen.

An dem Tag der nachgestellten Nixon-Kennedy-Debatte ging unse-re Klasse die drei Häuserblocks zur Highschool, während der Himmel leuchtend blau über uns erstrahlte. In der Luft hing noch der Duft des Sommers, und die Bäume ließen eine Spur roter, orangefarbener und gelber Blätter auf unseren Weg fallen. Das Leben war wunderbar.

Und dann betrat ich die Aula und sah Onkel Leonard auf der Büh-ne zwischen dem Demokraten und dem Republikaner sitzen, und da wusste ich, dass es mit meinem friedlichen Dasein vorbei war. Die be-rüchtigte Läuseinfektion war nichts im Vergleich zu der Demütigung, die ich jetzt erleben würde.

Der Kennedy-Mann wurde zuerst vorgestellt, aber ich hörte nicht ein Wort von dem, was er sagte, weil die Angst ohrenbetäubend in meinem Kopf rauschte. Was tat mein Onkel dort oben? Auf welche neue Weise würde ich diesmal verspottet und niedergemacht werden? Mein Magen drehte sich um. Der Demokrat beendete seine Rede und setzte sich. Der Präsident des Debattierclubs erschien wieder am Rednerpult.

„Als Nächstes hören wir Mr Leonard Bartlett, den Vorsitzenden der Kommunistischen Partei der Drei Bezirke …" Der Rest der Vorstellung ging in einem Chor von Buhrufen unter. Niemand applaudierte meinem Onkel, wie sie es bei dem ersten Redner getan hatten. Ich sank noch tiefer in meinen Sitz.

Als Onkel Leonard zum Rednerpult trottete, war seine Miene so düster, wie ich sie nie zuvor gesehen hatte. Er war ein so schlaksiger, linkischer Mann, dass er sich bewegte wie eine Marionette, die von einem Dreijährigen gelenkt wird. Er hielt die Hände hoch, um das Auditorium zum Schweigen zu bringen, woraufhin die Buhrufe nur noch lauter wurden. Er packte das Mikrofon und versuchte vier oder fünf quälende Minuten lang, etwas über die Kommunistische Partei zu sagen, während die Zwischenrufe aus dem Publikum immer lauter und wilder wurden. Kinder schossen mit Papierkügelchen auf ihn und bewarfen ihn mit Gegenständen. Ich rutschte auf meinem Sitz so tief hinunter, dass ich beinahe auf dem Boden saß.

Schließlich stand der Direktor auf und versuchte die Schüler zur Raison zu bringen, indem er mit der Faust auf das Rednerpult schlug. „Nehmen Sie Ihren Schuh, wie Chruschtschow es bei den Vereinten Nationen gemacht hat!", rief jemand. Danach verwandelte sich die Veranstaltung in eine rechtsfreie Zone und musste abgebrochen werden. Onkel Leonard lächelte, wahrscheinlich, weil der Republikaner keine Gelegenheit bekommen hatte zu sprechen. Mein Onkel hasste Richard Nixon.

Niemand traute sich, auf dem Weg zurück in unsere Klasse hinter mir zu gehen. Auch wenn mein Nachname Gallagher lautete, wussten alle, dass der Stadtkommunist mein Onkel war. Ich bekam einen neuen Spitznamen: „Die rote Kathy". Ich fand, dass es besser war als „Läuse-Kathy", bis jemand unser Haus mit roter Farbe bewarf. Außerdem malten sie Hammer und Sichel auf das Auto meines Onkels. Wenn Papa zu Hause gewesen wäre, hätte er nur gelacht und das Auto gestrichen, aber Onkel Leonard weigerte sich, die rote Farbe zu verstecken. Er war stolz, ein „Roter" zu sein.

„Lass es dran", sagte er zu meiner Mutter. „Ich will, dass diese Kinder sehen, in was für einem Land sie aufwachsen. Das wäre in Russland nie passiert."

Natürlich nicht, hätte ich am liebsten gesagt. Die Russen schickten

Dissidenten nach Sibirien, wo selbst im Juli die Farbe festfror. Später an diesem Abend schlich ich ins Schlafzimmer meiner Mutter, um mit ihr zu reden.

„Mama, wann kommt Papa nach Hause?"

Sie blies den Rauch ihrer Zigarette in die Luft. „Drei bis sechs Monate."

„Kannst du nicht dafür sorgen, dass Onkel Leonard auszieht? Die Kinder in der Schule machen sich wieder über mich lustig, wie damals, als ich Läuse hatte."

Als Kommunistin beschimpft zu werden, war jedoch schlimmer. Es gab kein Shampoo, mit dem man diese Schande hätte abwaschen können. Mama starrte auf ihren Schoß, anstatt mich anzusehen.

„Du weißt gar nicht, was Schande ist", murmelte sie. „Als ich jung war, hat meine Mutter … ach, egal."

„Warum muss Onkel Leonard denn hier wohnen? Warum hat er kein eigenes Haus?"

„Onkel Leonard ist ein guter Mann", erwiderte sie hitzig. „Und Amerika ist ein freies Land. Er hat das Recht zu glauben, was er will."

Der Spott und Hohn, den ich nach der Debatte erntete, dauerte länger als nach der Läuse-Episode. May Elizabeth brauchte auf einmal keine Hilfe mehr bei den Hausaufgaben. Keine Schokoriegel und Kartoffelchips mehr. Ich hasste meinen Onkel.

Dann eines Tages kam May wieder mit einer dramatischen Nachricht in die Klasse: „Stell dir vor! Mein Vater hat in unserem Garten einen Atomschutzbunker aufgestellt, sodass wir jetzt einen Atomkrieg überleben können!"

Ich war mir sicher, dass eine Kommunistin wie ich niemals auch nur in die Nähe dieses Bunkers gelassen würde, aber als es am Ende des Schultages klingelte, drehte May sich zu mir um und sagte: „Willst du mit zu mir kommen und ihn ansehen? Vielleicht lässt Mama uns ja da drin unsere Hausaufgaben machen. Das wäre doch lustig, oder?"

Der Atomschutzbunker der Hayworths war das Beeindruckendste, was ich jemals gesehen hatte. Sie hatten natürlich das Luxusmodell gekauft, damit Mays Familie auch sicher war, wenn eine Wasserstoffbombe dreißig Kilometer entfernt in Bensenville explodierte. Der Bunker bestand aus einem zwölf mal sieben Meter großen Stahlzylinder, der dreieinhalb Meter tief im Garten der Hayworths vergraben war.

„Es ist alles drin", sprudelte May hervor, als wir ihn besichtigten. „Siehst du? Konservendosen und Wasser, ein Klappbett mit Luftmatratze für jeden von uns und ein Radio, damit wir wissen, wann es sicher ist, wieder herauszukommen."

„Ich hoffe, ihr habt zusätzliche Batterien gekauft, falls der Strom ausfällt", sagte ich, praktisch veranlagt, wie ich war.

„Wir brauchen keine Batterien. Papa sagt, wir können unsere eigene Elektrizität mit dem hier herstellen." Sie deutete auf einen nagelneuen Generator.

„Würdet ihr nicht verrückt werden, wenn ihr Jahr für Jahr hier eingesperrt wärt?", fragte ich. Ich hatte noch keine Gelegenheit gehabt, das Volumen eines zwölf mal sieben Meter großen Zylinders auszurechnen, aber bei dem Gedanken, mit meiner Familie auch nur eine Stunde lang in diesem Tank eingeschlossen zu sein, hätte ich schon schreien können. May schüttelte den Kopf.

„Wir haben ganz viele Bücher und Spiele hier verstaut. Und zu dem Bunker gehören auch Schutzanzüge, sodass wir anschließend draußen herumlaufen können. Und guck mal hier", fügte sie hinzu und schwenkte eine kleine gelbe Kiste mit vielen Drähten und Skalen. „Das ist unser eigener Geigerzähler, damit wir die radioaktive Strahlung messen können."

„Sieht so aus, als hätte dein Vater an alles gedacht", sagte ich wehmütig. Der Atomschutzbunker war stabiler und besser ausgestattet und abgedichtet als unser Haus. Ich sah keine Toilette, aber ich war sicher, dass Mr Hayworth auch daran gedacht hatte – und hoffentlich auch an einen Dosenöffner.

May schwieg eine ganze Weile, bevor sie sagte: „Kann ich dir eine Frage stellen?"

Mein Magen krümmte sich zusammen wie ein eingeschüchterter Hund, aber ich zuckte mit den Schultern und sagte: „Okay …"

„Bist du wirklich Kommunistin?"

„Nein! Natürlich nicht! Ich hasse die Kommunisten genauso wie jeder andere. Mein doofer Onkel ist der Einzige, der sie mag – und ich glaube, ich bin gar nicht richtig mit ihm verwandt. Ich hoffe immer noch, sie sagen mir irgendwann, dass ich adoptiert wurde, oder sie finden heraus, dass jemand im Krankenhaus meiner Mutter das falsche Baby gegeben hat, damit ich bei normalen Menschen leben kann."

„Oh, das hoffe ich auch!", sagte May in ihrer dramatischen Art. Sie ergriff meine Hände und drückte sie. „Vielleicht stellen sie ja fest, dass wir beide in Wirklichkeit Schwestern sind! Vielleicht haben sie ja Ron und dich vertauscht und mein Bruder muss in deinem Haus leben und du kannst hier wohnen."

„Es ist ziemlich unwahrscheinlich, dass man uns beide verwechselt", gab ich zu bedenken, wieder einmal ganz pragmatisch. „Denn Ron ist zwei Jahre älter als ich."

„Ach ja. Die zwei Jahre habe ich ganz vergessen", sagte May mit theatralischem Seufzen. „Siehst du? Du bist so gut im Rechnen, Kathy. Glaubst du, du kannst mir bei den Mathehausaufgaben helfen?"

„Klar … gibt es im Atomschutzbunker Kartoffelchips?"

Nachdem die Kinder angefangen hatten, mich „Rote Kathy" zu nennen, besuchte ich regelmäßig die Sonntagsschule und den anschließenden Gottesdienst. Jeder weiß, dass echte Kommunisten Atheisten sind, und so schien mir der Kirchgang die beste Methode, allen in Riverside zu beweisen, dass ich die Ansichten meines Onkels nicht teilte. Mrs Hayworth hatte mich die ganze Zeit eingeladen, mit ihrer Familie in den Gottesdienst zu gehen, aber ich wusste, ich würde mir fehl am Platze vorkommen, wenn ich in derselben Bank saß wie sie. Ich hatte immer noch keinen Hut oder Handschuhe oder Lackschuhe.

An dem Sonntag, nachdem die Scheindebatte abgebrochen worden war, ging ich nach der Sonntagsschule nach Hause, als ich plötzlich beschloss, dass ich den Anblick unseres rot beschmierten Hauses nicht ertragen konnte. Ich kehrte um. Es war warm, die Kirchtür stand offen, und ich hörte wunderschöne Orgelmusik von drinnen. Ich schlich durch die Tür und setzte mich ganz allein in eine der hinteren Reihen.

Zu diesem Zeitpunkt wusste ich schon eine ganze Menge über Jesus – genug jedenfalls, um zu wissen, dass er mich in seinem Haus willkommen heißen würde, auch wenn niemand sonst begeistert sein sollte, mich zu sehen. Er mochte Aussätzige und arme Leute und Außenseiter wie mich, denen jeder aus dem Weg ging. Ich hatte Verse auswendig gelernt wie: „Selig sind, die da geistlich arm sind; denn ihrer ist das Himmelreich", und Lieder wie „Jesus liebt mich" gesungen. Gerade an diesem Morgen erst hatten wir in der Sonntagsschule die Geschichte von der armen Witwe durchgenommen, die von Jesus gelobt wurde, weil sie ihren armseligen Pfennig in den Opferkasten geworfen hatte, womit sie einen größeren Prozentsatz ihres Einkommens gegeben hatte als all die reichen Leute, die es sich gut leisten konnten. Die Geschichte war sehr eindrücklich gewesen, weil sie zwei Dinge miteinander kombinierte, von denen ich etwas verstand: Klassenunterschiede und Prozentrechnung.

Auch der Gottesdienst an jenem ersten Sonntag war eindrücklich. Die Musik gefiel mir sehr und auch, wie feierlich und schön alles war – und schon das war für mich ein Anreiz wiederzukommen. Dann las der Pastor den Bibelvers: „Wohlan, alle, die ihr durstig seid, kommt her zum Wasser! Und die ihr kein Geld habt, kommt her, kauft und esst! Kommt her und kauft ohne Geld und umsonst Wein und Milch!"

Er fing an, vom Tod Jesu am Kreuz zu sprechen – von dem ich bereits gehört hatte, den ich aber nie auf mich bezogen hatte –, und er sagte, Gottes Einladung gelte jedem, reich oder arm. Rettung – die ich mir wie eine Art kosmischen Atomschutzbunker vorstellte, in der die Glücklichen vor der Hölle gerettet wurden – war ein kostenloses Geschenk Gottes. Wenn ich an Jesus glaubte und ihm all die Dinge sagte, die ich falsch gemacht hatte, dann würde Gott mir Errettung schenken, so als wären es Halloween-Süßigkeiten. Es war egal, wo ich wohnte oder wer meine Eltern waren; Jesus war für alle der gemeinsame Nenner.

Gottes Liebe konnte man sich mit allem Geld der Welt nicht kaufen. Und sie hatte auch nichts mit Hüten und weißen Handschuhen und Lackschuhen zu tun. „Denn also hat Gott die Welt geliebt, dass er seinen eingeborenen Sohn gab ..." Gott liebte *mich*.

„Wer zu mir kommt", sagte Jesus, „den wird nicht hungern ..." Und ich hungerte nach Liebe. Ich konnte mir sie nicht erarbeiten und verdienen, wie man eine gute Note in einer Klassenarbeit erreicht oder indem ich mein Einmaleins oder Sonntagsschulverse auswendig lernte. Ich musste Gott nur sagen, dass es mir leid tat; all die bösen Dinge, die ich getan hatte, zum Beispiel dass ich meinen Onkel und meine Mutter und meine Brüder und meine Schwester hasste. Gottes Vergebung war umsonst. Jesus liebte mich.

An diesem Morgen senkte ich meinen Kopf und wurde Christin.

Als ich nach Hause kam, fühlte ich mich anders. Meine Sünden waren so hässlich gewesen wie die roten Farbflecken an unserem Haus, aber Jesus hatte sie alle fortgewaschen. Ich ging zum Schuppen und holte mein verstecktes Päckchen Sonntagsschulzeitungen hervor. Dann setzte ich mich auf die zersplitterte hölzerne Bank und las sie alle noch einmal durch.

Kapitel 9

Ich entdeckte die Nancy-Drew-Krimis im Sommer zwischen der fünften und sechsten Klasse. Nancy war eine Detektivin, die jeden Fall
löste, selbst diejenigen, bei denen die Erwachsenen ratlos waren. Sie
hatte „Tizianhaare", ihre beste Freundin hieß Bess und sie fuhr ein
Cabrio. Ich wollte genauso sein wie sie. Mir fielen schon ein paar Fälle
in meinem Leben ein, die ich gerne aufgeklärt hätte, zum Beispiel warum Mama sich nicht um uns kümmerte, wie andere Mütter es taten.
Und warum sie anscheinend immer mehr Geld hatte, wenn Papa zu
Hause war, als wenn er arbeiten war. Und warum Papa das noch nicht
begriffen hatte und endlich damit aufhörte, monatelang fort zu sein.

Ich wollte jeden Nancy-Drew-Krimi lesen, den es in der Stadtbü-
cherei von Riverside gab, damit ich eine Topdetektivin wie sie werden
konnte. Aber meine Brüder entdeckten in diesem Sommer ihre Liebe
zu Zügen. Die Bahnschienen zogen sich eineinhalb Blocks von unserem Haus entfernt durch ein brachliegendes Grundstück, und wir
waren damit aufgewachsen, dass Güterzüge dreimal die Woche mit
kreischenden Signalpfeifen durch unser Viertel ratterten. Aber dies
war der erste Sommer, in dem Mütze und JT all die gefährlichen Dinge entdeckten, die man mit Zügen machen konnte. Zusammen mit
ihrer Begeisterung für Feuer ließ ihr neues Hobby mir nicht viel Zeit
zum Lesen.

May Elizabeth steckte ich mit meiner Vorliebe für Nancy Drew an,
als wir im Herbst wieder zur Schule gingen, und wir verschlangen
abwechselnd jedes Buch, das es in der Schulbücherei gab. Unsere Lehrerin in der sechsten Klasse war Miss Pfister. Es war schwer, ihren
Namen auszusprechen, ohne zu spucken, vor allem, wenn man lis-
pelte, wie Patty DeMarco es tat. Miss Pfister war neu und jung und
sehr hübsch. Die Jungen verliebten sich alle in sie, und ausnahmsweise
benahmen sie sich im Unterricht, weil sie die Lehrerin beeindrucken
wollten. Die Mädchen wollten alle sein wie sie, und einige von ihnen
ließen ihre Haare wachsen und begannen sie zu Frisuren wie der von
Miss Pfister aufzutürmen. Ich mochte Miss Pfister, weil sie uns jeden
Nachmittag eine Menge aufgab, und wieder einmal lud May Elizabeth

mich nach der Schule zu sich nach Hause ein, damit wir die Hausaufgaben zusammen machen konnten – was normalerweise bedeutete, dass ich die Aufgaben machte und sie sie von mir abschrieb. Dann saßen May und ich in ihrem plüschigen rosafarbenen Zimmer, tranken Pepsi und lasen Nancy Drew.

Das Schuljahr verging schnell und ereignislos, wofür ich dankbar war. Mit May Elizabeth als bester Freundin schienen die anderen Kinder mir die Läuse und den kommunistischen Onkel zu verzeihen und ließen mich die meiste Zeit in Ruhe. Meine Brüder gingen jetzt beide auf die Grundschule von Riverside und waren regelmäßig zu Besuch im Büro des Direktors. Es ging das Gerücht um, sie seien es gewesen, die die Rutsche auf dem Spielplatz gewachst hatten, wodurch sich mehrere kleine Kinder verletzten, weil sie von der Rutsche schossen wie Kugeln aus einem Gewehr. Bobby Peters hatte sich den Arm zweimal gebrochen. Aber der Ruf meiner Brüder schien mehr Ehrfurcht als Spott unter den anderen Schülern hervorzurufen. Immerhin hielt JT – der noch in der Vorschule war – den Schulrekord als jüngster Schüler, der jemals für eine Zeit lang von der Schule geflogen war.

Im April 1962 hatten May und ich alle Nancy-Drew-Bücher gelesen, die man in der Schulbücherei und der städtischen Bibliothek ausleihen konnte. „Ich bin schon richtig gut darin, die Fälle zu lösen, bevor Nancy es tut", gab May eines Abends an, als wir in ihrem Zimmer saßen. „Ich habe das Geheimnis des moosbewachsenen Hauses aufgeklärt, während Nancy noch in ihrem Roadster zum Lunch fuhr. He, weißt du was?", sagte May plötzlich. „Wir sollten unser eigenes Detektivbüro aufmachen und Fälle lösen. Ich bin Nancy Drew, und du kannst Bess sein. Ich wette, wir verdienen dann jede Menge Geld."

Die Leichtigkeit, mit der May Elizabeth sich dem Kapitalismus verschrieb, verblüffte mich. Ich fühlte eine Welle der Dankbarkeit für ihre Freundschaft und für den freien Gedankenaustausch, den sie mir bot, nachdem ich mein ganzes Leben lang von meinem Onkel einer Gehirnwäsche unterzogen worden war. Trotzdem glaubte ich nicht, dass Onkel Leonard etwas dagegen hätte, wenn wir uns selbstständig machten, solange May und ich jeden Schatz, den wir fanden, spendeten, so wie Nancy Drew es immer tat – oder den Gewinn wenigstens gerecht aufteilten.

„Ich wette, es gibt ein oder zwei Geheimnisse, die wir hier in Riverside aufklären könnten", erwiderte ich. „Wo sollen wir anfangen?"

„Alsooo …", sagte May und zog das Wort in die Länge, um die Spannung zu erhören, „wir könnten die Wahrheit über deinen Onkel Leonard herausfinden. Alle in Riverside glauben, dass er ein sowjetischer Spion ist."

„Onkel *Leonard*? Ein *Spion*? Das ist doch wohl nicht dein Ernst! Erstens glaube ich nicht, dass die Russen sich für irgendwelche Informationen interessieren, die aus dieser langweiligen alten Stadt kommen. Und zweitens ist er viel zu laut, um ein Spion zu sein. Er trampelt mit seinen riesigen, klobigen Füßen überall herum und brüllt alles an, vor allem den Fernseher."

„Was ist denn mit seiner Freundin? Sie ist doch auch Kommunistin, oder?"

„Du meinst Connie Miller? Mensch, die arbeitet im Supermarkt." Ich fügte nicht hinzu, dass sie so plüschig und dumm war wie ein Pekinese, aber ich hätte es tun können.

„Wo arbeitet dein Onkel denn?", fragte May Elizabeth, und ich merkte, dass sie immer noch die Rolle der Nancy Drew spielte, die nach der Wahrheit forscht.

„Er arbeitet für die Transportarbeitergewerkschaft drüben in Bensenville. Er sitzt den ganzen Tag in einem Büro und hofft, dass die Arbeiter streiken, damit er Streikbanner machen und Slogans rufen kann. Wir können ihm nachspionieren, wenn du willst, aber ich glaube nicht, dass es viel Spaß machen wird."

May schien maßlos enttäuscht – aber nur einen Augenblick lang. „Ich weiß! Wir können die Diebe finden, die in unser Haus eingebrochen sind und alle unsere Sachen gestohlen haben, während wir damals in der Kirche waren. Die Polizei hat den Fall nie aufgeklärt."

Mein Magen fühlte sich an, als hätte ich mit einem Auto ohne Bremsen den Gipfel eines Berges erklommen. „Nein, das ist zu langweilig", sagte ich und versuchte krampfhaft cool zu klingen. „Nancy und Bess würden sich nie mit so einem langweiligen Fall abgeben. Und außerdem ist das schon zwei Jahre her."

„Wie wäre es dann mit einer vermissten Person?", schlug May vor.

„Das ist viel besser." Ich hatte das Gefühl, wieder atmen zu können.

Aber ehrlich gesagt hatte ich den Verdacht, dass jemand, der erfolgreich aus dem langweiligen alten Riverside verschwunden war, nicht allzu begeistert sein würde, wenn wir ihn wiederfanden. Das sagte ich jedoch nicht laut, aus Angst, May Elizabeth könnte wieder auf den ungelösten Einbruch zurückkommen. „Also, wen kennen wir, der vermisst wird?", überlegte ich und rieb mir das Kinn.

„Meinen Vater."

„Dein Vater wird nicht vermisst. Ich habe ihn gestern erst in der Kirche gesehen. Mein Vater ist derjenige, der monatelang weg ist. Er war schon seit Ende Januar nicht mehr zu Hause."

„Nein, mein Vater ist auch nie zu Hause", beharrte May. „Wir essen fast jeden Abend ohne ihn. Und wenn er zum Abendessen nach Hause kommt, muss er anschließend sofort wieder weg."

„Wo muss er denn hin?"

„Das ist das Geheimnis!", sagte sie mit erhobenen Händen und gespreizten Fingern. „Vielleicht ist *er* der Spion, und nicht dein Onkel! Wäre das nicht klasse?"

Ich hatte meine Zweifel, aber wir beschlossen mit Mays Vater anzufangen, da er innerhalb von Riverside „vermisst" wurde. Wir konnten meinen Vater suchen, sobald wir etwas mehr Erfahrung hatten – und vielleicht einen Führerschein.

Zwei Abende später saß ich gerade zu Hause und sah fern, als Charlie Grout an unsere Tür klopfte und sagte, jemand sei drüben in seinem Haus für mich am Telefon. Es war May Elizabeth. Zuerst dachte ich, die Verbindung sei schlecht, weil ich sie kaum verstehen konnte, doch dann wurde mir klar, dass sie flüsterte.

„Jetzt ist unsere Gelegenheit, *Bess*", sagte sie und benutzte meinen Codenamen. „Mein Vater ist gerade gegangen. Er hat gesagt, er muss noch mal ins Büro, aber ich wette, er holt geheime Dokumente von einem russischen Überläufer ab."

Ich spürte einen wohligen Schauer der Erregung. „Wie sieht dein Plan aus, *Nancy*?"

Sie antwortete nicht. Als das Schweigen andauerte, erkannte ich, dass ich diejenige war, die sich einen Plan überlegen musste, genauso wie ich diejenige war, die alle Hausaufgaben machte. „Wir müssen ihm folgen", beschloss ich.

„Soll ich meine Mutter fragen, ob sie uns fährt?"

Ich verdrehte die Augen. „Nein, sie könnte ja auch zu dem Spionagering gehören. Wir müssen die Fahrräder nehmen."

„Aber du hast doch gar kein Fahrrad –"

„Ich weiß, ich *weiß*. Ich hatte gehofft, ich könnte mir das von deinem Bruder ausleihen." Ich sah Charlie Grout an. An seinem Blick konnte ich merken, dass er lauschte. Ich schirmte die Sprechmuschel des Hörers mit einer Hand ab. „Schleich dich mit den Fahrrädern aus der Garage, okay? Ich bin gleich bei dir."

„Soll ich mich ganz schwarz anziehen?", fragte May.

„Wenn du willst – aber ich glaube nicht, dass Nancy Drew das macht."

„Doch, in *Die Fährte in der alten Kutsche* hat sie es getan, weißt du nicht mehr?"

Ich unterdrückte einen ungeduldigen Seufzer. In der Zeit, die wir brauchten, um uns zu organisieren, konnte Mr Hayworth den ganzen Weg nach Bensenville fahren, seine geheimen Papiere austauschen und wieder nach Hause fahren. „Du kannst schwarze Sachen tragen, wenn du magst", sagte ich. „Ich glaube, ich habe nichts Schwarzes."

„Ist das nicht lustig?", fragte sie kichernd.

Eine halbe Stunde später fuhren May und ich auf unseren Fahrrädern die Anhöhe hinauf, von der aus man den Schotterparkplatz von Hayworth Industries überblicken konnte. Das Auto ihres Vaters stand auf dem für ihn reservierten Platz in der Nähe des Haupteingangs zu dem lang gestreckten Backsteingebäude. Ich war fürchterlich enttäuscht, weil wir ihn so schnell gefunden hatten.

„Und jetzt?", fragte ich. „Sollen wir runtergehen und uns hineinschleichen, um zu sehen, was er macht?"

„Das geht nicht!" Sie hielt mich am Arm zurück. „Sie haben eine Wache!" Bei dem Gedanken, jemandem mit einer echten Waffe zu begegnen, bekam ich eine Gänsehaut. Ich kam mir wie eine richtige Detektivin vor.

„Was würden Nancy und Bess denn tun?", flüsterte ich. May antwortete nicht. Und so standen wir dort, betrachteten die friedliche Szene und überlegten, was wir als Nächstes tun sollten, als sich plötzlich die Eingangstür öffnete und Mr Hayworth herauskam. Er ging direkt auf sein Auto zu und stieg ein.

„Komm, wir folgen ihm", sagte May. Sie sprang auf ihr Fahrrad, bereit, die Verfolgung aufzunehmen. Ich tat mich schwerer damit, ein Jungenfahrrad startklar zu machen, aber schließlich holte ich sie ein.

Ein Auto mit dem Fahrrad zu verfolgen, war nicht so unmöglich, wie es klingt – vor allem in Riverside. Die erlaubte Höchstgeschwindigkeit im Ort war vierzig Stundenkilometer, und fast an jeder Kreuzung gab es Stoppschilder, die das Fortkommen zusätzlich verlangsamten. Das Straßenverkehrsamt des Bezirks hatte beschlossen, dass unsere Stadt zu klein und unbedeutend war, um eine richtige Ampel zu bekommen, und so hatten die Stadtväter sich gerächt, indem sie eine Vielzahl von Stoppschildern aufgestellt hatten – in erster Linie, um die Fahrer der Schneepflüge vom Bezirksamt zu ärgern. Diese Schilder sollten dazu führen, dass sie anhalten und Riverside wahrnehmen mussten.

Mr Hayworth war ein vorbildlicher Fahrer. Er fuhr nie zu schnell und hielt an jedem Stoppschild. Ich war enttäuscht. Ich hätte erwartet, dass ein Spion in geheimer Mission gefährlicher fuhr. Aber als er den Stadtrand erreicht hatte, tat Mays Vater plötzlich etwas sehr Spionenmäßiges: Er bog in die Einfahrt zu einem Friedhof ein, ohne zu blinken, und schaltete die Scheinwerfer seines Wagens aus. Mein Herz begann schneller zu schlagen. Der Friedhof war der perfekte Ort, um geheime Dokumente auszuhändigen!

May Elizabeths Bremsen quietschten, als sie in der Nähe des mit Säulen versehenen Tores zum Stehen kam. Es wurde allmählich dunkel, und der unbeleuchtete Friedhof mit seinen großen Bäumen wirkte unheimlich. Einige der Gräber waren hundertfünfzig Jahre alt, auch das von Sarah Hawkins, deren Geist angeblich jede Nacht hier spukte. Was es noch unheimlicher machte, war die Tatsache, dass Sarah in unserem Alter gewesen war, als sie starb.

„Wir fahren besser nach Hause", sagte May. Ihre Stimme klang zittrig. „Meine Mutter will nicht, dass ich im Dunkeln noch mit dem Fahrrad fahre, trotz der Lampen und Reflektoren."

„Was für eine Detektivin hätte denn Angst vor einem Friedhof?", fragte ich und sprach damit das an, was ich für das tatsächliche Problem hielt. „Nancy Drew würde sich nicht vor Geistern fürchten. Erinnerst du dich an *Die Geisterbrücke?* Komm."

Ich trat in die Pedale und fuhr durch das Tor, um anschließend der kurvigen Lehmstraße bis auf den Friedhof zu folgen. Dabei orientierte ich mich an der Staubwolke, die Mr Hayworths Auto aufwirbelte. Ich tat so, als mache es mir nichts aus, aber innerlich zitterte ich. Es war ein ganz wunderbares Gefühl.

Mays Vater hatte den Wagen zum Stehen gebracht und parkte jetzt am Rand des Friedhofs, wo der Wald begann. Ein zweites Auto stand vor seinem – ein VW Käfer. Ich blieb in sicherer Entfernung stehen, halb verborgen hinter dem riesigen Grabmal der Familie Moore. Mein Herz schlug mir vor Angst und Aufregung bis zum Halse. Ich gab May ein Zeichen, ebenfalls anzuhalten, und hob den Finger an die Lippen, um ihr zu signalisieren, dass sie leise sein sollte, aber ihr Mund stand so weit offen, dass sie ohnehin nicht in der Lage schien etwas zu sagen. Ich fragte mich, ob ich genauso große Augen hatte wie sie.

Mr Hayworth öffnete die Autotür und stieg aus, während er sich nervös umblickte. Der Spion im Volkswagen stieg ebenfalls aus. An der Figur und den aufgetürmten Haaren konnte ich erkennen, dass es sich um eine Frau handelte – und irgendetwas an ihr kam mir vertraut vor, selbst aus dieser Entfernung. Ich ging davon aus, dass die beiden schnell die Unterlagen austauschen und sich dann wieder aus dem Staub machen würden, aber stattdessen taten sie etwas Erstaunliches. Sie schlangen die Arme umeinander, wie Verliebte es am Ende eines guten Filmes taten – und sie küssten sich! Dort auf dem Friedhof! Ich hörte, wie May Elizabeth die Luft einzog.

Als der Kuss zu Ende war, sah Mr Hayworth sich wieder um, dann öffnete er die hintere Tür seines Wagens. Er führte die Spionin zur Rückbank, dann setzte er sich neben sie und schloss die Tür. Kurz darauf verschwanden ihre Köpfe aus dem Blickfeld.

Ich versuchte, diese Ereignisse zu deuten, indem ich alle Hinweise zusammenfügte, wie Nancy Drew es getan hätte, wenn sie den Fall hätte lösen wollen. Mir war so, als hätte ich jemanden in einem VW Käfer durch die Stadt fahren sehen. Und dann fiel es mir wieder ein: Es war meine Lehrerin, Miss Pfister. Ja! Sie war die Frau, die mir so bekannt vorgekommen war! Aber Miss Pfister war keine russische Spionin. Sie war eine junge, hübsche Mittelstufenlehrerin in der Schule von Riverside. Was machte sie auf dem Friedhof auf einer Autorückbank mit May Elizabeths Vater?

Dann wurde mir schlagartig klar, was sie da machte.

May Elizabeth musste in demselben Augenblick das Puzzle zusammengefügt haben, denn ich hörte, wie ihr Fahrrad scheppernd umfiel. Ich drehte mich um und sah noch, wie sie auf die Erde sank, als hätten ihre Beine keine Kraft mehr. Sie schlug die Hände vors Gesicht und weinte. Ich wusste nicht, was ich tun sollte.

Die Minuten, die May zusammengekauert auf dem Weg saß und unkontrolliert schluchzte, während ich meine Hände knetete, kamen mir vor wie Stunden.

„May Elizabeth …", flüsterte ich schließlich. „May? Komm, lass uns nach Hause fahren."

Sie holte tief und bebend Luft, als wollte sie zu einem Schrei ansetzen – aber sie schrie nicht. Stattdessen sprang sie auf, packte ihr umgefallenes Fahrrad und stieg auf. Dann trat sie in die Pedale und verließ den Friedhof so schnell, als wären Sarah Hawkins und all die anderen toten Leute aus ihren Gräbern auferstanden und hinter ihr her. Ich weiß nicht, wie May durch ihre Tränen überhaupt sehen konnte, wo sie hinfuhr.

Sie sprach auf dem ganzen Heimweg nicht ein Wort, und als wir bei ihrem Haus ankamen, ließ sie das Fahrrad auf dem Rasen vor dem Haus fallen, rannte hinein und knallte die Tür hinter sich zu. Ich starrte lange Zeit wie betäubt das Haus an und fragte mich, ob ich hineingehen und mit ihr reden sollte oder nicht. Was um alles in der Welt sollte ich sagen?

Schließlich schob ich Rons Fahrrad ums Haus zur Garage und verstaute es dort, dann holte ich auch May Elizabeths Rad. Wie eine Verbrecherin kam ich mir vor und wusste nicht, warum. Ich schlich die Auffahrt entlang, um nach Hause zu gehen, als ich hörte, wie Mrs Hayworth meinen Namen rief.

„Kathleen! Kathleen, warte!" Ich drehte mich um, konnte ihr aber nicht in die Augen sehen. „Was ist denn mit May Elizabeth passiert? Warum weint sie so? Kathleen, bitte. Du musst mir sagen, was los ist."

„Ich weiß nicht …", sagte ich mit einem Schulterzucken. Aber als ich daran dachte, wie Mr Hayworth und Miss Pfister sich geküsst hatten, fing auch ich zu weinen an. Mrs Hayworth packte mich sanft bei den Schultern.

„Ich glaube, du weißt es doch. Bitte, Liebes. Ich bin nicht wütend auf dich, ich will dir und May nur helfen. Aber ich kann euch nicht helfen, wenn ich nicht weiß, was los ist. Bitte … hat irgendjemand dir oder ihr wehgetan?"

O ja. Wir waren verletzt. Meine Kehle war so zugeschnürt, dass ich die Worte kaum herausbrachte. „Wir haben so getan, als wären wir Detektivinnen …", begann ich. Ich erzählte ihr, wie wir Mr Hayworths Wagen von der Fabrik aus gefolgt waren. Ich erzählte ihr, wohin er gefahren war und was wir gesehen hatten. Es war das Schwerste, das ich jemals hatte tun müssen. Als ich geendet hatte, war mir ganz schlecht.

Mrs Hayworth war sehr blass geworden. In ihren Augen glänzten unvergossene Tränen. „Bitte erzähl das sonst niemandem, Kathleen. Bitte", flehte sie.

„Das werde ich nicht. Versprochen." Sie zog mich in ihre Arme und hielt mich lange an sich gedrückt. Dann ging sie wieder hinein.

Meine Mutter schrie mich an, sobald ich zur Tür hereinkam. „Seit wann verschwindest du einfach, ohne jemandem zu sagen, wohin du gehst? Wo warst du?"

Ich beschloss, selbst wütend zu reagieren, damit ich nicht weinen musste. Denn wenn ich das täte, würde Mama bestimmt Fragen stellen, die ich nicht beantworten wollte. „Ich war bei May Elizabeth", sagte ich mürrisch. „Seit wann interessiert dich das denn?"

„Sei vorsichtig, wie du mit mir redest, junge Dame. Du hast Hausarrest, weil du nach Einbruch der Dunkelheit noch draußen warst. Wozu rennst du überhaupt zu dieser nachtschlafenden Zeit noch in der Gegend rum?" Sie drückte ihre Zigarette aus und griff dann in die Schachtel, um die nächste herauszuholen.

Ich sah ihr direkt in die Augen, während mein Ärger wuchs. Ich musste die Wahrheit wissen. „Wo ist Papa?", fragte ich. Mama sah mich überrascht an, als ich so plötzlich das Thema wechselte.

„Er ist auf Geschäftsreise. Und das ist Pech für dich, nicht wahr? Er ist nicht da, um dich zu verteidigen und dich hoffnungslos zu verwöhnen, wie er es immer tut."

„Wo arbeitet er denn?"

„Ich habe dir doch gesagt, dass er als Vertreter herumreist … Hör mal, halt deinen Vater da raus. Du hast immer noch Hausarrest. Du darfst eine Woche lang nicht zu deiner reichen Freundin. Hast du mich verstanden?"

„Vorher hast du gesagt, Papa sei Fernfahrer."

„Na und? Das war er ja auch. Aber jetzt ist er Vertreter."

An der Art, wie meine Mutter den Blick abwandte, während sie den Rauch zur Decke hinauf blies, konnte ich erkennen, dass sie nicht die Wahrheit sagte. Ich war wütend auf Mr Hayworth, weil er May und ihre Mutter angelogen hatte, und wütend auf meine Eltern, weil sie mich anlogen. Ich beschloss, das Geheimnis meines vermissten Vaters ganz allein aufzuklären, egal, wie hässlich die Wahrheit sein würde.

„Für welche Firma arbeitet Papa denn? Und was verkauft er?"

„Nicht in diesem Tonfall. Ich habe die Nase gestrichen voll von deiner Frechheit, Kathleen."

„Ich will ihm einen Brief schreiben. Wie lautet seine Adresse?"

Meine Mutter schrieb ihm einmal die Woche, und ich musste eine Seite von dem linierten Notizblock füllen und ihm erzählen, was ich in der Schule so tat. Papa schickte Briefe zurück und Mama las uns dann Teile davon vor, aber Papa schrieb nie etwas, woraus man auf seinen Aufenthaltsort hätte schließen können. Ich musste seine Anschrift herausfinden.

Mama hob warnend den Zeigefinger, und die Asche vom Ende ihrer Zigarette fiel auf die Couch. „Wenn du glaubst, du kommst um die Strafe herum, indem du einen Brief schreibst, dann solltest du lieber noch mal nachdenken. Und jetzt geh in dein Zimmer!"

„*Mein* Zimmer? Ha! Dass ich nicht lache!" Ich stapfte davon und hätte meiner Wut am liebsten Luft gemacht und die Zimmertür kräftig zugeknallt. Aber ich traute mich nicht. Wahrscheinlich würde sie dann aus den Angeln brechen.

Ich zog einen Zettel heraus und begann, einen Brief an meinen Vater zu schreiben: *Lieber Papa, wie geht es dir? Ich hoffe gut.* Ich musste aufpassen, dass ich den Hausarrest nicht erwähnte oder ihn bat, gegen Mama meine Partei zu ergreifen, weil ich wusste, dass sie den Brief lesen würde – und wenn ich das tat, würde sie ihn niemals abschicken. *Die Schule läuft gut. Ich schreibe immer noch Einsen. …* Ich musste wieder weinen, als ich an Miss Pfisters Verrat dachte, aber ich schrieb weiter, entschlossen, dieses Geheimnis zu enthüllen. *Ich vermisse dich, Papa. Wann kommst du nach Hause?*

Als ich fertig war, ging ich ins Wohnzimmer und gab den Brief meiner Mutter. „Tut mir leid, dass ich nicht im Hellen nach Hause gekommen bin", sagte ich. Es war die Wahrheit. Und es tat mir leid, dass ich beschlossen hatte, Detektivin zu werden und Mr Hayworth auf den Friedhof zu folgen, deshalb kam mir meine ernsthafte Entschuldigung leicht über die Lippen. „Schickst du Papa das hier?"

„In Ordnung." Sie nahm den Brief entgegen. Ihr Blick blieb dabei auf das wandernde Fernsehbild geheftet.

„Wenn du willst, kann ich die Adresse selbst auf den Umschlag schreiben", sagte ich zu ihr. „Wir haben letztes Jahr in der Schule gelernt, wie man das macht."

„Das brauchst du nicht. Ich stecke deinen Brief zusammen mit meinem in einen Umschlag."

Diese Sackgasse frustrierte mich. Ich ging in mein Zimmer zurück und zerbrach mir den Kopf nach einer anderen Idee. Wenn ich mich nur darauf konzentrieren konnte, Papa zu finden, musste ich nicht daran denken, wie Miss Pfister Mays Vater geküsst hatte. Ich würde nicht daran denken müssen, wie verzweifelt May gewesen war oder wie Mrs Hayworths Arme gezittert hatten, als sie mich umarmt hatte.

Ich überlegte immer noch, wie ich meinen Vater finden könnte, als Annie kurz darauf ins Zimmer kam und sich gähnend auf unser Bett legte. Keiner von uns hatte feste Schlafenszeiten. Meine Brüder konnten in ihrem Bett schlafen oder auf dem Wohnzimmerfußboden vor dem Fernseher. In unserem Haus lag man dort, wo man eingeschlafen war, und niemand machte sich die Mühe, einen zu bewegen.

„Du musst dir die Zähne putzen, bevor du ins Bett gehst", sagte ich zu Annie.

„Ich will aber nicht", quengelte sie. Annie konnte nicht einmal „Hallo" oder „Tschüss" sagen, ohne zu jammern.

„Dann zieh wenigstens deinen Schlafanzug an", sagte ich.

„Ich will aber nicht." Sie drehte sich zur Wand und schlief ein.

Ich ließ das Licht an und versuchte weiter, eine Strategie zu entwickeln. Als ich Onkel Leonard eine Weile später nach Hause kommen hörte, schlich ich den Flur hinunter in Richtung Wohnzimmer, sodass ich hören konnte, was er und Mama sagten. Zuerst redeten sie eine Menge belangloses Zeug, aber als Mama fragte: „Kannst du das morgen für mich zur Post bringen?", eilte ich ins Zimmer, als wäre ich auf dem Weg in die Küche, um mir etwas zu essen zu holen. Ich sah, wie er einen Umschlag aus der Hand meiner Mutter entgegennahm und in die Tasche seines verschlissenen Mantels steckte. Er warf den Mantel über die Rückenlehne eines Esszimmerstuhls.

Ich hoffte, dass er nicht die ganze Nacht aufblieb und Manifeste schrieb, weil ich von den traumatischen Ereignissen dieses Abends ganz erschöpft war und nicht sagen konnte, wie lange ich mich noch wach halten konnte. Meine Mutter ging zu Bett, während ich mir eine Dose Tomatensuppe warm machte. Ich konnte keinen sauberen Teller finden, und am Tisch war kein Platz, um mich zu setzen, und so stand ich an die Küchenzeile gelehnt und aß die Suppe aus dem Kochtopf. Als ich fertig war, hatte mein Onkel den Fernseher ausgeschaltet und seine Decke und das Kissen hinter dem Sofa hervorgezogen, um sein „Bett" zu machen. Er warf die ausgefranste Wolldecke aus dem Billigladen über meine schlafenden Brüder auf dem Boden.

„Gute Nacht, Onkel Leonard", sagte ich auf dem Weg zurück in mein Zimmer.

„Nacht", grunzte er. Nichts war „gut", wenn man als Kommunist in einem kapitalistischen Land lebte.

Ich zog mein Nachthemd an und putzte mir die Zähne, dann machte ich das Licht aus und stellte mich an die Zimmertür, wo ich darauf wartete, dass mein Onkel einschlief. Ich wusste, wenn ich es mir bequem machte, würde ich selbst einschlafen, und das durfte nicht passieren.

Nach einer sehr langen Zeit hörte ich Onkel Leonard schnarchen. Das Haus war dunkel und voller Schatten und erinnerte mich an meine Fahrt zum Friedhof an diesem Nachmittag. Beinahe hätte ich es mir anders überlegt, als ich daran dachte, was wir dort auf dem Friedhof entdeckt hatten. Aber ich war May Elizabeths beste Freundin, und es war nur gerecht, dass wir beide unsere vermissten Väter am selben Abend fanden. Ich schlich auf Zehenspitzen ins Wohnzimmer, sorgfältig darauf bedacht, keinen Laut von mir zu geben, und fischte den Brief aus der Manteltasche meines Onkels. Es war zu dunkel, als dass ich die Adresse hätte lesen können. Ich ging in die Küche und öffnete die Kühlschranktür einen Spalt breit, damit das Licht darin anging. Der Geruch von saurer Milch kam mir entgegen, während ich die Anschrift auf dem Umschlag las:

Donald Gallagher
Nr. K21633-277
Bezirksbesserungsanstalt
Bensenville, New York

Ich knallte die Kühlschranktür zu, als würde damit die schreckliche Wahrheit ebenso verschwinden wie das Licht und der Gestank. Mein Papa war im *Gefängnis*? Er hatte eine *Nummer*?

Eine Zeit lang stand ich wie angewurzelt da und versuchte zu begreifen. Dann flatterte der Umschlag zu Boden, als ich ins Bad floh und die Tomatensuppe, die ich gegessen hatte, erbrach. Es fühlte sich an, als wäre mein Herz gestorben und in Stein verwandelt worden. Mein wunderbarer, lachender Papa war in Wirklichkeit ein Dieb. Er war erwischt und ins Gefängnis geschickt worden. Wie oft hatte er wohl schon hinter Gittern gesessen, wenn er vermisst wurde? Ich verstand, warum May Elizabeth nicht mit dem Weinen hatte aufhören können, denn ich konnte es auch ganz lange nicht. Tatsächlich weinte ich so sehr, dass ich krank wurde und am nächsten Tag nicht in die Schule gehen konnte.

Als ich wieder zum Unterricht erschien, schämte ich mich so sehr, dass ich das Kinn auf die Brust gedrückt hielt und niemanden ansehen konnte. May Elizabeth war drei Tage lang nicht in der Schule, und als sie wiederkam, stellte ich fest, dass sie in die andere sechste Klasse auf der anderen Seite des Flures versetzt worden war. Ich sah sie in den Pausen auf dem Schulhof, wo sie allein in der Nähe des Spielplatzes stand. Normalerweise war sie so lebhaft, aber jetzt sah sie aus wie ein Spielzeug zum Aufziehen, dessen Feder kaputt war. Ich ging zu ihr.

„Alles in Ordnung?", fragte ich.

„Nein … ich habe Angst, dass meine Eltern sich *scheiden* lassen", sagte sie mit Tränen in den Augen.

Ich schwieg eine Weile, während wir beide trauerten, dann sagte ich: „Du brauchst dich deswegen nicht schlecht zu fühlen. Ich habe meinen vermissten Vater auch gefunden … Er ist im Gefängnis."

„Oh, Kathleen!" May umarmte mich – lange und zitternd, wie ihre Mutter es getan hatte – und dann trennten wir uns, damit wir nicht beide losheulten.

Wir sprachen nie darüber, aber unsere Pläne, eine Detektei zu gründen, verwarfen wir, nachdem wir unseren ersten Fall gelöst hatten. Ich las auch nie wieder einen Nancy-Drew-Krimi. Wir wurden beide in diesem Frühling des Jahres 1962 erwachsen. Unsere Unschuld war verschwunden und unsere Kindheit vorbei.

Kapitel 10

Ich war froh, dass ich Christin geworden war, als beinahe der Dritte Weltkrieg begann. Sechs angespannte Tage lang im Oktober 1962 schien es, als würde die Welt in einem glühenden nuklearen Holocaust untergehen.

Meine Familie sah eines Montagabends fern, als Präsident Kennedy während der Hauptsendezeit auf dem Bildschirm erschien und uns sagte, die Russen würden atomare Raketenstationen auf Kuba bauen, keine hundertfünfzig Kilometer von den Vereinigten Staaten entfernt. Der Präsident hatte Fotos, die ein amerikanischer Spion gemacht hatte, um seine Aussage zu belegen. Um den Bau aufzuhalten, verhängte er eine Luft- und Seequarantäne rund um die Insel.

„Das kann er nicht machen!", rief Onkel Leonard. „Eine Seeblockade in internationalen Gewässern ist eine Kriegshandlung!"

„Schhh ... Sei still und hör zu, Len", sagte Mama.

Ich verstand die ganzen großen Worte, die der Präsident benutzte, nicht, und es war schwer sich zu konzentrieren, wenn sein Gesicht immer wieder am oberen Rand des Bildschirms verschwand und dann am unteren Rand wieder auftauchte, so wie Seifenblasen in die Luft steigen und dann zerplatzen. Aber im Großen und Ganzen begriff ich, worum es ging: Präsident Kennedy hatte den Kommunisten gesagt, dass sie ihre Raketenstationen abreißen sollten – sonst würde es etwas setzen. Wenn Chruschtschows Reaktion auch nur annähernd so heftig war wie die meines Onkels, dann würde es mit Sicherheit Krieg geben.

„Wer gibt Kennedy das Recht, Castro Vorschriften zu machen?" Onkel Leonard sprang von seinem Stuhl auf, weil er angesichts solchen Frevels nicht stillsitzen bleiben konnte. Er lief in unserem winzigen Wohnzimmer auf und ab und rief: „Das kubanische Volk hat alles Recht der Welt, Waffen zu kaufen, um sich zu verteidigen. Erinnert ihr euch an die Invasion in der Schweinebucht? Wenn die USA überall auf der Welt Raketenbasen errichten können, warum sollen die Sowjets es dann nicht dürfen?" Er drohte mit erhobener Faust dem Fernseher, in dem Castro und Chruschtschow ganz kumpelhaft zu sehen waren. „Gebt diesem Kennedy nicht nach!", forderte er sie auf. „Wenn er Krieg will, soll er ihn haben!"

Die Russen befolgten Onkel Leonards Rat. Sie weigerten sich nicht nur, den Bau der Raketenstationen auf Kuba einzustellen, sondern sagten Präsident Kennedy auch, dass die Vereinigten Staaten einen Atomkrieg auslösen würden, wenn er noch eine Invasion wie die in der Schweinebucht versuchte oder sich in die kubanischen Transporte einmischte. Russland und die USA schalteten auf höchste militärische Alarmstufe. Die nächsten Tage waren entscheidend und würden über das Schicksal der Menschheit entscheiden.

Die Tatsache, dass wir kurz vor dem Ausbruch des Dritten Weltkriegs standen, machte vielen Leuten in Riverside zu schaffen. Mein Onkel, der Kommunist der Stadt, kam ihnen als Sündenbock für ihre Angst und Wut gerade recht, ein sichtbares Ziel, das sie hassen konnten. Die roten Farbflecke, die unser Haus noch immer von allen anderen unterschieden, begannen sich auf Seiten und Rückwand auszudehnen wie Giftefeu. Wenn das so weiterging, würde bald unser gesamtes Haus rot sein. Die Lage wurde so brenzlig, dass Onkel Leonard beschloss, seine Sachen zu packen und die Stadt für ein paar Tage zu verlassen.

May Elizabeth war der einzige Mensch, den ich kannte, der sich für den Gedanken eines Atomkrieges erwärmen konnte. „Stell dir vor! Meine Familie bereitet sich darauf vor, in unseren Atomschutzbunker zu ziehen", erzählte sie unserer siebten Klasse. „Papa sagt, wir sitzen die Sache aus, bis es wieder sicher ist." Ihre Eltern hatten sich nun doch nicht scheiden lassen. Vielmehr erschienen sie jeden Sonntag zusammen in der Kirche, als wäre nichts geschehen.

„Glaubst du, ihr habt in eurem Bunker auch noch Platz für mich?", fragte ich hoffnungsvoll. „Es macht mir nichts aus, auf dem Fußboden zu schlafen. Und ich esse auch nicht viel. Du kannst alle meine Mathe-Hausaufgaben abschreiben, während wir darauf warten, dass der Rauch sich verzieht. Und auch alle anderen Hausaufgaben, die du abschreiben willst." Ich wusste, dass ich verzweifelt klang. Ich war es.

May schüttelte den Kopf. Sie war mir gegenüber seit unserem ersten Tag in der siebten Klasse hochnäsig und gleichgültig. Debbie Harris war jetzt ihre beste Freundin. „Es gibt nur genug Luft und Essen für vier Personen", sagte May.

Ich konnte schon den Gedanken, in unserem mäusegeplagten Keller mit Lehmboden zusammen mit Mütze und JT eingeschlossen zu sein, nicht ertragen – ganz zu schweigen davon, dass ich mir Annies Schreien anhören sollte, bis die radioaktiven Werte niedrig genug waren. Ich beschloss, mich auf die Seite meines Onkels zu schlagen, denn ich ging davon aus, dass er, weil er der Partei so treu ergeben war, mit seinen Genossen Chruschtschow und Castro gut stand und wir verschont würden, wenn die Raketen auf Amerika niedergehen würden.

„Kann ich die Stadt zusammen mit dir verlassen, Onkel Leonard? Bitte?", bettelte ich. „Ich trete auch in die Kommunistische Partei ein und gehe zu all euren Treffen, wenn du willst."

„Nein, du musst zu Hause bleiben und deiner Mutter mit den Kindern helfen."

„Ach, nun lass sie doch mitkommen", sagte seine Freundin Connie. Sie und mein Onkel waren jetzt seit mehr als zwei Jahren zusammen, aber von Hochzeitsvorbereitungen war nichts zu bemerken. Die Mitgliederzahl der Kommunistischen Partei der Drei Bezirke hatte sich verdoppelt, als Connie sich dazu bekehrt hatte. Ich bot immerhin einen Zuwachs von fünfzig Prozent an.

Ich hatte noch nie verstanden, was Connie an meinem Onkel fand. Sie waren in jeder Hinsicht verschieden: Sie war klein und rund und blond, er war groß und dünn und dunkel; sie lächelte immer und war fröhlich, er war ständig trübselig; sie hatte nie einen Schulabschluss gemacht, er hielt sich für einen Intellektuellen. Worum es auch ging, Connies Glas war immer halb voll, während das von Onkel Leonard auf alle Zeit halb leer sein würde.

„Lass sie mitkommen, Lennie", schmeichelte sie. „Sie hat noch ein bisschen Spaß verdient, bevor die Welt untergeht."

An jenem Wochenende fuhren wir in dem zwölf Jahre alten Ford meines Onkels nach Pennsylvania. Das Auto hatte keinen Auspufftopf und keine Heizung, und die Karosserie des Wagens bestand mehr aus Rost als aus Metall, aber man konnte noch immer die mit groben Strichen in roter Farbe aufgemalten Hammer und Sichel auf dem Kofferraum erkennen.

„Wohin fahren wir?", fragte ich, während wir über die Autobahn knatterten. Nicht, dass es eine Rolle spielte; alles war besser als zu Hause.

„Deer Falls", sagte er, als müsste ich genau wissen, wo das war.
„Wohin?"

„Dorthin, wo deine Mutter und ich aufgewachsen sind. Wir wohnen bei deiner Großmutter."

Großmutter? Ich hatte eine Großmutter? Diese erstaunliche Neuigkeit machte mich ganz schwindelig. Ich hatte keine Ahnung gehabt, dass es sie überhaupt gab. Ich stellte mir ein gemütliches Cottage im Wald vor mit einer lieben weißhaarigen Dame, die Plätzchen backte und mich in den Arm nehmen würde.

„Wieso haben wir sie vorher noch nie besucht?", fragte ich, aber mein Onkel schien mich nicht zu hören. Er war zu sehr damit beschäftigt, Connie den Machtkampf zu erklären, der sich zwischen Präsident Kennedy und Ministerpräsident Chruschtschow abspielte, und warum die Vereinigten Staaten kein Recht hätten, Kuba oder irgendjemand anderem Vorschriften zu machen, was ihre Außenpolitik betraf. Connie lächelte, nickte und gab zustimmende Laute von sich, wann immer Onkel Leonard Luft holen musste, aber nichts schien ihn zu beruhigen.

Nach der ersten Stunde Fahrt brummte mir der Schädel von dem fehlenden Auspuff und Onkel Leonards ununterbrochen dröhnender Stimme. Ich bereute meine Entscheidung, mit den beiden zu fahren. Aber als wir schließlich in die Stadt kamen, wusste ich, dass es sich gelohnt hatte, zweieinhalb Stunden lang kommunistische Rhetorik über mich ergehen zu lassen, um an diesen verzauberten Ort zu kommen.

Deer Falls war eine so hübsche kleine Stadt, dass ich nicht begreifen konnte, warum Mama und Onkel Leonard sie jemals hätten verlassen wollen – vor allem, um dann an einem so trostlosen Ort wie Riverside zu wohnen. Die Stadt lag am Ufer eines abgelegenen Sees in den Pocono-Bergen, und man konnte dort alles Mögliche tun: angeln, segeln, Wasserski fahren oder einfach durch die Stadt bummeln und sich all die urigen kleinen Geschäfte und Gaststätten ansehen. Connie erzählte mir, dass Deer Falls im Sommer viele Touristen anzog. Und auch an diesem Wochenende war es erstaunlich voll dort. Tausende von Stadtmenschen, die keinen Atomschutzbunker hatten, waren offenbar in die Berge geflohen, in der Hoffnung, dem Holocaust zu entfliehen, wenn die Russen New York, Philadelphia und Washington angriffen.

Auf der Autobahn war viel Verkehr gewesen. Alle, auch ich, wollten die kubanische Raketenkrise vergessen, und Deer Falls bot einen idealen Zufluchtsort von all der Anspannung und Sorge.

Die Wälder im Naturschutzgebiet rund um die Stadt waren die reinsten Märchenwälder: dicht und grün und geheimnisvoll. Das Wetter war zu kalt zum Schwimmen, und wir hatten kein Boot, aber Onkel Leonard parkte den Wagen unten am See, und Connie und ich gingen am Ufer spazieren, um uns die Beine zu vertreten.

„Stell dir vor, Kathleen, das könnte das allerletzte Mal sein, dass wir Bäume sehen", sagte sie mit einem fröhlichen Lächeln. „Und sieh dir den Himmel an! Einen so strahlend blauen Himmel sehen wir vielleicht nie wieder, also nehmen wir ihn am besten so richtig in uns auf." Wäre es nicht die optimistische Connie gewesen, die das sagte, hätten die Worte vielleicht makaber geklungen. Bei ihr klang die drohende Gefahr globaler Vernichtung wie ein spannendes Abenteuer.

„Werden wir alle sterben?", fragte ich sie.

Sie lächelte, und ihre Augen leuchteten ganz aufgeregt. Ich wartete darauf, dass sie etwas Tröstendes und Beruhigendes sagte. Aber das tat sie nicht. „Ja, das glaube ich", erwiderte sie fröhlich. „Aber ich habe keine Angst, und du solltest auch keine haben. Der Tod wird eine wundervolle Überraschung sein."

Ich schluckte einen Kloß der Angst hinunter. „Unsere Sonntagsschullehrerin sagt, dass wir in den Himmel kommen, wenn wir sterben und Jesus kennen."

„Was für ein süßer Gedanke", sagte Connie. „Halt dich ruhig daran fest, wenn es dir hilft, Liebes. Leonard erzählt mir immer, Religion sei eine Droge fürs Volk, und irgendwie hat er recht. Sie *gibt* dir ein gutes Gefühl, nicht wahr, und wischt deine Ängste fort. Mach du ruhig und benutz diese Droge, Kathleen."

Connie plapperte immer weiter über den Atomkrieg und den „lieben Leonard", und je mehr sie redete, desto mehr zweifelte ich daran, dass sie die überzeugte Kommunistin war, für die mein Onkel sie hielt. Ich hatte vielmehr den Eindruck, dass sie mehr daran interessiert war, Leonard zu heiraten, als daran, den Kommunisten beim Erlangen der Weltherrschaft zu helfen. Ich hätte nichts dagegen, die gut gelaunte Connie als Tante zu haben, aber ich konnte mir nicht vorstellen, dass sie und mein Onkel nachts gemeinsam auf unserem Sofa Platz fanden. Sie war ziemlich rundlich.

Connie war Pfadfinderin gewesen, und auf unserem Spaziergang erzählte sie, dass sie wisse, wie man im Wald überlebt. „Wenn die radioaktive Strahlung uns nicht umbringt oder all die wundervollen Pflanzen hier vergiftet", sagte sie, „dann zeige ich dir, wie man von der Natur leben kann. Das wird ein Riesenspaß werden. Ich kann einen Unterstand bauen und an einem Lagerfeuer kochen, und ich weiß, wie man Blätter und Kräuter benutzt, um gängige Krankheiten zu behandeln."

Ich wollte sie fragen, ob sie ein Mittel gegen radioaktive Verseuchung hatte, aber sie wirkte so glücklich und sorglos, während wir Hand in Hand den Weg entlangliefen, dass ich ihre gute Laune nicht mit einer Dosis Realität verderben wollte.

Als wir zum Auto zurückkamen, saß Onkel Leonard mit seinem Transistorradio am Ohr da und lauschte den Nachrichten. „Hat der Atomkrieg angefangen, Schatz?", fragte Connie und schob sich auf den Sitz, um sich an ihn zu kuscheln. „Wir haben keine Raketen fallen hören, oder, Kathleen? Aber auf der anderen Seite bin ich mir nicht sicher, wie eine Atomrakete klingt."

„Ich habe auch noch nie eine herunterkommen hören", sagte Onkel Leonard, „aber wir bekommen es garantiert mit, wenn es so weit ist."

Connie lachte und drückte seinen Arm. „Oh, du kennst dich mit so vielen Dingen aus, Lenny."

Wir fuhren auf der malerischen Hauptstraße ins Dorf und hielten vor einem Blumenladen. Onkel Leonard stellte den Motor ab. „Wir sind da", sagte er.

„Du kaufst Blumen für deine Mutter?", fragte Connie. „Was für eine süße Idee, Lenny."

„Nein, ich kaufe keine Blumen. Hier wohnt sie. Es war einmal ein Hutgeschäft, das Mutter geführt hat, als Eleanor und ich noch Kinder waren, und wir haben in der Wohnung über dem Laden gewohnt. Sie lebt immer noch dort."

Das waren Neuigkeiten! Ich hatte nicht nur eine Großmutter, sondern sie war auch noch Kapitalistin. Kein Wunder, dass Onkel Leonard von zu Hause weggegangen war. Wir holten unser aus Einkaufstüten bestehendes „Gepäck" aus dem Kofferraum, gingen ums Haus herum zum Hintereingang und stiegen eine klapprige Treppe bis zu einem schiefen Treppenabsatz im zweiten Stock hinauf.

Oma Fiona kam uns an der Tür entgegen und begrüßte meinen Onkel mit einer langen, herzlichen Umarmung. „Ist das schön, dich zu sehen, Leonard ... so schön. Ich habe dich wirklich furchtbar vermisst!"

Ich hatte meinen Onkel noch nie so weichherzig gesehen. Seine Augen waren ganz feucht, und er sah beinahe menschlich aus, als er ihre Umarmung erwiderte und sagte: „Ich habe dich auch vermisst, Mutter." Dann räusperte er sich und war wieder der mürrische Onkel Leonard. „Ich habe jemanden mitgebracht. Dies ist meine Genossin Connie Miller ... und das ist Eleanors Tochter Kathleen."

Das Gesicht meiner Großmutter erhellte sich, als sie hörte, wer ich war, und sie ging einfach an der armen Connie vorbei, um mich in den Arm zu nehmen. Ihre Umarmung war sogar noch schöner als die von Papa, weil sie viel länger dauerte und weil meine Oma ein zufrieden schnurrendes Geräusch machte, während sie mich in ihrer Umarmung hin und her wiegte.

„Kathleen ...", murmelte sie. „O Kathleen ..."

Oma Fiona hatte einen sahnigen irischen Akzent, und ich liebte seinen musikalischen Klang. Und sie machte etwas Tolles mit ihrer Zunge, wenn sie meinen Namen sagte – „Kathleen". Der Name schien aus ihrem Mund zu rollen wie eine Murmel auf Glas. Sie war schön und elegant, selbst mit ihren sechzig Jahren, und hatte denselben Hauch von Geld und Privilegien an sich, den ich bei Cynthia Hayworth erlebt hatte. Ich würde es Klasse nennen. Fiona hatte Klasse. Ich konnte kaum glauben, dass meine altbackene, ungepflegte Mutter ihre Tochter war. Wie konnten zwei so gegensätzliche Menschen miteinander verwandt sein?

Fiona war schlank und anmutig und roch gut. Sie kleidete sich in feine, seidig glänzende Kleider und fedrige, hauchdünne Schals und seidene Pantoffeln. Sie trug klingelnde Armbänder und glitzernde Ohrringe und leuchtend roten Lippenstift, selbst wenn sie das Haus gar nicht verließ. Ihre Lippen hinterließen Abdrücke auf meinen Wangen, wenn sie mich küsste.

Ihre Wohnung war so schön wie sie, gefüllt mit herrlichem, delikaten Nippes aus Porzellan und Kristall und Silber, teuer wirkende Gegenstände, die aussahen, als kämen sie aus einer anderen Zeit. Man brauchte kein Genie zu sein, um zu verstehen, warum meine Brüder nie zu einem Besuch eingeladen worden waren.

Fiona hatte uns anscheinend erwartet, denn sie hatte Rinderbraten zum Abendessen gemacht. Wir setzten uns für die Mahlzeit um ihren Esszimmertisch, der mit Porzellan und Silber auf einer weißen Damasttischdecke gedeckt war. Ich kam mir vor, als würde ich im Buckingham Palace mit der Königin essen. Es war das beste Mahl, das ich je in meinem Leben gegessen hatte – sogar noch besser als das Essen bei May Elizabeth – und ich aß es langsam, genüsslich, so wie Leute es in Träumen tun. Wenn die Welt morgen unterging, war meine letzte Mahlzeit zumindest wundervoll gewesen.

Anschließend half ich Oma und Connie dabei, das Geschirr zu spülen und abzutrocknen, während mein Onkel wieder sein Transistorradio einschaltete, um die aktuellen Nachrichten über die Raketenkrise zu hören.

„Stell das dumme alte Ding aus", schalt Fiona, als wir fertig waren. „Warum willst du dich und uns alle beunruhigen, indem du dir diesen Unsinn anhörst?"

„Wir stecken mitten in einer weltweiten Krise, Mutter."

„Dann nimm deine Weltkrise mit nach draußen. Ich will nichts davon hören und Kathleen auch nicht."

Er zog sich auf den Balkon im zweiten Stock zurück und nahm die widerstrebende Connie mit.

„Also, Liebes", sagte Fiona mit einem mädchenhaften Lächeln. „Wir hören jetzt mal ein bisschen Musik, ja?"

Sie besaß keinen Fernseher, aber dafür hatte sie einen wunderschönen alten Phonographen und stapelweise Schallplatten. Die Musik hatte einen altmodischen, dumpfen Klang, als hätte das Orchester während der Aufnahmen in May Elizabeths Atomschutzbunker gesessen. Einige Platten waren vom häufigen Abspielen so zerkratzt, dass es klang, als würden die Musiker in der Dusche spielen.

„Kannst du tanzen, Kathleen?" Ich schüttelte den Kopf, und Fionas schönes Lächeln verschwand. „Wenn ich jünger wäre, würde ich dir all die alten Tänze beibringen: den Walzer, den Foxtrott, den Charleston …"

„Ich bin wirklich ungeschickt, Oma. Selbst mein Sportlehrer sagt das."

„Unsinn. Ein gertenschlankes Ding wie du? Ich wette, du würdest mit ein paar Unterrichtsstunden eine großartige Tänzerin abgeben."

„Hast du getanzt, als du jung warst, Oma?"

„O ja! Du hättest mich sehen sollen, Kathleen. Ich war die Schönheit von New York. Und Arthur hatte buchstäblich *Flügel* an den Füßen. Er konnte so anmutig über die Tanzfläche gleiten, dass seine Füße kaum den Boden berührten. Ich hätte die ganze Nacht mit ihm durchtanzen können. Und das habe ich auch getan."

„Wer ist Arthur?"

Fiona sah entrüstet aus. „Hat deine Mutter dir denn gar nichts über deine Vorfahren erzählt? Das ist eine Schande! Und was ist mit Leonard los, dass er dir nicht davon erzählt?" Ich zuckte mit den Schultern, weil ich nicht wusste, wo ich anfangen sollte, wenn es darum ging, die Macken meines verrückten Onkels zu beschreiben.

„Na, egal. Arthur ist dein Großvater", fuhr Fiona fort. „Wir wohnten damals in Manhattan, und wir sind mit dem Boot hinausgefahren zum Ankerplatz der großen Schiffe – kilometerweit vor der Küste, damit man dort etwas zu trinken bekam. Es war die Zeit der Prohibition, weißt du. Und an Bord gab es Musik und Essen und … ist ja auch egal. Jedenfalls tanzten wir unterm Sternenhimmel, bis die Band den letzten Ton gespielt hatte."

Ich sah im Geiste alles vor mir, und als sie die nächste Musik auf den Schallplattenspieler legte, schloss ich die Augen und tat so, als wäre ich auf diesem Boot und tanzte mit Arthur, dessen Füße Flügel hatten.

Später holte Oma ein Fotoalbum hervor und zeigte mir Bilder von sich und Arthur. Er sah alt aus, selbst damals, als meine Großmutter noch jung aussah. Er trug immer Anzug und Krawatte, und Oma trug ausgefallenen Schmuck und Pelze. Ich konnte teure Autos und elegante Möbel im Hintergrund sehen.

Ich sah Fotos von meiner Mutter und meinem Onkel, als sie pausbackige Babys waren und in einem Kinderwagen durch den Central Park geschoben wurden. Auf den letzten Seiten des Albums sah ich meine Mutter und Onkel Leonard als ältere Kinder, wie sie in Deer Falls lebten. Mein Onkel wirkte als Kind genauso trübsinnig wie jetzt als Erwachsener, aber Mama sah jung und hübsch aus – und glücklich. Ich wusste gar nicht, dass sie so fröhlich lächeln konnte. Ich sah Bilder von ihr, wie sie im Badeanzug am See saß und mit ihren Freundinnen lachte, und ich fragte mich, wodurch sie sich in die Frau verwandelt hatte, mit der ich zusammenlebte.

Das Leben, das Oma Fiona mir in diesem Album zeigte, unterschied sich so sehr von dem jetzigen Leben meiner Familie, dass es mir vorkam, als wäre es nur erfunden. Ich fragte mich, wohin diese schöne Welt verschwunden war – denn verschwunden war sie, so sicher, wie unsere jetzige Welt verschwinden würde, wenn die Russen ihre Bomben abwarfen.

Oma Fiona nippte an ihrem Sherry, während wir uns unterhielten, und nach einer Weile wurde sie weinerlich. „Du hast Arthurs Augen", erzählte sie mir, während sie mein Kinn in die Hand nahm und mir in die Augen blickte. „Solche tiefen, tiefen braunen Augen. In sie hineinzuschauen, war so, als würde man in einen Brunnen sehen."

„Ist Arthur gestorben?", fragte ich.

Sie nickte traurig. „Ja, vor langer Zeit, Liebes."

Connie und Onkel Leonard schalteten irgendwann endlich das Radio aus und kamen herein, als die nächtliche Luft zu kalt wurde. Er sah, dass Oma in Erinnerungen schwelgte, und runzelte die Stirn. „Das ist jetzt genug von der Vergangenheit, Mutter. Du kannst sie nicht zurückholen."

„Ich kann sie aber in meine Erinnerung zurückholen." Sie lächelte schwach, und einen Augenblick lang sah ich die schöne junge Frau, die meine Großmutter einmal gewesen war, hinter der alternden Haut und den ausgeblichenen Haaren.

„Es ist beinahe Mitternacht", sagte Leonard und stellte den Phonographen aus. „Wir sollten schlafen gehen."

Ich schlief in dieser Nacht zusammen mit Oma Fiona in ihrem Bett. Die Laken waren vom Alter weich, genau wie ihre Haut, und beides roch nach Lavendel. Aber bevor wir zur Nacht das Licht löschten, ließ sie mich ihren Modeschmuck anprobieren – Ketten und Armbänder und Ringe, die für meine Finger zu groß waren.

„Ja, du bist ein reizendes Mädchen", sagte sie. Und als ich da an ihrem Schminktisch saß und mich in dem welligen, gesprungenen alten Spiegel betrachtete, glaubte ich es fast selbst.

Ich wollte nie wieder nach Hause gehen. Oma Fiona sah mir direkt in die Augen, wenn sie mit mir sprach, anstatt unter halb geschlossenen Lidern hervorzuschauen, wie Mama es immer tat. Oma hörte mir zu – hörte richtig zu – als wäre das, was ich zu sagen hatte, das Faszinierendste, was sie je gehört hatte. Und die Art, wie sie mich liebkoste – mein Gesicht berührte, mir über die Haare strich, meinen Rücken rieb, meine Hand hielt –, gab mir das Gefühl wertvoll zu sein, wie ich es noch nie im Leben gehabt hatte.

Aber nach einer sechstägigen Pattsituation gaben die Russen klein bei. Der Präsident hatte mit dem höchsten Einsatz seines Lebens gepokert und gewonnen. Ich war wahrscheinlich eine der wenigen Personen, denen es überhaupt nicht recht war, dass die kubanische Raketenkrise zu Ende war. Es bedeutete, dass ich meine Großmutter und das gemütliche kleine Städtchen Deer Falls verlassen und zu meiner armseligen, unglücklichen Familie in Riverside zurückkehren musste.

„Komm mich bald wieder besuchen, Liebes", flehte Oma Fiona, als sie mich zum Abschied umarmte. Sie stand mit Tränen in den Augen auf ihrem Balkon und winkte uns mit einem Spitzentaschentuch nach.

„Das werde ich", versprach ich. „Ich werde wiederkommen." Und es war mein voller Ernst.

Aber das war das letzte Mal, dass ich sie sah.

Kapitel 11

Ich erlitt noch einen Verlust in jenem Herbst 1962. Die kubanische Raketenkrise versetzte meiner Freundschaft zu May Elizabeth den endgültigen Todesstoß. Die Krise hatte den Hass, der den Kommunisten entgegengebracht wurde, und die Angst nur noch verstärkt, und obwohl ein Atomkrieg abgewendet worden war, verhielt sich May so, als wäre ich höchstpersönlich dafür verantwortlich, dass sie ein Wochenende in ihrem Atomschutzbunker verbracht hatte.

Es gab auch noch viele andere Gründe. Wir waren jetzt in der Mittelstufe, und sie hatte viel mehr Gemeinsamkeiten mit Debbie Harris, die ihr das Haar hochsteckte und mit Jungs flirtete und Platten von Peter, Paul und Mary hörte, als mit mir. May und ich waren meistens zusammen in einer Klasse, und ihr Schließfach in der Schule stand direkt neben meinem, aber sie tat so, als gäbe es mich gar nicht. Ich hätte wissen müssen, dass unsere Freundschaft nicht halten konnte. Hatte ich nichts von dem begriffen, was Onkel Leonard mir in all den Jahren über das Proletariat und die Bourgeosie gepredigt hatte? Manchmal wünschte ich, die Welt wäre untergegangen, während ich in Deer Falls mit meiner Großmutter Rinderbraten gegessen hatte.

Die Bezirksregierung sorgte mit Bussen dafür, dass Kinder aus allen umliegenden Dörfern für die Mittelstufe in die Stadt kamen. In unserem Jahrgang gab es jetzt also hundertundeinen Schüler anstatt siebenundvierzig. May Elizabeth fand eine ganze Gruppe von neuen Freundinnen, mit denen sie etwas unternahm, coole Mädchen, die Sport-BHs und Nylonstrümpfe trugen. Ihre Sonntagsschuhe hatten jetzt winzig kleine Absätze. Ich war wieder „Läuse-Kathy", weil ich nicht die richtigen Kleider trug und meine Haare nicht nach der neuesten Mode frisiert hatte. Es war nicht so einfach, mit meinen Haaren überhaupt etwas anzustellen, weil uns immer das Shampoo ausging und ich mir die Haare mit einem Stück Seife im mit Rostflecken übersäten Waschbecken im Bad waschen musste.

Mein Papa kam in jenem Winter auf Bewährung frei, und er blieb länger zu Hause, als ich es jemals erlebt hatte. Angeblich hatte er eine Arbeit in Bensenville und fuhr jeden Tag mit Onkel Leonard dorthin.

Ich fragte ihn nicht, wo er arbeitete. Ich wollte es gar nicht wissen. Ich war immer noch wütend auf ihn, weil er ein Ex-Sträfling war, und nicht gewillt, mich an ihn zu kuscheln oder von ihm aufmuntern zu lassen. Außerdem hatte er genug damit zu tun, Annie aufzuheitern. Wie auch immer Papas Job aussah, ich glaube, er gefiel ihm nicht, denn er kam jeden Abend müde und traurig nach Hause. Es schien, als würden wir alle in den nächsten Jahren düster und jammervoll herumlaufen. Mama, Onkel Leonard und Annie waren immer missmutig gewesen, aber jetzt taten Papa und ich uns auch noch selber leid.

Die düstere Stimmung verschlechterte sich ein Jahr darauf noch mehr, als Präsident Kennedy im November 1963 ermordet wurde. Ich erinnere mich noch daran, wie ich von der achten Klasse nach Hause kam und meine Mutter vor dem Fernseher saß und weinte. „Jemand hat gerade Präsident Kennedy erschossen", sagte sie.

Ich konnte es nicht glauben. „Warum?", fragte ich.

Diese Frage beschäftigte unser Land jahrelang. Wir alle waren traurig, sogar Onkel Leonard, der Präsident Kennedy schon lange vor der Invasion in der Schweinebucht nicht leiden konnte. „Trotzdem, eine schockierende Sache", murmelte er. „Schockierend."

Wie betäubt sahen wir tagelang fern, so schien es, und hörten zu, wie die Nachrichtensprecher über das texanische Schulbuchdepot und den Grashügel und Lee Harvey Oswald redeten. Wir sahen unzählige Wiederholungen der Bilder, auf denen Jackie Kennedy in ihrem randlosen kleinen Hut und ihrem blutbespritzten pinkfarbenen Kostüm zu sehen war, ihr Blick verzweifelt und leer. Als Lee Harvey Oswalds kommunistische Verbindungen herauskamen, fürchtete Onkel Leonard, dass man sich an ihm rächen könnte und er wieder die Stadt verlassen müsste.

Eines Sonntagmorgens kam ich nach Hause und fand Papa mit aufgerissenen Augen vor dem Fernseher sitzen und rufen. „Jemand hat gerade Lee Harvey Oswald erschossen! Ich habe hier gesessen und es live im Fernsehen mitbekommen! Man hat ihn vor meinen Augen erschossen!"

Wir verfolgten die Beerdigung des Präsidenten, tief bewegt von dem reiterlosen schwarzen Pferd mit den leeren Stiefeln, die verkehrt herum in den Steigbügeln befestigt waren. Die Haltung und der Mut seiner jungen Witwe Jacqueline inspirierten uns; der tragische und schmerzliche Salut des kleinen John rührte uns. Ich trauerte nicht nur um John F. Kennedy, sondern um alles, was er repräsentierte. Er war ein mächtiger, gut aussehender und starker Mann gewesen, mit einer schönen Frau, anbetungswürdigen Kindern, Reichtum und Ansehen. Meine Familie hatte keinerlei Ähnlichkeit mit seiner, und ich würde nie etwas von den Dingen haben, die er hatte. Aber eine Zeitlang war es mir beinahe so vorgekommen, als besäße auch ich das alles. Die Kennedys waren das Ideal aller Amerikaner, die Vorzeigefamilie unserer Nation, und in ihnen hatten wir Vollkommenheit gekostet. Jetzt war dieses Ideal gewaltsam zerstört worden, das perfekte Leben, nach dem ich mich so sehnte, grausam von der Kugel eines Attentäters ausgelöscht. Es war nur ein Traum gewesen.

Für die meisten jungen Leute in Riverside hoben die dunklen Wolken sich wenige Monate später, als die Beatles im Februar 1964 nach Amerika kamen. Zu diesem Zeitpunkt war unser Fernseher so altersschwach, dass Ed Sullivan aussah, als wäre er in einem furchtbaren Blizzard gestrandet, hin und her geworfen von Sturmböen, die ihn an den oberen Bildrand fegten, nur um ihn dann wieder nach unten zu schleudern. Aber als ich eines Abends seine Sendung sah und die Beatles „I Want to Hold Your Hand" singen hörte, verliebte ich mich in Ringo Starr. Yeah, yeah, yeah!

Am nächsten Tag kamen die Jungen alle mit in die Stirn gekämmten Haaren zur Schule. Die Mädchen begannen Platten von den Beatles zu kaufen, in ihren Transistorradios ihre Musik zu hören und in Zeitschriften alles über John, Paul, George und Ringo zu lesen. Ich hatte keinen Plattenspieler und auch kein Radio, geschweige denn Geld für Zeitschriften. Alles, was ich über die „Fab Four" wusste, erfuhr ich aus zweiter Hand durch Informationshäppchen, die ich auf den Schulfluren aufschnappte. Abends lag ich auf meiner Matratze und malte mir aus, wie ich durch ein Wunder Ringo Starr kennenlernen würde, der mich mit nach England nahm, wo ich glücklich und zufrieden bis an unser Ende in seiner Villa leben würde. Aber ich würde angesichts meines neu gefundenen Reichtums großzügig sein und meiner Familie zum Abschied einen neuen Fernseher kaufen.

Im Jahr 1964 begann für mich die Highschool und damit eine ganz neue Welt. Trotzdem war es immer noch eine Welt, in der ich gemieden und ausgeschlossen wurde. Während unserer Highschooljahre entwickelte sich mein Leben ganz und gar gegensätzlich zu dem von May Elizabeth, so als würden wir in parallelen Universen leben wie in einem Sciencefiction-Film. May und ihre Freundinnen waren Cheerleader und hatten feste Freunde, mit denen sie gingen. May Elizabeth wurde zur Homecoming Queen gewählt und fuhr in einem Cabrio auf das Footballfeld, mit einem Strauß Rosen und mit behandschuhter Hand winkend wie die Königin von England. Ich war bei diesem Auftritt nicht dabei, weil ich nie zu den Spielen ging, aber ihr Bild erschien in der Schülerzeitung.

Mays Bruder Ron war Star-Quarterback, Kapitän der Basketballmannschaft und Ballkönig. Er fuhr einen roten Mustang V8 und war immer von Mädchen umgeben. Meine Brüder trieben den Stadtpolizisten in den Suff, und das Einzige, was Mütze und JT umgab, waren Gerüchte. Wenn irgendetwas fehlte, demoliert, verbeult, gestohlen oder verbrannt war, fiel der Verdacht auf die Gallagher-Jungs. Sie hatten sich zu regelrechten Ganoven entwickelt: Sie schossen die Straßenlaternen mit Steinschleudern aus, schmierten Autofenster mit Seife ein, warfen Feuerwerkskörper in Briefkästen, klauten im Supermarkt oder im Drugstore Süßigkeiten, Comics und Wasserpistolen.

„Der Apfel fällt nicht weit vom Stamm", hörte ich die Leute sagen. „Der Vater taugt nichts, und seine Söhne sind genauso." Und sie hatten recht. Ich war alt und klug genug, um zu wissen, was sie taten, wenn Mütze und JT mit Papa in Bensenville „einkaufen" gingen. Er hatte sie gut ausgebildet. Die armen Verkäufer waren so sehr damit beschäftigt, die beiden kleinen Straßenjungen nicht aus den Augen zu lassen, dass niemand mitbekam, wie Donald Gallagher alle möglichen Dinge in seinen Ärmeln und in seinem Mantel verschwinden ließ.

„Brauchst du was aus dem Laden, Kathleen?", fragte er mich, wenn er und die Jungen in den rostigen Ford stiegen.

„Nein, danke." Meine Haare fühlten sich nur noch dreckiger an, wenn ich sie mit gestohlenem Shampoo wusch.

Während die anderen Kinder zu Footballspielen und Basketballturnieren gingen, arbeitete ich in der Imbissstube von Riverside als Tellerwäscherin. Mit meinem unauffällig braunen Haar, der dürren Figur und der flachen Brust war ich mit meinen sechzehn Jahren nicht niedlich oder frech genug, um als Bedienung zu arbeiten, also versteckte man mich hinten in der Küche. Im Imbiss trafen sich die Jugendlichen der Stadt nach den Spielen, um Hamburger und Pommes und Eis zu essen. Manchmal konnte ich May Elizabeths helles Lachen über dem Lärm der Geschirrspülmaschine hören, und wenn ich dem Koch einen Stapel sauberer Teller brachte, sah ich sie gelegentlich durch das Fenster der Durchreiche.

Sie war jetzt sehr schön, blond und hellhäutig. Ihre Pummeligkeit hatte sich um ihren erwachsen werdenden Körper verteilt und bildete jetzt üppige Kurven. Sie stand immer im Mittelpunkt der Aufmerksamkeit, immer lebhaft und dramatisch. Ich wünschte ihr viel Erfolg. Ich beneidete sie. Und ich wusste, dass ich nie so sein würde wie sie.

Ich hasste mich selbst so sehr, dass ich irgendwann überhaupt nicht mehr in den Spiegel sah. Ich hasste meine dürre, unterentwickelte Gestalt und meine strähnigen Haare und meine ausgebeulte, billige Kleidung. Ich hasste es, wie meine Kleider rochen und wie mein Haus roch und wie ich selbst nach einer Schicht in der fettigen Küche der Imbissbude roch. Ich hatte noch nicht einmal Freundinnen, geschweige denn einen Freund. Ich ging zur Schule, saß im Unterricht, ohne jemals ein Wort zu sagen, aß allein in der Kantine zu Mittag und ging allein nach Hause. Niemandem fiel es auf, dass ich nie zu einer Schulparty oder einem Footballspiel kam oder danach im Imbiss auftauchte. Niemand fragte: „He, wo ist denn Kathleen Gallagher? Vielleicht hat sie ja Lust mitzukommen." Niemand bemerkte, dass ich aufhörte in die Sonntagsschule zu gehen und nicht am Konfirmandenunterricht teilnahm und überhaupt nicht mehr in die Kirche ging. Es war allen egal.

Ich hasste mein Leben.

Ständig stritt ich mich mit meiner Mutter. Seit ich mich erinnern konnte, hatte sie bei jeder Auseinandersetzung die Partei meiner Brüder ergriffen und die Augen zugemacht, während sie alles zerstörten, was ich besaß. Aber als die Jungen meinen neuen gepolsterten Sport-BH klauten und ihn für einen Dollar Charlie Grout zeigten, war das der Tropfen, der das Fass zum Überlaufen brachte. Mütze und JT war es zu danken, dass jeder in der Riverside Highschool wusste, dass Läuse-Kathy Mogelpackungen trug.

„Ich habe überhaupt kein Privatleben!", schrie ich meine Mutter an. „Ich bin es leid, mir das Zimmer mit meinen perversen Brüdern zu teilen!" Ich war zur Frau herangereift und wollte mir die Beine rasieren, ohne dass meine Brüder ihre Freunde für Geld durch das Loch in der Badezimmertür, wo der Türknauf fehlte, zugucken ließen.

„Was soll ich denn deiner Meinung nach dagegen unternehmen?", fragte meine Mutter. „Noch ein Zimmer anbauen?"

Ich wusste, dass sie nie etwas unternehmen würde, und deshalb handelte ich selbst. Onkel Leonard war zu seiner Freundin gezogen, nachdem Papa wieder zu Hause war, und ich beschloss kurzerhand, dass Mütze und JT im früheren „Schlafzimmer" unseres Onkels, nämlich im Wohnzimmer schlafen sollten. Ich zerrte ihre Matratze und Kissen den Flur hinunter und stopfte all ihre Kleidung, Schleudern, Streichhölzer und andere gestohlene Beute in Onkel Leonards Karton-„Schrank" hinterm Sofa. Den Jungen schien es nicht das Geringste auszumachen, dass sie umgesiedelt wurden. Die Hälfte der Zeit schliefen sie sowieso auf dem Wohnzimmerfußboden. Eine Matratze machte es nur bequemer für sie.

Endlich hatte ich ein Minimum an Privatsphäre, und zur Feier des Tages kaufte ich ein Vorhängeschloss in dem voll gestopften Eisenwarenladen und brachte es selbst mit Papas Schraubenzieher an. Nicht, dass ein Schloss meine Brüder jemals aufgehalten hatte, aber ich hoffte, dass es sie wenigstens etwas bremsen würde.

Während meiner Jahre in der Mittelstufe veränderte sich meine Figur schließlich, und die meisten meiner Kleider wurden mir zu klein. Zunächst hatte ich kaum passende Kleidung, und die Tatsache, dass meine Mutter weder Geld noch Energie hatte, um regelmäßig zum Waschsalon zu gehen, erschwerte die Situation zusätzlich.

„Sieh dir das an", sagte ich, als ich ihr die aufspringende Knopfleiste an meiner „guten" Baumwollbluse vorführte. „Ich brauche etwas Neues zum Anziehen."

„Ich werde Leonard sagen, er soll dich zur Kleiderkammer in Bensenville fahren."

„Ich hasse Klamotten aus Kleiderkammern. Sie stinken wie nasse Schäferhunde! Warum kann ich nicht einmal im Leben etwas Neues kaufen?"

„Du glaubst also, du wärst was Besseres als wir anderen? Du meinst, du verdienst neue Sachen, während wir anderen die abgelegten tragen?"

„Du könntest dir ruhig auch ab und zu was Neues kaufen", maulte ich. „Warum musst du die ganze Zeit rumlaufen wie eine Pennerin? Wieso kannst du nicht so sein wie andere Mütter?"

„Jetzt habe ich die Nase aber gestrichen voll von deiner Frechheit", sagte sie. „Ich glaube nicht, dass du einen Ausflug zur Kleiderkammer verdient hast. Du kannst warten, bis du dir eine andere Einstellung zugelegt hast."

Von Papa hätte ich wahrscheinlich mehr Mitgefühl geerntet, aber ich weigerte mich, ihn zu bitten. Ich wusste, wie er „einkaufte", und ich wollte nicht schuld sein, wenn er wieder im Bezirksgefängnis landete, weil ich neue Sachen brauchte. Außerdem hätte ich mich nur noch mehr geschämt, wenn ich in gestohlener Kleidung herumgelaufen wäre. Mit der Zeit wurde meine Garderobe immer armseliger und meine Auseinandersetzungen mit meiner Mutter immer heftiger und zahlreicher.

„Kannst du das hier bitte unterschreiben?", fragte ich sie eines Nachmittags. „Ich möchte im nächsten Semester Unterricht für den Führerschein nehmen." Ich zeigte ihr die Einwilligungserklärung und hielt die Luft an, als sie zur letzten Zeile kam und die Einschreibegebühren und Kosten für den Führerschein sah.

„Nein. Das können wir uns nicht leisten."

„Ich zahle es selbst mit dem Geld, das ich im Restaurant verdiene. Bitte ... du musst nur deine Einwilligung geben."

„Ich habe bereits Nein gesagt. Es ist Geld- und Zeitverschwendung, da wir kein Auto haben, mit dem du fahren könntest."

„Vielleicht lässt Onkel Leonard mich mit seinem Auto fahren."

„Ich habe in all den Jahren keinen Führerschein gebraucht, also brauchst du auch keinen."

Die Hilflosigkeit und Aussichtslosigkeit, die ich fühlte, machten mich wütend. „Ich hasse es, hier zu leben, und ich hasse diese Familie, und ich hasse dich!", kreischte ich. „Ich ziehe zu Connie und Onkel Leonard." Ich hätte nie gedacht, dass ich das einmal sagen würde; es war die reine Verzweiflung, die mich entscheiden ließ, bei meinem kommunistischen Onkel und seiner Lebensgefährtin zu wohnen. Inzwischen waren sie seit sieben Jahren ein Paar und hatten mindestens die Hälfte der Zeit zusammen gelebt. Wenn Connie immer noch darauf hoffte, dass eines Tages die Hochzeitsglocken für sie läuten würden, sollte sie sich besser auf eine große Enttäuschung gefasst machen. Onkel Leonard sagte, die Ehe sei etwas für Narren und Kapitalisten.

Meine Mutter ließ sich von meinen Hassbekundungen und meiner Drohung auszuziehen nicht beeindrucken. „Das kommt überhaupt nicht in Frage", sagte sie. „Connie Miller ist ein Einfaltspinsel. Es gibt nur einen Grund, warum Männer sich zu Frauen wie ihr hingezogen fühlen."

Ich hatte eine ganz gute Ahnung, was für ein Grund das war.

Ich musste jemandem für das miese Leben, das ich führte, die Schuld geben, und da meine Mutter sich dafür anbot, beschloss ich, dass alles ihre Schuld sei. Wir hatten in der Schule gelernt, was Alkoholismus ist, und ich fragte mich, ob meine Mutter heimlich trank. Vielleicht war es das, was sie in all den Jahren draußen im Schuppen gemacht hatte – obwohl es mir ein Rätsel blieb, wie sie es sich leisten konnte, Alkohol zu kaufen, wenn wir nicht einmal Geld fürs Essen hatten. Mama war immer schwach und erschöpft, und ihre Augen waren immer halb geschlossen, egal, wie viel sie schlief. Sie hatte nie genug Kraft, um eine Mahlzeit zu kochen oder das Haus zu putzen oder meine Brüder unter Kontrolle zu halten.

Ich überlegte, dass ich, wenn sie nicht so eine altbackene Einzelgängerin wäre, in der Schule vielleicht nicht ständig ausgegrenzt würde. Wenn sie immer noch in Deer Falls bei Oma Fiona leben würde, hätte ich wenigstens eine schöne Wohnung, die nach Lavendel roch anstatt nach Schimmel und Urin. Ich war mürrisch und frech und verbittert. Egal, was Mama zu mir sagte, ich hatte drei Standardantworten: „Warum sollte ich?", oder: „Was kümmert es dich?", oder: „Ich wünschte, du wärst nicht meine Mutter."

Ihre Antwort erklang in unserem Bungalow wie ein monotoner Refrain: „Ich habe die Nase gestrichen voll von deiner Frechheit …"

Ich hasste mein Leben und saß stundenlang in meinem Zimmer und weinte und weinte, weil ich nicht aufhören konnte. Niemand kam herein und fragte mich, was los sei. Mindestens dreimal die Woche überlegte ich, von zu Hause fortzulaufen. Einmal war der Grund, dass sie mir nicht erlaubte, mit auf den Klassenausflug nach Washington zu fahren – obwohl ich den Ausflug selbst bezahlt hätte.

„Ich gehe und komme nie wieder!", schrie ich.

„Nur zu. Was meinst du wohl, wie weit du kommst?"

„Ich fahre nach Deer Falls und lebe bei Oma Fiona."

Meine Mutter machte ein merkwürdiges Gesicht. Zuerst wusste ich nicht, was es war, aber dann sah ich Tränen in ihren Augen glänzen, bevor sie den Kopf zur Seite drehte, und mir wurde klar, dass es Trauer war.

„Deine Großmutter ist tot." Ich hörte Verbitterung in ihrer Stimme.

Ich hatte Fiona nur das eine Mal getroffen, aber als ich an meine schöne, elegante Großmutter dachte, wie sie an ihrem Sherry nippte und ihre verkratzten Schallplatten anhörte, spürte ich den Verlust so schmerzhaft, als hätte ich sie gestern erst besucht.

„Nein! Du lügst! Wie ist sie gestorben? Warum hast du es mir nicht erzählt? Warum haben wir sie nie besucht, bevor es zu spät war?" Meine Stimme wurde mit jeder Frage lauter und schriller. Aber meine Mutter schüttelte nur den Kopf und ging nach draußen in ihr Heiligtum, während die Küchentür hinter ihr zuknallte. Ich ging zur Haustür hinaus und knallte ebenfalls mit der Tür.

Ich ging über die Brücke und durch Riverside, und es war mir egal, wohin ich ging. Am liebsten hätte ich mich auf den Rasen des Friedhofs gelegt und darauf gewartet zu sterben, wie Sarah Hawkins. Vielleicht hätte ich es sogar getan, aber wir hatten keine eigene Grabstätte, und der Friedhofswärter hätte mich wahrscheinlich verjagt.

Tränen rannen über meine Wangen. Meine Großmutter hatte mir das Gefühl gegeben, geliebt zu werden – und liebenswert zu sein – und jetzt war sie für immer fort. Ich war so wütend, dass ich am liebsten jemanden zusammengeschlagen hätte. Als ich das Auto meines Onkels auf der Straße vor seiner Wohnung sah, rannte ich hinauf und schlug gegen die Tür. Die beiden lebten in zwei beengten Räumen über dem Supermarkt, in dem Connie arbeitete.

Connie hatte mich kaum hereingebeten, als ich Onkel Leonard schon mit der Frage konfrontierte: „Wann ist Oma Fiona gestorben?"

Onkel Leonard atmete aus, und alles Leben schien aus seinem schlaksigen Körper zu entschwinden, als hätte ein Puppenspieler die Fäden losgelassen. Er lehnte sich gegen die Spüle in Connies winziger Kochecke. „Vor mehr als vier Jahren – ein paar Monate nachdem wir bei ihr waren, um genau zu sein."

„Warum hast du mir nichts davon gesagt?"

„Du hast sie doch kaum gekannt", verteidigte er sich.

„Ich habe sie wohl gekannt! Sie war meine Großmutter! Ich wäre zu ihrer Beerdigung gegangen."

„Es gab keine Beerdigung. So was ist Geldverschwendung. Beerdigungen sind für Narren, die an Gott und ein Leben nach dem Tod glauben."

Das war einfach zu viel. Mir die reizende Fiona vorzustellen, die von niemandem betrauert, von niemandem geliebt und stattdessen in eine Mülltonne geworfen wurde – oder wo auch immer Kommunisten ihre Toten entsorgten –, war ein herber Schlag.

„Wie konntet ihr das nur tun?", schrie ich. Ich zitterte vor Wut und Kummer. „Oma Fiona hat an Gott geglaubt, und ich tue es auch!"

„Du meine Güte, Liebes, beruhige dich doch", sagte Connie. Sie sah besorgt aus. „Hol tief Luft und dann trink einen Schluck Wasser."

„Nein! Ich will meine Oma!"

Fiona war der einzige Mensch gewesen, der mich je geliebt hatte. Ich hatte es daran erkannt, wie sie mir in die Augen gesehen hatte, wenn sie mit mir sprach, und daran, wie sie mir übers Haar gestrichen hatte und mich ihre Ketten und Ringe hatte anprobieren lassen. Jetzt war sie für immer fort, und ich hatte nichts, was mich an sie erinnerte.

„Was habt ihr mit all ihren Sachen gemacht?"

„Ich habe mich darum gekümmert", sagte Onkel Leonard kaltherzig.

„Ist denn gar nichts mehr von ihr übrig? Ein Armband ... irgendwas ...?" Meine Augen brannten und mein Gesicht glänzte vor Tränen, aber ich konnte nicht aufhören zu weinen.

„Es war alles nutzloses Zeug, Kathleen. Es ist weg."

„Ich hasse dich!", kreischte ich. Mit den Fäusten ging ich auf ihn los, trommelte gegen seine Brust und versuchte ihm so wehzutun, wie er mir wehgetan hatte. Er war stärker, als er aussah. Er packte meine Handgelenke so fest, dass es schmerzte, während er mich auf Abstand hielt.

„Ich glaube, ich bringe dich besser nach Hause."

„Nein, ich will nie wieder nach Hause", schluchzte ich. „Und schon gar nicht mit dir!"

Connie tat das einzig Richtige, das in diesem Augenblick zu tun war. Sie schob meinen Onkel zur Seite, zog mich in ihre Arme und ließ mich weinen. „Geh, Leonard", sagte sie über meine Schulter. „Siehst du denn nicht, dass ihr Herz gebrochen ist? Lass das arme Ding bei mir."

Onkel Leonard ging. Connie machte beruhigende Laute, während sie mich an sich gedrückt hielt, und hörte sich an, wie ich all meinem Hass und meiner Wut Luft machte. Als ich mich endlich beruhigt hatte, machte sie mir einen Becher heißen Kakao und einen überbackenen Käsetoast. In dieser Nacht schlief ich auf ihrer Couch.

Der nächste Tag war ein Samstag, und sie machte panierten Toast mit Butter und Sirup. Sie stellte extra wegen mir einen Rock'n'Roll-Sender im Radio ein, und wir tanzten barfuß zu den Liedern der Beatles.

„Kann ich hier bei euch wohnen, Connie?", fragte ich, als es für sie an der Zeit war, zur Arbeit hinunterzugehen. „Ich will nie mehr nach Hause."

„Ich würde gerne Ja sagen, Liebes. Ich habe mir immer Kinder gewünscht, weißt du. Aber du musst zu deiner Familie zurückgehen."

„Warum heiratest du nicht und bekommst Kinder?"

Sie lächelte traurig, als sie die Ladenschürze über ihren Kopf zog und um ihre breite Taille band. „Der einzige Mann, den ich je geliebt habe, ist dein Onkel Leonard. Und er will keine Kinder." Ich sah, dass es ein schmerzliches Thema für sie war, deshalb ließ ich es auf sich beruhen.

„Ich sehe dich vielleicht nie wieder", sagte ich zu ihr, als ich sie zum Abschied umarmte. „Ich werde weglaufen."

„Bitte tu das nicht", sagte sie leise. „Ich habe die Schule abgebrochen und bin von zu Hause fortgelaufen, als ich sechzehn war, und jetzt wünschte ich, ich hätte es nicht getan. Ich habe meine Ausbildung nie zu Ende gebracht, und deshalb kann ich auch nichts aus mir machen. Ich bin dreiundvierzig Jahre alt und alles, was ich habe, ist eine winzige Wohnung, einen Job im Supermarkt und einen Mann, der mich nicht genug liebt, um mich zu heiraten. Aber du bist ein kluges Mädchen, Kathleen – ein hübsches Mädchen. Du kannst studieren und dieser trostlosen Stadt den Rücken kehren und etwas aus dir machen. So zeigst du es ihnen am besten, Liebes ... nicht, indem du wegrennst."

Tief in meinem Innersten wusste ich, dass Connie recht hatte. Abgesehen davon bezweifelte ich auch, dass meine Familie überhaupt nach mir suchen würde, wenn ich verschwand. Der kurzsichtige Polizist wäre auch keine Hilfe. Er wäre heilfroh, einen klauenden

Gallagher weniger in der Stadt zu haben. Da ich nicht wusste, was ich sonst tun oder wohin ich gehen sollte, kehrte ich nach Hause in mein elendes Leben zurück.

Das Geld, das ich im Restaurant verdient hatte, nahm ich, um mich bei Colleges zu bewerben. Ich hatte nur Einsen in Algebra, Trigonometrie und Differenzialrechnung, und mein Mathematiklehrer, Mr Mueller, machte mir Mut, mich bei der Albany State University für das Hauptfach Mathematik zu bewerben.

„Deine Noten bei den Zentralklausuren qualifizieren dich für ein Stipendium im Staat New York", erzählte Mr Mueller mir. „Abhängig von der finanziellen Situation deiner Familie könnte es sein, dass sie alle Studiengebühren übernehmen." Ich versicherte ihm, dass ich nach diesem Kriterium allemal qualifiziert sei. Das einzige Problem würde sein, Unterkunft und Verpflegung zu bezahlen.

Ich schloss als Drittbeste in meinem Jahrgang die Schule ab, und mit meinen guten Noten bei den Aufnahmeprüfungen wurde ich an der Albany State zum Studium zugelassen. Mein Ziel war in erreichbare Nähe gerückt. Dies würde das letzte Jahr sein, das ich je mit hängendem Kopf in Riverside verbrachte. Alles, was ich wollte, war, von zu Hause fortzugehen und nie zurückzukehren.

Ein letztes Detail blieb jedoch, und ich vermied es so lange wie möglich, mich damit auseinanderzusetzen, in der Hoffnung, dass noch ein Wunder geschehen möge. Egal, wie oft ich mein Stipendium von der Universität zusammenrechnete, es blieb trotzdem noch eine Lücke zwischen dem, was ich bezahlen musste, und dem, was ich zusammengespart hatte. Ich hatte bei meinem Schulabschluss einen Preis für Mathematik und ein kleines Bezirksstipendium gewonnen, aber mir fehlte immer noch das Geld für Unterkunft und Verpflegung, dazu noch für Bücher und Freizeitaktivitäten. Der Studienberater am College hatte Formulare für ein Studentendarlehen beigelegt, mit dem ich den Fehlbetrag ausgleichen konnte. Jetzt brauchte ich nur noch jemanden, der dieses Formular unterschrieb.

Papa fragte ich nicht. Die Unterschrift eines Einbrechers auf Bewährung zählte wahrscheinlich ohnehin nicht viel, und ich hatte Angst, dass Papa dumm genug war, eine Bank zu überfallen, wenn er wusste, dass ich Geld brauchte. Immerhin hatte er beim letzten Mal, als ich ihn um etwas gebeten hatte, einen Weihnachtsbaum gestohlen. Onkel

Leonard fragte ich auch nicht, weil ich bereits wusste, was er von dem kapitalistischen Bildungssystem hielt.

„Es sollte kostenlos sein, wie es in kommunistischen Ländern der Fall ist", hatte er schon ein Dutzend Mal gesagt. In seiner Vorstellung war kostenlose Ausbildung wichtiger als Meinungsfreiheit oder Redefreiheit oder Religionsfreiheit. Ja, ich war nicht so dumm, ihn zu fragen. Oder Connie. Sie war eine liebe Seele, aber sie würde sich nie gegen Onkel Leonard stellen. Blieb meine Mutter als einzige Möglichkeit. Ich wartete, bis sie allein zu Hause war, dann ging ich zu der Couch, auf der sie ausgestreckt lag, und reichte ihr den Darlehensantrag und einen Stift.

„Du musst das hier für mich unterschreiben. Es ist fürs College."

„Was ist es denn?" Sie sah die Papiere mit ihren halb geöffneten Augen an. Sie schien nicht die Energie aufbringen zu können, einen Stift zu halten, geschweige denn ihren Namen zu schreiben.

„Es ist für ein Darlehen, das ich zurückzahlen kann, wenn ich nach dem Studium arbeite."

„Ich dachte, du hättest ein Stipendium."

„Das habe ich auch – für alle Studiengebühren. Und einen Großteil des Betrages für Unterkunft und Verpflegung kann ich mit einem Studentenjob bezahlen. Aber ich brauche ein Darlehen, um den Restbetrag aufzubringen." Sie schüttelte langsam den Kopf, und ich merkte, wie die Wut wieder in mir aufstieg. „Ich zahle alles zurück! Ich brauche nur deine Unterschrift!"

„Warum willst du denn zu so einem hochnäsigen, teuren College gehen? Was passt dir nicht an dem College drüben in Bensenville?"

„Mama, *bitte*! Albany State ist eine viel bessere Schule."

„Du passt da doch gar nicht hin. Das ist eine Schule für reiche Kinder. Die Jungen, die du dort triffst, würden nie jemanden wie dich heiraten. Wenigstens gibt's auf dem Bezirkskollege ein paar andere wie dich. Dann könntest du zu Hause wohnen und das Geld für Unterkunft und Verpflegung sparen."

„Nein!", jammerte ich. Ich sank auf den Wohnzimmerfußboden vor der Couch. „Ich will niemanden mit unserer Herkunft heiraten. Lieber heirate ich überhaupt nicht! Und ich will nicht eine Minute länger in Riverside leben. Verstehst du das nicht? Ich weiß, dass Papa ein verurteilter Verbrecher ist." Sie schien erstaunt. „Ich habe die Wahrheit schon vor langer Zeit herausgefunden", fuhr ich fort. „Und ich hasse es, wie alle uns ansehen und hinter unserem Rücken über uns reden. Ich will hier raus und so weit weg wie nur möglich, damit ich ein neues Leben anfangen kann – so wie du es getan hast."

„Du weißt überhaupt nichts über mich –", begann sie, aber ich übertönte sie mit meinen Worten.

„Ich weiß, dass du Oma Fiona verlassen hast und aus Deer Falls weggelaufen und nie zurückgegangen bist! Mein ganzes Leben lang haben die Leute mir gesagt, ich solle gute Noten schreiben und mir eine gute Ausbildung sichern, damit ich etwas aus mir machen kann – und jetzt bin ich so dicht dran! Wenn du einfach nur dieses Darlehen für mich unterschreibst, brauchst du mich nie mehr wiederzusehen!"

Meine Mutter schloss die Augen und riss das Formular langsam in zwei Stücke.

„Nein!", kreischte ich.

„Ich besorge dir das Geld", sagte sie ruhig. Ich sprang auf und entriss ihr die zerknüllten Unterlagen.

„Wie denn? Willst du es stehlen, so wie Papa? Weißt du was? Gib dir keine Mühe! Ich gehe und komme nie mehr zurück."

Ich packte meine armselige Habe in den Koffer, den Connie mir zum Schulabschluss geschenkt hatte, und ging. Ich war so wütend und frustriert, dass ich zur Schnellstraße lief und mit einem Auto voller Hippies nach Bensenville trampte. Sie setzten mich an der Haltestelle des Überlandbusses ab, und am nächsten Tag nahm ich den Bus nach Albany. Als ich das Universitätsgelände erreichte, hatte ich den Darlehensantrag mit Tesafilm zusammengeklebt und die Unterschrift meiner Mutter gefälscht. Eine Empfangsdame führte mich zu einer Informationstafel, und nach zwei Tagen hatte ich ein Haus voller Hippies gefunden, die noch eine Mitbewohnerin suchten, und einen Sommerjob in einem Café in der Nähe des Campus. Ich arbeitete von halb sechs morgens bis halb zwei am Nachmittag, sodass ich einen zweiten Job als Tellerwäscherin in einem Restaurant annehmen konnte, der von vier Uhr nachmittags bis zum späten Abend ging. In jenem Sommer arbeitete ich jeden Tag bis zur Erschöpfung, aber es war mir egal. Niemand kannte die alte Kathleen Gallagher, die einmal Läuse hatte und einen kommunistischen Onkel und einen Dieb als Vater. Ich fing ein ganz neues Leben an.

Zwei Wochen nachdem ich nach Albany gefahren war, kam ich nach einer langen Schicht im Restaurant zu unserer Wohnung zurück und sah Onkel Leonards zerbeultes Auto am Straßenrand stehen. Es hätte jedes beliebige Familienmitglied sein können, da alle den Wagen benutzten. Selbst Mütze nahm ihn sich gelegentlich für seine Spritztouren, wenn ihm danach war, unabhängig von der Tatsache, dass er erst vierzehn war.

Aber als ich näher kam, sah ich, dass Onkel Leonard selbst auf der vorderen Veranda saß, den Kopf in die Hände gestützt. In dem gelben Licht der Straßenlaterne sah er aus wie ein Kadaver. Er erblickte mich und stand auf.

„Kathleen ... etwas Schreckliches ist passiert", sagte er. Er packte meine Arme, und ich war mir nicht sicher, ob er mich stützen wollte oder selbst Halt bei mir suchte. Ich wartete, und es war der längste Augenblick meines Lebens.

„Deine Mutter ist tot."

Teil 3

Kathleen und Joelle

2004

Kapitel 12

Als Kathleen am Ende ihrer Geschichte angelangt war, hatte sie das Gefühl, um dreißig Jahre gealtert zu sein. Sie konnte die Anspannung in Schultern und Nacken spüren und den sich windenden Knoten im Magen, während sie die Vergangenheit noch einmal durchlebte. Und das Schlimmste hatte sie Joelle noch nicht einmal erzählt. Früher oder später würde sie wissen wollen, wie ihre Großmutter gestorben war, aber in diesem Moment brachte Kathleen es nicht über sich, die Worte laut auszusprechen.

Warum hatte sie immer noch das Gefühl, als wäre der Tod ihrer Mutter ihre Schuld gewesen, obwohl er doch geschehen war, nachdem sie von zu Hause weggegangen war? Sie würde Joelle die Einzelheiten erzählen müssen, bevor jemand anderes aus ihrer Familie es tat, aber für einen Vormittag hatte sie genug schmutzige Wäsche gewaschen.

„Ich muss tanken", sagte Kathleen und setzte den Blinker, als die nächste Autobahnausfahrt näher kam. „Willst du aussteigen und dir ein bisschen die Beine vertreten? Magst du ein Sandwich oder irgendetwas anderes?"

„Okay … Mama, würdest du nicht am liebsten nach Riverside fahren und diese schrecklichen Leute finden, die über dich gelacht haben, und ihnen zeigen, wie wohlhabend und erfolgreich du jetzt bist?"

Kathleens Antwort kam schnell: „Nein, das würde ich nicht."

„Warum nicht?"

Die Wahrheit war: Egal, wie schwer Kathleen gearbeitet hatte oder wie erfolgreich sie geworden war, die Schande würde nie verschwinden. Sie selbst hatte sich vielleicht verändert, aber die Meinung der Stadt über sie wahrscheinlich nicht, und selbst nach all dieser Zeit fürchtete sie noch die Verachtung, die man ihr dort entgegenbringen würde.

„Niemand wird mir glauben, dass es wahr ist", sagte sie leise.

„Mensch, Mama, du fährst einen Lexus."

Es lag ihr auf der Zunge zu sagen: Sie würden glauben, ich hätte ihn gestohlen.

Sie brachte den Wagen neben der Zapfsäule zum Stehen, und Joelle stieg mit der Energie und Anmut der Jugend aus. Kathleen dagegen quälte sich aus ihrem Sitz, als wäre sie vierundachtzig und nicht vier-undfünfzig. Sie füllte den Tank, und als sie hineinging, um für das Benzin zu bezahlen und Sandwiches und Getränke zu kaufen, legte Joelle eine Packung Schokoladenriegel auf die Theke.

„Die sind für dich, Mama. Um dich für all die Zeit zu entschädigen, in der du sie dir nicht leisten konntest."

Kathleen war so gerührt, dass sie nicht mehr herausbrachte als: „Danke."

Sie wartete, bis sie die Auffahrt hinter sich hatten und wieder auf der Autobahn waren; erst dann sagte sie: „Verstehst du, warum ich wollte, dass du ein anderes Leben hast?" *Und warum ich wegen des Ladendieb-stahls so wütend auf dich war?*, hätte sie am liebsten hinzugefügt.

„Schon irgendwie ..."

„Und jetzt, wo du etwas mehr über meine Vergangenheit weißt, ver-stehst du auch, warum ich bei Impost gekündigt habe? Sie haben mich zwar nicht gerade aufgefordert, das Gesetz zu brechen, aber es kam dem zu nahe, als dass ich damit hätte leben können."

„Was ist mit Omas Geschichte?", fragte Joelle nach einer Weile.

Ein Schatten der Furcht legte sich über Kathleen. „Was meinst du?"

„Du wolltest doch, dass ich deine Geschichte höre, damit ich dich besser verstehe – und das tue ich auch, jetzt, wo ich weiß, was für eine üble Kindheit du hattest und so. Also ... was ist mit deiner Mutter? Warum hat sie so viel Zeit im Schuppen verbracht? Was ist *ihre* Ge-schichte – und wie war *ihre* Kindheit?"

„Meine Mutter hat nie über sich selbst gesprochen." Doch selbst in dem Moment, als sie das sagte, wurde Kathleen bewusst, dass auch sie in all den Jahren nie über sich selbst gesprochen hatte. Was war, wenn Joelle recht hatte? Was, wenn es in der Vergangenheit ihrer Mutter etwas gab, das ihr Verhalten erklärte? Kathleen wusste, dass sie ihrer Mutter die Fehler, die sie gemacht hatte, vergeben musste, so wie sie hoffte, dass Joelle ihr vergeben würde. Aber hatte sie sich jemals die Mühe gemacht, ihre Mutter zu verstehen?

„Du weißt *gar nichts* über deine Mutter?", beharrte Joelle.

„Nicht viel ... Nur ein paar Familiengeschichten, die im Laufe der Jahre überliefert wurden. Mein Urgroßvater hat Irland angeblich in den zwanziger Jahren verlassen und mit meiner Großmutter in Ame-rika noch einmal ganz von vorne angefangen."

„Du meinst, mit deiner *Ur*großmutter."

„Nein, seine Frau blieb mit den anderen Kindern in Irland. Nur meine Großmutter Fiona und ihr Vater kamen in die USA."

„Das ist aber merkwürdig."

„Ja, ist es wohl. Jedenfalls verließ Oma Fiona irgendwann New York City und fing mit meiner Mutter und Onkel Leonard in Deer Falls, diesem kleinen Touristenort in den Pocono-Bergen, ein neues Leben an."

„Und was ist mit Fionas Mann?"

„Über ihn weiß ich nichts. Ich glaube, er muss um diese Zeit herum gestorben sein. Jedenfalls ging meine Mutter während des Zweiten Weltkriegs von zu Hause fort und begann in Riverside noch einmal von vorne – dort, wohin wir jetzt fahren."

Und Kathleen war 1968 von dort weggegangen und hatte ein neues Leben in Albany begonnen. Was für ein Erbe, vor den Problemen des Lebens fortzulaufen!

„Warum sind alle von zu Hause abgehauen?", wollte Joelle wissen.

„Ich nehme an, aus demselben Grund wie ich – sie wollten ihr Leben selbst in die Hand nehmen, die Richtung ändern, in die sie unterwegs waren, der Routine, in der ihre Eltern festsaßen, entfliehen."

Joelle nickte und blickte nachdenklich drein. Kathleen verspürte einen kleinen Wonneschauer – sie waren im Gespräch. Und ohne die Hilfe der hausbackenen Dr. Russo, vielen Dank auch. Kathleen wollte Joelle etwas fragen, aber sie ging behutsam vor, als könnte eine unbedachte Bewegung sie alle wieder an den Ausgangspunkt zurückbefördern.

„Was möchtest du mit deinem Leben und deiner Zukunft anfangen, Joelle?"

„Ich möchte …" Sie hielt inne und schüttelte den Kopf. „Egal."

„Nein, ich würde es wirklich gern wissen."

„Es wird dich nur wütend machen."

„Das ist in Ordnung. Ich will es trotzdem hören – und zwar nicht, damit ich es dir ausreden kann, das verspreche ich, sondern damit wir beide uns ein bisschen besser kennenlernen. Bitte?"

Joelle atmete aus, und als sie schließlich sprach, kamen die Worte bitter und gepresst heraus. „Ich hasse mein Leben."

Kathleen war sprachlos. Wie oft hatte sie denselben Gedanken ausgesprochen, als sie erwachsen wurde – dass sie ihr Leben hasste, ihre Armut und Schande. Aber Joelle hatte alles, wovon Kathleen geträumt und wonach sie sich gesehnt hatte. Wie konnte sie sagen, dass sie ihr Leben hasste?

„Warum?", brachte Kathleen heraus.

„Weil es so falsch und unecht ist. Ich kann es einfach nicht ertragen, wie Papa und du und die Eltern von meinen Freunden leben – es ist, als wärt ihr gar nicht wirklich lebendig! Ihr verdient nur Geld und gebt es aus – und genießt es noch nicht einmal. Und ihr seid alle so *langweilig*. Wenigstens klingen dein Vater und Onkel Leonard wie interessante Leute."

Kathleen hätte sie am liebsten unterbrochen und gesagt, dass ein Verbrecher oder Kommunist zu sein das Leben schwieriger machte, nicht interessanter. Sie wollte sich verteidigen und beweisen, dass sie ihr Leben *wirklich* lebte und genoss. Es war das Leben, das sie sich ausgesucht und für das sie gearbeitet hatte. Aber sie hielt den Mund und ließ Joelle zu Ende reden.

„Ich will nicht so leben wie Papa und du. Ich will etwas machen, das von *Bedeutung* ist."

„Wollen wir das nicht alle?", murmelte Kathleen.

„Ich meine, es ist mir egal, ob ein Job viel Geld bringt. Ich will etwas tun, um Menschen zu *helfen*."

Es gab so vieles, das Kathleen einfiel: dass Joelle seit dem Tag ihrer Geburt verwöhnt und versorgt worden war; dass sie nicht einmal im Haus half, geschweige denn Fremden; dass sie an schöne, teure Dinge gewöhnt war – und zwar jede Menge davon. Joelle hatte keine Ahnung, was es bedeutete, geizen und sparen zu müssen, um sich auch nur eine Flasche Shampoo zu kaufen, oder wie eklig die Kleider rochen, wenn man sie in einer Kleiderkammer kaufte, oder wie es war, mit leerem Magen auf einer nackten Matratze einzuschlafen. Joelle warf jeden Tag mehr Essen fort, als Kathleen in einer Woche gegessen hatte, als sie noch ein Kind war. Ihre Tochter war reich und verwöhnt und wurde geliebt, und sie sah alles als selbstverständlich an.

Aber Kathleen sagte nichts von alledem, sondern konzentrierte sich auf den Verkehr. Als sie sicher war, dass ihre Stimme ermutigend klang und nicht tadelnd oder sarkastisch, sagte sie: „Du brauchst nicht zu warten, wenn du Menschen helfen willst, Joelle. Warum machst du nicht im Sommer bei der Missionsreise der Jugendgruppe nach Mexiko mit?"

„Mexiko!" Joelles Ausdruck der Verachtung war unbezahlbar, als stellte sie sich gerade vor, wie es sein würde, auf dem Boden zu schlafen oder ihre tägliche Dusche und ihre Lieblingsfernsehserien aufzugeben oder unbekannte Nahrungsmittel zu essen. Und wie es sein würde, bei Sonnenaufgang aufzustehen und den ganzen Tag körperlich zu arbeiten, um anschließend schmutzig und verschwitzt nach Hause zu kommen. Kathleen hatte Mühe, ein Lächeln zu unterdrücken.

Joelle beobachtete Kathleen aufmerksam, als traute sie den Motiven ihrer Mutter nicht. Kathleen hoffte, dass die Belustigung ihr nicht anzusehen war.

Schließlich hob Joelle das Kinn und wandte sich ab. „Vielleicht fahre ich ja mit nach Mexiko."

Jetzt grinste Kathleen. „Mein Onkel Leonard wäre stolz auf dich."

❧

Um kurz nach drei am Nachmittag stiegen sie vor einem Motel in Bensenville aus. Joelle hatte geschlafen. Kathleen rieb ihre Schulter. „Joelle, wir sind da."

Sie öffnete die Augen und sah sich um, noch ein bisschen schläfrig. „Ist das die Stadt, in der du aufgewachsen bist?"

„Nicht ganz. In Riverside gibt es keine Hotels. Dies ist die nächste Stadt, wo man übernachten kann."

„Warum wohnen wir nicht bei deiner Familie."

„Äh … kein Platz." Hatte sie nicht zugehört? Hatte Kathleen nicht vorhin erklärt, wie arm ihre Familie war und in was für einem baufälligen Haus sie lebte? Kathleen wollte ein sauberes Badezimmer und eine ordentliche Matratze – und so wenig Kontakt mit ihrer Familie wie möglich. Joelle sollte ihr dafür dankbar sein.

Sie checkten ein, und Joelle ließ sich mit der Fernbedienung des Fernsehers auf eines der Betten fallen. Kathleen konnte sich irgendwie nicht entspannen. Die Geschichte ihrer Vergangenheit zu erzählen, hatte sie daran erinnert, wie viel Mrs Hayworth ihr einmal bedeutet hatte, und es tat ihr leid, dass sie keinen Kontakt mehr zu ihr hatte. Spontan zog sie das Telefonbuch aus der Schublade des Nachttisches, um zu sehen, ob Mays Mutter darin aufgeführt war. Die Nummer war verzeichnet, und als Adresse war dieselbe Straße in Riverside angegeben, in der sie schon immer gewohnt hatte. Schnell wählte Kathleen die Nummer, bevor ihr Mut sie verließ. Halb hoffte sie, dass Mrs Hayworth nicht antwortete, aus Angst vor den Erinnerungen, die wieder zum Vorschein kommen würden, wenn sie es tat. Cynthia nahm beim zweiten Klingeln ab.

„Du meine Güte, Kathleen Gallagher!", sagte sie, nachdem Kathleen sich zu erkennen gegeben hatte. „Wie geht es Ihnen? Ich habe neulich noch an Sie gedacht, als ich in der Zeitung von Ihrem Bruder las."

Ein Schauer durchfuhr Kathleen bei der Erwähnung ihres Bruders. Sie fragte sich, welches Verbrechen er diesmal begangen hatte, um in die Schlagzeilen zu geraten. Sie konnte Mrs Hayworths Frage kaum beantworten, so stark war der Drang, in ihren Wagen zu springen und heim nach Maryland zu fahren.

„Äh … gut. Mir geht es gut. Ich bin in der Stadt. Das heißt, in Bensenville."

„Wunderbar! Warum kommen Sie nicht auf einen Besuch vorbei?"

„Ich möchte Sie nicht stören, wenn Sie zu tun haben …"

„Unsinn. Ich bin eine neunundsiebzigjährige Witwe. Was meinen Sie, was man da noch zu tun hat? Ich würde Sie so gerne wiedersehen." Kathleen schlug die Einladung zum Abendessen aus, willigte aber schließlich ein, anschließend auf eine Tasse Kaffee vorbeizukommen.

„Ist Mrs Hayworth nicht die Mutter von deiner Freundin May Elizabeth?", fragte Joelle, als Kathleen ihr erzählte, wo sie hin wollte.

„Ja. Sie hat mich eingeladen, später bei ihr vorbeizukommen. Du musst nicht mitkommen, wenn du nicht willst. Ich werde nicht lange bleiben. Der Hotelpool sieht ganz schön aus."

Joelle zuckte mit den Schultern. „Ich komme mit." Sie drückte gelangweilt die Tasten der Fernbedienung und schaltete durch die verschiedenen Sender. Dann setzte sie sich plötzlich auf. „He, glaubst du, sie haben den Bunker noch? Das wäre echt cool!"

Cynthia Hayworth kam ihnen an der Tür entgegen und bemühte sich, einen kläffenden kleinen Hund namens Fluff zu beruhigen. Kathleen dachte an den Einbruch, der mehr als vierzig Jahre zurücklag, und fragte sich, ob er geschehen wäre, wenn die Familie damals schon Fluff gehabt hätte.

Das Haus der Hayworths, das Kathleen einst so riesig und modern und glamourös erschienen war, wirkte jetzt klein und altmodisch, wie etwas aus einem Sechziger-Jahre-Museum. Das abgesenkte Wohnzimmer sah nach all der Zeit noch genauso aus, und es stand sogar dasselbe Brokatsofa darin, an das sie sich erinnerte. Die pastellfarbenen Badezimmergarnituren waren auch nicht modernisiert worden, aber die kleine Puppe, unter der früher eine Rolle Toilettenpapier versteckt gewesen war, hatte einer Schale mit Potpourri weichen müssen. Kathleen blickte auf den Boden, als sie die Diele betrat, und suchte nach der Stelle auf dem Teppich, wo Mütze und JT sich übergeben hatten, aber der wollene Teppichboden war ersetzt worden.

Kathleen hätte Cynthia niemals erkannt, wenn sie einander auf der Straße begegnet wären. Aber wenn sie genauer hinsah, konnte sie unter dem alternden Äußeren noch immer die bezaubernde Frau erkennen, an die sie sich erinnerte. Cynthia war immer noch elegant – eine Frau mit Klasse – mit ihrem Kleid und ihrem Schmuck und Nylonstrümpfen, die sie selbst an einem warmen Sommerabend wie diesem trug. Ihr silbernes Haar sah frisch frisiert aus. Kathleen wurde mit einem Mal bewusst, dass ihre eigene Mutter ebenfalls Ende siebzig wäre, wenn sie noch am Leben wäre. In Kathleens Vorstellung würde ihre Mutter immer so aussehen, wie sie sie das letzte Mal gesehen hatte, und immer vierundvierzig bleiben.

Sie plauderten entspannt, während sie Kaffee und Limonade tranken, und tauschten sich darüber aus, was in der Zwischenzeit passiert war. Kathleen fand es rührend, wie freundlich Cynthia Joelle in das Gespräch einbezog.

„Wie geht es May Elizabeth und Ron?", fragte Kathleen nach einer Weile.

„May ist schon zum dritten Mal verheiratet, fürchte ich. Sie hat drei Kinder, von jedem Mann eines, und lebt in Atlanta. Ron ist natürlich in das Geschäft seines Vaters eingestiegen. Er leitet die Fabrik jetzt. Er hat Debbie Harris geheiratet – erinnern Sie sich an sie? Sie haben auch drei Kinder, und ihr zweiter Enkel ist unterwegs." Als sie sich Ron Hayworth als Großvater vorstellte, kam Kathleen sich sehr alt vor.

„Ich habe Joelle auf dem Weg hierher erzählt, wie es war, in Riverside aufzuwachsen, und dabei ist mir bewusst geworden, dass ich Ihnen nie für Ihre Hilfe gedankt habe. Sie haben mich in Ihrem Haus immer willkommen geheißen, und sich für unsere Familie interessiert und uns mit Kleidung und manch anderem geholfen. Sie haben Ihren Glauben tatkräftig gelebt. Und Ihnen ist es zu verdanken, dass ich heute Christin bin."

„Ach, du meine Güte", sagte Cynthia mit besorgtem Blick. „Ich muss Ihnen etwas gestehen. Ich fürchte, meine Motive waren damals nicht ganz selbstlos. Sehen Sie, ich kannte Ihre Mutter, bevor Sie geboren wurden, bevor sie Ihren Vater heiratete. Wir waren einmal beste Freundinnen."

Kathleen konnte nichts erwidern. Sie konnte es sich nicht vorstellen. Wie konnte die elegante Cynthia Hayworth die beste Freundin der plumpen Eleanor Gallagher gewesen sein? Nein. Cynthia hätte Kathleen genauso gut erzählen können, dass ihre Mutter einmal die beste Freundin der Königin von England gewesen sei. Auf der anderen Seite – waren Kathleen und May Elizabeth nicht auch ungleiche Freundinnen gewesen?

„Ich hatte immer ein schlechtes Gewissen, weil die Dinge sich für Ihre Mutter und mich so unterschiedlich entwickelt hatten", fuhr Cynthia fort und strich nervös dem Hund über das Fell. „Deshalb beschloss ich, Eleanor und ihrer Familie zu helfen – hinter den Kulissen, sozusagen. Und dann habe ich Sie natürlich sehr lieb gewonnen. Es tat mir so leid, als Sie nicht mehr zur Kirche kamen. Ich weiß, dass es zum Teil daran lag, weil May Elizabeth Sie so schlecht behandelt hat, als Sie beide in der Highschool waren, und das alles tut mir auch heute noch schrecklich leid."

Kathleen hörte Cynthias Entschuldigung kaum, während sich hundert Fragen in ihrem Kopf überschlugen. „Seit wann kennen Sie meine Mutter denn?", fragte sie. „Wo haben Sie sich kennengelernt? Ich weiß, dass Mama Deer Falls verließ und hierher kam, aber wissen Sie, wann oder warum? Wir haben uns das vorhin gefragt, nicht wahr, Joelle? Meine Mutter hat nie viel über sich gesprochen."

„Ich wünschte jetzt, ich hätte Ihnen damals, als Sie noch jung waren, alles über meine Freundschaft mit Ihrer Mutter erzählt. Vielleicht hätte es dazu beigetragen, dass Sie sie besser verstanden hätten, wenn Sie etwas mehr über ihre Geschichte gewusst hätten. Aber andererseits wusste May Elizabeth alles über mich, und es hat unserer Beziehung nicht viel genützt."

„Wie haben Mama und Sie sich kennengelernt?"

„Eleanor und ich kamen beide nach dem Angriff auf Pearl Harbour in die Stadt, um in der Fabrik meines Mannes zu arbeiten. Natürlich war es damals noch nicht seine Fabrik, und er war auch nicht mein Mann. Die Firma hieß Riverside Electronics, nicht Hayworth Industries. Sie hatten sie während des Krieges in eine Rüstungsfabrik umgebaut. Eleanor und ich waren sehr, sehr unterschiedlich – aber wir hatten auch vieles gemeinsam. Wir waren beide in den wilden zwanziger Jahren geboren worden, hatten unsere Kindheit unter der Wolke der Weltwirtschaftskrise verbracht und wurden während des schlimmsten Krieges, den die Welt je gesehen hat, erwachsen. Und dann bewarben wir uns beide am selben Tag um dieselbe Stelle …"

Teil 4

Eleanor und Cynthia
1942–1947

Kapitel 13

Cynthia Weaver wartete in dem überfüllten Vorzimmer von Riverside Electronics und fragte sich, wohin sie gehen und was sie tun sollte, wenn sie die Arbeit nicht bekam. Sie hatte nicht lange gebraucht, um den Personalbogen auszufüllen, denn ihre einzige bisherige Berufserfahrung beschränkte sich auf die Arbeit auf dem elterlichen Hof. Sie hoffte, dass das etwas zählte. Frauen drängten sich in dem winzigen Büro: die meisten von ihnen älter als Cynthia, viele von ihnen Hausfrauen in Baumwollkitteln. Alle suchten sie Arbeit. In ihrem Sonntagsstaat fühlte sie sich fehl am Platz, aber verglichen mit der jungen Frau, die auf dem Stuhl gegenüber saß, kam Cynthia sich vor, als wäre sie von einem Zuckerrübentransporter gefallen.

Das Mädchen schien in Cynthias Alter zu sein, aber das offensichtliche Selbstbewusstsein und die Zuversicht, mit der sie in einem alten Exemplar der Zeitschrift *Life* blätterte, ließ sie reifer erscheinen. Sie trug ihr glänzendes dunkles Haar zu einem perfekten Pagenkopf frisiert, ihr Lippenstift und der Nagellack hatten den gleichen Rotton wie die Streifen ihrer Bluse, und sie war die einzige Frau im Zimmer, die Hosen trug. Sie sah aus, als wäre sie gerade den Seiten einer Modezeitschrift entstiegen. Und in einer kleinen Stadt wie Riverside bedeutete das, dass sie deplatziert wirkte.

Die Tür zur Fabrik öffnete sich plötzlich, und ein korpulenter Mann in einem graubraunen, schlecht sitzenden Anzug erschien mit einem Stapel Papiere in der Hand. „Eleanor Bartlett?", rief er. Die elegante junge Frau erhob sich. „Und Cynthia Weaver?" Sie stand schnell auf. „Mein Name ist Ralph Jackson. Bitte folgt mir, Mädels."

Er führte sie einen voll gestellten Flur entlang, an Stapeln von Kisten und hölzernen Paletten vorbei und dann in die Fabrikhalle selbst. Das Gebäude war vom Dröhnen der Maschinen und dem Summen der Neonröhren erfüllt, während im Hintergrund Hammerschläge und kreischende Motorsägen zu dem Lärm beitrugen. Cynthia sah reihenweise Arbeiter bei ihrer Tätigkeit und fragte sich, wie sie sich bei dem Krach konzentrieren konnten.

„Entschuldigen Sie den Lärm", sagte Mr Jackson, als er sie in sein abgetrenntes Büro bat. „Wir bauen die Produktion aus und statten die Fabrik mit neuen Maschinen für die Rüstungsaufträge aus." Das winzige Büro hatte eine Glaswand, sodass er in die Fabrikhalle sehen konnte, wenn er hinter seinem Schreibtisch saß. Er schloss die Tür und reduzierte damit den Lärm ein wenig, dann zeigte er auf zwei Stühle. „Bitte setzen Sie sich."

Cynthia saß angespannt auf der vorderen Stuhlkante und fragte sich, was sie mit ihrer Handtasche und ihren zitternden Händen tun sollte, während sie hoffte, dass sie nicht zu zappelig wirkte, als sie ihren Rock geradezog. Das Mädchen namens Eleanor machte es sich beinahe mühelos bequem und wirkte trotz der Hosen damenhaft, als sie die Beine übereinanderschlug.

„Was für Elektroartikel stellen Sie denn her?", fragte sie.

„Verschiedene Messgeräte, Schalter für Bomben."

Cynthia wusste, dass ihr der Schreck anzusehen war, als Mr Jackson lachte. Hatte ihre Mutter sie nicht immer davor gewarnt, ihre Reaktionen so offen zu zeigen, dass alle Welt sie sehen konnte? Sie wünschte, sie könnte ihre Gefühle besser verbergen.

„Keine Angst, Miss Weaver", sagte er. „Hier gibt es keine Sprengstoffe. Wir bauen die Schalter zusammen, aber die Bomben werden woanders damit bestückt." Er räusperte sich, als wollte er andeuten, dass es nun an der Zeit war, Tacheles zu reden, und überflog den Stapel Papier, der vor ihm lag. „Also, Mädels, zunächst weiß ich es zu schätzen, dass Sie Ihre Vaterlandspflicht tun wollen, indem Sie sich für eine Arbeit in der Rüstungsindustrie bewerben. Sie haben beide angegeben, dass Sie achtzehn sind und die Highschool abgeschlossen haben. Stimmt das? Haben Sie Unterlagen mitgebracht, die das bestätigen?"

Cynthia grub ihre Geburtsurkunde und ihr Abschlusszeugnis aus der Tasche und reichte sie ihm über den Schreibtisch. Die Tasche des anderen Mädchens war auch nicht größer als Cynthias, aber ihre Unterlagen sahen erstaunlich ordentlich und ungeknickt aus, als sie sie herauszog.

„Sehr gut", sagte er, als er die Blätter zu Ende durchgesehen hatte. „Herzlichen Glückwunsch, Mädels. Sie sind eingestellt. Sie können beide morgen anfangen. Die Ausbildung dauert zwei Wochen, je nachdem, wie schnell Sie lernen. Sie bekommen fünfunddreißig Dollar die Woche."

Cynthia grinste breit, dämpfte aber ihre Begeisterung schnell, als sie sah, dass Eleanor ruhig nickte.

„Ich sehe auch, dass keine von Ihnen beiden einen Wohnort in der Stadt angegeben hat."

„Das ist richtig", sagte Eleanor. „Ich wollte mir eine Unterkunft suchen, sobald ich sicher war, dass ich eine Stelle hier habe. Vielleicht beginne ich gleich heute Nachmittag mit der Suche." Sie schien so selbstbewusst und souverän. Cynthia hätte nur eine unangemessene Entschuldigung gestammelt. Als sie merkte, dass sie zustimmend nickte wie ein trainiertes Pferd, meldete sie sich zu Wort.

„Ja … ich auch. Ich suche mir auch heute ein Zimmer."

„Es ist nicht leicht, in der Nähe von Fabriken etwas zu finden, wie Sie wahrscheinlich wissen", sagte Mr Jackson. „Aber ich bin in Riverside aufgewachsen und könnte Ihnen ein paar Tipps geben, wenn Sie wollen."

Eleanor lächelte. „Das wäre sehr freundlich von Ihnen, Mr Jackson."

„Ja. Das wäre nett, Mr Jackson." Cynthia fand, dass sie furchtbar klang. Sie hätte sich nicht einmal an Mr Jacksons Namen erinnert, wenn Eleanor ihn nicht damit angeredet hätte. Sie fragte sich, ob alle sahen, was für ein Trampel sie war.

Mr Jackson zog eine Liste aus der Schublade seines Schreibtisches und überflog sie. „Das Günstigste wäre ein bescheidenes Apartment über dem Bestattungsinstitut Montgomery für zwölf Dollar im Monat. Ada Montgomery ist zufällig meine Schwägerin, und ich kenne das Haus, es ist sehr hübsch. Sie würden sich das Bad mit zwei anderen Mietern teilen und –"

„Ich nehme es", sagten sie beide gleichzeitig. Cynthia sah Eleanor erschrocken an, aber Eleanor lachte.

„Sie brauchen sich nicht darum zu streiten", sagte Mr Jackson schmunzelnd. „Ada sagt, das Zimmer ist groß genug für zwei Mädchen. Ich wollte gerade hinzufügen, dass, wer immer es nimmt, eine Zimmergenossin finden muss."

„Ich bin bereit, wenn du es bist", sagte Eleanor.

„Sicher." Cynthia konnte ihr Glück kaum fassen – sie hatte eine Arbeit und eine Zimmergenossin am selben Tag gefunden.

„Und Sie haben kein Problem damit, über all den Särgen und Leichen und so zu wohnen?", fragte Mr Jackson.

„Ich bin auf einem Bauernhof aufgewachsen", sagte Cynthia und hätte sich gleich darauf selbst treten können. Was für eine dumme Bemerkung! Sie ergab überhaupt keinen Sinn. Sollte sie erklären, wie sie es gemeint hatte? Dass sie den Anblick von geschlachteten Schweinen und Hühnern gewohnt war – oder würde das die Sache nur noch schlimmer machen?

„Das Bestattungsinstitut ist nicht schwer zu finden", fuhr er fort. „Haben Sie den Imbiss auf der Hauptstraße gesehen, als Sie in die Stadt kamen? Das Beerdigungsinstitut ist genau gegenüber. Es liegt nicht vorne an der Straße, sondern ein Stück zurück hinter Bäumen, deshalb haben Sie es vielleicht nicht gesehen."

„Vielen Dank für Ihre Hilfe, Mr Jackson", sagte Eleanor ohne Zögern. „Ich bin sicher, wir werden es finden."

Er zeigte ihnen kurz die Fabrikhalle und Cynthia widerstand dem Drang, ihre Augen gegen das grelle Licht der summenden Neonröhren abzuschirmen. Die Arbeiter standen in langen Reihen an Werkbänken und bauten komplizierte Gebilde aus Drähten und Gegenständen zusammen. Cynthia wusste überhaupt nichts über Kabel und Elektrizität, und sie verspürte eine Welle der Angst, als sie sich fragte, wie sie es schaffen sollte, derartig komplexe Einheiten zu konstruieren. Mr Jackson stellte sie ihrem Vorgesetzten Mr Tomacek vor, einem dunkelhäutigen Mann über sechzig, der nach gekochtem Kohl roch und aussah, als wäre er auf einem Piratenschiff nach Amerika ausgewandert. Er funkelte sie misstrauisch an, und Cynthia hatte das Gefühl, dass er Frauen am Arbeitsplatz nicht leiden konnte – vor allem schamlose Frauen wie Eleanor, die Hosen trugen.

„Sie müssen ein Tuch um die Haare binden", knurrte Tomacek. „Die Fingernägel müssen kurz sein, kein Nagellack. Schmuck ist auch nicht erlaubt. Und Sie werden den ganzen Tag stehen, also ziehen Sie feste Schuhe an."

Cynthia warf Eleanor einen Blick zu. Sie sah schelmisch drein, als wäre sie versucht, vor dem alten Nörgler zu salutieren und „Aye, aye, Sir!" zu sagen.

„Der Umkleideraum für die Mädchen ist hinter der Tür dort", sagte Mr Jackson, als sie weitergingen. „Wir haben ihn erst vor einem

Monat eingerichtet. Es gab früher keine Umkleide oder Toilette für Frauen in diesem Gebäude, aber weil sich nach Pearl Harbour so viele Männer freiwillig beim Militär gemeldet haben, sind inzwischen drei Viertel unserer Arbeiter Frauen. Schön, dass Sie beide sich gemeldet haben, um Ihre Pflicht zu tun."

„Mr Jackson", sagte Eleanor, „ich möchte Ihnen nicht zu nahe treten, aber die meisten von uns würden lieber als Frauen bezeichnet werden und nicht als Mädels."

Ihre Offenheit entsetzte Cynthia. Dort, wo sie herkam, widersprach eine Frau nie einem Mann auf diese Weise, schon gar nicht, wenn er ihr Chef war. Aber noch erstaunter war sie über Mr Jacksons Reaktion. Er lachte!

„Sie treten mir nicht zu nahe, Miss Bartlett. Ich will versuchen, daran zu denken." Sie kehrten zu seinem Büro zurück, nachdem sie die Führung beendet hatten. „Wenn Sie keine weiteren Fragen haben, erwarte ich Sie morgen früh um sieben Uhr hier zur Arbeit."

Eleanor streckte die Rechte aus wie ein Mann und schüttelte Mr Jacksons Hand. „Vielen Dank für Ihre Hilfe", sagte sie zu ihm. „Ich freue mich darauf, hier bei Riverside Electronics zu arbeiten."

„Ja ... ich auch", quiekte Cynthia. Sie kam sich vor wie Eleanors minderbemittelte Handlangerin.

„Wie es aussieht, haben wir's geschafft", sagte Eleanor, als sie das Gebäude verlassen hatten. „Sollen wir unser neues Zimmer im Kadaverhotel ansehen?"

„Ich ... äh ... klar. Aber ich habe meinen Koffer und meine Sachen in einem Schließfach am Busbahnhof gelassen." Der Sommertag war heiß und schwül geworden, ein Tag, der einem die Kraft raubte und das Gefühl gab, keine Knochen zu haben. Cynthia grauste es davor, all ihre weltliche Habe bei dieser Hitze quer durch die Stadt zu schleppen.

„Meine Sachen sind auch am Bahnhof", sagte Eleanor. „Obwohl Bahnhof eine ziemliche Übertreibung ist, meinst du nicht? Es ist mehr ein Verschlag. Aber es ist ja auch nicht gerade eine Großstadt. Gehen wir erst mal und sichern uns das Zimmer – bevor jemand anders kommt und es uns vor der Nase wegschnappt. Unser Zeug können wir später holen."

Als sie bei Montgomerys Bestattungsinstitut ankamen, fühlte Cynthia sich so klebrig und abgenutzt wie ein weggeworfener Lutscher. Sie gingen zur Eingangstür des weitläufigen viktorianischen Gebäudes und klingelten. Mrs Montgomery öffnete, und ihre Lippen kräuselten sich sofort vor Missfallen.

„Ralph Jackson hat angerufen und gesagt, dass ich mit Ihnen beiden rechnen kann. Also, Sie werden von jetzt an den Hintereingang benutzen. Diese Tür ist nur für unsere Kunden und Angehörige der Verstorbenen. Aber Sie können auch genauso gut reinkommen, wo Sie schon mal hier sind, dann zeige ich Ihnen alles. Heute sind keine Trauerfeiern."

Sie wandte ihnen ihren breiten Rücken zu und ging voran, während die alten hölzernen Bodendielen unter ihrem Gewicht ächzten. Das Foyer und die drei großen Räume, die früher einmal Stube, Frühstückszimmer und Speisezimmer gewesen waren, beherbergten nun die Geschäftsräume für die Kunden. Die Zimmer waren ebenso geschmackvoll düster wie Mrs Montgomerys Garderobe, mit langweiligen Tapeten, dunklem Holz, feierlichen Vorhängen und schwachem Licht. Hölzerne Klappstühle standen in ordentlichen Reihen mit Blick auf ein baufälliges Podium und einen leeren Sargständer. Moderne Sanitäranlagen und die Heizung waren offensichtlich später eingebaut worden, wie die sichtbar an der Wand verlaufenden Rohre zeigten. Ein kleiner Raum im hinteren Teil des Gebäudes diente als Büro des Bestattungsunternehmers. Das Haus war von einem merkwürdigen medizinischen Geruch erfüllt, der Cynthia in der Nase kitzelte.

„Sie bekommen einen Schlüssel für *diese* Haustür", erklärte Mrs Montgomery ihnen, als sie die Rückseite des Hauses erreicht hatten. „Bitte benutzen Sie die Hintertreppe hinauf in den zweiten und dritten Stock. Die andere Tür hier führt in den Keller, aber es gibt für Sie keine Veranlassung dorthin zu gehen, wo wir die Leichen einbalsamieren, außer es gibt einen Luftangriff. Es versteht sich von selbst, dass Herrenbesuch zu keiner Zeit und aus keinem Grund gestattet ist."

Cynthia spürte, wie Eleanor sie in die Rippen stieß, als sie ihrer Vermieterin die schmale Treppe hinauf folgten. Sie drehte sich um und sah, dass Eleanor Mrs Montgomerys affektierte Miene und schwerfälligen Gang nachahmte. Cynthia wandte sich schnell wieder um und hielt sich die Hand vor den Mund, um ein Kichern zu unterdrücken.

„In diesen beiden Zimmern im dritten Stock sind die Bediensteten untergebracht", fuhr Mrs Montgomery fort. „Wir haben in den letzten Jahren ein großzügiges Bad eingebaut. Zwei andere junge Damen, Miss Doris Henderson und Miss Lucille Kellogg, bewohnen das Zimmer Ihnen gegenüber auf dem Flur. Sie arbeiten auch in der Elektronik-Fabrik. Da Sie sich das Bad mit den beiden teilen, müssen Sie einen Plan machen, wann wer ein Bad nimmt und so weiter." Sie drehte sich um und schloss die Tür zu ihrem Zimmer auf, und Eleanor knallte hinter ihrem Rücken militärisch die Hacken zusammen.

Der Raum war erstaunlich groß und gemütlich, in fröhlichem Gelb gestrichen, mit geblümten Vorhängen am Fenster und einem bunten Teppich auf dem Fußboden. Es gab ein Porzellanwaschbecken in einer Ecke und zwei eiserne Heizkörper, die für den nächsten Winter viel Wärme verhießen. Aus einer Dachgaube fiel der Blick auf den breiten Rasen vor dem Haus und auf die Hauptstraße hinter einer Baumreihe.

Der Schlafbereich bestand aus zwei Betten mit gemütlichen zusammengewürfelten Bettdecken, einer Kommode mit drei Schubladen, die sie sich teilen konnten, und einem Kämmerchen mit einer Kleiderstange und Drahtbügeln darin. In der Sitzecke gab es ein Zweisitzersofa mit klumpiger Polsterung und einem Überwurf, einen prallen Sessel und einen alten Lehrerschreibtisch. Cynthia stellte sich vor, wie sie an dem Schreibtisch sitzen und lange, leidenschaftliche Briefe an den Soldaten schreiben würde, in den sie sich eines Tages verlieben würde.

„Wenn Sie Handtücher und Bettwäsche brauchen, kostet das fünfzig Cent die Woche zusätzlich", sagte Mrs Montgomery. „Sie können eine Kochplatte benutzen, um Wasser heiß zu machen, aber sonst wird bitte nichts gekocht. Seien Sie so gut und ziehen Sie bei Dämmerung die Vorhänge zu. Noch irgendwelche Fragen, Mädchen?"

„Ja", sagte Eleanor. „Miss Weaver und ich haben beide noch unser Gepäck am Busbahnhof. Hätten Sie vielleicht eine Transportmöglichkeit, um die Sachen herzubefördern?"

Wieder war Cynthia von Eleanors Kühnheit überrascht – und beeindruckt. Sie hätte nie um einen solchen Gefallen gebeten und stattdessen ihr Gepäck in der drückenden schwülen Hitze die Hauptstraße entlanggeschleppt, mit schmerzenden Armen und nassgeschwitzt.

„Natürlich, Miss Bartlett", erwiderte Mrs Montgomery. „Ich bitte unseren Angestellten William, Ihnen zu helfen. Sie können sich derweil mit Ihrem neuen Zuhause vertraut machen. Ich sage Ihnen Bescheid, wenn er so weit ist."

„Ich will hoffen, dass er nicht im Leichenwagen zum Bahnhof fährt", sagte Eleanor, als Mrs Montgomery gegangen war. Cynthias Gesicht musste ihre Überraschung gespiegelt haben, denn Eleanor fügte hinzu: „Das war ein Witz, Cynthia. Du darfst das, was ich sage, nicht so ernst nehmen."

„Oh." Sie lächelte nervös. „Ich nehme an … äh …"

„Was meinst du, hier ist es doch recht gemütlich, oder?", fragte Eleanor. „Wir besorgen uns eine Kochplatte und einen Topf, um Suppe heiß zu machen, und dann haben wir alles, was wir brauchen." Sie streifte ihre Schuhe von den Füßen und ließ sich auf die Couch fallen, wo sie sich genüsslich ausstreckte. „Und jetzt erzähl mir alles von dir, Cynthia. Woher kommst du?"

Cynthia hockte auf der Vorderkante des Sessels, als würde Eleanor ein Vorstellungsgespräch mit ihr führen. „Du hast wahrscheinlich noch nie etwas von der Stadt gehört. Sie ist ein Stück weiter nördlich und noch kleiner als Riverside, ob du es glaubst oder nicht. Meine Leute haben einen kleinen Hof mit einer Obstplantage. Mein Vater wollte mich unbedingt an einen anderen Bauern verheiraten, aber ich wollte mit der Landwirtschaft nichts mehr zu tun haben – mir von morgens bis abends den Buckel krummarbeiten und eine Horde Kinder großziehen. Bah! Ich habe überall Anzeigen gesehen, dass sie Arbeiterinnen für die Rüstungsindustrie suchen – *Tun Sie Ihre Pflicht!* und *Ohne die Frauen können wir den Krieg nicht gewinnen!* und so weiter. Das klang viel spannender als das Leben als Bauersfrau, und deshalb bin ich jetzt hier." Cynthia wusste nicht, warum sie wie ein aufgezogenes Blechspielzeug immer weitergeredet hatte, aber es war ein gutes Gefühl, nachdem sie den ganzen Morgen über einsilbige Antworten nachgeplappert hatte. „Und woher kommst du, Eleanor? Wieso bist du hier?", fragte sie.

„Der gleiche Grund. Ich wollte meinen Beitrag leisten. Mein älterer Bruder Leonard hat sich schon im Herbst 1940 freiwillig gemeldet, gleich nachdem sie die Wehrpflicht eingeführt hatten. Er hatte gerade seinen Schulabschluss gemacht und war zu jung, um eingezogen zu werden, aber er wollte seinem Land dienen. Ich versuche mit ihm Schritt zu halten."

„Ich wette, du bist froh, dass er nicht zur Marine gegangen ist, nach dem, was in Pearl Harbour passiert ist, oder? War das nicht schrecklich, so viele Männer, die umgekommen sind?"

„Ja. Ich bin sehr froh. Der Angriff war auch ein Grund, warum ich beschlossen habe, in der Rüstungsindustrie zu arbeiten. Ich habe die gleichen Anzeigen gesehen wie du, in denen stand, wie patriotisch es ist, Flugzeuge und Panzer zu bauen, und dass Frauen Männer wie meinen Bruder unterstützen sollten, die im Krieg kämpften. Aber der andere Grund war, dass ich in der Fabrik viel mehr Geld verdienen kann als bei einem traditionellen Frauenberuf wie Kellnerin oder Verkäuferin. Ich werde mein Geld sparen und irgendwann studieren."

„Hast du einen Freund in der Armee?"

„Um Himmels willen, nein." Eleanor zog eine Grimasse, als wäre ein Freund das Letzte, was ihr einfiele.

„Ich auch nicht, aber ich hätte gerne einen. Hast du Verwandte hier in der Nähe?"

Sie schüttelte den Kopf und fragte dann schnell: „Warum hast du Riverside ausgesucht?"

„Ich wollte in einer Rüstungsfirma arbeiten, aber nicht in einer, die angegriffen werden könnte." Cynthia knetete ihre Finger, während sie sprach. „Ich habe mir überlegt, dass Riverside weit genug von New York City und von der Küste entfernt ist, sodass ich in Sicherheit wäre, falls die Japaner beschließen, uns noch einmal zu bombardieren. Machst du dir keine Sorgen darüber, dass wir im Krieg sind? Ich schon."

„Bis Pearl Harbour habe ich über den Krieg nicht viel nachgedacht. Leonard hat viel besser aufgepasst als ich. Er schien zu wissen, dass all das kommen würde, schon damals 1939, als Hitler in Polen einmarschierte. Als Großbritannien und Frankreich Deutschland den Krieg erklärten, war ich zu sehr damit beschäftigt, *Vom Winde verweht* anzuschauen – ich habe den Film vier Mal gesehen –, und ich wollte, dass Amerika neutral bleibt, so wie jeder andere auch. Aber Leonard sagte: ‚Wir werden auch in diesen Krieg verwickelt werden, und es wird nicht mehr lange dauern. Du wirst es noch sehen.' Dann wurden diese ganzen Länder von den Nazis überrollt: Dänemark, Norwegen, Belgien, Luxemburg, die Niederlande – bumm, bumm, bumm. Als Frankreich einknickte und Italien sich auf die Seite Deutschlands schlug, hatte Leonard mich davon überzeugt, dass er recht hatte und dass wir uns einmischen sollten. Diese dämlichen ‚Amerika zuerst'-Leute, die gegen den Krieg sind, sind so naiv – Lindbergh und Alice Longworth und all die. Es ist unverantwortlich, neutral zu bleiben, solange es Böses in der Welt gibt."

Je mehr Eleanor redete, desto mehr kam Cynthia sich wie ein Dummerchen vor. „Wie kannst du dir all diese Namen und Daten merken?", fragte sie.

Eleanor zuckte mit den Schultern. „Leonard hat immerzu Zeitung gelesen und Radio gehört. Es gab nicht viel, was ich sonst hätte tun können, und so habe ich es mir auch angewöhnt. Wir haben immer die Livesendungen aus London mit Edward R. Morrow angehört, und im Hintergrund konnte man die Warnsirenen bei Luftangriffen und die explodierenden Bomben und die Geräusche der Luftabwehrgeschosse hören. Ich hatte immer eine Gänsehaut, weil ich wusste, dass in diesem Moment Leute starben. Und als dasselbe in Pearl Harbour geschah, war das der Tropfen, der das Fass zum Überlaufen brachte. Ich konnte nicht länger stillsitzen. Zu Hause hatte ich einen Sommerjob als Rettungsschwimmerin, aber ich beschloss, meine Pflicht zu tun, sobald ich die Highschool hinter mir hatte. Ich hätte mich zum Militär gemeldet, wenn sie mich hätten kämpfen lassen, aber ich wollte keinen blöden Schreibtischjob. Denn was anderes lassen sie Frauen bei der Armee nicht machen."

„Wir hatten auch ein Radio", sagte Cynthia, „aber ehrlich gesagt habe ich lieber Jack Benny und das Lux Radiotheater gehört als die Nachrichten. Ich war noch nie im Kino, weil mein Vater absolut dagegen ist – wegen unserer Kirche, weißt du? Und in unserer Stadt gab es sowieso kein Kino, deshalb war es eigentlich auch egal. Und wir fuhren kaum mal woanders hin. Auf dem Weg hierher bin ich zum ersten Mal Bus gefahren."

„Das ist das einzig Enttäuschende an Riverside", sagte Eleanor. „Kein Kino. Aber ich habe gehört, in Bensenville gibt es ein paar. Vielleicht können wir irgendwann mit dem Bus dorthin fahren – es sei denn, du bist auch absolut dagegen."

„Nein! Ich würde liebend gern einen Film sehen!"

„Mädchen?", rief Mrs Montgomery von unten herauf. „William kann Sie jetzt fahren."

„Danke, Ma'am. Wir kommen sofort runter", erwiderte Eleanor. Sie stand auf und schlüpfte in ihre Schuhe. „Geht es dir nicht auch fürchterlich auf den Wecker, wenn die Leute uns als *Mädchen* bezeichnen? Immerhin werde ich nächsten Monat neunzehn!"

Kapitel 14

Cynthia biss die Zähne zusammen und bereitete sich innerlich auf weitere Schmerzen vor. „Halt still!", befahl Eleanor, die mit einer Pinzette über sie gebeugt stand.

„Autsch!" Es stach wie Nadeln und trieb Cynthia die Tränen in die Augen. „Warum tut es so weh, wenn man diese winzig kleinen Haare an den Augenbrauen zupft?"

Eleanor lehnte sich zurück, um ihr Werk zu betrachten. „Wer schön sein will, muss leiden. Halt noch mal still."

„Vielleicht bleibe ich lieber unscheinbar."

„Du bist schön, Cynthia. Das ist mein Ernst. Sieh in den Spiegel. Er lügt nie."

Wenn Cynthia genauer hinsah, konnte sie erkennen, dass sie unter der Schicht Makeup immer noch dieselbe Cynthia war. Aber wenn sie die Augen zusammenkniff und sich aus der Entfernung betrachtete, so wie man einen Fremden ansieht, sah Cynthia, dass Eleanor recht hatte. Sie hatte blondes Haar und eine vollkommen reine Haut und ein schön geschnittenes Gesicht, ganz zu schweigen von ihrem wohl geformten Körper mit Kurven an allen richtigen Stellen. Das Einzige, was ihr fehlte, war das Selbstbewusstsein und die Anmut, um die Verwandlung vom Aschenputtel zur schillernden Prinzessin überzeugend zu verkörpern.

„Ich wünschte, ich würde nicht so laufen, als käme ich gerade aus dem Stall", klagte sie.

„Du musst mit einem Buch auf dem Kopf gehen üben", sagte Eleanor. „Es ist alles eine Frage der Einstellung, weißt du. Wenn du immer so tust, als wärst du ruhig und gebildet, dann wirst du irgendwann selbst anfangen, es zu glauben."

War es das, was Eleanor tat? Cynthia wurde manchmal nicht schlau aus ihrer neuen Freundin. Sie bewunderte Eleanor und wollte so sein wie sie – aber war alles an ihr nur gespielt? Nein, Cynthia war sich sicher, dass Eleanor mit Wohlstand und Privilegien aufgewachsen war. Man sah es an ihrer Garderobe. Aber sie sprach nicht oft über sich selbst und wechselte das Thema, wann immer Cynthia neugierige Fragen stellte.

Sie hatten beide nicht lange gebraucht, um ihre Sachen auszupacken, nachdem sie ihr Gepäck vom Bahnhof geholt hatten. Eleanor hatte nicht viele Sachen, aber was sie hatte, war sehr schön und aus guten Stoffen in modischen Schnitten gearbeitet. Cynthias Kleider waren allesamt selbst genäht oder aus dem Versandhauskatalog.

Schon bald entwickelte sich eine gewisse Routine in ihrem gemeinsamen Leben. Sie wuschen ihre Wäsche im Waschbecken in ihrem Zimmer und hängten sie zum Trocknen auf die Wäscheleine, die sie unter der Dachrinne gespannt hatten. Eleanor war eine Meisterin mit dem Bügeleisen, und sie achtete darauf, dass alles, was sie trug, makellos geplättet war.

„Es macht nichts, wenn deine Sachen ein wenig verschlissen sind", sagte sie zu Cynthia. „Wenn sie gut gebügelt sind und deine Haare sauber und deine Schuhe geputzt, siehst du immer gut aus."

Eleanor schien so viel über Mode und Benehmen zu wissen – und nicht nur, wie man sich kleidete und schminkte, sondern auch, wie man sich stilvoll und selbstbewusst verhielt. „Woher weißt du all diese Dinge?", fragte Cynthia sie. „Bringst du sie mir bei?"

„Gerne." Eleanor war mit Cynthia zu Brinkleys Drugstore gegangen, nachdem sie ihren ersten Lohnscheck eingelöst hatten, und hatte ihr geholfen, Make-up, Rouge, Lippenstift und Wimperntusche zu wählen.

„Mein Vater würde einen Anfall kriegen, wenn er sehen könnte, dass ich all das benutze", sagte Cynthia. Aber Eleanor hatte einen so guten Geschmack, dass Cynthia sich nie angemalt vorkam, sondern einfach nur hübsch … zum ersten Mal in ihrem Leben. Eleanor schnitt Cynthias Haare und lehrte sie, wie man es mit Wasserstoffperoxid ausspülte, sodass aus ihrem natürlichen Honigton ein umwerfendes Blond wurde. Sie kauften Haarklammern, und Cynthia lernte, wie man das Haar damit in Locken feststeckte.

Als Gegenleistung kochte Cynthia meist für sie beide, machte Mortadella- oder Eiersalat oder Thunfischsandwiches für ihre Lunchdosen und heißen Kaffee für ihre Thermosflaschen. Eleanor hatte Cynthia endlich überredet, das Kochverbot für ihr Zimmer zu ignorieren. „Mrs Montgomery ist wahrscheinlich mit dem Kerl verwandt, dem das Restaurant auf der anderen Straßenseite gehört", sagte Eleanor,

„und sie will ihm bestimmt mehr Kundschaft beschaffen. In einer kleinen Stadt wie dieser ist jeder mit jedem verwandt. Aber wenn wir jeden Abend da drüben essen, werden wir nie etwas sparen." Ihr Abendessen bestand aus einfachen Mahlzeiten – Bohnenwursteintopf oder Dosenfleisch mit Ananas oder eine Dosensuppe von Campbell.

Cynthia war sehr stolz auf ihren Beitrag zu den Kriegsanstrengungen und spendete ihre leeren Dosen der Altmetallsammlung und ihre kaputten Nylonstrümpfe für die Herstellung von Fallschirmen. Da Fleisch zu den rationierten Lebensmitteln gehörte, taten die Mädchen das Ihrige, indem sie wenigstens ein vegetarisches Essen in der Woche zu sich nahmen – am fleischlosen Montag –, obwohl viele ihrer anderen Mahlzeiten auch vegetarisch waren.

Jeden Tag gingen sie nach der Arbeit auf dem Heimweg beim Supermarkt vorbei und kauften etwas für ihr Abendessen und das Lunchpaket des nächsten Tages ein. Eleanor kaufte auch immer eine Zeitung, um sich auf dem Laufenden zu halten, was den Krieg betraf. Sie hatte sich mit William, der rechten Hand von Mrs Montgomery, angefreundet, und er erlaubte ihr, sich in den Keller zu schleichen, wenn Mrs Montgomery nicht da war, und den Kühlschrank des Bestattungsinstituts zu benutzen, um Milch und andere Dinge kühl zu stellen. Cynthia war es ein Rätsel, wie Eleanor alle Menschen, denen sie begegnete, so bezirzte, dass sie ihr förmlich aus der Hand fraßen. Cynthia würde sich nicht wundern, wenn Eleanor auch Mrs Montgomerys raue Schale eines Tages knacken sollte.

Die Arbeit bei Riverside Electronics erwies sich als einfacher, als Cynthia befürchtet hatte, viel einfacher als die sogenannten „Frauenarbeiten" wie das Stricken von Socken oder Handschuhen oder das Nähen nach komplizierten Schnittmustern. Nachdem sie erst einmal das Verdrahten und Löten geübt hatte, fand Cynthia die monotone Tätigkeit langweilig. Aber die Prüfer musterten ihre Arbeit oder die von Eleanor nie als zweitklassig aus.

„Tomacek würde es nie zugeben", flüsterte Eleanor ihr eines Tages zu, „aber ich wette, wir machen die Arbeit besser, als die Männer sie vorher erledigt haben. Unsere geschickten Finger können all diese Drähte viel besser zusammenfügen als ihre großen, fetten Pranken."

An den Wochenenden fuhren Cynthia und Eleanor mit dem Bus

nach Bensenville, um ins Kino zu gehen. Es dauerte nicht lange, bis Cynthia ihre Schuldgefühle darüber, dass sie dieses verbotene Vergnügen genoss und eine glühende Verehrerin von Clark Gable geworden war, beiseitegeschoben hatte. Als sie eines Abends auf der Suche nach den Filmankündigungen in der Zeitung blätterte, fiel ihr Blick auf einen Artikel über die USO.

„Hör mal, hast du das hier gelesen?", fragte sie Eleanor, die auf ihrem Bett saß und ihre Fußnägel pflegte. „Sie richten in Bensenville einen Ort ein für all die Soldaten, die bei der Garnison im Westen der Stadt stationiert sind."

„Was für einen Ort denn? Eine Spelunke wahrscheinlich."

„Nein, es klingt ganz respektabel. Das Ganze wird von einer Gruppe namens United Services Organisation geplant, oder abgekürzt USO. Der CVJM und die Heilsarmee haben die Organisation für heimwehkranke Wehrpflichtige gegründet. Hier steht, dass diese USO-Stätten überall im Land in der Nähe von Stützpunkten wie Pilze aus dem Boden geschossen sind. Sie versuchen, die Truppenmoral zu stärken, indem sie Filme, Tanzveranstaltungen, warmes Essen oder einen Platz bieten, wo die Soldaten Briefe nach Hause schreiben können – so etwas." Sie ließ die Zeitung sinken, um zu sehen, wie Eleanor reagierte. Ihre Freundin schien unbeeindruckt.

„Wir sollten hingehen", sagte Cynthia. „Ich will unbedingt einen gut aussehenden Soldaten kennenlernen."

„Wozu?"

„Willst du denn keinen Freund?"

„Eigentlich nicht." Eleanor pustete ihre frisch lackierten Fingernägel trocken. „Ich brauche keinen Mann, der mich versorgt, so wie das in der Generation meiner Mutter war. Wenn ich eine Beziehung haben sollte, dann nur, wenn beide gleichberechtigt sind. Ich will auf keinen Fall Hausfrau werden."

„Was willst du denn sonst machen, wenn du keinen Mann, kein Haus und keine Kinder willst?"

„Hast du noch nie etwas von Karriere gehört, Cynthia?"

„Für Frauen?", fragte sie überrascht. „Ich habe gehört, dass Frauen Lehrerinnen oder Krankenschwestern werden, aber das sind meistens Frauen, die noch keinen Mann gefunden haben – oder nie einen finden werden."

„Manche Frauen finden es befriedigender, einen Beruf auszuüben, anstatt zu heiraten", sagte Eleanor mit Überzeugung.

„Gut, aber ich nicht. Ich will das, was sich alle amerikanischen Frauen wünschen – ein Haus und einen Mann. Das heißt, solange er kein Landwirt ist. Alle Bauern sind mit ihrem Land verheiratet." Sie schwieg einen Augenblick und fragte sich, ob sie sagen sollte, was sie wirklich dachte. „Ich sage dir die Wahrheit, Ellie, wenn du mir versprichst, dass du mich nicht dafür verurteilst … Ich will einen reichen Mann heiraten. Ich will in einem schönen, modernen Haus wohnen und die modischsten Kleider tragen und alles haben, was man mit Geld kaufen kann."

„Das würdest du bereuen. Reiche Männer haben keine Zeit für ihre Familien. Sie sind immerzu damit beschäftigt, Geld zu verdienen."

„Na und? Das ist besser, als einen Mann zu haben, der den ganzen Tag zu Hause ist, aber kein Geld hat."

Eleanor hielt in der Bearbeitung ihrer Nägel inne und sah mit ernster Miene zu Cynthia auf. „Ich habe allmählich das Gefühl, dass du nicht viel über Männer weißt, oder? Bist du in der Highschool mit vielen Jungs ausgegangen?"

„Machst du Witze?" Cynthia lachte. „Wenn mein Vater so streng war, dass er uns noch nicht einmal ins Kino gehen ließ, kannst du dir vorstellen, was er von Verabredungen mit Jungen hielt. Ich glaube, meine Mutter und er haben sich zum ersten Mal geküsst, als der Pastor bei der Hochzeit sagte: ‚Sie dürfen jetzt die Braut küssen.' Meine Highschool war so klein, dass es dort keine Partys oder etwas in der Art gab. Außerdem mussten die Bauernjungen nach der Schule und am Wochenende arbeiten, da konnten sie nicht mit Mädchen ausgehen. Wir waren fünf Schwestern zu Hause, also passt das, was ich über Männer weiß, auf eine Briefmarke. Ich kann noch nicht einmal tanzen."

„Ich kann es dir beibringen."

„Wirklich? Meinst du das Tanzen oder den Umgang mit Männern?"

„Sowohl als auch."

„Das wäre fantastisch! Dann können wir zusammen zu den Tanzveranstaltungen der USO gehen."

„Ich weiß nicht …"

„Warum willst du nicht hingehen, Eleanor?"

„Hör mal, diese Veranstaltungen lohnen sich für Frauen überhaupt nicht. Die GIs gehen so schnell wieder, wie sie gekommen sind. Aber während sie hier sind, lügen sie einer Frau das Blaue vom Himmel herunter, um sie herumzukriegen. Du darfst ihnen den ganzen Unsinn nicht abkaufen, weil sie ihre Versprechen nicht halten. Manche von diesen Kerlen haben in jedem Hafen und bei jedem Armeestützpunkt ein Mädchen – und sie werden allen unsterbliche Liebe schwören, nur damit sie kriegen, was sie wollen."

„Mensch, du hast ja echt Ahnung von Männern. Aber sie sind doch nicht alle schlecht, oder?"

„Nein. Weißt du, ich will einfach nicht, dass sie jemand so Naivem wie dir wehtun. Ich habe genug Erfahrung, um zu wissen, wie ich mich wehren kann. Ich habe ein ziemlich dickes Fell, wenn es um Männer geht, aber du wärst für die Kerle eine leichte Beute."

„Dann komm mit. Zeig mir, was ich tun muss. Bitte?" Cynthia musste eine ganze Weile betteln, doch schließlich willigte ihre Freundin ein.

„Na gut, aber wir treffen ein Abkommen – wir verabreden uns nur zu viert, dann ist es sicherer."

Eleanor hielt ihr Versprechen und brachte Cynthia das Tanzen bei. Sie hatte sich von ihrem ersten Lohn ein kleines Radio gekauft, das sie eines Samstags auf dem Weg zum Kino in einem Schaufenster in Bensenville gesehen hatte. Jeden Abend lauschten sie der Musik der Tanzkapellen, bis sie schlafen gingen, und Cynthia lernte schnell all die modernen Tanzschritte. Als die USO ihren Treffpunkt in Bensenville eröffnete, hatte Cynthia sich von einem unscheinbaren, altmodischen Bauernmädchen in eine modische Blondine verwandelt, die jede Tanzfläche unsicher machen konnte. Sie fühlte sich großartig. Aufgeregt.

Eleanor war auch sehr hübsch, schlank, lebhaft und fröhlich, die Art Mädchen, die einen Raum erhellte, nicht wegen ihrer umwerfenden Schönheit, sondern weil es Spaß machte, mit ihr zusammen zu sein. Als sie und Cynthia schließlich zu ihrer ersten Tanzveranstaltung der USO gingen, flirtete Eleanor nicht offen, wie die meisten anderen Frauen es taten. Stattdessen schien sie beständig auf der Hut zu sein, als hätte sie Angst, verletzt zu werden. Ihr Verhalten sagte: „Ich bin dein Kumpel, aber mehr nicht."

An dem Abend, als Cynthia Rick Trent kennenlernte, hatte Eleanor einen Tisch ausgewählt, von dem aus sie die Tür im Blick hatte, damit sie alle Soldaten, die kamen und gingen, gut beobachten konnte. „Männer sehen in Uniform einfach gut aus", gab Eleanor zu. „Ich könnte ihnen den ganzen Abend zusehen."

„Ich wünschte, ich könnte einen mit Geld treffen", seufzte Cynthia.

„Du würdest es bereuen. Je reicher sie sind, desto mehr belügen sie dich."

Cynthia betrachtete ihre Freundin, nie sicher, wann diese etwas ernst meinte oder sie auf den Arm nahm. Diesmal sah Eleanor ernst aus. „Wirklich? Woher weißt du, dass sie alle Lügner sind?"

„Ich weiß es einfach. Und ich kann einen reichen Internatsjungen zehn Meilen gegen den Wind erkennen."

„Und ich erkenne ein Landei auf Anhieb", sagte Cynthia. „Schließlich bin ich mit ihnen aufgewachsen. Siehst du die Jungs da drüben?", fragte sie und deutete auf eine Gruppe junger Männer, die zu ihnen herüberschielten und flüsterten. „Bauern – alle ohne Ausnahme. Sie sind so nervös, dass sie wie siamesische Vierlinge aneinanderkleben. Sie lachen viel, um sich selbst Mut zu machen, und je lauter sie lachen, desto unerfahrener sind sie. Sie haben schreckliche Angst, ein Mädchen zum Tanz aufzufordern, erstens weil sie nicht wissen, wie sie es anfangen sollen, und zweitens, weil sie wissen, dass sie einen Korb bekommen."

Eleanor stützte das Kinn auf ihre Hand und beobachtete die Bauernjungen wohlwollend. „Ein paar von ihnen sind aber recht gut gebaut."

„Ja – weil sie den ganzen Tag Heu schaufeln. Alle Muskeln der Welt können ein unattraktives Gesicht nicht aufwiegen, finde ich. Ich wette, keiner von ihnen hat je ein Mädchen geküsst."

Eleanor lächelte ironisch. „Bist du denn jemals geküsst worden, Cynthia?"

„Mit einem Vater, der so streng ist wie meiner? Was glaubst du denn?" Sie brauchte nicht zu fragen, ob Eleanor schon einmal geküsst worden war. Eleanor wusste alles.

Ihre Miene war wehmütig, als sie sagte: „Sie sehen nicht gut aus, Cynthia, aber wahrscheinlich sind sie ganz lieb. Meinen Bruder Leonard gucken die Mädchen nicht einmal an, aber er hat viele großartige Eigenschaften."

Cynthia hatte ein Bild von Leonard auf Eleanors Nachttisch gesehen. Er würde eine Menge großartiger Eigenschaften brauchen, um Cynthias Aufmerksamkeit zu erringen. Plötzlich stieß Eleanor sie an.

„Siehst du den Typen, der gerade hereingekommen ist ...? Steinreich."

„Kennst du ihn?"

„Ich habe ihn noch nie gesehen. Aber sieh ihn dir doch an. Er stolziert herum, als gehörte der ganze Saal ihm, und lächelt, als wäre er Gottes Geschenk an die Frauen. Wenn du mit ihm tanzt, wirst du feststellen, dass er ganz glatte Hände hat."

„Du kannst seine Hände aus dieser Entfernung sehen?"

„Nein, aber reiche Jungen arbeiten nie, und deshalb sind ihre Hände auch nicht rau. Beobachte ihn genau. Du weißt ja, wie deine Landeier zusammenglucken, um sich gegenseitig Mut zu machen. Sieh dir unseren Goldjungen an. Er braucht keine moralische Unterstützung. Er ist der einsame Wolf, der das Feld nach unschuldigen Lämmern abgrast. Die Typen, die ihm am Rockzipfel hängen, wollen sich nur in seinem Glanz baden. Sie brauchen ihn, nicht umgekehrt. Und siehst du, wie gut seine Uniform sitzt. Sie ist wahrscheinlich maßgeschneidert. Das können sich nur reiche Leute leisten. Sieh mal, wie eingebildet er ist. Er hält nach den hübschesten Frauen Ausschau, völlig davon überzeugt, dass es im ganzen Saal kein weibliches Wesen gibt, das ihm einen Korb geben würde."

„Ich würde es jedenfalls nicht tun, so viel steht fest", sagte Cynthia seufzend. Der GI sah unglaublich gut aus – groß und breitschultrig mit schmalen Hüften und blondem Haar und Grübchen. Cynthia hatte an jedem Mann hier etwas auszusetzen – entweder hatte er Segelohren, oder seine Nase war zu groß, oder seine Zähne waren schief, oder er war zu klein, zu groß, zu dick oder zu schlaksig. Aber dieser Mann war *genau* richtig.

„Und er ist – wie hast du es ausgedrückt? – gut gebaut", sagte sie zu Eleanor.

„Weil er in seiner vornehmen Schule Sport gemacht, nicht weil er richtig gearbeitet hat. Und jetzt tu so, als sei er dir gleichgültig, Cynthia. Er beobachtet uns."

„Wirklich? Warum denn das?"

„Weil du eine tolle Blondine bist, deshalb. Achtung, er kommt."

Plötzlich lachte Eleanor laut auf, als hätte Cynthia gerade einen köstlichen Witz erzählt. Sie beugte sich zu Cynthia vor und flüsterte: „Guck nicht so, als hättest du die ganze Zeit auf ihn gewartet. Wir tun so, als würden wir uns ohne ihn köstlich amüsieren und hätten ihn gar nicht bemerkt. Du darfst kein zu großes Interesse zeigen."

Das würde gar nicht so einfach sein. Cynthia war sehr interessiert. Das Herz schlug ihr bis zum Hals, und ihre Handflächen waren schweißnass. Sie nickte Eleanor zu und lächelte, während sie daran dachte, dass dies alles nur ein Spiel war.

„Darf man mitlachen, Mädels?" Der gut aussehende GI schnappte sich einen Stuhl und wirbelte ihn herum, um rücklings darauf Platz zu nehmen, so als hätten sie den Platz an ihrem Tisch nur für ihn reserviert.

„Ist zu kompliziert, um es zu erklären", sagte Eleanor und wischte seine Frage mit einer Handbewegung fort. „Und außerdem sind wir *Frauen*, nicht Mädels." Sie war immer so gelassen. Cynthia beneidete sie darum.

„Ich heiße Rick. Welche von euch beiden Hübschen möchte denn zuerst mit mir tanzen?"

„Cynthia. Ich kann nicht tanzen", sagte Eleanor. Cynthia blieb vor Staunen der Mund offen stehen, als sie diese Lüge hörte. Dann fing sie sich und versuchte schnell ihre Überraschung zu verbergen.

„Wirklich?", fragte der GI Eleanor mit einem belustigten Grinsen. „Eine Klasse-Puppe wie du kann nicht tanzen? Nicht mal ein paar Schritte?"

„Nö. Ich habe zwei linke Füße."

„Ich könnte es dir beibringen." Er stand auf und streckte die Arme aus. Sein strahlendes Lächeln zeigte vollkommene Zähne. Cynthia konnte Eleanor im Geiste sagen hören: „Daran kannst du einen reichen Jungen auch erkennen – an den perfekten Zähnen."

„Nein, danke", sagte Eleanor mit einem Gähnen. „Geh und tanz mit Cynthia." Sie deutete auf ihre Freundin und wandte sich dann ab, als hätte sie etwas Besseres zu tun, als mit dem bestaussehenden GI im ganzen Saal zu sprechen. Cynthia war von Eleanors Abfuhr so verblüfft, dass sie sich nicht rühren konnte. Eleanor trat sie unterm Tisch.

„Autsch! Was …?"

Rick wandte sich ihr zu und nahm ihre Hand. „Na gut – wer nicht will, der hat schon. Außerdem mag ich Blondinen sowieso lieber als Brünette. Komm, Süße." Er zog sie hoch und führte sie zur Tanzfläche, als wäre sie ein neues Auto, das er gerade gekauft hatte und mit vollem Recht in Besitz nahm. Er war zu selbstbewusst, zu besitzergreifend. Cynthia wusste, dass sie im tiefsten Innern noch immer ein Bauernmädchen war und dieses Spiel noch nicht beherrschte. Rick jagte ihr schreckliche Angst ein.

Sie versuchte mit ihm zu plaudern und erfuhr, dass er zweiundzwanzig Jahre alt und ein Stadtjunge aus Albany war. Er roch genauso gut, wie er aussah: würzig und männlich. Sie konnte den Blick nicht von ihm abwenden, lachte über alle seine Witze und stimmte allem zu, was er sagte – insgesamt zeigte sie viel zu viel Interesse, wie Eleanor sagen würde. Als er sie bei einem langsamen Lied an sich zog – näher, als sie je einem Mann gewesen war –, fiel es ihr zunehmend schwerer, einen klaren Gedanken zu fassen.

Hin und wieder sah sie Rick zu Eleanor hinüberschauen. Der Spiegel sagte Cynthia, dass sie die Hübschere von ihnen beiden war, aber sie konnte nicht leugnen, dass Eleanors gelassenes Selbstbewusstsein sie ungeheuer attraktiv machte, vor allem für einen Mann wie Rick, der es gewohnt war, alles zu bekommen, was er haben wollte. Cynthia tanzte die nächsten drei Tänze mit ihm, trank etwas Limonade und tanzte dann noch einige Male. Allmählich ging seine Arroganz ihr auf die Nerven. Rick hielt sie zu dicht. Er bewegte sie über die Tanzfläche, als wäre sie eine Figur auf einem Schachbrett und er der Großmeister. Das gefiel ihr nicht. Und Eleanor hatte noch in einem anderen Punkt recht gehabt: Seine Hände waren so weich wie ihre.

„Warum gehen wir beide nicht ein bisschen nach draußen?", sagte er, als sie ungefähr eine Stunde miteinander verbracht hatten. „Meine Freunde und ich haben draußen im Jeep etwas, das ein bisschen stärker ist als Limonade." Er war viel zu schnell. Sie wusste, dass er eine Nummer zu groß für sie war.

„Nein, danke", erwiderte sie. „Ich sollte wirklich nach meiner Freundin sehen –" Sie zeigte zu ihrem Tisch hinüber, aber Eleanor war verschwunden. Cynthia sah sie einen Augenblick später, wie sie mit einem Kerl mit großen Ohren, der sogar noch unattraktiver war als Eleanors Bruder, die Tanzfläche unsicher machte. Der GI konnte überhaupt nicht tanzen, aber Eleanor swingte und drehte sich, als wenn sie dafür geboren worden wäre. Ricks Gesicht zeigte Erstaunen, dann Ärger.

„He, was soll das denn? Ich dachte, deine linksfüßige Freundin kann nicht tanzen." Er ließ Cynthias Hand los und stolzierte hinüber zu dem tanzenden Paar. Dann blieb er stehen und beobachtete die beiden, die Hände in die Hüften gestützt. Eleanor war auf der Tanzfläche so energiegeladen, dass die anderen Paare zu tanzen aufhörten, um ihr ebenfalls zuzusehen. Es dauerte nicht lange, und alle im Saal hatten sich um Eleanor und ihren Partner versammelt, als wären sie das letzte Paar bei einem Tanzmarathon. Als der schlaksige Soldat bemerkte, dass alle zusahen, wurde er rot und schien noch ungeschickter zu werden. Eleanor machte das Publikum überhaupt nichts aus. Sie verbeugte sich vor ihren johlenden und applaudierenden Zuschauern, als das Lied zu Ende war, dann wirbelte sie in die Arme ihres Partners und umarmte ihn flüchtig.

„Danke, Harry. Das hat Spaß gemacht", sagte sie lachend. Sein Gesicht wurde jetzt tiefrot, und er ließ sich auf seinen Stuhl in der Ecke fallen, um sich zu erholen. Eleanor ging zu ihrem Tisch zurück und setzte sich, dann nahm sie eine Serviette und fächelte sich selbst Luft zu. Rick ignorierte Cynthia völlig, als er auf dem Stuhl neben Eleanor Platz nahm.

„Was sollte das denn? Du hast doch gesagt, dass du nicht tanzen kannst."

„Harry war ein *großartiger* Lehrer, nicht wahr?"

„Ich könnte dir ein paar Schritte beibringen, von denen Harry wahrscheinlich noch nie etwas gehört hat. Komm!" Er streckte die Hand aus.

„Nicht jetzt – ich bin k.o."

„Warum willst du nicht mit mir tanzen?"

Cynthia wartete Eleanors Antwort nicht ab. Rick hatte vergessen, dass sie überhaupt existierte. Sie eilte auf die Damentoilette, um sich die Nase zu pudern, weil sie nicht wollte, dass einer von den beiden sah, wie gekränkt sie war, weil man sie wie eine heiße Kartoffel hatte fallen lassen. Sie verstand nicht, wieso sie wütend war, weil er ihr eine Abfuhr erteilt hatte, und gleichzeitig ungeheuer erleichtert darüber, dass sie ihn los war. Rick war eine Nummer zu groß für sie. Sie war zu unerfahren. Hatte sie nicht gerade sein Angebot, mit ihm nach draußen zu gehen, abgelehnt? Aber er war offensichtlich an Eleanor interessiert, und Cynthia war eifersüchtig.

Sie blieb eine Weile auf der Toilette, zog ihren Lippenstift nach und legte ein wenig Wimperntusche und Rouge auf. Wenn sie sich im Spiegel betrachtete, erkannte sie das schöne Mädchen, das sie geworden war, kaum. Die Verwandlung war erstaunlich. Cynthia holte tief Luft, um sich Mut zu machen, bevor sie wieder in den Saal ging. *Es ist alles nur ein Spiel*, sagte sie sich.

Rick saß immer noch am Tisch neben Eleanor. An der lebhaften Art, wie er redete, lächelte und sich vorbeugte, konnte Cynthia erkennen, dass er alles versuchte, um sie zu beeindrucken. Eleanor blieb jedoch kühl und desinteressiert. War das gespielt? Oder konnte sie reiche Männer wirklich nicht leiden?

Cynthia war noch nicht bereit, die Männer sein zu lassen und nach Hause zu gehen. Aber sie wusste, dass sie ihr neues Leben als umwerfende Blondine eindeutig langsamer angehen musste als mit einem Typen wie Rick. Sie entdeckte eine Gruppe Burschen vom Lande, die sich ängstlich am Rand der Tanzfläche zusammendrängten, und beschloss, ihre schauspielerischen Fähigkeiten an ihnen zu üben. Sie schlenderte zu ihnen hinüber, ließ die Hüften schwingen und lächelte so verführerisch sie konnte.

„Hi Jungs", sagte sie. „Wo kommt ihr denn her?"

Sie genoss ihre bewundernden Blicke, und ihre Nervosität machte ihr Mut. Schließlich fassten sie sich ein Herz und forderten sie der Reihe nach zum Tanzen auf. Cynthia begann sich zu entspannen und den Abend zu genießen.

Viel zu schnell war es Zeit, den letzten Bus nach Riverside zu erwischen. Eleanor redete immer noch mit Rick – oder war es andersherum? Cynthia verabschiedete sich von ihren bäuerlichen Freunden und setzte ihr bestes Lächeln auf, als sie zum Tisch hinüberging.

„Hi Eleanor. Wir machen uns besser auf den Weg, sonst verpassen wir noch unseren Bus."

Eleanor blickte auf ihre Armbanduhr, dann schob sie den Stuhl zurück und stand auf. „Du hast recht. Man sieht sich, Rick."

Er erhob sich ebenfalls. „He, he, warte mal einen Augenblick. Die Damen brauchen jemanden, der sie nach Hause bringt? Da könnte ich behilflich sein."

„Nein, danke", sagte Eleanor. „Der Bus ist prima. Bis dann." Sie winkte noch einmal lässig, als wäre er niemand Besonderes und als hätte sie nicht die letzten beiden Stunden mit ihm geredet.

Cynthia war immer noch verletzt, weil Rick sie so schnell wegen Eleanor hatte stehen lassen, aber sie sagte nichts, weil sie nicht wollte, dass ihre Freundin das wusste. Immerhin war es nicht Eleanors Schuld gewesen. Sie liefen zur Bushaltestelle und erwischten gerade noch den letzten Bus nach Hause. Aber als sie schließlich saßen, konnte Cynthia nicht mehr an sich halten.

„Für jemanden, der reiche Jungs so hasst wie du, hast du dich aber ganz schön lange mit ihm unterhalten."

„Falls es dir nicht aufgefallen ist: *Er* hat geredet. Ich habe versucht, ihn abzuwimmeln, aber er war ziemlich hartnäckig. Dabei dachte ich erst, ihr zwei wärt gut miteinander ausgekommen. Was ist passiert?"

„Er ist mir zu schnell. Nach ein paar Tänzen wollte er, dass ich mit ihm nach draußen gehe. Er hat gesagt, er hätte etwas Stärkeres als Limonade. Ich habe Nein gesagt."

„Gut gemacht, Cynthia. Du hast dich ganz richtig verhalten. Typen wie Rick sind es gewohnt, ihren Willen zu kriegen. Ich bin froh, dass du standhaft geblieben bist. Du wirst sehen, dass er jede Woche ein anderes Mädchen anbaggert, bis er seine Ausbildung beendet hat. Neun von zehn Frauen sind zu dumm oder zu geblendet, um ihm einen Korb zu geben, wie du es getan hast."

„Aber er hat schon toll ausgesehen", sagte Cynthia seufzend. „Warum können Bauernjungen nicht so süß sein wie er?"

„Weil gut aussehende Männer wie Rick niemals zu Hause bleiben und auf dem Hof arbeiten würden – und was würden wir dann essen?"

Kapitel 15

Zum ersten Mal, seit Cynthia sich erinnern konnte, hatte Eleanor unrecht. In der nächsten Woche suchte sich Rick Trent kein anderes Mädchen, sondern steuerte sofort auf Eleanor zu wie eine Kuh, die zur Melkzeit in den Stall strebt. Eleanor hatte mit einem anderen GI zu einem langsamen Lied getanzt, als Rick dem Jungen auf die Schulter tippte und übernahm, sodass Eleanor gezwungen war, mit ihm zu tanzen. Danach wich er nicht mehr von ihrer Seite, und sie redeten und tanzten den ganzen Abend lang.

„Du hast ja sonst immer recht", sagte Cynthia, als sie mit dem Bus nach Hause fuhren, „aber was Rick betrifft, so hast du dich vollkommen geirrt. Von dem Augenblick an, als du zur Tür hereinkamst, hatte er nur noch Augen für dich. Er hat sich benommen, als wärst du weit und breit das einzige Mädchen dort."

Eleanor lächelte matt. „Vielleicht habe ich ihm unrecht getan."

„Dann ist er doch kein verwöhnter reicher Typ?"

„Oh doch, er hat jede Menge Geld. Seinem Vater gehören ein paar Geschäfte oder Fabriken oder so was in Albany. Weil sie jetzt Rüstungsbetriebe sind, hätte Rick eine Zurückstellung erreichen können, damit er dort mitarbeiten kann, aber er ist durchgebrannt und hat sich freiwillig bei der Armee gemeldet. Das hat seinen Vater völlig auf die Palme gebracht. Er provoziert seinen Vater gerne."

Cynthia hatte nichts von all dem erfahren, als sie mit ihm getanzt hatte.

„Offenbar gibt es dort, wo er herkommt, irgendein Mädchen aus gutem Hause, das er nach dem Willen seiner Eltern heiraten soll", fuhr Eleanor fort. „Eine reiche Familie. Sie war auch ein Grund, warum er davongerannt ist."

„Du hast also deine Meinung über ihn geändert."

„Das habe ich. Er wirkt wie ein dummer Playboy, aber er ist eigentlich sehr gebildet. Privatschule in Andover, Collegeabschluss in Princeton. Das Mädchen, das er heiraten soll, ist eine dumme Nuss – das Einzige, was sie gelernt hat, ist Männer zu umgarnen, du weißt schon, was ich meine. Sie ist eine echte Debütantin mit einem dieser albernen Namen wie Trixie oder Pinky oder Susi. Rick will eine Frau, mit der er sich unterhalten kann. Er ist einer der wenigen Männer, die nicht sofort die Flucht ergreifen, wenn ich sage, dass ich eine Ausbildung machen und einen Beruf haben will."

„Bist du in ihn verknallt?"

„Natürlich nicht. Ich bin sehr vorsichtig. Es könnte ja auch alles nur gespielt sein. Aber das wird sich zeigen. Im Moment würde ich sagen, dass er nicht so schlecht ist, wie ich dachte."

Mit der Zeit bemerkte Cynthia, dass sowohl mit Rick als auch mit Eleanor eine Veränderung vor sich ging. Rick legte seinen arroganten Gang ab und war viel angenehmer als mit seiner Playboy-Fassade. Aber noch erstaunlicher war es, dass Eleanor ihr Misstrauen aufgab, und Cynthia bekam einen Eindruck davon, wie Eleanor wirklich war – viel weicher, verletzlicher –, während sie sich Rick öffnete. Beide schienen ausgesprochen glücklich und lachten viel, wenn sie zusammen waren. Und es sah aus wie echtes Glück, nicht wie Theater. Wenn Eleanor in Ricks Armen über die Tanzfläche schwebte, knisterte es wie ein ganzes Feuerwerk. Sie bewegten sich in vollkommener Harmonie, nicht wie Schachfiguren, die von einem Spieler geführt werden. Cynthia hoffte, dass Eleanor nicht verletzt werden würde.

Schon bald gingen Eleanor und Cynthia mit Rick und einer Reihe seiner Freunde zu viert aus. Ein GI namens Steve schien Cynthia sehr zu mögen, aber sie wartete auf ein Feuerwerk, das nicht kam. Er war ein netter Kerl, mit dem man sich prima unterhalten konnte, aber sie sah die Erregung und die Funken zwischen Eleanor und Rick und beneidete die beiden. Sie blickten einander in die Augen, als seien die Geheimnisse des Universums darin geschrieben, und bei der Spannung, die zwischen ihnen herrschte, war es ein Wunder, dass ihnen nicht die Haare zu Berge standen.

An einem kalten Freitagabend hatte Eleanor eine Erkältung. „Geh ohne mich tanzen", beharrte sie. „Ich will nur ins Bett und schlafen." Cynthia wollte zuerst nicht gehen, aber Doris und Lucille von gegenüber gingen auch, und schließlich beschloss sie, die beiden zu begleiten. Es würde ihr die Gelegenheit geben, Rick zu beobachten und zu sehen, ob es ihm mit Eleanor wirklich ernst war, oder ob er sie hinter ihrem Rücken betrog.

Cynthia saß an dem Tisch, an dem sie meist saßen, die Tür im Blick, als Rick hereinkam. „Ich gehe mir die Nase pudern", sagte sie zu den beiden anderen Mädchen. „Wenn er fragt, wo Eleanor ist, sagt ihm die Wahrheit, dass sie eine Grippe hat. Aber sagt ihm nicht, dass ich hier bin."

Rick saß den ganzen Abend mit ein paar Freunden am Tisch und ignorierte die Musik und all die hübschen Frauen. Ohne Eleanor sah er ganz verloren aus. Als er Cynthia später am Abend entdeckte, eilte er herüber, um mit ihr zu sprechen.

„Doris sagte, Eleanor sei krank. Geht es ihr gut?"

„Ja, es ist nur eine Erkältung. Am Montag wird sie wahrscheinlich wieder arbeiten können."

„Wenn ich ihr eine Nachricht schreibe, würdest du ihr die geben?"

„Klar. Wenn du sie mir gibst, bevor mein Bus fährt."

Rick rannte zur Tür hinaus, als stände das Gebäude in Flammen. Cynthia fragte sich, wo um alles in der Welt er hinwollte. Die USO stellte kostenlos Papier zur Verfügung für diejenigen Soldaten, die Briefe nach Hause schreiben wollten. Sie und die anderen Mädchen hatten gerade ihre Mäntel angezogen und machten sich für den Aufbruch zur Bushaltestelle fertig, als Rick angerannt kam – mit einem Strauß Blumen!

„Ich bin durch die ganze Stadt gelaufen, um die hier zu finden", sagte er außer Atem. „Und hier ist die Nachricht dazu."

Eleanor schlief, als Cynthia nach Hause kam. Sie ließ die Tür zur Diele einen Spalt breit offen stehen, damit sie etwas sehen konnte, dann setzte sie sich auf das Bett ihrer Freundin und rüttelte sie sanft.

„Eleanor …? Ellie, tut mir leid, dass ich dich aufwecke, aber die hier musst du sehen. Sie sind von Rick."

„Was?", fragte sie schläfrig und blinzelte in dem schmalen Lichtstrahl, der von draußen hereindrang. Cynthia legte die Blumen auf Eleanors Schoß, als diese sich langsam aufsetzte.

„Er ist den ganzen Abend durch die Stadt gelaufen, um sie zu kaufen. Und er schickt dir auch diese Nachricht." Cynthia durchquerte das Zimmer, um die Schreibtischlampe einzuschalten. Dann füllte sie einen Krug mit Wasser. Als sie wieder zu ihrer Freundin hinübersah, wischte Eleanor sich gerade eine Träne aus dem Gesicht, während sie den Zettel wieder zusammenfaltete.

„Das war das Schönste, was jemals ein Mensch für mich getan hat", schniefte sie.

„Rick ist ein wunderbarer Mann", sagte Cynthia leise. „Auch wenn er reich ist."

Am folgenden Abend spürte auch Cynthia ein Kratzen im Hals, und der Abend zuvor war ohne Eleanor ohnehin nicht besonders lustig gewesen, deshalb beschloss Cynthia, nicht zum USO-Tanz zu gehen, sondern zu Hause zu bleiben. Sie saßen beide im Schlafanzug in ihren Betten und hörten Radio, als sie ein Geräusch an ihrem Fenster hörten.

„Was war das?", fragte Cynthia. „Mach das Radio mal einen Moment leiser." Das Geräusch erklang wieder.

„Jemand wirft Steine an unser Fenster!", sagte Eleanor. Sie kletterten aus den Betten, rannten zum Fenster und hoben die Vorhänge an. Unten stand Rick, der gerade ausholte, um noch ein Steinchen zu werfen. Sein Freund Steve war bei ihm.

Eleanor schob das Fenster hoch. „Geht hinten rum, ihr Idioten! Wir kommen runter." Sie zog ihren Mantel über den Schlafanzug und schlüpfte in ihre Schuhe. Ihr Gesicht strahlte wie ein Suchscheinwerfer. „Komm schon, Cynthia."

„Nein. Ich habe meinen Pyjama an."

„Zieh deinen Mantel an, dann sehen sie es nicht." Sie drückte Cynthia den Mantel in die Hand, und sie liefen die Hintertreppe hinunter. Rick zog Eleanor in seine Arme und wirbelte sie lachend herum.

„Was macht ihr hier? Wie habt ihr uns gefunden?"

„Detektivarbeit, meine Liebe! Ich habe gehört, wie ihr von einem Bus nach Riverside gesprochen habt. Und du hast mehrmals erwähnt, dass du im Kadaverhotel wohnst. Da habe ich einfach eins und eins zusammengezählt und beschlossen, Riversides einziges Bestattungsinstitut zu besuchen."

„Das ist erstaunlich!", sagte Cynthia, die ehrlich beeindruckt war.

Eleanor stieß sie in die Seite. „Sei nicht so leichtgläubig. Sie haben wahrscheinlich Doris und Lucille gefragt, wo wir wohnen."

„Aber woher wusstet ihr, welches unser Zimmer ist?", wollte Cynthia wissen.

„Wir haben Steinchen an alle Fenster geworfen, die erleuchtet waren", sagte Rick grinsend. „He, es ist kalt hier draußen, und Eleanor ist schon krank. Wie wäre es, wenn ihr uns hereinbittet?"

„Das geht nicht!", sagte Cynthia entsetzt. „Mrs Montgomery sagte, dass keine Gentlemen mit hinaufdürfen."

Rick lachte wieder sein schelmisches Lachen. „Dann ist ja alles in Ordnung. Wir sind keine Gentlemen."

Cynthia schüttelte den Kopf. „Es ist wirklich keine gute Idee …"

„Ach, komm, Cynthia", sagte Eleanor. „Sie sind so weit gefahren, da sollten wir sie wenigstens reinlassen, damit sie sich aufwärmen können." Sie sah Rick an, als wäre er die Medizin, die sie brauchte, um gesund zu werden. Cynthia war sich immer noch nicht sicher.

„Aber … ich will keinen Ärger bekommen. Was, wenn sie uns rauswirft?"

„Wir werden ganz leise sein. Nicht wahr, Jungs?" Eleanor legte den Finger an die Lippen und schlich übertrieben langsam zur Tür. Rick und Steve taten es ihr gleich, während sie lachten und flüsterten. Gegen Cynthias Willen – und ihr besseres Wissen – schlichen die beiden Männer hinauf in ihr Zimmer.

„Ta-taaa! Hier ist sie", sagte Eleanor. „Willkommen in der Präsidentensuite des Kadaverhotels. Wollt ihr heißen Kakao?"

„Ellie!" Cynthia schloss schnell die Tür.

„Was ist denn?"

„Sie wollten doch nur ein paar Minuten bleiben. Wir haben unsere Schlafanzüge an."

„Ihr dürft sie gerne ausziehen, wenn sie zu unbequem sind", sagte Rick. Steve stieß einen Pfiff aus und Cynthia fühlte, wie sie bis zu den Zehenspitzen errötete. Alle außer ihr lachten, und mit einem Mal kam sie sich so prüde und verklemmt vor wie eine alte Jungfer. Sie lachte gegen ihren Willen und beschloss, sich zu entspannen und den Besuch zu genießen.

„Ich mache Kakao", sagte sie, „aber jemand anders muss in den Keller runtergehen und die Milch aus dem Kühlschrank holen. Mitten in der Nacht gehe ich da nicht rein! Es ist tagsüber schon unheimlich genug."

„Wir brauchen keinen Kakao", sagte Rick. „Wie wäre es mit einem Kartenspiel?"

Sie hatten keinen Tisch, und genügend Stühle gab es auch nicht, und so setzten sie sich alle auf den Boden und spielten Rommé, die Mädchen immer noch mit ihren Mänteln über den Schlafanzügen.

Es war der beste Samstagabend, den Cynthia verbracht hatte, seit sie nach Riverside gekommen war. Steve war ein netter Kerl, und die Verabredungen mit ihm machten Spaß, aber im Vergleich zu Rick verblasste sein Charme. Nachdem Cynthia Rick besser kennengelernt hatte, verstand sie, was Eleanor an ihm fand und mochte. Schade, dass er nicht so nett gewesen war, als er mit ihr getanzt hatte.

Eleanor schien eine Begabung zu haben, Menschen dazu zu bringen, dass sie ihre besten Seiten zeigten. Jedenfalls hatte sie Cynthia von einem langweiligen hässlichen Entlein in einen wunderschönen Schwan verwandelt. Und die Veränderung in Rick war nicht weniger wundersam. Er erzählte lustige Geschichten, manche auch auf seine eigenen Kosten, und sang mit Frank Sinatra und den Andrews Sisters im Radio mit. Er war Eleanor gegenüber sehr aufmerksam und zärtlich, streichelte ihren Nacken oder ihre Schulter und gab ihr kleine Küsse, wann immer sie gut gespielt oder eine Runde gewonnen hatte. Sie hatten alle ihren Spaß. Stunden vergingen, ohne dass sie es merkten.

„Mensch, was haltet ihr davon, wenn wir Popcorn machen?", schlug Eleanor vor, nachdem Rick die nächste Runde gewonnen hatte.

„Gute Idee. Ich mache es", Cynthia sprang auf, um die Kochplatte einzustöpseln, dann hielt sie inne. „Warte mal, das geht ja nicht. Die Margarine ist unten im Kühlschrank."

„Können wir sie nicht holen?", fragte Steve. „Ich habe keine Angst."

Rick fing an, unheimliche stöhnende Geräusche zu machen wie ein Geist. „Wer ist da unten, Frankensteins Monster?", fragte er.

„Wir gehen alle zusammen runter", beschloss Eleanor. „Kommt."

Kichernd und sich gegenseitig zum Stillsein ermahnend schlichen sie in den Keller hinunter. Die Vorhänge waren nicht geschlossen worden, deshalb wagten sie es nicht, das Licht anzumachen. Aber als Cynthia die Kühlschranktür öffnete, um die Margarine herauszuholen, drang genug Licht heraus, sodass Rick und Steve sich umsehen konnten.

„Lass mal kurz auf", sagte Rick. „Wir wollen sehen, wie viele Leichenfledderer sich hier unten herumtreiben." Cynthia sah nervös zu, wie sie den Keller erkundeten, Witze über Geister machten und sich gegenseitig aufforderten, einen der Särge zu öffnen. Als Rick einen Deckel anhob und feststellte, dass der Sarg darunter leer war, kletterte er hinein, legte sich mit gefalteten Händen auf das Satinfutter und schloss die Augen.

„Lass das, Rick! Das ist makaber", sagte Eleanor, aber sie lachte ebenso wie die anderen. „Komm da raus!", drängte sie.

Rick wartete, bis sie kam, um ihm einen Stoß zu versetzen, dann setzte er sich plötzlich auf und rief: „Bu!" Eleanor kreischte und schlug sich dann sofort die Hand vor den Mund.

„Ich gehe", sagte Cynthia. Sie schloss die Kühlschranktür und eilte mit der Margarine die Treppe hinauf. Steve folgte ihr auf dem Fuße. Die beiden hatten das Popcorn bereits fertig, als Eleanor und Rick einige Minuten später ins Zimmer kamen. An ihren geröteten, leuchtenden Gesichtern konnte Cynthia erkennen, dass sie sich geküsst hatten.

Sie aßen Popcorn und lachten noch mehr. Keiner von ihnen wollte, dass der Abend zu Ende ging. Cynthia hatte ihre ursprünglichen Bedenken völlig vergessen und jegliches Zeitgefühl verloren, als sie Doris und Lucille die Treppe heraufpoltern hörten.

„He, hier riecht's nach Popcorn!", rief Doris.

„Schnell! Versteckt euch!", flüsterte Cynthia. Sie sprang auf, zog Steve mit sich und schob ihn ins Kämmerchen. Es war nicht groß genug für beide Männer, und so rollte Rick sich auf den Bauch und krabbelte unter Eleanors Bett. Eleanor sprang auf ihr Bett und zog schnell die Bettdecke über sich.

„Autsch! Das war mein Kopf!", stöhnte Rick.

„Schhh!", zischte Cynthia. Sie rannte im Zimmer herum und versuchte die Spielkarten und die beiden zusätzlichen Wassergläser zu verstecken.

„Klopf, klopf!", sang Lucille. Sie und Doris kamen einfach herein, wie sie es immer taten. „Wie geht es denn der Patientin? Du bist aber noch spät auf."

„Mies", stöhnte Eleanor unter ihrer Bettdecke hervor. „Ich habe versucht zu schlafen und es ging nicht." Sie hustete ein paar Mal recht überzeugend.

„Warum hast du denn deinen Mantel an, Cynthia?", fragte Doris. Cynthia spürte, wie ihr das Blut ins Gesicht schoss.

„Ich ... äh ... er ist wärmer als mein Morgenmantel." Sie atmete erleichtert durch, als Doris das Thema wechselte. Die beiden Nachbarinnen plauderten ausführlich über ihren Abend bei der USO und beschrieben alle Männer, mit denen sie getanzt hatten.

„Dein Freund hat nach dir Ausschau gehalten, Eleanor. Lucille konnte ihre große Klappe nicht halten und hat ausgeplaudert, wo du wohnst. Ich hoffe, er kommt nicht her und geht dir auf die Nerven."

„Er sagte, er wolle dir eine Karte schicken", erklärte Lucille. „Ich habe keinen Grund gesehen, warum ich es ihm nicht sagen sollte."

„Ist schon in Ordnung", sagte Eleanor. „Mach dir keine Gedanken."

Cynthia schaltete alle Lampen bis auf eine aus, in der Hoffnung, dass ihre beiden Nachbarinnen den Wink verstanden, aber das war nicht der Fall. Lucille nahm die Schüssel mit dem restlichen Popcorn und setzte sich aufs Sofa, um es mit Doris zu teilen.

„Ihr verstoßt gegen die Regeln, das wisst ihr schon, oder?", sagte Doris. „Mrs Montgomery hat gesagt, dass wir in unseren Zimmern nicht kochen dürfen."

„Popcorn machen ist kein Kochen", erwiderte Eleanor. „Es ist auch nichts anderes als Wasser heiß machen. Wisst ihr was? Ich will ja keine Spielverderberin sein, aber es ist spät, und ich sollte besser schlafen, sonst schaffe ich es am Montag nie zur Arbeit."

Es vergingen noch einige Minuten, bis sie endlich ihr Popcorn aufgegessen hatten und gingen. Cynthia schloss leise die Tür hinter ihnen ab, sodass sie nicht noch einmal unangekündigt hereinplatzen konnten. Als sie sich umdrehte und Eleanor ansah, fingen beide an zu kichern. Eleanor beugte sich vor und lugte unter ihr Bett.

„Sie sind weg. Du kannst jetzt rauskommen", sagte sie. Rick rollte unter dem Bett hervor und nieste. Eleanor strich Staubknäuel aus seinen Haaren. Steve öffnete die Tür des Kämmerchens einen Spalt breit und streckte den Kopf heraus.

„Ist die Luft rein? Puh! Da drinnen riecht es nach Mottenkugeln. Noch eine oder zwei Minuten länger, und ich wäre ohnmächtig geworden." Alle lachten und flüsterten und machten einander Zeichen, leise zu sein.

„Ihr geht jetzt besser", sagte Eleanor. Rick zog sie in seine Arme.

„Das ist wirklich eine schlimme Erkältung, die Sie sich da zugezogen haben, Ma'am. Dr. Rick gibt Ihnen besser einen Kuss, damit Sie schnell wieder gesund werden." Cynthia sah, wie zärtlich er Eleanor anblickte, als er eine Strähne ihres Haares hinter ihr Ohr schob, und sie fragte sich, ob sie jemals einem Mann begegnen würde, der sie so sehr liebte. Er und Eleanor küssten sich, als wäre dies ihre letzte gemeinsame Stunde auf der Erde, und Cynthia und Steve wandten sich ab, um ihnen einen ungestörten Augenblick zu gönnen.

„Danke für den lustigen Abend", flüsterte Steve.

„Das machen wir irgendwann wieder", versprach Cynthia. „Aber wahrscheinlich nicht hier, das ist mir zu nervenaufreibend." Sie kicherten beide.

Endlich riss Rick sich von Eleanor los, und Cynthia schob die Männer die stockfinstere Treppe hinunter, wobei die hölzernen Stufen ächzten und knarrten. Sie atmete erleichtert auf, als die Tür sicher hinter ihnen ins Schloss fiel. Als sie auf Zehenspitzen in ihr Zimmer zurückgeschlichen kam, saß Eleanor aufrecht im Bett, und die Tränen liefen ihr übers Gesicht.

„Bist du dabei, dich in Rick zu verlieben?", fragte Cynthia.

„Ich bin nicht ‚dabei'", erwiderte sie kläglich. „Ich habe mich schon verliebt – und zwar unsterblich." Eleanor wischte sich über die Augen und putzte sich dann die Nase. „Ich wollte nicht, dass das passiert, weißt du – es ist einfach geschehen. Ich habe noch nie für jemanden so empfunden. Und Rick geht es genauso."

Cynthia hängte ihren Mantel auf und machte das Licht aus, dann kletterte sie in ihr eigenes Bett. „Hast du mir nicht erzählt, alle reichen Typen seien Lügner?", fragte sie, nachdem sie sich unter ihre Decke gekuschelt hatte.

„Rick hat von dem oberflächlichen Leben die Nase voll. Deshalb hat er sich ja auch seinem Vater widersetzt und ist zum Militär gegangen. Jetzt, wo er zum ersten Mal aus dem Schatten seines Vaters getreten ist, will er nicht mehr zu diesem Country-Club-Leben zurück. Er will das wirkliche Leben, mit Kindern, die zu Hause wohnen anstatt in teuren Internaten und die am Wochenende mit ihrem Papa angeln gehen. Ricks Vater hat die ganze Zeit gearbeitet, und deshalb kennt er ihn auch kaum. Er will Rick die Firma vererben, sodass er auch die ganze Zeit arbeiten muss und unglücklich ist. Das ist kein Leben. Rick wird das alles hinwerfen, wenn der Krieg zu Ende ist, und es auf eigene Faust schaffen. Und das verdient meinen Respekt."

„Und was ist mit all dem anderen Zeug über GIs, die in jedem Hafen ein Mädchen haben?"

Eleanor lachte leise. „Das hier ist Ricks erste Stationierung. Er hatte noch keine Zeit, sich einen Schwarm Frauen zuzulegen."

„Hast du nicht gesagt, dass du einen Mann heiraten willst, der etwas mit dir gemeinsam hat?"

„Wir haben mehr Gemeinsamkeiten, als du denkst."

Cynthia wartete. Eleanor sprach nie über sich und ihre Familie, abgesehen von ihrem Bruder Leonard. „Mein Vater war auch sehr reich", sagte sie schließlich. „Oberschicht. Aber ihm war das Geld wichtiger als alles andere – auch wichtiger als Leonard und ich und unsere Mutter."

Cynthia schwieg in der Erwartung, mehr zu hören, aber das war die einzige Information, die Eleanor bereit war, ihr mitzuteilen. Sie schwieg so lange, dass Cynthia schon glaubte, ihre Freundin sei eingeschlafen.

„Vielleicht bin ich dumm, weil ich mich verliebe", sagte sie schließlich, und Cynthia hörte Tränen in der heiseren Stimme. „Aber es ist mehr als nur körperliche Anziehung – obwohl ich zugeben muss, dass es auch damit etwas zu tun hat. Ob du es glaubst oder nicht, wir reden mehr, als dass wir uns küssen."

„Worüber redet ihr?"

„Über alles. Was wir vom Leben erwarten, dass wir uns auf das echte Leben freuen, wenn der Krieg vorbei ist. Die Orte, zu denen wir reisen wollen, die Dinge, die wir gerne sehen würden. Rick ist genauso versessen darauf, die Welt zu sehen, wie ich es bin. Einen Menschen wie ihn habe ich noch nie kennengelernt. Die meisten Männer wollen nur jede Menge Geld scheffeln und ihre Frauen herumkommandieren. Sobald der Krieg vorbei ist, werden wir die Vergangenheit vergessen und zusammen noch einmal ganz von vorne anfangen." Sie schwieg einen Moment. „Ich verrate dir ein Geheimnis, wenn du versprichst, es niemandem zu erzählen."

„Natürlich, Ellie. Ich verspreche es."

„Rick hat mich gefragt, ob ich ihn heiraten will. Ich habe Ja gesagt."

„Oh, Eleanor! Das ist wundervoll! Ich wünschte, ich könnte einen so besonderen Mann kennenlernen – reich oder nicht."

„Das wirst du, Cynthia. Das wirst du. Wahrscheinlich, wenn du es am wenigsten erwartest."

Kapitel 16

Cynthia betrachtete ihr Spiegelbild in dem dunklen Busfenster, und das Brummen des Motors dröhnte in ihren Ohren, als der Bus die inzwischen vertraute Route von Bensenville nach Riverside zurücklegte. Die Landstraße war so spät am Abend menschenleer, und aus den Häusern, an denen sie vorbeikamen, drang kein Licht, da die Vorhänge zugezogen waren. Cynthia kam sich vor, als reise sie auf dem Grunde des Meeres. Sie konnte Eleanors Spiegelbild neben ihrem eigenen sehen. Ihre Freundin starrte schweigend in die Dunkelheit hinaus, und Cynthia fragte sich, ob etwas nicht stimmte. Normalerweise wurde Eleanor spät abends erst richtig lebendig und unterhielt Cynthia und alle anderen mit ihrem Lachen und ihren lustigen Bemerkungen, wenn sie nach einer Tanzveranstaltung oder dem Kino nach Riverside zurückfuhren. Aber Eleanor und Rick waren den ganzen Abend seltsam schweigsam gewesen und hatten sich an einem der Ecktische der USO verkrochen. Sie hatten noch nicht einmal getanzt.

„Habt ihr euch gestritten, Rick und du, oder was ist los?", fragte Cynthia sie. „Du bist schon den ganzen Abend so still."

„Nein, wir haben uns nicht gestritten", sagte sie mit einem Seufzen. „Aber uns bleibt nicht mehr viel Zeit."

„Was meinst du damit?" Cynthia konnte sich nicht vorstellen, dass ihre Beziehung zu Ende sein sollte. Sie schienen so verliebt, so glücklich zusammen.

Eleanor seufzte wieder. „Rick ist in zwei Wochen mit der Ausbildung fertig. Wir haben noch einen Samstagabend zusammen. Dann hat er noch drei Tage Heimaturlaub, um seine Familie zu sehen, und dann muss er nach Europa."

„Oh, Ellie. Du Arme!" Cynthia drehte sich zur Seite, um sie in den Arm zu nehmen. Normalerweise waren Eleanor solche Gefühlsäußerungen unangenehm, aber diesmal erwiderte sie Cynthias Umarmung mit einem Schniefen. Den Rest der Busfahrt verbrachten sie schweigend, dann eilten sie durch die menschenleeren Straßen von Riverside

169

zum Bestattungsinstitut. Eleanor schien noch immer sorgenvoll, als sie in ihrem Zimmer ankamen.

„Cynthia …? Können wir reden?", bat sie.

„Natürlich. Ich bin deine Freundin. Du kannst mir alles sagen." Cynthia setzte sich aufs Sofa und klopfte auf den Platz neben sich, aber Eleanor blieb stehen, zu erregt, um sich hinzusetzen. Sie zögerte eine ganze Zeit, als hätte sie vor etwas Angst.

„Rick möchte, dass wir an diesem letzten Wochenende zusammen sind", sagte sie schließlich. „Ich weiß nicht, ob ich soll oder nicht."

Cynthia starrte sie verständnislos an. „Warum solltest du nicht das Wochenende mit ihm zusammen sein?"

„Nicht zusammen, wie an jedem Wochenende", sagte Eleanor mit einem ungeduldigen Stirnrunzeln. „Er will mit mir schlafen, bevor er zu seinem Einsatz muss."

„Oh." Cynthia wandte den Blick ab, peinlich berührt von dem Thema – und von ihrer eigenen Naivität. „Ich finde, das ist keine gute Idee", sagte sie schließlich.

„Ich weiß, ich weiß", sagte Eleanor, während sie vor Cynthia auf dem Flickenteppich auf und ab ging. „Ich habe ihm gesagt, dass ich das nicht will wegen meines – ist ja egal, weswegen. Aber ich habe solche Angst, dass Rick etwas Schreckliches zustößt und ich keine zweite Gelegenheit bekomme, mit ihm zusammen zu sein. Ich würde es für den Rest meines Lebens bereuen."

„Hör mal, ich weiß, dass ich ziemlich naiv bin", sagte Cynthia und wählte ihre Worte sorgfältig, „und ich habe nicht halb so viel Ahnung von diesen Dingen wie du. Aber die Mädchen in der Schule sagten immer, ein Junge würde kein Mädchen heiraten, das ihm nachgibt. Und was ist, wenn du schwanger wirst?"

„Ich weiß, ich weiß. Aber so viele Männer sterben, und … und ich sehe Rick vielleicht nie wieder … und ich möchte wissen, wie es ist, mit ihm zusammen zu sein. Ich liebe ihn doch so sehr!" Sie biss sich auf die Unterlippe, um nicht zu weinen.

„Jeder kann sehen, wie sehr ihr einander liebt, Ellie, aber es ist trotzdem keine gute Idee. Ich weiß, das klingt furchtbar altmodisch und so, aber die Bibel sagt, dass man es nicht tun darf, wenn man nicht verheiratet ist."

Eleanor ließ die Schultern hängen und sank auf den Sessel, als wäre die Energie, die sie antrieb, plötzlich entladen worden, wie bei einem Ballon, aus dem man die Luft herauslässt. „Ich weiß. Das ist der Hauptgrund, weshalb ich Nein gesagt habe. Ich bin auch in der Kirche großgeworden." Sie musste Cynthias Erstaunen registriert haben, denn sie fügte hinzu: „Leonard ist nicht mehr zur Messe gegangen, als wir in der Highschool waren, und deshalb bin ich auch irgendwann nicht mehr hingegangen. Aber ich glaube an Recht und Unrecht. Und ich weiß, dass es immer Konsequenzen hat, wenn Menschen gegen Gottes Gebote verstoßen. Ich habe es mit eigenen Augen gesehen." Sie hielt inne, dann fügte sie hinzu: „Aber ich liebe Rick doch so! Ich wünschte, wir könnten sofort heiraten."

„Ihr seid beide noch so jung, Eleanor."

„Ich bin schon fast zwanzig. Rick war noch nie mit einem Mädchen zusammen … nicht auf diese Art. Er weiß, dass er sterben kann, und er möchte wissen, wie es ist … und er will es mit mir tun. Ich will nicht, dass er sauer auf mich ist, Cynthia – nicht jetzt, nicht kurz bevor er fort muss."

„Wenn er sauer ist, ist das sein Problem. Außerdem ist es nicht richtig von ihm, dich unter Druck zu setzen. Halt an deinen Überzeugungen fest. Er wird dich dafür respektieren."

„Du hast recht", sagte Eleanor seufzend. „Danke für deine Hilfe." Sie stützte die Hände auf die Armlehnen des Sessels und erhob sich. Aber sie wirkte noch immer angespannt, als sie ihren Schlafanzug anzog und ins Bett stieg, und Cynthia konnte nicht anders, als sich zu fragen, was sie wirklich dachte.

Am folgenden Wochenende, als Eleanor sich für ihren letzten Samstagabend mit Rick fertig machte, beschloss Cynthia, das Thema noch einmal zur Sprache zu bringen.

„Bitte tu es nicht, Eleanor", drängte sie. „Es wäre ein Fehler, den du nicht mehr rückgängig machen kannst."

„Ich tu es nicht. Ich weiß, dass du recht hast." Eleanor lächelte, aber es wirkte gequält. „Hör zu, warte nicht am Bus auf mich. Rick hat gesagt, dass er mich nach Hause bringt."

Den ganzen Abend über machte Cynthia sich Sorgen um ihre Freundin. Sie fuhr allein mit dem Bus nach Riverside zurück und noch lange nach Mitternacht schritt sie im Morgenmantel in ihrem Zimmer auf und ab, als sie endlich Eleanors Schlüssel unten in der Tür hörte.

Einen Augenblick später kam Eleanor mit leuchtenden Augen zur Tür hereingestürzt. Sie packte Cynthias Hände und wirbelte sie im Kreis herum, während sie sagte: „Rate mal! Rate mal! Rate mal!"

Cynthia hatte Angst zu raten, weil sie fürchtete, dass Eleanor ihrem Freund doch nachgegeben hatte.

„Rick und ich heiraten!"

„Heiraten? Wenn der Krieg vorbei ist, meinst du?"

„Nein! Nächstes Wochenende. Er hat einen dreitägigen Heimaturlaub, bevor er ausrückt, also gehen wir zu einem Friedensrichter und heiraten. Rick sagte, wir können unser Eheversprechen vor einem Priester bekräftigen und den Segen der Kirche bekommen, wenn er nach Hause kommt."

„Bist du sicher, dass du das willst? Du kennst ihn doch erst so kurz."

„Absolut sicher. Wenn der Krieg uns etwas gelehrt hat, dann dass das Leben kurz und die Zeit kostbar ist. Falls etwas passieren sollte – dann weiß ich wenigstens, wie es war, eine verheiratete Frau zu sein. Und Rick sagt, dass es ihm in schwierigen Zeiten helfen wird zu wissen, dass er sich auf ein Leben mit mir freuen kann."

„Und was ist, wenn ihr nach dem Krieg nicht mehr so füreinander empfindet wie jetzt?"

„Was für eine dumme Frage! Ich will den Rest meines Lebens mit Rick verbringen. Ich kann mir ein Leben ohne ihn gar nicht mehr vorstellen."

„Ist er sich denn auch so sicher? Oder ist die Hochzeit für ihn nur ein Mittel, um ... du weißt schon?"

„Nein! Um Himmels willen, Cynthia! Wie kannst du so von Rick denken?"

„Tut mir leid. Ich war noch nie verliebt, deshalb musst du mich entschuldigen. Ich weiß nicht, was du durchmachst."

Tränen traten in Eleanors Augen. „Es tut so weh, wenn wir getrennt sind; es tut weh zu atmen und zu essen und zu schlafen ... Ich fühle mich, als wäre ich ohne ihn nur ein halber Mensch. Aber wenn wir zusammen sind ... oh, die Welt ist so wunderbar, und ich habe das Gefühl, vor lauter Leben zu explodieren! Ich habe nie gedacht, dass es so schrecklich und zugleich so wundervoll ist, sich zu verlieben, und du?"

„Meine Eltern haben nie viel von Liebe gesprochen, als ich ein Kind war. Sie glaubten, dass Leute heiraten, damit sie zusammen arbeiten und Kinder großziehen können. Ich habe nie gesehen, dass sie viele Zärtlichkeiten ausgetauscht hätten."

Eleanor blickte in die Ferne, als hätte sie vergessen, dass Cynthia da war. „Meine Mutter hat mir einmal erzählt, wie sehr die Liebe schmerzt, aber ich habe ihr nicht geglaubt. Sie war verrückt nach meinem Vater und hätte alles für ihn getan. Ich wollte nie so besessen von einem Mann sein, dass ich mich derart verliere. Und jetzt, sieh mich an – ich bin völlig verloren! Oh, ich glaube, ich könnte ohne Rick nicht leben –" Sie schlug die Hände vors Gesicht und weinte.

Cynthia nahm sie in die Arme. „He, jetzt ist keine Zeit für Tränen. Wir müssen eine Hochzeit planen – heute in einer Woche, richtig? Du brauchst eine Genehmigung und ein Kleid und einen Ort für die Flitterwochen … Ich werde deine Brautjungfer oder dein Blumenmädchen oder deine Trauzeugin sein oder was auch immer du willst."

Eleanor lachte unter Tränen und erwiderte ihre Umarmung. „Danke, Cynthia. Du bist die beste Freundin, die ich je hatte."

Eine Woche später war Cynthia Zeugin bei Ricks und Eleanors Eheversprechen, als sie vor einem Friedensrichter in Bensenville standen. Sie sahen überglücklich aus, als sie einander in die Augen sahen und versprachen, sich zu lieben, in guten wie in schlechten Tagen, bis dass der Tod sie scheide. Drei andere Paare warteten darauf, nach ihnen getraut zu werden, und die Bräutigame waren alle Soldaten aus Ricks Armeestützpunkt, die kurz vor ihrem Einsatz standen.

Mr Tomacek hatte Eleanor widerwillig den Montag und Dienstag Urlaub gegeben – unbezahlt natürlich –, damit sie ihre kurzen Flitterwochen genießen und dann ihren frischgebackenen Ehemann zum Bahnhof bringen konnte. Als Cynthia am Dienstagnachmittag von der Arbeit nach Hause kam, war Eleanor schon da. Sie trug eine Schürze um die Taille und ein Kopftuch, und die Musik von Glenn Miller plärrte aus dem Radio, während sie das Zimmer in einem Putzrausch auf den Kopf stellte.

„Wenn das nicht Mrs Richard Trent ist", sagte Cynthia, als sie ihre leere Brotdose und die Thermosflasche in die Spüle stellte. „Erst drei

Tage verheiratet und schon eine fleißige kleine Hausfrau geworden, wie ich sehe."

Eleanor lächelte, während sie sich bückte, um einen Haufen Dreck auf die Kehrschaufel zu fegen. „Ricks Zug ist heute Vormittag abgefahren. Ich wusste nicht, was ich sonst mit mir anfangen sollte."

„Wie fühlt man sich denn so als verheiratete Frau, Mrs Trent? Ist es so wunderbar, wie du es dir vorgestellt hast?"

„Es ist himmlisch!", sagte Eleanor lachend. „Wir haben das Hotelzimmer drei Tage lang kaum verlassen. Mit Rick zusammen zu sein, ist –" Sie brachte den Satz nicht zu Ende. Eleanors Fassade stürzte in sich zusammen, und sie sank in dem Dreckhaufen zu Boden und weinte.

In den folgenden Wochen hielt Eleanor die Fassade in der Öffentlichkeit aufrecht, aber Cynthia wusste, wie dünn und zerbrechlich die gelassene Ruhe war, die ihre Freundin an den Tag legte. Eleanor tat alles, was sie anpackte, mit fieberhafter Intensität, als versuche sie, ihre Gedanken von Rick loszureißen. Ihre Stimmung hob sich oder sank mit der Tagespost. Jeden Nachmittag rannte Eleanor nach der Arbeit nach Hause, um zu sehen, ob Mrs Montgomery einen Brief von Rick unter ihrer Tür durchgeschoben hatte. Dann saß sie jeden Abend am Schreibtisch und weinte sich die Seele aus dem Leib, während sie seine Briefe erwiderte. Rick schrieb beinahe ebenso oft wie sie, und wenn sie an einem Tag keinen Brief von ihm vorfand, war die Wahrscheinlichkeit hoch, dass am nächsten Tag zwei Briefe dort lagen.

Eleanors Sorge um ihren Mann war eine ständig siedende Flamme, die eine rastlose Energie wachrief. Sie ging jeden Tag zur Messe und zündete unzählige Kerzen für ihn an. Sie schnitt Karten von Europa und den Pazifischen Inseln aus und hängte sie an die Wand, damit sie die Kämpfe im Radio und in den Nachrichten verfolgen konnte. Sie kannte alle Generäle mit Namen und ihre Truppen, deren Bewegungen sie notierte, als würde nur ihre tägliche Wache Rick beschützen.

Cynthia machte sich Sorgen, weil ihre Freundin immer nervöser wurde, und sie tat ihr Möglichstes, um Ablenkung zu finden, damit Eleanor sich ein wenig entspannte. „Komm mit mir ins Kino nach

Bensenville", bettelte sie. „Sie zeigen einen Mickey-Rooney-Film – *Und das Leben geht weiter.*" Sie gingen, aber Cynthia hatte vergessen, dass sie vor dem Hauptfilm immer Nachrichten über den Krieg zeigten. Zu spät bemerkte sie Eleanors bleiches Gesicht, als sie gebannt auf die Bilder starrte, als suchte sie Rick unter den vielen Soldaten.

Sie spendeten Blut bei allen Aktionen des Roten Kreuzes. Cynthia brachte Eleanor das Stricken bei, und sie strickten Schals und Handschuhe und Socken, um sie nach Europa zu schicken. Aber die ganze Zeit, während sie arbeiteten, schien Eleanor die Tage und Stunden und Minuten abzuhaken wie Strickreihen und nur darauf zu warten, dass der Krieg endete und Rick zu ihr nach Hause kam. Äußerlich war sie immer noch die alte Eleanor, aber Cynthia durchschaute diese aufgesetzte Selbstsicherheit. Dahinter war Eleanor ein Nervenbündel falscher Fröhlichkeit, das versuchte, Rick zu beschützen und ihn durch schiere Willenskraft nach Hause zu holen.

Als der Winter in den Frühling überging und dieser in den Sommer, war Cynthia das alles leid. Sie hatte genug von den Nachrichten, von den Erfolgen und Rückschlägen des Krieges, von der Zerstörung und dem Tod. Da Eleanor nicht mehr mit ihr zu den Tanzveranstaltungen der USO ging, beschloss Cynthia, samstagsabends allein hinzugehen. Sie hatte an Selbstvertrauen gewonnen und genoss es, alle möglichen Männer kennenzulernen. Sie erklärte sich bereit, einigen von ihnen zu schreiben, aber aus keiner dieser Beziehungen wurde etwas Ernsthaftes. Dann, nach einer Weile, machten Cynthia diese Tanzabende auch keinen Spaß mehr. Während der Krieg sich dahinschleppte, wurden die neuen Rekruten, die sie traf, jünger und jünger, und ihre Vitalität und ihren jugendlichen Eifer zu sehen, deprimierte sie. Sie wusste, was ihnen bevorstand.

Cynthias Leben fühlte sich allmählich an, als wäre es stehen geblieben. Dadurch, dass alles von Lebensmitteln bis zu Schuhen und Kleidung rationiert war, wurde das Einkaufen zu einer lästigen Pflicht anstelle eines Vergnügens. Eleanor interessierte sich nicht für Make-up oder neue Kleider oder Schuhe. Sie sparte jeden Cent ihres Lohns, als glaubte sie, Rick dürfe nach Hause kommen, wenn sie nur genug Geld zusammensparte.

Jeder Tag schien Cynthia gleich, als stecke sie in einem eintönigen Film ohne Ende fest. Sie wollte ihr Leben in die Hand nehmen – sich verlieben, heiraten, Kinder bekommen. Und ihre Arbeit in der Fabrik langweilte sie zu Tode.

„Diese Arbeit ist so öde und monoton", klagte sie Eleanor, als sie an einem warmen Sommertag auf dem Rasen saßen und ihr Mittagessen verzehrten. „Ich kann mir nicht vorstellen, den Rest meines Lebens hier zu arbeiten, und du?"

„Wenn mir langweilig ist, denke ich einfach daran, wie sehr ich unseren Truppen helfe", erwiderte Eleanor. „Ich wünschte nur, ich könnte mehr tun."

Cynthia schüttelte den Kopf, während sie in ihr Mortadellasandwich biss. „Es fällt mir schwer zu glauben, dass meine Tätigkeit, nämlich Hunderte von Drähten miteinander zu verbinden, irgendetwas mit dem zu tun hat, was sonst auf der Welt geschieht."

Eleanor zupfte an der Rinde ihres Butterbrotes und zerpflückte sie in kleine Fetzen, aß aber nicht. „Jedes Mal, wenn ich ein Kabel festlöte, denke ich an Rick. Sein Leben oder das seiner Freunde könnte schließlich von genau diesem Messgerät oder Bombenzünder abhängen." Ihre Fixierung auf Rick zerrte allmählich an Cynthias Nerven.

Über ein Jahr nachdem Rick und Eleanor geheiratet hatten, kam der lang ersehnte „D-Day" endlich und mit ihm die Landung der Alliierten in der Normandie. Endlich hatte die Invasion des von den Nazis besetzten Europas begonnen. Ricks Fallschirmjägerstaffel war bei dem Angriff dabei, wie auch die meisten der Soldaten, denen Cynthia schrieb. Eleanors Bruder Leonard marschierte mit den Alliierten den italienischen Stiefel entlang, um Rom zu befreien.

Elf Wochen später schrieb Rick aus dem befreiten Paris. Aber seine Briefe wurden immer seltener, seitdem er in Europa kämpfte, und Eleanors Gedanken drehten sich noch mehr und ängstlicher um ihn. Cynthia machte sich Sorgen um ihre Freundin.

Eines Nachmittags, nachdem Eleanor sich angeboten hatte, mit ihrer beider Essensmarken zum Laden zu gehen und sich für Kaffee und Zucker anzustellen, fand Cynthia einen auf hauchdünnes Fotopapier gedruckten Mikrofilmbrief von Rick, der offen auf dem Schreibtisch lag. Sie konnte nicht widerstehen und las ihn.

Liebe Eleanor,

es ist ein wunderschöner Herbsttag und ich habe einige Minuten Zeit, bevor wir ausrücken, und da dachte ich, dass ich sie nutzen könnte, um dir einen Besuch abzustatten. In letzter Zeit ist es schwierig, Post zu bekommen. Drei Tage lang habe ich keinen Brief von dir erhalten, dann bekam ich alle drei auf einmal. Bitte schreib weiter. Diese Briefe sind eine Lebensader für mich und erinnern mich daran, dass es da draußen noch eine normale Welt gibt und eine Frau, die mich liebt.

Ich sage es niemandem außer dir, Liebling – aber ich habe schreckliche Angst. Niemand, der es nicht selbst erlebt hat, kann wirklich verstehen, wie es im Krieg ist, und es gibt nicht genug Worte, um es zu beschreiben. Tagelanges Warten und Langeweile, dann Stunden voller Schrecken, in denen du sicher bist, dass jede Sekunde deine letzte sein wird. Ich habe so oft gebeichtet und gebetet und mich aufs Sterben vorbereitet, dass Gott es bestimmt schon nicht mehr hören kann. Aber ich bin immer noch hier, wie durch ein Wunder immer noch unverletzt. Ich weiß, dass ich nie mehr derselbe sein werde, wenn der Krieg erst einmal vorbei ist.

Ich wünschte, ich könnte meinem Vater erklären, dass all die Dinge, die er wertschätzt, nicht wirklich wichtig sind. Das Leben und die Liebe und die Menschen, die Gott uns gibt, sind das Wichtigste und nicht, wie viel Geld wir haben oder wie viele Besitztümer oder Titel oder Ehren wir angesammelt haben. Deine Liebe ist für mich unbezahlbar, Eleanor, und viel mehr wert als das Geld meines Vaters. Ich bin es leid, unsere Ehe geheim zu halten. Ich weiß, dass wir gesagt haben, wir würden warten, bis der Krieg zu Ende ist, aber ich habe noch einmal darüber nachgedacht und beschlossen, meiner Familie zu schreiben und ihnen von uns zu erzählen. Mein Vater wird sich furchtbar aufregen, aber es ist mir egal. Ich bin all die Lügen leid. Er muss wissen, dass ich nach dem Krieg nicht in sein unechtes Leben zurückkehre, wie er es erwartet.

Wir haben gute Neuigkeiten von – hier hatten die Zensoren ein Wort ausgeschnitten, sodass an dieser Stelle ein Loch war –, dass der Feind auf der Flucht vor uns ist. Vielleicht ist dieser Krieg bald vorbei. Ich möchte so gerne nach Hause kommen und dich wieder im Arm halten. Ich denke immerzu nur an dich und habe schreckliche Angst, dass ich,

177

nachdem ich den Krieg so lange überlebt habe, sterben könnte, kurz bevor ich nach Hause komme. Ich habe keine Angst vor dem Tod, aber ich würde so gerne leben – um mein Leben mit dir zu verbringen und gemeinsam mit dir alt zu werden …

Cynthia ließ den Brief auf den Tisch fallen, als sie Eleanor die Treppe heraufrennen hörte. „Ich habe den Zucker", sagte sie, ganz außer Atem vom Treppensteigen, „aber ich weiß nicht, was er uns nützen soll, wenn wir keinen Kaffee haben, in den wir ihn tun können. Sie hatten mal wieder nicht genug."

„Kein Kaffee?", wiederholte Cynthia. „Ehrlich gesagt wünschte ich, wir würden nicht in so einer schäbigen kleinen Stadt wohnen. Immer gehen ihnen die Rationen aus …" Cynthia wusste kaum, was sie sagte. Ricks Worte hatten sie getroffen, und sie wusste, dass sie auf Eleanor eine noch viel schlimmere Wirkung haben mussten.

„Der Typ, dem der Supermarkt gehört, ist ein Ganove", fuhr Eleanor fort. „Er verkauft den ganzen Kaffee an seine Freunde, egal, ob sie Lebensmittelkarten haben oder nicht. Aber sieh mal, was ich bekommen habe –" Sie packte ein mit weißem Metzgerpapier umwickeltes Päckchen aus und förderte zwei winzige Schweinekoteletts zutage. „Ta-taaa! Echtes Fleisch, Cynthia."

„Das arme Schwein muss an Unterernährung gestorben sein."

„Mensch, einem geschenkten Schwein schaut man nicht ins Maul – ich habe über eine Stunde dafür angestanden."

„Ich weiß. Und ich bin auch dankbar."

„Und ich werde sie für uns beide zubereiten", sagte Eleanor, während sie in ihrem kleinen Vorrat an Kochutensilien kramte. Sie versteckten alle Töpfe und Pfannen in der unteren Schublade ihrer Kommode, damit Mrs Montgomery nicht merkte, dass sie in ihrem Zimmer kochten. „Ich habe Rick erzählt, ich würde kochen lernen, damit ich ein Profi bin, wenn er nach Hause kommt. Ich dachte, ich übe mit diesen Koteletts."

Cynthia hörte die ängstliche Entschlossenheit in der Stimme ihrer Freundin, als wäre das Kochenlernen das neueste Projekt, das Ricks sichere Rückkehr garantieren würde. Aber in Wirklichkeit war Eleanor machtlos; nichts von dem, was sie tat – oder nicht tat – würde den Lauf des Krieges ändern oder Ricks Schicksal beeinflussen. Und

Cynthia war genauso hilflos. Sie konnte nur versuchen, ihre Freundin aufzumuntern, und hoffen, dass das Schlimmste nicht eintraf.

„Ich weiß nicht", sagte Cynthia und zwang sich zu lächeln. „Es ist ziemlich schwierig, ein Kochprofi zu werden, wenn man nur eine Kochplatte hat, auf der man üben kann."

„Ich habe dieses Rezept aus der Zeitung ausgeschnitten. Dafür brauchen wir eine Dose Tomatensuppe. Mach die Fenster auf", sagte Eleanor und zeigte mit der Bratpfanne in die entsprechende Richtung, „damit Mrs Montgomery das gebratene Fleisch nicht riecht."

„Ist Ricks Familie nicht so reich, dass sie sich eine Köchin leisten kann?", fragte Cynthia, als sie das Schiebefenster hochstemmte. Kalte Herbstluft durchflutete den Raum.

„Er geht nicht in sein altes Leben zurück – das habe ich dir doch erzählt."

„Wovon will er denn leben?"

„Er hat einen Collegeabschluss aus Princeton, weißt du nicht mehr? Wir schaffen das schon."

„Habt ihr darüber gesprochen, wo ihr wohnen wollt und so?"

„Wir werden natürlich in New York leben. Wenn wir nur zusammen sind, ist überall der Himmel auf Erden!"

Die Schweinekoteletts wurden beinahe so zäh wie Schuhsohlen. Eleanor hielt einen ihrer ausgetretenen Arbeitsschuhe hoch, während sie versuchten, das ledrige Fleisch zu kauen. „Wir hätten mit den Koteletts unsere Schuhe flicken sollen, anstatt sie zu essen." Ihr Lachen klang zu fröhlich, ihr Lächeln war zu aufgesetzt. Cynthia dachte an Ricks Brief – dass er Angst hatte zu sterben –, und sie wusste, dass Eleanor genau dasselbe fürchtete.

Gerade als es schien, dass die Alliierten in Europa siegen würden, wurden die Nachrichten wieder schlechter. Hitler hatte die Ardennenoffensive gestartet. Die Schlacht wütete von Mitte Dezember bis Ende Januar in kaltem Schneewetter. Ricks Briefe trafen mindestens eine Woche nach den Nachrichten ein, und Cynthia fürchtete, dass Eleanor einen Nervenzusammenbruch erleiden könnte, während sie in den langen Wochen der Kämpfe darauf wartete zu hören, ob er unter den mehr als 81.000 Toten war.

„Ich weiß nicht, was ich ohne Rick tun sollte", sagte sie immer wieder. „Ich weiß nicht, was ich tun würde."

Rick überlebte die Schlacht unbeschadet. Eleanor weinte, als sie seinen Brief las, der den Sieg der Alliierten in allen Einzelheiten beschrieb. Jeder sagte, dass der Krieg in Europa an einem Wendepunkt angelangt sei und dass der Rückzug der Nazis begonnen habe.

„Ich bin es so leid, tapfer zu sein", sagte Eleanor. „Ich will, dass all das endlich vorbei ist ... aber ich habe solche Angst ..."

Cynthia fiel es nicht schwer zu erraten, was Eleanor auszusprechen fürchtete. „Jetzt dauert es nicht mehr lange", besänftigte sie ihre Freundin. „Rick hat ein paar heftige Schlachten überstanden. Ihm passiert bestimmt nichts."

Das warme Frühlingswetter ließ die Hoffnungen aufblühen. Cynthia sah Narzissen und Krokusse, als sie und Eleanor zur Arbeit gingen, und Rotkehlchen sangen in den Bäumen vor ihrem Fenster. Als drei Tage ohne einen Brief von Rick vergangen waren, half Cynthia Eleanor dabei, sich Gründe auszudenken – die Truppen waren zu weit im Landesinnern; die Briefe waren in den falschen Postsack gesteckt worden; Rick hatte zu viel zu tun, um zu schreiben.

Eine Woche verging. Dann zwei. Keine von beiden konnte mehr schlafen. Die Arbeitstage schienen endlos lang, während sie darauf warteten, nach Hause eilen und die Post ansehen zu können.

Am Montag der dritten Woche fing Eleanor an zu rennen, sobald sie das Bestattungsinstitut sah. Lange vor Cynthia rannte sie die Treppe hinauf. Als Cynthia sie im dritten Stock endlich eingeholt hatte und Eleanor mit einem Brief in der Hand im Türrahmen stehen sah, brach sie vor Erleichterung beinahe zusammen. Dann bemerkte sie das totenblasse Gesicht ihrer Freundin und sie spürte, wie ihr Herz schneller schlug.

„Was ist los?"

„Dieser Brief ist für mich gekommen. Es ist nicht Ricks Handschrift." Tränen rannen über ihr Gesicht. „D-du musst ihn für mich aufmachen. Ich k-kann es nicht."

Cynthia litt furchtbare Qualen für ihre Freundin. Sie versuchte, ihre Panik wegzuerklären. „Warte mal. Es ist bestimmt nicht das, was du denkst, Eleanor. Wenn etwas Schlimmes passiert wäre, würde die Armee dich benachrichtigen. Sie schicken der Frau immer ein Telegramm – ‚Wir bedauern Ihnen mitteilen zu müssen ...' und so. Das Telegramm trägt einen roten Stern, wenn er verwundet ist, und zwei rote Sterne, wenn … Und außerdem würden sie deinen Priester oder Pastor bitten zu kommen, wenn sie eine solche Nachricht zu überbringen hätten."

Eleanor schüttelte den Kopf. „Bei der Armee weiß niemand, dass wir verheiratet sind. Rick hat mich nicht als seine Frau genannt."

„Warum nicht?"

„Er wollte nicht, dass seine Eltern von uns erfahren. Er hatte Angst, sein Vater würde etwas unternehmen, um uns auseinanderzubringen. Sein Vater hat eine Menge Beziehungen zu Richtern und Politikern in Albany. Deshalb hat Rick gewartet, bis der Krieg fast vorbei war, um ihm die Wahrheit zu sagen …" Sie drückte Cynthia den Brief in die Hände. „Mach ihn auf. Bitte! Ich kann es nicht!"

„Jetzt gehen wir erst einmal rein und setzen uns, in Ordnung?" Sie zog Eleanor durch die Tür und zwang sie, sich aufs Sofa zu setzen. Aber Cynthia war ebenso schlecht wie Eleanor, als sie den Umschlag mit zitternden Händen aufriss und einen zusammengefalteten Brief herauszog. Ein zweiter Brief fiel aus dem ersten heraus, und sie sah Ricks Unterschrift darauf. Auch Eleanor hatte sie gesehen und wurde plötzlich ganz still.

„O nein. Bitte nicht, lieber Gott …", murmelte Eleanor.

Cynthia überflog den ersten Brief. Er war von einem von Ricks Kameraden. Rick war im Kampf gefallen. Cynthia schloss die Augen, als der Brief vor ihren Augen verschwamm. Sie konnte den Rest nicht lesen.

„Rick ist tot, nicht wahr?", sagte Eleanor.

Cynthia konnte nichts sagen. Sie wollte die Worte nicht laut aussprechen, weil sie wusste, wenn sie es tat, würde Ricks Tod plötzlich zu einer furchtbaren Gewissheit werden.

„Rick hat mir von dem Abkommen erzählt, das er und seine Kameraden miteinander geschlossen haben", sagte Eleanor. „Ich weiß, dass sie alle Abschiedsbriefe an ihre Lieben geschrieben haben, und ihre Freunde sollen sie abschicken, wenn einem von ihnen etwas zustößt. Rick musste solche Briefe verschicken, nachdem drei seiner Freunde gestorben waren … Dies ist mein Brief, nicht wahr?"

Cynthia nickte.

„O Gott!"

Cynthia nahm Eleanor in ihre Arme, und sie weinten gemeinsam eine lange, lange Zeit.

„Warum, Gott?", tobte Eleanor. „Warum musstest du meinen Rick nehmen? Das Einzige, worum ich dich je gebeten habe, ist, dass Rick am Leben bleibt! Warum hast du ihn mir weggenommen? Warum durfte ich nicht glücklich sein – nur dieses eine Mal?"

Cynthia schluchzte ebenso sehr wie Eleanor, denn sie trauerte für ihre Freundin und erinnerte sich an Ricks hübsches, lächelndes Gesicht und die Blicke, mit denen er Eleanor angesehen hatte, wobei seine Augen voller Liebe waren. Es war so ungerecht.

Schließlich machte Eleanor sich aus Cynthias Umarmung los und wischte sich die Tränen fort. „Lies mir Ricks Brief vor", flüsterte sie.

„Bist du sicher?"

„Ja."

Cynthia schluckte schwer. Sie konnte kaum sprechen, weil die Tränen ihre Stimme erstickten.

„Liebe Eleanor,

wenn du diesen Brief liest, ist das Schlimmste bereits vorbei. Ich bin im Himmel, wo es keinen Schmerz und keine Tränen mehr gibt. Wie habe ich mich danach gesehnt, den Rest meines Lebens mit dir zu verbringen und dich jede Minute des Tages glücklich zu machen – aber Gott hat sich anders entschieden.

Meine schöne, süße Eleanor, versprich mir, dass du nicht lange trauerst. Dieser Krieg hat genug Leid verursacht, und wir haben schon zu viele Tränen vergossen. Ich hätte zu Hause auf hundert andere Arten sterben können, aber hier hat mein Tod wenigstens eine Bedeutung gehabt. Die Welt wird ein besserer Ort sein, an dem du deine Kinder großziehen und in Freiheit leben kannst. Und das musst du tun, Eleanor. Du bist eine schöne, wunderbare Frau, und ich habe keine Zweifel, dass du jemanden findest, der dich genauso liebt wie ich – jemanden zu finden, der dich mehr liebt, ist unmöglich. Verbringe dein Leben mit ihm und sei wieder glücklich. Auf diese Weise kannst du am besten mein Andenken bewahren. Gott hat alles unter Kontrolle, und er weiß, was er tut.

Unsere kurze gemeinsame Zeit hat uns einen Vorgeschmack auf das Paradies gegeben, nicht wahr? Und ich weiß, dass wir einander irgendwann im Himmel wiedersehen und für immer zusammen sein werden. Dann wird keiner von uns beiden jemals wieder eine Träne

vergießen. Bis dahin werde ich dich im Himmel sogar noch mehr lie-
ben, als ich es auf der Erde getan habe. Gott segne dich, meine Liebste.

Ich werde dich immer lieben,
Rick. "

Kapitel 17

Riverside, New York – 1945

Eleanor trauerte sehr lange. Mit zwanzig Jahren bereits Witwe, verfiel sie in eine so schwere Depression, dass sie nichts mehr aß und immer mehr an Gewicht verlor, und Cynthia machte sich ernsthafte Sorgen, dass ihre Freundin krank werden würde. Oft hörte sie nachts, wie Eleanor, die nicht schlafen konnte, im Dunkeln auf und ab ging und leise schluchzte.

„Ich will nicht mehr leben", sagte Eleanor, wenn Cynthia versuchte, sie zu trösten. „Ich vermisse Rick so sehr, dass ich nicht weiß, wie ich ohne ihn leben soll." Cynthia fürchtete, dass sie ihrem eigenen Leben ein Ende machen könnte, nur um bei ihm zu sein. Eleanor ging nicht mehr zur Kirche und weinte stattdessen und haderte mit Gott: „Wie konnte er das zulassen? Was für ein Gott ist das, der einen unschuldigen jungen Mann sterben lässt? Rick hatte sein ganzes Leben noch vor sich – unser ganzes Leben. Wie kann Gott nur so grausam sein?"

„Ich finde, du solltest mit deinem Priester reden", sagte Cynthia. „Ich habe keine Antworten, aber vielleicht kann er dir durch diese schwere Zeit helfen."

„Ich werde nie wieder eine Kirche betreten", sagte Eleanor. „Mit Gott bin ich fertig, wenn das seine Art ist, die Welt zu führen."

Cynthia verstand auch nicht, was Gott tat. Die Welt schien verrückt geworden zu sein, während er weggesehen hatte. Sie biss sich auf die Zunge, um Eleanors Wut nicht noch dadurch anzufachen, dass sie sie daran erinnerte, dass sie nicht die Einzige war, die um einen geliebten Menschen trauerte. Was war mit den Hunderttausenden Soldaten, die auf der ganzen Welt umgekommen waren? Was mit den zerstörten Städten und den hungernden Flüchtlingen und den Millionen unschuldiger jüdischer Männer, Frauen und Kinder, die in den Konzentrationslagern ermordet worden waren, wie die jüngsten Berichte aus dem befreiten Europa belegten? Ja, es gab viele Tote zu erklären, nicht nur Rick.

Nachdem der anfängliche Schock und Kummer allmählich nachließ, versuchte Cynthia krampfhaft, ihr normales Leben wieder aufzunehmen und Eleanor zu helfen, ebenfalls wieder nach vorne zu blicken. Aber die einfachsten Dinge erinnerten sie beide an Rick und ließen Eleanor erneut in ein tiefes Loch der Trauer fallen. Cynthia hatte gerade begonnen, Popcorn zu machen, als der Duft sie plötzlich an den Abend erinnerte, als Rick in ihr Zimmer gekommen war, so lebendig und vergnügt.

„Halt!", sagte Eleanor plötzlich, als erinnerte sie sich an denselben Abend. „Kein Popcorn!" Cynthia zog den Stecker der Kochplatte und tat die noch nicht aufgeplatzten Maiskörner in den Müll. Dann scheuerte sie den Topf mit Stahlwolle, als wollte sie die Erinnerung daran, wie sie lachend und scherzend zu viert in den Keller geschlichen waren, um die Margarine zu holen, fortschrubben. Rick war in einen der Särge geklettert und hatte so getan, als wäre er tot – und jetzt war er es. Eleanors gut aussehender Mann, Richard Trent, war tot.

Ihr Zimmer über dem Bestattungsinstitut erwies sich jetzt als der schlimmste Ort, an dem Eleanor wohnen konnte. Jedes Mal, wenn im Haus eine Trauerfeier für einen Soldaten abgehalten wurde, kleidete Eleanor sich in Schwarz, ging hinunter und weinte, als hätte sie den Mann gekannt. Zuerst dachte Cynthia, es sei eine gute Idee, weil sie hoffte, dass Eleanor nach einer oder zwei dieser Feiern ihre Trauer ausgelebt habe. Aber an Leichenwachen und Beerdigungen teilzunehmen, wurde bald eine fixe Idee von ihr. Es war egal, ob der Verstorbene Soldat gewesen war oder nicht, alt oder jung, Mann oder Frau, ein Bekannter oder ein Fremder – Eleanor saß in der letzten Reihe und weinte, als läge ihr geliebter Mann in dem Sarg. Eines Abends, als Eleanor mit von Tränen aufgedunsenem Gesicht nach oben kam, stellte Cynthia sie zur Rede.

„Zu all diesen Trauerfeiern zu gehen, ist nicht gut für dich, Ellie. Du musst damit aufhören."

„Das kann ich nicht. Noch nicht."

Keine von beiden verfolgte noch die Nachrichten über den Krieg. Im April waren sie ebenso schockiert wie der Rest der Bevölkerung, dass Präsident Roosevelt plötzlich gestorben war. Die ganze Nation trauerte, und Eleanor auch. Aber die Trauer der Nation verwandelte sich drei Wochen später in stille Freude, als am 8. Mai die bedingungslose Kapitulation der Deutschen verkündet wurde. Der Krieg in Europa war endlich zu Ende. Eleanor schien es gar nicht zu bemerken.

Cynthia war den Tod leid und bereit für eine Veränderung. Auf ihrem Heimweg von der Arbeit sah sie eines Nachmittags in einer der Wohnungen über dem Supermarkt ein „Zu vermieten"-Schild, und nach dem Abendessen ging sie allein los, um sich die Unterkunft anzusehen. Die Zimmer waren teurer als ihre Miete im Bestattungsinstitut, aber das Apartment hatte eine winzige Küche mit Herd und Ofen und ein eigenes Bad. Cynthia unterschrieb den Mietvertrag, dann ging sie nach Hause und überreichte Mrs Montgomery die Kündigung für sie beide, ohne Eleanor davon zu erzählen.

„Wir ziehen hier aus", erklärte sie Eleanor am Ende des Monats. „Ich habe ein Apartment über dem Supermarkt gemietet." Eleanor reagierte nicht. Sie machte keine Anstalten, ihre Sachen zu packen. Ihre Lethargie war chronisch geworden, und oft lag sie stundenlang im Bett oder auf dem Sofa, ohne irgendetwas zu tun. Cynthia hatte alles, was Eleanor besaß, zusammen mit ihren eigenen Sachen eingepackt und gab William ein paar Dollar dafür, dass er ihnen beim Umzug half. Aber selbst abseits von dem Beerdigungsinstitut hob sich Eleanors Schwermut nicht.

Das Wetter wurde sommerlich, und in ihrer neuen Wohnung war es drückend heiß. „Komm, wir gehen irgendwohin und unternehmen etwas", schlug Cynthia an einem sonnigen Samstagnachmittag vor. „Ich mache uns ein Picknick und dann gehen wir wandern."

„Wie kannst du auch nur an ein Picknick denken?", erwiderte Eleanor verärgert. „Du hast ja keine Ahnung, wie ich mich fühle."

Cynthia holte tief Luft und versuchte, ihre eigene Verärgerung zu unterdrücken. „Du hast recht, ich weiß nicht, wie du dich fühlst – ich kann es mir noch nicht einmal vorstellen. Aber ich habe das Gefühl, dass ich in deiner Nähe nur noch auf rohen Eiern laufe, weil ich immerzu versuche, dich nicht aufzuregen. Es fällt mir schwer, dich so leiden zu sehen. Ich will dir helfen, dich aufmuntern – *irgendetwas*! Aber ich weiß nicht, was ich tun kann."

„Du kannst gar nichts tun. Niemand kann etwas tun."

Cynthia musste sich abwenden. Sie floh in ihr kleines Bad und rückte der Badewanne mit einer Dose Ajax zu Leibe. Eleanor frustrierte sie und machte sie manchmal regelrecht wütend. Cynthia war es leid, unter einer Wolke des Trübsinns zu leben, und sie wollte, dass Eleanor endlich daraus auftauchte. Aber dann hatte Cynthia gleich ein schlechtes Gewissen, weil sie so ungeduldig war. Wie würde sie sich fühlen, wenn sie die Liebe ihres Lebens verloren hätte? Es musste einen Weg geben, wie sie Eleanor durch diese Zeit hindurchhelfen konnte, aber Eleanor weigerte sich, Hilfe anzunehmen. Sie war fest entschlossen, den Rest ihres Lebens zu trauern. Und Cynthia hatte genug davon. Sie sehnte sich danach, von ihr fortzukommen. Aber nein … Eleanor war ihre beste Freundin.

Als die Wanne sauber war, trocknete Cynthia sich die Hände an einem Handtuch und ging ins Wohnzimmer zurück, um es noch einmal zu versuchen. „Du brauchst einen Neuanfang, Eleanor. Rick ist gestorben, nicht du. Er könnte es nicht ertragen, dich so zu sehen."

Eleanor gab keine Antwort.

„Bitte sag mir, was ich tun kann, um dir zu helfen", flehte Cynthia.

„Du kannst mich in Ruhe lassen. Hör auf, mich aufzumuntern. Geh und vergnüge dich."

„Wie kann ich das tun und dich so zurücklassen? Ich bin deine Freundin!"

„Weil ich dir sage, dass du es tun sollst. Das ist die beste Methode mir zu helfen – geh und lass mich allein."

„Gut. Dann gehe ich." Cynthia war sich sicher, dass es das Schlimmste war, was sie tun konnte, aber sie war das Ganze leid. Sie fuhr mit dem Bus nach Bensenville und schlenderte durch die Kaufhäuser, und an jenem Abend ging sie allein zur Tanzveranstaltung der USO. Aber die ganze Zeit musste sie an Eleanor denken – und fühlte sich schuldig, weil sie sie im Stich gelassen hatte.

Eleanor hörte auch kein Radio mehr. Sie hasste die Musik und sagte, sie erinnere sie an die Tanzabende, bei denen sie Rick kennengelernt hatte. Sie schloss sich im Schlafzimmer ein, wenn Cynthia Comedy-sendungen oder Krimis hörte. Eleanor hasste die Nachrichten. Ob-wohl die Alliierten offensichtlich siegten, sagte sie, es sei zu depri-mierend, an all die Männer erinnert zu werden, die starben – jeder Einzelne von ihnen eine Tragödie.

Cynthia kaufte jeden Tag die Zeitung, las Eleanor die guten Nach-richten laut vor und verschwieg die schlechten. Als die Vereinigten Staaten im August eine Atombombe über dem japanischen Hiroshima abwarfen, konnte Cynthia das nicht verstehen. Der Präsident erklärte, dieser Angriff würde den Krieg schnell beenden und das Leben von Tausenden amerikanischen Soldaten retten, aber die Zerstörung war unvorstellbar. Drei Tage später bombardierten sie Nagasaki, und zum ersten Mal, seit sie von zu Hause fortgegangen war, ging Cynthia zu der winzigen Kirche in der Park Street, um zu beten. Am 14. August 1945 wurden ihre Gebete erhört, als die Japaner sich ergaben. Der lange, schreckliche Krieg war endlich vorbei.

Nun war es Zeit für einen Neuanfang. Der Krieg war wie ein langsames, trauriges Lied gewesen, das auf einem abgenutzten Plattenspieler unendlich oft gespielt wurde. Es war an der Zeit, die Nadel anzuheben und die Platte herunterzunehmen; Zeit, ein neues Lied zu spielen, Zeit, aufzustehen und wieder zu tanzen.

„Ich habe zwei Zugfahrkarten nach New York gekauft", erzählte Cynthia Eleanor. „Wir gehen morgen das Kriegsende feiern." Sie hatte beschlossen, Eleanor vorher nicht zu fragen, sondern ihr einfach mitzuteilen, dass sie fahren würden, so wie Cynthia es gemacht hatte, als sie aus dem Bestattungsinstitut ausgezogen waren. Jeder in der Fabrik hatte für diesen Tag Urlaub bekommen.

„Endlich haben wir etwas zu feiern", fuhr sie fort, „und ich bin sicher, Rick hätte gewollt, dass du mitkommst. Dieser Sieg ist sein Sieg. Er hat mit seinem Leben geholfen, ihn zu erlangen." Sie hatte auch beschlossen, dass sie aufhören würde, Ricks Namen oder alles, was Eleanor an seinen Tod erinnern könnte, zu vermeiden. Vielleicht würde es ihr beim Heilungsprozess helfen, wenn sie darüber redeten.

Früh am nächsten Morgen, dem 15. August 1945, fuhren sie mit dem Bus nach Bensenville, wo sie in den Zug nach New York City stiegen. Millionen von Menschen drängten sich auf dem Times Square und lachten, jubelten und feierten. Die Aufregung steckte Cynthia an, und zum ersten Mal seit Monaten – vielleicht sogar Jahren – fühlte sie sich energiegeladen und fröhlich, und sie umklammerte Eleanors Hand, und ihr Herz zerbarst beinahe vor Glück, während sie ihre Freundin durch die Menschenmenge zog. Der Krieg war vorbei! Endlich konnten sie wieder normal leben. Fremde Menschen stimmten in Gruppen Lieder an, andere tanzten auf der Straße, Seeleute warfen ihre Mützen in die Luft, Autohupen ertönten.

Cynthia genügte es, einfach durch all das hindurchzuwaten, sich als

Teil der Menge zu fühlen und die Freude an diesem schwer erkämpften Sieg mit anderen zu teilen. Mitgerissen von den Ereignissen dachte sie erst daran, Eleanor zu fragen, wie es ihr ging, als bereits drei Stunden vergangen waren. Als sie sich schließlich zu ihrer Freundin umwandte und ihre leidende Miene sah, war Cynthia entsetzt. Tausende von jubelnden Soldaten und Marineoffizieren und Piloten verstopften die Straßen, und Eleanor suchte alle ihre Gesichter ab, als vermutete sie Ricks Gesicht darunter. Es schien, als glaubte sie, er wäre in der Menge verloren gegangen und wenn sie nur intensiv genug suchte, würde sie ihn finden. Rick sollte hier sein, lachend und lebendig und voller guter Laune.

Hierher zu kommen, war ein Fehler gewesen, das wurde Cynthia in diesem Moment klar. Es hatte genauso viel Schaden angerichtet wie Eleanors Teilnahme an Beerdigungen fremder Menschen. „Komm, wir fahren nach Hause", schrie sie, um den ohrenbetäubenden Jubel zu übertönen. Eleanor nickte nur.

Als sie wieder bei der Arbeit erschienen, versammelte Mr Jackson alle Angestellten in der Fabrikhalle, um etwas zu verkünden. „Jetzt brauchen wir keine Bombenzünder und Messgeräte mehr", sagte er fröhlich. „Ihr Mädchen habt tolle Arbeit geleistet, als ihr für die Männer eingesprungen seid – tolle Arbeit. Die gute Nachricht ist, dass ihr jetzt keine Männerarbeit mehr machen müsst. Ich weiß, dass die meisten von euch Mädels froh sein werden, zu ihren Familien zurückkehren zu können, stimmt's?"

Die Frauen jubelten und applaudierten, und Cynthia tat es ihnen gleich. Sie war diese eintönige Arbeit wirklich leid und bereit für eine Veränderung. Aber sie hielt inne, als sie sah, dass Eleanor nicht mitjubelte.

„In den kommenden Wochen werden wir einige entlassen müssen", fuhr Mr Jackson fort. „Ich sage euch Mädchen rechtzeitig Bescheid, damit ihr entsprechend planen könnt. Wir werden die Fabrik für eine Weile schließen, damit wir die Maschinen auf die Herstellung von Haushaltsgeräten umstellen können. Ich bin sicher, Sie wissen, dass Konsumgüter seit Kriegsbeginn Mangelware sind. Aber jetzt, wo unsere Jungs wieder nach Hause kommen, wird es viele Hochzeiten geben. Wir werden eine Menge Toaster brauchen!"

Die Frauen jubelten wieder, aber Eleanors Gesicht wurde bei der

Erwähnung von Hochzeiten ganz bleich. Cynthia fasste ihre Hand und drückte sie. „Manche Leute reden einfach gedankenlos daher", flüsterte sie.

Mr Jackson beendete seine Ansprache und schickte alle an die Arbeit, aber Eleanor stürmte ihm nach und folgte ihm in sein Büro.

„Mr Jackson – warten Sie!"

Cynthia folgte ihr, weil sie fürchtete, dass Eleanor etwas Unüberlegtes sagen würde. Es war offensichtlich, dass seine Rede Eleanor auf die Palme gebracht hatte – und dass er sie „Mädels" genannt hatte, war sicherlich noch das geringste Übel.

„Mr Jackson, ich brauche diese Arbeit. Ich möchte nicht entlassen werden. Wir haben nicht alle Ehemänner, die uns unterstützen, wissen Sie."

„Ich weiß", sagte er lächelnd. „Aber junge Mädchen, die so hübsch sind wie Sie beide, dürften doch keine Probleme haben, welche zu finden."

Cynthia fiel vor Staunen die Kinnlade herunter. Als Eleanor einen drohenden Schritt auf Mr Jackson zu machte, war Cynthia sicher, ihre Freundin würde ihm eins auf die Nase geben.

„Ich bin verheiratet, Mr Jackson. Mein Mann ist drüben in Deutschland gefallen. Ich will keinen anderen Mann – ich will meinen Job behalten!"

„Äh, t-tut mir leid, für Ihren Verlust … Aber ich habe die Anweisung, alle temporären Kräfte im Verteidigungsdienst zu entlassen, um Platz für die zurückkehrenden Soldaten zu machen, die diese Arbeit brauchen."

„Ich brauche diese Arbeit auch!"

„Es tut mir leid, ich kann nichts machen."

„Also gut, Mr Jackson, Sie brauchen mich nicht zu entlassen, weil ich nämlich kündige!" Eleanor riss ihre Ausweismarke ab und warf sie auf Mr Jacksons überfüllten Schreibtisch. Dann schob sie sich an Cynthia vorbei und verließ das Gebäude.

Cynthia wusste nicht, was sie tun sollte. Sie hatte Angst, Eleanor allein zu lassen, weil sie sich fragte, was als Nächstes geschehen würde. Aber Cynthia wusste, dass Eleanor ohnehin keinen Trost annehmen würde – nicht, wenn sie so wütend war wie jetzt. Wenn sie ehrlich war, wollte Cynthia überhaupt nicht in ihrer Nähe sein. Und sie wollte auch ihre Arbeit nicht aufgeben, bevor sie es musste. Sie murmelte eine vage Entschuldigung gegenüber Mr Jackson und ging dann an ihren Arbeitsplatz.

Den ganzen Tag übte Cynthia im Geiste, was sie zu Eleanor sagen würde, wenn sie nach Hause kam, und sie plante, was sie mit ihrem eigenen Leben anfangen wollte, wenn sie entlassen wurde. Als die Sirene um drei Uhr ertönte, hatte Cynthia ihre Rede fertig. Sie stieg die Treppe zu ihrer Wohnung im zweiten Stock hinauf und fand Eleanor, wie sie in ihrer Arbeitskleidung auf dem Bett lag und zur Decke hinaufstarrte.

„Die Art, wie Mr Jackson die Sache heute angefasst hat, war wirklich dumm und gedankenlos", begann sie. „Aber ich habe das Gefühl, dass wir uns in den kommenden Monaten noch eine Menge taktloser Bemerkungen werden anhören müssen, und du solltest das nicht so persönlich nehmen, Ellie. Die Menschen sind den Krieg leid, sind es leid, darüber nachzudenken und damit zu leben. Ein Gefühl von Wohlstand macht sich breit, und jeder will das ganze Leid vergessen und nach vorne blicken. Die Menschen wollen Autos und Häuser und ein normales Leben … Eleanor, ich weiß, dass du es nicht mehr hören kannst, aber du musst dein Leben auch in die Hand nehmen. Du und ich, wir sind vor drei Jahren hierher nach Riverside gekommen, um neu anzufangen. Es war schwierig, aber wir haben es geschafft. Und jetzt müssen wir es wieder schaffen."

Eleanor antwortete nicht. Cynthia hatte es auch gar nicht erwartet. Die meisten ihrer Reden stießen auf Schweigen oder Zorn, und ihr war das Schweigen lieber. Sie streifte ihre Schuhe ab und begann, sich ihrer Arbeitskleidung zu entledigen.

„Ich habe in der Zeitung von einem Sekretärinnenkurs gelesen, der am Business College in Bensenville angeboten wird", fuhr sie fort, während sie sich auszog. „Sie bringen einem Maschineschreiben und Stenographie bei und alles, was man sonst noch braucht, um eine gute Stelle als Sekretärin zu bekommen. Das Herbstsemester fängt gerade an, und ich habe beschlossen, mich einzuschreiben. Warum machst du nicht auch mit? Wenn wir jetzt mit den Abendkursen anfangen, haben wir schon ein ganzes Stück geschafft, bis unsere Arbeit in der Fabrik zu Ende ist. Und in New York City brauchen sie bestimmt viele Sekretärinnen. Wir können uns da unten eine Wohnung suchen und –"

„Du kannst Sekretärin werden, wenn du willst. Für mich ist das nichts."

Cynthia zögerte und wappnete sich für die üblichen Argumente. „In Ordnung. Du hast doch immer davon gesprochen, dass du aufs College gehen willst, weißt du noch? Hast du dafür nicht dein Geld gespart?"

„Nein", sagte Eleanor verärgert. „Ich habe gespart, damit Rick und ich ein neues Leben zusammen anfangen können."

Cynthia seufzte. „Ich weiß, ich habe das schon oft gesagt, aber Rick würde nicht wollen, dass du so trauerst. Er würde wollen, dass du etwas aus deinem Leben machst. Du wolltest doch immer einen Beruf, erinnerst du dich?"

„Mag sein, aber jetzt ist mir nicht mehr danach." Eleanor stieg aus dem Bett und begann sich auszuziehen.

Cynthia suchte nach Worten. Sie hatte eine viel längere Rede einstudiert, aber sie war zu entmutigt, um sich an alles zu erinnern. Sie kam überhaupt nicht weiter. Wortlos sah sie zu, wie Eleanor sich das Haar kämmte und dann ihren Hut mit dem schwarzen Netzschleier aufsetzte – und plötzlich wurde ihr klar, was Eleanor da tat. Sie zog ihre schwarzen Sachen an, um wieder zum Bestattungsinstitut zu gehen. Tränen der Wut und Enttäuschung stiegen Cynthia in die Augen.

„Was machst du, Ellie? Komm schon – bitte. Nicht schon wieder! Es ist krankhaft, zu all den Beerdigungen von Leuten zu gehen, die du nicht einmal gekannt hast. Du musst damit aufhören."

„Ich muss zu Beerdigungen gehen", sagte Eleanor mit tonloser Stimme. „Ich muss versuchen, die Tatsache zu begreifen, dass er tatsächlich nicht mehr da ist."

„Aber das hilft dir nicht dabei. Merkst du das denn nicht? Seit Monaten machst du das. Du warst bei Dutzenden von Trauerfeiern, und noch immer hast du es nicht akzeptiert. Du trauerst immer noch."

„Weil ich weiß, dass er das in dem Sarg nicht ist." Ein erstickter Schluchzer durchfuhr sie, und dann sank sie weinend auf ihr Bett. Cynthia setzte sich neben sie und wiegte sie in ihren Armen.

„Du bist zu jung, um mit dem Leben abzuschließen, Ellie. Du musst herausfinden, wie du dies hier überwinden kannst, und es dann tun."

„Vielleicht, wenn ich Ricks Grab sehe …"

„Dann tu es, Ellie. Um Himmels willen, fahr nach Albany oder wo immer er begraben ist, und leg Blumen auf sein Grab. Vielleicht kannst du dann nach vorne blicken und wieder leben. Du bist erst einundzwanzig Jahre alt."

„Kommst du mit, Cynthia? Bitte?"

Cynthia erinnerte sich an die zuversichtliche, selbstbewusste Frau, die sie an ihrem ersten Tag in der Elektronikfabrik kennengelernt hatte – die ihrem neuen Boss die Hand geschüttelt und ihn gebeten hatte, sie nicht Mädchen zu nennen –, und sie fragte sich, was mit dieser Frau geschehen war. Eleanor bettelte um Hilfe wie ein ängstliches Kind. Wenn das die Folge davon war, dass einem das Herz gebrochen wurde, dann wollte Cynthia sich nie verlieben.

„Natürlich, Ellie. Natürlich komme ich mit. Ich hole uns einen Busfahrplan, dann fahren wir am nächsten Wochenende nach Albany und legen Blumen auf Ricks Grab."

Kapitel 18

Albany, New York – 1945

Als sie am folgenden Samstag in Albany eintrafen, bereute Cynthia bereits, dass sie eingewilligt hatte mitzukommen. Die Busfahrt hatte sie ermüdet, denn der Bus hatte in jedem kleinen Ort zwischen Bensenville und Albany angehalten und es schien, als würden sich viel mehr Menschen in den Bus drängeln, als er überhaupt fassen konnte. Albany war eine ziemlich große Stadt, und Cynthia wusste nicht, wie sie Ricks Grab jemals finden sollten – oder ob es überhaupt hier war. Erst nachdem sie versprochen hatte mitzukommen, war ihr eingefallen, dass Tausende von Soldaten in Europa in der Nähe der Schlachtfelder begraben waren, auf denen sie gefallen waren. Die Aufgabe, Ricks Grab zu finden, schien unüberwindlich. Aber sie würde auch mit Eleanor nach Europa fahren, um das Grab zu sehen, wenn es ihrer Freundin half, wieder ein normales Leben zu führen.

Während sie verschwitzt und benommen im lauten Busbahnhof stand, fragte Cynthia sich, wo sie anfangen sollten. Eleanor hing an ihrem Arm und sah traurig und verloren aus. Die alte Eleanor hätte die Sache in die Hand genommen und jeden Gepäckträger, Fahrkartenverkäufer und Sicherheitsbeamten in Reichweite eingespannt, um Ricks Grab zu finden. Aber diese charmante, selbstbewusste Frau war mit Rick gestorben und hatte ein verwirrtes Mädchen zurückgelassen, das sich im Busbahnhof umsah, als wäre es gerade aus einem Alptraum erwacht und wüsste nicht, was es tun solle. Cynthia wusste, dass sie die Initiative würde ergreifen müssen.

„Da drüben ist eine Telefonzelle", sagte sie, als hätte sie gerade ein Rettungsboot erspäht. „Komm, wir fragen nach, ob die Nummer seines Vaters aufgeführt ist. Rick hieß Richard Trent, Jr., nicht wahr?" Sie sah, wie Eleanor zusammenzuckte, und da wurde ihr klar, dass sie in der Vergangenheitsform von Rick gesprochen hatte.

„Genau genommen ist er ‚der Dritte'", sagte Eleanor. „Richard Trent III. Ich habe immer gesagt, dass er wie ein englischer König klingt."

Sie quetschten sich in die Telefonzelle. Cynthia kramte in ihrer

Handtasche nach Kleingeld. Sie konnte ihr Glück kaum fassen, als die Telefonistin ihr Mr Trents Telefonnummer und Adresse nannte. Sie kritzelte die Informationen auf eine Papierserviette. „Willst du ihn anrufen, oder soll ich es tun?", fragte sie Eleanor.

„Keine von uns." Eleanor nahm Cynthia den Hörer aus der Hand und hängte ihn auf die Gabel zurück. „So wie Rick seine Eltern beschrieben hat, würden sie wahrscheinlich sowieso auflegen. Wir fahren lieber hin und fragen einen von den Bediensteten."

Cynthia ging zum Informationsschalter und fragte nach einer Wegbeschreibung. Sie mussten mit einem Bus quer durch die Stadt fahren und dann mehrere Häuserblocks durch eine feine Wohnsiedlung gehen, bis sie die richtige Straße gefunden hatten. Cynthias Schritte wurden zögerlicher, als sie die Hausnummern abzählte. Die schiere Größe der Häuser schockierte sie. Sie ging immer langsamer und blieb schließlich am Anfang einer von Bäumen gesäumten Auffahrt stehen.

„Das ist Ricks Haus", sagte Cynthia mit gedämpfter Stimme. Sie sah Tränen in Eleanors Augen und fragte sich, ob das hier wirklich eine so gute Idee gewesen war. „Wir hätten zuerst anrufen sollen, Ellie. Man klingelt nicht einfach an solchen Villen und stellt Fragen." Sie wollte gerade vorschlagen, zum Drugstore zurückzugehen und ein Telefon zu suchen, als Eleanor ihren Arm packte.

„Hier ist Rick aufgewachsen. All das wollte er für mich aufgeben."

Cynthia schluckte den Kloß in ihrem Hals hinunter und drückte Eleanors Hand. „Er hat dich geliebt, Ellie. Er hat dich wirklich geliebt."

Während sie noch auf dem Bürgersteig standen und überlegten, was sie als Nächstes tun sollten, hörte Cynthia, wie irgendwo hinterm Haus ein Auto angelassen wurde. Der Motor wurde ein paar Mal hochgejagt, und dann sahen sie den Wagen, der langsam die Auffahrt zurücksetzte. Es war eine ältere Limousine – seit Kriegsausbruch waren keine neuen Autos mehr gebaut worden – und Cynthia beschloss kurzerhand, dem Fahrer ein Zeichen zu geben und ihn nach dem Weg zu fragen. Sie hatte den Arm schon halb gehoben, als sie plötzlich erstarrte. Der Fahrer sah genauso aus wie Rick!

Cynthia blinzelte, sicher, dass sie sich das eingebildet hatte. Es musste sich um Ricks Bruder handeln – aber Rick hatte keinen Bruder! Sie traute ihren Augen nicht. Und dann sah Eleanor ihn auch.

„*Rick* …", flüsterte sie. Eleanors Knie klappten unter ihr zusammen, als hätte sie einen Geist gesehen, und sie sank ohnmächtig auf den Gehsteig. Cynthia bückte sich, um ihr zu helfen, dann sah sie gerade noch rechtzeitig auf, um den Fahrer eindeutig erkennen zu können.

Es war Rick Trent. Er lebte! Und er war ein dreckiger, mieser Lügner.

„Rick!", rief Cynthia. Er hatte sie nicht bemerkt, als er rückwärts auf die Straße gefahren war, und wollte gerade wegfahren. „Rick, hilf mir!", schrie sie.

Seine Augen wurden groß, als er sie erkannte. Das Auto kam mit quietschenden Reifen zum Stehen und setzte dann zurück.

Cynthia kauerte am Boden und hielt Eleanors Kopf. Rick stieg aus und kam auf sie zu, so langsam, als ginge er in Zeitlupe. Sein Gesicht war so weiß wie Eleanors.

„Was macht ihr denn hier?", fragte er.

„Was machst *du* hier, du Ungeheuer? Du bist angeblich tot! Wir sind hergekommen, um dein Grab zu suchen!" Sie streckte ihre freie Hand aus und begann, auf sein Bein einzuschlagen. „Wie konntest du ihr das antun? Wie konntest du nur!" Rick machte einen Schritt zurück. Eleanor stöhnte, als sie allmählich wieder zu sich kam.

„Geht es ihr gut?", fragte Rick.

„Natürlich geht es ihr nicht gut! Sie denkt, sie hat ein Gespenst gesehen. Immerhin bist du eigentlich tot!"

Eleanor öffnete die Augen. Sie blickte auf, und ihre Blicke begegneten sich. „Bist du es wirklich?", murmelte sie. Rick nickte und hockte sich neben sie. Im nächsten Augenblick setzte Eleanor sich auf und schlang die Arme so heftig um seinen Hals, dass sie ihn mit der Wucht ihrer Umarmung beinahe umgeworfen hätte. „O Rick, du lebst! Du lebst! Ich glaube, ich träume!"

„Nein, du träumst nicht. Ich –"

„Die Armee hat einen schrecklichen Irrtum begangen! Sie haben mir gesagt, du wärest tot! Deshalb habe ich dir nicht mehr geschrieben. Rick! O Rick!" Sie vergrub das Gesicht an seiner Brust und drückte ihn weinend an sich.

Ricks Augen blieben trocken. Cynthia konnte an seiner Miene erkennen, dass die Armee keinen Fehler gemacht hatte. Rick hatte Eleanor absichtlich glauben gemacht, er sei tot. Er hatte sie betrogen. Sie waren Mann und Frau, und er hatte den feigen Ausweg gewählt und sie fallen lassen. Cynthia war so wütend, dass sie ihn hätte umbringen können.

„Wie konntest du etwas so Schreckliches tun?", zeterte sie. „Eleanor ist deine Frau! Ich habe gesehen, wie du sie geheiratet hast! Ich war dabei, als du geschworen hast, den Rest deines Lebens mit ihr zu verbringen!"

Rick blickte sich nervös um. „Schhh … Nicht hier draußen, Cynthia. Kommt, gehen wir rein."

Sie halfen Eleanor auf die Beine, aber sie war so erschüttert, dass sie kaum laufen konnte. Nur gemeinsam war es ihnen möglich, sie die Auffahrt hinauf zum Eingang des Hauses zu bringen. „Warte hier draußen, Cynthia", befahl er. „Ich muss mit Eleanor unter vier Augen sprechen." Sein Verhalten war so arrogant und selbstsicher wie an dem Abend, als Cynthia ihn zum ersten Mal gesehen hatte.

„Keine Chance, du widerlicher Kerl! Ich bleibe bei Eleanor. Du hast ja keine Ahnung, was sie durchgemacht hat, seit sie von deinem Tod erfahren hat. Sie ist vor Kummer fast gestorben!"

„Das tut mir leid." Er klang allerdings nicht so, als täte es ihm leid, sondern er schien eher wütend zu sein. Die Entschuldigung galt nicht dem Leid, das er Eleanor angetan hatte; leid tat ihm nur, dass er erwischt worden war. Er warf Cynthia einen bösen Blick zu und führte sie dann beide widerwillig ins Wohnzimmer.

„Ist schon in Ordnung, Rick", murmelte Eleanor, während sie sich an ihn schmiegte. „Das Einzige, was zählt, ist, dass wir uns wiedergefunden haben."

Er half Eleanor, sich auf die Couch zu setzten, dann eilte er davon mit den Worten: „Ich hole dir etwas Wasser."

Cynthia nahm den herrlichen Raum, der mit Antiquitäten, erlesenen Ölgemälden und orientalischen Teppichen geschmückt war, nur verschwommen wahr. Im Hintergrund spielte leise klassische Musik. Die Wut, die in ihr hämmerte, ließ den Raum ungewöhnlich grell erscheinen.

„Rick lebt …", flüsterte Eleanor. „Gott sei Dank! Gott sei Dank!"

Er kam mit einem Glas Wasser zurück – und mit einem Mann, der eine ältere Version seiner selbst war, genauso gut aussehend, genauso arrogant. Rick reichte Eleanor das Glas, und sie trank einen winzigen

Schluck, bevor sie das Glas abstellte. Ihre Hände zitterten so heftig, dass sie es beinahe hätte fallen lassen.

„Eleanor, das ist mein Vater", sagte Rick.

Sie sah zu Rick auf und lächelte. „Gut. Dann sagen wir es ihm gemeinsam, Liebling."

Cynthias Magen drehte sich um. Eleanor stand zu sehr unter Schock, als dass sie den harten, kalten Ausdruck in Ricks Gesicht hätte deuten können. Sie stellte sich vor, dass sie seinem Vater die Wahrheit über ihre Eheschließung sagen und dann Arm in Arm hinausgehen und den Rest ihres Lebens gemeinsam verbringen würden. Aber Cynthia wusste, dass nichts dergleichen geschehen würde.

„Du dreckiger, verlogener Feigling", fauchte Cynthia.

„Halt dich da raus, Cynthia."

„Erwartest du, dass ich ruhig danebensitze, wenn du sie ein zweites Mal umbringst? Niemals!"

„Was ist hier los, Richard?", fragte sein Vater. „Wer sind diese Leute?"

Eleanor hatte sich so weit erholt, dass sie die Hand ausstreckte, die zuversichtliche, selbstbewusste Eleanor, an die Cynthia sich von ihrem ersten Tag in der Fabrik erinnerte. „Hallo, Mr Trent. Ich freue mich, dass wir uns endlich kennenlernen. Ich bin Ricks Frau Eleanor." Ihr bleiches Gesicht leuchtete siegesgewiss. Mr Trent warf erst Rick einen düsteren Blick zu, dann Eleanor. Cynthia war so schlecht, dass sie sich auf der Stelle hätte übergeben können, denn sie wusste sicher, was jetzt kommen würde.

„Ich weiß alles über Sie, Miss Bartlett", sagte Mr Trent. „Was suchen Sie hier?"

„Der Armee ist ein schrecklicher Irrtum unterlaufen. Man hat mir gesagt, Rick sei im Krieg gefallen. Ich kam nach Albany, um sein Grab zu sehen, und stattdessen … habe ich meinen Mann wiedergefunden!" Tränen standen in ihren Augen, als sie Rick anlächelte. „Es ist wie ein Traum oder … oder ein Wunder. Sag es ihm, Rick. Sag ihm, wie wir vor zwei Jahren geheiratet haben, bevor du ausrücken musstest."

„Ich weiß über Ihre sogenannte Heirat Bescheid. Mein Sohn ist derjenige, dem im Eifer des Gefechts ein Irrtum unterlaufen ist, Miss Bartlett. Jugendliche Leidenschaft gerät in Kriegszeiten oft außer Kontrolle, wenn das Leben unsicher erscheint. Aber der Krieg ist jetzt vorbei, und es wird Zeit, dass die kühleren Köpfe wieder die Oberhand gewinnen. Eine lebenslängliche Entscheidung wie eine Eheschließung muss man mit Logik und Verstand treffen."

Der Raum verschwamm vor Cynthias Augen, als sie erkannte, wohin diese Unterhaltung führte. „Sie grausamer, widerlicher Mann!", stieß sie hervor.

Eleanor schien von seinen Worten unbeeindruckt. „Sie irren sich, Mr Trent. Rick und ich lieben uns. Unser Trauversprechen gilt für den Rest unseres Lebens." Sie streckte die Hand aus und ergriff seine, die schlaff herunterhing. Sie schien die Kälte in Ricks Augen gar nicht zu bemerken, aber Cynthia sah sie. Seine Loyalität galt seinem Vater und nicht Eleanor.

„Richard hat die Ehe schon vor Monaten annullieren lassen", fuhr Mr Trent fort. „Wir haben versucht, Ihnen eine Kopie der Bescheinigung zu schicken, aber sie kam ohne eine neue Adresse zurück."

Eleanor schüttelte den Kopf. „Warum hätte er sie annullieren lassen sollen? Wir sind Mann und Frau. Lass nicht zu, dass er das tut, Rick. Du wolltest ihm die Stirn bieten, weißt du noch? Sag ihm die Wahrheit. Sag ihm, dass wir uns lieben und dass wir Mann und Frau sind."

Rick sagte nichts. Cynthia hasste ihn, weil er ein solcher Feigling war.

„Mein Sohn hat die Ehe annullieren lassen, Miss Bartlett, weil Sie ihn unter Vorspiegelung falscher Tatsachen geheiratet haben. Sie wussten alles von ihm und was er erben würde, aber Sie haben über sich selbst gelogen. Hätte er die Wahrheit über Ihre Herkunft gewusst, hätte er niemals eine so dumme Entscheidung getroffen. Zum Glück hat unser Anwalt einen Richter davon überzeugt, dass Sie eine skrupellose Frau sind, die Richard wegen seines Geldes zu einer voreiligen Eheschließung gedrängt hat."

„Das ist eine Lüge!", rief Cynthia.

Eleanors Miene zeigte erst Schock, dann Unglauben, als sie sich Rick zuwandte. „Das denkst du, Rick?"

Er antwortete nicht. Sein Blick blieb auf seinen Vater geheftet und gab ihm die Vollmacht, für ihn zu sprechen. Die Stimme des älteren Mannes wurde lauter, als er jedes Wort mit kalter, bitterer Wut aussprach.

„Wir haben Ihren Hintergrund überprüft – und den Ihrer Mutter –, Miss Bartlett. Der Richter und das Kirchenamt haben zugestimmt, dass die dreitägige Ehe annulliert werden könne, weil es keine Kinder gibt."

Eleanor sah zu Rick auf. „Du hast gesagt, dass du mich liebst", sagte sie leise. Ihre ruhige Beherrschung beunruhigte Cynthia mehr, als Tränen oder Wut es getan hätten. „Du hast mir gesagt, dass du deinen Vater hasst und die Art, wie er dich immer manipuliert, so wie er es jetzt gerade tut. Sag etwas, Rick."

Er räusperte sich. „Du hast mir nicht die Wahrheit über dich gesagt, Eleanor."

„Du hast mich nie nach meiner Familie gefragt, sonst hätte ich dir von ihr erzählt. Außerdem hätte ich nie auch nur im Traum gedacht, dass es etwas ändern würde. Du hast gesagt, du liebtest mich, wie ich sei, genauso, wie ich dich geliebt habe. Wir waren uns einig, dass alles andere nicht zählt."

„Aber es zählt eben doch. Wir sind nicht mehr verheiratet, Eleanor."

„Kannst du tatsächlich dort stehen und behaupten, du hättest mich nie geliebt?"

„Ich dachte, ich würde dich lieben … damals. Aber du hast mir die Wahrheit über deine Eltern verschwiegen und –"

„Was für einen Unterschied macht denn das? Sie haben nichts mit uns zu tun oder mit der Zukunft, die wir uns ausgemalt haben. Wir haben über Werte und das, was im Leben wichtig ist, gesprochen, weißt du noch?"

„Die Familie ist auch wichtig. Mein Großvater hat diese Firma gegründet. Mein Vater hat schwer gearbeitet, um sicherzustellen, dass er etwas hat, was er mir vererben kann. Ich bin sein einziger Sohn. Wie kann ich all das wegwerfen? Vor allem, wenn du mich angelogen hast."

„Es geht überhaupt nicht um meine Familie, oder? Es geht ums Geld. Es geht immer ums Geld. Das ist es, was du nicht aufgeben willst, nicht wahr? Er hat gedroht, dich zu enterben, wenn du mit mir verheiratet bleibst."

Rick antwortete nicht. Das war auch nicht nötig. Die Wahrheit war in seinem Gesicht zu lesen. Cynthia sah erschrocken zu Eleanor hinüber. Allmählich begriff diese die schreckliche Wahrheit, dass der Mann, den sie liebte, sie hintergangen hatte. Der Schock dieser Erkenntnis würde sie wahrscheinlich noch mehr in die Verzweiflung treiben, als sein angeblicher Tod es getan hatte. Eleanors ruhige, gelassene Fassade begann zu bröckeln, während sie um Fassung rang. Cynthia spürte, dass ihr Körper unkontrolliert zitterte. Sie nahm Eleanors Arm und zog sie auf die Beine. Schlimmer als alles andere wäre für Eleanor, wenn sie vor Rick und seinem Vater zusammenbrach.

„Komm, wir gehen, Eleanor. Wir hatten die ganze Zeit recht – Rick Trent *ist* tot. Er muss es sein, denn er stinkt wie eine Leiche!"

Niemand sprach, als Cynthia Eleanor zur Tür half, während die klassische Musik im Hintergrund plätscherte. Als Cynthia bemerkte, dass Rick ihnen zu seinem Auto am Ende der Auffahrt folgte, musste sie all ihre Beherrschung zusammennehmen, um nicht auf ihn einzuschlagen.

„Du nichtsnutziger, mieser Feigling!", rief sie. „Oh! Wie gut, dass ich nicht fluche, sonst würde ich dir genau sagen, was du bist! Wie konntest du sie nur so belügen und sie glauben lassen, du wärest tot? Du hast sie geliebt, Rick. Ich weiß, dass du sie geliebt hast."

„Ich dachte, es wäre weniger hart für sie, wenn sie glaubt, ich wäre gestorben. Sie hätte eine Weile getrauert, aber –"

„Aber sie hätte nie herausgefunden, was für eine Ratte du bist, stimmt's? Sie hätte gedacht, dass du sie bis in den Tod geliebt hast, anstatt die Wahrheit zu erfahren, dass du sie für das Geld deines Vaters verraten hast."

„So einfach ist das nicht, Cynthia."

„Das ist so feige! Du hast Eleanor gar nicht verdient. Sie ist viel zu gut für Abschaum wie dich!" Rick stieg in seinen Wagen und schlug die Tür zu. Dann fuhr er mit quietschenden Reifen auf die Straße hinaus.

Keine der beiden Frauen sagte etwas, als Cynthia Eleanor durch die ruhige Wohngegend zur Bushaltestelle führte. Im Berufsverkehr schien die Fahrt durch die Stadt ewig zu dauern. Der nächste Bus nach Bensenville fuhr erst in zwei Stunden, und es würde nach Mitternacht sein, bis sie zu Hause eintrafen.

Cynthia wusste nicht, was sie sagen sollte, als sie nebeneinander auf der harten Holzbank saßen und warteten, umgeben von Zigarettenrauch und Dieselabgasen. Aber sie musste es versuchen.

„Eleanor –"

„Sag nichts, Cynthia, bitte. Ich möchte jetzt nicht darüber reden."

Eleanors Herz war zerbrochen, als sie erfahren hatte, dass Rick gestorben war, aber da hatte sie wenigstens einen Feind gehabt, dem sie die Schuld an seinem Tod geben konnte, einen Feind, der am Ende geschlagen und vernichtet worden war. Dies hier war viel schlimmer. Diesmal war ihr Herz unheilbar zerschmettert worden, und das mit voller Absicht. Diesmal war der Feind der Mann, den sie liebte – und Cynthia fürchtete, dass er sie vollkommen vernichtet hatte.

Eine Woche nachdem sie nach Riverside zurückgekehrt waren, brachte der Postbote einen dicken Einschreibebrief, der an Eleanor Bartlett adressiert war. Als Eleanor Ricks Namen als Absender sah, reichte sie Cynthia den Brief.

„Schick es zurück. Egal, was es ist, ich will es nicht." Sie wandte sich ab und stand mit dem Rücken zu Cynthia, während sie aus dem Fenster starrte. Tränen trübten Cynthias Blick, als sie den Umschlag aufriss und ein offizielles Dokument herauszog, das mit dem Siegel des Bundesstaates New York versehen war. Die Ehe zwischen Eleanor Bartlett und Richard Trent III. war offiziell annulliert worden. In dem Umschlag befanden sich außerdem ein Stapel Kriegsanleihen der US-Regierung – im Wert von fünftausend Dollar – und eine Nachricht von Rick.

Eleanor,
ich wollte dir nie wehtun. Bitte nimm dieses Geld und meine aufrichtige Entschuldigung an und bezahle deine Ausbildung damit.
Rick

Eine ganze Weile traute Cynthia sich nicht zu sprechen. „Rick hat die amtlichen Unterlagen und Geld geschickt", sagte sie schließlich.

„Ich will sein Geld nicht. Schick es zurück."

„Ich finde, du solltest es behalten, Ellie. Es ist das Mindeste, was er dir schuldig ist. Du kannst es nehmen, um noch einmal ganz von vorne anzufangen und –"

„So etwas wie von vorne anfangen gibt es nicht", sagte Eleanor mit tonloser Stimme. „Das ist ein Märchen. Wir können unserer Vergangenheit nicht entfliehen. Sie folgt uns, wohin wir auch gehen. Alles, was unsere Eltern getan haben und ihre Eltern vor ihnen – es verfolgt uns und wir können ihm nicht entfliehen."

Die Verzweiflung in Eleanors Stimme beunruhigte Cynthia. Sie erinnerte sich daran, wie Mr Trent etwas aus Eleanors Vergangenheit als Grund dafür benutzt hatte, warum ihre Ehe annulliert worden war, aber Cynthia konnte sich keine Vergangenheit vorstellen, die so schlimm war, dass man nicht eine zweite Chance verdient hatte. Eleanor sprach nie über ihre Familie, und Cynthia wollte nicht neugierig sein, aber sie musste Eleanor überzeugen, das Geld zu behalten. Rick schuldete ihr noch viel, viel mehr.

„Ellie, gib Rick nicht die Macht, dein Leben auf diese Art zu ruinieren. Er ist ein feiger Lügner, der jede Ausrede benutzt hat, die ihm einfiel, um an das Geld seines Vaters zu kommen. Du kannst wirklich neu anfangen – ich habe es doch auch getan. Ich bin meinem Leben auf dem Dorf entflohen, dank deiner Hilfe. Und du kannst auch noch mal ein neues Leben beginnen."

Eleanor reagierte nicht. Cynthia atmete aus und versuchte es erneut.

„Sieh mal, Rick hat dir etwas Schreckliches angetan, und ich weiß, dass er dich zutiefst verletzt hat. Aber nimm das Geld, Ellie. Du kannst damit das College finanzieren und den Beruf erlernen, den du immer haben wolltest. Du hast es verdient."

Eleanor drehte sich um und sah sie an, mit tief liegenden Augen, mutlos. Eine tote Frau.

„Nein … ich habe überhaupt nichts verdient."

Kapitel 19

Cynthia betrachtete ihr Spiegelbild im Badezimmerspiegel, und was sie sah, gefiel ihr. Ihre blonden Haare, zu einer eleganten Banane hochgesteckt, glänzten im Licht wie Gold. Ihr Make-up war so frisch und makellos wie das eines Filmstars, und ihr neues schwarzes Cocktailkleid würde sicher einigen Männern den Kopf verdrehen – es war jeden Cent wert, den sie dafür ausgegeben hatte.

Sie warf einen Blick auf ihre Armbanduhr. Es war immer noch zu früh, um nach unten zu gehen und auf ihre Verabredung zu warten. Sie hatten vereinbart, sich vor dem Supermarkt zu treffen, weil sie nicht wollte, dass er die baufällige Treppe zu ihrer Wohnung hinaufkam und sah, wo sie lebte. Es könnte seinen Eindruck von ihr als Klassefrau verderben.

Cynthia schaltete das Licht im Bad aus und trug ihre hochhackigen Schuhe ins Wohnzimmer. Es gab keinen Grund, sie früher anzuziehen als nötig. Sie suchte einen Notizblock und einen Bleistift, um eine Nachricht für Eleanor aufzuschreiben, als sie hörte, wie langsame Schritte die Treppe heraufkamen. Dann drehte sich der Schlüssel im Schloss. Überrascht sah sie auf, als Eleanor zur Tür hereinkam.

„Du bist aber früh zu Hause. Ich wollte dir gerade einen Zettel schreiben."

„Im Restaurant war heute nicht viel los und ich bin ganz erschöpft. Ich habe meine Tische einer anderen Bedienung überlassen und bin nach Hause gegangen." Sie ließ sich auf das Sofa fallen, als könnten ihre Beine sie unmöglich auch nur eine weitere Sekunde tragen, dann streckte sie sich auf dem Rücken aus. Cynthia wollte gerade fragen, wieso sie nach nur drei Stunden an einem so ruhigen Abend so fertig war, aber Eleanor sprach zuerst.

„Wozu hast du dich denn so fein gemacht? Das Kleid kenne ich gar nicht."

„Es ist auch nagelneu. Wie sehe ich aus?" Sie ging ein paar Schritte und drehte sich dann langsam um, als wäre sie ein Model bei einer Modenschau.

„Toll. Du hast dich wirklich zu einer Klassefrau gemausert, Cynthia. Obwohl ich mir nicht vorstellen kann, dass es irgendeinen Mann hier in Riverside gibt, der eine so elegante Verabredung wert wäre. Wer ist denn der Glückliche?"

Cynthia zögerte, denn sie hatte Angst, es ihr zu sagen. Sie hatte ihr Privatleben nicht mehr mit Eleanor besprochen, seit sie beide über Eleanors Weigerung, sich mit Männern zu verabreden, gestritten hatten. Eleanor hatte im Restaurant extra um die Freitag- und Samstagabendschichten gebeten und arbeitete für gewöhnlich, wenn Cynthia ausging, und wenn ihre Freundin nach Hause kam, schlief sie schon.

„Es ist jemand, den ich von der Arbeit kenne", sagte sie und sah wieder auf ihre Uhr.

„Komm schon … erzähl mir von ihm." Eleanor lächelte, aber es kam nicht von Herzen. „Du bist viel zu schick für einen von den Typen am Fließband. Ist es einer von den Vertretern?"

„Nein … Es ist mein Boss."

„Dein Boss! Mensch, das ist mal eine Neuigkeit! Ich wusste gar nicht, dass Chefs mit ihren Sekretärinnen ausgehen dürfen."

„Es gibt kein Gesetz dagegen", sagte Cynthia mit einem schüchternen Lächeln. Sie musste einfach lächeln, wenn sie an Howard dachte. „Wir sind schon ein paar Mal Kaffee trinken oder ins Kino gegangen und haben immer viel gelacht. Wir reden über alles Mögliche. Aber das ist jetzt der nächste Schritt, und ich hoffe, er bringt den Wendepunkt in unserer Beziehung. Er hat mich zum Tanz in seinen Country-Club eingeladen."

„Was? In seinen Country-Club?" Eleanors Lächeln verschwand. „Hast du den Verstand verloren?"

„Nein, warum?"

Eleanor setzte sich mühsam auf und runzelte ärgerlich die Stirn. „Wer ist der Typ? Sag mir seinen Namen."

Cynthia antwortete nur widerstrebend. „Er heißt Howard – Howard Hayworth."

„Nicht derselbe Hayworth, der gerade die Elektronikfabrik gekauft hat?"

„Na ja, irgendwie schon. Die Firma gehört Howards Vater. Aber was hat das mit –"

„Cynthia! Du hast mir gar nicht gesagt, dass du für den Sohn des Inhabers arbeitest, geschweige denn, dass du mit ihm ausgehst!"

„Warum bist du denn so wütend? Du solltest dich für mich freuen. Howard brauchte eine Sekretärin, und er hat mich aus dem Schreibbüro ausgewählt. Und jetzt gehen wir miteinander aus. Wo ist das Problem?"

„Du bist so naiv! Merkst du denn nicht, dass er dich nur benutzt? Natürlich hat er dich ausgewählt – du bist wunderschön. Aber du wärest eine Närrin, wenn du einem verwöhnten reichen Jungen traust. Lauf weg, Cynthia! Lauf, bevor er dir wehtut!"

„Nicht jeder reiche Mann ist ein zweiter Rick Trent", sagte sie leise. „Kannst du dich nicht für mich freuen?"

„Ich werde mich sehr für dich freuen, wenn du den Typen in die Wüste geschickt hast. Ich warne dich nur zu deinem eigenen Besten – lass ihn fallen, bevor du verletzt wirst."

„Ich wusste, ich hätte nicht mit dir darüber reden sollen", sagte Cynthia verärgert. „Nur weil du mit dem Leben abgeschlossen hast, glaubst du, alle anderen müssten es auch tun. Du hast dich geweigert, mit mir zur Handelsschule zu gehen, du hast deinen Traum von einer Ausbildung und einem Beruf aufgegeben, und jetzt lässt du dich total gehen. Du kleidest dich nachlässig, deine Haare sehen furchtbar aus, du arbeitest in einem Job, der keine Zukunft hat. Du scheinst es als Tatsache hinzunehmen, dass du nichts taugst, dass du schöne Sachen oder anständige Kleidung nicht verdienst. Ich weiß, dass Rick dir etwas Furchtbares angetan hat, aber du bist schon zu lange depressiv deswegen. Ich wünschte, du würdest wieder zum Arzt gehen, Ellie. Lass dir helfen!"

„Nur zu deiner Information: Es ist nicht bloß eine Depression. Ich bin krank. Die Ärzte sind sich noch nicht sicher, was es ist, aber ich bin die ganze Zeit erschöpft. Ich habe nicht die Kraft, zur Schule zu gehen. Und mir ist nicht danach, meine Zeit und mein Geld damit zu verschwenden, mich aufzutakeln, nur damit ich irgendwelchen Männern gefalle. Ich versuche dich zu deinem eigenen Besten zu warnen, dass du diesem Hayworth-Widerling nicht trauen sollst, und du greifst mich an! Vielen Dank!" Sie stolperte ins Schlafzimmer und knallte die Tür hinter sich zu.

Cynthia wusste, dass sie sich entschuldigen sollte, aber dazu war keine Zeit. Außerdem: Wie konnte Eleanor es wagen, Howard zu kritisieren, obwohl sie ihm noch nie begegnet war? Cynthia zog ihre Schuhe an, schnappte sich ihre Handtasche und schlug die Wohnungstür zu, als sie ging.

Cynthia war dabei, sich zu verlieben. Ihr Abend mit Howard war wie ein Märchen: Aschenputtel tanzte mit ihrem hübschen Prinzen unter glitzernden Kronleuchtern und trank Champagner. Der Country-Club in Bensenville war der eleganteste Ort, an dem Cynthia je gewesen war, das Essen war hervorragend, das Orchester wundervoll. Und als Howard sie auf den Balkon hinausführte und sie unterm Sternenhimmel zum ersten Mal küsste, fühlte sie sich wie im Himmel.

„Du bist so wunderschön, Cynthia", murmelte er ihr ins Ohr. „Wie kommt es nur, dass ich so viel Glück hatte, dich zu finden?" Sie schwebte nach ihrer Verabredung wie auf einer Wolke nach Hause – und wusste, dass sie Eleanor auch nicht ein einziges Wort von alldem sagen würde.

Am Montag gab der Florist ein Dutzend roter Rosen in ihrer Wohnung ab. Cynthias Augen füllten sich mit Tränen, als sie die Karte las: Ich muss immerzu an dich denken – Howard. Aber als Cynthia aufblickte, sah sie, wie Eleanor den Kopf schüttelte und die Stirn runzelte.

„Bitte freu dich für mich, Ellie. Ich will nicht, dass dies zwischen uns steht."

„Wie soll ich mich freuen, wenn ich doch weiß, dass er dir wehtun wird?"

„Howard ist nicht Rick Trent."

Eleanor stieß ärgerlich die Luft aus, dann nahm sie mit einer abrupten Bewegung einen Brief vom Tisch. „Hör mal, mein Bruder will mich besuchen kommen. Ist es in Ordnung, wenn er ein paar Tage bei uns wohnt?"

Cynthia wusste nicht, warum Eleanor das Thema gewechselt hatte, aber sie war froh darüber. „Natürlich! Da brauchst du mich doch nicht zu fragen." Eleanor schien eine enge Beziehung zu ihrem Bruder zu haben, und Cynthia hoffte, dass er ihr über die Depression hinweghelfen konnte.

„Aber versprich mir eins", sagte Eleanor. „Ich will nicht, dass Leonard etwas von Rick erfährt."

„Du meinst, du hast ihm gar nicht erzählt, dass du geheiratet hast?"

Eleanor schüttelte den Kopf. „Und ich will nicht, dass du es ausplauderst. Versprochen?"

„Meinst du nicht, es würde dir helfen, wenn du mit deinem Bruder über –"

„Nein! Du kennst Leonard nicht so, wie ich es tue. Er würde Rick *und* seinen Vater umbringen. Und auch wenn ich nichts lieber sehen würde, als wenn die beiden einen schrecklichen Tod sterben, möchte ich nicht, dass Leonard auf dem elektrischen Stuhl landet. Nur ... Bitte sag ihm nichts von alldem."

„Das werde ich nicht. Aber ... du und Leonard, ihr scheint euch so nahe zu stehen – du hast ihm während des Krieges doch immer geschrieben. Warum hast du ihm nie erzählt, dass du verheiratet warst?"

Eleanor zuckte mit den Schultern. „Habe ich eben nicht."

Cynthia nahm ihre Rosen vom Küchentisch und stellte sie ins Wasser. Sie wohnte jetzt schon seit mehr als drei Jahren mit Eleanor zusammen, und sie verstand sie immer noch nicht ganz.

Eine Woche später traf Leonard ein, und er kam nicht allein. Er hatte seinen Kriegskameraden Donald Gallagher mitgebracht. Sie waren ein merkwürdiges Paar: Leonard war groß und dünn und dunkelhaarig – und so fortwährend trübsinnig, dass Cynthia schnell die Hoffnung aufgab, er könne Eleanor aus ihrer Depression reißen. Donald war das Gegenteil: ein kleiner, stämmiger, unbekümmerter Bursche mit rotbraunem Haar und Sommersprossen. Er erinnerte Cynthia an den Filmstar Mickey Rooney.

Sie war sicher, dass sie nicht lange bleiben würden, nachdem sie gesehen hatten, wie winzig ihre Wohnung war und wie überfüllt sie schien, wenn sie sich zu viert darin drängten. Es gab keinen Ort, wo zwei zusätzliche Personen schlafen konnten. Aber die beiden Männer richteten sich bald häuslich ein, als wäre genügend Platz da. Zwei Tage nachdem sie angekommen waren, schleppten sie von Gott weiß wo eine Matratze die Treppe hinauf, sodass Donald auf dem Boden im Wohnzimmer schlafen konnte. Leonard schlief auf dem Sofa. Ihre dicken Rucksäcke und Kleiderbeutel quollen über und sie verdrückten drei Mahlzeiten am Tag, ohne jemals ihre Hilfe beim Kochen anzubieten oder sich an den Kosten zu beteiligen. Keiner der beiden Männer räumte auf oder machte das Waschbecken sauber, nachdem er sich rasiert hatte. Sie ließen nasse Handtücher auf dem Boden liegen, und überall in der Wohnung standen leere Bierflaschen. Eleanor, die früher einmal die Ordentlichere von ihnen beiden gewesen war, schien es nicht zu bemerken.

Am Ende der zweiten Woche hätte Cynthia schreien können. Eines Abends kochte sie Hackbraten und Kartoffelbrei und übernahm die Regie bei der Unterhaltung, als alle um den Tisch saßen. „Also, Donald, was willst du jetzt tun, wo der Krieg vorbei ist?"

„Nichts ist unmöglich!" Er grinste. „Ich will das, was alle wollen: ein neues Haus, ein neues Auto – den amerikanischen Traum eben."

„Das ist doch prima", sagte sie. „Und wie willst du das erreichen? Ich habe gehört, dass sie den GIs, die zum College gehen wollen, Geld anbieten. Hast du daran gedacht zu studieren?"

„Nee, das ist nichts für mich. Leonard ist der intellektuelle Typ, ich nicht." Er nahm sich mit den Fingern noch eine Scheibe Hackbraten und leckte sie dann ab

„Donald und du, ihr habt viele Gemeinsamkeiten, Cynthia", sagte Eleanor. „Er ist auf einem Hof aufgewachsen, genau wie du. Und ihr jagt beide dem amerikanischen Traum hinterher – nur dass du darauf aus bist, einen reichen Mann zu heiraten, nicht wahr, Cynthia?"

Eleanors Tonfall klang scharf. Cynthia biss sich auf die Zunge, um nicht zurückzuschlagen. Erst musste sie diese beiden Schnorrer loswerden, dann konnte sie ihre Beziehung zu Eleanor kitten. Sie setzte ein Lächeln auf.

„Tja, wenn du eine reiche Frau heiraten willst, dann solltest du besser aus Riverside weggehen, Donald. Hier gibt es nicht allzu viele gute Partien."

Donald lachte. „Mein Freund Leonard würde mir nie verzeihen, wenn ich eine reiche Frau heiraten würde. Er hasst die Oberschicht, stimmt's, Leonard?"

Leonard nickte und nahm sich den Rest Kartoffelbrei. Cynthia spürte, wie sie allmählich die Geduld verlor.

„Sucht ihr euch dann beide eine Arbeit hier in der Nähe?", fragte sie.

„Ich suche eine Investitionsmöglichkeit", sagte Donald grinsend. „Ich habe mir im Krieg ein kleines finanzielles Polster beim Pokerspielen zusammengewonnen, und jetzt suche ich eine Gelegenheit, meine Gewinne zu vermehren."

„Wirklich? Indem du Poker spielst?" Sie versuchte, nicht zu skeptisch dreinzuschauen.

„Noch besser. Ich kenne einen Typen, der für mich eine Pferdewette in Belmont platzieren kann. Ich warte nur noch auf den sicheren Tipp." Cynthia hatte sich gefragt, warum sie in ihrer Wohnung knietief durch Zeitungen wateten. Offenbar hatte Donald die Pferderennen verfolgt und wartete auf seinen sicheren Gewinn.

„Sind Wetten abseits vom Rennen nicht illegal?", fragte sie.

„Ach, es ist ja nur ein Hobby von mir", erwiderte er mit einem gleichgültigen Schulterzucken. „Du musst mal ein bisschen lockerer werden, Cindy."

„Oh, du darfst sie unter keinen Umständen *Cindy* nennen", sagte Eleanor mit gespieltem Entsetzen. „Es erinnert sie an den Bauernhof. Sie möchte gerne als *Cynthia* bekannt sein. Und sie hält sich *immer* an die Regeln. Als ich in unserer alten Wohnung eine lausige Dosensuppe warm machen wollte, hätte man denken können, ich verstoße gegen eines der Zehn Gebote. Es hat Wochen gedauert, bis ich sie überzeugt hatte, dass es keine Todsünde ist."

„Wenn sie erst einmal das ganze Geld sieht, das ich beim Pferderennen machen werde, ist sie sicher überzeugt. Wie ist es mit dir, Süße?", sagte er zu Eleanor. „Hast du Geld, das du investieren möchtest? Ich kann dich mit einem Buchmacher bekannt machen."

„Vielleicht …", sagte Eleanor mit einem kleinen Lächeln. „Ich sage dir dann Bescheid."

Cynthia dachte an die fünftausend Dollar in Kriegsanleihen, die Rick Eleanor geschickt hatte, und es schauderte sie. Soweit sie wusste, hatte Eleanor die Scheine nicht zurückgeschickt. Wahrscheinlich lagen sie mit den Annullierungspapieren in ihrer Schreibtischschublade.

„Und wie ist es mit dir, Leonard?", fragte Cynthia. Sie weigerte sich aufzugeben. „Wie sehen deine kurzfristigen Pläne aus?" Er lehnte sich auf seinem Stuhl zurück, runzelte die Stirn und legte seine langen Finger wie zu einem Kirchturm gegeneinander, als wollte er eine tief schürfende Vorlesung halten.

„Amerika steuert in die falsche Richtung", begann er. „Anstatt sich auf die Jagd nach materiellem Wohlstand zu machen, müssen wir uns mit den gravierenden Ungerechtigkeiten befassen, die sich zwischen den Gesellschaftsschichten entwickelt haben. Ich habe den Marxismus studiert und glaube, dass es für das amerikanische Proletariat an der Zeit ist, aufzustehen und einzufordern, was ihnen rechtmäßig zusteht. Diese Nation wurde mit dem Schweiß und der Arbeit dieser Menschen gebaut, und trotzdem sind sie nicht an dem Wohlstand beteiligt worden und …"

Er sagte noch mehr, aber Cynthia blendete es aus. Die Lage war schlimmer, als sie gedacht hatte. Sie beherbergte zwei Versager – einer ein Spieler, der andere ein Kommunist – und keiner von beiden schien irgendwelche konkreten Pläne für die Zukunft zu haben.

Eleanor liebte ihren Bruder, und er war sehr gut zu ihr, aber Donald Gallagher klebte an Leonard wie eine Briefmarke auf einem Brief, und Cynthia konnte den einen nicht ohne den anderen bei sich wohnen lassen. Es fiel schwer, jemandem wie Donald zu sagen, er solle sich verziehen, weil er so ein sonniger Mensch war. Es lag ihm völlig fern, jemanden absichtlich schlecht zu behandeln, aber er war ein professioneller Blutegel, der mit Leonard Bartlett einen guten Wirt gefunden hatte, und er war clever genug, sich an den klügeren Mann anzuhängen.

Mit der Zeit wurde auch deutlich, dass Donald sich in Eleanor verliebt hatte. Er pflückte in den Gärten anderer Leute Blumen, die er ihr mit jungenhaftem Grinsen überreichte. Er nahm sie mit zum Pferderennen, wenn sie frei hatte, und zeigte ihr, wie man sich dort vergnügte. Und er folgte ihr wie ein liebeskranker Welpe und sagte ihr, ihre Augen seien wie Topas und anderes dummes Zeug in dieser Art.

Eleanor schien von seiner Verehrung geschmeichelt, als könnte sie nicht glauben, dass jemand sie liebte – als wäre Donald Gallagher das Beste, was sie verdiente. Und er glich Rick Trent so wenig, wie es überhaupt nur möglich war. Eleanor hatte immer ein Herz für traurige Gestalten wie Donald gehabt. Cynthia erinnerte sich daran, wie sie an dem Abend, an dem sie Rick kennengelernt hatten, mit dem unattraktiven, linkischen GI getanzt hatte und zu Cynthia gesagt hatte, Jungs vom Land seien süß. Eleanor konnte doch nicht so dumm sein, sich mit Donald einzulassen, oder?

Aber neben ihren hektischen Tagen im Büro und ihren romantischen Abenden mit Howard hatte Cynthia nicht viele Gelegenheiten, Eleanor wegen ihrer Dauergäste zur Rede zu stellen. Vor allem, weil die Männer immer in der Nähe waren, wenn sie einmal Zeit zum Reden gehabt hätten.

Cynthia wusste, dass sie sich immer mehr in Howard verliebte und er in sie. Sie war es leid, sich mit ihm auf der Straße vor dem Supermarkt zu treffen und hätte ihn gerne in ihre Wohnung eingeladen, aber mit den beiden Faulenzern wagte sie es nicht. Es sah nicht gut aus, dass sie sich die Wohnung mit zwei fremden Männern teilte, und außerdem hatte sie Angst, dass sie Howard angreifen könnten, weil er das unverzeihliche Verbrechen beging, reich zu sein.

Nachdem drei Monate verstrichen waren und die beiden Schmarotzer noch immer keine Anstalten machten auszuziehen, ging Cynthia eines Abends ins Restaurant, um mit Eleanor zu reden. Sie wählte einen Hocker gegenüber von Eleanors Thekenplatz aus und bestellte ein Root-Beer-Shake. Dann bat sie: „Können wir reden?"

Eleanor füllte ein hohes Glas mit Root Beer, ließ zwei Kugeln Vanilleeis hineingleiten, steckte einen Strohhalm hinein und sagte: „Klar. Worum geht's?" Sie wirkte wie ein Boxer, der die Fäuste erhoben hat.

„Hör zu, ich weiß nicht, wie ich es anders ausdrücken soll, also sage ich es ganz direkt: Leonard und Donald müssen sich eine eigene Bleibe suchen. Sie sind jetzt seit drei Monaten hier. Wir haben keine Privatsphäre, die Wohnung sieht aus wie ein Schlachtfeld und sie fressen uns die Haare vom Kopf. Es wird Zeit, Eleanor. Sie sind nette Typen – aber es ist Zeit, dass sie ihren eigenen Weg gehen."

„Wo sollen sie denn ohne Geld hin?"

Cynthia stocherte mit dem Löffel in ihrer Eiskrem herum. „Haben sie denn überhaupt nach Arbeit gesucht?"

„Was soll das denn heißen? Natürlich suchen sie Arbeit. Es ist aber nicht so einfach, welche zu finden, wie du weißt. Warum fragst du nicht deinen tollen Freund, ob er ihnen einen Job in der Fabrik besorgen kann?"

Der Gedanke, dass Leonard und Donald den Weg von Howard Hayworth kreuzen könnten, ließ Cynthia erschauern. Sie wollte, dass sie aus Riverside und aus ihrem Leben verschwanden, und nicht, dass sie für ihren Freund arbeiteten. Leonard hatte Eleanors Laune in den vergangenen drei Monaten auch nicht heben können, vielmehr schienen seine kommunistischen Tiraden Eleanors Hass auf Reiche nur noch zu verstärken. Cynthia trank einen großen Schluck von ihrem Root Beer und wägte ihre Optionen ab.

„Wenn ich ihnen helfe, eine Arbeit in der Fabrik zu finden, versprichst du dann, dass sie sich eine eigene Wohnung suchen?"

„Natürlich! Was willst du denn damit andeuten, Cynthia?"

„Nichts. Ich bin nur mit meinen Nerven am Ende und dadurch etwas gereizt. Ich muss morgens in meiner eigenen Küche auf Zehenspitzen herumschleichen, während die beiden wie Kettensägen schnarchen. Manchmal bekomme ich noch nicht einmal die Wohnungstür auf, weil Donalds Matratze im Weg ist. Ich will meine Privatsphäre zurück."

„Warum gibst du nicht einfach zu, dass du sie nicht magst?"

Cynthia schob ihr Glas von sich und stand auf. „Ich habe nichts gegen die beiden", sagte sie mit mühsamer Beherrschung. „Aber selbst Petrus und Mose würden mir auf die Nerven gehen, wenn sie drei Monate lang in meinem Wohnzimmer schliefen. Ich werde fragen, ob es für sie in der Fabrik Arbeit gibt." Sie zog einen Dollar aus ihrem Portemonnaie und knallte ihn auf die Theke.

Cynthia hasste es, Howard um einen Gefallen zu bitten, aber es zahlte sich aus. Eine Woche nachdem Leonard und Donald von Hayworth Electronics eingestellt worden waren, mieteten sie ein baufälliges Haus auf der anderen Seite des Flusses in einem heruntergekommenen Stadtteil. Das Haus stand zum Verkauf, aber der Besitzer vermietete es an die beiden Männer unter der Voraussetzung, dass sie ausziehen würden, sobald er einen Käufer gefunden hatte. Cynthia konnte sich nicht vorstellen, dass jemand, der bei klarem Verstand war, das Haus kaufen würde, und so schien es eine Erhörung ihrer Gebete zu sein – abgesehen davon, dass Leonard und Donald immer noch in ihrer Wohnung herumhingen und Essen schnorrten. Sie wünschte, sie könnte sie alle loswerden, inklusive der trübsinnigen Eleanor.

Eines Nachmittags saß Cynthia bei der Arbeit an ihrem Schreibtisch und tippte einen Brief, als Howard sie über die Sprechanlage in sein Büro bat. „Könnten Sie bitte einen Moment hereinkommen, Miss Weaver?", sagte er.

„Natürlich, Mr Hayworth." Sie konnte sich ein Lächeln nicht verkneifen. Bei der Arbeit redeten sie einander ganz förmlich an und hatten auch nie jemandem erzählt, dass sie miteinander ausgingen, aber Cynthia wusste, dass jeder, der Augen im Kopf hatte, ihre Liebe sehen konnte. Howard rief sie mindestens einmal am Tag in sein Büro, damit er sie küssen konnte, und wenn sie wieder herauskam, war ihr Lippenstift verschmiert und ihre Frisur unordentlich. Sie nahm an, dass dies der Grund war, warum er sie jetzt rief, und sie stellte sich vor, wie er an der Tür wartete, um sie in den Arm zu nehmen. Aber als sie sein Büro betrat, saß er hinter seinem Schreibtisch, und seine Miene war ernst. Mit einer Handbewegung forderte er sie auf, Platz zu nehmen.

„Howard, was ist los?"

„Es geht um deine beiden Freunde ... Bartlett und Gallagher." Er fingerte an seinem Füllfederhalter herum und drehte ihn zwischen den Fingern. „Es tut mir leid, Liebling, aber ich muss sie Ende dieser Woche feuern. Sie wussten, dass die Probezeit sechs Monate dauert und eine Entscheidung über eine feste Anstellung anschließend getroffen wird. Ich wollte dich warnen – sie werden entlassen."

„O nein", stöhnte Cynthia. Sie stellte sich vor, wie sie wieder in ihre Wohnung einzogen und in ihrem winzigen Wohnzimmer hausten, und Tränen traten ihr in die Augen. Howard eilte um seinen Schreibtisch herum und ergriff ihre Hand.

„Es tut mir leid, Cynthia, aber es muss sein. Ich weiß nicht, wie ich dir das sagen soll, aber jemand hat Gegenstände aus dem Umkleideraum gestohlen, und alle Indizien weisen auf Gallagher hin. Und er wurde schon mehrmals verwarnt, weil er auf dem Fabrikgelände Wetten entgegengenommen hat. Er hört einfach nicht. Leonard Bartlett ist ein ganz anderer Fall. Er stiftet Chaos, weil er versucht, eine Arbeitergewerkschaft unter unseren Angestellten zu gründen. Wir glauben, dass unsere Arbeiter hier faire Arbeitsbedingungen haben, und das Letzte, was wir wollen, ist ein Unruhestifter von der Gewerkschaft, der in einem Wespennest stochert ... Liebling, nun wein doch nicht. Ich weiß, dass sie deine Freunde sind –"

„Sie sind nicht meine Freunde, Howard. Deshalb weine ich gar nicht." Sie trocknete sich die Augen, sorgsam darauf bedacht, ihre Wimperntusche nicht zu verschmieren. „Sie sind Freunde meiner Mitbewohnerin, und sie wird am Boden zerstört sein. Aber ich weiß, dass du recht hast, sie sind Unruhestifter. Und ich bin froh, dass du es mir gesagt hast."

Er zog sie aus dem Sessel und in seine Arme. „Du hast so ein gutes Herz, Cynthia. Ich liebe dich so sehr –" Er küsste sie, bevor sie ihm sagen konnte, dass sie ihn auch liebte.

Cynthia hatte erwartet, dass Eleanor die Nachricht von Leonards und Donalds Entlassung mit Bestürzung aufnehmen würde, aber sie war nicht auf die Bitterkeit ihrer Wut gefasst gewesen. Lange nach Mitternacht, als die beiden Männer schließlich nach Hause gegangen waren, lief Eleanor immer noch in der Wohnung auf und ab und wütete gegen die Ungerechtigkeit dessen, was geschehen war. Cynthia wusste, dass die eigentliche Zielscheibe von Eleanors Hass Rick Trent und sein Vater waren, aber es tat ihr weh, dass ihre Freundin mit solch einer Gehässigkeit über den Mann sprach, den sie liebte – und über sie selbst, weil sie ihn liebte.

„Mir reicht's, Eleanor", sagte sie schließlich. „Gute Nacht. Ich gehe schlafen."

„Wie kannst du Howard Hayworth immer noch lieben, nach dem, was er zwei anständigen, gutherzigen Männern angetan hat?"

„Hör zu, ich wollte vor Donald nichts sagen, aber der Grund, warum er gefeuert wurde, ist, weil er Sachen aus den Schließfächern anderer Leute gestohlen hat."

„Das ist eine Lüge!"

„Und er wurde verwarnt, weil er Wettgeschäfte in der Fabrik gemacht hat, aber er hat nicht damit aufgehört. Deshalb haben sie ihn gefeuert." Sie ging in ihr Schlafzimmer und begann sich auszuziehen, in der Hoffnung, dass Eleanor das Thema endlich auf sich beruhen lassen möge, sodass sie die Wahrheit über Leonard nicht auch noch hören musste. Aber Eleanor stapfte hinter ihr ins Zimmer, die Hände in die Hüften gestemmt und nicht bereit aufzugeben.

„Du hast Donald von Anfang an nicht gemocht, nicht wahr? Und jetzt hast du bei der Arbeit alle anderen auch gegen ihn eingenommen."

„Das ist nicht wahr. Ich habe in der Fabrik kein Wort gegen ihn oder deinen Bruder gesagt – auch nicht zu Howard. Du weißt, dass Donald Gallagher ein Spieler ist, Eleanor. Warum gibst du allen anderen die Schuld, nur nicht Donald selbst?"

„Es ist alles gelogen. Leonard spielt nicht, und ihn haben sie auch gefeuert."

Cynthia sank auf ihr Bett, zu müde, um zu streiten. Sie wusste, dass Eleanor die Wahrheit über die Gründe für Leonards Entlassung niemals glauben würde. Und wenn Cynthia weiterhin Howard verteidigte und

Donald und Leonard kritisierte, würde das wahrscheinlich das Ende ihrer Freundschaft bedeuten. Aber in diesem Augenblick war Cynthia das Zusammenleben mit einer verbitterten, depressiven Mitbewohnerin und zwei nichtsnutzigen Schnorrern so leid, dass es ihr egal war.

„Hör zu, Eleanor. Sie haben Leonard gefeuert, weil er Ärger gemacht hat. Er hat versucht, eine Arbeitergewerkschaft in der Fabrik zu gründen. Niemand will die kommunistischen Parolen hören, die er von sich gibt. Wir sind ein christliches Land, eine Demokratie –"

„In der Leonard immer noch ein Recht auf freie Meinungsäußerung hat!"

„Nicht auf dem Fabrikgelände. Warum sollten die Hayworths einen Angestellten behalten, der sie immer schlecht macht?" Sie kroch ins Bett und zog ihre Decke hoch. „Ich will mich nicht mehr mit dir darüber streiten, Eleanor. Gute Nacht."

„Vielleicht ist es an der Zeit, dass wir getrennte Wege gehen", sagte Eleanor. „Es ist offensichtlich, dass Leonard und Donald hier nicht willkommen sind, und dann fühle ich mich hier auch nicht mehr zu Hause."

„Ich habe nie gesagt, dass sie nicht willkommen sind. Du bist meine beste Freundin; ich habe keinen Grund, mit dir zu streiten."

„Aber du wirst weiter mit deinem eingebildeten reichen Freund ausgehen, selbst nach dem, was er meinem Bruder und seinem Freund angetan hat."

„Sie haben es sich selbst zuzuschreiben", sagte Cynthia mit einem Seufzer. „Und ja, ich liebe Howard. Und er liebt mich."

„Dann ziehe ich aus. Ich kann nicht dabei zusehen, dass der Mann dich vernichtet, wie Rick mich vernichtet hat."

„Das wird nicht passieren."

„Ich ziehe gleich morgen früh aus."

Cynthia hoffte, dass Eleanor am nächsten Morgen die Dinge anders betrachten und ihre Meinung ändern würde. Aber Eleanor war früh am Samstagmorgen auf und packte ihre Sachen. Leonard war es gelungen, sich von jemandem ein Auto zu leihen, und er und Donald halfen ihr, in ihr baufälliges Haus auf der anderen Flussseite zu ziehen.

Als die Aufregung sich gelegt hatte und es in der Wohnung ruhig war, fühlte Cynthia sich zum ersten Mal seit Monaten frei. Sie putzte die Zimmer von oben bis unten und lud Howard für den folgenden Samstag zum Abendessen ein. Drei Monate später machte er ihr einen Heiratsantrag.

In einer Kleinstadt wie Riverside dauerte es nicht lange, bis Cynthia erfuhr, dass Eleanor einen Stapel Kriegsanleihen eingelöst hatte, um das kleine Haus auf der anderen Seite des Flusses zu kaufen. Es wurde viel über das seltsame Trio und seinen unkonventionellen Lebensstil geredet. Aber Cynthia war es egal, was die Gerüchte sagten. Eleanor war immer noch ihre beste Freundin und sie wollte, dass sie bei ihrer Hochzeit ihre Trauzeugin war. Eines Sonntagmorgens ging sie quer durch die Stadt und klopfte an Eleanors Tür.

„Was willst du?", fragte Eleanor. Sie hatte die Tür nur einen Spalt breit geöffnet und blieb dahinter stehen, als wollte sie Cynthia jeden Augenblick die Tür vor der Nase zuschlagen.

„Ich möchte reden, Ellie. Willst du mich nicht hereinbitten?"

„Hier ist noch einiges zu tun. Wir können hier niemanden empfangen." Von dem bisschen zu schließen, das Cynthia durch den Türspalt sehen konnte, waren Eleanors Worte noch untertrieben. Leonard und Donald waren immer schon schlampig gewesen, aber Eleanor nicht. Cynthia erinnerte sich daran, wie Eleanor ihre Wohnung über dem Bestattungsinstitut geputzt hatte – mit Schürze und Kopftuch, während Glenn Millers Musik aus dem Radio ertönte –, und ihr war nach Weinen zumute.

„Was ist nur geschehen, Eleanor?", murmelte sie.

„Wovon redest du?"

„Was ist mit uns geschehen? Mit unserer Freundschaft? Wir haben so viel zusammen durchgemacht – das können wir doch nicht einfach alles wegwerfen." Aber die mutlose, verwahrloste Frau vor ihr war eine Fremde. Die elegante, selbstbewusste Eleanor, die Cynthias Leben verändert hatte, die mit ihr gelacht und geliebt und geweint hatte, war verschwunden.

„Du hast es für deinen reichen Freund weggeworfen, Cynthia."

„Warum erwartest du von mir, dass ich mich zwischen ihm und dir entscheide? Sieh mal, ich bin nicht hergekommen, um mit dir zu streiten. Ich bin gekommen, um dich zu fragen, ob du meine Trauzeugin sein willst –" Sie verstummte, als Eleanor den Kopf schüttelte. Ihre Weigerung tat Cynthia mehr weh als jede Kränkung eines anderen

Menschen, aber sie versuchte es ein letztes Mal. „Willst du es dir nicht wenigstens überlegen?"

„Nein. Wir haben nichts mehr gemeinsam, Cynthia. Wir haben unterschiedliche Werte, unterschiedliche Lebensstile. Ich will nicht, dass du noch einmal herkommst, und ich bin sicher, Howard Hayworth will auch nicht, dass du dich mit mir abgibst."

Cynthia konnte die Tränen nicht länger zurückhalten. „Eleanor, warum können wir nicht weiterhin Freundinnen bleiben?"

„Weil ich deine Freundschaft nicht brauche, und du brauchst meine nicht. Leb wohl, Cynthia. Hab ein schönes Leben."

Sie schloss die Tür.

Teil 5

Kathleen und Joelle

2004

Kapitel 20

„Kann ich Ihnen noch etwas Kaffee holen?", fragte Cynthia, als sie ihre Geschichte zu Ende erzählt hatte. „Wie wäre es mit noch einer Limonade, Joelle?"

„Nein, danke", sagten sie wie aus einem Munde.

Kathleen fühlte sich, als wäre sie gerade von einem Betäubungsgewehr getroffen worden. Sie fragte sich, ob Eleanors Geschichte Joelle genauso schockiert hatte wie sie. Endlich verstand Kathleen, warum ihre Mutter ihr Leben lang Reichtum verachtet und reiche Leute gehasst hatte, aber die ganze Wahrheit zu erfahren war aufwühlend. Sie erinnerte sich daran, wie ihre Mutter dagegen gewesen war, dass sie zu einem „versnobten" College ging. „Die Jungen, die du dort kennenlernst, würden niemals jemanden mit unserem Werdegang heiraten", hörte sie ihre Mutter noch sagen. *„Hier am Bezirkscollege gibt es wenigstens andere, die wie du sind."*

Kathleen war wie benommen, aber auch tief berührt von diesem Einblick in die Vergangenheit ihrer Mutter. Sie wünschte, sie hätte schon vor Jahren erfahren, dass Eleanor so grausam verraten worden war und an gebrochenem Herzen gelitten hatte. Die nichtigen Kränkungen in Kathleens eigener Kindheit erschienen unbedeutend im Vergleich zu den tiefen Wunden, die ihrer Mutter zugefügt worden waren.

„Ich bekam Ron zehn Monate, nachdem ich Howard geheiratet hatte", fuhr Cynthia fort, „und May Elizabeth wurde zwei Jahre später geboren. Eleanor war in etwa zur selben Zeit mit Ihnen schwanger. Ich habe mich damals sehr gefreut, als Sie und May Freundinnen wurden."

Kathleen hatte Mühe, ihre ungeordneten Gedanken zu sammeln und sich daran zu erinnern, weshalb sie hergekommen war. „Vielen herzlichen Dank für alles, was Sie in diesen Jahren für mich getan haben. Ohne Sie wäre ich nie in die Kirche gegangen."

Cynthia schüttelte den Kopf. „Ich war keine gute Christin, als ich mit Eleanor zusammenwohnte. Ich wünschte, ich wäre eine gewesen, das hätte uns vielleicht ein Leben voller Leid erspart. Während des Krieges war Eleanors Glaube stärker als meiner, aber sie wandte sich gegen Gott, als sie dachte, er hätte ihr Rick genommen. Und nach dem, was danach geschah, war sie vollkommen verbittert. Bei mir war es genau andersherum. Ich konnte mit Gott nichts anfangen, als mein Leben gut lief. Aber ich wandte mich an ihn, als mein Traum von einer perfekten Ehe zerbrach. Darüber wissen Sie ja einiges, glaube ich."

Kathleen nickte und wandte den Blick ab, als sie daran dachte, was May und sie mit ihrer ungeschickten Detektivarbeit enthüllt hatten. Cynthia streckte die Hand aus und tätschelte ihr Knie.

„Es ist in Ordnung, es braucht Ihnen nicht unangenehm zu sein. Es war nicht das erste Mal, dass Howard dabei erwischt wurde, wie er mich betrog – und auch nicht das letzte Mal, muss ich leider sagen. Er begann fremdzugehen, nachdem Ron geboren war. Jedes Mal, wenn ich dahinterkam und damit drohte, ihn zu verlassen, versprach er, damit aufzuhören. Und ich wollte ihm glauben. Das Einzige, was ihn irgendwann tatsächlich zum Aufhören brachte, war ein Herzinfarkt."

„Es tut mir leid." Kathleen hatte May Elizabeth immer um ihr wohl behütetes Leben beneidet, nicht wissend, welche Geheimnisse hinter verschlossenen Türen vor sich gingen. Und es hatte auch im Leben ihrer Mutter Geheimnisse gegeben – etwas in Oma Fionas Herkunft, das Mr Trent benutzt hatte, um eine Annullierung zu erwirken. Kathleen fragte sich, was das wohl gewesen sein mochte und ob es erklärte, warum Eleanor nie nach Deer Falls gefahren war, um ihre Mutter zu besuchen.

„Gott hat all die schwierigen Zeiten in meinem Leben zum Besten gewendet", fuhr Cynthia fort. „Ich habe gelernt, dass er unsere schmerzlichen Lebensumstände mildern kann, wenn wir ihn lassen. Tatsache ist, dass ich den Herrn wahrscheinlich nie kennengelernt hätte, wenn ich glücklich verheiratet gewesen wäre. Howard war zwar nicht treu, aber Gott hat mich nie verlassen. Ich wünschte nur, ich hätte alles, was ich gelernt habe, mit Eleanor teilen können. Sie fühlte sich einen Großteil ihres Lebens so ungeliebt – vor allem nach dem, was Rick ihr angetan hatte. Wir kamen 1942 beide nach Riverside, weil wir unser Leben ändern und ganz von vorne beginnen wollten. Aber Gott ist der Einzige, der wirklich dauerhafte Veränderung bringen und alle unsere Verletzungen heilen kann. Und Rick und seine Familie haben sie verletzt … daran besteht kein Zweifel."

„Er klingt wie ein richtiger Fiesling!", sagte Joelle, und Kathleen war überrascht, wie vehement sie reagierte. „Eleanor hätte froh sein sollen, dass sie nicht mehr mit ihm verheiratet war."

„Was ist eigentlich mit Rick passiert, nachdem er das Leben meiner Mutter ruiniert hatte?", wollte Kathleen wissen.

„Oh, es gibt ihn noch", sagte Cynthia. „Ich höre seinen Namen gelegentlich in den Nachrichten. Seine Familie hat im Norden großen Einfluss, und Rick ist irgendwann in die Politik gegangen. Er war viele Jahre lang Senator oder etwas Ähnliches, und in den siebziger Jahren hat er sich dann für den Kongress aufstellen lassen. Ich erinnere mich nicht, ob er noch Abgeordneter ist oder nicht."

Kathleen rutschte auf ihrem Sessel nach vorne. „Ricks Vater ließ wegen irgendeiner Sache in der Vergangenheit meiner Mutter die Ehe annullieren. Wissen Sie, was das war, Mrs Hayworth?"

„Nein. Sie hat es mir nie erzählt."

„Sie wissen also nicht, warum meine Mutter von zu Hause wegging und hierher kam? Ich weiß, dass sie auf der Suche nach Arbeit war, aber ich glaube, etwas muss zwischen ihr und meiner Großmutter vorgefallen sein, weil sie einander nie besucht haben, als ich ein Kind war. Ich habe meine Großmutter nur einmal gesehen, und zwar, als mein Onkel Leonard mit mir zu ihr fuhr."

„Ich weiß nicht", sagte Cynthia. „Ich weiß, dass es viel Bitterkeit gab, und Eleanor hat geschworen, sie würde nie wieder zurückgehen. Aber sie wollte mir nicht sagen, wieso. Ich kann mir nicht einmal vorstellen, wie furchtbar es für Sie sein musste, nachdem Ihre Mutter ermordet worden war, Kathleen. Ich wollte –"

Joelle sprang förmlich aus ihrem Sessel auf. „Ermordet!", rief sie. Der kleine Hund, der auf Cynthias Schoß friedlich geschlafen hatte, wachte auf und begann zu kläffen.

Cynthia hielt ihn fest, und in ihren Augen standen Tränen der Reue. „Es tut mir leid! Ich wollte keine Geheimnisse ausplaudern … Kathleen, es tut mir leid."

Kathleen holte tief Luft. „Nein, ist schon gut. Ich hätte es Joelle sowieso erzählen müssen." Sie warf ihrer Tochter einen Blick zu und sah, wie schockiert und wütend sie war.

„Wann? Wann wolltest du es mir erzählen, Mama?", wollte sie wissen. „Du erzählst mir nie etwas."

„Ich wollte es nicht vor dir verbergen, Joelle. Es ist aber nicht einfach, so etwas laut auszusprechen."

Danach war ihre Unterhaltung ein wenig steif. Kathleen fragte sich, ob das zarte Band, das zwischen ihr und Joelle entstanden war, wieder zerrissen war. Sie verabschiedete sich von Cynthia Hayworth und versprach, in Kontakt zu bleiben, während insgeheim beide wussten, dass das unwahrscheinlich war.

Als sie allein im Auto saßen, spürte Kathleen die Spannung zwischen sich und Joelle noch stärker. Sie wusste, dass sie sich wieder zurückzog und Joelle damit ausschloss. Und sie wusste, dass sie den ersten Schritt würde tun müssen, um den Bruch zu kitten.

„Es tut mir leid, Joelle. Ich wollte dir von meiner Mutter erzählen, ehrlich. Ich ... ich wusste nur nicht, wie."

„Wurde sie wirklich ermordet?", fragte Joelle leise.

„Ja ... Es fällt mir nicht leicht, darüber zu reden. Es tut mir schrecklich leid."

Joelle nickte. „Schon gut." Sie drückte Kathleens Hand, und Kathleen wusste, dass Joelle versuchte, sie nicht zu verurteilen. Dafür war sie dankbar.

„Haben sie den ... du weißt schon ... der es getan hat, geschnappt?", fragte Joelle. Ihre Stimme klang unsicher, als hätte sie Mühe, solch ein gewaltsames Ende von Eleanors tragischem Leben zu begreifen. Kathleen erinnerte sich daran, wie der Schock sie umgeworfen hatte, als Onkel Leonard ihr die schreckliche Wahrheit auf der Treppe zu ihrem Wohnhaus in Albany erzählt hatte. Sie verstand genau, wie Joelle sich fühlte.

„Ja, sie haben ihn gefasst", sagte Kathleen mit einem Seufzer. „Onkel Leonard hat mich für die Beerdigung mit nach Hause genommen, aber ich brachte es einfach nicht über mich zu bleiben und mir das Verfahren und all das anzutun. Ich habe noch nicht einmal in der Zeitung die Berichterstattung über den Fall gelesen. Ich bin einfach gegangen, habe die Tür hinter mir geschlossen und nie zurückgesehen. Ich habe alles getan, um meine Ausbildung am College und an der Uni zu Ende zu bringen. Schließlich bekam ich eine Stelle in Maryland und heiratete deinen Vater – und ich bin einfach nie wieder zurückgekehrt. Ob du es glaubst oder nicht, dies ist das erste Mal seit der Beerdigung meiner Mutter, dass ich wieder in Riverside bin."

„Können wir an dem Haus vorbeifahren, in dem du gewohnt hast?", fragte Joelle. Kathleen zögerte. „Ist es dort, wo … wo deine Mutter umgebracht wurde?"

Kathleen nickte.

„Macht nichts, wir müssen das Haus nicht sehen. Es ist bestimmt zu schwer für dich."

„Nein, ist schon gut, Joelle. Ich glaube, ich muss es selbst sehen." Sie dachte daran, wie ihre Mutter nach Albany hatte fahren müssen, um Ricks Grab zu sehen.

Die Stadt war so klein, dass sie in wenigen Minuten von Cynthias wohlhabendem Viertel zu Kathleens armer Gegend hinüberfahren konnten. Sie zeigte Joelle die Grundschule, dann fuhr sie drei Blocks den Hügel hinunter, an der Highschool vorbei und die Hauptstraße entlang.

„Das Restaurant ist längst nicht mehr da, aber es war genau hier. Und dort ist das Bestattungsinstitut auf der anderen Seite." Sie sah, dass es jetzt zu einer größeren Kette von Bestattungsunternehmen gehörte. Ein Stück weiter war der Supermarkt verschwunden und durch ein größeres Bankgebäude aus Backstein ersetzt worden.

Kathleen fuhr langsamer, als sie über die Brücke kamen und sich dem Haus näherten, in dem sie aufgewachsen war. Die Abenddämmerung war der Dunkelheit gewichen, und Glühwürmchen flimmerten in den Büschen am Fluss. Aber der Himmel war noch hell genug, um ihr altes Haus klar erkennen zu können. Es war von innen erleuchtet. Der Anblick von Licht im Innern überraschte Kathleen. Jemand hatte das Haus komplett renoviert: Kunststoffverkleidung, ein neues Dach, die vordere Veranda war repariert worden und anstelle des zugemüllten Lehmbodens, mit dem sie aufgewachsen war, gab es einen Rasen … und Blumen!

„Das ist es?", fragte Joelle. „Ist doch süß."

„Ja … es *ist* süß", stellte Kathleen überrascht fest. Sie hätte nicht geglaubt, dass es dasselbe Haus war, hätte nicht Onkel Leonard in einem Schaukelstuhl auf der Veranda gesessen und eine Zigarre geraucht – zweifellos eine kubanische Zigarre. Er musste inzwischen über achtzig sein, aber sie hätte sein trauriges Gesicht und seine kranichartige Gestalt überall erkannt. Sie hielt vor dem Haus, bevor sie es sich anders überlegen konnte.

„Das da auf der Veranda ist Onkel Leonard", sagte sie zu Joelle.

„Nein, echt? Ich will ihn kennenlernen." Joelle hatte ihre Tür geöffnet, bevor Kathleen noch den Motor ausgestellt hatte. Sie folgte ihrer Tochter mit schleppendem Schritt die Stufen hinauf.

„Kathleen! Du hast dich kein bisschen verändert", sagte Onkel Leonard, als er sie sah. „Ich würde dich immer wieder erkennen."

Seine Stimme klang fröhlich, aber seine Stirn war wie immer gerunzelt. Er stand nicht auf. Kathleen sah eine Gehhilfe in der Nähe und überlegte, ob er vielleicht nicht aufstehen konnte. Leonard streckte die Hand aus und drückte ihre kurz, aber sie umarmten oder küssten einander nicht. Das hatten sie noch nie getan und würden es wahrscheinlich auch nie tun.

„Annie hat mir erzählt, dass du zur Party deines Vaters morgen kommen willst. Ich muss zugeben, dass mich die Nachricht ziemlich überrascht hat."

„Es überrascht mich selbst, dass ich hier bin. Onkel Leonard, das ist meine Tochter Joelle."

„Hi." Joelle trat näher und blieb unter der Verandalampe stehen, und die Zigarre fiel Leonard aus dem Mund.

„Mensch, sie sieht genauso aus wie Fiona!"

„Wirklich?", fragte Joelle. Der Gedanke schien ihr zu gefallen. „War das nicht Mamas Großmutter?"

„Ja, meine Mutter, Fiona Quinn", sagte Onkel Leonard. „Du bist ihr wie aus dem Gesicht geschnitten! Außer dass du Donald Gallaghers Haare hast. Fiona war eine atemberaubend schöne Frau. Die Leute sagten, sie sehe aus wie Greta Garbo."

„Wer ist das denn?", wollte Joelle wissen.

„Eine sehr berühmte Filmschauspielerin", erklärte Kathleen. Sie redeten eine Weile, und zunächst war die Unterhaltung ein wenig verkrampft. Aber als Kathleen ihrem Onkel von ihrem Leben erzählte, entspannten sie sich beide zusehends.

„Ich kann immer noch nicht fassen, wie sehr deine Tochter Fiona ähnelt", wiederholte er.

„Onkel Leonard, hatte deine Mutter damals nicht ein Fotoalbum mit Familienbildern? Ich erinnere mich, dass ich es mit Oma Fiona angesehen habe, als ich ein Kind war."

Dann fiel ihr wieder ein, dass ihr Onkel damals gesagt hatte, er hätte

Fionas Sachen alle entsorgt, und sie bereute gefragt zu haben. Umso überraschter war sie, als er sagte: „Ich glaube, Fionas Fotoalbum muss hier irgendwo sein. Kommt rein."

Er brauchte eine Weile, um sich aus dem Stuhl zu erheben, aber schließlich stand er auf beiden Füßen und ging mit seiner Gehhilfe voran ins Haus. Das Haus war verblüffend ordentlich – nicht gerade ein Vorzeigeprojekt für *Schöner Wohnen*, aber nicht der Saustall, der es früher gewesen war. Es roch sogar gut. Die Bücher, die sich einst in jedem Raum auf dem Boden gestapelt hatten, füllten jetzt mehrere Bücherregale. Kathleen erkannte die alte Freundin ihres Onkels, Connie, die in einem Sessel saß und fernsah.

„Mensch, Kathleen!", quietschte Connie, als sie sie sah. „Ach du liebe Güte! Wie geht es dir?" Sie schaltete den Fernseher aus und erhob sich aus dem Sessel, um Kathleen in die Arme zu nehmen. Connies blondes Haar war mit den Jahren weiß geworden, und ihre pummelige Figur war deutlich runder, aber sie schien so freundlich wie eh und je. Kathleen fragte sich, ob Onkel Leonard sie jemals geheiratet hatte. Sie umfasste Connies Hände und freute sich, als sie den Ehering an ihrer Linken spürte.

„Und wer ist das hier bei dir?", fragte Connie.

„Das ist meine Tochter Joelle."

„An wen erinnert sie mich?", überlegte Connie. „Na, ist ja auch egal. Möchtet ihr etwas Kaltes zu trinken? Ich habe –"

„Wo ist das alte Fotoalbum von meiner Mutter?", unterbrach Onkel Leonard sie.

„Was willst du denn mit dem alten Ding? Nun lass die Mädchen um Himmels willen erst mal Platz nehmen."

„Kathleen möchte es sehen. Ihre Tochter sieht Fiona ausgesprochen ähnlich, meinst du nicht?"

„Aber ja! Sie war es, an die sie mich erinnert. Abgesehen davon, dass Fiona über sechzig war, als ich sie kennenlernte, und du meine Güte, Joelle ist eine schöne junge Frau."

„Connie – die Fotos", sagte er schroff.

Sie lächelte. „Ich bin gleich wieder da."

Connie kehrte mit einem riesigen Pappkarton zurück, der nach den Staubflocken zu schließen wahrscheinlich unter ihrem Bett gestanden hatte. Sie stellte ihn mitten auf den Boden des Wohnzimmers und begann vergilbte Tagebücher, Päckchen mit Fotos, mit Gummibändern zusammengehaltene Negative und Umschläge voller Zeitungsausschnitte hervorzukramen. Das alte Fotoalbum, an das Kathleen sich erinnerte, lag ganz unten.

„Ist es das hier?", fragte Connie. Sie drehte den Kopf zur Seite und nieste. „Puh! Entschuldigt. Manchmal glaube ich, mein alter Staubsauger schiebt den Staub nur herum, anstatt ihn aufzusaugen. Es fällt mir immer schwerer, mich richtig zu bücken und so zu putzen, wie ich es früher getan habe –"

„Connie … Connie", unterbrach Leonard sie erneut. „Kathleen ist nicht gekommen, um sich deine Putzsorgen anzuhören."

Kathleen drehte sich zu ihm um und wollte Connie verteidigen, aber der zärtliche Ausdruck auf seinem Gesicht, als er mit seiner Frau sprach, ließ es nicht dazu kommen. Sie hatte diesen Ausdruck schon einmal bei ihm gesehen, und zwar, als er seine Mutter begrüßt hatte. Dann kam Kathleen ein neuer Gedanke: Vielleicht war er die ganze Zeit da gewesen. Vielleicht hatte sie sich einfach nur nicht die Mühe gemacht, ihren Onkel damals genauer zu betrachten.

„Guckst du die Bilder mit uns zusammen an, Onkel Leonard?", fragte sie und setzte sich neben ihn aufs Sofa. Sie spürte eine Welle der Nostalgie, als sie den vertrauten Zigarrengeruch seiner Kleidung roch. Er war ebenso Teil von ihm wie seine kommunistische Rhetorik. Joelle ließ sich auf der anderen Seite neben ihm auf die Couch fallen, als hätte sie ihn schon ihr Leben lang gekannt.

Onkel Leonard begann durch das Album zu blättern und erklärte jedes Bild, als hätte er es selbst erst vor wenigen Tagen aufgenommen. Kathleen hatte vergessen, wie intelligent und wortgewandt er sprach – wie ein Professor, der eine wichtige Vorlesung hält. Schade, dass er seinen Verstand auf seine nutzlose kommunistische Sache verschwendet hatte. Sie hätte ihn gerne gefragt, wie er mit dem Fall der Sowjetunion und dem Ende seines Traumes fertig geworden war – oder ob er immer noch hoffte, China und Kuba könnten eine kommunistische Erweckung herbeiführen. Aber jetzt war nicht der Zeitpunkt dafür.

Leonard hielt inne, als er eine Seite aufschlug, auf der alte Schwarz-Weiß-Fotos von Fiona zu sehen waren. Joelle sah ihr wirklich ungeheuer ähnlich: das gleiche ovale Gesicht und die Porzellanhaut, die gleichen verträumten, leicht schrägen Augen – „Schlafzimmerblick" nannten die Leute das. Auf einem Foto sah Fiona aus wie eine für den Karneval verkleidete Joelle, die mit Waschbärfellmantel und Schlapphut neben dem Trittbrett eines Oldtimers stand.

„Fiona war eine schöne Frau", sagte Leonard. „Diese Bilder wurden natürlich alle gemacht, nachdem sie nach Amerika gegangen war. In Irland war sie viel zu arm gewesen und hatte keine Kamera besessen."

Er blätterte weiter, und Kathleen sah Fiona mit ihren Kindern Leonard und Eleanor. Fiona sah viel zu jung aus, um Mutter zu sein. Auf diesen wie auf allen anderen Bildern war sie in eleganter Pose zu sehen und sah so verführerisch und mondän aus wie ein Filmstar. Tatsächlich erinnerten die Posen Kathleen an jene, die sie in alten Filmzeitschriften aus den zwanziger Jahren gesehen hatte. Fiona sah außerdem ausgesprochen wohlhabend aus – die Kleider und Autos, der Schmuck und die Pelze, die schönen Möbel im Hintergrund, sie alle zeichneten ein Bild von Wohlstand und Luxus. Sie konnte gar nicht fassen, dass Onkel Leonard und ihre Mutter mit Geld aufgewachsen waren.

„Hier sind wir, nachdem wir New York City verlassen hatten und nach Deer Falls gezogen waren", sagte Leonard, während er die nächste Seite aufschlug. „Das war während der Weltwirtschaftskrise, deshalb gibt es aus dieser Zeit nicht so viele Bilder. Dies ist Eleanor am See. Als sie in der Highschool war, war sie während der Sommermonate Rettungsschwimmerin."

„Rettungsschwimmerin …", wiederholte Kathleen ungläubig. „Ich wusste nicht einmal, dass sie überhaupt schwimmen konnte."

„O ja. Deine Mutter war so schlank und flink wie ein Seehund im Wasser."

Kathleen dachte an die Eleanor, die sie gekannt hatte, wie sie schwach und lethargisch auf dem durchgesessenen Sofa gelegen hatte, und sie konnte sich ihre Mutter einfach nicht anders vorstellen. Sie erinnerte sich daran, wie Joelle davon gesprochen hatte, die Geschichte ihrer Mutter zu erfahren, um sie besser zu verstehen, und zum ersten Mal, seit sie denken konnte, wollte sie selbst sie auch verstehen. Das Bild, das Cynthia Hayworth von Eleanor gezeichnet hatte, schien so ganz anders als alles, woran Kathleen sich erinnerte. Sie sehnte sich danach zu erfahren, wer ihre Mutter wirklich gewesen war, warum sie all die Dinge getan hatte, die sie tat – und was zu ihrem Mord geführt hatte.

Oma Fionas Leben war ein weiteres Rätsel, das Kathleen sich nie die Mühe gemacht hatte aufzuklären. Wer war diese glamouröse Frau auf den Bildern, die eine Generation vor Leonard und Eleanor gelebt hatte? Welches Geheimnis hatte Rick Trent als Ausrede benutzt, um die Annullierung zu beantragen? Kathleen wollte all das wissen, und auch wenn sie es nur ungern zugab, sie wusste, dass Dr. Russo recht gehabt hatte. Sie musste die abgerissenen Fäden zurückverfolgen, um zu sehen, wohin sie führten. Wenn sie ihre Mutter verstand, konnte sie vielleicht beginnen, sich selbst zu verstehen.

„Was war Oma Fiona für ein Mensch?", fragte sie ihren Onkel.

„Sie war eine bemerkenswerte Frau. Eleanor und ich hatten niemals Zweifel daran, dass sie uns liebte. Sie gab ihr Leben für uns – zumindest im Geiste, wenn nicht ganz konkret."

„Onkel Leonard, weißt du, warum meine Mutter von zu Hause fortgegangen ist? Und warum sie Oma nie besucht hat?"

„Diese Frage ist nicht einfach zu beantworten. Ich müsste zuerst ein Stück zurückgehen und Fionas Geschichte erzählen, weil die beiden Dinge zusammenhängen. Der Mädchenname meiner Mutter war Quinn – Fiona Quinn. Sie verließ Irland mit ihrem Vater, als sie erst achtzehn Jahre alt war, und begann ein ganz neues Leben hier in Amerika …"

Teil 6

Fiona

1919–1930

Kapitel 21

Grafschaft Meath, Irland – 1919

„Fiona … Fiona, warte!"

Fiona Quinn hatte gerade das letzte Bettlaken auf die Wäscheleine gehängt, als sie hörte, wie jemand ihren Namen rief. Sie drehte sich um und sah Kevin Malloy den Weg hinauf auf sie zueilen, während er einen Esel und einen mit Heu beladenen Pferdekarren hinter sich herzog. Fiona betrachtete ihn einen Augenblick lang und bewunderte den lässigen Gang seiner langen Beine und die Art, wie sein muskulöser Körper seine Kleidung ausfüllte. Kevin war groß und kräftig gebaut, und von seiner Arbeit hatte er einen breiten Nacken und stämmige Oberarme. Er band den Esel an die Wäschestange und streckte die Hand aus, um Fiona in seine Arme zu ziehen.

„Nicht hier, Kevin! Jemand könnte uns sehen." Sie wand sich aus seiner Umarmung und errötete, als sie zur Rückseite des Herrenhauses hinaufsah. Kevin ergriff ihre Hand und führte sie hinter eine Schlehenhecke, wo sie sich ungestört küssen konnten. Sie mochte die Kraft seiner starken Arme und die begierige, ungeschickte Art, wie er sie hielt und küsste.

„Ich habe mich heute Morgen rasiert", sagte er atemlos, als sie sich schließlich voneinander lösten. „Ich hatte gehofft, dich zu sehen." Fiona fuhr mit der Hand seinen kantigen Kiefer entlang. Seine üblichen Bartstoppeln waren verschwunden. Er beugte sich hinunter und berührte mit seinen Lippen sacht ihren Hals, sodass ihr ein Schauer den Rücken hinunterlief. Fiona wollte nicht, dass er aufhörte, aber sie wollte auch keine Schwierigkeiten mit der Haushälterin bekommen, weil sie ihre Arbeit liegen ließ.

„Das reicht, Kevin", sagte sie und schob ihn sanft von sich. „Morgen habe ich einen halben Tag frei. Hol mich um ein Uhr hier ab, dann haben wir den ganzen Nachmittag zusammen."

Seine Hand lag auf ihrer Schulter. „Versprochen?"

„Natürlich. Mit wem sollte ich sonst meinen freien Nachmittag verbringen wollen?"

„Du bist so hübsch, Fiona. Jeder Mann in der Grafschaft Meath wäre nur zu bereit, den Nachmittag mit dir zu verbringen, wenn du ihn lässt."

Fiona lächelte über sein Kompliment. Sie war es nicht gewohnt zu hören, dass sie hübsch sei. „Mag sein, aber ich will mit keinem anderen Mann zusammen sein, Kevin. Nur mit dir."

Sie strich sich das Haar glatt und zupfte ihre Schürze zurecht, dann blickte sie sich um, als sie hinter der Hecke hervorkam. Sie hoffte, dass niemand die Küsse gesehen hatte. Kevin folgte ihr in den Hof zurück und hob den leeren Wäschekorb für sie auf.

„Kommt dein Vater morgen, um deinen Lohn abzuholen?", fragte er.

„Ja, das macht er immer. Jeden Sonntag. Das Geld ist noch warm von der Hand des Gutsverwalters, wenn es in die meines Vaters wandert. Warum?"

„Ich kann nicht länger warten, Fiona. Wenn er morgen kommt, werde ich ihn fragen, ob ich dich heiraten darf. Ich liebe dich."

„O Kevin …" Fiona war noch nie so glücklich gewesen wie in diesem Augenblick – aber auch noch nie so ängstlich. „Ich weiß nicht …"

„Willst du mich nicht heiraten?"

„Natürlich will ich! Mehr als alles auf der Welt! Es ist nur, dass … weißt du, ich habe ein bisschen Angst vor meinem Vater. Er hat beim Osteraufstand gekämpft."

„Das ist mir egal. Ich habe weder Angst vor Rory Quinn noch vor irgendeinem anderen Mann. Überlass ihn nur mir."

Sie fühlte die Liebe in sich aufwallen. „Gut", sagte sie lächelnd. „Dann also morgen …"

Kevin nickte und trat zurück, aber sein Blick ließ sie nicht los, als er den Esel losband. Dann winkte er und führte das Tier den Weg hinauf zur Scheune.

Den Rest des Tages verbrachte Fiona abwechselnd in Hochstimmung und Furcht, während sie sich das Wunder ausmalte, mit Kevin Malloy verheiratet zu sein, und gleichzeitig die Reaktion ihres Vaters auf seinen Antrag fürchtete. Fiona war beinahe achtzehn Jahre alt und gewiss alt genug, um zu heiraten. Und die meisten Väter mit neun Töchtern wären froh, die Älteste unter der Haube zu haben. Aber Rory Quinn würde es gar nicht gefallen, Fionas Lohn zu verlieren.

Früh am nächsten Morgen nahm Fiona gemeinsam mit einigen anderen Bediensteten von Wickham Hall an der Messe in der Kirche der Heiligen Brigid teil. Der Priester hatte eine wundervolle Tenorstimme, und ihr Klang jagte immer eine Gänsehaut über Fionas Arme, auch wenn sie die lateinischen Worte nicht verstand. Sie war schon immer gerne zur Messe gegangen: den Weihrauchduft einzuatmen, dem leisen Klackern der Rosenkranzperlen zu lauschen, das Weihwasser auf ihrer Stirn zu spüren und den Geschmack der Hostie auf ihrer Zunge. Sie hatte einmal überlegt, Nonne zu werden, aber ihr Vater hatte es nicht erlaubt. Stattdessen hatte er ihr eine Arbeit als Wäscherin in Wickham Hall besorgt.

Jedes Mal, wenn Fiona zur Messe ging, blickte sie zu dem Kruzifix über dem Altar auf, bis sie den Anblick des Leidens Jesu nicht mehr ertragen konnte und wegschauen musste. Er hatte um ihretwillen gelitten, hatten die Nonnen sie gelehrt – für ihre Sünden. Sie konnte sich nicht vorstellen, warum.

Sie ging zum Herrenhaus zurück, als die Messe vorüber war, und erledigte eilig ihre Pflichten. Mittags nahm sie ihren Wochenlohn vom Gutsverwalter entgegen und rannte dann in den Hof hinaus, um sich mit Kevin zu treffen. Er wartete hinter der Schlehenhecke auf sie, begierig, sie in seine Arme zu schließen und dort weiterzumachen, wo sie am Tag zuvor aufgehört hatten.

„Es kommt mir vor, als hätte ich tagelang gewartet!", klagte er.

„Ich weiß. Wie kommt es, dass ein halber Tag Arbeit so langsam vergeht und unser freier Nachmittag wie im Fluge?"

Er beantwortete ihre Frage mit einem langen, heftigen Kuss, dann hielt er sie auf Armlänge von sich und betrachtete sie. „Du siehst heute besonders schön aus, Fiona."

„Ich sehe genauso aus wie gestern", neckte sie ihn. „Nur dass ich meine Schürze nicht trage. Und mein Kleid ist nicht durchnässt von der Arbeit." Fiona arbeitete jetzt seit drei Jahren in der Waschküche von Wickham Hall, seit sie die Schule im Alter von vierzehn Jahren beendet hatte. Sie verbrachte den ganzen Tag damit, Dinge zu schrubben – Geschirr, Wäsche, Böden, Gemüse – je nachdem, was gerade geschrubbt werden musste. Ihr schien es, als wären ihre Kleider vorne ständig feucht und ihre Hände rot und rau.

„Ich war in der Messe", erzählte sie Kevin zwischen den Küssen. „Ich habe gebetet, dass heute mit meinem Vater alles gut läuft."

„Mm-hmmm ... das ist gut ...“

Sie küsste Kevin noch einige Minuten, dann löste sie sich widerstrebend von ihm. „Papa wird jeden Augenblick hier sein. Wir halten besser nach ihm Ausschau.“ Sie kamen hinter der Hecke hervor und gingen Hand in Hand langsam den Weg hinunter ihm entgegen.

Fiona erkannte ihren Vater an der gedrungenen, drahtigen Gestalt und dem steifen Gang, sobald er um die Kurve kam. Er trug kniehohe Stiefel und eine Wollmütze, die zu groß für ihn war und ihm in die Stirn rutschte. Wohin er auch ging, trug er den Geruch von Schafen mit sich. Sie ließ Kevins Hand los, als sie auf der Straße stehen blieben, um auf ihn zu warten.

„Gib mir das Geld, Mädchen. Alles.“ Rory Quinn streckte die Hand mit der Handfläche nach oben aus. Sie ließ die Münzen hineinfallen und sah zu, wie er sie zählte. Er sah zu ihr auf und lächelte, als er fertig war. „Gutes Mädchen.“

„Papa, hier ist jemand, den ich dir vorstellen möchte“, sagte sie. „Das ist Kevin Malloy. Er arbeitet mit mir zusammen in Wickham Hall.“

„Wie geht es Ihnen, Sir?“, sagte Kevin, nachdem er sich die Mütze vom Kopf gerissen hatte. Sein dunkelbraunes Haar glänzte vor Schweiß und die Mütze hatte eine Delle hineingedrückt.

Fiona beobachtete, wie ihr Vater ihn von oben bis unten musterte, und sah ihn so, wie Rory ihn sehen musste: als einen großen, stämmigen Jungen in Arbeiterkleidung, mit einem abgebrochenen Schneidezahn und Dreck unter den Fingernägeln. Seine Hände sahen immer schmutzig aus, selbst wenn er sie mit Kernseife geschrubbt hatte. Fiona wollte Kevin verteidigen und erklären, dass er fleißig und fröhlich war und nie wütend oder launisch, wie ihr Vater es oft war. Kevin streckte die Hand aus, um die ihres Vaters zu schütteln, dann legte er den Arm um Fionas Schultern. Rory Quinn reagierte sofort.

„Nimm deine verdammten Hände von meiner Tochter!“

Kevin ließ den Arm sinken, und sein Gesicht rötete sich leicht, aber dann fasste er tapfer Fionas Hand, als wolle er seinen Anspruch geltend machen.

„I-ich liebe sie, Sir. Wir möchten gerne heiraten, wenn es Ihnen recht ist.“

„Es ist mir aber überhaupt nicht recht! Du bist doch nur ein Botenjunge.“

„Das stimmt nicht, Sir. Ich arbeite im Stall für den Kutscher und –"

„Und ein Stallbursche ist alles, was du je sein wirst. Jedenfalls wirst du nie etwas aus dir machen, das steht fest."

„Ich habe ein ordentliches Einkommen. Ich kann für sie sorgen –"

„Meine Tochter verdient mehr als das, was du ihr bieten kannst – mehr als einen Lehmfußboden und ein Haus voller hungriger Mäuler. Ist das alles, was du willst? Bis ans Ende deines Lebens schwer arbeiten und Babys bekommen?"

„Ich liebe Kevin, Papa. Wir brauchen nicht viel –"

Rory Quinn stieß einen rauen Laut aus, um seiner Verachtung Ausdruck zu verleihen. Kevin trat mutig einen Schritt vor.

„Entschuldigen Sie bitte, Sir, aber ich lerne gerade, Mr Wickhams Automobil zu warten. Ich lasse den Motor für ihn laufen und … und ich kann auch damit fahren. Ich bin dabei sehr geschickt. Ich verdiene mit ehrlicher Arbeit meinen Lebensunterhalt."

„Das tue ich auch – als verdammter Schafhirte!" Rory stürmte davon in Richtung Stall, und Kevin und Fiona liefen hinter ihm her.

„Wo willst du denn hin, Papa? Du kannst doch nicht –"

„Still, Fiona!" Er fand den obersten Kutscher, einen älteren Mann namens Barclay, und ohne ein Wort der Begrüßung oder Erklärung deutete Rory auf Kevin. „Dieser Bursche arbeitet für Sie?"

„Ja. Was hat er denn getan?"

„Er hat sich in meine Tochter verguckt, und ich wäre Ihnen dankbar, wenn Sie dafür sorgen könnten, dass er von jetzt an seine verdammten Finger von ihr lässt. Ich werde nicht zulassen, dass er sich Freiheiten herausnimmt, zu denen er kein Recht hat."

„Aber das hat er doch nicht, Papa. Kevin will mich heiraten."

„Und ich habe Nein gesagt!" Er schleuderte die Worte heraus, sein Gesicht nur wenige Zentimeter von ihrem entfernt, dann wandte er sich wieder an Mr Barclay. „Wenn Sie so freundlich sind, den Jungen von meiner Tochter fernzuhalten. Sorgen Sie dafür, dass sein freier Nachmittag von jetzt an nicht mehr mit ihrem zusammenfällt."

„Gut, ich verstehe", nickte Barclay. „Ich bin selbst Vater."

„Komm, Fiona." Rory packte ihren Arm und zog sie zum Haupteingang des Anwesens. Mr Barclay legte eine Hand auf Kevins Schulter, als wollte er ihn warnen, ihnen nicht zu folgen.

„Papa, nein!", schrie Fiona. „Das ist mein einziger freier Nachmittag!"

„Als wenn ich das nicht wüsste! Du kommst mit mir nach Hause, wo ich dich im Blick habe." Er warf Kevin über die Schulter einen düsteren Blick zu. „Und bilde dir nicht ein, du könntest mit ihr durchbrennen. Ihr würdet beide eure Arbeit hier verlieren, und wovon wollt ihr dann leben?"

„Bitte zwing mich nicht, nach Hause zu gehen", flehte Fiona. „Es ist mein erster freier Nachmittag seit zwei Wochen."

„Ja, bitte, Mr Quinn", bat Kevin, der hinter ihnen her eilte. „Geben Sie mir eine Chance zu beweisen, dass –"

„Von mir bekommst du keine Chance. Vielleicht ist ein Leben mit dir alles, was meine dumme Tochter sich wünscht, aber ich will viel mehr für sie. Sieh sie dir doch an – sie ist wunderschön!"

„Ja, das weiß ich, Sir."

„Dann solltest du auch wissen, dass ich sie nicht jemandem wie dir geben werde. Leb wohl!"

Fiona weinte den ganzen Heimweg lang, während ihr Vater sie zu der winzigen Steinhütte in dem Dorf zurückzog, in der sie aufgewachsen war. „Sieh dir das an", sagte er, als sie auf der Türschwelle standen. „Willst du wirklich dein ganzes Leben so verbringen?" Er machte eine ausladende Handbewegung, als wollte er den Lehmboden der Hütte, das Dach, das dringend repariert werden musste, das verräucherte Innere, das überfüllte Zimmer und ihre weinende kleine Schwester mit einbeziehen.

Fiona verstand seine Frage nicht. Dies war das einzige Leben, das sie kannte. Wenn sie hier mit Kevin leben könnte, würde es ihr wie ein Palast erscheinen.

„Siehst du denn nicht, dass es nicht Wickham Hall ist?", fragte er.

„Natürlich sehe ich das, Papa." Die Familie, für die Fiona arbeitete, lebte in unvorstellbarem Luxus. Allein die Spülküche des Herrenhauses war größer als die ganze Hütte. Aber Fiona war hier geboren. Sie sah keinen Sinn darin, auf etwas neidisch zu sein, das sie ohnehin nie haben konnte. Ihr Vater dagegen hatte immer nach Höherem gestrebt – nicht, dass er irgendwelche Möglichkeiten gehabt hätte, es zu erreichen, soweit Fiona das beurteilen konnte. Rory war drei Jahre zuvor nach Dublin gegangen, um an dem Osteraufstand teilzunehmen, in der Hoffnung, dass der Kampf um Unabhängigkeit zu einem besseren Leben führen würde. Das war nicht der Fall gewesen.

„Du hattest Glück, dass du nicht verhaftet oder getötet wurdest", hatte ihre Mutter zu ihm gesagt, als der Aufstand niedergeschlagen wurde. „So viel zu einem besseren Leben."

Der Rauch vom Torffeuer brannte Fiona in den Augen, als sie die Hütte betrat. Ihre Mutter saß am Tisch und schälte Kartoffeln fürs Abendessen. „Lass mich das machen", sagte Fiona und nahm ihr den Topf mit Kartoffeln und Schalen ab. Es war eine einfachere Aufgabe als die, ihre kleine Schwester zu beruhigen.

„Raus mit euch! Nach draußen!", rief Rory und jagte drei von Fionas jüngeren Geschwistern hinaus. „Wie soll ein Mensch hier in Ruhe nachdenken?"

Alle neun Kinder der Quinns waren Töchter, sehr zu Rorys Bedauern. „Meine Mädchen sind meine Perlen", erzählte er den Jungs in O'Connor's Pub. „Ich habe eine ganze Kette davon – hübsch anzusehen, ein schöner Schmuck um den Hals."

Er schien tief in Gedanken versunken, als er in seinem Sessel am Ofen saß. Fiona widmete sich den Kartoffeln, noch immer wütend auf ihn, weil er ihren Nachmittag mit Kevin ruiniert hatte, aber sie machte sich auch Sorgen. Ihr Vater trug denselben Gesichtsausdruck, den er immer zeigte, wenn er Pläne schmiedete: den Kopf gesenkt, sodass er fast die Brust berührte, die Augenbrauen zusammengezogen, starrte er auf den Boden. Sie fragte sich, ob er über sie und Kevin nachdachte. Keiner von ihnen sprach, während Fiona die Kartoffeln würfelte und ihrer Mutter dann half, den Kohl für den Eintopf zu hacken. Heute würde er auch etwas Hammelfleisch enthalten, weil der Tag des Herrn war – und Zahltag.

Rory Quinn schien etwas bessere Laune zu haben, als das Abendessen schließlich gekocht war und er sich satt gegessen hatte. Fiona hoffte, er würde seine Meinung ändern, nachdem er noch einmal über die Sache nachgedacht hatte, und ihr doch noch erlauben, Kevin zu heiraten. Als er den letzten Schluck Tee getrunken hatte, lehnte er sich auf seinem Stuhl zurück, sodass die vorderen Stuhlbeine in der Luft hingen, und atmete tief ein, als wollte er etwas Wichtiges verkünden.

„Ich habe über Amerika nachgedacht", begann er. „Kennst du den Unterschied zwischen Irland und Amerika, Fiona?"

Sie schüttelte den Kopf. In welche Richtung waren die Gedanken ihres Vaters diesmal gewandert? Wie war er von Kevins Heiratsantrag auf Amerika gekommen?

„In Irland kannst du nie etwas anderes werden als das, was deine Eltern waren. Wenn dein Vater ein Botenjunge war, wirst du auch Botenjunge. Wenn deine Mutter in der Waschküche gearbeitet hat, arbeitest du auch dort. Aber in Amerika – tja, in Amerika ist das anders. Du kannst in eine bescheidene Arbeiterfamilie wie unsere hineingeboren werden und trotzdem ein reicher Mann werden und in einem herrlichen großen Haus wie Wickham Hall wohnen." Er ließ seinen Stuhl mit einem Knall auf dem Boden landen, um seinen Worten Nachdruck zu verleihen. „Und deshalb gehen wir von hier fort, Fiona. Wir fangen in Amerika noch einmal ganz von vorne an."

Einen Augenblick lang war sie zu verblüfft, um etwas zu erwidern. „Aber ich will Kevin nicht verlassen", sagte sie.

Ihre Mutter war deutlich pragmatischer veranlagt. Sie schob ihren Stuhl zurück und stand auf, um die Teller und das Besteck abzuräumen, während sie sagte: „Und sag mir doch bitte, Rory Quinn, wie du es dir leisten willst, uns mit einem Schäfergehalt alle nach Amerika zu bringen."

„Nicht uns alle, meine Liebe. Zunächst werden nur Fiona und ich gehen. Ihr hübsches Gesicht wird uns schon die richtigen Türen öffnen. Und wenn wir erst einmal drin sind, werden wir euch anderen nachholen."

„Papa, nicht ...", stöhnte Fiona. Ihre Mutter legte eine Hand auf Fionas Arm, um sie zu beruhigen.

„Ist dein Vetter Darby Quinn nicht in Amerika?", fragte ihre Mutter. „Und ist er nicht genauso arm, wie er es in Irland war, obwohl er Tag und Nacht in der Gießerei arbeitet? Was ist besser daran, wenn ich fragen darf, dass wir dort drüben arm sind anstatt hier?"

„Ah, aber Vetter Darby hat auch keine Tochter, die so schön ist wie Fiona – *das* ist der Unterschied." Er zog Fionas fünfjährige Schwester auf seinen Schoß. „Komm her, Kind, und gib deinem Papa einen Kuss." Rory konnte zärtlich und liebevoll mit seinen Töchtern umgehen, vor allem am Zahltag oder wenn er erst ein oder zwei Bier getrunken hatte. Aber sie wussten alle, dass es besser war, ihm aus dem Weg zu gehen, wenn er über die Engländer schimpfte oder nach einem langen Abend in O'Connor's Pub nach Hause kam.

„Gehen wir wirklich nach Amerika, Papa?", fragte Fionas Schwester.

„Ja, das tun wir, mein Kleines. Deine Schwester Fiona und ich werden zuerst fahren, und dann holen wir euch alle nach. Du wirst sehen, eines Tages wohnen wir in einer Villa!"

Als es Abend wurde, brachte Rory Fiona zurück zu Wickham Hall. Ihr freier Nachmittag war vorüber, und sie hatte gerade einmal zehn Minuten davon mit Kevin verbracht. Zwei Wochen lang würde sie nicht mehr frei haben. Sie warf einen Blick auf die Büsche, als sie sich dem Tor von Wickham Hall näherten, in der Hoffnung, dass Kevin dort auf sie wartete, aber er war nirgends zu sehen.

„Es ist mein Ernst, Fiona", sagte ihr Vater. „Wir fahren nach Amerika, nur du und ich."

Fiona spürte, wie ein Nachmittag voller Enttäuschung in ihr hochkochte. „Ich will aber nicht nach Amerika. Papa. Ich liebe Kevin."

„Ich will nichts mehr von dem Jungen hören! Du hast etwas Besseres als ihn verdient."

„Einen Besseren gibt es nicht", sagte sie stur. Rory schien sie nicht zu hören.

„Du bist der Schlüssel zu meinem Plan, Mädchen. Du wirst es uns allen ermöglichen, wie die Herren zu leben." Er zeigte auf Wickham Hall, aus dessen hohen Fenstern helles, warmes Licht in die abendliche Dämmerung drang. „Du bist meine Älteste – und dazu noch die Hübscheste. Schon als du geboren wurdest, wusste ich, dass du etwas ganz Besonderes warst, am Tag der Heiligen Brigid, und falsch herum bist du auf die Welt gekommen. Was meinst du, warum du in dem Herrenhaus arbeitest und die anderen Mädchen aus dem Dorf nicht? Ich sag dir, warum. Weil du die Schönste von allen bist."

„Ich schrubbe den ganzen Tag Sachen, Papa. Das ist wohl kaum eine besondere Ehre."

„Das versuche ich doch die ganze Zeit, dir zu erklären. Es muss nicht so sein, dass du dein ganzes Leben lang schrubbst und putzt. Nicht in Amerika. Jetzt hör mir zu, Mädchen. Eins musst du in den Wochen, bevor wir fahren, tun. Beobachte deine Herrschaften ganz genau. Achte darauf, wie sie gehen und reden und sich benehmen. Irgendwann wirst du die Herrin eines herrlichen großen Hauses sein, und dann musst du wissen, wie man das richtig macht."

Fiona sah zu Wickham Hall hinauf. Man hätte ein Dutzend Hütten wie die ihres Vaters in dem riesigen, zweigeschossigen Haus aus grauem Stein unterbringen können – und dabei war der Dachboden, in dem Fiona und die anderen Bediensteten schliefen, noch nicht einmal mitgerechnet. Die Fenster des Herrenhauses bestanden aus zwölf einzelnen Scheiben aus echtem Glas, durch das Sonnenlicht und Luft hereinkamen. Die Böden waren aus poliertem Holz, nicht aus Lehm – Fiona hatte sie selbst geschrubbt –, und mit bunten türkischen Teppichen bedeckt. Sie hatte außerdem das Leinen und die Überwürfe aller Betten gewaschen und sich den Luxus, unter solch feinen Laken zu schlafen, gar nicht vorstellen können. Aber noch mehr als ein Haus und schöne Möbel wünschte Fiona sich ein Leben mit Dienstboten, die all die niederen Arbeiten verrichteten, die sie selbst so verabscheute.

Der Gedanke, in einem Anwesen wie Wickham Hall zu leben, gefiel Fiona, und als sie die Hintertreppe zu ihrem Schlafsaal im dritten Stock hinaufstieg, war sie nicht mehr zufrieden damit, ein Leben wie das ihrer Mutter in einer winzigen, verräucherten Hütte zu führen. Aber als sie in jener Nacht davon träumte, eine Villa wie diese zu besitzen, sah sie sich selbst und Kevin gemeinsam im Luxus dort leben.

Ein paar Tage später rief Kevin von der Schlehenhecke nach Fiona, als sie auf der Hintertreppe stand und Krümel aus der Tischdecke im Esszimmer schüttelte. „Psst … Fiona … komm mal kurz her." Sie huschte schnell hinter die Hecke und in seine Arme.

„Gibt es Hoffnung, dass dein Vater seine Meinung ändert?", fragte er, nachdem er sie ausgiebig geküsst hatte. Sie liebte Kevin. Aber sie schüttelte den Kopf, als sie an die Entschlossenheit in den Augen ihres Vaters dachte.

„Nein. Ich fürchte, eher das Gegenteil. Papa hat jetzt andere Pläne für mich. Er sagt, wir ziehen nach Amerika, damit wir ein großes Haus wie das hier haben können." Kevin starrte sie verständnislos an. „Ich habe selbst auch darüber nachgedacht", fuhr sie fort, „und unsere einzige Hoffnung ist, dass du auch mitkommst." Fiona sah an Kevins Miene, dass sie genauso gut hätte vorschlagen können, auf den Mond zu ziehen.

„Ich kann mir nicht vorstellen, an einem anderen Ort als hier zu leben", sagte er nach einer Weile. „Irland ist so schön mit den grünen Hügeln und der satten Erde …"

„Ich bin sicher, in Amerika gibt es auch grüne Hügel", sagte sie ungeduldig.

„Aber das hier ist unser Zuhause, Fiona. Warum will dein Vater von hier weggehen und an einen Ort ziehen, an dem wir nichts zu suchen haben?" Seine mangelnde Bereitschaft, sich ein besseres Leben vorzustellen, enttäuschte sie.

„Papa will ein besseres Leben als das, was wir haben. Willst du das denn nicht?"

Er bückte sich, um ihren Hals zu küssen, und murmelte: „Wenn ich dich hätte, Fiona, dann hätte ich alles, was ich mir erträume."

Da erkannte sie den Unterschied zwischen Kevin und ihrem Vater, und sie spürte einen kleinen Stich der Enttäuschung. Sie wusste, dass sie viel von Rory Quinn in sich trug, und jetzt, da er ihr die Tür zu der Möglichkeit geöffnet hatte, mehr im Leben zu erreichen, wollte sie alles haben.

„Du kannst mich *und* Amerika haben", sagte sie zu ihm. „Du musst all dein Geld sparen, damit du mitkommen kannst. Wir können zusammen reich sein."

„Dann gehst du also wirklich?"

„Papa sagt, wir gehen."

„Und willst du mit ihm gehen?"

Sie zögerte und biss sich auf die Unterlippe, als ihr bewusst wurde, wie groß ihr Wunsch war, nach Amerika zu gehen. „Ja. Das möchte ich wirklich."

Er sah einen Moment lang auf seine Füße hinunter, dann hob er den Blick wieder zu ihr auf. „Wenn das so ist, dann muss ich auch nach Amerika gehen, weil ich ohne dich nicht leben kann, Fiona."

Kapitel 22

Fiona wartete im Schlafsaal im dritten Stock, bis die anderen Dienstmädchen eingeschlafen waren, dann schlüpfte sie in ihre Schuhe und wickelte sich einen Schal um ihre Schultern. Um ihren Ruf wäre es geschehen, wenn man sie dabei erwischte, wie sie sich nach der Schlafenszeit hinausschlich – und vielleicht verlor sie dann sogar ihre Arbeit –, aber sie musste einfach Kevins starke Arme um sich spüren.

Ihr Vater hatte dafür gesorgt, dass Fiona an jedem freien Nachmittag, den sie hatte, mit ihm nach Hause ging, seit Kevin ihr vor drei Monaten den Heiratsantrag gemacht hatte. Sie hatte Kevin seitdem nur selten gesehen, und sie hatten kaum Gelegenheit gehabt, sich zu küssen. Aber Kevin war an diesem Nachmittag zu ihr gekommen, als sie draußen an der Wäscheleine die Teppiche ausgeklopft hatte, und hatte sie angefleht, heute Nacht hinauszuschleichen und sich bei der Hecke mit ihm zu treffen.

Alle Lichter im Haus waren zur Nacht gelöscht worden, und im Hof war es sehr dunkel und ungewohnt. Sie ging mit kleinen Schritten, weil sie nicht sehen konnte, wohin sie trat, und hätte beinahe aufgeschrien, als Kevin plötzlich aus dem Schatten auftauchte.

„Schhh …", flüsterte er und legte einen Finger an seine Lippen. „Hier entlang …" Er nahm ihre Hand und führte sie zu einer Stelle, an der er auf einem Heuballen für sie eine Decke ausgebreitet und eine Kerze angezündet hatte. Sie genoss seine Küsse eine Weile, dann schob sie ihn sanft von sich.

„Hör mal einen Moment damit auf, Kevin. Wir müssen reden."

„Worüber?"

„Mein Vater meint es mit dem Umzug nach Amerika ernst. Er hat sein ganzes Geld in der Teedose gespart. Ich habe gesehen, wie er es jede Woche mehrmals gezählt hat. Mama sagt, dass er sogar im Pub weniger trinkt, daher weiß ich, dass er es ernst meint. Hast du auch dein Geld gespart?"

Kevin sah auf ihre Hand hinunter, die er zärtlich mit beiden Händen streichelte. „Es ist gar nicht so einfach, viel zu sparen, Fiona. Ein Mann mag eben sein Bier nach Feierabend."

„Ach ja? Liebst du mich denn nicht mehr als dein blödes Bier?"

„Natürlich tue ich das! Komm, ich zeige dir, wie sehr …"

Sie ließ zu, dass er sie noch eine Zeit lang küsste, aber als sie merkte, dass sie beide zunehmend leidenschaftlicher wurden, bekam sie es plötzlich mit der Angst zu tun und entzog sich ihm. „Halt, Kevin. Wir dürfen nicht weitermachen."

„Aber ich liebe dich, Fiona."

„Und ich liebe dich auch. Aber die Schwestern im Konvent haben gesagt, dass es Sünde ist, es zu tun, wenn man nicht verheiratet ist."

„Wenn wir ein Baby hätten, müsste dein Vater uns heiraten lassen." Kevin versuchte, sie wieder an sich zu ziehen, aber sie stieß ihn von sich.

„Nein, er würde mich ins Kloster schicken, und dort würde man mir das Baby wegnehmen, sobald es geboren wird. Ich habe gesehen, wie das mit anderen Mädchen passiert ist." Und so schwer es Fiona auch fiel, ihn zu verlassen, stand sie doch auf und wickelte sich den Schal um ihre Schultern. „Ich muss jetzt wieder hineingehen."

„Fiona, bitte bleib! Ich liebe dich." Seine Augen sahen im Kerzenlicht weich und flehend aus.

„Wenn du mich wirklich liebtest, würdest du dein Geld für Amerika sparen."

Am folgenden Sonntag, als Fionas Vater kam, um sie abzuholen, schien er ungewöhnlich gut gelaunt, auch ohne sein Bier. Als sie mit ihrer Mutter allein war, fragte sie nach dem Grund dafür.

„Wie es aussieht, wirst du mit deinem Vater bald nach Amerika aufbrechen", sagte ihre Mutter. „Er hat jetzt genug Geld zusammen, aber er wollte es dir nicht sagen, aus Angst, dass du mit deinem Jungen durchbrennen könntest."

„Wo hat er denn all das Geld her?", fragte Fiona. Ihre Mutter zuckte nur mit den Schultern.

Fionas Herz schlug schneller. Sie würde nach Amerika fahren! Sie würde wirklich fahren! Sie führte einen kleinen Freudentanz auf und drehte sich im Kreis, dann sank sie auf einen Stuhl. Fiona liebte Kevin, da war sie sich ganz sicher. Aber in den Monaten, seit ihr Vater seinen Plan geschmiedet hatte, hatte sie sich noch mehr in den Gedanken verliebt, reich zu sein. Sie wollte ein Haus wie Wickham Hall, und wenn Kevin sie nicht genug liebte, um ihr nach Amerika zu folgen, dann musste sie ihn zurücklassen.

Fiona sah zu, wie ihre Mutter mit einem nassen Tuch Krümel vom Tisch wischte, und fragte sich plötzlich, was sie eigentlich von Rorys Plan hielt. „Mama, macht es dir eigentlich etwas aus, dass Papa zuerst nur mich mit nach Amerika nimmt und dich und die Mädchen zurücklässt?"

„Nein, mein Kind, das macht mir nichts aus." Sie spülte den Lappen in einem Topf mit grauem Spülwasser aus, dann hob sie den Topf hoch, um das Wasser durch die Hintertür auszukippen. „Es wird mir eine Pause vom Kinderkriegen geben – und eine Pause kann ich weiß Gott brauchen. Soll der Mann seinen Launen nachgeben und ich kümmere mich um meine."

Fiona sah ihre Mutter neugierig an. Bevor ihr Vater angefangen hatte, von Amerika und vom Reichsein zu sprechen, hatte Fiona sich nie etwas anderes vorgestellt, als Kevin Malloy zu heiraten und in einem kleinen Haus wie diesem hier zu leben und Kevins süße Babys großzuziehen. Es war ihr jedenfalls nie eingefallen, sich mehr zu erträumen – geschweige denn sich zu fragen, ob ihre Mutter Träume hatte.

„Wenn du alles haben könntest, was du dir wünschst, Mama, was würdest du dir dann wünschen?"

„Ruhe und Frieden", sagte sie seufzend. „Eine Gelegenheit, ab und zu die Füße hochzulegen und in Ruhe eine Tasse Tee zu trinken, ohne dass jemand an mir herumzerrt. Ich habe noch nie Luftschlösser gebaut, wie dein Vater es tut."

„Meinst du, mehr ist es nicht, Mama – ein Luftschloss? Werde ich nie die schöne Villa haben, von der er redet?"

Ihre Mutter sah Fiona in die Augen und legte ihre rauen Hände um ihr Gesicht. „Ich glaube, das wirst du, Fiona. Dein Vater glaubt an dich – und ich auch."

Später an diesem Abend ging Rory mit Fiona nach Wickham Hall zurück, wie er es an all ihren freien Nachmittagen tat. Aber als er nicht mehr zu sehen war, sprang Kevin hinter der Schlehenhecke hervor, wo er gewartet hatte. „Fiona …"

„Oh! Du hast mich zu Tode erschreckt!"

„Tut mir leid, Liebste. Ich dachte schon, du kämst gar nicht." Er beugte sich hinunter, um sie zu küssen, aber sie stieß ihn fort.

„Lass das jetzt mal und hör mir zu. Papa hat endlich genug Geld für die Überfahrt. Ich hoffe, du hast auch gespart." Sie sah an seinem Gesichtsausdruck, dass das nicht der Fall war, und das machte sie wütend. „Leb wohl, Kevin Malloy." Sie ging auf die Hintertreppe zu.

„Fiona, warte! Wann fährt er denn?"

„Es kann sich nur noch um Tage handeln."

„Ich kann dich nicht gehen lassen!" Er packte ihren Arm und drehte sie zu sich herum. „Bitte brenn mit mir durch! Jetzt – heute Nacht!" Sie sah Tränen in seinen Augen und er tat ihr leid.

„Ach, Kevin … ich kann nicht mit dir durchbrennen", sagte sie und strich ihm das dunkle Haar aus dem Gesicht.

„Warum nicht?"

Sie antwortete nicht. Stattdessen ließ sie zu, dass er sie in den Arm nahm und fest an sich drückte, während sie den Geruch seines Hemdes an ihrer Wange einatmete. Sie liebte ihn – aber in ihrem Innersten wusste sie, dass ihr Vater recht hatte. Wenn sie davonliefen und heirateten, würde es ihr in ein paar Jahren genauso ergehen wie ihrer Mutter, die sich nichts sehnlicher wünschte als eine Tasse Tee und ein paar Minuten Ruhe. Es machte sie traurig.

„Du kannst mir schreiben, Kevin", sagte sie nach einer Weile. „Wir wohnen erst mal bei Papas Vetter Darby Quinn in New York, bis wir etwas Eigenes gefunden haben. Hier, ich habe die Adresse für dich abgeschrieben, als Papa nicht aufgepasst hat."

Sie zog ein verknicktes Blatt Papier aus ihrer Schürzentasche und gab es ihm. Kevin faltete es auseinander und starrte darauf, als wäre sein Untergang damit besiegelt – aber er hielt den Zettel falsch herum. Sie drehte das Blatt für ihn um und konnte selbst in der Dunkelheit sehen, wie er rot wurde.

„Ich habe nie lesen und schreiben gelernt, Fiona. Ich musste immer arbeiten und Geld verdienen. Meine Familie konnte es sich nicht leisten, mich bei den Brüdern in die Schule zu schicken."

Sie spürte, wie eine Welle der Liebe für den süßen Kevin in ihr aufstieg. Tränen traten ihr in die Augen, als er sie umarmte. „Ich verspreche, dass ich dir nach Amerika folge", sagte er. „Warte auf mich, Fiona. Bitte warte auf mich."

„Das tue ich." Aber Fiona wusste, dass er nie kommen würde. Sie würde Kevin Malloy nie wiedersehen. Sie fragte sich, ob jemals ein Mensch sie wieder so lieben würde, wie er es tat – und ob sie sich selbst jemals wieder in einen anderen verlieben würde.

Wenige Tage später kam Rory Quinn mitten während des Arbeitstages in die Waschküche von Wickham Hall spaziert, Fionas vierzehnjährige Schwester Sheila an der Hand. „Komm, Mädchen, hol deine Sachen", sagte er zu Fiona. „Wir fahren morgen. Ich habe dafür gesorgt, dass Sheila deine Arbeit übernimmt."

Aufregung und Kummer rissen Fiona hin und her. Sie würde gehen – in diesem Augenblick – und nie zurückkehren. „Ich muss mich von Kevin verabschieden und –"

Rory schüttelte den Kopf. „Lass ihn hinter dir, Fiona. Du verdienst einen Mann, der zehnmal so gut ist wie er."

Aber Fiona konnte sich nicht vorstellen, dass es einen Mann gab, der so süß und liebevoll und treu war wie Kevin. Sie begann zu weinen.

„Jetzt hör auf damit", sagte Rory. „Sonst siehst du gleich ganz verquollen aus."

Sie wischte sich mit der Schürze über die Augen, dann zog sie sie über den Kopf und reichte sie Sheila. „Komm, ich hole meine Sachen und zeige dir, wo du deine hintun kannst."

Sheila folgte ihr die Treppe hinauf und blickte sich ehrfürchtig um. „Es ist ein richtig großes Haus, nicht wahr?", murmelte sie. „Glaubst du wirklich, dass wir eines Tages so eins haben?"

„Ja, Papa hat es gesagt." Fiona schüttete die Sachen ihrer Schwester aus dem Seesack und stopfte stattdessen ihre eigene spärliche Habe hinein. „Du wirst das hier schon machen", sagte Fiona, als sie ihre Schwester zum Abschied umarmte. „Und eh du es dich versiehst, holen wir Mama und euch nach."

Sie blickte sich auf dem ganzen Grundstück von Wickham Hall um, als sie mit ihrem Vater ging, in der Hoffnung, noch einen letzten Blick auf Kevin zu erhaschen. Aber das Automobil war verschwunden, und Kevin war nirgendwo zu sehen.

Am nächsten Morgen machten Fiona und ihr Vater sich bei Nieselregen auf den Weg. Sie hörte die Glocken von St. Brigid, die zur Frühmesse riefen, aber dichter Nebel löschte den vertrauten Anblick ihres Heimatortes aus. Selbst das mächtige Anwesen von Wickham Hall war in den Wolken verschwunden.

Fiona hatte sich an ihre Mutter geklammert, als sie einander zum letzten Mal umarmt hatten. Es fiel ihr schwerer, von zu Hause fortzugehen, als sie gedacht hatte.

„Wir sehen dich doch wieder, Mama, oder?"

„Natürlich, Liebes. Dein Vater sagt, dass er uns schon sehr bald nachholt."

„Und in Amerika kannst du dann jeden Tag die Füße hochlegen und in Ruhe Tee trinken. Wir werden auch Dienstboten haben, die ihn dir bringen."

„Ja …", sagte Mama und lächelte wehmütig. „Möge Gott mit dir gehen, Fiona." Die Worte sollten sie trösten, aber stattdessen hatte Fiona das Gefühl, als würde sie mit einem Gott, den sie nicht sehen oder spüren konnte, in einem Loch verschwinden.

Ein Freund ihres Vaters brachte sie in seinem Pferdewagen zur nächstgelegenen Stadt, beladen mit dem bisschen Gepäck, das sie besaßen. Von da aus fuhren sie mit dem Zug nach Dublin. Fiona hatte die Hauptstadt noch nie zuvor gesehen, und sie schien ihr riesig und überfüllt, mit Backsteinhäusern, die mehrere Stockwerke hoch waren und aneinandergedrängt standen. Die schmalen Kopfsteinpflasterstraßen waren voller Menschen, Kutschen und Automobile, deren Räder rumpelten, als sie die Brücken über die Liffey überquerten. Fiona sah überall britische Polizisten – die „Black and Tans", wie sie wegen der Farbkombination ihrer Uniformen genannt wurden. Viele Straßen waren mit Barrikaden abgesperrt.

„Dublin ist wegen der Unruhen immer noch in einem schlechten Zustand", erklärte ihr Vater ihr. „Wie ich sehe, haben sie nicht viel erreicht, seit ich hier war, um zu kämpfen." Fiona versuchte, sich ihren Vater mit einem Gewehr vorzustellen, wie er an dem Aufstand teilnahm – aber sie konnte es nicht.

„Werden die Black and Tans uns nach Amerika fahren lassen?", fragte sie.

Er lachte auf. „Aber sicher! Es wird ihnen ein Vergnügen sein, wieder zwei Iren weggehen zu sehen. Ihnen wäre es am liebsten, wenn wir alle die Insel verließen. Und morgen früh tun wir genau das."

Fiona wurde von einem Gefühl des Verlustes gepackt – doch zugleich war sie auch voller Vorfreude. Angst und Kummer und Freude vermischten sich, und sie konnte sie nicht sortieren. Außerdem fühlte sie sich schrecklich einsam. Sie hatte zwar ihren Vater dabei, aber Fiona hatte nie gelernt, ihm ganz und gar zu vertrauen.

„Möge Gott mit dir gehen", hatte ihre Mutter gesagt. Merkwürdig, aber Fiona hatte immer gedacht, dass Gott zu Hause in der Kirche der Heiligen Brigid wohnte. Und doch spürte sie, als sie an einer verkehrsreichen Straßenecke in Dublin stand und sich ängstlich und verloren vorkam, dass Gott nicht nur in ihrer Kirche daheim lebte – er war überall. Mamas Worte trösteten sie, und Fiona flüsterte sie als Gebet vor sich hin, als sie sich darauf vorbereitete, Irland Lebwohl zu sagen.

„Möge Gott mit mir gehen … bitte …"

Sie stachen am Tag der Heiligen Brigid in See, also am Tag jener Heiligen, die für ihre Güte und für ihre Wunder bekannt war. Es war außerdem Fionas besonderer Tag – nämlich der 1. Februar, ihr achtzehnter Geburtstag.

„Bist du sicher, dass das Schiff nicht untergeht, Papa?", fragte sie, als sie zu dem riesigen Dampfer hinaufstarrte. Er lag am Ende des langen Docks vor Anker, und für die Passagiere auf dem Zwischendeck war eine Planke über das unruhige graue Wasser gelegt worden, sodass die Reisenden an Bord gehen konnten.

„Was für eine Frage ist das denn?", knurrte er, als er ihr Hab und Gut über den Pier schleppte.

„Als ich in der Schule war, haben die Schwestern uns erzählt, wie ein riesiges Schiff gesunken ist und alle Menschen gestorben sind."

„Als die Lusitania sank, herrschte Krieg. Und der ist vorbei."

„Das Schiff meine ich nicht, Papa. Es war vor dem Krieg. Vor ein paar Jahren. Die Nonnen in der Schule haben gesagt, wir sollten beten, weil ein großes, schickes Schiff mit lauter reichen Leuten an Bord mit einem Eisberg zusammengestoßen war und sank. Tausende von Menschen sind damals ertrunken. Gibt es auf dem Weg nach Amerika auch Eis?"

Rory warf ihr einen Blick zu und schüttelte den Kopf, während sie sich anstellten, um an Bord zu gehen. „Fiona, Mädchen – warum nutzt du deine wilde Fantasie nicht dazu, unsere Zukunft zu planen, anstatt dir Sorgen über Dinge zu machen, die vor Jahren passiert sind?"

Ja, beschloss sie, sie würde über ihre Zukunft nachdenken. Amerika war das Land der Verheißung, ein Ort, an dem sie in Luxus und Bequemlichkeit leben würde. Aber zuerst mussten sie den kalten, weiten Ozean überqueren. Ihr kam der Gedanke, dass diese Überfahrt ein bisschen so war, als würde sie sterben: Sie würde die bekannte Welt verlassen und über das Unbekannte fahren – um dann im Paradies anzukommen! Doch wenn ihr Ziel wirklich das Paradies war, stellte Fiona schnell fest, dass ihre Reise dorthin das Fegefeuer sein musste.

Nichts in Fionas Erfahrung hatte sie auf ein Leben an Bord eines Dampfschiffes vorbereitet. Der Platz auf dem Zwischendeck, den man ihnen zuwies, war Teil eines überfüllten, fensterlosen Frachtraums mit Hunderten von Etagenbetten. Viele Familien schirmten ihre Betten mit Decken ab, um etwas Privatsphäre zu haben, aber Fiona und ihr Vater hatten sich darüber im Voraus keine Gedanken gemacht. Die anderen Passagiere kamen aus verschiedenen Ländern und sprachen alle möglichen Sprachen, und das Stimmengewirr steigerte die Verwirrung und das Durcheinander nur noch. Die meisten Passagiere hatten von zu Hause Essen für die Reise mitgenommen, und bald roch es in dem Frachtraum nach Knoblauch und Zwiebeln und strengem Käse. Diese Familien schienen noch ärmer zu sein als Fionas, mit Dutzenden von schmuddeligen, heulenden Kindern. Alle stanken nach Körpergeruch und Schweiß. Als Fiona den Raum betrat, hätte sie am liebsten auf dem Absatz kehrtgemacht und wäre in die frische Luft und Sonne hinaus geflohen, aber sie wusste, dass sie sich daran würde gewöhnen müssen. Dies würde in den nächsten Wochen ihr Zuhause sein.

Als das Schiff erst einmal abgelegt hatte, verbrachte Fiona möglichst viel Zeit draußen an Deck, auch wenn die Winterluft rau war und das winzige Deck beinahe so überfüllt wie der Schlafsaal. Ihr Vater begann für längere Perioden zu verschwinden; sie wusste nicht wohin, und er erzählte es ihr auch nicht. Zwischendeckpassagiere durften nicht auf dem Schiff herumlaufen, aber genau das schien er zu tun, wenn er sich mittags oder während des Abendessens davonschlich, und bei seiner Rückkehr kritzelte er etwas in einen Notizblock, den er in seiner Westentasche bei sich trug. Eines Abends erhaschte Fiona einen Blick über seine Schulter und sah unverständliche Listen von Zahlen.

Eine Woche nachdem sie losgefahren waren, saß Fiona eines Nachmittags draußen auf dem Zwischendeck, als ihr Vater sie zu sich rief. „Komm mit, Fiona. Ich will dir etwas zeigen." Er ging mit ihr hinein, dann eine verbotene Treppe hinauf zu dem Deck, auf dem die Rettungsboote verstaut waren. Sie konnte einen Blick auf die Passagiere der ersten Klasse werfen, die auf dem Oberdeck herumschlenderten.

„Ich glaube nicht, dass wir uns hier aufhalten dürfen", sagte sie, als sie sah, wohin er sie geführt hatte.

„Sei still, Fiona, und hör mir zu. Kennst du den Unterschied zwischen diesen reichen Leuten und uns?", fragte er, während er mit dem Kopf in ihre Richtung deutete.

Ihr fielen jede Menge Unterschiede ein – sie hatten viel Geld, viel zu essen, ein Leben in Saus und Braus ... und zarte Hände. Ihre Hände waren nicht rot und rau vom Wäschewaschen, wie ihre es waren. Aber sie schüttelte den Kopf, weil sie wusste, dass Rory Quinn gar keine Antwort erwartete.

„Die Kleider, Fiona. Der einzige Unterschied zwischen ihnen und uns sind die Kleider, die sie am Leibe tragen. Du und ich, wir haben nicht solche schicken Sachen wie sie, das ist alles." Er drehte sich zu ihr um, und ein seltenes Lächeln umspielte seine Lippen, als er ihr zärtlich die vom Wind zerzausten Haare aus dem Gesicht strich. „Aber wenn du ein hübsches Kleid anziehst wie die Dame dort drüben, und deine Haare hochsteckst, wie sie es getan hat, dann werden dir alle Männer auf diesem Schiff zu Füßen liegen. Wir brauchen nur das Richtige zum Anziehen."

Sie beobachtete die reichen Leute eine Weile, wie sie in ihren prachtvollen Gewändern und Wintercapes an Deck herumstolzierten. Einige trugen Pelzmäntel. Fiona zitterte in ihrem dünnen Schultertuch und fragte sich, wie es sich wohl anfühlte, in Pelz gehüllt zu sein.

„Kaufen wir denn dann feine Kleider, wenn wir in Amerika sind?", fragte sie.

„Ich habe eine bessere Idee." Er neigte seinen Kopf zu ihrem hinunter und flüsterte: „Ich habe die herrschaftlichen Zimmer beobachtet, weißt du – gesehen, wann die einzelnen Leute kommen und gehen, und gezählt, wie viele in jedem Raum schlafen." Er klopfte auf seine Westentasche, in der er die Zettel mit seinen Zahlenlisten aufbewahrte. „Außerdem habe ich mir aufgeschrieben, wann sie an Deck gehen oder zum Speisesaal, und wie lange sie wegbleiben. Ich weiß genau, welches Zimmer ich anzapfen werde. Aber ich brauche deine Hilfe."

„Anzapfen? W-wovon redest du?" Aber Fiona fürchtete, dass sie die Antwort bereits kannte. Er hatte vor, aus den Kabinen der Reichen etwas zu stehlen, und dazu brauchte er ihre Hilfe. Sie fragte sich, ob er das Geld für die Überfahrt nach Amerika auch gestohlen hatte.

„Glaub mir, Mädchen, diese wohlhabenden Leute haben so viele Kleider, dass sie die Kleinigkeiten, die wir uns ausborgen wollen, gar nicht vermissen werden."

„Dann geben wir alles zurück?", fragte sie hoffnungsvoll. Der Gedanke, Dinge auszuleihen, klang viel besser, als sie zu stehlen. Rory zog eine Grimasse und wischte ihre Frage mit einer Handbewegung fort, ohne sie zu beantworten. Er führte sie eine Treppe hinunter und in einen verbotenen Gang. Er war makellos sauber und roch nach frischer Lackfarbe.

„Also, du musst hier auf dem Gang warten und aufpassen, während ich in die erste Kabine schlüpfe, hast du verstanden? Gib mir ein Zeichen, wenn jemand kommt."

„Nein, Papa!"

„Schhh …!" Er hielt ihr mit der Hand den Mund zu. „Leise, Mädchen, und tu, was ich gesagt habe. Du musst die Leute ablenken."

„W-wie soll ich das denn machen?"

„Setz deinen Charme und deine Schönheit ein, Fiona. Flirte mit den Stewards und lenke sie ab. Sag ihnen, du hättest dich verirrt und fändest nicht mehr nach draußen. Du schaffst das schon, mein Mädchen."

„Aber bestimmt schlagen die Leute doch Alarm, wenn sie feststellen, dass etwas von ihren Sachen fehlt. Was ist, wenn die Stewards unsere Taschen durchsuchen?"

„Mach dir darüber mal keine Sorgen. Ich nehme aus keiner Kabine so viel, dass sie es überhaupt bemerken – eine Krawatte hier, ein Hemd dort. Verstehst du?"

„Die Nonnen haben gesagt, Stehlen ist –"

„Still, Mädchen. Die Nonnen brauchen sich auch keine Gedanken darüber zu machen, was sie anziehen, nicht wahr?"

Nach allem, was sie in der Schule gelernt hatte, war Fiona sicher, dass Stehlen eine Sünde war. Aber ein anderes von Gottes Geboten lautete, dass man Vater und Mutter ehren solle. Was sollte ein Mädchen tun, wenn zwei von Gottes Regeln sich so widersprachen?

„Komm, wir gehen, Mädchen", sagte Rory und schubste sie ein wenig den Gang hinunter. „Wir haben etwas zu erledigen."

Fiona tat, was ihr Vater befohlen hatte. Der erste Tag, an dem sie und ihr Vater zusammenarbeiteten, war der Schlimmste, weil Fiona bei jedem Geräusch zusammenzuckte und ihr Herz so laut schlug, dass sie sicher war, es würde zerspringen. Als sie schließlich zu ihren Betten auf dem Zwischendeck zurückkehrten, ließ sich Fiona auf ihrem Bett nieder und weinte vor Erleichterung. Danach wurde es mit jedem Tag leichter, die verlassenen Gänge entlangzuschlendern und verloren und verwirrt auszusehen, während ihr Vater in die Kabinen der reichen Passagiere einbrach – vor allem, wenn sie die wunderschönen Kleider und den Schmuck betrachtete, die er für sie ausgesucht hatte.

Zwei oder drei Mal kam ein Passagier aus einer der anderen Kabinen, während Fiona auf dem schmalen Gang wartete, und zuerst dachte sie, sie würde in Ohnmacht fallen. Aber mit der Zeit lernte sie, hübsch zu lächeln und „Guten Tag" zu sagen, als hätte sie alles Recht der Welt, dort zu sein. Nur einmal sprach ein Steward sie an, und Fiona tat genau das, was ihr Vater ihr gesagt hatte.

„Bin ich froh, Sie zu sehen", sagte sie zu dem Steward, und zwar so laut, dass ihr Vater es hören konnte. „Ich fürchte, ich habe mich ganz und gar verlaufen. Könnten Sie mir bitte zeigen, welchen Gang ich nehmen muss?"

Als die Tage verstrichen und ihre Beute sich ansammelte, wich die Angst, die Fiona verspürt hatte, zunehmend einem Zustand der Erregung. Jedes Mal, wenn sie einen der schmalen Gänge betrat und den Geruch der Lackfarbe in sich aufsog, lächelte sie und genoss den wohligen Schauer der Gefahr. Sie fühlte sich ihrem Vater näher als je zuvor, und jeden Nachmittag kehrten sie lachend und von dem Risiko, das sie eingegangen waren, ganz aufgedreht von ihren Abenteuern zurück. Sie waren noch nicht einmal in Amerika, und schon jetzt war Fionas Leben aufregender als zu Hause in Irland. Trotzdem war sie erleichtert, als Rory eines Tages zu ihr kam und sagte: „Wir sind fertig, Mädchen. Wir haben all die Sachen, die wir brauchen."

Ihre Erleichterung war von kurzer Dauer. Am nächsten Tag schien die Sonne zum ersten Mal seit Tagen warm vom Himmel, und alle Decks – das der ersten Klasse ebenso wie das Zwischendeck – füllten sich schnell mit Menschen. „Schrubb dein Gesicht und mach deine Haare ordentlich", sagte Rory zu Fiona. „Ich will, dass du etwas von deinen neuen Sachen anziehst."

„Werden die Besitzer denn ihre eigenen Kleider nicht erkennen?", fragte sie.

„Nicht, wenn du etwas Schlichtes aussuchst – zum Beispiel den schwarzen Rock und die weiße Bluse."

„Aber es ist kalt an Deck. Ich werde erfrieren!"

Rory lieh ein wunderschön besticktes Tuch von einer böhmischen Frau aus, die sie auf dem Zwischendeck kennengelernt hatten, und legte es um Fionas Schultern. Selbst mit dem Schal zitterte sie vor Angst.

„Bitte nicht, Papa! Ich habe schreckliche Angst, dass wir erwischt werden."

Rory ignorierte ihre Einwände und schob sie vor sich her. „Es ist ganz einfach", beharrte er. „Geh einfach die Treppe hinauf und auf das Hauptdeck, als würdest du dorthin gehören. Geh erhobenen Hauptes – glaub mir, alle werden dein hübsches Gesicht ansehen, nicht deine Kleider. Und niemand wird eine schöne Frau wie dich auffordern, ihre Fahrkarte für die erste Klasse vorzuzeigen, das steht fest."

„W-was soll ich denn tun, wenn ich dort bin?"

„Schlendere ein bisschen herum und dann komm wieder her. Das ist alles. Es ist nur zur Übung, Fiona." Sie fragte lieber nicht, wofür sie üben sollte. Sie gehorchte, auch wenn ihre Knie zitterten, als sie die Treppe hinaufstieg.

Der erste Mensch, dem Fiona begegnete, war ein Steward, der sich respektvoll verneigte, als sie vorbeirauschte. Als sie ihm über die Schulter einen Blick zuwarf, stellte sie fest, dass er ihr nachsah. Als er bemerkte, dass sie ihn ertappt hatte, eilte er mit leuchtend rotem Gesicht von dannen. Die Wirkung, die sie auf ihn gehabt hatte, machte Fiona Mut. Als Nächstes kam sie an einem älteren Herrn vorbei, der an seinen Hut tippte und sagte: „Ich wünsche einen guten Nachmittag, Miss." Sie lächelte bezaubernd. Schließlich gelangte sie zur Reling des Schiffes, wo sie stehen blieb und sich an der Relingstange festhielt, als hinge ihr Leben davon ab, in der Hoffnung, dass das Zittern nachließ.

Die salzige Luft war warm, der Himmel blau und das Deck der ersten Klasse so wunderbar anders als das überfüllte Zwischendeck weiter unten, dass Fiona, wie ihr Vater, plötzlich wusste, dass sie dieses neue Leben mehr als alles andere wollte. Sie holte tief Luft und ließ die Reling los. Jetzt war sie bereit, genüsslich das Deck hinunter- und wieder zurückzuschlendern.

Fiona ging an Leuten vorbei, die in Korbsesseln saßen, ihre Beine von warmen Plaids bedeckt, während Stewards ihnen Tee und Kekse brachten. Sie hätte sich gerne auch dorthin gesetzt, aber das wagte sie nicht. Sie ging weiter, vorbei an einem Kindermädchen, das sich um zwei kleine Jungen kümmerte, dann an einer Gruppe Männer in Mänteln, die sich unterhielten und Zigarren rauchten. Die Herren lupften ihre Hüte zum Gruß und sagten: „Guten Tag." Sie bemerkte, dass die Frauen alle Hüte oder Sonnenschirme trugen, um ihre Haut vor der Sonne zu schützen. Sie musste ihrem Vater sagen, er solle einen Hut für sie stehlen. Bei dem Gedanken musste sie lächeln. Zuerst hatte sie entsetzt auf seinen Plan reagiert; jetzt stellte sie schon besondere Ansprüche bei dem, was er stahl.

Fiona ging mit schwingenden Hüften bis zum Ende des Decks, so weit es ging, als hätte sie den ganzen Tag zu ihrer freien Verfügung, dann drehte sie sich um und schlenderte wieder zurück. Diesmal genoss sie die unverhohlene Bewunderung, die sie auf den Gesichtern der Männer sah, und den Neid in den Mienen der Frauen. Sie war schön, gut angezogen und sie akzeptierten sie als eine von ihnen. Sie sog ein letztes Mal die Seeluft ein und leckte den salzigen Geschmack von ihrer Unterlippe, dann rauschte sie anmutig die Treppe hinunter zu dem Absatz, auf dem ihr Vater wartete.

„Und, Mädchen?"

„Ich brauche einen Hut", sagte sie. „All die reichen Damen tragen einen." Sie unterdrückte das Lächeln so lange, wie sie konnte, dann fügte sie grinsend hinzu: „Einen Schlapphut – aus Filz. Mit einer Blume dran, bitte schön."

Rory Quinn lachte, als er Fiona hochhob und im Kreis wirbelte. „So gefällst du mir!"

Kapitel 23

New York City – 1920

In den ersten Stunden nach der Ankunft bei der Einwanderungsbehörde auf Ellis Island litt Fiona furchtbare Qualen. Sie würde nie amerikanischen Boden betreten. Sie waren so nah – sie konnte New York City in der Ferne sehen –, aber Gott würde sie und ihren Vater ganz sicher bestrafen, weil sie an Bord die anderen Passagiere bestohlen hatten. Sie würde im Gefängnis landen … oder, was noch schlimmer war, nach Hause geschickt.

„Was ist denn mit dir los?", knurrte Rory, als sie in einer langen, gewundenen Schlange warteten.

„Ich habe Magenschmerzen. Ich glaube, ich muss mich übergeben."

„Jetzt reiß dich zusammen, Mädchen. Wenn sie glauben, dass du krank bist, lassen sie uns nie in ihr Land."

„Ich habe Angst, Papa. Was ist, wenn sie in unsere Taschen schauen und all die Sachen finden –"

„Still! Niemand wird in unsere Taschen gucken. Sie wollen wissen, ob wir gesund sind – und du bist ganz grün im Gesicht. Halt dich gerade! Und lächle den Mann an, verstanden?"

„Ja, Papa."

Während sie darauf warteten, dass sie an die Reihe kamen, sah Fiona sich um und beobachtete, wie es den anderen Passagieren vom Zwischendeck erging. Sie stellte fest, dass ihr Vater recht hatte: Die amerikanischen Beamten untersuchten das Gepäck nicht genau. Aber sie schienen schlecht gelaunt und ungeduldig mit dem lärmenden Einwanderervolk zu sein. Sie schoben die verwirrten Menschenmengen hin und her wie Schäferhunde eine Schafherde. Fiona taten die armen Menschen leid, die kein Englisch sprachen. Die lange Halle hatte eine hohe, gewölbte Decke und der Lärm wurde immer unerträglicher, als die frustrierten Beamten anfingen zu brüllen, als würden die Fremden dann endlich verstehen. Die amerikanische Fassung der englischen Sprache klang in Fionas Ohren so anders, dass selbst sie genau hinhören musste, um zu verstehen, was die Amerikaner sagten.

Als sie endlich an der Reihe waren und von der gefürchteten Einwanderungsbehörde geprüft werden sollten, wollten die Beamten nur feststellen, ob sie und ihr Vater gesund waren, ob sie jemanden hatten, der sie unterstützte, und ob sie über etwas Geld verfügten, um für sich selbst zu sorgen. Niemand durchsuchte ihre Taschen. Wenige Stunden nach ihrer Ankunft betrat Fiona endlich amerikanischen Boden.

Die Gegend um das Dock, an dem sie angelegt hatten, sah genauso heruntergekommen und schmuddelig aus wie in Irland. Eine Vielzahl von Fahrern wartete mit Karren darauf, ihre Sachen zu transportieren, und Rory verhandelte mit einem ungepflegt aussehenden Mann um eine Fahrt mit seinem Wagen, der von einem Pferd mit durchhängendem Rücken gezogen wurde. Sie und ihr Vater hatten nicht viel Eigentum zu tragen, aber in der riesigen Stadt hätten sie sich ohne die Hilfe des Fahrers schnell verlaufen. Er brachte sie zu dem Wohnblock in der Lower East Side, wo Vetter Darby lebte, aber als Fiona die Gegend sah, wäre sie am liebsten wieder nach Hause gefahren. In New York war es bitterkalt, und dreckiger Schnee türmte sich an den Straßenrändern. Die winzigen Flecken Himmel, die sie zwischen den Gebäuden sehen konnte, waren grau und in Rauch gehüllt. Sie vermisste die Bäume und Hecken und grünen Hügel Irlands.

„Das ist furchtbar, Papa!" Sie zog ihr Taschentuch heraus und hielt es sich vor Nase und Mund, um den Gestank der Kanalisation nicht einatmen zu müssen.

„Wir werden nicht lange so leben, Mädchen, du wirst schon sehen. Es dauert nicht lange, dann haben wir unsere Villa."

Aber das stimmte natürlich nicht. Selbst mit ihren gestohlenen Kleidern wurden Fiona und ihr Vater ebenso wenig in die schicken Salons der New Yorker Oberschicht eingeladen, wie es in Irland der Fall gewesen war. Vetter Darby und seine Familie hatten zehn Kinder und lebten in einem überfüllten Wohnhaus, das so laut und übelriechend war wie das Zwischendeck an Bord. Während des ersten Monats teilte Fiona sich ein Bett mit drei ihrer Kusinen und wurde von Flöhen fast aufgefressen. Sie musste für alles anstehen, angefangen bei der gemeinsamen Toilette im Hof bis hin zum Wasserhahn, der ebenfalls für das ganze Haus da war. Ratten so groß wie Igel rannten über die Straßen, und vor Dreck starrende, in Lumpen gekleidete Kinder füllten die Gänge und Treppenhäuser und Bürgersteige, schubsten einander und bettelten um etwas zu essen. Das konnte nicht Amerika sein, das Land der Verheißung. Jeder schien niedergeschlagen und hoffnungslos zu sein. Fiona kam es vor, als sei sie auf das falsche Schiff gestiegen und am falschen Zielort angekommen.

„Hier ist es schlimmer als zu Hause, Papa", sagte sie, als sie auf der Suche nach Arbeit die mit Müll übersäten Straßen nahe dem East River hinuntergingen. „Wenigstens war mein Schlafsaal in Wickham Hall sauber, und ich hatte dreimal am Tag etwas zu essen."

„Hab ein bisschen Geduld, Mädchen. Alles der Reihe nach. Wenn wir Arbeit gefunden haben und eine Wohnung, wird alles besser." Aber selbst Rory schien entmutigt.

Sie suchten von morgens bis abends eine Anstellung, gingen jedem Hinweis nach, klapperten jede Fabrik und jedes Geschäft ab, das ein „Aushilfe gesucht"-Schild im Fenster hatte. Fiona und ihr Vater hatten zwei Vorteile gegenüber den meisten anderen Einwanderern, die Arbeit suchten: Sie sprachen Englisch, und sie waren, dank der Kleidung, die Rory gestohlen hatte, viel besser gekleidet.

Am ersten Sonntag nach ihrer Ankunft ging Fiona zur Messe, um für das, was sie getan hatte, zu büßen. Bevor sie das Sakrament nahm, beichtete sie, dass sie ihrem Vater geholfen hatte, Kleidung aus den Kabinen zu stehlen. Sie weinte, während sie Buße tat. Anschließend fühlte Fiona sich so rein und leicht, dass sie mit dem Weihrauchduft und dem Rauch der Kerzen bis zur Decke hätte schweben können. Ihre Sünden waren abgewaschen, ihr war vergeben, sie wurde geliebt.

Aber um welchen Preis? In der Kirche hing ein Kruzifix über dem Altar, wie es auch in der Kirche der Heiligen Brigid zu Hause der Fall war, und als Fiona der Leidensgeschichte Jesu lauschte – wie er gegeißelt, verspottet, geschlagen und gekreuzigt worden war –, schien ihr der Preis für ihre Vergebung viel zu hoch. Doch der Priester hatte ihr versichert, dass Gott ihre Sünden vergeben hatte. Er hatte ihr die Chance gegeben, noch einmal ganz von vorne anzufangen, und dafür war sie dankbar.

Dann brauchte Rory wieder ihre Hilfe.

„Amerika ist kälter, als ich dachte", erzählte er ihr nach einem langen Tag, an dem sie wieder einmal auf der Suche nach Arbeit durch die Straßen gezogen waren. „Wir brauchen wärmere Mäntel." Sie wusste sofort, woran er dachte – Geld, um Mäntel zu kaufen, hatten sie jedenfalls nicht.

„Nein, Papa. Ich will nicht mehr stehlen. Wenn wir hier in Amerika erwischt werden, dann stecken sie uns ins Gefängnis oder deportieren uns oder –"

„Still, Fiona. Ich will nichts mehr davon hören. Komm mit."

Er führte sie zu einer Straße, an der sich ein Geschäft ans andere reihte, und als sie den Bürgersteig hinunterschlenderten und die Schaufensterauslagen betrachteten, tat Rory so, als wäre er der reichste Mann der Welt mit Unmengen an Geld zu seiner Verfügung. Es war schon dunkel, und alle Geschäfte waren geschlossen, aber auf der Straße war noch erstaunlich viel los. Fiona beobachtete ihren Vater argwöhnisch und fragte sich, was er vorhatte. Sie sah auch, wie er den Streifenpolizisten ein Stück weiter die Straße hinunter musterte. Sobald der Polizist ihnen den Rücken zugewandt hatte, zog Rory Fiona in eine dunkle, schmale Gasse zwischen den Häusern.

Kalter, matschiger Schnee durchweichte Fionas Schuhe, als sie durch die Pfützen platschte. Im Schatten hörte sie Ratten quietschen. Einen Augenblick später kamen sie zum Hintereingang einer Schneiderei. Sie war überrascht, als sie sah, wie schnell und mühelos ihr Vater die Tür aufstemmte. Er ging schnurstracks zu einem Ständer mit Herrenanzügen, als hätte er sich schon im Voraus einen ausgesucht, warf den Kleiderbügel zur Seite, rollte den Anzug auf und stopfte ihn unter seine Strickweste. Als Nächstes wählte er einen schicken Wollmantel mit Schalkragen für Fiona.

„Zieh ihn an!", befahl er. „Über dein Umhängetuch."

Fiona gehorchte, auch wenn sie im Dunkeln kaum sah, was sie tat, und sicher war, der Polizist würde jeden Augenblick zur Tür hereingestürzt kommen. Ihr Vater nahm einen Tweedmantel für sich selbst, knöpfte ihn über seinem Jackett und seinem Pullover zu, dann riss er einen Filzhut von einer der Schaufensterpuppen und warf ihn Fiona zu.

„Hier ist dein neuer Hut. Setz ihn auf." Kaum eine Minute nachdem er eingedrungen war, zog Rory die Tür wieder hinter ihnen zu und machte sich auf den Weg die Gasse hinunter. „Häng dich bei mir ein", befahl er, als sie zur Straße gelangten. „Geh langsam und sieh dir die Schaufenster an. Wir haben alle Zeit der Welt."

Fiona versuchte sich selbst einzureden, dass sie keine Diebin sei – ihr Vater war der Dieb. Aber sie wusste, dass sie sich nicht trauen würde zur Messe zu gehen, schon gar nicht in ihrem neuen Mantel und Hut, es sei denn, sie ging zur Beichte. Aber was war, wenn sie an denselben jungen Priester geriet, dem sie das letzte Mal gebeichtet hatte. Er hatte gesagt, sie solle gehen und nicht mehr sündigen.

Am Sonntag wartete Fiona in einer leeren Kirchenbank mit gesenktem Kopf und beobachtete die Beichtstühle, bis sie sah, dass ein älterer Priester darin Platz nahm. Sie stand schnell auf und stellte sich an, während sie sich in Gedanken zurechtlegte, was sie sagen wollte.

„Vergib mir, Vater, denn ich habe gesündigt", begann sie. „I-ich gehorche meinem Vater manchmal nur widerwillig. Diese Woche habe ich mit … mit ihm gestritten, als er mir einen Befehl gegeben hat."

„Du musst deinem Vater immer gehorchen", sagte der Priester seufzend. Er klang gelangweilt. Fiona fragte sich, ob er immer nur dann Interesse zeigte, wenn jemand eine spannendere Sünde zu beichten hatte. „Der Herr gebietet uns, Vater und Mutter zu ehren, auf dass wir lange auf dieser Erde leben mögen", sagte der Priester zu ihr.

„Ja, Vater. I-ich werde ihm von jetzt an gehorchen."

Fiona tat Buße, aber diesmal fühlte sie sich nicht ganz so rein wie bei ihrer letzten Beichte. Und sie schwebte auch nicht mit dem Weihrauch nach oben. Der Mantel, den sie trug, schien sie niederzudrücken.

Einen Monat nach ihrer Ankunft bekam Fiona endlich eine Arbeit bei einem Hutmacher. Sie hatte ihren neuen Mantel getragen, und an der Art, wie Mrs Gurche, die Geschäftsführerin, sie von Kopf bis Fuß gemustert hatte, erkannte sie, dass ihr hübsches Gesicht und ihre bessere Kleidung ihr die Stelle verschafft hatten.

Madame Deveaus Hutladen war in einem der schöneren Stadtviertel gelegen, ein paar Blocks vom Central Park entfernt. Das Geschäft war im Erdgeschoss eines zweistöckigen Backsteingebäudes untergebracht; die Werkstatt, in der die Hüte gefertigt wurden, war im Obergeschoss. Fiona war auf ihrer Suche nach Arbeit durch Dutzende von

Fabriken gekommen, und die meisten waren laute, heiße und trostlose Orte, die aussahen, als könnte ein einziges Streichholz sie in Schutt und Asche legen. Madame Deveaus Werkstatt war im Vergleich dazu sehr angenehm, ein offener, luftiger Raum, und durch die Fenster an Vorder- und Rückseite strömte Licht herein.

„Wenn du viel arbeitest und das Handwerk erlernst", versicherte Mrs Gurche Fiona, „kannst du dich nach oben arbeiten – oder besser gesagt nach *unten* – zu einer Arbeit als Verkäuferin im Erdgeschoss."

Fiona nickte und sagte: „Vielen Dank, Ma'am", aber Verkäuferin zu werden, war noch nie ihr Traum gewesen. Sie dachte an die Hoffnungen, die sie sich bei ihrer Abreise aus Irland gemacht hatte, in einer Villa im Luxus zu leben. Sie dachte an ihre Mutter und ihre Schwestern, die sie in der verrauchten Hütte zurückgelassen hatten und die jetzt für sich selbst sorgen mussten. Sie kämpfte gegen die aufsteigenden Tränen an.

„Stimmt irgendetwas nicht, Miss Quinn?"

„Nein, nein, es ist alles in Ordnung", sagte Fiona mit ihrem hübschesten Lächeln. „Ich … ich bin sehr dankbar für diese Chance."

Sie gingen die Hintertreppe zur Werkstatt hinauf, und Mrs Gurche gab Fiona eine lederne Arbeitsschürze, die sie über ihre Sachen ziehen konnte. Die erfahrenen Hutmacher saßen an Tischen in der Nähe der Fenster und kreierten Kunstwerke der aktuellsten Mode. Sie waren begabte Profis, und Fiona sah ihnen gerne bei der Arbeit zu, wenn sie alle möglichen Formen von Hüten nach den angesagten Pariser Trends formten. Ihre reiche Klientel bestellte Baskenmützen und Strohhüte und Turbane und Schlapphüte – alle aus Seide, Samt, Jacquard und Brokat gefertigt und mit Pailletten, Hahnenfedern, Straußenfedern, Perlen und Spitze besetzt.

Aber Fionas Arbeit war langweilig und ermüdend und erforderte nur wenig Geschick. Zu ihren ersten Aufgaben gehörte es, Designeretiketten in die fertigen Hüte zu nähen und Hutbandkordeln mit dem Dampfbügeleisen zu plätten, bevor sie als Schweißband in den Hutrand genäht wurden. Mit der Zeit und zunehmender Erfahrung lernte Fiona, wie man die fertigen Hüte auf hölzerne Kopfmodelle aufzog, um die Knicke herauszudämpfen.

„Lassen Sie ihn mindestens zehn Minuten lang auf dem Holz", warnte Mrs Gurche, „sonst verliert der Hut seine Form."

Fiona wurde geschickt im Umgang mit Hutmachernadeln und Spezialgarn, mit dem alle möglichen Verzierungen an den Hüten angebracht wurden: Schleifen, Blumen, Straußenfedern, gefärbten Hahnenfedern, Fasanenschwänze, gefärbte Gänse- und Pfauenfedern. Sie lernte, wie man Muster ausschnitt und eine Nähmaschine bediente, um den Stoff zu kräuseln. Fiona arbeitete zehn Stunden am Tag in dem Hutgeschäft – von sechs Uhr morgens bis vier Uhr am Nachmittag – und das an sechs Tagen in der Woche. Einige der anderen Mädchen, die mit ihr zusammen dort arbeiteten, sagten ihr, wo es Akkordarbeit in einer Näherei gab, bei der man sich nachts etwas dazuverdienen konnte.

Als Rory Quinn eine Arbeit als Hafenarbeiter beim Warenentladen fand, zog er mit Fiona aus der Wohnung seines Vetters aus und mietete zwei Zimmer in einem lauten Wohnhaus, das dem von Darby Quinn nicht unähnlich war und nur zwei Häuserblocks entfernt lag. Sie hatten immer noch kein fließendes Wasser oder elektrischen Strom und mussten die Gemeinschaftstoilette und -wasserhähne benutzen. Es war nicht das Leben, das Fiona sich erträumt hatte.

„Bereust du, Irland verlassen zu haben?", fragte sie ihren Vater eines Abends. Sie saßen rechts und links vom Ofen und aßen den dünnen Eintopf, den sie gekocht hatte. Er bestand hauptsächlich aus Kartoffeln, mit einer wässrigen Brühe und ein paar Brocken Nackenfleisch vom Rind.

„Natürlich nicht", sagte Rory zwischen zwei Löffeln. „Obwohl ich wünschte, Darby hätte mich vorher gewarnt, dass jede einzelne Kneipe in Amerika dicht gemacht wurde. Nach einem langen Arbeitstag braucht ein Mann schließlich ein oder zwei Bier."

Fiona entgegnete nichts. Sie war froh, dass der Verkauf von alkoholischen Getränken in ganz Amerika verboten worden war. Sie konnten mehr Geld sparen, wenn ihr Vater es nicht jeden Abend für Bier verschwendete, und das bedeutete, dass ihre Mutter und die Mädchen schneller nachkommen konnten. Fiona sehnte sich danach, sie zu sehen – nicht nur, weil sie ihre Mutter vermisste, sondern weil sie von der vielen Arbeit ganz erschöpft war. Sie musste jeden Morgen sehr früh aufstehen, um das Frühstück für sich und ihren Vater zu richten und ihre Brote fürs Mittagessen vorzubereiten, bevor sie zu Madame Deveaus Hutgeschäft eilte. Dann, nach einem Zehn-Stunden-

Tag, musste sie auf dem Heimweg Lebensmittel einkaufen, das Feuer in ihrer Wohnung schüren und das Abendessen kochen. Nach dem Abwasch machte sie die Wäsche und hängte sie an Leinen, die quer durch die Wohnung gespannt waren. Wenn Fiona damit fertig war, arbeitete sie im Schein einer kleinen Lampe für die Näherei, indem sie Knöpfe annähte oder Verzierungen stickte, um ein paar zusätzliche Dollars zu verdienen. Dies ließ ihr nur wenig Zeit, sich um sich selbst zu kümmern, zu baden und sich die Haare zu waschen, bevor sie für ein paar Stunden Schlaf ins Bett fiel.

Nein, dies war nicht das Leben, das Fiona sich erträumt hatte. Sie arbeitete in Amerika mehr, als sie es in Wickham Hall getan hatte – und aß entschieden weniger. Beinahe jede Nacht weinte sie sich in den Schlaf, so sehr sehnte sie sich nach Irland zurück. Sie vermisste Kevin. Ihr Vater hatte einen schrecklichen Fehler gemacht.

„Was glaubst du, wann wir Mama und die Mädchen holen können?", fragte sie, während sie den Rest Eintopf auf den Teller ihres Vaters löffelte.

„Erst wenn wir uns eine größere Wohnung leisten können."

„Aber das hier ist doch auch nicht kleiner als unsere Hütte zu Hause. Sheila könnte auch Arbeit finden und helfen –"

„Wir sind zu zweit besser dran. Außerdem kann ich die Überfahrt für deine Mutter und deine Schwestern noch nicht bezahlen. Ich will jetzt nichts mehr davon hören."

Fiona stand auf, zu enttäuscht, um das Gespräch weiterzuführen, und ging Wasser zum Wäschewaschen holen. Sicher, ihr Vater war besser dran – er musste ja auch nicht all die Haushaltspflichten nach der Arbeit erledigen. Während Fiona in der kühlen Frühlingsluft anstand, bis sie an der Reihe war, Wasser aus dem Hahn zu zapfen, beschloss sie, dass sie einen Weg aus diesem Viertel, diesem Leben finden würde – mit oder ohne ihren Vater.

Sie begann die wohlhabenden Damen zu beobachten, die in dem Hutgeschäft ein und aus gingen: wie sie sich kleideten, wie sie gingen und redeten und ihr Haar trugen. Verglichen mit ihnen sah Fiona wie eine unscheinbare Einwanderin aus. Wenn sie den Slums jemals entrinnen wollte, musste sie mehr tun, als gestohlene Sachen zu tragen; sie musste aussehen und sich verhalten wie eine Amerikanerin.

Fiona lernte von ihren Kolleginnen, dass die schönsten und schicksten Frauen in Amerika die Filmstars in Hollywood waren. Sie begann jede Woche ein paar Cents von ihrem Lohn zu sparen, damit sie sonntagnachmittags ins Kino gehen konnte. Sie studierte alles, was die wunderbaren Stars taten: wie sie ihre Haare frisierten und sich schminkten, wie sie sich bewegten und kleideten. Ihre Lieblingsschauspielerinnen waren Greta Garbo, Mary Pickford und Gloria Swanson. Sie träumte davon, einen Mann zu heiraten, der so gut aussehend und schneidig war wie Rudolph Valentino oder Douglas Fairbanks.

Der Frühling ging in den Sommer über und brachte endlich wärmeres Wetter und längere Tage mit sich. Von den Mädchen bei der Arbeit ermutigt, ging Fiona an einem Zahltag nach der Arbeit zu Woolworth und veranstaltete eine Make-up-Kauforgie. Dann ging sie in einen Schönheitssalon und ließ sich die langen Haare zu einer modischen Bobfrisur schneiden.

„Oh, Sie sehen genau wie Greta Garbo aus!", sagten die Damen im Salon. Fiona lächelte ihr Spiegelbild an, denn ihr gefiel das moderne amerikanische Mädchen, das sie geworden war. Auf dem Heimweg kam sie an einem Kaufhaus vorbei, und als sie die neueste Mode aus Paris im Schaufenster sah, ging sie hinein und gab 11,95 Dollar für ein neues Kleid aus Seidengeorgette und spanischer Spitze aus.

„Ich möchte es gleich anbehalten", sagte sie zu der Verkäuferin. Ihr Vater konnte nicht dafür sorgen, dass sie es zurückbrachte, wenn es bereits getragen war. Trotzdem hatte sie Angst, was er sagen würde – vor allem, wenn er erfuhr, dass sie fast ihren ganzen Lohn dafür ausgegeben hatte.

„Was hast du denn gemacht?", brüllte er, als er sie sah. Er musterte sie von Kopf bis Fuß und blickte finster drein. Fiona zwang sich, mutig und sorglos zu klingen.

„Ich habe mir eine moderne Frisur schneiden lassen. Langes Haar ist schrecklich altmodisch."

„Dein Gesicht sieht auch anders aus."

„Ich habe mir Make-up gekauft. Moderne Frauen tragen alle Lippenstift und Rouge. Und das Kleid ist der letzte Schrei aus Paris. Gefällt es dir?"

„Das ist kein Kleid! Das ist unanständig! Es sieht aus, als würdest du ein verdammtes Nachthemd tragen! Ich kann deine Knöchel sehen!"

„Das ist die Mode, Papa. Du hast gesagt, ich soll mich wie eine reiche Frau anziehen – und so ziehen sie sich nun einmal an. Außerdem habe ich schöne Knöchel.“

„Egal. Ich werde jedenfalls nicht zulassen, dass du all dein Geld verschwendest, um wie eine Nutte auszusehen. Bring das alles zurück!“

Fiona spürte, wie ihr der Kragen platzte. „Wie soll ich denn einen reichen amerikanischen Mann kennenlernen, wenn ich wie eine hausbackene, altmodische Einwanderin aussehe? Ich dachte, deshalb wären wir nach Amerika gekommen – damit ich einen reichen Mann heirate und in einer Villa lebe. Stattdessen arbeite ich nur und schlafe und arbeite noch mehr. Ich bin es leid! Es ist höchste Zeit, dass wir aus diesem furchtbaren Wohnblock herauskommen.“

Sie hatte sich ihrem Vater noch nie zuvor widersetzt, und nach diesem Ausbruch zitterte sie am ganzen Körper. Aber sehr zu ihrem Erstaunen machte Rory einen Rückzieher. „Dann ziehst du besser das Kleid aus, bevor du das Essen kochst“, knurrte er. „Du willst es doch schließlich nicht ruinieren.“ Mehr sagte er zu ihrem Aussehen nicht. Und er beschwerte sich auch nicht mehr über das viele Geld, das sie ausgegeben hatte.

Er fing an, jeden Tag die Zeitung zu kaufen, und verbrachte eine Menge Zeit damit, sie zu lesen, bestimmte Artikel herauszureißen und andere mit Bleistift zu markieren. Fiona stöberte in seiner Sammlung und sah, dass er Berichte über alle möglichen gesellschaftlichen Ereignisse aufhob: Einweihungen, Vernissagen, Wohltätigkeitsveranstaltungen und Empfänge.

„Was willst du denn damit? Was hast du vor, Papa?“, fragte sie, als sie ihm eines Abends über die Schulter sah.

„Ich habe einen Plan, wie wir hier rauskommen.“ Er blickte zu ihr auf und lächelte – das erste Lächeln, das sie seit langem bei ihm gesehen hatte. „Hier, ich will, dass du dich hinsetzt und die Nachrichten von heute liest, Fiona. Informiere dich darüber, was in der Welt vor sich geht, damit du dich intelligent darüber unterhalten kannst, verstanden?“

„Unterhalten … mit wem denn?“

Er ignorierte ihre Frage. „Wusstest du zum Beispiel, dass in diesem Herbst ein neuer Präsident gewählt wird? Jeder Bürger der Vereinigten Staaten kann für den Mann stimmen, den er haben will – entweder Warren Harding oder James Cox. Und Frauen können zum ersten Mal auch wählen. Kannst du dir so etwas vorstellen?“

„Was ist mit den Katholiken? Dürfen die auch wählen?"

„Ja. Religion spielt hier keine Rolle. In Amerika kümmert es niemanden, zu welcher Kirche man gehört. Lies das hier", forderte er sie auf und klopfte mit der Hand auf die Zeitung. „Da erfährst du alles über das berühmteste Vollblut Amerikas mit dem Namen Man O' War. Und du musst über den neuen Völkerbund Bescheid wissen. Reiche Männer reden über solche Sachen, und du musst sie auch kennen, damit du dich mit ihnen darüber unterhalten kannst."

„Und was ist, wenn sie mir Fragen zu meiner Person stellen? Was sage ich dann?"

„Alles außer der Wahrheit, so viel steht fest."

Der Gedanke, schon wieder eine Sünde zu begehen, machte Fiona Angst. „Ich bin keine gute Lügnerin, Papa. Die Nonnen haben gesagt, der Teufel sei der Vater der Lügen und –"

„Genug von den Nonnen. Das ist abergläubischer Unsinn. Wenn jemand Fragen über dich stellt, sag ihm, dass du aus Irland zu Besuch bist – das stimmt ja. Sag, dass dein Vater hier geschäftlich zu tun hat. Niemand braucht zu wissen, was das für Geschäfte sind. Und vergiss nicht zu gucken, ob er an der linken Hand einen Ehering trägt. Die meisten verheirateten Männer in Amerika tun das."

Mehrere Abende in der Woche und an Sonntagnachmittagen zogen Fiona und ihr Vater ihre besten Sachen an und fuhren mit der U-Bahn in die schöneren Stadtteile von New York, wo all die schicken gesellschaftlichen Ereignisse stattfanden. Zuerst war sie äußerst nervös, als sie zusah, wie Rory sich mit reinem Bluff Eintritt verschaffte. Aber wenn sie erst einmal drin waren, wurde Fiona immer selbstbewusster. Niemand stellte ihre Anwesenheit in Frage oder wollte ihre Einladung sehen.

Sie beobachtete die Damen der Oberschicht, während sie in Kunstgalerien herumschlenderte oder bei Empfängen Canapés knabberte, und schnell lernte sie, ihre Manieren und das glockenhelle Lachen nachzuahmen. Aber die Männer faszinierten sie besonders. Sie schienen so gut aussehend, verglichen mit den Arbeitern der Lower East Side, so elegant und wohlerzogen. Sie genoss die Art, wie sie Frauen gegenüber zuvorkommend und aufmerksam waren.

„Du musst ein bisschen zunehmen, Papa", sagt sie zu ihm, als sie eines Abends mit der Bahn nach Hause fuhren. Der Wagen schaukelte hin und her, während er durch die dunklen Tunnel raste. „Alle reichen Männer sind rundlich – und ihre Haut ist nicht braun und ledrig von der Sonne."

„Daran kann ich nun mal nichts ändern, Mädchen. Ich arbeite bei Wind und Wetter draußen."

„Und deine Schuhe sind eine Schande. Es überrascht mich, dass niemand sie bemerkt und dich hinausgeworfen hat." Sie sagte ihm das nicht gerne, weil sie wusste, wie er sich neue beschaffen würde, aber sie selbst brauchte auch bessere Schuhe. Zwei Nächte später brachen sie in eine Schusterwerkstatt ein und nahmen sich jeder ein Paar Schuhe.

Wenn sie sich nicht bei Empfängen oder Vernissagen einschlichen, hielten Fiona und ihr Vater sich zunehmend in den Lobbys vornehmer Hotels auf. Geschäftsleute, die zum Rotary oder Lions Club gehörten, trafen sich dort gerne nach ihren Sitzungen, und gelegentlich lächelte einer von ihnen Fiona zu oder tippte zum Gruß an seinen Hut. Sonntagnachmittags schlenderten sie und ihr Vater durch den Central Park oder die Fifth Avenue hinunter. Sie sahen sich die Schaufenster teurer Geschäfte an und gaben einen Großteil ihres schwer verdienten Geldes dafür aus, in eleganten Cafés, in denen die Oberschicht ein und aus ging, Tee zu trinken. Eines Freitagabends, als sie an einem überfüllten Coffee Shop vorbeikamen, bemerkte Rory einen Herrn, der allein an einem Tisch saß und Zeitung las.

„Schnell, Fiona. Geh hinein und frag ihn, ob du dich zu ihm setzen kannst", drängte er.

„Wird er mich nicht für vorlaut halten?"

„Sag ihm, du seist schon den ganzen Tag auf den Beinen und ganz erschöpft vom Einkaufen. Und freie Tische gibt es nicht. Los, Mädchen. Das ist eine einmalige Gelegenheit." Er schob sie förmlich durch die Tür. Mit zitternden Knien ging Fiona hinein.

„Entschuldigen Sie, haben Sie etwas dagegen, wenn ich mich hier hinsetze?", fragte sie den Mann. Er ließ die Zeitung sinken und sah überrascht zu ihr auf. „Es scheint keinen freien Tisch mehr zu geben", erklärte sie und deutete auf das überfüllte Café. Sie zeigte ihm ihr strahlendstes Lächeln.

„Natürlich nicht." Er stand schnell auf und half Fiona mit ihrem Stuhl. „Ich gehe ohnehin gleich."

„Oh, ich möchte Sie auf keinen Fall verjagen. Ich habe nichts gegen ein wenig Gesellschaft. Ich hätte ja auf einen freien Tisch gewartet, aber ich habe schrecklichen Teedurst."

„Ich rufe Ihnen eine Bedienung, Miss …"

„Quinn. Fiona Quinn. Vielen Dank." Sie bestellte eine Tasse Tee und hörte, wie der Herr den Kellner anwies, das Getränk auf seine Rechnung zu setzen. Er faltete seine Zeitung zusammen, und als der Kellner Fionas Tee gebracht und die Kaffeetasse des Mannes wieder gefüllt hatte, lehnte der sich entspannt zurück, um ein wenig zu plaudern. Er sah nett aus, ein Mann Anfang dreißig mit welligem braunem Haar und einem glatt rasierten Gesicht.

„Ich habe bemerkt, dass Sie einen Akzent haben. Darf ich fragen, woher Sie kommen, Miss Quinn?"

„Mein Vater und ich sind zu Besuch aus Irland. Er hat geschäftlich hier in der Stadt zu tun." Sie hatte die Worte so oft geübt, während sie auf eine Gelegenheit wie diese gewartet hatte, dass sie ihr gar nicht mehr wie eine Lüge vorkamen. Sie erinnerte sich an ihr Ziel. Ihre Familie zählte auf sie.

„Und was halten Sie von unserer schönen Stadt?"

„Oh, sie ist wundervoll! Ich war den ganzen Tag bummeln – deshalb brauchte ich diesen Tee ja auch so sehr."

„Bummeln Sie denn ganz allein?", fragte er mit einem mitfühlenden Blick.

„Ich fürchte, ja. Mein Vater ist mit Sitzungen und solchen Dingen beschäftigt. Ich traue mich nicht, mich zu weit vom Hotel zu entfernen."

„Was haben Sie denn gesehen, seit Sie in New York angekommen sind? Waren Sie schon im Theater oder beim Sinfonieorchester?"

„Leider nicht. Wir sind gerade erst angekommen. Aber ich würde gerne einmal gehen." Sie wartete, in der Hoffnung, er würde anbieten, sie zu begleiten. Das tat er jedoch nicht. „Und was führt Sie an einem Freitagabend hierher?", fragte sie, als das Schweigen sich ausdehnte. „Arbeiten Sie hier in der Nähe?"

„Ich arbeite für eine Anwaltskanzlei in der Wall Street, aber ich bin hier in der Innenstadt mit meiner Frau zum Essen verabredet. Ich schlage nur die Zeit tot."

„Ich verstehe." Fiona bemühte sich, ihre Enttäuschung zu verbergen. „Das ist ein merkwürdiger Ausdruck, nicht wahr – ‚die Zeit totschlagen'? Wie genau schlägt man die Zeit denn tot?"

„Wahrscheinlich ist es wirklich eine merkwürdige Redensart. Ich habe noch nie darüber nachgedacht." Er schien sehr ernst und humorlos, und wahrscheinlich war es ganz gut, dass er verheiratet war, überlegte sie. Sie wollte einen Mann, der nicht nur gut aussehend und reich, sondern auch charmant war – und, so hoffte sie, einen Mann mit Humor.

Sie sah keinen Sinn darin, die Unterhaltung in die Länge zu ziehen. Fiona trank ihren Tee aus und dankte ihm noch einmal dafür, dass sie an seinem Tisch hatte sitzen dürfen, dann gesellte sie sich wieder zu ihrem Vater auf dem Gehweg.

„Und?", fragte er hoffnungsvoll.

„Er war verheiratet."

„Ach, zu schade. Einen Moment lang sah es aus, als würdet ihr euch gut verstehen."

„Eigentlich nicht. Aber er hat meinen Tee bezahlt."

Keiner von beiden sprach, als sie mit der U-Bahn zu ihrer schäbigen Wohnung und ihrem farblosen Leben zurückfuhren. Fiona hatte sich noch nie so mutlos gefühlt. Sie wünschte, sie hätten genug Geld, um nach Irland zurückzukehren. Dann könnte sie versuchen, ihre alte Stelle in Wickham Hall wieder zu bekommen, Kevin heiraten und Kinder kriegen. Als sie die knarrende Treppe zu ihren armseligen Zimmern hinaufstieg, dachte sie daran, wie sehr Kevin sie geliebt hatte.

„Wir haben es versucht, Mädchen", sagte Rory und streifte seinen Mantel ab. „Und ein andermal versuchen wir es wieder."

„So zu tun, als wäre man reich, ist eine verrückte Idee, Papa. Es wird nie funktionieren." Ihr Vater ignorierte ihren Pessimismus. Er setzte sich an den klapprigen Tisch, den er aus dem Sperrmüll gezogen hatte, und schlug die Zeitung beim Feuilleton auf.

„Ich hab's!", rief er und sah grinsend zu ihr hoch. „Nächsten Freitagabend nehmen wir uns das Theater vor."

Kapitel 24

Fiona wusste, dass sie und ihr Vater einen Fehler gemacht hatten, sobald sie das Theaterviertel erreicht hatten. Sie hatten ihre Ankunft so gelegt, dass sie in die Pause fiel, weil die Platzanweiser dann nicht länger die Eintrittskarten überprüfen würden, aber sie hatten nicht bedacht, dass die Leute, die in der Lobby herumliefen oder nach draußen in die warme Sommerluft strömten, alle Abendgarderobe trugen.

„Wir gehen besser", sagte sie zu ihrem Vater. „Du hast keinen Smoking."

„Mach dir darüber mal keine Gedanken. Schau selbstbewusst drein und geh in die Lobby, dann interessiert es keinen." Sie tat, was er gesagt hatte, und schob sich an den Leuten vorbei, die nach draußen drängten, um sich Zigaretten oder dicke Zigarren anzuzünden. Die Lobby war ebenfalls überfüllt, und Fiona roch den Duft von frischem Kaffee.

„Und was jetzt?", fragte sie ihren Vater. Er ließ seinen Blick umherschweifen und nahm alles, was er sah, in sich auf.

„Such dir einen Mann, der allein ist. Wie der Herr dort drüben." Er legte den Kopf schief, um Fiona zu zeigen, wohin sie blicken sollte. Eine Gruppe von Leuten hatte sich links von ihr an der Bar versammelt, um Kaffee zu holen, und ganz am Ende der Schlange stand ein großer, elegant aussehender Mann, so um die vierzig.

„Er ist zu alt", flüsterte Fiona. „Kannst du nicht einen Jüngeren aussuchen?"

„Nun mach schon, Mädchen! Lern ihn erst einmal kennen, bevor du eine Entscheidung triffst. Wenn du einen guten Eindruck machst, stellt er dich vielleicht einem jüngeren Freund vor. Jetzt beeil dich. Noch steht er allein dort."

Fiona nahm all ihren Mut zusammen, während sie sich einen Weg zu dem Mann bahnte und sich sagte, dass es nur zur Übung sei. Mehrere Gäste hatten sich bereits hinter ihm angestellt, als sie das Ende der Schlange erreichte, und sie war sich nicht sicher, was sie tun sollte. Es würde unangenehm auffallen, wenn sie sich einfach neben ihm einreihte. Aber ihr Vater beobachtete sie, und sie hatte das Gefühl, dass ihr nichts anderes übrig blieb, als die Sache durchzuziehen.

„Entschuldigen Sie, Sir", sagte sie und berührte seinen Arm, um seine Aufmerksamkeit zu erlangen. „Ist das hier die Schlange für den Kaffee?"

Er wandte sich ihr zu. „Verzeihung? Die was bitte?"

„Die Schlange – oder nennt man das hier in Amerika anders?"

„Nein, nein. Schlange ist richtig. Aber stellen Sie sich nicht hinten an", sagte er mit einem Blick auf die länger werdende Reihe von Menschen. „Bitte gestatten Sie mir, Ihnen eine Tasse zu spendieren."

„Danke. Das ist sehr freundlich von Ihnen, Mr …"

„Bartlett. Arthur Bartlett."

„Fiona Quinn", sagte sie mit einem Lächeln. „Nett, Sie kennenzulernen."

„Ganz meinerseits." Er erwiderte ihr Lächeln – mit einem charmanten, schiefen Lächeln, das bis in seine Augen reichte. Sie waren groß und ausdrucksvoll und ganz dunkelbraun. „Sie haben einen hübschen Namen, Fiona Quinn, und eine hübsche Stimme. Sind Sie … Engländerin?"

„Aus Dublin, um genau zu sein. Ich bin mit meinem Vater hier in Amerika zu Besuch."

Er betrachtete sie mit Interesse, während sie sich unterhielten, und gelegentlich strich er über seinen ordentlich gestutzten Schnurrbart, als streichelte er ein kleines Haustier. Fiona beobachtete ihn ebenfalls. Mr Bartlett hatte ein angenehmes, ovales Gesicht, und das dünne, hellbraune Haar trug er aus der hohen Stirn gekämmt. Seine vollen, gespitzten Lippen und düsteren Augen ließen ihn ein wenig traurig aussehen – bis das Lächeln sein Gesicht erhellte. Er hatte auch eine angenehme Stimme, tief und klangvoll. Aber er war zu alt. Fiona wollte jemanden, der jung und gut aussehend war.

„Wie viele Kaffees brauchen Sie denn?", fragte er. Sie waren an der Reihe.

„Nur einen – für mich." Sie war überrascht, dass er selbst auch nur einen für sich bestellte. Sie hatte gedacht, dass er Kaffee für seine Frau oder Freunde holen würde. Ein so eleganter, wohlhabender Herr wie Mr Bartlett ging doch bestimmt nicht allein ins Theater. Er bezahlte beide Getränke und trat dann an die Theke nebenan, wo Sahne und Zucker bereitstanden.

„Wie trinken Sie Ihren?"

„Bitte ein wenig von beidem." Fiona konnte Kaffee nicht ausstehen und fragte sich, wie sie ihn hinunterbekommen sollte. Sie betrachtete seine Hände, als er Sahne und Zucker in ihren Kaffee rührte. Der Ringfinger seiner linken Hand war ohne Ring.

„Sind Sie ganz allein hier im Theater?", fragte Arthur, als er sich von der Theke abwandte und ihr den Kaffee brachte.

„Nein, ich bin mit meinem Vater gekommen. Er ist hier irgendwo und unterhält sich mit Freunden." Sie blickte sich um, als suche sie ihn, dann wandte sie sich wieder Arthur zu. „Ich sehe ihn im Moment nicht."

„Nun, da Ihr Vater vorübergehend abhanden gekommen ist, gestatten Sie vielleicht, dass ich Ihnen beim Kaffee Gesellschaft leiste? Die Vorstellung, dass eine so hübsche Dame allein hier sitzt, gefällt mir überhaupt nicht."

„Das wäre sehr nett." Er wählte einen der kleinen Tische aus, die um die Kaffeebar herumstanden, und hielt den Stuhl für Fiona, bevor er sich ihr gegenübersetzte – ein wahrer Gentleman. Sie überlegte krampfhaft, was sie sagen könnte.

„Gefällt Ihnen die Aufführung, Mr Bartlett?"

„So la-la", sagte er mit einer abwägenden Handbewegung. „Für meinen Geschmack wird zu viel geredet, und es passiert nicht genug. Und die Schauspieler sind auch nicht sehr gut. Aber was meinen Sie?" Arthur lehnte sich vor, um ihr seine ganze Aufmerksamkeit zu schenken.

„Ich habe noch nicht so viele Stücke gesehen, mit denen ich es vergleichen könnte. Und hier in New York ist es mein erster Theaterbesuch."

„Gehe ich recht in der Annahme, dass Sie noch nicht lange hier sind? Gefällt Ihnen die Stadt?"

„O ja – bislang schon. Ich wollte mir ein paar Galerien und Museen ansehen und vielleicht die eine oder andere gesellschaftliche Veranstaltung besuchen, aber die Geschäfte meines Vaters nehmen ihn sehr in Beschlag."

„Und Sie sind ganz auf sich selbst gestellt?"

„Ich fürchte, ja." Sie zuckte beiläufig mit den Schultern, warf mit einer Kopfbewegung ihre kinnlangen Haare zurück und flirtete schamlos. Es war eindeutig, dass er hingerissen war. Sie saß ein wenig schräg auf ihrem Stuhl, die Beine vornehm gekreuzt, sodass er ihre Knöchel sehen konnte. Seine Augen wanderten von ihrem Gesicht zu ihrer Figur und wieder zurück, als würde er eine Landkarte studieren und auswendig lernen. Sie genoss die Macht, die sie über ihn hatte, auch wenn er ein älterer Mann war.

„Ich habe schon immer in New York gelebt", erzählte er ihr. „Es wäre mir eine Ehre, wenn Sie mir gestatten würden, Ihnen die Stadt zu zeigen. Soll ich mit Ihrem Vater sprechen und etwas vereinbaren?"

„Das wäre wunderbar, Mr Bartlett."

Sie unterhielten sich noch einige Minuten, bevor die Lichter in der Lobby zu flackern begannen. Die Vorführung ging weiter – und das gerade in dem Moment, wo sie bei einem Mann Fortschritte machte. Arthur stand auf und hielt wieder ihren Stuhl für sie.

„Darf ich Sie zu Ihrem Platz zurückbegleiten, Miss Quinn?"

Einen Augenblick lang wurde Fiona von Panik erfasst. Sie hatte keinen Platz. Er würde herausfinden, dass sie eine Hochstaplerin war.

„Ich ... äh ... ich habe das Stück auch nicht besonders genossen, deshalb werde ich vielleicht doch lieber gehen. Aber trotzdem vielen Dank."

„Darf ich Ihnen und Ihrem Vater dann anbieten, Sie in Ihr Hotel zu fahren? Ich begegne nicht oft einer so charmanten Dame. Ich möchte ungern schon Gute Nacht sagen."

Sie überlegte einen Moment, konnte aber nichts dabei finden, das Angebot anzunehmen. „Das wäre sehr freundlich von Ihnen."

„Wunderbar. Wenn Sie mich einen Augenblick entschuldigen wollen, dann sage ich meinen Freunden kurz Bescheid. Ich bin gleich wieder da."

Sobald Mr Bartlett außer Sichtweite war, eilte Fiona zu dem Platz, von dem aus ihr Vater sie beobachtet hatte. „Er will uns nach Hause fahren, Papa. Was soll ich machen?"

„Genau das, was wir besprochen haben. Sag ihm, dass wir im Chelsea Hotel wohnen, und lass dich von ihm bis in die Lobby begleiten. Und dann schlag ihm vor, ein bisschen spazieren zu gehen – weil es so ein schöner Abend ist und so weiter. Ich folge euch, um ein Auge auf ihn zu haben, und treffe dich dann später in der Lobby. Wenn er weg ist, fahren wir zur Wohnung zurück."

„Gut, Papa. Drück mir die Daumen." Sie drehte sich um und wollte davoneilen, aber er hielt sie zurück.

„Hast du herausgefunden, ob er verheiratet ist?"

„Er trägt keinen Ring."

„Frag ihn."

„Ist es nicht unhöflich, jemanden, den man gerade erst kennengelernt hat, so etwas zu fragen?"

„Er sieht aus, als wäre er über vierzig. Ich will nicht, dass wir unsere Zeit mit ihm verschwenden, wenn er verheiratet ist."

Fiona nickte und lief zurück, um auf Mr Bartlett zu warten, während sie überlegte, wie um alles in der Welt sie herausfinden sollte, ob er verheiratet war. Als er sah, dass sie auf ihn wartete, erhellte ein breites Lächeln seine Miene.

„Da sind Sie ja. Es ist mir gelungen, mich frei zu machen", sagte er. „Haben Sie Ihren Vater gefunden?"

„Ja, aber er hat beschlossen, bis zum Ende der Vorstellung zu bleiben."

„Fantastisch. Dann habe ich Sie ganz für mich." Arthur hielt ihr die Tür auf und sie gingen hinaus. „Ich rufe ein Taxi."

„Warten Sie … es ist ein so schöner Abend, nicht wahr? Warum gehen wir nicht zu Fuß? Es ist nicht sehr weit bis zu meinem Hotel."

„Das ist eine hervorragende Idee. So haben wir mehr Zeit füreinander." Er bot ihr den Arm an, und sie nahm ihn in der Art und Weise, wie vornehme Damen es taten, wenn sie in männlicher Begleitung gingen. Arthur war mindestens einen Kopf größer als sie und Fiona musste zu ihm aufsehen, wenn sie mit ihm sprach. Ihr gefiel das.

„Haben Ihre Freunde nichts dagegen, dass Sie gehen, Mr Bartlett?"

„Bitte nennen Sie mich Arthur. Darf ich Sie Fiona nennen?"

„Ja, gerne."

„Nein, meinen Freunden macht es gar nichts aus. Ich war ohnehin das fünfte Rad am Wagen, da die anderen alle mit ihren Gattinnen da waren."

„Und Sie sind nicht verheiratet?"

Er zögerte einen Augenblick, und Fiona sah, dass er sich wand. „Ich war es einmal. Ich bin geschieden." Er blickte auf sie hinunter, seine dunklen Augen voller Kummer, und sie glaubte Schmerz darin zu sehen. Ihr Vater würde froh sein zu hören, dass er nicht verheiratet war, aber sie fragte sich, ob sie es wagen sollte, Arthur weiter zu umgarnen, nachdem sie die Einstellung der Kirche zu Scheidung und Wiederheirat kannte.

„Scheidungen sind in meinem Land nicht erlaubt", erklärte sie ihm. „Sind sie hier in Amerika üblich?"

„Nein, eigentlich nicht. Aber unsere Ehe war nie besonders glücklich, muss ich leider sagen. Unsere Familien hatten sie arrangiert, als wir noch sehr jung waren – aus gesellschaftlichen Gründen, wissen Sie. Liebe spielte nie eine Rolle. Uns beiden war schon nach wenigen Jahren klar, dass es ein Fehler war."

Fiona sah die Traurigkeit in seinen Augen und wechselte schnell das Thema. Den restlichen Weg verbrachten sie damit, über New York City zu sprechen, und nachdem er sie in die Hotellobby begleitet hatte, standen sie noch eine Weile dort und unterhielten sich weiter.

„Das war viel interessanter als das Theaterstück", sagte Arthur lächelnd. „Und eigentlich möchte ich immer noch nicht Gute Nacht sagen."

„Ich auch nicht", lachte sie.

„Sollen wir dann noch ein wenig spazieren gehen? Ich zeige Ihnen auf dem Weg noch ein paar Sehenswürdigkeiten von New York … Oder bin ich zu forsch?"

„Nein, überhaupt nicht. Es wäre mir ein Vergnügen."

„Und Ihrem Vater macht es nichts aus?"

Fiona wusste nicht, was sie sagen sollte. „Ich … äh … ich bin nicht sicher. Er ist ja noch im Theater."

„Warum schreiben Sie ihm nicht eine Nachricht und lassen sie in sein Fach legen?"

„Ja … ja, natürlich." Arthur ging mit ihr zur Rezeption und bat den Angestellten um Papier und Stift. Fiona kritzelte eine unverbindliche Nachricht auf den Zettel und faltete ihn zusammen, bevor sie wahllos irgendeine Zimmernummer darauf notierte, die sie mit der Hand verdeckte, damit Arthur sie nicht sah. Sie reichte den Zettel dem Hotelangestellten.

Arthur lächelte und bot ihr wieder den Arm an, während er sie nach draußen geleitete, und diesmal legte er seine Hand auf ihre. Sie spürte die Wärme seiner Berührung bis in die Zehenspitzen.

Er ging mit ihr um ein paar Häuserblocks in der Nähe des Hotels und erläuterte die wichtigsten Stationen auf dem Weg, und dabei erfuhr sie, dass er als Anlagebankier an der Wall Street tätig war. Arthur war sehr charmant und erstaunlich witzig. Sie begann zu vergessen, dass er geschieden und mindestens zwanzig Jahre älter war als sie.

„Danke für einen wundervollen Abend, Arthur", sagte sie, als sie wieder beim Hotel ankamen.

„Ich möchte immer noch nicht Auf Wiedersehen sagen", sagte er mit einem Seufzer und nahm ihre Hand. „Würden Sie mir die Ehre geben und morgen Abend mit mir essen gehen?"

„Das würde ich sehr gerne."

„Gut. Sagen wir … sieben Uhr? Und bitte sagen Sie Ihrem Vater, dass ich meine guten Manieren durchaus nicht vergessen habe. Vielleicht kann ich ihn kennenlernen, wenn ich Sie morgen abhole? Es gehört sich schließlich so."

„Natürlich. Bis morgen dann …?"

„Bis morgen." Er drückte ihre Hand sanft, bevor er sie losließ.

Fiona und ihr Vater warteten in der Hotellobby auf Arthur, als dieser sie am folgenden Abend abholen kam. Sie hatten beide den ganzen Tag gearbeitet – Rory am Hafen und Fiona im Hutgeschäft – und es nur mit Mühe und Not rechtzeitig ins Hotel geschafft, nachdem sie nach Hause geeilt waren, gebadet hatten und ihre gestohlenen Kleider und Schuhe angezogen hatten. Fiona war immer noch ein wenig durcheinander, als sie Arthur ihrem Vater vorstellte. Als Arthur Rory bat, ihnen beim Essen Gesellschaft zu leisten, lehnte dieser ab.

„Nein, danke, Mr Bartlett. Ich muss mich heute Abend um meine Geschäfte kümmern. Ein andermal vielleicht?"

„Ich freue mich darauf." Arthur hatte einen traumhaften Packard Baujahr 1920, und er fuhr Fiona zu einem kleinen Restaurant abseits von den Menschenmengen und der Betriebsamkeit eines Samstagabends. Sie war ein wenig enttäuscht, weil er sie nicht in ein berühmtes Lokal geführt hatte, in dem die High Society dinierte, aber das Essen war köstlich und die Atmosphäre so gemütlich und romantisch, dass sie ihre Enttäuschung bald vergaß. Sie saßen einander an einem winzigen Tisch gegenüber, und Arthurs lange Beine berührten gelegentlich die ihren, sodass ein angenehmer Schauer sie durchfuhr. Er schaute ihr in die Augen, während sie sich unterhielten, und sie sah die Bewunderung in seinem Blick. Er sah beinahe gut aus, wenn er sich im Kerzenschein über den Schnurrbart strich.

„Tanzen Sie gerne?", fragte er, als sie ihr Dessert gegessen hatten. „Ich kenne ein Lokal, in dem es eine wundervolle Kapelle gibt. Und wir können auch einen Martini oder ein Glas Wein dort bekommen, wenn Sie wollen."

„Ich dachte, alle Bars in Amerika wären geschlossen. Mein Vater ist gar nicht glücklich darüber, dass er nicht hin und wieder ein Bier trinken kann."

„Sie sind geschlossen", sagte Arthur lachend. „Offiziell jedenfalls. Aber man bekommt in nahezu jedem Gebäude auf der zweiundfünfzigsten Straße zwischen Fifth und Sixth Avenue etwas zu trinken, wenn man weiß, wo. Sie werden Flüsterkneipen genannt und es gibt Tausende von ihnen in New York."

„Sie meinen, die verstoßen alle gegen das Gesetz? Wie kommt es, dass sie nicht erwischt werden?"

„Bestechung, meine Liebe. Die meisten Beamten drücken ganz einfach ein Auge zu, wenn man ihnen genug bezahlt – die Bundesprohibitionsbehörde, die Polizei, Staatsanwälte, sie alle halten die Hand auf. Selbst der Streifenpolizist an der Ecke sieht weg, wenn das Bier geliefert wird, vorausgesetzt, man gibt ihm vierzig oder fünfzig Dollar."

„Wirklich?" Sie lächelte. Bei dem Gedanken, dass die Korruption hier so weit verbreitet war, fühlte sie sich wegen ihrer eigenen Vergehen nicht mehr ganz so schuldig.

„Sicher. Die besten Clubs verkaufen alle heimlich Alkohol. Club Gallant in Greenwich Village ist einer der elegantesten von ihnen. Außerdem habe ich eine Mitgliedskarte für den New Yorker auf der 51. Straße. Und Sie sollten das ausgefeilte System von Alarmknöpfen im Twenty-One sehen. Ich war einmal dort, als es eine Razzia gab, und es war erstaunlich, wie schnell alle in Aktion traten. Sie haben überall Falltüren und geheime Fächer, und in wenigen Sekunden war keine Spur von Alkohol mehr zu finden."

Fiona lehnte sich über den Tisch zu ihm hinüber. „Und ich dachte, die Amerikaner wären allesamt Antialkoholiker."

„Wohl kaum! Sagen Sie Ihrem Vater, dass er einen Termin beim Arzt machen und um ein Rezept für Alkohol zu medizinischen Zwecken bitten kann. Apotheker können ganz legal Gin oder Brandy und so weiter ausgeben, solange Sie ein Rezept haben."

Fiona lachte vergnügt. „Amerika ist auf jeden Fall ein interessantes Land. Ich glaube, ich hätte Lust auf eine von diesen … wie haben Sie das genannt? Murmelkneipen?"

„Flüsterkneipen", sagte er und stimmte in ihr Lachen ein. „Also gut. Gehen wir eine suchen."

Arthur fuhr zu einem gewöhnlich aussehenden Sandsteinhaus in der Innenstadt und führte Fiona eine Treppe zum Kellereingang hinunter. Ein Guckloch öffnete sich, als sie klopften, und Arthur nannte seinen Namen. Einen Augenblick später schwang die Tür auf und Fiona hörte Musik und Gelächter und das Klirren von Gläsern. Es dauerte einen Moment, bis ihre Augen sich an das Dämmerlicht gewöhnt hatten, doch dann sah sie, dass das ganze Kellergeschoss in einen Nachtclub verwandelt worden war. Der Türsteher führte sie zu einem kleinen Tisch für zwei Personen in einer gemütlichen Ecke, und Arthur bestellte für sie beide etwas zu trinken. Fiona nippte vorsichtig an ihrem Drink, während sie redeten. Sie hatte noch nie Alkohol getrunken, aber sie mochte das angenehme, schwebende Gefühl, das er in ihr auslöste. Die Musik der Kapelle war so schwungvoll, dass sie die Füße nicht still halten konnte.

„Möchten Sie tanzen?", fragte Arthur schon bald. Fiona hatte die anderen Paare beobachtet. Sie musste sie nur nachahmen.

„Furchtbar gern."

Arthur war ein wunderbarer Tänzer, so geschmeidig und anmutig, dass sie sah, wie andere Gäste ihn voller Bewunderung beobachteten. Und sie fühlte sich ebenfalls anmutig, als sie in seinen Armen über die Tanzfläche schwebte. Am Ende des Abends sehnte sie sich danach, dass Arthur sie näher an sich ziehen möge, weil sie sich daran erinnerte, wie wundervoll es sich angefühlt hatte, wenn Kevin sie fest im Arm hielt. Aber Arthur war ein Gentleman und hielt sie ganz altmodisch eine Armlänge von sich fort. Als er sich im Hotel von ihr verabschiedete, gab er ihr einen flüchtigen Kuss auf die Wange, so wie sie es bei Mitgliedern der vornehmen Gesellschaft gesehen hatte.

„Ich habe mich köstlich amüsiert", sagte sie. Es war die Wahrheit.

„Ich habe Ihnen aber nicht viel von New York gezeigt, nicht wahr? Wir müssen uns für nächsten Samstagabend noch einmal verabreden."

„Das wäre wunderbar."

Eine Woche später wartete sie wieder in der Lobby auf ihn. Fiona beobachtete, wie er zur Tür hereinkam, als wäre er der Herr im Hause. Sein Blick wanderte suchend durch den Raum.

„Fiona! Da sind Sie ja!" Sie genoss es, wie seine Miene sich erhellte, wann immer er sie erblickte. Er sah dann so jung und schneidig aus. Er nahm ihre beiden Hände in seine und begrüßte sie mit einem zärtlichen Kuss auf die Wange. Er roch wunderbar. Sein Rasierwasser durchdrang seine Haut und seine Kleidung, und der männliche Duft war für Fiona ebenso berauschend wie der Drink, den er ihr in der Flüsterkneipe spendiert hatte.

„Ich dachte, wir könnten heute Abend segeln gehen", sagte er, als sie zu seinem Wagen gingen.

„Segeln? Nachts?"

„Na ja, nicht so richtig", sagte er grinsend. „Ich habe Plätze für uns reserviert auf einem Schiff, das drei Meilen vor der Küste liegt. Dort können wir essen und tanzen – und der Alkohol ist sogar legal, weil wir uns dort in internationalen Gewässern befinden."

„Was Sie nicht sagen! Ist das eine neue Methode, die Prohibitionsgesetze zu umgehen?"

„Natürlich – und eine sehr lukrative noch dazu." Seine Augen funkelten, als er auf sie hinabblickte. „Es gibt Hunderte von Schiffen wie dieses, die vor der amerikanischen Küste vor Anker liegen, von Maine bis hinunter nach Florida."

Er parkte in der Nähe des Flusses, wo ein Schnellboot darauf wartete, Passagiere zu den Schiffen überzusetzen. Die Luft war auf der Fahrt vom Hafen kühl, deshalb legte Arthur seinen Arm um Fionas Schultern und hielt sie an sich gedrückt, um sie zu wärmen. Das Schiff, das Arthur ausgesucht hatte, war herrlich mit seiner Mahagonivertäfelung im Speisesaal, den Leinentischtüchern, dem feinen Porzellan und Kristallleuchtern. Sie aßen Steak und tranken Wein und sahen einander über den Tisch hinweg an.

„Sie sind die schönste Frau, der ich jemals begegnet bin", murmelte

Arthur. Sie lächelte nur, weil sie nicht wusste, was sie darauf erwidern sollte.

Später tanzten sie, bis ihnen die Füße schmerzten. Fiona brauchte nicht viel Alkohol zu trinken, um sich schwindelig und benommen zu fühlen; die üppige Musik, der Blick in Arthurs Augen und seine Arme um sie waren berauschend genug. Sie konnte sich gar nicht mehr vorstellen, wie sie ihn jemals für zu alt hatte halten können. Er war so sanft und aufmerksam, immer unfehlbar gekleidet mit Fliege und Abendgarderobe. Sie liebte es, wie er sie mit seinen dunkelbraunen Augen und seinem langsamen, traurigen Lächeln ansah; liebte die Wärme seiner Hände an ihrer Taille oder auf ihrem Rücken, wenn sie tanzten oder er sie zu ihrem Platz zurückgeleitete. Er hatte weiche Hände mit langen, eleganten Fingern und gepflegten Fingernägeln. Er hielt ihre Hand, wenn sie am Tisch saßen und an ihren Getränken nippten, und manchmal hob er ihre Finger an seine Lippen und küsste sie. Aber als er Gute Nacht sagte, gab er ihr wieder einen flüchtigen Kuss auf die Wange, sodass Fionas Sehnsucht nur noch größer wurde.

Als sie einen Monat lang miteinander ausgegangen waren, ging Fionas Wunsch in Erfüllung. Sie waren wieder zu Arthurs Lieblingsschiff hinausgefahren, und nachdem sie stundenlang gegessen und getanzt hatten, führte er sie auf das Deck hinaus unter den sternenklaren Nachthimmel. Während die funkelnden Lichter von New York City in der Ferne flackerten, nahm Arthur sie in die Arme und küsste sie zum ersten Mal richtig – nicht so wie bei den Gute-Nacht-Küsschen, die er ihr zum Abschied immer gegeben hatte. Nicht so wie Kevin mit seinen heftigen, ungeschickten Küssen. Dies war ein langsamer, wundervoller Kuss, der ihr den Atem raubte. Er war ein Mann, der ganz und gar die Kontrolle übernahm und sich nicht einfach nur etwas nahm, wie Kevin es getan hatte, sondern der Fiona gleichzeitig etwas gab – ein Mann, der wusste, wie man eine Frau küsst.

„Ich bin dabei, mich in dich zu verlieben, Fiona", flüsterte er, als sie sich schließlich voneinander lösten. Er legte eine Hand auf ihre Wange und fuhr mit dem Daumen über ihre Lippen. Bevor sie etwas erwidern konnte, zog er sie fester an sich und küsste sie wieder.

Während der Sommer in den Herbst überging, fiel Fiona auf, dass Arthur nie mit ihr ins Theater oder ins Sinfoniekonzert oder zu anderen gesellschaftlichen Anlässen ging. Er wählte immer dunkle, gemütliche, intime Orte, wo sie zwischen den Tänzen an ihrem Tisch Zärtlichkeiten austauschen konnten. Er stellte Fiona auch nie irgendwelchen Freunden oder Bekannten vor. Genau genommen schien Arthur nie jemandem zu begegnen, den er kannte, bis eines Abends, als er und Fiona gerade eine Flüsterkneipe in der zweiundfünfzigsten Straße verließen, ein Herr auf seinem Weg in den Club stehen blieb.

„Arthur! Wo hast du denn in letzter Zeit gesteckt? Ich habe dich seit Monaten nicht mehr gesehen." Der Mann streckte die Hand aus, um Arthur zu begrüßen, und Fiona sah den überraschten Blick des Mannes, als er bemerkte, dass Fiona Arthurs Arm hielt. „Oh, hallo …", sagte er zu ihr.

Einen Herzschlag lang schien Arthur peinlich berührt. Doch er gewann schnell die Fassung wieder. „Phil, darf ich dir meinen Gast vorstellen, Fiona Quinn aus Dublin. Ihr Vater hat geschäftlich hier in New York zu tun, und ich habe mich angeboten, ihr die Stadt zu zeigen. Fiona, das ist Phil Holmes."

„Angenehm, Miss Quinn", sagte er mit einer leichten Verbeugung. „Ich hoffe, Arthur zeigt Ihnen die besten Seiten unserer schönen Stadt?"

„O ja. Er macht seine Sache sehr gut."

„Du bekommst einfach immer die Traumjobs, Arthur." Er versetzte ihm mit dem Ellbogen einen freundschaftlichen Stoß in die Rippen und zwinkerte. „Tut mir leid, aber ich bin in Eile. Sehe ich dich und deine Frau nächste Woche beim Empfang des Bürgermeisters?"

„Ja, natürlich."

„Gut. Schöne Grüße an Evelyn."

„Mach ich. Gute Nacht."

Mr Holmes eilte davon und hinterließ ein beklemmendes Schweigen.

„Ist Evelyn deine Ex-Frau?", fragte Fiona, als sie draußen auf der Straße waren. Arthur nickte mit ernster Miene. „Und du gehst wirklich mit ihr zu der Party des Bürgermeisters?"

„Ich fürchte, ja", seufzte er. „Es ist immer noch meine Pflicht, sie zu diesen Anlässen zu begleiten. Sie kennt den Bürgermeister und all diese anderen Leute der gehobenen Gesellschaft. Es ist keine Gelegenheit, bei der sie allein auftreten kann, verstehst du."

„Ich bin nicht sicher, ob ich es verstehe. Mr Holmes hat sie als deine

Frau bezeichnet. Weiß er denn nichts von der Scheidung?" Arthur blieb neben seinem Automobil stehen und blickte auf seine Füße hinunter, anstatt Fiona anzusehen. Er sah so unangenehm berührt aus, dass sie beschloss, das Thema auf sich beruhen zu lassen, aus Angst, ihn verletzt zu haben. „Es tut mir leid, Arthur, du bist mir keine Erklärung schuldig."

„Doch, das bin ich, Fiona." Endlich sah er sie an, und seine Miene war ernst und der Blick in seinen Augen kummervoll. „Unsere Scheidung ist noch nicht durch."

„Was?" Fiona lehnte sich gegen den Kotflügel, um sich abzustützen. Sie wollte einfach nicht glauben, dass er sie die ganze Zeit angelogen hatte. „D-du meinst, du bist immer noch *verheiratet?*"

„Ja … es tut mir leid."

Fionas Augen füllten sich mit Tränen. Sie wollte nicht weinen, aber sie konnte sie nicht aufhalten. Arthur öffnete die Wagentür für sie, dann legte er eine Hand auf ihren Rücken und schob sie sanft auf den Beifahrersitz. „Bitte, setz dich", sagte er. „Ich möchte es dir erklären."

Er ging zur Fahrerseite herum und rutschte hinter das Steuer, aber er ließ den Motor nicht an. Fiona blickte geradeaus durch die Windschutzscheibe. Die Straßenlaterne an der Ecke verschwamm vor ihren Augen.

„Alles andere, was ich dir über meine Ehe erzählt habe, ist wahr", sagte Arthur leise. „Sie ist seit Jahren vorüber. Ich liebe Evelyn nicht, und sie liebt mich nicht. Wir haben uns vor einiger Zeit auf die Scheidung geeinigt, aber jetzt hält sie mich hin und streitet um Geld. Mein Anwalt ist damit befasst. In der Zwischenzeit erscheinen wir gelegentlich auf gesellschaftlichen Anlässen gemeinsam – um den Schein zu wahren. Um der Kinder willen."

Fionas Atem stockte, und sie starrte ihn an. „Du hast mir nie gesagt, dass du Kinder hast." Sie fühlte sich, als tauchte ihr ganzer Körper in kaltes, dunkles Wasser ein.

Arthur holte tief Luft, als wollte er sich zusammen mit ihr in die eisigen Fluten stürzen. „Ja, ich habe einen Sohn und eine Tochter. Die Trennung ist für sie sehr belastend."

Fiona hatte Mühe, ihre Gedanken zu sortieren und die Wahrheit zu begreifen: „Du bist also ein verheirateter Mann? Und du lebst mit deiner Frau zusammen, unternimmst Dinge mit ihr – und mit mir?"

Er antwortete nicht sofort. Er streckte die Hände aus, um ihre zu umfassen, während er sie ansah. „Es tut mir leid, dass ich dich so in die Irre geführt habe, Fiona. Ich könnte es dir nicht verübeln, wenn du mich jetzt hasst. Es war selbstsüchtig von mir, dir nicht von Anfang an die Wahrheit zu sagen … Aber ich hatte Angst, du würdest nichts mit mir zu tun haben wollen – Angst, dass du an jenem ersten Abend gehen könntest und ich dich nie wiedersehen würde. Und ich konnte den Gedanken, dich zu verlieren, nicht ertragen. Kannst du mir jemals vergeben?"

Sie schwieg eine Weile, noch ganz unter Schock, weil sie all die Zeit mit einem verheirateten Mann ausgegangen war. „W-wann wird deine Scheidung denn rechtskräftig?", fragte sie schließlich.

„Es kann jeden Tag so weit sein." Er ließ eine ihrer Hände los und strich ihr die Haare aus der Stirn. „Das sagt mein Anwalt jedenfalls immer – es kann jeden Tag so weit sein. Als wir anfingen, miteinander auszugehen, dachte ich, es würde alles ganz schnell vorbei sein. Es sollte inzwischen vorbei sein. Ich dachte nie, dass ich dich so lange belügen müsste. Es tut mir schrecklich leid, Fiona."

„Vielleicht … vielleicht sollten wir einander nicht sehen, bis du tatsächlich geschieden bist", sagte sie und zog ihre Hand fort. „Vor allem, wenn du immer noch zu gesellschaftlichen Anlässen mit ihr gehen musst."

Arthur schloss einen Moment lang die Augen, als verursachten ihre Worte ihm tiefen Schmerz. „Ich verstehe", murmelte er. „Ich weiß nicht, wie ich es ertragen soll, aber ich verstehe es."

Er ließ den Motor an, und sie fuhren schweigend ins Hotel zurück. Fiona war hin und her gerissen zwischen ihrem Gewissen und ihrer Sehnsucht. Sie wusste, dass das, was sie getan hatten, falsch war, und sie schämte sich fürchterlich, dass sie die ganze Zeit mit einem verheirateten Mann liiert gewesen war. Aber sie konnte den Gedanken, Arthur nie wiederzusehen, nicht ertragen. Selbst jetzt dachte sie nur daran, ihn zu küssen, seine tröstenden Arme um sich zu spüren und seinen Duft einzuatmen. Aber das war falsch – ganz falsch. Die Sünden des Stehlens und Lügens hatten ihre Seele bereits beschmutzt, und jetzt würde sie noch dazu die Sünde des Ehebruchs begehen. Arthur hatte eine Frau und Kinder – zwei Kinder.

Er parkte den Wagen in der Nähe des Hotels, stieg aber nicht aus.

Schließlich wandte er sich ihr zu. „Bitte … sag mir, dass ich dich nicht für immer verloren habe. Darf ich dich wiedersehen, wenn ich frei bin? Wirst du dann noch hier sein?"

„Ja. Ja, natürlich", sagte sie eifrig. Doch dann wurde ihr bewusst, dass sie nicht hier sein würde. Sie wohnte nicht in diesem Hotel. Sie hatte Arthur ebenso belogen wie er sie. Wenn sie ihm heute Lebewohl sagte, hatte er keine Möglichkeit, sie zu finden, nachdem seine Scheidung durch war. Er konnte sie kaum in ihrer Wohnung in der Lower East Side besuchen oder in der Werkstatt über Madame Deveaus Hutgeschäft. Sie sah Tränen in seinen Augen, als er ihr Gesicht mit den Händen umfasste und es zu sich drehte.

„Ich möchte mir dein schönes Gesicht einprägen, Fiona. Bis ich dich wiedersehe, wird es sein, als würde ich ohne Sonnenschein ganz im Dunkeln leben." Er fuhr mit seinen Händen durch ihr Haar, über ihre Schultern, ihre Arme hinab. Dann zog er sie zu einem letzten zärtlichen Kuss an sich. Als er sich von ihr löste, rollte eine einzige Träne über seine Wange. „Ich liebe dich, Fiona. Ich will dich nicht verlieren."

„Ich liebe dich auch!", rief sie und warf sich in seine Arme. Es war die Wahrheit. Zu Beginn war er für sie nicht mehr gewesen als ein reicher Mann, der ihr ein angenehmes Leben bieten konnte. Aber jetzt fühlte sie echte Liebe für Arthur Bartlett. Es war kein Spiel mehr.

„Wie lange … bis wir wieder zusammen sein können?", fragte sie, als sie ihr Gesicht an seinem Hals vergrub.

„Ich weiß es nicht. Ich wünschte, ich könnte es dir sagen. Ich würde dich noch heute Nacht heiraten, wenn ich frei wäre. Ich möchte den Rest meines Lebens mit dir verbringen."

Entgegen all ihren Wünschen, entgegen all dem, was man sie über Recht und Unrecht gelehrt hatte, liebte sie einen verheirateten Mann. Sie konnte nicht anders. Und jetzt konnte sie es nicht ertragen, von ihm getrennt zu sein. In diesem Augenblick traf Fiona eine Entscheidung.

„Ich will mich überhaupt nicht trennen, Arthur – niemals. Vergiss, was ich gerade gesagt habe. Es ist egal, dass … dass du noch nicht frei bist."

„Oh, danke, Liebling!" Er zog sie an sich, und sie hörte seinen Seufzer der Erleichterung. „Kann ich dich nächstes Wochenende sehen, Fiona? Sollen wir tanzen gehen? Bitte sag Ja."

„Ja, mein Liebster, ja. Nächstes Wochenende."

Kapitel 25

„Frohes Neues Jahr, Fiona!" Arthur zog sie an sich und küsste sie, mitten auf der Tanzfläche. Fiona schlang die Arme um seinen Hals und erwiderte seinen Kuss. Überall um sie herum bliesen Leute in Spielzeugtröten, warfen Konfetti in die Luft und küssten sich. Ein neues Jahr hatte gerade begonnen – 1921 – und Fiona fühlte sich, als würde auch ihr Leben ganz neu beginnen. Vor einem Jahr war sie Wäscherin in Irland gewesen; jetzt liebte sie den wunderbarsten Mann der Welt. Die Tatsache, dass er Silvester mit ihr verbrachte und nicht mit seiner Frau, bedeutete, dass auch er sie liebte. Er sagte die Wahrheit über das Ende seiner Ehe.

Sie tanzten noch eine Weile, bevor Arthur sagte: „Der ganze Lärm und Zigarettenqualm macht mir zu schaffen. Hast du etwas dagegen, wenn wir woandershin gehen?"

„Ganz und gar nicht." Er holte ihren Mantel und sie gingen in die verschneite Nacht hinaus, die Arme umeinander geschlungen, während ihr Atem in der kalten Luft Wölkchen bildete.

Sie kamen zu Arthurs Auto, und Fiona setzte sich hinein, während der Motor lief und Arthur den Neuschnee vom Wagen bürstete. Sie sah ihm bei der Arbeit zu und wurde sich bewusst, wie sehr sie ihn liebte. Fiona hatte einmal geglaubt, sie wäre in Kevin Malloy verliebt, aber das hier war viel besser – es war wie der Unterschied, an einer Orange zu riechen und sie zu essen. Kevin hatte mit Fiona nie über irgendetwas geredet oder sie irgendwohin mitgenommen. Er konnte nicht einmal lesen oder schreiben. Er roch nach Schweiß und Pferden, und seine Hände waren rau und rissig, die Fingernägel schmutzig. Wie hatte sie nur glauben können, dass sie ihn liebte? Sie hatte dem Himmel schon tausendmal dafür gedankt, dass ihr Vater sie daran gehindert hatte, ihn zu heiraten.

Arthur wischte den letzten Schnee fort und setzte sich hinters Steuer. Dann wandte er sich ihr zu. „Ich möchte noch nicht Gute Nacht sagen, Fiona. Aber ich bin es leid, in lauten Clubs und verräucherten Cafés zu sitzen. Ich habe überlegt, ob wir zu dir ins Hotel gehen können – natürlich nur, wenn dein Vater da ist –, damit wir in Ruhe reden können." Er streichelte ihre Wange, und sie spürte die Wärme, obwohl seine Finger eiskalt waren. Sie wollte ihn auch noch nicht verlassen. Aber sie und ihr Vater hatten keine Zimmer im Chelsea Hotel. Sie musste ihre Enttäuschung nicht spielen.

„Es tut mir leid, Arthur, aber das geht nicht. Mein Vater schläft bestimmt schon, und ich möchte ihn ungern aufwecken."

„Und wie wäre es dann, wenn wir zu mir gehen? Bitte? Nur für eine Weile. Es wäre doch schade, wenn dieser Abend schon zu Ende wäre. Und hier im Auto ist es zu kalt zum Sitzen – du zitterst ja schon."

„Zu dir?", wiederholte sie. Der Schauer, der sie durchfuhr, hatte nichts mit der Januarluft zu tun. Sie versuchte Zeit zu gewinnen, während sie überlegte, was sie tun sollte. Arthurs dunkle Augen sahen sie sanft und flehend an.

„Ich habe eine Wohnung hier in Manhattan. Es ist nicht weit."

„Na gut … aber ich kann nicht lange bleiben." Sie dachte bereits an später, denn es würde nicht einfach sein, bei diesem Wetter zu ihrer Wohnung zurückzukommen. Es war schon weit nach Mitternacht.

Arthur fuhr vorsichtig durch die verschneiten Straßen, und die Scheibenwischer bewegten sich gleichmäßig hin und her, um die Windschutzscheibe frei zu halten. Er parkte in der Nähe eines Wohnhauses in einer ruhigen, von Bäumen gesäumten Straße einige Häuserblocks vom Central Park entfernt. Das gelbe Steingebäude war sechs Stockwerke hoch, u-förmig mit einem Garten in der Mitte und einem uniformierten Türsteher in der Lobby. Fiona spürte einen Stich der Enttäuschung. Es war ein sehr schönes Gebäude – sicherlich schöner als die Wohnbunker ohne Aufzug in ihrem Viertel –, aber sie hatte erwartet, dass Arthur in einer Villa wie Wickham Hall lebte und Dutzende von Dienstboten hatte.

„Guten Abend, Mr Bartlett … Ma'am", sagte der Türsteher, als er die Tür für sie aufhielt.

„Guten Abend, Charles. Wie geht es Ihnen?"

„Danke, gut, Mr Bartlett. Ein ziemlich verschneiter Abend, nicht wahr?" Charles eilte durch die Lobby, um die Türen des Aufzugs für sie zu öffnen. „Ein frohes Neues Jahr wünsche ich, Mr Bartlett."

„Für Sie auch, vielen Dank." Arthur drückte den Knopf für die fünfte Etage, und als die Türen sich geschlossen hatten, zog er Fiona in seine Arme, um sie zu küssen. Sie war noch nie in einem Fahr-

287

stuhl gefahren, und sie war sich nicht sicher, ob der kleine Anflug von Schwindel, den sie verspürte, von der Fahrt im Lift kam oder von seinem leidenschaftlichen Kuss. Als der Aufzug hielt und die Türen sich öffneten, löste er sich von ihr. Er nahm ihre Hand und führte sie einen mit Teppichboden ausgelegten Gang hinunter zu seiner Wohnungstür, dann kramte er kurz in seiner Hosentasche nach seinem Schlüssel. Der Flur war hell und sauber, der Teppich dick und weich unter ihren Füßen. Alles unterschied sich so sehr von den lärmerfüllten, stinkenden Gängen des Hauses, in dem Fiona lebte, dass sie sich vorkam wie auf einem anderen Planeten.

„Wo waren wir stehen geblieben?", fragte Arthur, nachdem sie eingetreten waren. Er machte Anstalten, sie wieder zu küssen, doch Fiona entzog sich ihm, ein wenig ängstlich angesichts dessen, worauf sie sich eingelassen hatte.

„Es ist sehr dunkel hier drinnen, Arthur."

„Natürlich. Entschuldige." Er betätigte einen Schalter, und in der Diele ging eine Deckenlampe an.

„Und du wohnst hier?", fragte sie, während sie sich umsah. Die Wohnung war sehr adrett und ordentlich, und die Möbel sahen ganz neu aus, aber sie sah nirgendwo persönliche Gegenstände von Arthur – keine Bücher oder Fotos oder Pantoffeln, die herumlagen. Es sah nicht so aus, als ob jemand hier lebte. Aber verglichen mit den schmierigen, rattenverseuchten Wohnungen in ihrem eigenen Viertel war es ein Palast.

„Ich wohne nur manchmal hier." Er ging ihr voran ins Wohnzimmer und schaltete eine Lampe neben der Couch ein. „Ich habe diese Wohnung in der Stadt gemietet, damit ich einen Ort habe, an dem ich schlafen kann, wenn ich zu müde bin, um den ganzen Weg nach Hause zu fahren. Manchmal dauern Besprechungen lange, oder das Theater geht bis in die späten Abendstunden hinein … oder ich habe zu viel getrunken", fügte er lachend hinzu, „und dann übernachte ich hier." Er lief im Zimmer herum, während er sprach, knipste noch eine Lampe an und streifte seinen Mantel ab. Er half Fiona aus ihrem Mantel und hängte beide in den Schrank im Flur. „Ich habe ein Haus in Westchester, wo ich die meiste Zeit über lebe. Aber du wirst verstehen, dass meine Frau und meine Kinder auch dort wohnen, solange die Scheidung noch nicht rechtskräftig ist. Ich habe eine Verpflichtung, für sie zu sorgen. Soll ich dir alles zeigen?"

„In Ordnung."

Er hielt ihre Hand, während er sie herumführte. Die Wohnung war geräumig und sauber – und roch nach Arthur. Die Küche war sehr modern, mit einem elektrischen Eisschrank und Einbauschränken. Das gekachelte Badezimmer hatte ein Waschbecken und eine Toilette und eine Badewanne, die so groß war, dass Fiona sich bequem hätte darin ausstrecken können. Und sie müsste vorher noch nicht einmal das heiße Wasser herbeischleppen – es kam direkt aus dem Wasserhahn. Es gab Heizkörper in jedem Raum, und in der ganzen Wohnung war es angenehm warm. Fiona dachte an die beiden zugigen Zimmer, in denen sie und ihr Vater wohnten, und schon erschien ihr Arthurs Wohnung doch wie eine Villa. Selbst in Wickham Hall hatte es keine Zentralheizung gegeben oder so viele moderne Haushaltsgeräte. Sie stellte sich vor, wie sie hier mit Arthur lebte, und Tränen stiegen ihr in die Augen.

„Und, wie gefällt sie dir?", fragte er, als sie ins Wohnzimmer zurückkamen.

„Sie ist zauberhaft, Arthur … und so sauber." Als er schallend lachte, wurde ihr bewusst, dass es eine dumme Bemerkung gewesen war.

„Das verdanke ich Mrs Murphy, meiner Putzfrau. Setz dich, Fiona." Er ging zum Kühlschrank und holte eine Flasche heraus, während sie es sich auf dem Sofa bequem machte. „Die hier habe ich für eine besondere Gelegenheit aufgehoben. Magst du Champagner?"

„Ich habe noch nie welchen probiert."

„Dann wird es aber höchste Zeit." Er ging zu einer Bar in einer Ecke des Wohnzimmers und holte zwei Gläser heraus. Seine Bewegungen waren fließend und elegant, und sie genoss es, ihm bei allem, was er tat, zuzusehen. Als der Korken mit einem hohlen Plopp aus der Flasche sprang, setzte Arthur sich neben sie aufs Sofa, um den Champagner auszuschenken.

„Auf die schönste Frau in New York City", sagte er, sein Glas zum Toast erhoben. „Auf uns – und einen Neuanfang im Jahr 1921." Sie stießen an und küssten sich, dann trank Fiona einen Schluck.

„Es prickelt!"

„Magst du ihn?"

„Ja, er ist wunderbar."

Als sie ihr erstes Glas getrunken hatte, fühlte sie sich entspannt und so glücklich wie noch nie zuvor in ihrem Leben. Arthur schenkte ihnen beiden noch einmal ein, dann zog er seine Smokingjacke aus und warf sie über einen Sessel. Er nahm seine Fliege ab und lockerte seinen Kragen und seine Manschetten.

„Das ist besser", seufzte er.

„Ich habe dich noch nie ohne Jacke und Fliege gesehen", sagte Fiona lachend. „Du wirkst sehr … zufrieden."

„Darf ich einmal kurz das Licht ausmachen? Ich möchte dir etwas zeigen." Er stand auf und schaltete die Lampen aus, dann zog er die Vorhänge zurück. Von ihrem Platz auf dem Sofa aus konnte sie die Lichter von New York wie Sterne vor dem dunklen Himmel funkeln sehen, und in der Ferne den dunkleren Fleck, wo der Central Park war. Es schneite noch immer, sodass der Anblick wie ein Märchen erschien.

„O Arthur! Was für ein wundervoller Blick!" Er durchquerte den Raum und setzte sich neben sie, und zusammen sahen sie aus dem Fenster und tranken Champagner.

„Ich habe mich hoffnungslos in dich verliebt, Fiona", murmelte er, als sie ihr zweites Glas geleert hatten.

„Ich liebe dich auch. Ich wünschte, wir könnten für immer zusammenbleiben."

Er stellte ihre Gläser auf den Tisch und zog Fiona zu sich heran. Dann küsste er sie, bis sie kaum noch Luft bekam.

„Warte!", sagte er plötzlich. „Mir ist gerade etwas eingefallen. Ich habe ein Neujahrsgeschenk für dich. Lass mich mal überlegen … wo habe ich es nur hingetan?" Er suchte in seinen Taschen, dann stand er auf und begann Schubladen zu öffnen und zu schließen, aber ohne Erfolg. „Ach, ich weiß es wieder!", sagte er und lachte über sich selbst. „Ich habe es hier drin gelassen. Komm mit." Er nahm ihre Hand und zog sie auf die Füße, dann führte er sie in sein Schlafzimmer. Der Raum schwankte und drehte sich, als Fiona ein paar Schritte ging, und sie wusste, dass sie zu viel Champagner getrunken hatte.

„Setz dich und schließ deine Augen", sagte er zu ihr. Sie setzte sich auf das Bett und versank förmlich darin. Der elegante Überwurf fühlte sich unter ihrer Hand edel an, und sie wusste, dass auf der Matratze wahrscheinlich feine Leinentücher lagen, wie die, die sie in Wickham Hall geschrubbt hatte. An den Wänden hingen Kunstwerke, und das Kopfteil des Bettes, die Nachttische und die Kommode mit ihren Intarsien aus verschiedenfarbigen Hölzern passten zueinander. Arthurs Duft war hier noch stärker als in den anderen Räumen. Fiona wusste, dass sie an dieses Zimmer, dieses Bett denken und weinen würde, wenn sie zu der schmutzigen Matratze in ihrer Wohnung zurückkehrte.

„Schließ die Augen", wiederholte Arthur. Fiona gehorchte, obwohl ihr Kopf sich drehte, als sie es tat. Sie hörte, wie er eine Schublade im Nachttisch aufzog und dann wieder schloss. Er nahm ihre Hand und legte etwas in ihre Handfläche. „Jetzt darfst du gucken."

Sie schlug die Augen auf und sah ein Schmuckkästchen aus schwarzem Leder, mit einer roten Schleife verziert. Sie zog die Schleife auf, öffnete den Deckel und sah einen wunderschönen goldenen Ring mit einem sternförmigen Saphir.

„Dieser Ring steht für ein Versprechen, Fiona. Bitte nimm ihn an, zusammen mit meinem Versprechen, dass ich dich unsterblich liebe." Er nahm den Ring aus der Halterung und steckte ihn auf ihren Finger. „Ich liebe dich, mein Schatz. Frohes Neues Jahr."

Sie schlang die Arme um seinen Hals, und ihre Augen füllten sich mit Tränen. „O Arthur! Ich liebe dich so sehr!" Und das tat sie auch – mehr, als sie sich jemals hätte träumen lassen. „Arthur … Arthur …", flüsterte sie, als er ihr Gesicht mit Küssen bedeckte.

Plötzlich war es, als würde eine Flutwelle der Liebe und Sehnsucht über ihr zusammenschlagen, und Fiona ging in der Sintflut unter.

Die aufgehende Sonne weckte sie. Arthur hatte die Schlafzimmervorhänge nicht zugezogen. Einen Augenblick lang wusste Fiona nicht, wo sie war. Dann sah sie Arthur schlafend im Bett neben sich und begann zu weinen. Das, woran sie sich erinnerte, war ihr am gestrigen Abend wunderbar erschienen. Aber jetzt, nachdem die Wirkung des Champagners nachgelassen hatte, schämte sie sich. Sie fragte sich, ob er alles so geplant hatte, um sie zu verführen, und ob sie dumm genug gewesen war, in diese Falle zu tappen. Und sie fragte sich, ob Arthur jetzt immer noch mit ihr würde zusammen sein wollen, nachdem er sie herumgekriegt hatte. Sie war achtzehn Jahre alt und er war zweiundvierzig – und verheiratet. Fiona konnte ein Schluchzen nicht zurückhalten.

Arthur rührte sich und erwachte. Dann zog er sie zu sich. „Nein Liebling, nein", beruhigte er sie. „Bitte weine nicht."

„Was haben wir bloß getan?", schluchzte sie.

„Fiona, tief in deinem Herzen weißt du, dass wir dazu geschaffen sind, so zusammen zu sein. Und das werden wir auch … für immer."

Sie bemühte sich, ihre Tränen zurückzuhalten. Dies war Amerika, nicht Irland. Niemand würde sie hier bestrafen.

„Ich wünschte, ich könnte sagen, dass es mir leid tut", sagte Arthur, „aber das tut es nicht. Und dir sollte es auch nicht leid tun. Ich liebe dich, und ich weiß, dass du mich auch liebst. Du trägst mein Versprechen an deinem Finger. Bald, sehr bald, können wir für immer zusammen sein."

Sie nickte, unfähig zu einer Erwiderung. Ihre Gefühle waren ein verworrenes Durcheinander aus Glück und Scham, Angst und Hoffnung. Sie konnte sie nicht ordnen, vor allem nicht, wenn Arthur neben ihr lag und sie im Arm hielt.

„Ich muss nach Hause. Mein Vater –" Sie verstummte aus Angst, den Satz zu Ende zu führen. Rory Quinn würde sie beide umbringen. Sie begann wieder zu weinen.

„Natürlich. Ich gehe, damit du dich anziehen kannst", sagte Arthur leise. Er stieg aus dem Bett und ging in sein Ankleidezimmer neben dem Bad. Fiona konnte nicht aufhören zu weinen, während sie hastig ihre Kleider anzog.

„Ich komme mit hinauf zu deiner Hotelsuite, damit ich mit deinem Vater sprechen kann", sagte Arthur, als er in Anzug und Krawatte aus dem Ankleidezimmer kam. „Ich mache mir Sorgen, dass er wütend auf dich ist, und ich will ihm erklären, dass es ganz und gar meine Schuld war – dass wir die Zeit vergessen haben."

„Und es hat geschneit", fügte sie benommen hinzu. Aber als sie zum Hotel fuhren, machte Fiona sich mehr Gedanken darüber, welche Ausrede sie Arthur geben sollte, als darüber, was ihr Vater sagen würde. Rory würde natürlich nicht im Hotel sein. Wie sollte sie Arthur seine Abwesenheit – so früh am Neujahrsmorgen – erklären?

„Ich glaube, es ist besser, wenn ich allein mit meinem Vater spreche", sagte sie, als Arthur vor dem Hotel anhielt. „Vielleicht wäre es besser, wenn er nicht wüsste, dass ich die Nacht mit dir verbracht habe."

„Aber ich will die ganze Verantwortung übernehmen –"

„Lass mich erst mit ihm reden. Ich erzähle dir, was passiert ist, wenn wir uns heute Abend sehen." Sie gab ihm einen flüchtigen Kuss zum Abschied und eilte ins Hotel. Sobald Arthurs Wagen nicht mehr zu sehen war, fuhr Fiona mit der U-Bahn nach Hause zu ihrem Wohnblock. Rory wartete auf sie, lief im Zimmer auf und ab und war außer sich vor Wut.

„Wo warst du die ganze Nacht? Ich habe eine Todesangst ausgestanden, Mädchen!"

„Es tut mir leid. Arthur hat mir seine Wohnung gezeigt. Wir haben etwas getrunken, und bevor wir uns versahen, war es zu spät, um durch die Straßen zu gehen. Er hatte zu viel Champagner getrunken und das Wetter war unsicher. Er wollte lieber nicht fahren."

„Hat der Mann dich verführt? Wenn, dann verlange ich, dass er dich heiratet!"

Fiona konnte ihrem Vater niemals erzählen, dass Arthur genau das getan hatte. Rory hätte das Recht gehabt, Arthur zu einer Heirat zu zwingen – aber natürlich war Arthur schon verheiratet. Ihr Vater würde nie verstehen, dass Arthur sie wirklich liebte und dass er sie heiraten würde, sobald die Scheidung rechtskräftig war.

„Natürlich hat er mich nicht verführt", log sie. „Arthur ist ein Gentleman. Er hat auf dem Sofa geschlafen. Entschuldige, dass wir dir Sorgen gemacht haben. Arthur hat sogar um eine Gelegenheit gebettelt, dir alles selbst zu erklären, aber das konnte er ja schlecht tun, nicht wahr? Wir haben schließlich kein Zimmer im Hotel, und hierher konnte ich ihn ja wohl kaum bringen."

„Spiel keine Spielchen mit mir, Mädchen. Du ruinierst dir alle Chancen auf ein anständiges Leben, wenn du zulässt, dass er dich ausnutzt."

„Er hat mir einen Ring gegeben – einen Verlobungsring." Sie streckte die Hand aus, damit er den Ring begutachten konnte. Rory musterte ihn mit finsterer Miene.

„Das ist kein Diamant. Ich dachte, er wäre reich."

„Arthur macht so etwas nicht auf konventionelle Weise." Sie lächelte, als ihr bewusst wurde, dass dies eine Eigenschaft war, die sie an ihm liebte. Arthur war sehr romantisch, aber er hasste die üblichen romantischen Klischees.

„Wann wirst du ihn wiedersehen?"

„Heute Abend." Fiona blickte sich in dem traurigen Zimmer um und dachte daran, wie glatt sich Arthurs Betttücher angefühlt hatten; an das saubere, gefliese Bad und die moderne Küche; den Blick über die Stadt und den Central Park. Und sie dachte daran, wie Arthur sie mit einem Blick voller Liebe angesehen hatte, als er heute Morgen neben ihr erwacht war.

„Entschuldige bitte, Papa, ich muss zur Toilette." Sie würde in Tränen ausbrechen, wenn sie sich noch eine Minute länger in dieser Wohnung, in dem Gestank von Schimmel, Bettpfannen und Dreck aufhalten musste, nachdem sie die Nacht bei Arthur verbracht hatte.

Aber als sie an den Gemeinschaftstoiletten vorbeiging, angeekelt von der heruntergekommenen Gegend, strömten die Tränen über ihr Gesicht. Selbst die Schicht aus sauberem weißem Schnee konnte die Hässlichkeit nicht verbergen. Fiona zögerte, als sie an der Kirche vorbeikam, und überlegte, ob sie es wagen sollte, hineinzugehen. Sie wusste, dass sie gesündigt hatte. Sie musste Gott um Vergebung bitten. Aber als sie an Jesus dachte, der ans Kreuz genagelt worden und unter Schmerzen für ihre Sünden gestorben war, wusste sie, dass sie ihn nie wieder um solch ein Opfer würde bitten können. Ihre Sünden hatten sich zu hoch aufgetürmt, und ihr Gewicht wog viel zu schwer: Du sollst nicht stehlen, du sollst nicht falsch Zeugnis ablegen, du sollst nicht das Haus deines Nächsten begehren, du sollst deinen Vater und deine Mutter ehren ... und jetzt Ehebruch. Und sie durfte diese Sünden nicht noch verschlimmern, indem sie den Priester wieder anlog. Die Nonnen hatten sie gelehrt, dass Satan der Vater der Lügen war.

„Wenn du lügst, sündigst du zweimal", hatten die Schwestern gesagt. „Das, weswegen du lügst, ist normalerweise schon eine Sünde, und die Lüge verdoppelt sie!"

Fiona hatte zwar in Unwissenheit, aber vorsätzlich gesündigt. Sie verdiente die Vergebung Christi nicht. Sie konnte keinem Priester gegenübertreten, und dem Kruzifix erst recht nicht.

Sie weinte, während sie so lief und in der kalten Januarluft zitterte. Wie konnte das, was sie mit Arthur erlebt hatte, so falsch sein und zugleich so wundervoll?

Rory bestand darauf, mit Fiona zum Hotel zu kommen, als sie an diesem Abend zu der Verabredung mit Arthur fuhr. Fiona hatte schreckliche Angst. Ihr Vater würde Arthur zur Rede stellen und ihn verjagen. Sie wollte ihn nicht verlieren. Sie hielt die Luft an, als die beiden Männer einander begrüßten, und sie stellte erschrocken fest, dass ihr Vater und Arthur ungefähr gleich alt waren. Abgesehen von dem ersten Abend, an dem sie Arthur kennengelernt hatte, war er Fiona nie alt erschienen. Er war so lebhaft, ein so aufregender Gesellschafter. Und ihr Vater sah durch ein Leben voller schwerer Arbeit mindestens zehn Jahre älter aus.

„Darf ich Sie zu einem Kaffee einladen, Mr Quinn?", fragte Arthur.

„Ja, das wäre nett." Sie gingen ins Hotelcafé und setzten sich in eine Ecke. Arthur und Rory bestellten beide Kaffee, aber Fiona war vor Angst so schlecht, dass sie nichts hinuntergebracht hätte.

„Ich möchte Sie fragen, was für Absichten Sie meiner Tochter gegenüber haben", sagte Rory unvermittelt.

„Nur ehrenhafte, dessen kann ich Sie versichern. Ich weiß, dass der Altersunterschied zwischen Fiona und mir groß ist, und ich kann verstehen, dass Ihnen das Sorgen bereitet. Aber ich habe ihr einen Ring geschenkt als Versprechen, dass ich es ernst mit ihr meine."

„Sie haben also vor, sie zu heiraten?"

„Ja, das will ich."

„Sollen wir dann ein Datum für die Hochzeit festlegen? Ich muss schließlich einiges organisieren. Und die Hochzeit muss bald stattfinden, da meine Geschäfte vielleicht in Kürze eine Rückkehr nach Dublin erforderlich machen."

Was für ein Lügner ihr Vater doch war! Fiona war, als müsse sie sich jeden Augenblick übergeben. Sie hatte furchtbare Angst aufzufliegen – durch ihren Vater oder durch Arthur. Sie war nicht sicher, was schlimmer wäre.

„Leider ist es im Moment nicht möglich, ein konkretes Datum festzulegen", sagte Arthur. „Deshalb wollte ich auch unbedingt mit Ihnen sprechen. Es wäre hilfreich zu wissen, wie lange Ihre Geschäfte Sie noch in New York festhalten und wann Sie nach Dublin zurückzukehren gedenken."

Rory nahm einen Schluck von seinem Kaffee, bevor er antwortete. Fiona wusste, dass er Zeit schinden wollte. „Ich bin noch nicht sicher, wann ich abreisen muss."

„Was für Geschäfte sind es denn, die Sie hier tätigen, Mr Quinn – wenn Sie die Frage gestatten? Ich habe viele Beziehungen in der Finanzwelt. Vielleicht können wir Ihnen helfen, für längere Zeit hier

Fuß zu fassen. Wenn es eine Frage des Geldes ist, wäre es mir ein Vergnügen, meinem zukünftigen Schwiegervater ein Unternehmensdarlehen anzubieten."

Fiona wagte kaum zu atmen, solche Angst hatte sie vor der Katastrophe.

„Um welche Bank handelt es sich denn?", fragte Rory, als hätte er mit Dutzenden von Banken zu tun. Arthur nannte ihm den Namen. „Ja, das ist ein gutes Institut", erwiderte Rory. „Ich weiß das Angebot zu schätzen, Mr Bartlett, aber ich habe im Moment ausreichend zu tun." Er warf Fiona einen Blick zu und sah dann auf ihren Saphirring. „Vielleicht sollten wir das Datum im Augenblick noch offen halten."

„Vielen Dank", sagte Arthur. „Ich versichere Ihnen, dass Fiona und ich einen Termin vereinbaren, sobald wir dazu in der Lage sind. Ich liebe Ihre Tochter, Mr Quinn. Ich werde nicht eher ruhen, als bis sie meine Frau ist."

Ihr Vater trank seinen Kaffee aus und entschuldigte sich bald darauf, als hätten Arthurs Fragen über seine Geschäfte ihn verjagt. Arthur hatte diese Runde gewonnen. Aber Fiona fühlte sich auch eine Stunde später noch völlig benommen vor Angst.

Kapitel 26

Zuerst schwor Fiona sich, Arthurs Wohnung nicht mehr zu betreten, aber sie schien nicht widerstehen zu können. Sie gewöhnten es sich an, die Flüsterkneipen früh am Abend zu verlassen, damit sie ein paar Stunden in der Wohnung verbringen konnten und Fiona immer noch zu einer anständigen Uhrzeit im Hotel eintraf. Und jedes Mal, wenn sie mit ihm zusammen war, fiel es Fiona schwerer, sein Bett zu verlassen. Ihre Sehnsucht nach Arthur wurde mit jedem Tag größer. Er war so zärtlich, so liebevoll. Sie wollte für immer in seinen Armen bleiben. Wenn doch seine Frau ihn endlich gehen ließe.

Der Frühling kam, und die Bäume und Blumen in der Straße, in der Arthur wohnte, standen in voller Blütenpracht. Der Central Park, nur ein paar Häuserblocks entfernt, schien wie das Paradies – so üppig und grün, dass er Fiona an Irland erinnerte. Sie hasste es, in ihre Wohnung in der Lower East Side zurückzukehren, aber sie fürchtete, Arthur auf die Nerven zu gehen, wenn sie immer wieder fragte: „Wie lange noch?"

Als sie eines Freitagabends im Bett lagen und dem Regen lauschten, der gegen das Fenster schlug, wandte Arthur sich ihr zu und sagte: „Warum ziehst du nicht zu mir, Fiona? Wenn du die ganze Zeit hier wohnen würdest, bräuchten wir nicht immer hin und her zu fahren. Bitte sag Ja!"

Fiona schloss die Augen und stellte sich vor, wie wunderbar das wäre. Sie müsste heute Abend nicht im Regen hinaus und vom Hotel zur U-Bahn laufen, nachdem Arthur sie am Hotel abgesetzt hatte. Sie müsste nicht mit dem Zug quer durch die Stadt fahren und dann noch vier Blocks von der Haltestelle aus zu ihrer Wohnung gehen und auf einer Matratze in einem kalten Zimmer ohne Sanitäranlagen und fließendes Wasser schlafen.

„Ich wünschte, ich könnte bleiben", sagte sie mit einem Seufzer. „Wenn nur dein Anwalt die Scheidung endlich beschleunigen könnte."

„Ich bin es leid, darauf zu warten, dass alles endgültig ist – du nicht auch, Fiona? Ich möchte jetzt sofort unser neues gemeinsames Leben beginnen."

„Aber das ist nun einmal nicht möglich."

Arthur wusste nicht, dass sie den ganzen Tag, sechs Tage die Woche, in einem Hutgeschäft arbeitete. Er wusste nicht, dass sie von dem Leben, das sie gemeinsam führen würden, träumte, während sie Hüte auf Holzköpfen mit Dampf bearbeitete oder Muster aus Brokat und Filz ausschnitt. Er wusste nicht, dass sie in Irland eine Mutter und acht Schwestern hatte, die darauf warteten, nach Amerika zu kommen.

„Warum nicht?", fragte er. „Was hindert dich daran, hier einzuziehen?"

Sie dachte an die Kirche, an der sie jeden Tag auf dem Weg zur Arbeit vorbeikam – die Kirche, die sie nicht mehr betreten konnte.

„Erstens würde mein Vater mich enterben", sagte sie, „und wovon sollte ich dann leben? Ich habe kein eigenes Geld. Ich bin in jeder Hinsicht von ihm abhängig."

„Ich kann dich doch unterstützen. Ich bezahle gerne die Miete und gebe dir ein großzügiges Taschengeld, das du ganz nach Lust und Laune ausgeben kannst. Mir kommt es ohnehin vor, als wärest du schon meine Frau ... Du bist mein Leben, Fiona! Das Einzige, was uns noch im Wege steht, ist ein Blatt Papier mit der Unterschrift meiner Ex-Frau darauf."

„Glaubst du, dass sie es bald unterschreiben wird?"

„Sie wird es wahrscheinlich viel eher unterschreiben, wenn sie weiß, dass du hier wohnst. Und ich heirate dich sofort, wenn sie es getan hat, das verspreche ich. Aber ich will dich nicht verlieren. Ich merke doch, dass dein Vater langsam die Geduld mit mir verliert. Er will dich glücklich verheiratet sehen, und ich kann es ihm nicht verübeln. Ich habe solche Angst, dass ein jüngerer, besser aussehender Mann daherkommt und dich mir wegnimmt – ein Mann, der frei ist, dich zu heiraten."

„Ich liebe dich, Arthur. Ich will keinen anderen Mann."

„Dann zieh bei mir ein. Wir können deinem Vater sagen, dass wir heimlich geheiratet haben – das wird bald ohnehin die Wahrheit sein. Ich kann hier sowieso nur ein oder zwei Nächte die Woche bleiben, und die übrige Zeit hast du die ganze Wohnung für dich."

„Das verstehe ich nicht. Warum würdest du denn nicht die ganze Zeit hier wohnen?"

„Mein Anwalt hat mir geraten, es nicht zu tun. Ich muss dafür sorgen, dass das Haus in Westchester auch rechtlich gesehen mein Eigentum bleibt, indem ich dort wohne. Und es gibt immer Dinge zu besprechen, in Bezug auf die Kinder und so. Hast du es nicht satt, im Hotel zu wohnen, Fiona? Wäre es nicht viel schöner für uns beide, wenn du hier leben würdest?"

Sie sehnte sich danach, Ja zu sagen – aber wie konnte sie das? „Ich will es mir überlegen", versprach sie. Und das tat sie – den ganzen Heimweg lang in der U-Bahn und als sie die dunklen, verregneten Straßen entlanglief. Sie war nach Amerika gekommen, um ein besseres Leben zu haben, aber in ihrem Wohnblock war es ganz bestimmt nicht besser. Wie wunderbar es wäre, ihre Arbeit kündigen zu können und in einer modernen Wohnung mit Strom und Bad zu wohnen. Sie konnte einen Teil von dem Taschengeld, das sie von Arthur bekam, sparen und Mama und den Mädchen schicken.

Fiona war noch immer tief in Gedanken, als sie die steile Treppe zu ihren Zimmern hinaufstieg. Irgendwo im ersten Stock hörte sie ein Baby weinen, und im zweiten Stock stritten sich zwei Männer in einer fremden Sprache. Die Gänge stanken nach Zwiebeln und gekochtem Kohl. Arthurs Wohnung war warm, ruhig und sauber.

Es wäre falsch, mit Arthur zusammenzuleben, wenn sie nicht verheiratet waren. Aber er hatte gesagt, dass er eigentlich gar nicht dort wohnen würde; sie hätte meistens das Apartment für sich. Und sie beging ohnehin schon eine Sünde, weil sie mit ihm schlief; wenigstens würde sie nicht mehr an diesen Ort zurückkommen müssen. Arthur würde sie bald heiraten – das hatte er versprochen.

Rory schlief tief und fest und schnarchte laut, als Fiona die dunkle Wohnung aufschloss. Warum sollte sie jeden Abend hierher kommen müssen und für ihn kochen und putzen und waschen? Was tat er denn dafür, dass sie in Amerika ein besseres Leben hatten? Soweit Fiona das sehen konnte, gar nichts! Sie hatte alles allein geschafft: Arthur kennengelernt, mit ihm geflirtet, ihm den Kopf verdreht. Jetzt hatte sie die Chance auf ein besseres Leben, warum also sollte sie sie nicht ergreifen? Die Tatsache, dass sie Arthur wirklich liebte, war ein zusätzlicher Bonus. Was war sie ihrem Vater denn noch schuldig? Nachdem sie über ein Jahr lang in dem Hutgeschäft gearbeitet hatte, waren die Kosten für die Überfahrt doch gewiss abgegolten.

Fiona entkleidete sich im Dunkeln und kroch ins Bett, aber schlafen konnte sie nicht. Warum sollte sie so weiterleben? Niemand konnte es ihr verübeln, wenn sie sich für ein besseres Leben mit dem Mann entschied, den sie liebte. Hätte ihr Vater eine solche Chance gehabt, er hätte sie mit Sicherheit ergriffen.

Nachdem sie sich mehrere Stunden im Bett hin und her gewälzt und mit ihrem Gewissen gerungen hatte, fasste Fiona endlich einen Entschluss: Dies würde die letzte Nacht sein, die sie in diesem Bett und in dieser Wohnung verbringen würde. Dann schlief sie ein, zufrieden mit ihrer Entscheidung.

Am nächsten Morgen machte Fiona das Frühstück für ihren Vater und ging zum letzten Mal zu ihrer Arbeit in Madame Deveaus Hutgeschäft. „Ich kündige, denn ich werde heiraten", sagte sie zu ihrer Chefin, Mrs Gurche. „Heute ist mein letzter Tag hier." Ihre Kolleginnen umarmten sie und gratulierten ihr, als sie ihnen den Ring zeigte, den Arthur ihr geschenkt hatte; sie hatte bis zu diesem Tag nicht gewagt, ihn bei der Arbeit zu tragen.

Fiona holte sich an diesem Nachmittag ihren Lohn ab und eilte in die Wohnung zurück, um ihre Sachen zu packen, bevor ihr Vater von der Arbeit nach Hause kam. Sie ließ ihren gesamten Wochenlohn vom Hutgeschäft und eine Nachricht für ihn zurück: Arthur und ich sind durchgebrannt, um heimlich zu heiraten. Ich habe meine Arbeit aufgegeben und bin in seine Wohnung gezogen. Wenn du einmal die Woche vorbeikommst, gebe ich dir einen Teil von dem Taschengeld, das ich von Arthur bekomme, für Mama und die Mädchen. Sie fügte seine Adresse hinzu.

Fiona hatte kein schlechtes Gewissen, als sie ging, und auch keine Zweifel. Sie sah sich nicht ein einziges Mal um.

Fiona war allein in Arthurs Wohnung, als wenige Tage später der Pförtner anrief. „Hier ist ein Herr für Sie, Ma'am. Er sagt, sein Name sei Rory Quinn."

Einen Augenblick lang wusste Fiona nicht, was sie tun sollte. Die Wahrheit war, dass sie ihren Vater nicht sehen wollte. Sie wollte nicht daran erinnert werden, wer sie in Wirklichkeit war und woher sie stammte. In den wenigen Tagen, die sie jetzt hier wohnte, fühlte Fiona sich bereits wie eine andere Frau – eine wohlhabende Frau, die in einem hübschen, modernen Apartment wohnte und es sich leisten konnte, in teuren Boutiquen einzukaufen. Arthur war ein sehr großzügiger Mann. Er hatte ihr nicht nur Taschengeld gegeben, sondern war losgezogen und hatte ihr eigenhändig neue Kleider gekauft: ein perlenbesetztes Cocktailkleid und Seidenstrümpfe und Dessous, die sich auf der Haut so leicht und glatt anfühlten wie Wasser.

„Ma'am? Sind Sie noch da?", fragte Charles, als sie nicht antwortete.

„Ja – danke, Charles. Sagen Sie ihm, ich komme sofort herunter." Die Wohnung würde ihr irgendwie beschmutzt vorkommen, wenn sie ihren Vater heraufbat.

„Hallo, Papa", sagte sie, als sie in die Lobby kam. Sie wollte, dass der Pförtner wusste, wer Rory war, nur für den Fall, dass er Arthur erzählte, ein fremder Mann habe sie besucht. „Wir gehen spazieren, in Ordnung?"

Einen Moment lang fürchtete sie, Rory würde sich weigern und ihr dort in der Lobby vor Charles eine Szene machen. Fiona konnte an dem roten Gesicht ihres Vaters erkennen, dass er wütend war – und sich kaum noch beherrschen konnte. Sie nahm seinen Arm und führte ihn nach draußen, noch bevor er etwas sagen konnte.

„Ist die Gegend hier nicht hübsch?", fragte sie, als sie ein paar Schritte gegangen waren. „Und der Central Park ist nur ein paar Häuserblocks entfernt. Der Park ist in dieser Jahreszeit wunderschön und –"

„Ich bin nicht gekommen, um im Park herumzulaufen, Fiona." Er blieb stehen und zwang auch sie, stehen zu bleiben. Fiona sah zum Wohnhaus hinüber und hoffte, dass der Pförtner sie nicht beobachtete.

„Es tut mir leid, dass wir ohne deine Erlaubnis heiraten wollten, Papa, aber –"

„Hör auf, mich anzulügen, Mädchen! Ich kenne die Wahrheit. Ich habe den Mann überprüft. Arthur Bartlett ist mindestens so reich, wie er behauptet – ein Bankier an der Wall Street, der überall Anlagen hat. Aber er ist verheiratet, Fiona. Er ist ein verheirateter Mann mit zwei Kindern."

„Ich weiß", sagte sie leise. „Das weiß ich schon seit einiger Zeit. Arthur hat mir schon vor Monaten die Wahrheit gesagt. Aber er ist dabei, sich von seiner Frau scheiden zu lassen, und sobald die Scheidung rechtskräftig ist, heiraten wir. Jetzt, da sie weiß, dass ich hier wohne, wird sie wahrscheinlich schnell die Papiere unterschreiben. Ich liebe Arthur, und er liebt mich."

„Du bist so einfältig", sagte Rory mit zitternder Stimme. „Jetzt, nachdem er dich hier hat und du seine Geliebte bist, wird er seine Frau niemals verlassen."

„Ich bin nicht seine Geliebte! Arthur will mich heiraten. Er sagt, ich sei seine eigentliche Frau, nicht sie." Rory schloss einen Moment lang die Augen, und als er sie wieder öffnete, sah Fiona Tränen darin.

„Es ist meine eigene Schuld, weil ich dich dazu getrieben habe – meine eigene Tochter. Aber dies ist nicht das Leben, das ich mir für dich erträumt hatte, Fiona. Ich wollte nie, dass so etwas passiert. Geh und hol deine Sachen. Du verlässt ihn und kommst mit mir nach Hause."

„Nein!"

„Du tust, was ich dir sage, hast du verstanden?"

„Das werde ich nicht. Ich habe immer getan, was du wolltest, die ganze Zeit, aber jetzt nicht mehr. Du hast mir diese schöne Wohnung nicht verschafft – das habe ich selbst erreicht. Und jetzt erwartest du, dass ich das alles einfach aufgebe, nur weil du es willst? Du erwartest, dass ich wieder in irgendeiner Näherei arbeite und in rattenverseuchten Zimmern mit all dem Dreck und Ungeziefer wohne? Niemals! Du bist es, der mir beigebracht hat, mehr im Leben zu wollen, als Mama hatte – und ich habe alles getan, was du wolltest. Du kannst jetzt nicht von mir erwarten, dass ich zurückgehe. Ich werde es nicht tun!"

„Arthur Bartlett hat dich hintergangen. Er hat so getan, als wäre er nicht verheiratet, obwohl er es die ganze Zeit war."

„Und wir haben ihn hintergangen, Papa. Ich habe vorgegeben jemand zu sein, der ich nicht bin. Wo ist der Unterschied? Du kannst dich wohl kaum über Unehrlichkeit beschweren."

„Was ist mit deiner Mutter und deinen Schwestern? Du solltest eine gute Partie machen und ihnen mit deinem Geld helfen. Glaubst du etwa, er lässt sie hier einziehen?"

„Ich bin sicher, Arthur wird sie finanziell unterstützen, wenn wir erst einmal verheiratet sind. Außerdem habe ich dir beinahe ein Jahr lang jede Woche meinen Lohn gegeben. Was ist denn mit all dem Geld, das wir verdient haben? Warum hast du Mama und die Mädchen nicht nachkommen lassen?"

„Ich lasse nicht zu, dass du so mit mir sprichst."

„Und ich lasse nicht zu, dass du noch einen Tag länger über mein Leben bestimmst. Ich habe alles getan, was du gesagt hast – Kevin Malloy aufgegeben, an Bord des Schiffes gestohlen, bei Nacht in Geschäfte eingebrochen und mich damals im Theater Arthur an den Hals geworfen. Aber damit ist jetzt Schluss, Papa. Wenn ich nicht mehr da bin, um für dich zu kochen und zu putzen und zu waschen, hast du vielleicht endlich einen Grund, Mama zu holen."

Rory starrte sie mit offenem Mund an. Er schien zu verblüfft, um etwas zu sagen. Fiona ging langsam in Richtung Wohnung zurück. „Arthur gibt mir ein großzügiges Taschengeld. Wenn du jeden Freitag herkommst, hinterlege ich für dich einen Umschlag mit Geld beim Pförtner. Sag Bescheid, wenn Mama und die Mädchen aus Irland kommen. Ich möchte sie sehen ... Leb wohl, Papa."

Fiona drehte sich um und eilte ins Haus, froh darüber, dass ihr Vater ihr nicht folgte. Sie war ihm entkommen, aber als sie mit dem Aufzug hinauffuhr, konnte sie seinen Worten nicht entrinnen. Hatte Rory recht – war sie einfältig? War sie einfach nur Arthurs Geliebte – sein schöner Vogel in einem goldenen Käfig? Das Apartment schien ihr klein und einengend, als sie darin auf und ab lief und sich fragte, ob es wirklich Arthurs Frau war, die die Scheidung hinauszögerte. Fiona war noch immer ganz aufgewühlt, als Arthur später nach seiner Arbeit vorbeikam.

„Fiona, Liebling, was ist denn?", fragte er, als er sie sah. Fiona warf sich in seine Arme, und es tat ihr auf der Stelle leid, dass sie seine Liebe angezweifelt hatte. Arthur war so liebevoll, so verständnisvoll, dass er jede ihrer Stimmungen bemerkte, noch bevor sie ein Wort gesagt hatte.

„Nichts, Arthur –"

„Aber ich sehe doch, dass du geweint hast. Komm, setz dich und erzähl mir alles." Er führte sie zum Sofa. Fiona fühlte sich wieder geborgen und geliebt, als er sie im Arm hielt. „Was ist denn passiert?", fragte er sanft.

„Mein Vater war heute hier. Er ... er weiß, dass wir nicht geheiratet haben. Er hat herausgefunden, dass du noch verheiratet bist, und ist deswegen sehr aufgebracht. Ich habe Angst, dass er uns Schwierigkeiten macht."

„Mach dir keine Sorgen über ihn, Fiona. Wir haben jetzt einander." Er begann, ihren Hals zu küssen, und sein stoppeliger Schnurrbart kitzelte sie. „Ich habe den ganzen Tag an dich gedacht …", murmelte er.

Fionas frühere Befürchtungen stiegen wieder in ihr auf. War sie eine Närrin? War dies der einzige Grund, warum Arthur zu ihr kam? Sie wollte keinen Druck auf ihn ausüben und ihn verjagen, aber sie wollte auch nicht ihr ganzes Leben lang seine Geliebte sein.

„Hast du nicht gehört, was ich gesagt habe, Arthur? Mein Vater kennt die Wahrheit über uns, und er ist außer sich vor Wut. Du musst etwas unternehmen! Ich habe sehr große Angst, dass er mich mit einem anderen Mann verheiratet oder mich mit zurück nach Dublin nimmt."

Arthur hielt in seinen Küssen inne und lehnte sich zurück. Seine dunklen Augen verloren ihre samtige Weichheit, und stattdessen lag eine Kälte darin, die sie noch nie zuvor gesehen hatte.

„Er kann es sich wohl kaum leisten, dich nach Irland zu bringen, mit seinem Hafenarbeiterlohn, oder?"

Fiona starrte Arthur entsetzt an. „Wie lange weißt du es schon?", flüsterte sie.

„New York macht nur den Anschein, eine große Stadt zu sein, mein Schatz. In Wirklichkeit ist sie es gar nicht. In der gehobenen Gesellschaft kennt jeder jeden. Und das gilt auch für die Geschäftswelt. Niemand hat je mit Rory Quinn zusammengearbeitet – außer in den Docks."

„Du wusstest also die ganze Zeit, dass ich eine Hochstaplerin war?"

„Es war mir egal, Fiona."

Sie befreite sich aus seinen Armen und lehnte sich auf dem Sofa zurück. Ihr war, als müsste sie ohnmächtig werden. Was hatte sie getan? Warum hatte sie zugelassen, dass dieser Mann ihr Leben zerstörte? Die Nonnen hatten doch recht gehabt – eine kleine Sünde führte zu immer größeren Sünden, bis man dem Sumpf, in den man sich manövriert hatte, nicht mehr entkam.

„Mein Vater hatte recht", weinte sie. „Du benutzt mich nur!"

„O nein, das stimmt nicht, Fiona. Ich habe mich in dich verliebt, lange bevor ich erfuhr, wer du bist und woher du kommst. Und dann war es mir egal."

Sie hörte die Emotionen in seiner bebenden Stimme, und als er ihr Gesicht in seine Hände nahm und sie zwang, ihn anzusehen, sah sie die Liebe in seinen Augen.

„Die schönste Frau, die ich je gesehen habe, sprach mich eines Abends im Theater an, und ich war gefesselt. Dann lernte ich dich kennen, und du warst ebenso faszinierend und bezaubernd wie schön. Ich war so einsam, Fiona. Meine Ehe ist seit Jahren zerrüttet, und es gab Zeiten, da dachte ich, ich könnte nie wieder glücklich sein. Dann zeigtest du Interesse an mir, und ich konnte es kaum glauben. Du hättest jeden Mann in New York heiraten können – gut aussehende Männer, Männer, die halb so alt sind wie ich. Aber du hast mich angesehen, als wäre ich attraktiv –"

„Aber Arthur, das bist du doch auch."

Er zog sie an sich und drückte sie ganz fest. Sie fühlte seine Tränen an ihrem Hals. „Siehst du, Liebling?", murmelte er. „Wie konnte ich da widerstehen und mich nicht in dich verlieben?"

Zum ersten Mal, seit sie in seine Wohnung gezogen war, blieb er die ganze Nacht. Diesmal war es ein wundervolles Gefühl, neben ihm aufzuwachen. Sie kam sich vor wie Mrs Arthur Bartlett. Sie machte ihm am Morgen das Frühstück, bevor er zur Arbeit ging, und er küsste sie zum Abschied, als wollte er sie nie wieder loslassen.

„Lass uns gemeinsam zu Mittag essen, Fiona. Es gibt ein Lokal in der Nähe des Büros, gleich um die Ecke von der Wall Street. Sollen wir halb eins sagen? Charles wird dir ein Taxi rufen." Er nannte ihr die Adresse und gab ihr Geld für das Taxi, dann küsste er sie noch einmal. „Ich weiß nicht, wie ich die Zeit bis halb eins herumbringen soll", sagte er mit einem schiefen Lächeln.

Fiona schwebte den ganzen Vormittag wie auf Wolken. Ihr Vater hatte sich geirrt. Arthur liebte sie.

Kapitel 27

Fiona stieg aus dem Taxi, beladen mit Päckchen vom Einkaufen. Charles eilte vor die Tür, um ihr zu helfen.

„Lassen Sie mich das tragen, Ma'am."

Sie lächelte und dankte ihm, aber sie konnte seinen Blick nicht ganz frei erwidern. Sie hatte bemerkt, dass Charles sie immer mit Ma'am ansprach und nie als Mrs Bartlett oder auch Miss Quinn. Sie hörte, wie er alle anderen Bewohner mit Namen begrüßte, und fragte sich, was er wohl über sie dachte. Er musste wissen, dass Arthur und sie nicht verheiratet waren.

„O, und Ma'am?", sagte Charles, bevor er die Tür zum Aufzug für sie öffnete, „Mr Quinn hat etwas für Sie dagelassen, als er heute seinen Umschlag abgeholt hat."

Er stellte Fionas Päckchen ab und holte einen Umschlag hinter seinem Tresen hervor. Sie warf einen Blick darauf und sah, dass es derselbe Umschlag war, den sie ihrem Vater vor einer Woche gegeben hatte, mit seinem Namen in ihrer Handschrift darauf geschrieben, das Siegel erbrochen. Sie sah nicht in den Umschlag, bevor Charles ihre Sachen für sie in die Wohnung getragen und sie die Tür hinter ihm geschlossen hatte.

Ihr Vater hatte ihr einen Artikel geschickt, den er aus dem Gesellschaftsteil der Zeitung herausgerissen hatte. Er handelte von einer politischen Spendengala, die in der vergangenen Woche stattgefunden hatte. Aber es war die Fotografie, die Fionas Aufmerksamkeit erregte. Arthur hatte seinen Arm schützend um die Schultern einer Frau gelegt und zog sie an sich, wie er es mit Fiona immer tat. Es war eine vertraute Geste, die Fiona sehr liebte; sie gab ihr das Gefühl, als würde Arthur sie ganz für sich beanspruchen und der Welt sagen: „Hände weg – sie gehört mir." Der Bildunterschrift zufolge war die Frau Mrs Arthur Bartlett.

Fiona spürte einen kalten Schauer der Angst, als sie mit dem Bild zum Fenster ging, um es genauer zu betrachten. Selbst in der verschwommenen schwarz-weißen Zeitungsqualität konnte sie sehen, dass Evelyn Bartlett eine umwerfende Frau war, mit heller Haut und dunklen Haaren und einem strahlenden Lächeln. Arthur blickte nicht in die Kamera, sondern auf seine Frau, aber Fiona erkannte an seiner Miene, dass seine Augen, wenn sie sie hätte sehen können, weich und warm und voller Liebe waren.

Sie zerknüllte das Bild und warf es in den Müll. Sie würde sich nicht damit quälen. Und sie würde es Arthur gegenüber auch nicht erwähnen. Die Gala war am letzten Samstag gewesen – als er Fiona gesagt hatte, er könne sich nicht mit ihr treffen. Aber er hatte es wieder gutgemacht, indem er den ganzen Sonntag mit ihr verbracht hatte. Arthur liebte sie und nicht seine Frau. Die Gala war eine gesellschaftliche Verpflichtung gewesen, von der er sich nicht hatte frei machen können.

Eine Woche später schickte Rory zwei Artikel. Der erste berichtete von einigen Frauen der Gesellschaft, die einen Vortrag besuchten. Er hatte die Worte *Evelyn Bartlett, Vorsitzende der Kulturgemeinschaft, ist die Gattin des Finanzmoguls Arthur Bartlett* unterstrichen. Der zweite Artikel erzählte von der Premiere eines neuen Theaterstücks: *Anwesend bei der feierlichen Premiere gestern Abend waren auch Financier Arthur Bartlett und seine Frau Evelyn.*

Rory schickte auch in der folgenden Woche Artikel und in der Woche darauf ebenfalls. Fiona erkannte schnell das Muster: Die gesellschaftlichen Ereignisse fanden immer an Abenden statt, an denen es Arthur nicht möglich gewesen war, zu ihrer Wohnung zu kommen. Aber viele von ihnen fielen auf Tage, an denen er zu einem nachmittäglichen Stelldichein erschienen war. Sie spürte einen Stachel der Eifersucht bei dem Gedanken, dass er mit seiner Frau zusammen gewesen war, nachdem er Fiona am Nachmittag noch seine Liebe geschworen hatte. Jetzt, da sie ein Foto von Evelyn Bartlett gesehen hatte, konnte sie das Bild von ihr und Arthur nicht mehr aus dem Kopf bekommen.

Fiona schwor sich, die Artikel nicht mehr zu lesen. Sie gelobte, die Umschläge fortzuwerfen, ohne auch nur einen Blick hineinzuwerfen. Aber jedes Mal zwang irgendetwas sie, von dem Mann zu lesen, den sie liebte, um mehr über das Doppelleben zu erfahren, das er führte.

An einem heißen Sommertag zog Fiona einen Bericht aus Rorys Umschlag und las die Worte: *Mr und Mrs Arthur Bartlett gaben ein Dinner auf ihrem Familiensitz anlässlich ihres zwanzigsten Hochzeitstages.* Sie rannte ins Bad und übergab sich. Warum sollte Arthur in eine Jubiläumsfeier einwilligen, wenn er und Evelyn erbittert um die Scheidung kämpften?

Fiona konnte nicht aufhören zu weinen. Ihr war den ganzen Tag übel, und sie war froh, dass Arthur an diesem Abend nicht kam. Aber während sie sich in den Schlaf weinte, fragte sie sich, wo er und Evelyn an diesem Abend waren und welche Nachrichten sie in dem nächsten Stoß Zeitungsartikel über sie lesen würde.

Fiona lag immer noch mit Übelkeit im Bett, als Mrs Murphy am darauf folgenden Morgen zum Saubermachen kam. „Sie armes Ding", tröstete sie. „Soll ich Ihnen einen Tee machen, damit Ihr Magen sich beruhigt?"

„Ich werde es probieren … aber um ehrlich zu sein, Mrs Murphy, wird mir schon bei dem Gedanken an Essen ganz übel."

Mrs Murphy blieb im Türrahmen stehen, als überlege sie etwas. Als sie sich umwandte und sprach, sah Fiona den besorgten Blick in ihren Augen. „Ich weiß, dass es mich nichts angeht, Liebes, aber sind Sie sicher, dass es nur eine Grippe ist?"

„Was sollte es denn sonst sein?"

Mrs Murphy blickte sie prüfend an. „Na ja … könnte es vielleicht sein, dass Ihr monatlicher Fluch auch ein wenig spät dran ist?"

Fiona spürte, wie ihr die Röte ins Gesicht schoss. Plötzlich wusste sie, was Mrs Murphy meinte – und sie wusste auch, dass sie recht hatte. Fionas Periode hätte vor einer Woche einsetzen sollen. Aber wie konnte sie schwanger sein? Arthur hatte ihr immer versichert, dass er aufpasste, damit nichts geschah.

Mrs Murphy musste die Gewissheit in Fionas Miene gesehen haben, denn sie kam ins Zimmer zurück und setzte sich auf die Bettkante. „Ich habe Mädchen gekannt, die das gleiche Problem hatten wie Sie, Liebes. Ich kann Ihnen den Namen eines Arztes geben, zu dem sie gegangen sind. Mr Bartlett braucht nichts davon zu erfahren."

Fiona war wie betäubt und konnte es einfach nicht fassen. Sie war schwanger mit Arthurs Kind. Er war mit Evelyn verheiratet und nicht mit ihr. Und die Putzfrau wusste ganz sicher, dass sie als seine Geliebte hier wohnte. Mrs Murphy bot ihr Hilfe an, das Kind abtreiben zu lassen. Fiona war zu benommen, als dass dieses Angebot sie schockiert hätte. „I-ich sag Ihnen Bescheid", murmelte sie.

„Warten Sie nicht zu lange, Liebes. Je eher Sie sich darum kümmern, desto besser." Sie tätschelte Fionas Hand und ging, um den Tee zu brühen.

Fiona hatte den ganzen Tag Zeit, um sich zusammenzureißen und einen Entschluss zu fassen, was sie tun würde, bevor Arthur kam. Zuletzt war ihr klar, dass ihr nichts anderes übrig blieb, als es ihm zu sagen. Ihr Vater würde sie nie zurücknehmen, wenn ein Baby unterwegs war, und sie hatte kein Geld, um das Kind selbst zu versorgen. Mrs Murphys Vorschlag, ihr Baby zu töten, bevor es geboren wurde, zog sie nicht einmal in Betracht. Sie klammerte sich an die Hoffnung, dass Arthur endlich seine Frau verlassen und sie heiraten würde, wenn er die Neuigkeit erfuhr.

Sie wartete, bis er zufrieden in ihren Armen lag, bevor sie das Thema zur Sprache brachte. „Ich muss dir etwas sagen, Liebling", begann sie. „Wir … ich … ich glaube, ich bekomme ein Baby."

Arthur wurde ganz still. „Wie sicher bist du dir?"

„I-ich war noch nicht beim Arzt, aber … ich bin ziemlich sicher."

Arthur fluchte leise, und Fiona begann zu weinen.

„Nein, Liebling, nicht weinen!", besänftigte er sie. „Es tut mir leid. Ich wollte nicht fluchen. Ich ärgere mich nur über mich selbst, nicht über dich."

„Aber was sollen wir denn tun? Wir erwarten ein Baby und wir sind nicht verheiratet."

„Ich sorge für dich und das Baby. Es ändert nichts an meinen Gefühlen für dich."

„Aber die Dinge müssen sich ändern, Arthur. Ich will kein uneheliches Kind haben. Wir müssen heiraten!" Sie spürte, wie er fast unmerklich von ihr abrückte, die Stirn in Falten gelegt. Sie hatte noch nie etwas von ihm verlangt, und es tat ihr leid, dass sie es jetzt tun musste. Aber die tiefe Angst, die sie verspürte – um sich selbst und um ihr Kind – hatte sie dazu gebracht.

„Du weißt, dass ich dich heiraten will, Fiona. Du trägst meinen Ring."

„Wirst du deiner Frau von dem Baby erzählen? Wird sie jetzt in die Scheidung einwilligen?"

„Vielleicht." Fiona merkte, dass er sich noch ein Stückchen entzog. „Mach dir keine Sorgen deswegen, Liebling. Ich kümmere mich um alles."

„Aber wenn wir nicht verheiratet sind, wird das Kind keinen Namen haben. Es wird ein –"

„Es wird mein Kind sein", sagte Arthur und legte seine Finger auf ihre Lippen. „Es wird meinen Namen tragen. Und du auch, Liebling. Du auch."

„Wann? Wann können wir endlich heiraten?" Er antwortete nicht. Fiona war es leid zu fragen. „Weißt du, was ich geworden bin, Arthur? Weißt du, was die Leute über mich denken? Mein Vater hat mich gewarnt, dass du mich nur als deine Geliebte benutzt, und jetzt –"

„Nein! Das ist nicht wahr!", sagte er und drückte sie an sich. „Das bist du nicht, Fiona – du bist meine Rettung. Ich habe mein Leben gehasst, bevor ich dich kennenlernte, habe es gehasst, von der Arbeit in dieses kalte, leere Haus zu kommen. Ich fühlte mich so gefangen. Es gab Zeiten, in denen ich dachte, ich würde nie wieder glücklich sein, Zeiten, in denen ich nicht mehr leben wollte und kurz davor war, Schluss zu machen. Und dann traf ich dich, und du hast mir ein neues Leben geschenkt mit deiner Liebe und Zärtlichkeit und Freundschaft – all die Dinge, die ich so lange vermisst habe. Du bist *jetzt schon* meine Frau, nicht Evelyn. Kannst du das denn nicht sehen?"

„Warum gehst du dann mit ihr zu Theaterpremieren und gesellschaftlichen Anlässen und nicht mit mir?"

„Ich habe es dir doch erklärt, Fiona. Ich muss den Schein wahren –"

„Ich weiß von der Party zu eurem Hochzeitstag, die Evelyn und du gegeben habt. Zwanzig Jahre! Wie kannst du eine Ehe feiern, die vorbei ist?"

Er ließ sie los und lehnte sich zurück, den Blick zur Decke gewandt. „Das war Evelyns Idee, nicht meine. Sie will sicher sein, dass unser Sohn im nächsten Herbst in eine gute Privatschule kommt. Aber daraus wird nichts, wenn es eine skandalträchtige Scheidung gibt. Ich weiß nicht, wie ich dich davon überzeugen soll, dass es zwischen mir und Evelyn aus ist. Ich fahre nach Westchester, weil ich muss – aber hierher komme ich, weil ich es will. Dies ist mein Zuhause, Fiona." Er wandte sich wieder ihr zu und nahm sie zärtlich in den Arm.

„Vielleicht wollte ich im tiefsten Innern ein Kind unserer Liebe. Es tut mir nicht leid, dass wir ein Baby erwarten. Dies ist die Familie, nach der ich mich immer gesehnt habe, hier in dieser Wohnung. Das

Kind gehört uns. Wie könnte ich es nicht lieben, wo ich doch die Mutter schon so sehr liebe? Fiona, was ist denn?", fragte er, als sie wieder zu weinen begann.

„Nichts – ich bin glücklich, das ist alles. Glücklich, dass du unser Baby willst." Er lächelte und nahm die Ecke des Betttuchs, um ihre Tränen zu trocknen. „Aber wo sollen wir mit dem Baby hin, Arthur? Es gibt doch nur ein Schlafzimmer."

Er lachte. „Das ist überhaupt kein Problem. Ich sage dem Vermieter, dass wir eine größere Wohnung brauchen – zwei Schlafzimmer, vielleicht sogar drei. Dann ziehen wir um, sobald etwas frei wird."

„Ich liebe dich, Arthur", sagte sie und küsste ihn. „Du bist der wundervollste Mann der Welt."

Als Fiona das nächste Mal Geld für ihren Vater hinterließ, fügte sie eine Notiz hinzu: *Schick mir keine Zeitungsausschnitte mehr. Ich lese sie nicht.* Die Artikel tauchten nicht mehr auf, und Fionas ängstliche Eifersucht versiegte schnell.

Ende Oktober sah man Fionas schlankem Körper die Schwangerschaft bereits an. Als sie eines Nachmittags von einem Termin im Schönheitssalon nach Hause kam, war sie überrascht, als sie ihren Vater vor dem Wohnhaus auf der Straße warten sah. Sie versuchte, ihre Jacke zuzuziehen, damit er nichts bemerkte, aber sie sah gleich, dass er Bescheid wusste.

„Du bist schwanger?", fragte er ohne vorherige Begrüßung.

„Was willst du jetzt schon wieder, Papa?"

„Beantworte meine Frage, Mädchen. Heiratet dich dieser Mann jetzt endlich, nachdem er dich geschwängert hat?"

„Natürlich. Arthur liebt mich – und unser Baby."

„Das ist keine Liebe", sagte Rory kopfschüttelnd. „Liebe ist etwas, das man *sehen* kann, Fiona. Sie besteht nicht aus leeren Versprechungen und bedeutungslosen Worten."

„*Siehst* du diese schöne Wohnung? Hast du das Geld *gesehen*, das er mir jede Woche gibt, und die Kleider, die er mir kauft?"

„Das tut er für sich, nicht für dich. Er will dich ganz für sich behalten, und mit der schicken Wohnung und dem Geld, das er dir gibt, kauft er sich von seiner Schuld frei. Er ist so reich, dass er keinen Cent davon vermisst. Aber was ist er bereit, für *dich* zu tun, für *dich* zu opfern, he? Nichts! Er würde seinen guten Namen und seinen ehrenhaften Ruf verlieren, wenn er sich von seiner angesehenen Frau scheiden ließe und seine arme Einwanderergeliebte heiraten würde – und er ist ganz sicher nicht bereit, das aufzugeben. Nein, Fiona, glaub nur nicht, dass dieser Mann dich liebt, nur weil er es *sagt*. Er soll dir seine Liebe *zeigen*, indem er etwas für dich aufgibt. *Opfer* sind ein Beweis für Liebe, nicht leere Worte und Lügen. Wenn er dich liebte, würde er dich heiraten, egal, was es ihn selbst kosten würde. Er würde diesem Kind zu seinem Recht verhelfen."

„Arthur hat mir versprochen, dass er das tun wird", begann sie.

Rory stieß ein kurzes, freudloses Lachen aus, und es war wie ein Echo der Zweifel, die Fiona selbst allmählich empfand. „Der Mann betrügt seine Frau, Mädchen. Selbst wenn er sich tatsächlich scheiden ließe und dich heiratet, meinst du, er würde dann keine andere Geliebte finden, die dich ersetzt? Einmal untreu, immer untreu."

„Nein, er liebt mich, Papa. Und er wird mich heiraten."

Rory packte sie bei den Schultern, sein Gesicht nur wenige Zentimeter von ihrem entfernt. „Das wird er *nie* tun, Fiona. Niemals! Verlass ihn und komm mit mir nach Hause."

„Ich kann ihn jetzt nicht verlassen. Wer kümmert sich denn dann um mein Baby und mich? Ich will nicht, dass mein Kind in dem furchtbaren Wohnblock aufwächst, in Lumpen auf der Straße herumstreunt und wie all die anderen Straßenkinder bettelt. Ist das das Leben, das du dir für mich erträumt hast, Papa?" Er ließ sie los, und sie sah den Schmerz in seinen Augen. Seine Schultern hingen mutlos herab.

„Wir haben die Sache vermasselt, Fiona. Ganz schön vermasselt."

Ja, das haben wir tatsächlich, dachte sie. Aber sie sprach die Worte nicht laut aus, weil sie fürchtete, ihr Vater könnte ihre Zweifel und ihre Angst sehen. „Wolltest du irgendetwas Bestimmtes, Papa?", fragte sie schließlich.

„Ich habe dich vermisst, Mädchen", sagte er mit heiserer Stimme. „Ich wollte sehen, wie es dir geht und …" Er zeigte auf ihren wachsenden Bauch. „Und das habe ich jetzt gesehen."

„Wann kommen Mama und die Mädchen?"

Rory schüttelte den Kopf.

„Dann leb wohl, Papa. Ich muss gehen. Arthur wird bald hier sein."

Sie eilte hinein, und Rorys Rede über Opfer klang ihr noch in den

Ohren. Die Worte erinnerten sie an das Opfer Christi, und als sie an ihn dachte, ans Kreuz genagelt, kamen ihr die Tränen. Es tat Fiona schrecklich leid, dass Jesus für ihre Sünden hatte leiden müssen, aber jetzt gab es für sie keinen Weg mehr zurück. Alles, was sie sich je erträumt hatte, waren eine Villa und Dienstboten und ein reicher Ehemann. Aber sie hatte die falschen Dinge haben wollen und hatte sie auf die falsche Weise bekommen. Nachdem sie mit einem verheirateten Mann zusammengelebt und sein Kind bekommen hatte, würde es Fiona niemals möglich sein, einen anständigen Mann zu heiraten. Selbst Kevin Malloy würde sie jetzt nicht mehr heiraten. Aber es gab keinen Ausweg für sie. Sie hatte sogar aufgehört, Arthur wegen der Scheidung in den Ohren zu liegen, denn sie wusste, wenn sie ihn verärgerte, konnte er einfach gehen und nie wiederkommen, und dann hätten sie und das Baby nichts. Sie wollte nicht in den Wohnblock zurück. Das konnte sie ihrem Kind nicht antun. Sie musste bei Arthur bleiben und mit ihrem sündigen Lebensstil weitermachen. Dieses Opfer musste sie für ihr Kind bringen.

Immer wenn Arthur kam, versuchte Fiona fröhlich auszusehen. Aber die Schwangerschaft ließ sie sehr emotional reagieren, und sie konnte ihre Tränen nicht immer zurückhalten. Bei einer dieser Gelegenheiten schlug Arthur vor, sie könnten doch abends zu Hause bleiben, anstatt tanzen zu gehen. Sie wusste, dass er es nicht riskieren konnte, mit ihr in ihrem Zustand gesehen zu werden, aber sie konnte ihre Enttäuschung trotzdem nicht verbergen.

„Ich habe eine Überraschung für dich, Liebling", sagte Arthur, als er am darauf folgenden Wochenende erschien. Er ließ die Wohnungstür einen Spalt offen stehen und kam herein, um Fiona zur Tür zu führen. Dann stand er hinter ihr und hielt ihr mit den Händen die Augen zu. „In Ordnung – bringen Sie ihn herein, Charles."

Fiona hörte ein Poltern und Grunzen, als Charles etwas durch die Tür hievte. Räder rollten quietschend über den Fußboden aus Hartholz. „Ta-taaa!", sang Arthur und zog die Hände vor ihren Augen fort. Fiona stand blinzelnd vor einem Mahagonischrank mit einem sargähnlichen Deckel und zwei Türen weiter unten. „Es ist ein Phonograph, Liebling", sagte Arthur stolz. Er kramte Geld aus seiner Hosentasche, um Charles ein Trinkgeld zu geben, und schickte ihn dann fort.

„Jetzt können wir trotzdem den ganzen Abend tanzen und –" Er konnte den Satz nicht vollenden. Fiona schlang die Arme um seinen Hals und unterbrach ihn mit ihren Küssen.

„Ich liebe dich so sehr, Arthur!"

„Und ich liebe dich. Hier, ich zeige dir, wie der Phonograph funktioniert ... Du hebst den Deckel an und ... siehst du? Da ist der Plattenteller, auf den die Aufnahmen gelegt werden. Aufbewahrt werden sie hier unten", sagte er und bückte sich zu den Türen hinunter. „Ich habe dreißig Platten gekauft, von denen ich glaube, dass sie dir gefallen, aber du kannst dir später auch noch andere aussuchen. Die Kurbel wird hier an der Seite hineingesteckt, und dann drehst du sie fünf oder sechs Mal –" Es gab ein schleifendes Geräusch, als Arthur die Kurbel betätigte. „Zieh ihn nicht zu weit auf, sonst klingt selbst ein Walzer wie ein Musikautomat. Und dann setzt du die Nadel auf, sieh mal, und ... ta-taaa! Darf ich um diesen Tanz bitten?", fragte er, als die Musik zu spielen begann. Fiona schwebte in seinen Armen, und in diesem Moment liebte sie ihn mehr, als sie es je für möglich gehalten hatte.

Aber selbst mit der Möglichkeit, Musik zu hören, bekam sie manchmal Platzangst in der Wohnung. Sie war es leid, bummeln zu gehen, und da Mrs Murphy putzte und die Wäsche erledigte und Lebensmittel einkaufte und das Essen kochte, blieb für Fiona wenig zu tun. Es war das Leben, von dem sie einst geträumt hatte; sogar mit einer Hausangestellten, die alle Arbeiten verrichtete, aber oft fühlte sie sich einsam und gelangweilt, vor allem, wenn Arthur sie vier oder fünf Tage lang nicht besuchen kam. Sie ermahnte sich aber, nicht zu klagen, wenn er kam, denn sie dachte daran, dass sie ihn nicht halten konnte, es sei denn mit ihrer Liebe.

Arthur brachte kurz nach dem Phonographen auch ein Radio mit, und ein gewisses Maß an Gesellschaft hatte Fiona dadurch an den Tagen und Abenden, wenn er nicht da war.

Dann hatte er eines Freitagabends eine andere Überraschung für sie – einen neuen Koffer.

„Ich weiß, dass du dich in letzter Zeit ein bisschen eingesperrt gefühlt hast", sagte er. „Also pack ein paar warme Sachen ein, Liebling, wir machen eine Reise."

Fiona war überglücklich. Sie war nicht aus New York City herausgekommen, seit sie mit ihrem Vater vor beinahe zwei Jahren hier eingetroffen war. Schnell packte sie ihre Sachen, und dann fuhren sie zu einem kleinen Ferienort in den Pocono-Bergen, der den Namen Deer Falls trug. Sie verbrachten das Wochenende in einer urigen Hütte am See, wo die Luft nach Kiefern duftete und das Moos und die Kiefernnadeln sich unter den Füßen weich wie ein Teppich anfühlten. Am Samstag mietete Arthur ein Boot und ruderte sie auf das spiegelglatte Wasser hinaus. Sie beobachteten eine Schar Gänse, die über ihnen nach Süden zogen, und sie hielt die Finger in das kalte, klare Wasser.

„Es ist hier so friedlich und still", sagte sie leise. Sie wollte die Ruhe des Tages nicht stören. „Es erinnert mich an zu Hause."

„Du meinst Irland?"

Sie nickte. „Es ist sehr grün dort, mit wundervollen Bergen und sanften Hügeln, so ähnlich wie hier."

„Vermisst du es, Liebling?"

„Nie – wenn ich mit dir zusammen bin." Sie holte tief Luft und atmete den satten Geruch von Erde und Kiefern ein. „Ich könnte für immer hier mit dir leben, Arthur." Er lächelte zögerlich und traurig.

„Meine Frau hat es hier immer gehasst. Sie hat sich über die Insekten beschwert und darüber, dass es nichts zu tun gibt."

„Ich hätte viele Ideen, was man tun könnte", sagte sie leise. Arthur nahm die Ruder und brachte sie wieder ans Ufer.

Später saßen sie am See, in eine Decke gewickelt, und genossen den warmen Sonnenschein. An diesem Abend machten sie ein Feuer im Kamin, um die Hütte zu wärmen. Von der vorderen Veranda aus konnten sie Millionen von Sternen sehen.

„Müssen wir zurück?", fragte sie, als Arthur am Sonntagnachmittag zu packen begann. „Können wir nicht einfach wie zwei Einsiedler hier leben? Unser Baby könnte in der frischen Luft aufwachsen und den ganzen Tag im See schwimmen, bis es so braun wie eine Forelle ist."

„Ich fürchte, das geht nicht", sagte Arthur bekümmert. „Aber ich verspreche, dass ich dich so oft hierher bringe, wie ich kann."

Sie kamen an einem Wochenende im Dezember wieder nach Deer Falls, als der Wald weiß vom Schnee war und die Rehe bis zu der Lichtung hinter der Hütte kamen. Im Februar fuhr Arthur mit ihr zu ihrem zwanzigsten Geburtstag hinaus. Aber der März, in dem ihr Baby geboren werden sollte, kam immer näher, und Fiona war immer noch unglücklich, weil sie und Arthur nicht verheiratet waren; ihr Kind würde unehelich sein. Und ihr fiel langsam nichts mehr ein, wie sie ihn noch um die Scheidung bitten sollte.

„Was passiert nächsten Monat, wenn das Baby kommt?", fragte sie, als sie nach ihrem Geburtstag von Deer Falls nach Hause fuhren.

„Ich habe in einem Entbindungsheim in der Amsterdam Avenue alles für deine Niederkunft arrangiert. Wenn ich nicht da bin, wird Charles dir ein Taxi rufen und –"

„Kann ich dich nicht anrufen? Kannst du nicht kommen und mich ins Krankenhaus fahren?"

Er sah kurz zu ihr hinüber, bevor er seine Aufmerksamkeit wieder der Straße widmete, und der kalte Blick in seinen Augen verursachte ihr eine Gänsehaut. „Das wäre wirklich sehr ungünstig, Fiona. Du weißt doch, dass du mich bei der Arbeit nicht erreichen kannst, und mich zu Hause anzurufen, ist ganz und gar unmöglich."

„Ich verstehe." Es machte sie nervös, dass er Westchester als „zu Hause" bezeichnet hatte.

„Ich habe dich bereits unter meinem Namen in der Klinik angemeldet."

„Und was soll ich sagen, wie ich heiße?"

„Fiona Bartlett natürlich. So *wirst* du ja auch heißen. Bald."

Sie seufzte, als er die Hand ausstreckte, um ihr Knie zu tätscheln; sie versuchte nicht daran zu denken, wie lange sie dieses „Bald" nun schon zu hören bekam. Zum ersten Mal wurde ihr klar, dass sie die Geburt ihres Kindes vielleicht allein durchstehen musste. Arthur kam und ging sporadisch, selten erzählte er Fiona von seinen Plänen, und er blieb kaum einmal über Nacht. Seine Besuche waren seltener geworden, seit sie dicker und weniger attraktiv geworden war, und manchmal fragte sie sich, ob er sich eine andere Geliebte gesucht hatte.

„Hab keine Angst, Liebling", sagte er. Offenbar hatte er Fionas besorgte Miene falsch gedeutet. „Es ist eine sehr moderne Klinik mit der besten Ausstattung. Du bist dort in guten Händen."

„Ich wünschte nur …" Sie schluckte und fragte sich, ob sie es wagen sollte, laut auszusprechen, was sie dachte.

„Was wünschtest du, Liebling?", ermunterte er sie.

„Ich wünschte, ich müsste das nicht allein durchstehen – wenn doch meine Mutter bei mir wäre … oder irgendjemand."

„Braucht ein Baby nicht viele Stunden, um auf die Welt zu kommen?", fragte er stirnrunzelnd. „Ich wäre dir keine große Hilfe, wenn ich die ganze Zeit im Wartezimmer auf und ab laufe."

„Nein, wahrscheinlich nicht."

Es stellte sich heraus, dass Fiona an dem Morgen, als die Wehen einsetzten, allein war. Sie wartete, bis der Abstand zwischen den einzelnen Wehen zehn Minuten betrug, wie man es ihr gesagt hatte, dann bat sie Charles, ein Taxi für sie zu rufen.

„Ich werde Mr Bartlett sagen, wo Sie sind, Ma'am", versprach er, als er sie und ihren Koffer im Taxi verstaut hatte. „Ich hoffe, alles läuft gut für Sie." Sie nickte. Sprechen konnte sie durch die Tränen nicht.

Ihr Sohn wurde am Tag des Heiligen Patrick, am 17. März 1922, geboren. Sein Haar war ganz dunkel, und er hatte Arthurs langes, schmales Gesicht und seine schwermütigen Augen. Von der ersten Sekunde an, als sie ihn im Arm hielt, liebte sie ihn von ganzem Herzen, und sie wusste, dass sie eher sterben würde, als zuzulassen, dass ihm jemand Schaden zufügte.

„Er ist ein hübscher kleiner Junge, Ma'am", sagten die Krankenschwestern zu ihr. „Welchen Namen sollen wir denn auf die Geburtsurkunde schreiben?"

Es schien eine merkwürdige Art zu fragen, welchen Namen sie ihm geben wollte. Fiona fragte sich, ob sie die Wahrheit über sie kannten. Die Schwestern sagten Ma'am oder Fiona zu ihr, nicht Mrs Bartlett – und der Vater des Kleinen wartete nicht auf dem Gang wie bei all den anderen Babys.

„Wir haben uns noch nicht entschieden, wie er heißen soll", erwiderte sie. „Ich sage Ihnen Bescheid."

Arthur kam schließlich am nächsten Tag und flehte Fiona an, ihm zu vergeben, weil er nicht früher erschienen war. Er überhäufte sie und das Baby mit Geschenken und Blumen.

„Wie hast du denn all die Sachen in dein Auto bekommen?", fragte sie.

„Es war ziemlich eng", lachte er. „Gut, dass wir im letzten Herbst in eine größere Wohnung gezogen sind."

„Ja, das stimmt." Fiona biss sich auf die Zunge, fest entschlossen, keine Bemerkung darüber zu verlieren, dass sie die meiste Zeit allein in der Wohnung lebte. „Hast du den Kleinen gesehen, Arthur? Ist er nicht wunderschön?"

„Ich habe drüben auf der Säuglingsstation durchs Fenster gelugt", sagte er und strich sich über den Schnurrbart. „Ich würde sagen, dass er noch nicht besonders attraktiv aussieht. Aber du bist schöner als je zuvor, Liebling. Du strahlst förmlich. Es wird wunderbar sein, dich wieder richtig umarmen zu können."

„Ja ... Arthur ... wir haben nie über Namen gesprochen. Ich habe überlegt, ob wir ihn Patrick nennen sollen, weil er doch am Tag des Heiligen Patrick geboren wurde."

„Nein, das ist zu irisch – ist nicht persönlich gemeint, Liebling. Ich mochte immer den Namen Leonard."

„Können wir dann Patrick als zweiten Vornamen nehmen?"

„Wenn du willst. Leonard Bartlett. Das klingt doch gut, findest du nicht?"

Sie nickte tapfer und kämpfte gegen die Tränen an, als sie daran dachte, dass ihr Kind den Namen Bartlett tragen würde und sie nicht. „Danke, dass du ihm deinen Namen gibst, Arthur."

„Er ist mein Sohn – natürlich bekommt er meinen Namen. Und ich werde immer für ihn sorgen, Fiona – für dich und für ihn."

„Wird ... wird deine Frau jetzt in die Scheidung einwilligen, wo wir ein gemeinsames Kind haben?" Sie hatte solche Angst, ihn zu drängen, ihn vielleicht zu verärgern, sodass er sie verließ. Es wäre ein Leichtes für ihn. Sie sehnte sich nach Sicherheit, vor allem für ihren Sohn. „Ich hasse den Gedanken, dass er ... unehelich ist", sagte sie, als Arthur nicht antwortete. „Ich möchte die Sache bereinigen, bevor er alt genug ist, das mit ... uns zu verstehen."

„Das will ich doch auch, glaub mir. Aber Evelyn hat darum gebeten, die Scheidung zu verschieben, bis unsere Tochter ihr gesellschaftliches Debüt hat. Es wäre für Ruth sehr schwierig, einen anständigen Mann zu finden, wenn ihre Eltern geschieden wären."

„Ja, das verstehe ich." Aber Fiona wusste, dass das Stigma einer unehelichen Geburt noch schlimmer war als das Stigma der Scheidung, und sie hätte gerne ebenso eifrig für die Rechte ihres Kindes gekämpft, wie Evelyn es für ihre Kinder tat.

„Die Schwestern haben gesagt, dass du in einer Woche nach Hause kannst", sagte Arthur und küsste ihre Stirn. „Ich komme an dem Tag her, um dich und das Baby nach Hause zu fahren, wenn ich mit der Arbeit fertig bin."

„Sehe ich dich bis dahin gar nicht?"

„Ich hasse Krankenhäuser", sagte er und zog eine Grimasse. Langsam bewegte er sich auf die Tür zu. „Aber ich werde es wieder gutmachen, Fiona, das verspreche ich. Wenn du zu Hause bist, komme ich jeden Abend in die Wohnung, bis du genug von mir hast."

Kapitel 28

Zwei Jahre später brachte Fiona Arthurs Tochter in demselben Entbindungsheim zur Welt, in dem auch Leonard geboren worden war. Wieder brachte ein Taxi sie dorthin, und wieder ertrug sie die Wehen und die Entbindung allein. Sie hielt ihre zwei Tage alte Tochter im Arm und hatte gerade ihr vollkommenes kleines Gesicht und die winzigen Händchen betrachtet, als sie aufblickte und Arthur im Türrahmen stehen sah. Er hatte einen Strauß Rosen in der Hand und beobachtete sie.

„Oh. Wie lange stehst du denn schon dort?", fragte sie überrascht. Sie hatte noch kein Make-up aufgelegt und hoffte, dass sie einigermaßen vorzeigbar aussah. Sie fuhr sich mit der freien Hand durchs Haar, um es zu entwirren.

„Nein, lass das", sagte er und kam mit einem Lächeln auf sie zu. „Ich liebe deine Haare, wenn sie so zerzaust sind." Sie roch sein Rasierwasser, das sich mit dem üppigen Duft der Rosen vermischte, als er sich herunterbeugte, um sie zu küssen. Er legte die Blumen auf den Nachttisch, dann setzte er sich auf den Stuhl neben dem Bett, wobei er den Blick keine Sekunde von ihr abwandte. „Du siehst wunderschön aus, Fiona. Diese Rosen werden vor Neid welken, wenn sie mit dir im selben Zimmer sein müssen."

Tränen traten ihr in die Augen, aber nicht, weil Arthur sie so zärtlich ansah, sondern weil er ihre Tochter mit keinem Blick gewürdigt hatte. Er zeigte auch kein Interesse an dem zwei Jahre alten Leonard, und wenn Arthur zu ihrer Wohnung kam, war ganz klar, dass sie es war, die er sehen wollte. Mit diesem Kind würde es wahrscheinlich genauso sein.

„Danke für die Blumen", sagte sie und hoffte, er würde ihre Tränen als Freudentränen deuten. „Haben sie dir gesagt, dass es ein Mädchen ist?" Sie hob das Baby auf ihrem Arm ein wenig höher und zog die weiche Babydecke ein Stück herunter, damit er ihr Gesicht sehen konnte. Arthur sah das Kind nur ein paar Sekunden lang an, dann wanderte sein Blick wieder zu Fiona.

„Wann kannst du nach Hause kommen, Liebling?"

„Der Arzt sagt, am Freitag. Er wollte die Geburtsurkunde heute unterschreiben, aber ich wusste nicht, welchen Namen du ihr geben willst. Ich wusste nicht, wann ich dich sehen würde" – sie hielt inne, um eine Träne fortzuwischen, die ihr über die Wange gerollt war –, „deshalb wollte ich sie Brigid nennen."

Arthur schüttelte den Kopf und zog eine Grimasse. Fiona hoffte, er würde nicht „zu irisch" sagen, wie er es beim letzten Mal getan hatte. Sie wischte noch eine Träne fort. Nichts hatte sich geändert, seit Leonard auf der Welt war. Arthur hatte ihr vor zwei Jahren versprochen, dass sie „bald" verheiratet sein würden, dass Fionas Name Bartlett lauten würde, wie der ihres Kindes. Aber ihr Name war noch immer Fiona Quinn, und das Einzige, was sich geändert hatte, war, dass sie ein zweites uneheliches Baby bekommen hatte.

„Warum weinst du?", fragte er sanft.

„W-weil unsere Tochter keinen Namen hat … und ich auch nicht." Arthur zog seinen Stuhl näher heran und nahm Fionas Hand in seine.

„Wie wäre es mit Eleanor? Gefällt dir der Name? Eleanor Bartlett?"

„Und was ist mit m-mir?"

„Bist du nicht glücklich mit mir? Gebe ich dir nicht genug Geld, um dir alles zu kaufen, was du brauchst?"

„Du warst immer sehr großzügig, aber –"

„Weißt du, ich habe doch die Kinderpflegerin engagiert, damit sie sich um Leonard kümmert, während du im Krankenhaus bist. Ich werde sie bitten, noch ein paar Monate zu bleiben, um dir mit dem Baby zu helfen, wenn du nach Hause kommst."

„Danke. Aber Arthur …?" Sie schniefte, um die nächsten Tränen zurückzuhalten. „Wann wird Evelyn in die Scheidung einwilligen?" Er sah erschrocken aus, als hätte Fiona seine Frau ins Zimmer geholt, indem sie ihren Namen aussprach.

„Fiona, wir haben nur so wenig Zeit zusammen. Warum machst du es mir so schwer, indem du mich unter Druck setzt?"

Sie hörte die leise Warnung in seiner Stimme und fragte sich, ob sie zu fordernd gewesen war. Sie wollte nicht mehr in Sünde leben, sie wollte Selbstachtung für sich selbst und eine Zukunft für ihre Kinder. Aber sie beschloss, stattdessen an seine Eitelkeit zu appellieren.

„Ich bin es leid, dich teilen zu müssen", sagte sie. „Ich will dich ganz für mich."

Arthur lächelte, und seine dunklen, traurigen Augen blickten hoffnungsvoll drein. „Ich staune jeden Tag wieder darüber, dass eine Frau, die so jung und schön ist, mich liebt. Du weißt, dass ich dich zu meiner Frau machen will. Aber Evelyn hat eigenes Geld – sie stammt aus einer wohlhabenden Familie. Sie ist bereit, einen Großteil dieses Geldes ihren Anwälten zu zahlen, um die Scheidung anzufechten. Es tut mir leid."

Fiona nickte, aber sie glaubte ihm nicht. Nicht mehr. Und sie war sich auch nicht sicher, wie lange sie einen Mann würde lieben können, der sie ständig belog. Sie wünschte, sie könnte einen Ausweg aus ihrer Situation finden, aber als sie ihre hilflose, zerbrechliche kleine Tochter ansah – Eleanor hatte er sie genannt –, wusste Fiona, dass sie wegen ihrer Kinder bei Arthur bleiben würde, ob er sie nun heiratete oder nicht.

Die Kinder wurden ihr Leben und füllten die einsamen Stunden, in denen Arthur nicht da war, und durch sie erfuhr Fiona ein Ausmaß an Liebe, das sie sich niemals hatte vorstellen können. Sie spielte stundenlang mit ihnen und brachte ihnen Dinge bei, ging mit ihnen im Park spazieren und schob Eleanors Kinderwagen stolz vor sich her.

Eines sonnigen Morgens half der Pförtner Fiona, den Wagen durch die Eingangstür zu bugsieren, als er plötzlich sagte: „Ach, übrigens, Mr Quinn hat gestern den Umschlag, den Sie für ihn hinterlegt haben, gar nicht abgeholt, Ma'am. Was soll ich damit machen?"

Sie spürte einen Stachel der Angst. Es sah ihrem Vater nicht ähnlich, sein Geld mit Verspätung abzuholen. Als sie in Irland gelebt hatten, war er an jedem Zahltag pünktlich erschienen, um Fionas Lohn einzukassieren. Und seitdem hatte er keinen ihrer Zahltage verpasst.

„Bewahren Sie ihn noch ein, zwei Tage auf", bat sie Charles. „Irgendetwas muss meinem Vater dazwischengekommen sein, aber ich bin sicher, er holt ihn bald ab."

Zwei Tage später zeigte Charles ihr den Umschlag erneut. „Er war immer noch nicht da, Ma'am. Soll ich ihn weiter behalten?"

„Nein … das ist nicht nötig." Fiona nahm den Umschlag entgegen und fragte sich, was mit ihrem Vater passiert war. War er vielleicht krank? Es sah ihm wirklich gar nicht ähnlich.

„Wenn er kommt", sagte sie zu dem Pförtner, „rufen Sie mich bitte sofort."

Auch in der folgenden Woche kam Rory nicht. Als er auch den dritten Zahltag nicht wahrgenommen hatte, machte sie sich ernsthafte Sorgen. Sie ließ die Kinder bei ihrer Putzfrau und fuhr mit der U-Bahn zu seiner Wohnung in der Lower East Side, um nach ihm zu sehen. Fiona war seit Leonards Geburt nicht mehr in dieser Gegend gewesen, aber die engen, überfüllten Straßen und baufälligen Häuser sahen unverändert aus. Sie sah den gleichen Schmutz und die Verzweiflung, die gleichen hoffnungslosen Blicke der Einwanderer. Dankbarkeit stieg in ihr auf, dass sie diesem Leben entronnen war.

Sie fand das Gebäude, in dem Rory wohnte, und stieg die steile Treppe zu seiner Wohnung hinauf. Eine Frau öffnete die Tür einen Spaltbreit, als Fiona klopfte, und musterte sie misstrauisch. Sie hatte ein rotgesichtiges Baby auf dem Arm, und Fiona sah, dass ein in Lumpen gehülltes Kleinkind sich an ihrem Rock klammerte. Das hätten Fionas Kinder sein können. Sie flüsterte ein Dankgebet dafür, dass Leonard und Eleanor gut genährt und warm und in Sicherheit waren.

„Ich suche Mr Quinn – Rory Quinn. Ist er hier?"

Die Frau sprach kaum Englisch, aber schließlich konnte sie Fiona verständlich machen, dass er nicht mehr dort wohnte; der Vermieter hatte die Wohnung vor zwei Wochen an ihre Familie vermietet. Fiona klopfte an mehrere Türen auf dem Flur und musste manchmal brüllen, um sich Gehör zu verschaffen, aber niemand schien Rory Quinn zu kennen oder zu wissen, was mit ihm passiert war. Fiona rannte förmlich die zwei Häuserblocks zu Darbys Wohnung hinüber, vor Angst um ihren Vater ganz außer sich. Zum Glück wohnte Darby noch in denselben düsteren Zimmern.

„Fiona, komm rein, komm rein. Ich hatte gehofft, dass du –"

„Ich suche meinen Vater. Weißt du, wo er ist?" Vetter Darbys Miene veränderte sich. „Was ist los, Darby? Ist irgendetwas passiert? Sag es mir!"

Er legte eine Hand auf ihre Schulter. „Ich wusste nicht, wie ich dich erreichen sollte, Mädchen. Ich wusste nicht, wo du wohnst." Er hielt inne, unfähig, weiterzusprechen. „Es tut mir leid, Fiona. Dein Vater ist gestorben."

Ihr Herz machte einen Satz. Es konnte nicht wahr sein. Sie wollte nicht glauben, dass Rory tot war, aber sie sah die Wahrheit in Darbys Augen. Sie hatte das Gefühl, als wäre plötzlich alles Blut aus ihrem Körper gewichen.

„Wie?", flüsterte sie.

„Es war ein Unfall bei der Arbeit. Ein Ladekran –" Er verstummte. „Setz dich, Mädchen. Du bist ja bleich wie ein Gespenst. Ich hole dir etwas Wasser." Er schöpfte einen Becher voll aus einem Eimer, aber Fionas Hand zitterte so stark, dass sie den Becher kaum an die Lippen führen konnte. Sie war zu schockiert, um zu weinen. Sie wusste, das würde später kommen.

„Vielleicht ist es besser, wenn du die Einzelheiten nicht kennst", sagte Darby sanft. „Aber es ging schnell – er hat Gott sei Dank nicht gelitten. Ich bin seine Sachen durchgegangen und habe alles hier, wenn du sie willst. Er hatte nicht viel."

„Behalte die Sachen", sagte sie. „Oder gib sie einer Familie, die sie brauchen kann." Sie holte tief Luft, um ihre Fassung wiederzugewinnen. „Papa hat Geld gespart, damit meine Mutter und meine Schwestern nachkommen konnten. Hast du etwas davon gefunden?"

„Nein, da war kein Geld." Darby drehte sich um und kramte in einem Leinensack, der zusammen mit mehreren anderen in einer Ecke des Zimmers lag, und er zog Rorys abgenutzte Brieftasche heraus. Er öffnete sie und zeigte ihr die paar Dollars darin. „Das war alles, was er bei sich hatte. Er muss den Rest wöchentlich nach Hause geschickt haben." Er reichte ihr die Brieftasche. Sie starrte darauf, unfähig zu begreifen, was sie sah.

„Bist … bist du dir sicher, dass das alles war?"

„Es tut mir leid, Fiona."

Was war mit dem ganzen Geld geschehen, das sie Rory in all den Jahren gegeben hatte? Hatte jemand es gestohlen? Hatte er alles für sich selbst ausgegeben? Vielleicht hatte Darby recht und Rory hatte es die ganze Zeit über nach Hause geschickt. Wie auch immer es gewesen war, ihr wurde mit einem Mal bewusst, dass sie jetzt die Verantwortung für ihre Mutter und die Mädchen hatte – ebenso wie für Leonard und Eleanor.

„Ich verstehe nicht, warum er sie nicht hergeholt hat, Darby. Inzwischen müsste genug Geld da gewesen sein. Papa und ich sind vor mehr als vier Jahren nach Amerika gekommen. Ich habe ihm die ganze Zeit

Geld gegeben. Ich verstehe nicht, warum die anderen nicht nachgekommen sind."

„Ich auch nicht. Dein Vater hat mich nicht eingeweiht, Mädchen."

Trauer stieg in Fiona auf, als sie zu ihrer Wohnung zurückfuhr. Sie saß in dem schaukelnden Wagen der U-Bahn und dachte an die Nähe, die sie und ihr Vater an Bord des Schiffes erlebt hatten, die Aufregung, die sie jedes Mal verspürt hatten, wenn ihnen wieder mal ein Diebstahl gelungen war. An jenem Abend im Theater hatte er Arthur für sie ausgewählt; sie selbst hätte ihn nicht einmal beachtet, weil sie ihn für zu alt gehalten hätte. Wäre Rory nicht gewesen, hätte sie Arthur nicht kennengelernt und ihre beiden wundervollen Kinder nicht bekommen.

Sie wünschte jetzt, sie hätte bei ihrer letzten Begegnung nicht mit ihrem Vater gestritten. Sie wünschte, sie wäre hin und wieder in die Lobby hinuntergegangen, anstatt sich zu weigern, ihn zu sehen, und so unpersönlich einen Umschlag beim Pförtner für ihn zu hinterlegen. Sie hätte mit ihm im Park spazieren gehen und Leonard und der kleinen Eleanor ihren Großvater vorstellen können. Jetzt war es zu spät.

Warum hatte er Mama und die Mädchen nie hergeholt? Fiona verstand es nicht. Aber sie würde es irgendwie wieder gutmachen. Sie würde herausfinden, wie viel neun Fahrkarten nach Amerika kosteten. Und sie würde nach einer Wohnung Ausschau halten, in der sie wohnen konnten. Sie konnte Arthur nicht bitten, sie zu unterstützen, aber vielleicht konnte er den älteren Mädchen helfen, Arbeit als Zimmermädchen oder Kindermädchen bei seinen reichen Freunden zu finden. Oder vielleicht konnte sie selbst sie einstellen.

Fiona weinte, als sie einen Brief an ihre Mutter schrieb und ihr von Rorys Tod erzählte. Sie versprach, neun Fahrkarten für sie und die Mädchen zu schicken, sobald sie konnte. Sie nannte ihrer Mutter die Adresse ihrer Wohnung und bat sie, schnell zu antworten. Dann wartete Fiona jeden Tag ungeduldig auf die Post.

Ein Monat verging und keine Antwort kam. Sie schrieb noch einmal, weil sie fürchtete, ihr Brief sei in der Post verloren gegangen. Sie schickte noch einen Brief und noch einen, aber es war, als würden sie auf den Grund des riesigen Meeres sinken, das zwischen New York und Irland lag. Verzweifelt schickte Fiona ihrer Schwester Sheila einen

Brief an die Anschrift von Wickham Hall. Wieder erhielt sie keine Antwort. Schließlich schrieb Fiona an den Priester von St. Brigid. Sein Brief traf beinahe vier Monate nach Rorys Tod ein.

Sehr geehrte Miss Quinn,
ich muss Ihnen leider mitteilen, dass Ihre Mutter und Schwestern nicht mehr in diesem Pfarrbezirk leben. Es war sehr schwer für Ihre Familie, nachdem Ihr Vater sie im Stich gelassen hatte, und eine Typhusepidemie hat Ihre Mutter und die drei jüngsten Mädchen dahingerafft. Die beiden ältesten Mädchen haben geheiratet und jetzt selbst Familie. Ihre drei verbleibenden Schwestern mussten ins Kloster geschickt werden, da niemand für sie sorgen konnte. Mit Gottes Hilfe werden die Nonnen inzwischen eine Bleibe für sie gefunden haben.
Es tut mir leid, dass ich der Überbringer solch trauriger Nachrichten bin, aber ich hoffe, Sie finden Trost in der Liebe und dem Willen unseres Herrn und Retters.

Ihr Vater hatte seine Familie *im Stich gelassen*? Fiona las den Brief immer wieder, unfähig, es zu begreifen. Rory hatte ihnen nie geschrieben, nachdem sie Irland verlassen hatten? Er hatte keinen Cent geschickt, um sie zu unterstützen? Fiona konnte es nicht glauben. Der Priester musste sich irren. Er hatte bestimmt Fionas Familie mit einer anderen verwechselt. Sie hatte Rory jahrelang jede Woche Geld gegeben, zuerst von ihrer Arbeit im Hutgeschäft und dann von dem Taschengeld, das Arthur ihr gab. Hatte jemand das Geld aus der Post gestohlen, bevor es Irland erreichen konnte?

Ob es stimmte oder nicht, dass Rory seine Familie im Stich gelassen hatte, die Tatsache blieb: Ihre Familie war nicht mehr da. Fiona hatte alle ihre Angehörigen verloren. Ihre Mutter, ihr Vater und drei Schwestern waren tot und die übrigen Geschwister in alle Winde verstreut. Und in der Zwischenzeit hatte sie im Luxus gelebt. Gott würde Fiona ganz sicher für ihre Sünden bestrafen.

Leonard und Eleanor waren die einzige Familie, die sie jetzt noch hatte. Und wenn Arthur sie jemals verließ, würden sie genauso verzweifelt sein, wie Mama und die Mädchen es gewesen waren. Seit Jahren versprach er Fiona, dass er sie heiraten würde, und sie hatte ihm immer geglaubt, dass sie irgendwann eine Familie sein würden. Aber nach Eleanors Geburt hatte Fiona endlich die Wahrheit erkannt. Rory hatte recht gehabt; Arthur würde sie niemals heiraten. Und wenn sie ihn weiter unter Druck setzte, wurde er vielleicht wütend und ging. Dann würde sie alles verlieren, was sie besaß.

„Wir haben die Sache vermasselt, Fiona", hatte ihr Vater einmal gesagt. *„Ganz schön vermasselt."*

Ja, dachte Fiona. *Ja, das haben wir.*

Kapitel 29

New York City – 1929

Im Herbst des Jahres 1929 bemerkte Fiona zum ersten Mal eine Veränderung in Arthur. Er schien zunehmend geistesabwesend, wenn er sie besuchen kam, und seine Besuche wurden unregelmäßig und selten. Er ging nicht mehr mit Fiona tanzen oder in die Flüsterkneipen, sondern schien sich nur nach einer Stunde Trost in ihren Armen zu sehnen. Dann war er wieder verschwunden. Außerdem fiel ihr auf, dass er viel mehr trank als früher. Sie fragte sich, ob er sie jetzt, da sie siebenundzwanzig Jahre alt war, allmählich leid war, oder ob Arthur beschlossen hatte, im Alter von einundfünfzig Jahren sein Leben zu ändern.

Fiona hatte sich immer vor dem Tag gefürchtet, an dem Arthur aufhören würde, sie zu lieben, und sie hatte versucht, sich seelisch darauf einzustellen. Sie hatte in den vergangenen fünf Jahren nicht so viel Geld ausgegeben und jeden zusätzlichen Dollar in einer Hutschachtel auf einem Regal in ihrem Schlafzimmerschrank gespart. Sie hatte Auto fahren gelernt und lieh sich oft Arthurs Cadillac, um das Geld fürs Taxi zu sparen. Er hatte ihr einen Zweitschlüssel für den Wagen gegeben. Eleanor war erst fünf Jahre alt, zu klein, um allein zu bleiben, und zu jung für die Schule – was also würde mit ihr passieren, wenn Fiona gezwungen war, sich Arbeit zu suchen? Sie musste Arthurs Interesse an ihr mindestens noch ein Jahr lang aufrechterhalten.

Ende Oktober war Arthur bereits so abgelenkt und sein Verhalten so launisch, dass Fiona es allmählich mit der Angst zu tun bekam. Sie griff ihre Ersparnisse in der Hutschachtel an und gönnte sich eine neue Frisur und ein aufregendes neues Kleid. Aber Arthur ging, kaum dass er eingetreten war, sofort zur Bar.

„Liebst du mich nicht mehr?", fragte sie, als sie zusah, wie er ein Glas mit Scotch füllte.

Er sah verblüfft zu ihr auf. „Was …?"

„Etwas stimmt doch nicht, Arthur, ich weiß es. Du bist seit Wochen nicht du selbst – und du hast abgenommen. Bist du … bist du krank?"
Er hob sein Glas und trank einen langen Schluck, bevor er antwortete.

„Mir geht es gut, Fiona. Wenn ich irgendwie … abwesend war … das hat nichts mit dir zu tun."

Sie wartete, bis er noch einen Schluck getrunken hatte, dann durchquerte sie den Raum, zog ihn in ihre Arme und ließ den Kopf an seiner Brust ruhen. „Kannst du mir nicht erzählen, was los ist, Liebling? Vielleicht kann ich helfen."

Er stieß ein freudloses Lachen aus. „Niemand kann mir helfen, Fiona. Mein Leben ist ein einziger Alptraum."

„Hat es etwas mit Geld zu tun? In den Zeitungen waren überall Berichte über die Börse, aber ich verstehe sie nicht so recht." Arthur nahm einen weiteren Schluck Scotch und stellte das Glas ab. Er legte die Hände um Fionas Gesicht, und zum ersten Mal, seit er hereingekommen war, sah er ihr direkt in die Augen. Sie sah darin seine Liebe zu ihr, aber auch seine tiefe Sorge.

„Du solltest dir keine Gedanken um Finanzen machen. Das ist nicht deine Aufgabe – es ist meine." Er küsste sie flüchtig, dann machte er sich aus ihrer Umarmung frei und ging im Wohnzimmer auf und ab. „Die New Yorker Börse hatte heute wieder einen Tag der Panikverkäufe. Auf dem Parkett herrschte Chaos. Anteile von Union Cigar sind innerhalb eines Tages von einhundert auf vier Dollar gefallen – und das ist nur ein Beispiel. Die Aktien anderer Unternehmen fallen ebenfalls, und sie können die Kredite, die wir ihnen gegeben haben, nicht zurückzahlen. Unsere Investoren haben mit geliehenem Geld Aktien gekauft, und jetzt stehen sie vor dem Aus – weil sie mehr Schulden haben, als ihre Aktien wert sind. Es wächst sich zu einer einzigen Katastrophe aus. Unsere Bank verblutet, und ich kann die Blutung nicht aufhalten."

Fiona sah seine Angst und sie verstärkte ihre eigene. „Was wird geschehen?", fragte sie mit gedämpfter Stimme. Er leerte sein Glas und füllte es erneut, dabei zitterten seine Hände.

„Ich weiß es nicht. Ich weiß es einfach nicht."

„Gibt es etwas, das ich für dich tun kann, Arthur?"

Er sah sie an, seine dunklen Augen hatten noch nie so kummervoll dreingeblickt. „Ich liebe dich, Fiona. Ich –"

Sie wartete darauf, dass er den Satz beendete, aber das tat er nicht. „Ich liebe dich auch", sagte sie schließlich und umarmte ihn wieder. Er ließ seine Wange auf ihren Haaren ruhen und sie hörte ihn seufzen.

Es schien eher ein Seufzer der Resignation als der Zufriedenheit zu sein.

„Mein Auto steht unten", sagte er leise. „Ich finde, du solltest in die Poconos fahren und eine Woche dort verbringen. Es ist dort wunderschön im Herbst. Vielleicht sind noch ein paar Blätter an den Bäumen."

Fiona sah zu ihm hoch, um festzustellen, ob es sein Ernst war. „Wir können gleich morgen früh losfahren, wenn du willst", sagte sie. „Ich bitte Mrs Murphy, sich um die Kinder zu kümmern."

Arthur schüttelte den Kopf. „Fahr du, Liebling. Nur du und die Kinder. Ich weiß, dass du ihnen gerne die Hütte und den See zeigen möchtest."

„Aber ich will nicht ohne dich fahren. Außerdem hat Leonard Schule."

Arthur lächelte traurig. „Er ist ein kluger Junge. Ein paar Fehltage machen ihm nichts aus."

Fiona umschlang ihn noch fester. Das sah Arthur so gar nicht ähnlich. Sie war ganz krank vor Sorge. „Ohne dich gehe ich nirgendwohin", sagte sie. „Ich bleibe hier, damit du immer einen Zufluchtsort hast und jemanden, der dich liebt, wenn du dir Sorgen machst. Ich will bei dir sein, um dir zu helfen."

„Ich glaube nicht, dass irgendjemand mir helfen kann", murmelte er.

Er verabschiedete sich wenig später, nachdem er die Flasche Scotch geleert hatte. Seine Schritte waren unsicher, als er zum Lift ging. Weder am nächsten noch am übernächsten Tag kam er. Fiona hörte die Nachrichtensendungen im Radio und kaufte jeden Tag die Zeitungen, weil sie verstehen wollte, was in der Finanzwelt geschah und inwiefern es Arthur betraf. Am Freitag brach die Börse so drastisch ein, dass die Journalisten ihn als Schwarzen Freitag bezeichneten. Fiona war in Panik. Sie hatte keine Ahnung, wie sie ihn erreichen sollte; er war immer zu ihr gekommen.

Als sie mit Leonard ein paar Tage später zur Schule ging, beschloss Fiona, dass sie versuchen würde, Arthur zu finden. Sie hatte sich einmal mit ihm zum Mittagessen getroffen, und da hatte er ihr das Gebäude an der Wall Street gezeigt, in dem er arbeitete. Als sie mit Eleanor wieder in der Lobby ihres Hauses ankam, bat sie Charles, ihr ein

Taxi zu rufen. Sie war viel zu aufgewühlt, um Arthurs großen Cadillac durch den Stadtverkehr zu lenken.

„Wohin fahren wir, Mami?", fragte Eleanor, als sie in das Taxi stiegen.

„Wir besuchen deinen Vater. Vielleicht geht er mit uns zum Mittagessen. Wäre das nicht schön?" Als Fiona dem Fahrer die Adresse an der Wall Street nannte, drehte er sich auf seinem Sitz ganz herum und starrte sie überrascht an.

„Sind Sie wahnsinnig? Das ist das reinste Irrenhaus da unten. Hören Sie keine Nachrichten?"

„Doch, das tue ich. Bringen Sie uns so nah ran wie möglich."

Der Verkehr auf dem Broadway kam nördlich der Wall Street vollständig zum Erliegen. Fiona bezahlte den Taxifahrer und stieg aus, und sie hielt Eleanors Hand ganz fest umschlossen, als sie den Rest des Weges zu dem Bürogebäude zu Fuß zurücklegten. Nicht nur Autos, sondern auch Tausende von Fußgängern verstopften die Straße und machten ein Fortkommen im ganzen Bankenviertel fast unmöglich. In den normalerweise ruhigen Straßen herrschte Chaos. Wütende Kunden stürzten sich auf die Banken, um ihr Geld wiederzubekommen. Die Polizisten brüllten entnervt, während sie versuchten, zumindest den Anschein von Ordnung zu wahren. Alle sahen wütend, ängstlich, verzweifelt aus. *Armer Arthur.*

Fiona fühlte sich wie zerschlagen, als sie schließlich bis zum Haupteingang des Bürogebäudes vorgedrungen war. Eleanor schien all das Rufen und Drängeln zu verängstigen. Aber selbst wenn Fiona hätte hineingehen und Arthur suchen wollen, wäre es ihr nicht möglich gewesen, weil eine Kette von Polizeibeamten die Tür verbarrikadierte. Sie würde warten müssen, bis Arthur herauskam. Bald war Mittag.

Sie stand auf der Treppe und blickte die gebogene Straße hinunter, so weit sie sehen konnte. Sie schien ihr wie eine Schlucht aus Steinen und Beton und Glas, und sie hatte das Gefühl, als würde das alles über ihr einstürzen. Überall um sie herum wurden Wut, Verwirrung und Chaos mit jeder Stunde schlimmer. Sie wusste nicht, was sie tun sollte.

„Mami, meine Füße tun weh. Kann ich mich hinsetzen?", fragte Eleanor nach einer Weile.

„Nein, mein Schatz. Die Treppe ist ganz dreckig. Dann wird dein hübscher Mantel doch schmutzig." Und Fiona hatte auch Angst, dass die kleine Eleanor binnen Sekunden zerquetscht werden würde, wenn die Menschen beschlossen, diese Bank zu stürmen, wie sie es mit so vielen anderen getan hatten.

„Wir warten nur noch ein paar Minuten. Dein Vater kommt bestimmt bald, um essen zu gehen, und dann können wir ihm Gesellschaft leisten. Das wird Spaß machen." Aber je länger sie wartete, desto sicherer war Fiona sich, dass Arthur tatsächlich in einem Alptraum lebte, genau, wie er gesagt hatte. Er würde es angesichts dieser wütenden Menschenmenge nicht wagen herauszukommen, und Fiona und Eleanor würde er auch nicht sehen wollen.

„Mami, ich habe Hunger", jammerte Eleanor und zog an Fionas Mantel. „Wann essen wir denn?" Fiona blickte auf ihre Armbanduhr – es war bereits nach halb zwei, und noch immer war von Arthur nichts zu sehen.

„Ich kaufe dir einen Schokoriegel. Würde dir das gefallen?" Sie warf einen letzten Blick auf das Gebäude, dann bahnte sie sich einen Weg zurück durch die Menge zu einem Zeitungskiosk an der Ecke, an dem sie auf dem Hinweg vorbeigekommen waren. Sie hörte, wie der Zeitungsverkäufer die Nachrichten brüllte, als sie sich näherten.

„Extrablatt! Extrablatt! Lesen Sie alles über das Chaos an der Wall Street!"

Fiona hob Eleanor hoch, damit sie sich einen Schokoladenriegel aussuchen konnte. Sie fragte sich, warum irgendjemand eine Zeitung kaufen sollte, die über das Chaos an der Wall Street berichtete, wenn der Zeitungsstand sich doch mitten in diesem Chaos befand.

„Extrablatt! Wieder ein Selbstmord an der Börse!", rief der Zeitungsverkäufer.

Fiona setzte Eleanor ab und kramte in ihrer Handtasche nach Kleingeld.

„Da ist Papa", hörte sie Eleanor sagen.

„Wie bitte, Liebling? Wo?"

Eleanor deutete auf die Zeitung, die oben auf einem hohen Stapel neben ihr lag. Unter dem Wort Selbstmord prangte ein Bild von Arthur. Fiona spürte, wie ihre Knie unter ihr nachgaben, als hätte jemand ihr die Füße weggezogen. Sie brach auf dem Gehweg zusammen.

Das Nächste, woran sie sich später erinnerte, war, dass sie auf dem kalten Boden lag und dass ihr schwindelig und schlecht war. Eleanor stand über sie gebeugt und weinte laut. Fiona konnte in der Ferne Autohupen hören und rufende Menschen. Ihr Kopf schmerzte von dem Schlag aufs Pflaster. Ein uniformierter Streifenpolizist beugte sich über sie.

„Ma'am? Ma'am, sind Sie okay?"

„I-ich weiß nicht." Sie wusste nicht mehr, was geschehen war.

„Alle zurücktreten!", rief jemand. „Machen Sie für die Dame Platz. Kommen Sie, alle zurück!"

„Soll ich ein Taxi rufen oder einen Krankenwagen?", fragte der Polizist.

„Ein Taxi. Ich muss nach Hause. Leonard kommt bald aus der Schule." Und sie musste sich hübsch machen, falls Arthur …

„Lesen Sie alles darüber!", rief der Zeitungsjunge in der Nähe. „Wieder ein Selbstmord an der Börse."

Fiona schluchzte laut auf. Es durfte nicht wahr sein. Sie setzte sich auf und riss eine Zeitung von dem Stapel. Wieder sah sie Arthurs Bild, direkt auf Seite eins. Dann versperrte Eleanor ihr die Sicht auf ihn, als sie die Arme um Fionas Hals schlang und vor Angst weinte. „Mami … Mami!"

„Ist schon gut, Liebling. Alles wird gut", tröstete sie ihre Tochter. Aber es war eine Lüge. Die Welt war gerade untergegangen, und sie wusste nicht, was sie tun sollte.

Der Wachmann half ihr auf, dann ging er mit ihr zur Ecke und hielt ein Taxi für sie an. Sie fühlte sich schmutzig und unordentlich und benommen. Die Strümpfe hatte sie sich an dem rauen Straßenpflaster aufgerissen, und ihr Mantel war beschmutzt, ein Ärmel eingerissen. Sie betrachtete sich im spiegelnden Fenster des Taxis und stellte fest, dass sie an der Stirn blutete. Ihre Hände zitterten, als sie ein Taschentuch aus ihrer Handtasche zog und versuchte, das Blut abzuwischen.

Der Pförtner kam herausgeeilt, um Fiona zu helfen, als er sah, mit welcher Mühe sie sich aus dem Taxi quälte. „Sind Sie in Ordnung, Ma'am? Was ist denn passiert?"

„Sie ist hingefallen", erzählte Eleanor ihm. „Mami ist hingefallen."

„Hier, ich helfe Ihnen", sagte Charles. Fiona stützte sich dankbar auf ihn, als er sie reinbrachte und mit den beiden im Aufzug nach oben fuhr. Dann half er ihr, die Wohnung aufzuschließen. „Sind Sie in Ordnung?", fragte er wieder. „Soll ich einen Arzt rufen?"

Sie schüttelte den Kopf. Am liebsten wäre es ihr gewesen, wenn Charles sie in den Arm genommen und ihr gesagt hätte, dass der Zeitung ein Fehler unterlaufen war; es war das falsche Foto, die falsche Person. Aber Charles eilte wieder hinunter, um seinen Dienst zu tun, sobald sie in der Wohnung war.

Arthur ist tot, sagte sie sich immer wieder, und doch hatte sie Mühe, es zu glauben. *Arthur ist tot.* Sie zitterte am ganzen Leib. In der Wohnung gab es einen großen Vorrat an Alkohol, den Arthur angelegt hatte, und sie war versucht ihn zu trinken und sich zu betäuben, damit sie den Kummer und den Schmerz und die Angst nicht spüren musste. Aber sie musste um der Kinder willen stark bleiben. Sie konnte sich nicht gehen lassen. Sie musste überlegen, was zu tun war.

Die zerknüllte Zeitung hatte sie noch in der Hand, und schließlich fasste sie sich ein Herz, sie zu entfalten und noch einmal anzusehen. Vielleicht hatte sie etwas falsch verstanden. Vielleicht war Arthurs Foto aus einem anderen Grund auf der ersten Seite abgedruckt.

Sie brauchte nur die erste Zeile des Berichts zu lesen, um die Wahrheit zu erfahren: *Anlagebankier Arthur Bartlett starb letzte Nacht in seinem Büro an der Wall Street, augenscheinlich durch eigene Hand. Es ist der neueste Fall in einer Reihe von Selbstmorden nach dem Börseneinbruch diese Woche …* Sie ließ die Zeitung zu Boden fallen.

Fionas erste Reaktion war Angst. Sie hatte zwei Kinder, für die sie sorgen musste, und Arthur war tot. Er hatte sie nicht wegen einer anderen Frau verlassen, wie sie lange befürchtet hatte, sondern er hatte sich das Leben genommen. Was würde mit ihr und den Kindern geschehen? Wie würden sie leben? Hatte er in seinem Testament irgendwelche Vorkehrungen für sie getroffen? Aber nein, das konnte nicht sein – Arthur war bankrott. Die Tatsache, dass Fiona ihr eigenes Leben zerstört hatte, indem sie sich mit einem verheirateten Mann eingelassen hatte, war schlimm genug. Aber sie hatte auch das Leben ihrer Kinder ruiniert. Arthur war tot. Wie konnte sie ohne ihn leben? Wie?

Im selben Moment verschwand ihre Angst und wich der Trauer. Arthur würde nie mehr durch diese Tür treten, sie nie mehr in den Arm nehmen oder sie anlächeln. Sie würde nie wieder seine Liebe zu ihr in seinen traurigen dunklen Augen sehen und nie mehr mit ihm auf der Veranda vor der Hütte in Deer Falls sitzen und die Sterne zählen. Sie würde nie wieder nachts neben ihm liegen.

Fiona weinte und weinte. Eleanor kletterte auf ihren Schoß, verwirrt und ängstlich. „Nicht weinen, Mami", sagte sie immer wieder. „Wein doch nicht." Als Leonard von der Schule nach Hause kam, weinten sie beide.

„Was ist los?", fragte er besorgt. Fiona sah die Angst in seinen Augen, als er ihre unordentliche Kleidung und das Blut an ihrer Stirn registrierte. „Bist du verletzt, Mami?" Er war erst sieben Jahre alt, zu jung, um ihr Kraft und Unterstützung zu geben, aber sie sah die Bereitschaft dazu, und das berührte sie.

„Mir geht es gut, Leonard. Es ist nur ein Kratzer. Komm her." Sie streckte die Hand aus, um ihn an sich zu ziehen, und so saßen sie zu dritt aneinandergekuschelt auf der Couch, als sie ihm die Wahrheit sagte. „Dein Vater ist gestorben, Liebling. Verstehst du, was das bedeutet?" Er schüttelte den Kopf. Fiona war sich nicht sicher, ob sie es selbst verstand. Sie wollte es auch gar nicht verstehen. Aber während sie es den Kindern erzählte, packte die schmerzliche Realität endlich auch ihr Herz.

„Es bedeutet ... es bedeutet, dass er nie wieder zu uns zurückkommt. Wir sehen ihn nie wieder. Er ist fort ... für immer."

„Können wir einen neuen Papa finden?", fragte Eleanor mit zittriger Stimme. Fiona konnte nicht antworten. Sie zog ihre Kinder noch fester an sich und weinte, bis sie keine Tränen mehr übrig hatte.

An diesem ersten Abend schlief sie auf der Couch, weil sie wusste, dass sie niemals würde schlafen können, wenn sie in dem Bett lag, das sie miteinander geteilt hatten. Sie zog auch ihre Kleider nicht aus, denn sie war unfähig, ins Ankleidezimmer zu gehen, wo Arthurs Hemden hingen. Als sie am nächsten Morgen das Medizinschränkchen über dem Waschbecken im Badezimmer öffnete, um eine Kopfschmerztablette herauszuholen, sah sie die Rasierklinge und die Zahnbürste, die Arthur in der Wohnung deponiert hatte, und sein Lieblingszahnpulver. Sie fing an zu zittern, nicht vor Kummer, sondern vor Wut.

Der Tod hatte ihn nicht geholt – er selbst hatte ihn herbeigeführt. Er war ein Feigling. Die Zeitungen schrieben, dass viele Männer alles verloren hatten, aber nur einige wenige hatten den Freitod als Ausweg gewählt. Sie hätte ihn auch ohne sein Geld noch geliebt, aber er hatte Fiona nicht die Wahl gelassen. Er hatte ihr Leben ruiniert, indem er nie eine ehrliche Frau aus ihr gemacht hatte, und jetzt hatte er das

Leben ihrer Kinder ruiniert mit dem schrecklichen Vermächtnis des Bankrotts und des Selbstmordes. Arthur hatte sie im Stich gelassen, ebenso wie Rory Fionas Mutter und Schwestern im Stich gelassen hatte.

Fiona schaffte es kaum, den Alltag zu bewältigen, während ihre Gefühle in einer endlosen Abwärtsspirale der Wut und Angst und Trauer durcheinanderwirbelten. *Wie konntest du uns nur verlassen, Arthur? Wie konntest du nur?*, fragte sie immer und immer wieder. Charles brachte seinen Kummer jedes Mal zum Ausdruck, wenn Fiona kam oder ging – was nicht oft der Fall war. „Es tut mir schrecklich leid mit Mr Bartlett, Ma'am. Er war ein anständiger Mann." Sie wusste nicht, was sie darauf erwidern sollte.

Als Mrs Murphy an ihrem Putztag erschien, hatte sie Tränen in den Augen. „Ich habe in der Zeitung von Mr Bartlett gelesen, Ma'am. Es tut mir so leid. Er war immer sehr freundlich zu mir." Fiona starrte sie hölzern an, die Arme fest verschränkt, damit Mrs Murphy sie nicht umarmte. Fiona wusste, dass sie ihre mühsam erkämpfte Fassung verlieren würde, wenn jemand sie in den Arm nahm.

„Ich kann Sie nicht bezahlen, Mrs Murphy", sagte sie kühl. „Sie können also wieder nach Hause gehen."

„Aber ... ich brauche diese Arbeit. Ich weiß nicht, wie ich eine andere Stelle finden soll –"

„Und ich weiß nicht, wovon die Kinder und ich leben sollen!", rief sie. Mrs Murphy wirkte sofort ganz zerknirscht.

„Es tut mir leid, Ma'am. Es ... es tut mir leid."

Fiona wandte den Blick ab. „Ich weiß. Und mir tut es leid, dass ich Sie angeschrien habe." Keine von beiden wusste, was sie sonst noch sagen sollte.

„Also dann ... leben Sie wohl", sagte Mrs Murphy. Sie bückte sich und umarmte Eleanor, die darauf wartete, in den Arm genommen zu werden. „Ich wünsche Ihnen viel Glück." Leise schloss sie die Tür hinter sich.

Einen Monat lang lebte Fiona wie in einem Nebel und schaffte es irgendwie, Leonard jeden Morgen in die Schule zu schicken und den Kindern irgendetwas zu essen zu kochen. Sie selbst aß nur sehr wenig. Sie wusste, dass sie ihrem Kummer nicht unbegrenzt stattgeben konnte; sie würde ihn bald loslassen und entscheiden müssen, wie sie für sich und die Kinder sorgen konnte. Aber die Energie oder den Mut, nach vorne zu blicken, konnte sie nicht aufbringen.

Dann klopfte an einem kalten grauen Tag Ende November der Vermieter an ihre Tür. „Es tut mir sehr leid wegen Mr Bartlett, Ma'am. Ich habe es in der Zeitung gelesen."

Fiona nickte stumm. Alle hatten davon gelesen. Die ganze Welt, so schien es, wusste, dass der Vater ihrer Kinder, der Mann, den sie liebte, sich eine Pistole an die Schläfe gesetzt und sich umgebracht hatte, nachdem er bankrott gegangen war. Der Vermieter atmete schwer und blickte zu Boden, als wollte er etwas sagen, das ihm sehr schwerfiel.

„Ich belästige Sie nur ungern in einer Zeit wie dieser, Ma'am … aber ich brauche die Miete am ersten Dezember. Den letzten Monat habe ich verstreichen lassen, weil Mr Bartlett mir den ersten und letzten Monat im Voraus bezahlt hat. Aber jetzt ist der Dezember fällig, verstehen Sie? Ich würde Sie ja nicht belästigen, wenn es nicht nötig wäre. Mr Bartlett war wirklich ein guter Mann."

„Können Sie mir eine Woche geben?", bat sie mit heiserer Stimme.

„Sicher, sicher. Aber dann müssen Sie zahlen oder … oder ausziehen, in Ordnung? Ich möchte Sie wirklich nicht auf die Straße setzen. Das möchte ich Ihnen wirklich nicht antun, mit den Kindern und so."

„Kommen Sie in einer Woche wieder", sagte sie und schloss die Tür.

Kapitel 30

Fiona zählte das Geld in ihrer Hutschachtel und stellte fest, dass es innerhalb von sechs Monaten ausgegeben sein würde, wenn sie es zum Bezahlen der Miete verwendete. Sie kramte den gesamten Schmuck, den Arthur ihr in den vergangenen Jahren geschenkt hatte, zusammen und steckte ihn in ihre Handtasche. Sie kannte ein Pfandleihhaus, an dem sie bei einem ihrer Spaziergänge zum Park vorbeigekommen war. Aber als sie mit Eleanor an der Hand um die Ecke bog, sah sie lange Schlangen verzweifelter wohlhabender Kunden, die sich ins Pfandleihhaus drängten. Sie schob sich ein Stück vor und hörte, wie der Besitzer rief: „Mehr kann ich Ihnen nicht geben! Es spielt keine Rolle, was es wert ist, es gibt keine Käufer!" Fiona umklammerte ihre Handtasche und ging wieder nach Hause. Sie fragte sich, wohin sie gehen und was sie tun sollte.

Ihre letzten Stunden mit Arthur waren ihr in den vergangenen Wochen immer wieder im Kopf herumgegangen: wie er auf und ab gelaufen war und Scotch getrunken hatte; wie er seine Wange auf ihr Haar gelegt und sie fest an sich gedrückt hatte; wie er sie mit seinen kummervollen Augen angesehen und gesagt hatte: *„Ich liebe dich, Fiona."* Aber als sie ganz verzweifelt vom Pfandleihhaus nach Hause ging, fiel ihr ein, was er noch gesagt hatte – und wie wenig es Arthur ähnlich gesehen hatte: *„Mein Auto steht unten. Ich finde, du solltest in die Poconos fahren … Nur du und die Kinder."*

Hatte er da schon gewusst, was er tun würde? Hatte er sie absichtlich an den abgelegenen Ort erinnert, wo sie und die Kinder Zuflucht finden konnten? In diesem Moment beschloss Fiona, nach Deer Falls zu fahren – und sei es allein aus dem Grund, weil Arthur es so gewollt hatte. Sie machte Brote fertig und warf für jeden von ihnen einige Sachen in einen Koffer, zusammen mit den Lieblingsbüchern und -spielsachen der Kinder. Als Leonard von der Schule kam, machten sie sich auf den Weg.

Als sie schließlich bei Arthurs Hütte in Deer Falls eintrafen, waren sie alle erschöpft. Fiona war noch nie in ihrem Leben eine so weite Strecke gefahren, und ihre Arme schmerzten vom Kampf mit dem riesigen Lenkrad. Eleanor, die nur die hellen Lichter der Großstadt kannte, fürchtete sich vor dem düsteren Wald. Keins der beiden Kinder hatte jemals die Stadt verlassen, und so hatten sie beide viel zu viel Angst, um sich dem eiskalten See zu nähern. Beide wollten sie die Toilette im Hof nicht benutzen.

„Ich will nach Hause", heulte Eleanor. Fiona wiegte sie in den Armen, zu müde, um zu erklären, dass ihr „Zuhause" nicht mehr lange ihr Zuhause sein würde.

„Ich auch, mein Schatz", murmelte sie. Aber wo war ihr Zuhause? Hier konnten sie nicht bleiben. Die Hütte war zu klein für alle drei und zu einfach, um dort lange zu wohnen. Was würden sie tun, wenn sie kein Geld mehr hatte?

Fiona machte ein Feuer und schürte es mit Holz, das Leonard vom Stapel draußen hereinschleppte, aber trotz ihrer Mühen war es in der Hütte immer noch kalt und feucht. Sie aßen ihre Butterbrote im Schein einer Laterne. In der Hütte gab es nur ein Bett, und so kuschelten sie sich alle darin aneinander. Die Kinder schliefen irgendwann ein, aber Fiona fand keinen Schlaf.

Lange ließ sie im Geiste die Erinnerungen an ihre Aufenthalte hier mit Arthur an sich vorüberziehen, und sie dachte daran, wie sicher und zufrieden sie sich gefühlt hatte, als sie im Bett neben ihm gelegen und den Geräuschen des Waldes gelauscht hatte. Aber die Realität ihrer aktuellen Notlage verdrängte diese Erinnerungen, unterstützt von der Überzeugung, dass Gott schließlich doch ihre Sünden bestrafte. *Bestraf mich*, betete sie, *aber nicht meine Kinder*.

„Ich will nach Hause, Mami", weinte Eleanor, als sie aufwachte. Fiona packte die Sachen ins Auto, um nach New York zurückzufahren. Aber ihr erster Gedanke galt der Tatsache, dass sie nur noch wenige Tage hatten, bis sie aus der Wohnung geworfen würden.

Sie fuhr langsam durch den Ort Deer Falls und erinnerte sich daran, wie friedlich er ihr erschienen war, als sie mit Arthur hierher gekommen war. Wenn sie und die Kinder sich doch nur an einem solchen Ort niederlassen konnten – einem Ort, an dem niemand sie kannte, wo ihre Vergangenheit vergessen war. Ein Stück die Hauptstraße hinunter bemerkte Fiona einen leeren Laden mit einem „Zu vermieten"-Schild im Fenster. Spontan parkte sie den Cadillac am Bordstein vor dem Haus. Die Wohnung im zweiten Stock war ebenfalls zu vermieten.

„Warum halten wir hier, Mami?", fragte Leonard. „Wer wohnt denn hier?"

„Niemand, Liebling", sagte sie. „Wir gucken es uns nur an, in Ordnung?"

Die Kinder folgten ihr zögernd, als sie aus dem Wagen stieg und die Stirn ans Fenster drückte, um durch das Schaufenster des Ladens zu spähen. Schon begann sich eine Idee in Fionas Kopf zu formen. Sie konnte aus diesem Laden ein Hutgeschäft machen, indem sie das Geld, das sie gespart hatte, verwendete. Vielleicht konnte sie dazu noch Garn, Kurzwaren und Textilwaren verkaufen.

Sie führte die Kinder um das Haus herum in den Hof, von wo aus sie eine Holztreppe zu einer kleinen Veranda im zweiten Stock hinaufstiegen. Die Wohnung sah unbewohnt aus, und so lugte Fiona auch in diese Fenster. Sie konnte eine kleine Küche und mehrere Räume dahinter erkennen.

„Wie würde es euch gefallen, hier zu wohnen?", fragte sie zu Eleanor und Leonard gewandt.

„Ich will in unserer eigenen Wohnung wohnen", maulte Eleanor. „Können wir jetzt nach Hause fahren?"

„Ich muss in die Schule", fügte Leonard hinzu. Seine Augen waren so groß und traurig wie Arthurs, aber von einem helleren Braun.

„Hört zu, meine Schätze", begann sie und hockte sich neben sie. „Wir können nicht mehr in unserer Wohnung bleiben. Euer Vater ist tot und –" Die Trauer schnürte ihr die Worte ab. Es dauerte einen Augenblick, bevor sie fortfahren konnte. „Und wir müssen etwas Neues finden, wo wir leben können." Sie blickten zu ihr auf, und ihre Augen spiegelten ihren eigenen Kummer. Sie wusste, dass sie nicht um ihren Vater trauerten – er war für sie ein Fremder gewesen –, sondern instinktiv ihre Traurigkeit spürten und vielleicht auch etwas von ihrer Angst.

„Ich finde, dies wäre ein großartiger Ort für uns", sagte sie. „Wir gucken einfach mal, wie viel es kostet, ja? Vielleicht ist es ohnehin nur ein Luftschloss."

Auf dem „Zu vermieten"-Schild stand der Name eines Immobilienmaklers in der Stadt, wo sie weitere Informationen bekommen konnte. Fiona lud die Kinder wieder ins Auto und fuhr die wenigen Blocks bis zu der angegebenen Adresse. Drinnen saß eine ältere Frau mit ergrautem Haar hinter einem Tresen und sprach mit einem korpulenten Mann mit glänzend schwarzem Haar und einem eleganten dreiteiligen Anzug. Er schien mindestens zehn Jahre jünger zu sein als Arthur und hatte einen olivfarbenen, fremdländisch anmutenden Teint. Fiona hatte viele Einwanderer gesehen, als sie in der Lower East Side gelebt hatte, und sie vermutete, dass er Italiener war. Er blickte auf, als Fiona eintrat und sie bemerkte, wie seine Augen sie von Kopf bis Fuß musterten, als würde er sie in Gedanken ausziehen. Sein Lächeln, als er wieder in ihr Gesicht sah, war ihr unangenehm.

„Kann ich Ihnen helfen?", fragte die Frau.

„Ich interessiere mich für den Laden und die Wohnung, die an der Hauptstraße zu vermieten sind. Könnten Sie mir bitte sagen, wie hoch die Miete sein soll?"

„Da kann ich Ihnen weiterhelfen", sagte der Mann. Er trat vor und streckte die Hand aus. „Lorenzo Messina. Mir gehört das Haus ganz zufällig." Er hielt Fionas Hand einen Augenblick länger fest, als notwendig gewesen wäre. Ihr Unbehagen wuchs.

„Ich heiße Fiona –" Sie wollte gerade Quinn sagen, überlegte es sich dann aber anders. „Bartlett. Fiona Bartlett. Dies sind meine Kinder, Leonard und Eleanor."

„Soll es nur für Sie drei sein?" Er war mittelgroß und trotz des Übergewichts ein gut aussehender Mann. Wie sie an seiner angeberischen Selbstsicherheit erkennen konnte, war er es wahrscheinlich gewohnt, dass die Frauen ihm zu Füßen lagen.

„Ja, nur wir drei. Ich bin Witwe. Mein Mann Arthur ist vor kurzem gestorben."

„Das tut mir leid, Mrs Bartlett. Kommen Sie, ich zeige Ihnen die Räumlichkeiten – Sie wollen sich das Objekt doch sicher ansehen, bevor Sie sich entscheiden." Er legte eine Hand auf ihren Rücken, um sie hinauszugeleiten, und sie zuckte unwillkürlich zusammen, weil sie Arthurs warme, liebevolle Berührung vermisste.

„Vielleicht sollten Sie mir zuerst sagen, was Sie an Miete verlangen. Ich will nicht Ihre Zeit verschwenden, Mr Messina."

„Darüber machen Sie sich mal keine Sorgen", sagte er grinsend. „Wie wär's mit einer kleinen Besichtigung? Was den Preis betrifft, so bin ich durchaus bereit zu verhandeln."

„Na gut ... danke." Sie versuchte, das immer stärker werdende Gefühl des Unbehagens beiseitezuschieben, als sie seinem Auto zurück zur Hauptstraße folgte, indem sie sich sagte, dass es wahrscheinlich nur ihre mangelnde Erfahrung im Umgang mit Männern und der noch so frische Kummer waren, weswegen sie sich unwohl fühlte.

Mr Messina schloss die Eingangstür zum Laden auf und führte Fiona durch den ersten Stock. Gleich, als sie den Raum sah, begann sie zu planen, wie man daraus ein Hutgeschäft machen könnte. Es gab einen Eichenholztresen und Vitrinen, in denen sie ihre Modelle präsentieren konnte, und einen kleinen Werkstattbereich im hinteren Teil, von dem aus sie den Eingang im Blick behalten konnte, während sie zuschnitt und nähte.

„An was für ein Geschäft hatten Sie denn gedacht?", fragte er, während sie sich umsah.

„Eine Putzmacherei – ich stelle Hüte her." Sie sah einen merkwürdigen Ausdruck über sein Gesicht huschen, bevor er ihn hinter einem charmanten Lächeln versteckte.

„Gut für Sie. So etwas gibt es in Deer Falls noch nicht. Dann haben Sie das Monopol."

Er war höflich und freundlich zu ihr, aber irgendetwas an ihm schien nicht zu stimmen. Er benahm sich zu großstädtisch für einen kleinen Ort wie Deer Falls, und seine Kleidung und der Anschein der Kultiviertheit schienen nicht so recht hierhin zu passen. „Sind Sie in Deer Falls aufgewachsen, Mr Messina?", fragte sie.

„Oh, ich wohne nicht das ganze Jahr hier", sagte er lachend. „Ich habe verschiedene Geschäftsinteressen hier und ein Ferienhaus. Sie haben Glück, dass Sie mich heute im Büro angetroffen haben. Die meisten meiner Geschäfte wickle ich in Philadelphia ab. Woher stammen Sie?"

„Manhattan … beziehungsweise ursprünglich Irland."

„Das dachte ich mir, als ich Ihren Akzent hörte. Sie haben eine schöne Stimme. Kommen Sie, ich zeige Ihnen das Obergeschoss." Er führte sie die Treppe hinauf zu der Wohnung im ersten Stock. Sie war viel kleiner als Fionas Apartment in New York – die Kinder würden sich ein Zimmer teilen müssen –, aber es gab elektrischen Strom und ein modernes Bad und viel Licht, das durch die hohen Fenster hineinströmte. Fiona war sich sicher, dass sie es für sich und die Kinder gemütlich einrichten konnte.

„Wie viel?", fragte sie und fürchtete die Antwort. Der Preis, den er nannte, war so niedrig, dass sie sich fragte, ob er an irgendwelche Bedingungen geknüpft war.

„Sie sehen überrascht aus", sagte er, als sie nicht antwortete.

„Ich nehme an, ich bin einfach New Yorker Preise gewöhnt, Mr Messina."

„Bitte nennen Sie mich Lorenzo. Also, abgemacht, Mrs Bartlett ... Fiona?"

Sie bemühte sich, im Geiste schnell alles Nötige in Betracht zu ziehen. Sie hatte genug Geld in ihrer Hutschachtel, um beinahe ein Jahr lang die Miete zu zahlen – aber sie mussten von dem Geld auch leben, bis das Geschäft Gewinn abwarf. Und sie musste Werkzeug und Material kaufen. Aber diese Gelegenheit bot ihr einen echten Neuanfang, eine Möglichkeit, ihre Familie zu versorgen, und hoffentlich eine Chance, ihre Fehler wieder gutzumachen.

„Ja, danke", sagte sie und streckte die Hand aus, um seine zu schütteln. „Abgemacht." Wieder hielt er ihre Hand ein wenig länger fest, als es üblich war.

„Gut", sagte er mit einem breiten Grinsen. „Darf ich Sie heute Abend zum Essen einladen?" Sie versuchte, ihre Überraschung zu verbergen – und ihren Ekel. Lorenzo Messina trug einen Ehering am Ringfinger seiner dicken linken Hand. Und wie Arthur hatte auch er es geschafft, ihre beiden Kinder die ganze Zeit vollkommen zu ignorieren.

„Ich trage noch Trauer, Mr Messina. Mein Mann ist erst vor einem Monat gestorben."

„Tut mir leid. Dann ein andermal. Wir feiern Ihre Eröffnung." Es klang wie eine Feststellung, nicht wie eine Frage. „Kommen Sie mit zurück ins Büro, ja? Dann können Sie den Pachtvertrag unterschreiben."

Fiona schmiedete weitere Pläne, als sie an diesem Nachmittag nach New York zurückfuhr. Sie würde alle ihre Möbel nach Deer Falls bringen, in der Hoffnung, dass es den Kindern helfen würde, sich schneller an ihr neues Leben zu gewöhnen, wenn sie von vertrauten Dingen umgeben waren. Außerdem wusste sie schon, bevor sie gefragt hatte, dass sie von einem Pfandleiher so gut wie nichts für Arthurs Möbel bekommen würde.

„Die Kinder und ich müssen ausziehen", sagte sie zu Charles. „Kennen Sie vielleicht jemanden mit einem Lieferwagen, der bereit wäre, meine Möbel für einen günstigen Preis zu transportieren?"

„Ich glaube, ich weiß da jemanden, Ma'am – obwohl es mir leid tut, dass Sie und die Kinder weggehen. Ich rede mit meinem Freund und sage Ihnen dann Bescheid."

Fiona fuhr mit Arthurs riesigem Wagen zu dem Viertel, in dem Madame Deveaus Hutgeschäft gewesen war. Da sehr viele Geschäfte Konkurs anmelden mussten, konnte sie einiges kaufen, was sie brauchte, um ihr eigenes Geschäft zu eröffnen, so wie ein Dampfgerät und eine Nähmaschine und mehrere hölzerne Modellköpfe. Sie erwarb außerdem ein Schneidermaßband, ein Putzmacher- und ein Kurvenlineal, Schneiderkreide, Schnittmusterpapier und Hutband.

Drei Tage später zog Fiona ohne viel Aufsehen in die Wohnung in Deer Falls ein. Sie hatte sich damit abgefunden, dass sie von jetzt an in vornehmer Armut würde leben müssen. Sie hatte ebenso geweint wie Leonard und Eleanor, als sie ihr Apartment in Manhattan verlassen hatten und noch ein letztes Mal durch die leeren, hallenden Räume gegangen waren. Wie konnte sie Arthur so schrecklich vermissen und ihn gleichzeitig so abgrundtief hassen, weil er sie im Stich gelassen hatte? Um nicht an ihn denken zu müssen, begann sie sofort damit, das Durcheinander von Kisten und Möbeln in ihrer neuen Wohnung zu ordnen, in dem Versuch, ein schönes Zuhause für sie zu schaffen. Die Kinder maulten und jammerten tagelang. Jedes Mal, wenn sie die hölzerne Treppe in den zweiten Stock hinaufstiegen, sprachen sie von dem Aufzug „zu Hause" und von ihrem Freund Charles. Sie bettelten, zurückgehen zu dürfen. Erschöpft und von Trauer erfüllt, verlor Fiona schließlich die Geduld.

„Wir können nicht zurück!", brüllte sie. „Das hier ist jetzt unser Zuhause, und je eher ihr euch daran gewöhnt, desto besser für euch! Mir wäre es auch lieber, wenn sich nichts geändert hätte, aber man bekommt im Leben nicht immer das, was man will!"

Eleanor und Leonard starrten mit Tränen in den Augen zu ihr hoch, völlig verstört, weil sie sie angeschrien hatte. Fiona bereute ihren Ausbruch sofort. Sie sah etwas von Arthur in ihren Gesichtern und Gesten, und der Schmerz darüber, dass sie ihn verloren hatte, fühlte sich plötzlich so erdrückend an, dass sie nicht wusste, wie sie jemals weiterleben sollte. Sie ließ sich auf die Knie fallen und zog ihre Kinder in ihre Arme, während sie mit ihnen weinte.

„Es wird alles gut", versicherte sie ihnen. „Wir schaffen das schon." Sie wünschte, sie könnte es selbst glauben.

Als Fiona endlich ihre Tränen getrocknet hatte, beschloss sie, nie wieder welche zu vergießen. Der schnellste Weg nach vorne war, nicht mehr zurückzublicken. Am Montag meldete sie Leonard in der Schule im Ort an. Für jeden, der fragte, war sie Mrs Arthur Bartlett, vor kurzem verwitwet. Fiona arbeitete Tag und Nacht, mehr noch, als sie gearbeitet hatte, als sie und ihr Vater vor neun Jahren in Amerika angekommen waren. Unten im Hutgeschäft war sie Designerin, Arbeiterin und Verkäuferin in einer Person. Und wenn der Arbeitstag zu Ende war und sie nach oben ging, arbeitete sie als Köchin, Wäscherin und Putzfrau und kümmerte sich um ihre Kinder. Wenn die Hausarbeit erledigt war und die Kinder in ihren Betten lagen, blieb Fiona jeden Abend lange auf, um weitere Hüte herzustellen. Sie konnten es sich nicht leisten, ständig neue Kleider zu kaufen, aber was sie hatten, würde immer von guter Qualität sein. Sie würden nie wieder reich sein, aber Fiona wollte auch nicht, dass Eleanor und Leonard als verarmte Einwanderer angesehen wurden.

Der Laden feierte keine große Eröffnung, wie Lorenzo Messina es vorgeschlagen hatte. Fiona stellte an einem Dezembermorgen ganz einfach die fertigen Hüte in die Vitrinen und Schaufenster und drehte das Schild an der Tür auf „Geöffnet". Sie hatte geflochtene Strohhüte, die man auch als Kreissäge bezeichnete, mit Schleierrand; Baskenmützen aus rotem Satin, einfachem Leinen und Seide; Turbane aus Samt und Crepe de Chine; kleine Hüte ohne Krempe aus Brokat, mit Perlen verziert; und Schlapphüte aus Brokat- und Tweedstoffen. Die ganze Woche über liefen die Einwohner der Stadt an dem Geschäft vorbei und betrachteten die Auslagen im Fenster. Ein paar von ihnen kamen herein und warfen einen Blick auf die Preisschilder. Niemand kaufte einen Hut. Fiona versuchte, nicht in Verzweiflung zu versinken.

Zwei Tage vor Weihnachten hörte Fiona, wie die Klingel über der Ladentür ging, und als sie aufblickte, sah sie Lorenzo Messina den Laden betreten. Sie ließ den Hut, den sie gerade mit Dampf formte, liegen und eilte nach vorne, um ihn zu bedienen. „Guten Morgen, Mr

Messina. Kann ich Ihnen helfen?" Ein breites Lächeln lag auf seinem attraktiven Gesicht, als er sich umsah.

„Ich muss sagen, das ist ein tolles Geschäft, das Sie hier haben, Mrs Bartlett."

„Danke." Er ging noch eine Weile umher und inspizierte die Hüte, dann kam er auf sie zu und blieb unangenehm dicht vor ihr stehen. Sein Mantel roch nach Zigarren.

„Wie lange haben Sie jetzt schon geöffnet?"

„Ungefähr zwei Wochen."

„Gut, gut … Und wie laufen die Geschäfte?"

Fiona hatte plötzlich einen Kloß im Hals, und es dauerte einen Moment, bevor sie antworten konnte. „I-ich habe noch nichts verkauft."

Sein Lächeln wich einem mitleidigen Blick, und er legte den Arm um ihre Schulter. „Lassen Sie sich nicht entmutigen, Fiona. Wie der Zufall es will, bin ich hier, um ein paar Weihnachtsgeschenke zu kaufen. Es wäre mir eine Ehre, Ihr erster Kunde sein zu dürfen."

„Danke sehr. Was darf ich Ihnen denn zeigen, Mr Messina?" Sie wand sich aus seinem Arm und zeigte auf die Vitrine.

„Jetzt hören Sie aber auf", sagte er und legte seine Hand wieder auf ihre Schulter. „Ich habe doch gesagt, Sie sollen mich Lorenzo nennen, wissen Sie noch?" Sie nickte und versuchte sein Lächeln zu erwidern, während sie sich wünschte, sie könnte seinem Griff irgendwie entkommen. „Ich brauche … warten Sie mal … acht Hüte insgesamt. Ich habe eine sehr große Familie – viele Tanten und Schwestern und Kusinen." Ihr fiel auf, dass er seine Frau nicht erwähnt hatte.

„Kennen Sie denn ihre Hutgröße?"

„Nein, da muss ich leider passen", sagte er lachend. „Wie stellt man die denn fest?"

„Normalerweise würde ich die Köpfe der Kundinnen messen – von vorne nach hinten, von Ohr zu Ohr und über den Schädel. Wahrscheinlich können die Damen nicht vorbeikommen, damit ich Maß nehmen kann?"

„Dann wäre es ja keine Überraschung mehr. Warum suchen Sie nicht acht von Ihren besten Modellen für mich aus? Wenn sie nicht passen, kann ich sie ja irgendwann zurückbringen und umtauschen."

„Ja, natürlich." Sie wählte ihre besten Entwürfe aus und verpackte sie sorgfältig in Seidenpapier – Hutschachteln waren zu teuer, als dass sie sie hätte verschenken können. Sie kämpfte mit den Tränen, als Lorenzo den Preis bezahlte, den sie ihm nannte, und noch ein großzügiges Trinkgeld obendrauf legte. Er schien es bemerkt zu haben.

„Nun lassen Sie sich mal nicht unterkriegen, Fiona. Im Winter laufen die Geschäfte in Deer Falls immer etwas schleppend. Aber warten Sie ab: Wenn der Sommer kommt, brummt es nur so. Dann werden Sie gar nicht mehr hinterherkommen."

Aber es blieben die einzigen Hüte, die Fiona den ganzen Winter über verkaufte. Im Frühling kaufte eine von Deer Falls' wohlhabendsten Damen der Gesellschaft eine neue Osterhaube in Fionas Geschäft, und drei weitere Damen folgten gleich darauf ihrem Beispiel, im Bestreben, ihr den Rang abzulaufen. Aber nach diesem kurzen Verkaufsschub geschah gar nichts mehr. Es war überall im Land das Gleiche. Die Zeitungen nannten es die schlimmste Wirtschaftskrise in der Geschichte der Vereinigten Staaten, und sie zeigten Bilder von Slums und arbeitslosen Männern, die in langen Schlangen für einen Teller Suppe anstanden. Zu spät erkannte Fiona, dass sie ihr Geld nie auf ein Hutgeschäft hätte verschwenden dürfen. Hüte waren ein Luxus, auf den die meisten Frauen in schwierigen Zeiten verzichteten. Sie musste etwas anderes finden, um ihre Familie zu ernähren – aber in einer Zeit, in der Millionen von Männern ohne Arbeit waren, wie sollte sie da jemals eine Stelle finden?

An einem Morgen im April hatte Fiona gerade ihr restliches Geld gezählt und ausgerechnet, wie lange sie noch davon leben konnten, als Lorenzo Messina in ihren Laden spaziert kam.

„Fiona!", sagte er mit einem breiten Grinsen. „Wie laufen die Geschäfte?"

Sie holte tief Luft, damit ihre Stimme nicht weinerlich klang. „Nicht so gut. I-ich glaube, ich muss schließen –"

„Unsinn! Ich mache gerade einen Einkaufsbummel. Ihre Hüte kommen bei den Frauen in meiner Familie sehr gut an. Jetzt wollen sie Osterhauben."

„Das ist schön – suchen Sie sich welche aus", sagte sie und zeigte auf die Regale. „Aber ... aber könnten wir bitte über die Miete sprechen, wenn Sie fertig sind? Ich frage mich, ob meine Kinder und ich die Wohnung auch ohne den Laden mieten könnten – und wie hoch die Miete dann wäre."

„Fiona ... Fiona", sagte er mit trauriger Miene. „Es tut mir weh, Sie so mutlos zu sehen. Gestatten Sie mir, dass ich Sie heute Abend zum Essen einlade, dann können wir alles besprechen."

„Ich bin Witwe –", fing sie an, aber er ließ sie nicht ausreden.

„Das ist keine Verabredung, sondern ein Geschäftsessen, in Ordnung? Jetzt packen Sie acht Hüte für mich ein, und ich nehme sie dann mit, wenn ich Sie um halb acht abhole." Er wandte sich zum Gehen, ohne ihr die Wahl zu lassen.

„Warten Sie, Lorenzo! Ich kann meine Kinder nicht allein lassen –"

„Ich schicke meine Assistentin aus dem Maklerbüro vorbei, sie kann auf die Kinder aufpassen. Sie kennen Isabel Watson doch, nicht wahr? Und machen Sie sich schick, Fiona. Ich gehe mit Ihnen zu Sandersons Steakhaus. Waren Sie da schon mal?" Sie nickte. Sie und Arthur hatten oft dort gegessen, wenn sie in Deer Falls zu Besuch gewesen waren. „Gut. Dann sehen wir uns um halb acht."

Fiona versuchte sich einzureden, dass Lorenzo nur nett sein wollte und dass er sie eingeladen hatte, um Geschäftliches zu besprechen, wie er es gesagt hatte. Aber ein klügerer Teil von ihr flüsterte ihr zu, was er in Wirklichkeit wollte. Sie wusste nicht, was sie tun sollte. Ihr Geld reichte nicht mehr lange. Sie hatte keine Möglichkeit, etwas zu verdienen, und sie hatte zwei Kinder, die sie ernähren musste. Als Fiona sie zum ersten Mal seit Arthurs Tod einem Babysitter überließ, schwor sie, für die beiden alles zu tun, was nötig war.

Auch in Sandersons Steakhaus liefen die Geschäfte schlecht, und so waren sie die einzigen Gäste an diesem Abend. Trotzdem setzte der Wirt sie an einen versteckten Tisch in einer abgelegenen Ecke. Entschlossen, über Dienstliches zu reden, kam Fiona gleich auf das Thema zu sprechen, als sie ihre Bestellung aufgegeben hatten.

„Ich weiß nicht, wie lange ich den Laden noch halten kann, Lorenzo. Die Zeitungen sagen, dass wir in einer Wirtschaftskrise stecken. Ich habe ganze vier Hüte verkauft, Ihre Bestellungen nicht mitgerechnet, und ich glaube nicht, dass viele Damen in den kommenden Monaten welche kaufen."

„Wie wäre es denn, wenn ich bei Ihnen mit einsteige? Meine Familie liebt Ihre Hüte. Ich wette, Sie könnten in Philadelphia Dutzende davon verkaufen."

„Danke, aber ich will nicht schon wieder umziehen. Meine Kinder haben sich endlich in Deer Falls eingelebt, und –"

„Wer hat denn etwas von Umziehen gesagt? Sie machen Ihre hübschen kleinen Hüte weiterhin hier in Deer Falls, und ich nutze meine Beziehungen in Philly, um sie zu verkaufen. Was halten Sie davon?"

Fiona brauchte nicht zu fragen, um zu wissen, dass ein solcher Gefallen seinen Preis haben würde. Sie wäre am liebsten vor diesem Mann davongelaufen und zu ihren Kindern nach Hause gerannt, aber wovon sollten sie leben? Sie war ihm ausgeliefert – und sie beide wussten es.

Der Kellner kam mit ihrer Vorsuppe und ersparte ihr so eine Antwort auf sein Angebot. Erstaunlicherweise brachte der Kellner auch eine geschmuggelte Flasche Rotwein. Sie sah, wie Lorenzo dem Mann ein paar Dollar zusteckte, dann nahm er die geöffnete Flasche entgegen und schenkte ihnen eigenhändig ein.

„Ich will nicht, dass er wegen uns Schwierigkeiten bekommt", sagte er mit einem Augenzwinkern.

Die Unterbrechung ermöglichte es Fiona, Lorenzos Vorschlag auszuweichen. Als er mit Ausschenken fertig war und kurz das Glas gehoben hatte, stellte sie stattdessen ihre eigene Frage. „Was ich eigentlich wissen möchte, ist, wie viel es kosten würde, wenn ich nur die Wohnung miete?" Sie spielte nervös mit dem Stiel ihres Weinglases, und er lehnte sich vor, streckte seine dicke Hand aus und legte sie auf ihre.

„Nichts."

„Lorenzo, bitte –"

„Ich sehe doch, dass Sie eine wohlhabende und ehrenwerte Dame sind, die in eine Notlage geraten ist, und ich könnte es nicht ertragen, Sie der Armut preiszugeben. Ich möchte Ihnen gerne helfen, damit Sie und Ihre Kinder versorgt sind. Und damit Sie wenigstens ein gewisses Maß an Luxus haben können, an den Sie alle gewöhnt sind."

Ihr Magen drehte sich um. „Und im Gegenzug …?"

„Ich will nichts als Ihre Freundschaft. Das Vergnügen Ihrer Gesellschaft – und vielleicht Ihrer Zuneigung – wann immer ich in der Stadt bin. Sie sind eine begehrenswerte Frau –"

„Ich trauere noch immer um meinen Mann", sagte sie zornig. Sie versuchte, ihre Hand wegzuziehen, aber sein Griff wurde fester.

„Wir wollen doch bei den Tatsachen bleiben, Fiona – oder doch Evelyn? Ich hätte schwören können, dass Arthur Bartletts Frau Evelyn hieß … oder irre ich mich? Und hieß sein Sohn nicht Russell und seine Tochter Ruth?" Fiona schloss die Augen vor Scham. Endlich ließ Lorenzo ihre Hand los.

„Wenn Sie die Wahrheit über mich die ganze Zeit kannten", sagte sie, als sie ihre Fassung so weit wiedererlangt hatte, dass sie überhaupt sprechen konnte, „warum haben Sie dann all diese Spielchen gespielt?"

„In meiner Branche überlebt man nur, wenn man rücksichtslos ist. Ich nehme an, ich bin schon so lange ein Gauner, dass ich manchmal meine Manieren vergesse. Aber Sie sind eine schöne, charmante Frau in einer Notsituation, Fiona, und ich möchte Ihnen wirklich gerne helfen."

„Ich habe Arthur geliebt", sagte sie mit zitternder Stimme, „egal, was Sie von mir denken."

„Das glaube ich Ihnen. Und ich weiß, ich kann nicht erwarten, dass Sie sich in einen rauen Burschen wie mich verlieben. Aber ich hoffe, Sie überlegen sich mein Angebot wenigstens. Ich kann Ihre Hüte in Philadelphia wirklich verkaufen – so viele, wie Sie herstellen können."

„Und im Gegenzug …?", fragte sie wieder, während sie sich eine Träne fortwischte. Dies musste Gottes Strafe dafür sein, dass sie Arthurs Geliebte geworden war.

„Gehen Sie gelegentlich mit mir essen, wenn ich zu Besuch hier bin. Ich würde Ihnen auch gerne mein Ferienhaus zeigen. Man hat von dort aus einen wunderschönen Blick über den See."

„Hätte Ihre Frau nichts dagegen?", fragte sie verbittert.

„Sie übersieht meine Fehler. Ich bin ein reicher Mann, Fiona. Ich habe nicht in Aktien investiert oder … wie soll ich sagen … in legale Geschäfte. Es gibt bestimmte Dinge, die die Leute immer wollen, selbst in einer Wirtschaftskrise. Schnaps zum Beispiel. Die Prohibition hat einige Leute ins Unglück gestürzt, aber anderen hat sie wunderbare Möglichkeiten eröffnet."

Wieder wurden sie vom Kellner unterbrochen, der den Salat brachte. So hatte Fiona einen Augenblick Zeit, sich und ihre Gedanken zu sammeln. Der Gedanke an Lorenzos Angebot war ihr zuwider, und obwohl es vielleicht der einzige Weg war, um ihre Familie zu ernähren, beschloss sie, so lange wie möglich zu widerstehen.

„Danke für Ihr großzügiges Angebot, Lorenzo. Aber ich glaube, ich will versuchen, meinen Laden noch ein paar Monate weiterzuführen. Wer weiß, vielleicht läuft es ja im Sommer besser. Wenn nicht … wäre ich bereit, Ihren Vorschlag im Herbst noch einmal zu bedenken."

Sein Lächeln war kalt. „Wenn es das ist, was Sie wollen, Fiona …"

In den nächsten Monaten tat sie alles, was ihr nur möglich war, um Geld zu sparen, aber der Verkauf im Sommer war immer noch sehr dürftig. Fiona wünschte, sie könnte beten. Oft ging sie an der merkwürdigen weißen, mit Schindeln bedeckten Kirche vorüber, die ein paar Blocks von ihrem Geschäft entfernt lag, und wünschte, sie könnte hineingehen. Sie dachte an die Schönheit und Heiterkeit der Kirche der Heiligen Brigid, und daran, wie leicht und rein sie sich nach der Beichte immer gefühlt hatte. Sie sehnte sich nach dem Frieden der Gewissheit, dass ihre Sünden vergeben waren. Aber selbst wenn sie sich dazu hätte durchringen können, dem Priester vor Ort alles zu beichten, war sie sicher, dass Gott ihr nie vergeben würde, dass sie mit einem verheirateten Mann zusammengelebt und zwei uneheliche Kinder von ihm hatte.

Es war zu spät für sie, zu Gott zurückzukehren – aber vielleicht war es für ihre Kinder noch nicht zu spät. Vielleicht konnte sie trotz allem ihre Kinder so erziehen, dass sie Recht und Unrecht unterscheiden lernten. Als der Herbst näher kam und es unvermeidlich schien, dass sie Lorenzos Angebot würde annehmen müssen, brachte sie ihre Kinder zu dem Priester. Vater Joseph war jung – wahrscheinlich kaum älter als sie selbst – und hatte ein freundliches Gesicht.

„Mein verstorbener Mann hätte sich gewünscht, dass unsere Kinder zur Messe gehen und im Glauben erzogen werden", erzählte sie ihm.

„Und was ist mit Ihnen, Mrs Bartlett?"

Sie konnte ihm nicht in die Augen sehen. „Bitte stellen Sie mir keine Fragen, die ich nicht beantworten kann", bat sie leise. „Leonard ist acht Jahre alt – darf ich ihn in diesem Herbst zum Kommunionunterricht bringen? Und Eleanor auch, wenn sie alt genug ist?"

„Natürlich, Mrs Bartlett. Wir freuen uns, wenn die Kinder kommen … Und Sie auch, falls Sie Ihre Meinung ändern", fügte er sanft hinzu.

Fiona schüttelte den Kopf.

Teil 7

Kathleen und Joelle

2004

Kapitel 31

Als Onkel Leonard seine Geschichte beendet hatte, war er erschöpft. Man sah ihm jedes seiner zweiundachtzig Lebensjahre an.

„Erinnerst du dich noch gut an deinen Vater?", fragte Kathleen vorsichtig. „Du musst … sieben gewesen sein, als er starb, richtig?"

„Meine Erinnerungen an ihn sind nur ungenau. Mein Vater hat mich begrüßt oder gefragt, wie es in der Schule ging, aber ich hätte genauso gut ein fremdes Kind sein können – jemand, mit dem man ein wenig Konversation betreibt. Er widmete seine Aufmerksamkeit nur für wenige Augenblicke mir, lobte mich gelegentlich, aber dann konzentrierte er sich wieder ganz auf meine Mutter. Es war offensichtlich, dass er sie vergötterte, und alle Zärtlichkeit, die er besaß, verschwendete er an sie. Nie hat er Eleanor oder mir gegenüber irgendwie körperliche Zuneigung gezeigt, er hat uns nie auf den Schoß genommen oder auf den Arm. Ich kann mich auch nicht erinnern, ihn jemals geküsst zu haben. Er sprach ein paar Minuten mit uns und schickte uns dann in unsere Zimmer, damit er und Mutter allein sein konnten." Leonard starrte lange in die Ferne, und sein Gesicht sah in dem dämmrigen Licht grau und leblos aus.

„Manchmal bin ich in den Flur geschlichen", fuhr er fort, „und habe sie beobachtet, wenn sie im Wohnzimmer waren. Ich sah sie dann gemeinsam auf dem Sofa sitzen oder an der Bar Drinks mixen oder wie sie sich küssten. Einmal hat mein Vater mich beim Spionieren erwischt, und er war so wütend auf mich, dass ich es nie wieder getan habe.

An manchen Wochenenden ging er mit meiner Mutter tanzen und dann engagierte er einen Babysitter für uns. Ich erinnere mich noch, wie ich eines Nachts aufgewacht war, kurz nachdem sie nach Hause gekommen waren, und sie klangen so glücklich und lachten wie Kinder und tanzten auf Strümpfen zur Musik, die aus dem Phonographen kam. Ich wäre am liebsten ins Wohnzimmer gegangen und hätte mit ihnen getanzt. Später wurde mir klar, dass sie wahrscheinlich etwas getrunken hatten." Er holte tief Luft und atmete sie mit einem langen Seufzer aus.

„Was ich über meinen Vater noch am deutlichsten in Erinnerung habe, ist die Tatsache, dass er meine Mutter liebte und Eleanor und mich nur ertrug. Fiona war der Schatz, den er in der Cornflakespackung suchte; wir waren nur zwei von vielen Cornflakes, durch die er sich durchgraben musste, um an den Schatz zu kommen."

„Das tut mir schrecklich leid, Onkel Leonard", murmelte Kathleen. Es verwunderte kaum, dass er nie selber Kinder hatte haben wollen oder ihr und den anderen keine Zuneigung gezeigt hatte, als sie klein waren. Sie wusste, dass er und Connie in dieses Haus gezogen waren, um für Kathleens Geschwister zu sorgen, nachdem ihre Mutter gestorben war, und zum ersten Mal wurde ihr bewusst, wie schwierig das für beide gewesen sein musste. Mütze war damals vierzehn, JT elf und Annie zehn Jahre alt. Wenn Leonard und Connie nicht ihre Hilfe angeboten hätten, wären die Kinder in einem Heim gelandet.

„Hier, Kathleen. Die solltest du haben", sagte Connie und hielt ihr den Karton mit Fotoalben und anderen Erinnerungen hin.

„Nein, das kann ich nicht annehmen … Was ist mit Annie und den Jungs?"

„Du bist die Älteste. Ich überlasse es dir, alles aufzuteilen, wenn du willst, aber es sollte in der Familie bleiben. Du kannst die Sachen besser sortieren als ich. Außerdem habe ich für Annie und die Jungs im Laufe der Jahre Fotoalben gemacht, mit Bildern und Berichten über ihre Sportwettkämpfe und Abschlussfeiern und so."

„Sie ist die Sentimentale von uns beiden", sagte Leonard mit einem schwachen Lächeln. „Du solltest sehen, wie sie die Zeitung zerschnippelt. Sieht aus wie ein Schweizer Käse, wenn sie fertig ist. Natürlich ist das Meiste von dem kapitalistischen Geschwafel, das sie als ‚Nachrichten' bezeichnen, sowieso nicht wert, gelesen zu werden."

„Ich hebe immer noch alles auf", gab Connie zu. „Nur schneide ich jetzt meist Artikel über die Kinder aus. Obwohl ich vor kurzem etwas über deinen Bruder ausgeschnitten habe."

Kathleen zog eine Grimasse, als sie daran dachte, dass auch Mrs Hayworth von einem Zeitungsartikel gesprochen hatte. „Über welchen von meinen Brüdern denn? Was hat er denn diesmal angestellt?", fragte sie, obwohl sie sich nicht sicher war, ob sie die Wahrheit hören wollte.

„Also, der letzte war über Donald – niemand nennt ihn mehr Mütze. Aber JT war auch ein paarmal in der Zeitung."

„Kann ich mir vorstellen", murmelte Kathleen. Sie sah voller Sorge zu, wie Connie auf der Suche nach dem Zeitungsausschnitt auf dem überfüllten Tischchen neben ihrem Sessel herumkramte. Kathleen hatte Joelle gewarnt, wie ihre Onkel als Kinder gewesen waren, aber es war ihr trotzdem peinlich, dass ihre Tochter Beweise für ihre jüngsten Verbrechen sehen sollte.

„Hier ist es!", flötete Connie und schwenkte das Stück Papier wie eine Fahne. Sie reichte es Kathleen, und Joelle lehnte sich zu ihr hinüber, um mitzulesen. Die Überschrift lautete: *Handelskammer in Riverside wählt neuen Präsidenten.*

Kathleen starrte lange auf die Schlagzeile, unfähig, die Worte zu begreifen. Connie musste ihr den falschen Artikel gegeben haben. Kathleen holte ihre Lesebrille aus der Handtasche, damit sie den Text lesen konnte.

Der Geschäftsmann Donald L. Gallagher, 50, wurde zum Präsidenten der Handelskammer von Riverside ernannt, berichtete ein Sprecher. Gallager, der hier aufwuchs, ist Inhaber von Gallaghers Fernseh- und Haushaltstechnik, Verkauf und Wartung, einem bekannten Handels- und Dienstleistungsunternehmen …

Der Text ging noch weiter, aber Kathleen brach in schallendes Gelächter aus und konnte sich gar nicht mehr beruhigen. Sie reichte Joelle den Artikel, und kurz darauf stimmte auch sie laut in das Gelächter ihrer Mutter ein.

„Was ist denn daran so lustig?", wollte Onkel Leonard wissen.

„Was für eine Ironie!", brachte sie schließlich heraus. „Erinnerst du dich nicht mehr daran, wie schrecklich unser Fernseher war, als Mütze und ich Kinder waren? Und jetzt *repariert* er Fernseher?"

„Ja, schon. Aber ich verstehe nicht –"

„Und als ich von zu Hause fort ging, waren Mütze und JT ausgewachsene Jugendstraftäter, die in jedem Laden der Handelskammer Hausverbot hatten. Ich dachte, Mütze säße im Gefängnis. Aber das hier ist noch viel schlimmer! Onkel Leonard, er ist *Kapitalist!*"

Kathleen fing erneut an zu lachen. Plötzlich merkte sie, wie Onkel

Leonard zu zittern begann, und einen schrecklichen Augenblick lang fürchtete sie, sie hätte ihn vor den Kopf gestoßen oder dass er einen Schlaganfall oder etwas anderes Furchtbares erlitt. Stattdessen stieß er ein bellendes Lachen aus – das erste, das Kathleen je bei ihrem Onkel erlebt hatte –, als er in Kathleens und Joelles Gelächter einstimmte.

„Warum lacht ihr denn alle über den armen Donald?", fragte Connie. Sie nahm Joelle den Zeitungsartikel weg, als täte es ihr leid, dass sie ihn überhaupt herausgeholt hatte. „Ich sage euch, er ist genauso angesehen wie JT."

„Es tut mir leid …" Kathleen versuchte, ihre Fassung wiederzugewinnen. „Und was macht JT so?"

„Er ist Geschichtslehrer an der Riverside Highschool", verkündete Connie mit offensichtlichem Stolz.

Wieder konnte Kathleen sich nicht beherrschen und fing an hysterisch zu lachen.

„2002 wurde er zum Lehrer des Jahres gewählt", fügte Connie mit erhobener Stimme hinzu, um sich Gehör zu verschaffen. „Du meine Güte, ich weiß gar nicht, was daran so komisch sein soll."

Kathleen zog ein Taschentuch hervor und wischte sich die Augen. „Vielleicht weißt du das nicht, Connie, aber JT hielt einmal den Rekord, jüngster Schüler zu sein, der je von der Schule verwiesen wurde."

Connie lächelte unsicher. „Dann hat er sich eben gebessert. Wir sind wirklich stolz auf ihn."

„Und dazu habt ihr auch alles Recht der Welt", sagte Kathleen, und sie meinte es auch so. „Dafür, dass ihr meine Brüder in anständige Bürger verwandelt habt, müsste man dich und Onkel Leonard eigentlich heilig sprechen."

Kathleen sah, wie erschöpft ihr Onkel war, und kurz darauf verabschiedeten sie sich. Joelle stellte die Kiste, die Connie ihnen gegeben hatte, auf den Rücksitz, und dann machten sie sich auf den Weg zurück in ihr Hotel in Bensenville. Die Straße war steil und sehr dunkel, und die Bäume formten einen Bogengang, der den Mond verdeckte. Kathleen musste das Fernlicht einschalten und aufpassen, dass ihr kein Wild vors Auto lief. Sie dachte an die vielen Male, die Eleanor und Cynthia diesen Weg während des Krieges mit dem Bus zurückgelegt haben mussten, als Joelle ihre Gedanken unterbrach.

„Mama, was Oma Fiona getan hat … wie sie gelebt hat … war das wirklich unverzeihlich? Ich meine, ich weiß, dass sie zu einer anderen Kirche gehörte als wir, aber hätte Gott ihr nicht vergeben, wenn sie ihn darum gebeten hätte? Auch wenn sie es mehr als einmal getan hat?"

„Ja, natürlich hätte er ihr vergeben. Wir sollen Gottes Gnade nicht missbrauchen, indem wir absichtlich sündigen, aber wenn uns das, was wir getan haben, wirklich leid tut und wir um seine Vergebung bitten …" Sie verstummte, als sie sich fragte, ob Joelle wegen Fiona fragte oder nicht vielmehr ihrer selbst wegen. Ihr mütterlicher Instinkt sagte ihr plötzlich, dass der Vorfall im Einkaufszentrum letzten Monat nicht das erste Mal gewesen war, dass Joelle Ladendiebstahl begangen hatte – sie war nur zum ersten Mal erwischt worden.

„Uroma Fiona tut mir leid", sagte Joelle mit einem Schniefen, und Kathleen hörte die Tränen in ihrer Stimme.

„Mir auch", murmelte sie. „Aber weißt du … mir ist gerade noch etwas eingefallen, das damals passiert ist, als ich Oma Fiona während der Kubakrise kennenlernte." Sie blickte auf die dunkle Straße hinaus, während die Einzelheiten in ihrer Erinnerung Gestalt annahmen.

„Fiona suchte eine Schallplatte, die sie auf den Phonographen legen wollte, und ich sagte plötzlich: ‚Ich kenne ein Lied. Möchtest du es hören?' Zu Hause erzählte ich nie jemandem von den Liedern, die ich in der Sonntagsschule gelernt hatte – es interessierte ohnehin keinen. Aber Fiona schien Musik so sehr zu lieben und … und sie sah zu mir auf und sagte: ‚Ja, mein Schatz, das würde ich sehr gerne hören.' Und da habe ich *Jesus liebt mich* gesungen.

Sie hörte aufmerksam zu, und als ich fertig war, fragte sie: ‚Hast du das in der Kirche gelernt?' Ich nickte. ‚Du gehst also zur Messe?', fragte sie hoffnungsvoll. Ich erzählte ihr, dass ich zu einer evangelischen Kirche ging. ‚Das ist auch in Ordnung', sagte sie, und dann dachte sie gar nicht mehr daran, dass sie eine Schallplatte auflegen wollte, sondern setzte sich neben mich und drückte mich an sich.

‚Ich bin immer zur Kirche gegangen, als ich ein kleines Mädchen in Irland war. Und ich habe zum Kruzifix hinaufgeschaut und geglaubt, was du gerade gesungen hast – dass Jesus mich liebte. Ich konnte sehen, wie sehr. Sing es noch einmal, Liebes.'

Ich sang die zweite Strophe:

Jesus liebt mich, und er starb,
damit ich das Leben hab.
Er wäscht mich von Sünde rein
und lädt seine Kinder ein.
Ja, Jesus liebt mich …

‚Es ist leicht, die Worte *Ich liebe dich* zu sagen‘, sagte Fiona zu mir, als ich geendet hatte. ‚Ich habe sie sehr oft gehört, und du wirst das bestimmt auch, weil du ein hübsches Mädchen bist, Kathleen. Aber weißt du, wie du herausfinden kannst, ob jemand auch die Wahrheit sagt?‘ Ich zuckte mit den Schultern und schüttelte den Kopf. ‚Hör nie auf seine Worte, Liebes. Worte können dich täuschen. Nein, achte darauf, was er für dich aufzugeben bereit ist. Er soll dir zeigen, wie sehr er dich liebt.‘

‚Jesus liebt dich sooo doll‘, erklärte ich ihr und streckte die Arme aus, wie Jesus es am Kreuz getan hatte. ‚Er ist für uns gestorben.‘

Sie starrte in die Ferne, als würde sie in ihrer Erinnerung forschen. ‚Als ich ein Mädchen in Irland war, gab es vorne in der Kirche ein Kruzifix. Jedes Mal, wenn ich zur Messe ging, sah ich zu Jesus hinauf, der einen qualvollen Tod starb. Er war immer dort angenagelt und litt. Ich hasste den Gedanken, dass er für mich gelitten hatte.‘ Sie wirkte so traurig, dass ich sie aufheitern wollte.

‚Ich kenne einen Bibelvers. Willst du ihn hören? *So sehr hat Gott die Welt geliebt* – Warte, wir sollen unseren Namen dort einsetzen. *Gott hat Oma Fiona so sehr geliebt, dass er seinen eingeborenen Sohn gab, auf dass alle, die an ihn glauben, nicht verloren sind, sondern das ewige Leben haben.*‘

‚Und du glaubst das?‘, fragte sie. Ihre Augen waren feucht, aber ich konnte nicht erkennen, ob es Tränen waren oder nur ihr Alter.

‚Der Pastor hat gesagt, selbst wenn du der einzige Mensch wärst, der Vergebung braucht, wäre Jesus für dich gestorben.‘

‚Sing das Lied noch einmal für mich, Liebes‘, sagte sie mit gedämpfter Stimme. Und ich begann wieder von vorne: *Jesus liebt mich …*, aber ich musste nach dem ersten Refrain aufhören. Die Tränen liefen nur so über Omas Gesicht. ‚Nicht weinen, Oma Fiona‘, bat ich. Sie umarmte mich. Ihr Körper fühlte sich schwach an und ihre Haut so weich wie Flanell, aber sie drückte mich mit erstaunlicher Kraft an sich.

‚Ob die Liebe echt ist', sagte sie, ‚erkennst du daran, ob jemand bereit ist, für dich ein Opfer zu bringen.'"

Kathleen fuhr einige Augenblicke schweigend weiter, während die Straße vor ihr durch ihre Tränen hindurch verschwamm.

„Meinst du, Oma Fiona hat dir geglaubt?", fragte Joelle leise. „Glaubst du, sie hat Gott um Vergebung gebeten, bevor sie gestorben ist?"

„Ich möchte es gerne glauben. Kein Mensch sollte jemals mit einer solchen Schuld leben müssen, wenn es die Vergebung und Liebe Christi gibt."

Als sie beim Hotel ankamen, trug Joelle den Pappkarton in ihr Zimmer und stellte ihn auf die Kommode. „Wann treffen wir deinen Vater?", fragte sie und warf sich aufs Bett.

„Er kommt morgen nach Hause."

„*Nach Hause*? Wo ist er denn?"

Kathleen zögerte – zu lange. Joelle setzte sich auf. „Was ist los? Wo ist er? Wieder im Gefängnis?"

„Ich weiß nicht, wie ich dir das sagen soll", begann Kathleen. In vielerlei Hinsicht war Joelle noch sehr unschuldig. Kathleen hasste es, diese Unschuld zu zerstören – vor allem mit der schrecklichen Wahrheit über ihre eigene Familie.

„Wie du mir *was* sagen sollst?", drängte Joelle ungeduldig. „Was ist das große Geheimnis?"

„Mein Vater kommt auf Bewährung aus dem Gefängnis von Attica frei. Deshalb gibt es die Party. Wir feiern seine Bewährung."

Sie sah Überraschung und Erschrecken in Joelles Augen und noch etwas – Mitleid. Mitleid hasste Kathleen am meisten von allem. Es führte unweigerlich dazu, dass sie sich schämte. Und die nächste Frage, die Joelle stellen würde, fürchtete sie noch mehr.

„Was hat er denn getan? Eine Bank überfallen oder so was?"

Kathleen versuchte tief Luft zu holen, aber es gelang ihr nicht. „Nein. Er wurde wegen des … des Mordes an meiner Mutter vor fünfunddreißig Jahren verurteilt."

„Nein …" Joelles Stimme war nur ein Flüstern. „O Mama!" Tränen stiegen ihr in die Augen, und sie eilte zu Kathleen hinüber, um sie in den Arm zu nehmen, was selten genug vorkam. Es war kein Mitleid, sondern Mitgefühl und Liebe. Sie erlebte selbst all die Emotionen, die Kathleen empfand, und teilte sie mit ihr.

„Mama … Mama … Es tut mir leid."

Auch Kathleen weinte. „Was tut dir leid, Schatz? Es ist doch nicht deine Schuld."

„Dass ich dich überredet habe, hierher zu kommen und all das wieder hochzuholen." Sie hielt inne, und ihre Arme drückten Kathleen noch fester. „Und dass … dass ich den Lippenstift gestohlen habe. Ich wusste es nicht, Mama. Ich wusste nicht, wie schrecklich das für dich sein würde."

„Ich wollte nie, dass du erfährst, wie furchtbar meine Kindheit war. Ich habe die Wahrheit vor allen geheim gehalten. Ich hatte solche Angst, dass niemand mich lieben oder achten würde, wenn sie Bescheid wüssten. Einer der schlimmsten Augenblicke meines Lebens war, als ich beschloss, deinem Vater die Wahrheit zu sagen, bevor wir heirateten."

„Aber er hat dich trotzdem geliebt, Mama – und ich liebe dich auch."

Kathleen umarmte Joelle noch einmal. Dr. Russo hatte recht gehabt: Indem sie ihrer Tochter die Wahrheit vorenthalten hatte, hatte sie ihr einen Teil von sich selbst vorenthalten und war Joelle gegenüber kalt und distanziert erschienen. Es war derselbe Fehler, den ihre Mutter gemacht hatte, als sie nie darüber gesprochen hatte, wie schwer ihre Kindheit gewesen war. Vielleicht hätte Kathleen ihre Mutter besser verstanden, wenn sie davon gewusst hätte.

Plötzlich löste Joelle sich aus der Umarmung. „Warte mal! Warum gibt deine Schwester eine Party für ihn, wenn er deine Mutter umgebracht hat? Und warum macht Onkel Leonard mit? Ist er nicht ihr Bruder?"

„Du musst verstehen, dass mein Vater immer seine Unschuld beteuert hat. Annie und Onkel Leonard und die Jungs haben immer geglaubt, dass Papa die Wahrheit gesagt hat, selbst als er verurteilt wurde."

„Aber du glaubst, dass er es getan hat? Wolltest du deshalb nie wieder hierherkommen?"

Kathleen sank auf das Bett und rieb sich die Augen. „Um ehrlich zu sein, wollte ich nicht darüber nachdenken. Ich fühlte mich so durcheinander und verraten. Ich wollte nie glauben, dass mein Vater sie ermordet hat, aber ich konnte nicht anders, vor allem, nachdem die

Geschworenen ihn für schuldig befunden hatten. Ich hatte das Gefühl, meiner Mutter in den Rücken zu fallen, wenn ich ihm glaubte. Und ich schämte mich, weil meine letzten Worte ihr gegenüber so voller Zorn gewesen waren. Ich hatte nie die Gelegenheit ihr zu sagen, dass es mir leid tat. Oder dass ich sie geliebt habe. Ich dachte immer, es bliebe noch viel Zeit, um mich mit ihr zu versöhnen, und sie würde immer da sein. Nach ihrem Tod wurde mir klar, dass ich nie zurückkehren und alles richten konnte – und das war das schrecklichste Gefühl der Welt. Es schien mir, als müsste ich meinen Vater hassen, weil er sie getötet und mir diese zweite Chance genommen hatte. Ich musste jemandem die Schuld geben."

Joelle ließ sich ihr gegenüber aufs Bett sinken. Kathleen sah, dass sie immer noch versuchte, die schockierende Wahrheit zu verarbeiten. „Ich habe noch nie einen echten Verbrecher getroffen", murmelte sie.

„Na ja, er ist kein Gangster wie Lorenzo Messina", sagte Kathleen, um die Spannung ein wenig zu verringern. „Aber du kannst morgen auch hier im Hotel bleiben, wenn du willst. Ich bleibe nur für etwa eine Stunde bei der Party. Ich mache meinen Frieden mit ihm und all den anderen; dann können wir beide nach Hause fahren und unser Leben weiterleben."

„Hast du Angst – du weißt schon – in seiner Nähe zu sein? Ich meine, falls er wirklich ein Mörder ist?"

Das Wort „Mörder" ließ vor Kathleens innerem Auge all die Verbrecher erscheinen, die sie in Filmen gesehen hatte: harte, verbitterte Männer mit Messern in ihren Stiefeln und Tätowierungen auf den Armen, die Flüche ausstießen und bereit waren, jedem die Kehle durchzuschneiden. Es war ein Schock für sie, als sie sich bewusst machte, dass ihr Vater seit fünfunddreißig Jahren als verurteilter Mörder in Attica im Gefängnis saß. Aber dann lösten die Bilder sich auf, und Kathleen sah ihren Vater so vor sich, wie sie ihn in Erinnerung hatte: lachend, unbekümmert, wie er sie mit seinen sommersprossigen Armen hochhob oder mit ihr und den Jungs spielte. Sie konnte sich nicht erinnern, dass ihm einmal der Kragen geplatzt war oder dass er sie übers Knie gelegt hätte – auch wenn sie es verdient hatten, und selbst dann nicht, wenn er etwas getrunken hatte. Und zu Eleanor war er immer liebevoll und zärtlich gewesen.

Nein, sie konnte sich Donald Gallagher nicht als kaltblütigen Mörder vorstellen. Und das war es, was den Mord zu furchtbar hatte erscheinen lassen, um darüber nachzudenken: dass sie glaubte, ihn zu kennen und dann feststellen musste, dass sie ihn überhaupt nicht kannte.

Joelle wartete auf eine Antwort.

„Nein. Ich habe keine Angst vor ihm", sagte Kathleen.

„Dann habe ich auch keine. Ich komme mit, Mama … Aber wir verstecken besser alle Messer, nur für den Fall – okay?"

Kathleen lachte und weinte gleichzeitig. Joelle versuchte es ihr so leicht wie möglich zu machen und ihr zu signalisieren, dass sie zusammenhielten, und das berührte Kathleen. Sie zog Joelle in ihre Arme.

„Ja. Wir sorgen dafür, dass Onkel Leonard den Kuchen anschneidet."

Joelle war eine Nachteule, und so war sie noch weit davon entfernt, schlafen zu gehen. Sie schaltete den Fernseher ein und begann dann, die Gegenstände in dem Pappkarton durchzusehen. Ausnahmsweise war auch Kathleen hellwach, und sie setzte sich mit Fionas Album in den Hotelsessel, um es sich näher anzusehen. Sie fand mehrere Bilder von Arthur Bartlett, und endlich fand sie die Lösung zu einem Rätsel, das sie ihr ganzes Leben lang beschäftigt hatte, als sie seine großen, dunklen Augen anstarrte. Es waren ihre eigenen Augen, so warm wie Seen geschmolzener Schokolade, selbst auf einem Schwarz-Weiß-Foto. Ihre Mutter und Onkel Leonard hatten haselnussbraune Augen und ihr Vater leuchtend blaue. Als sie im College die Vererbungslehre durchgenommen hatten, hatte sie sich gefragt, woher sie wohl ihre dunkelbraunen Augen hatte. Kathleens Mann hatte ihr oft erzählt, dass er sich dieser Augen wegen in sie verliebt hatte – nicht nur wegen der Farbe, sondern auch wegen des melancholischen Ausdrucks darin. Und nun fand sie genau diese Augen ausgerechnet bei Arthur Bartlett.

Sie musste ihn einfach dafür verachten, dass er ihre Großmutter als achtzehnjähriges Mädchen verführt und Fiona dann in all den Jahren belogen und ihr die Ehe versprochen hatte. Er war ein egoistischer Mann gewesen, der sowohl Fiona als auch ein Leben in der gehobenen Gesellschaft haben wollte. Und er war ein Feigling gewesen, der alle im Stich gelassen hatte, indem er sich das Leben nahm.

Kathleen kramte tiefer in dem Karton und fand ein Buch, das mit

Erinnerungen an die Highschoolzeit ihrer Mutter gefüllt war. Es gab Bilder von Eleanor im Badeanzug, wie sie am Strand mit ihren Freundinnen posierte, und ein Bild von Leonard in seiner Abiturrobe und mehrere von ihm in Militäruniform. Außerdem waren die üblichen Eintrittskarten oder Programme von Schulaufführungen, Konzerten und Tanzveranstaltungen eingeklebt. Eleanor hatte in der Highschool ein aktives Sozialleben gehabt und war hübsch und beliebt gewesen.

Kathleen blätterte das Buch durch und betrachtete Eleanors Leben wie das einer Fremden. Dann fand sie hinten in dem Album eine Sammlung von Zeitungsartikeln. Sie faltete sie vorsichtig auseinander und überflog sie – Werbung und Kritiken für verschiedene Broadway-Shows in New York City. Die Kritiken stammten aus den Jahren 1939 und 1940. Zuerst verstand Kathleen nicht, warum ihre Großmutter sie aufgehoben hatte. Aber dann las sie genauer und bemerkte, dass all diese Ausschnitte eine Gemeinsamkeit enthielten: den Namen Russell Bartlett. Arthur Bartletts ehelicher Sohn hatte in New York Broadway-shows produziert und dabei Regie geführt.

„Mama, guck mal!", sagte Joelle und unterbrach so Kathleens Lektüre.

„Was hast du gefunden?"

„Dieser Umschlag ist voll mit Zeitungsartikeln über den Mordprozess deines Vaters."

Kathleen zog eine Grimasse. Ein Teil von ihr hätte am liebsten den Umschlag samt Inhalt in den Müll geworfen. Sie kannte keine der blutrünstigen Einzelheiten über den Tod ihrer Mutter, und dabei wollte sie es auch belassen. Aber wenn sie ihrem Vater morgen zum ersten Mal nach fünfunddreißig Jahren gegenübertreten wollte, dann war es vielleicht an der Zeit, der Wahrheit ins Gesicht zu sehen. Joelle schien ihr Zögern zu bemerken.

„Wenn du nicht willst, dass ich sie lese, lasse ich es", sagte sie und hielt Kathleen den Umschlag hin. „Aber bist du nicht neugierig, Mama?"

„Doch, irgendwie schon. Komm, wir lesen sie gemeinsam." Sie setzte sich zu Joelle aufs Bett und zog die Papiere aus dem Umschlag. Connie war sehr gründlich gewesen und hatte die Berichte chronologisch durchnummeriert von dem Zeitpunkt an, als der Mord entdeckt wurde, bis zu dem Tag, als der Richter das Urteil gegen ihren Vater sprach. In der richtigen Reihenfolge gelesen, weihten sie Kathleen in die ganze Geschichte ein:

Der Polizist von Riverside hatte auf einen anonymen Anruf reagiert und Eleanor Gallagher tot auf dem Küchenboden gefunden. Ihr Mann Donald wurde bei ihr gefunden, wie er sie weinend im Arm hielt, bedeckt von ihrem Blut. Jemand hatte Eleanor ihr eigenes Küchenmesser ins Herz gestoßen. Es war weniger als eine halbe Stunde vor Eintreffen des Polizisten geschehen. Die Spurensicherung fand Donalds Fingerabdrücke auf der Mordwaffe – was, wie er sagte, daran lag, dass er instinktiv das Messer aus ihrem Körper gerissen hatte.

Die Bundespolizei durchsuchte das Haus und fand einen Packen Liebesbriefe von einem anderen Mann in ihrer Handtasche, geschrieben während des Krieges. Dabei lag eine Heiratsurkunde, ausgestellt im Jahr 1943, über die Ehe von Eleanor mit eben diesem Mann. Ihre Handtasche enthielt außerdem einen Umschlag mit dreitausend Dollar in bar, zwei gültige Fahrkarten nach New York City und zwei Eintrittskarten zu einem Theaterstück.

Der Staatsanwalt behauptete, Donald Gallaghers Motiv sei Eifersucht gewesen; er sei aufgebracht gewesen, weil er von Eleanors erster Ehe erfahren hatte. Das Bargeld und die Karten deuteten auf die Möglichkeit hin, dass Eleanor entweder vorhatte, ihren Mann zu verlassen, oder aber eine heimliche Affäre hatte. Donald Gallagher hatte wegen Diebstahls im Gefängnis gesessen und war ein verurteilter Betrüger. Er hatte kein Alibi für den Zeitpunkt des Mordes an seiner Frau.

Als sie die Fakten las, verstand Kathleen, warum die Geschworenen die Indizien so beurteilt und ihn schuldig gesprochen hatten. Er hatte die Gelegenheit und er schien ein Motiv zu haben. Aber es passte nicht zu dem, was Kathleen über ihren Vater wusste. Er war vielleicht ein Dieb, aber er war kein Mörder. Er verlor noch nicht einmal die Beherrschung.

Und sie konnte sich auch nicht vorstellen, dass ihre Mutter ihn wegen eines anderen Mannes verlassen hätte. Eleanor hatte gar nicht genug Selbstachtung – oder Energie – gehabt, um ihn zu betrügen. Sie konnte ja noch nicht einmal ihre eigenen Kinder versorgen und erst recht nicht mit einem anderen Mann durchbrennen. Donald war ihr Leben gewesen. Deshalb hatte sie ihn immer wieder aufgenommen, wenn er auf Bewährung frei war.

Warum also hatte sie die Briefe von Rick all die Jahren aufgehoben? Und warum sollte sie nach New York fahren und ein Theaterstück ansehen, wenn sie kaum die Kraft hatte, sich morgens anzuziehen oder das Haus zu verlassen? Und am unerklärlichsten war, woher sie die dreitausend Dollar hatte.

„Komm, wir gehen schlafen", sagte sie zu Joelle. „Ich bin zu müde, um nachzudenken. Wir können all das ein andermal ansehen."

Aber Kathleen schlief nicht. Sie wälzte sich im Bett umher und sah zu, wie die Zahlen auf ihrem Digitalwecker weitersprangen, während sie an ihre Mutter dachte. Sie stand auf und öffnete die Jalousien einen Spalt breit, um Joelles Gesicht im Mondschein besser sehen zu können, und sie überlegte, wie sehr ihre Tochter der schönen, tragischen Fiona Quinn ähnelte. Noch immer konnte Kathleen nicht schlafen. Schließlich ging sie ins Bad und schaltete dort das Licht an, um die Zeitungsartikel noch einmal zu lesen. Sie versuchte, eine Erklärung zu finden, aber nichts ergab einen Sinn.

Am Morgen waren ihre Augen geschwollen und trübe. Sie bestellte Frühstück beim Zimmerservice, obwohl ein Brötchen, Saft und Kaffee neun Dollar kosteten. Kathleen ließ Joelle schlafen, so lange sie wollte, aber sie war schon lange, bevor sie zu der Party aufbrechen sollten, wach.

Kathleen fühlte sich wie betäubt, als sie von Bensenville nach Riverside fuhren. Kaum hatte sie den Wagen vor ihrem alten Haus geparkt, kam Annie schon herausgeeilt, um sie zu begrüßen. „Kathy, Kathy!", weinte sie. „Ich bin ja so froh, dass du beschlossen hast zu kommen! Es ist so schön, dich zu sehen!" Kathleen sah in das tränenverschmierte Gesicht ihrer Schwester und lächelte. Im Alter von sechsundvierzig Jahren war sie eine hübsche, rundliche Frau mit blondem Haar und einem runden, fröhlichen Gesicht.

„Du hast dich kein bisschen verändert, Annie – Tränen inklusive. Du warst schon immer eine Heulsuse." Sie lachten und umarmten sich erneut. Kathleen stellte ihr Joelle vor, die ebenfalls aus dem Wagen gestiegen war.

„Hallo, Tante Annie", sagte sie schüchtern. Annie eilte um das Auto herum, um auch sie an sich zu drücken.

Kathleen erkannte JT, der inzwischen auf die vordere Veranda geschlendert war, auf den ersten Blick. Er war genauso dünn und drahtig wie früher und hatte noch dasselbe freche Grinsen und die dunklen, in alle Richtungen abstehenden Haare, die sich nicht bändigen ließen.

Er und Mütze hatten sie gnadenlos gequält, als sie Kinder gewesen waren, aber sie verspürte ein untypisches Aufwallen von Zuneigung für ihn, als sie sich zum ersten Mal im Leben umarmten.

„Wie geht es dir, JT? Wir haben uns viel zu lange nicht gesehen!"

„Gut. Mir geht's gut. Es war ziemlich lange, nicht wahr?" Er räusperte sich. „Wen hast du denn da mitgebracht?"

„Das ist meine Tochter Joelle."

„Na, dann kommt rein", sagte JT und hielt die Tür auf, „und lernt den Rest der Bande kennen."

Zum ersten Mal begegnete Kathleen Annies Mann und den Frauen von Mütze und JT sowie all ihren Kindern. Bei der ganzen Aufregung und dem Gelächter war es völlig hoffnungslos, alle Namen auf Anhieb zu behalten. Joelle freundete sich schnell mit zwei Cousins an, und die lotsten sie sofort von den Erwachsenen weg. Kathleen konnte nur hoffen, dass sie nicht so boshaft waren, wie ihre Väter es gewesen waren.

„Bleibt von den Zügen weg", rief sie, als das Fliegengitter vor dem Eingang hinter ihnen zufiel. JT lachte laut. „Wo ist Mütze?", fragte Kathleen in die Runde.

„Er ist nach Attica gefahren, um Papa zu holen", sagte JT. „Sie müssten eigentlich gleich hier sein."

„Und du nennst ihn in seiner Gegenwart besser nicht Mütze, wenn du dir keine fangen willst", fügte Annie hinzu.

Kathleens anfängliche Nervosität legte sich allmählich, als sie so zusammensaßen und sich darüber austauschten, wie ihr Leben aussah. Sie erfuhr, dass Annie im Community Hospital in Bensenville als Kinderkrankenschwester arbeitete und ihr Mann Autohändler war. JTs Frau unterrichtete wie ihr Mann an der Riverside Highschool, und Mützes Frau arbeitete als Büroassistentin und Buchhalterin für sein Fernseh- und Haushaltsgeräteunternehmen. Mützes ältester Sohn Ryan war verheiratet und hatte eine Tochter, die ein Jahr alt war.

„Ihr habt also alle noch eine richtig gute Ausbildung gemacht", sagte Kathleen voller Staunen.

„Tu nicht so überrascht." JTs schiefes Grinsen erinnerte sie schmerzlich an das ihres Vaters. „Hast du geglaubt, wir wären nicht so clever wie du?"

„Ihr wart zu beschäftigt damit, Ganoven zu sein, als ich von zu Hause wegging", erwiderte sie. „Wie um alles in der Welt konntet ihr euch das College leisten?"

„Mütze wurde eingezogen und landete in Vietnam – wusstest du das?" Kathleen schüttelte den Kopf. „Jedenfalls hat der Staat für seine Ausbildung bezahlt, als er nach Hause kam. Onkel Leonard und Tante Connie haben Annie und mir geholfen." JT sah zu ihrem Onkel hinüber, und Kathleen sah die Dankbarkeit und Liebe in seinem Blick.

Irgendwann zogen sich Annie, Connie und die anderen Frauen in die Küche zurück, um noch letzte Handgriffe bei den Essensvorbereitungen zu erledigen. „Kann ich euch helfen?", fragte Kathleen.

„Nein, bleib du mal schön sitzen und unterhalte dich", sagte Connie „Aber JT, du könntest mal den Grill anwerfen. Ich habe hier eine Rinderbrust, die eine Weile braucht." Annies Mann schloss sich JT an, und Kathleen setzte sich aufs Sofa, um sich mit Onkel Leonard zu unterhalten. Joelle kam mit einer Dose Limonade zurück und setzte sich neben sie.

Kathleen suchte nach Worten. Sie wollte ihrem Onkel sagen, wie dankbar sie dafür war, wie er Annie und die Jungs großgezogen hatte – ein schwieriger, undankbarer Job –, aber sie wusste nicht, was sie sagen oder wo sie anfangen sollte. Abgesehen davon würde er wahrscheinlich ohnehin schroff reagieren und versuchen, ihre Komplimente abzutun.

„Ich musste die ganze Nacht an Oma Fiona denken", sagte sie stattdessen. „Danke, dass du uns ihre Geschichte erzählt hast. Wie … wie ist sie gestorben?" Nach dem, was sie über Fionas Leben wusste und darüber, wie Arthur gestorben war, hatte sie ein wenig Angst zu fragen.

„Sie hatte einen Herzinfarkt", erwiderte er. „Ich gehe davon aus, dass sie davor schon einige Jahre lang Herzschmerzen hatte, aber dann ist es wohl zu einem Infarkt gekommen. Sie rief eines Morgens den Priester an und sagte: ‚Sie kommen besser rüber, mir geht es nicht gut.' Als er ankam, saß sie tot auf dem Sofa, den Hörer noch immer in der Hand. Der Arzt sagte, sie habe einen schweren Herzinfarkt gehabt und sei wahrscheinlich in Sekundenschnelle gestorben."

„Du sagst, sie hat einen Priester gerufen?", fragte Kathleen überrascht.

„Ja. Ich habe mich auch gewundert. Ich habe nie gesehen, dass meine Mutter zur Messe ging – obwohl sie immer darauf geachtet hat, dass wir gingen, als wir Kinder waren. Vater Joe war es, der mich anrief, und als ich nach Deer Falls fuhr, erzählte er mir, dass sie sich in den letzten paar Monaten wieder der Kirche zugewandt hatte – fast als hätte sie gewusst, dass sie nicht mehr viel Zeit hatte. Er sagte, sie hätte ihren Frieden mit Gott gemacht."

Kathleen hielt sich die Hand vor den Mund, um ihre Tränen aufzuhalten, aber sie konnte sie nicht unterdrücken.

„Stimmt was nicht?", fragte Leonard.

„Nichts … ich bin einfach froh, dass sie Vergebung erfahren hat. Ich habe Oma Fiona geliebt. Ich bin ihr zwar nur einmal begegnet, aber ich habe sie geliebt."

Leonard räusperte sich. Es sah aus, als würde auch er gleich anfangen zu weinen und wollte es nicht. „Ich habe den sternförmigen Saphirring, den mein Vater ihr geschenkt hat; wenn du ihn willst. Er gehört zu den wenigen Sachen, die ich von ihr aufbewahrt habe."

„Ich hätte ihn sehr gerne", flüsterte Kathleen.

Er räusperte sich wieder. „Ich gehe und frage Connie, was sie damit gemacht hat." Kathleen sah zu, wie er sich aus dem Sessel hievte und sich mit seiner Gehhilfe abmühte, aber sie bot nicht an, ihm zu helfen. Er brauchte eine Möglichkeit, seine eigenen Gefühle zu verbergen, und die gab sie ihm.

Der Ring war wunderschön – im Stil der 1920er Jahre gefasst mit einem vollkommenen Sternsaphir. Er war für Kathleens Ringfinger zu klein, und so reichte sie ihn Joelle. Er passte genau an ihren Finger. Sie streckte ihre schmale Hand aus, um den Ring zu bewundern.

„Sie sollte ihn haben", sagte Onkel Leonard mit heiserer Stimme. „Er passt zu ihr."

„Danke", murmelte Joelle. „Ich werde ihn immer in Ehren halten."

Er nickte, und sein kummervolles Gesicht verzog sich beinahe zu einem Lächeln, als er sich mit einem Seufzer wieder auf das Sofa fallen ließ.

„Onkel Leonard, erzähl mir von meiner Mutter", bat Kathleen. „Du hast Oma Fionas Geschichte erzählt, aber du hast nicht gesagt, warum Mama von zu Hause fortging und hierher kam – und warum sie nie nach Deer Falls zurückgekehrt ist."

„Ich war nicht zu Hause, als Eleanor aus Deer Falls wegzog. Ich war 1940 nach der Highschool in die Armee eingetreten. Ich kenne nur

Teile der Geschichte, die sie mir in ihren Briefen erzählt hat – und die Teile, über die sie reden wollte, als ich zurückkam. Es gibt Dinge in Eleanors Leben, die wir nie wissen werden."

Teil 8

Fiona und Eleanor

1936–1942

Kapitel 32

Deer Falls, Pennsylvania – 1936

Leonard zog eine Grimasse, als er versuchte, noch einen letzten Tropfen aus der Flasche mit Flüssigkleber zu quetschen. Der Klebstoff war leer und sein Geschichtsprojekt für die achte Klasse noch nicht fertig. Er musste es morgen abgeben, und die Geschäfte waren am Sonntag alle geschlossen.

„Mist!", sagte er und warf die leere Flasche auf den Tisch. Es war das Fluchähnlichste, was er sich zu sagen traute, denn wenn seine Mutter hörte, dass er fluchte, würde sie ihm den Mund mit Seife auswaschen und darauf bestehen, dass er zur Beichte ging.

„Irgendwo muss hier doch noch mehr Kleber sein", murmelte er und machte sich auf die Suche. Seine Mutter war weggegangen, um Eleanor bei einer Freundin abzuholen, und würde bald zurückkommen, aber Leonard wollte nicht warten. Er wollte sein Projekt fertigstellen. Vielleicht hatte seine Mutter unten im Laden Klebstoff.

Leonard polterte mit der Anmut eines neugeborenen Kälbchens die Treppe hinunter. Seine dürren Beine schienen schneller zu wachsen, als er sich an sie gewöhnen konnte. Nacheinander öffnete er alle Schubladen ihrer Werkbank und versuchte, den Inhalt nicht zu sehr durcheinanderzubringen, aber er fand keinen Klebstoff. Er riss die letzte Schublade auf und nahm einen Stapel Stoffreste heraus – dann erstarrte er. Auf dem Boden der Lade lag eine zusammengefaltete, vergilbte Zeitung mit dem Foto eines Mannes, den er erkannte – sein Vater. Leonard sank auf einen Stuhl und faltete die Zeitung auseinander, um sie zu lesen.

Die Geschichte war wie ein Schlag vor den Kopf. Er wusste, dass sein Vater vor sieben Jahren gestorben war, aber nicht, dass er Selbstmord begangen hatte. Und auch nicht, dass er ein reicher Anlagebankier gewesen war, der alles bei dem großen Börsenkrach verloren hatte. Leonard las den Artikel ganz bis zum Ende. Darin standen Dinge, die überhaupt keinen Sinn ergaben, aber der Mann auf dem Bild war definitiv sein Vater. Leonard erkannte ihn, auch wenn sein Vater nie wirklich zusammen mit ihnen gelebt hatte – nicht so, wie andere Väter bei ihren Familien wohnten. Er schien immer nur für ein paar Stunden die Woche zu Besuch zu kommen, und gelegentlich blieb er an einem Wochenende auch über Nacht.

Während er den Bericht ein zweites Mal durchlas, vergaß Leonard völlig, dass er auf der Suche nach Klebstoff war. Dann las er all die anderen Artikel auf der ersten Seite. Er hörte nicht einmal, dass seine Mutter und Schwester nach Hause kamen, und nahm die Geräusche, die aus dem Obergeschoss herunterdrangen, überhaupt nicht wahr, bis seine Mutter ihn rief.

„Leonard? Bist du da unten? Du musst raufkommen und deine Schularbeiten vom Tisch räumen, damit wir essen können." Er antwortete nicht. Er verstand nicht, was er gerade gelesen hatte. Es passte nicht zu dem, was er in den letzten sieben Jahren für wahr gehalten hatte.

„Leonard?", rief sie noch einmal. „Was machst du denn da unten?"

„Ich lese!", rief er wütend zurück. „Ich lese einen Haufen Lügen über meinen –" Ein Schluchzer verschlug ihm die Sprache. Er konnte den Satz nicht zu Ende sprechen. Er fühlte die Schande dessen, was sein Vater getan hatte, als wäre er selbst es, der so gehandelt hatte. Er hörte, wie seine Mutter die Treppe herunterkam, und als er aufblickte, empfand er eine unerklärliche Wut auf sie.

„Was ist los?", fragte sie, als sie ihn sah. Er hielt die Zeitung hoch, unfähig zu sprechen. Seine Mutter trat an die Werkbank und riss sie ihm aus der Hand. „Du hattest kein Recht dazu! Was fällt dir eigentlich ein, in meinen Sachen herumzuspionieren?"

„Ist es wahr? Hat mein Vater sich wirklich eine Pistole an den Kopf gehalten und sich umgebracht?"

Fiona atmete aus. Sie schloss die Augen und nickte.

„Und was ist mit all den anderen Sachen, die in der Zeitung stehen? Warum ist alles verkehrt? Hier steht, dass seine Frau Evelyn heißt. Und dass mein Name Russell ist und Eleanor heißt eigentlich … ich weiß nicht mehr wie, aber es stimmte nicht. Und sie haben geschrieben, dass wir in Westchester gewohnt haben, aber das haben wir nicht. Ist er wirklich mein Vater oder nicht?"

Fiona trat einen Schritt zurück und lehnte sich gegen den Zuschneidetisch, die Augen noch immer geschlossen, den Kopf gesenkt. Leonard sah, dass sie weinte, und merkte erst dann, dass auch ihm Tränen übers Gesicht liefen.

„Arthur Bartlett war wirklich euer Vater", sagte sie nach einer ganzen Weile. „Er hat sich vor sieben Jahren das Leben genommen. Deshalb sind wir hierher nach Deer Falls gezogen. Ich wollte, dass du und Eleanor neu anfangen könnt, an einem Ort, an dem uns niemand kennt."

„Und all die anderen Dinge … diese falschen Namen … hat die Zeitung da einen Fehler gemacht?" Er wünschte, seine Mutter würde lachen und sagen, dass sie es tatsächlich völlig durcheinandergebracht hatten. Zu erfahren, dass sein Vater sich umgebracht hatte, war schlimm genug.

Aber irgendwie wusste Leonard, dass sie das nicht sagen würde. Sein Vater hatte nie bei ihnen gewohnt; er hatte sich überhaupt nie wie ein richtiger Vater verhalten. „Bitte lüg mich nicht an", bat er, als sie nicht antwortete.

Fiona sah zu ihm auf und hielt seinem Blick stand. „Ich war nicht seine Frau", sagte sie unter Tränen. „Ich war seine Geliebte. Ich hätte es besser wissen müssen. Ich war achtzehn, hatte keinen Pfennig, wohnte in einem stinkenden Häuserblock und arbeitete in einer Näherei. Ich wollte all die schönen Dinge, die er mir bot. Dein Vater versprach mich zu heiraten, und ich war dumm genug, ihm zu glauben. Ich habe ihn geliebt. Gott bewahre, ich tue es immer noch."

„Mama?", rief Eleanor von oben. „Essen wir irgendwann?"

„Ich wollte nicht, dass ihr Kinder das erfahrt", sagte Fiona und wischte sich die Tränen mit ihrer Schürze ab „Bitte sag deiner Schwester nichts davon." Sie gab Leonard die Zeitung zurück und ließ ihn allein und am Boden zerstört in dem jetzt dunklen Laden zurück.

Nach jenem schrecklichen Tag bemerkte Leonard Dinge, die ihm vorher nie aufgefallen waren. Es war, als wenn seine Mutter ihm ein Märchenbuch zu Ende vorgelesen, es dann zugeklappt und ihn in die wirkliche Welt gestoßen hätte, in der es kein Happy-End gab. Ihm fiel auf, wie die Bergbauarbeiter im Vergleich zu den Besitzern der Kohlebergwerke lebten. Er sah die Slums entlang der Bahnschienen, in denen bettelarme Männer, Frauen und Kinder hausten, während die Ferienhäuser der reichen Leute aus Philadelphia und New York einen Großteil des Jahres leer standen. Er bemerkte, wie anders seine Lehrer die Schüler aus armen Familien behandelten. So sollte es nicht sein! Das war nicht gerecht!

Das Wissen, dass ein Mann wie Arthur Bartlett in der Lage war, ein Mädchen wie Fiona Quinn auszunutzen, nur weil er reich war und sie eine arme Einwanderin, schürte in Leonard einen tiefen Hass gegen die Reichen und Mächtigen und eine neue Identifikation mit den Arbeitern und ihren Problemen. Die Geschichte seiner Mutter war ein Beispiel dafür, wie alle reichen Männer die Armen misshandelten und missbrauchten – und es gab nichts, was die Armen dagegen tun konnten. Sie konnten aus ihrer Notlage nicht ausbrechen.

Die Tageszeitung zu lesen, entfachte Leonards Gespür für Kränkungen und seine Leidenschaft für Gerechtigkeit. Er fing an, bis zu drei Zeitungen am Tag zu kaufen, die er dann abends auf dem Tisch ausbreitete. Und er wurde immer wütender, je mehr er darin las. In den ersten Monaten des Jahres 1937, als die neue Gewerkschaft der Automobilarbeiter einen Sitzstreik organisierte und so eine Fabrik von General Motors in Michigan lahmlegte, jubelte Leonard. Als der Streik in Unruhen ausartete, wollte er nach Michigan trampen und sich an dem Kampf beteiligen. Im folgenden Monat verfolgte er mit großem Eifer die Nachrichten, während die Streiks sich auf General-Motors-Fabriken in anderen Bundesstaaten ausweiteten und die Produktion stillstand. Zum Schluss gab die Geschäftsleitung den Forderungen der Arbeiter nach. Die Arbeitergewerkschaften erlangten neue Macht als Vertreter der Schwachen gegen die Starken, und Leonard hatte das Gefühl, als hätte er höchstpersönlich über Männer wie seinen Vater triumphiert. Drei Monate später starben zehn Menschen bei einer Kundgebung in Chicago, und als die Gewerkschaftsbewegung an Schwung und Stärke gewann, wusste Leonard, dass er seine Lebensaufgabe gefunden hatte. Er konnte gegen die Ungerechtigkeit kämpfen; er konnte helfen, das Unrecht in der Gesellschaft zu beseitigen.

Er interessierte sich für den Sozialismus, dann für den Kommunismus und dessen Versprechen, das Klassensystem abzuschaffen und den ärmsten Mitgliedern der Gesellschaft die Macht zu übertragen. Als er in der Abschlussklasse der Highschool war, begann er Karl Marx zu lesen. Das war in dem Jahr, als Großbritannien und Frankreich Deutschland den Krieg erklärten und der Zweite Weltkrieg ausbrach. Und es war das Jahr, in dem er seinen Halbbruder Russell Bartlett fand.

Es geschah zufällig. Leonard hatte einen Stapel Zeitungen durchgesehen und alles über Josef Stalins Rote Armee gelesen, die in Ostpolen einmarschiert war, als er auf den New Yorker Gesellschaftsteil stieß. Der Name Bartlett oben auf einer Hochzeitsanzeige sprang ihm entgegen. Er sah genauer hin und entdeckte, dass die Frau seines Vaters, Evelyn, wieder geheiratet hatte. Diese Neuigkeit interessierte ihn nicht besonders, aber die Anzeige erwähnte auch ihren Sohn Russell Bartlett, der am Broadway Schauspieler und Regisseur war.

Seitdem las Leonard sorgfältig das Feuilleton und sammelte Hinweise, Kritiken oder Berichte, in denen Russell Bartlett erwähnt wurde. Er hatte einen ordentlichen Stapel Zeitungsartikel gesammelt, als Eleanor sie beim Putzen unter seinem Bett entdeckte, wo er sie versteckt hatte.

„Was ist denn das hier, Leonard?", fragte sie und schwenkte den zugestaubten Stapel Papier.

„Nichts. Gar nichts. Gib das her."

Sie lachte, als würde seine Sorge sie belustigen. „Zu spät – ich habe sie schon gelesen. Ich wusste gar nicht, dass du dich fürs Theater interessierst."

„Gib sie mir wieder, Eleanor. Ich habe keine Lust auf deine albernen Spielchen. Die Sachen gehen dich gar nichts an."

„Ich glaube aber doch, dass es mich etwas angeht", sagte sich schnippisch. „Ich habe gesehen, dass überall unser Name vorkommt. Deshalb hast du sie ausgeschnitten, nicht wahr? Ist dieser Bartlett-Typ ein Verwandter von uns?"

Kalt spürte Leonard den Angstschweiß im Nacken. Sie war der Wahrheit unbehaglich nahe gekommen – einer Wahrheit, die ihre Mutter geheim halten wollte. Leonard nahm es seiner Mutter nicht übel, dass sie Eleanor nichts davon sagte. Er selbst war am Boden zerstört gewesen, und das Wissen hatte die Gefühle seiner Mutter gegenüber unwiderruflich verändert.

„Er ist unser Onkel väterlicherseits", log Leonard. „Ich dachte, ich könnte ihn vielleicht mal treffen, falls ich jemals nach New York komme. Und jetzt gib die Artikel wieder her."

„Hier!" Sie warf sie in die Luft, und sie flatterten zu Boden wie Blätter im Herbst. „Es geht mir auf die Nerven, dass manche Leute nicht mal mehr *bitte* sagen können!"

Zwei Tage nach seinem Highschoolabschluss saß Leonard am Tisch und las die Zeitung, als seine Mutter aus dem Laden nach oben kam, einen Umschlag in der Hand.

„Hier. Mr Messina hat dir eine Karte zum Abschluss gekauft", sagte sie und reichte sie ihm. „Er ist unten, wenn du runtergehen und dich bedanken willst."

Leonard murmelte eine vage Erwiderung. Er wollte den Umschlag nicht öffnen, geschweige denn mit dem eingebildeten Kerl sprechen. Der Vermieter war seit ihrem Umzug nach Deer Falls wie eine Schattengestalt immer wieder im Leben seiner Mutter aufgetaucht, und Leonard traute ihm nicht. Niemand wusste, mit welchen so genannten Geschäften er sein Geld verdient hatte. Die Tatsache, dass er reich war, genügte Leonard, um ihn zu hassen.

Er ließ den ungeöffneten Umschlag auf dem Tisch liegen und las den Artikel zu Ende, den er gerade begonnen hatte. Als er den Brief schließlich doch öffnete und ein Fünfzigdollarschein herausfiel, war er außer sich vor Wut. Es erschien ihm wie ein Schlag ins Gesicht, dass Messina in den Laden geschlendert kam und Almosen an den Sohn seiner armen Mieterin verteilte. Leonard steckte das Geld und die Karte zurück in den Umschlag und ging nach unten, nicht um sich für das Geld zu bedanken, sondern um es zurückzugeben.

Seine Mutter saß mit einem halb fertigen Hut an der Werkbank. Messina stand dicht neben ihr – zu dicht – in einem seiner teuren Anzüge. Sein dunkles Haar war zurückgekämmt und glänzte vor Pomade. Aus irgendeinem Grund blieb Leonard auf halber Treppe stehen und beobachtete sie. Er sah, wie der Vermieter Fionas Gesicht mit seinen fleischigen Händen umfasste und sich dann über sie beugte, um sie zu küssen. Es war kein keuscher Kuss auf die Wange, sondern ein langer, besitzergreifender Kuss, bei dem er seine gierigen Lippen auf ihre presste.

Leonard hätte laut aufgeschrien, wenn ihm nicht der Atem gestockt hätte. Er konnte sich nicht einmal mehr bewegen. Er sah hilflos zu, wie Messina seine Mutter zum Abschied streichelte und den Laden verließ.

Als seine Kraft endlich zurückgekehrt war, wusste Leonard nicht, ob er wieder hinaufgehen oder seine Mutter zur Rede stellen sollte. Er spürte, wie die Wut in seinem Bauch hochkochte und ein Ventil brauchte, und so ging er die Treppe weiter runter und knallte den Umschlag vor ihr auf den Tisch.

„Hier. Ich will das nicht", sagte er verbittert. „Du kannst es ihm zurückgeben, wenn du ihn das nächste Mal siehst."

„Was ist denn mit dir los? Was hat Mr Messina dir denn getan, dass du dich ihm gegenüber so unhöflich verhältst?"

„Er ist genauso wie all die anderen Reichen! Sie scheffeln Geld auf dem Rücken der Armen. Was ich wissen will, ist, warum du so nett zu ihm bist."

„Es sind harte Zeiten. Wenn Mr Messina meine Hüte nicht zum Verkauf nach Philadelphia mitnehmen würde, könnten wir nie davon leben."

„Ach ja? Und wie viel Gewinn behält er von deiner Arbeit ein? Er benutzt dich, Mama. Versuch nicht mir zu erzählen, dass er nur nett ist. Sag ihm, er soll sich davonscheren."

„Sicher, und wovon sollen wir dann leben? Du liest doch Zeitung, also weißt du auch, dass dieses Land in einer Wirtschaftskrise steckt."

„Wir kommen schon klar. Du verdienst doch mit dem Geschäft Geld."

„Glaubst du, wir könnten davon leben, dass ich Hüte in Deer Falls verkaufe? Denk noch mal darüber nach, Leonard."

Aber er wollte nicht darüber nachdenken. Er wollte all die Dinge, die sie ihm da erzählte, und die Dinge, die er gesehen hatte, nicht zusammenfügen. Die hilflose Enttäuschung, die er empfand, brach aus ihm heraus. „Ich habe gesehen, wie er dich geküsst hat, Mama!" Einen Moment lang sah sie erschrocken aus, dann peinlich berührt und schließlich resigniert.

„Ja", sagte sie leise. „Und ich habe seinen Kuss erwidert."

„Er ist ein verheirateter Mann! Ein schmieriger, ekelhafter Typ! Wie kannst du nur etwas für ihn empfinden?"

„Das tue ich ja gar nicht!", antwortete sie scharf. „Ich hasse ihn genauso wie du – vielleicht sogar noch mehr."

„O nein …", stöhnte Leonard. Er schüttelte den Kopf, als könnte er die Wahrheit abschütteln, als er erkannte, was seine Mutter da sagte. „Sag, dass das nicht wahr ist … du hast nicht …"

„Ich tue es für dich und Eleanor. Es ist die einzige Möglichkeit, wie wir leben können. Ich habe keine andere Wahl."

„NEIN!", schrie er und hielt sich die Ohren zu. „Das ist nicht wahr!" Sie stand auf und zog die Hände von seinen Ohren, seine Handgelenke umklammert, und zwang ihn ihr zuzuhören. Sie war wütender, als Leonard sie jemals gesehen hatte, und ihr schönes Gesicht war bleich vor Zorn.

„Wenn du einer guten Sache dienen willst, Leonard, warum kämpfst du dann nicht für all die Frauen, die keinen Ehemann haben, der für sie sorgt; Frauen, die keine Möglichkeit haben, sich und ihre Kinder zu ernähren; Frauen, die nur schlecht bezahlte Arbeit in Nähereien oder als Zimmermädchen oder Kellnerin finden, Arbeit, die nicht genug abwirft, um eine Familie zu versorgen. Nur zu, sei ruhig wütend, Leonard – aber sei wütend auf die Welt, die Frauen wie mir keine andere Wahl lässt, als sich von Männern wie deinem Vater und Lorenzo Messina ausnutzen zu lassen."

Sie ließ ihn los und sank wieder auf ihren Stuhl. Leonard bebte vor Zorn, seine Handgelenke waren rot und schmerzten von ihrem Griff. Er fühlte sich ebenso hilflos wie seine Mutter, und das machte ihn wütend.

„Ich gehe arbeiten! Ich werde für dich sorgen!", sagte er. Fiona nahm seine geballte Faust in beide Hände und rieb sie, um ihn zu besänftigen.

„Mein süßer Leonard. Ich weiß, dass du liebend gerne für deine Schwester und mich sorgen würdest. Aber du bist erst achtzehn Jahre alt – und es gibt schon so viele arbeitslose Männer."

Da wusste Leonard, was er zu tun hatte. Der Gedanke hatte seit Tagen an ihm genagt, aber jetzt war er sich sicher.

„Ich werde mich freiwillig zum Militär melden", sagte er leise. „Ich schicke dir jeden Monat meinen Lohn."

„Du darfst dich nicht melden!", sagte sie entsetzt. „In Europa herrscht Krieg. Was ist, wenn Amerika auch darin verstrickt wird?"

„Ich glaube, dass wir in den Krieg eintreten werden. Meiner Meinung nach ist es unvermeidlich. Aber wie du gesagt hast: Es ist die einzige Möglichkeit, wie wir leben können. Ich habe keine andere Wahl."

Sie sprang auf, schlang die Arme um ihn und klammerte sich an ihn, als könnte sie ihn aufhalten.

„Nein ... nein, bitte tu das nicht! Ich könnte es nicht ertragen, wenn ich dich auch noch verliere."

„Es tut mir leid, Mutter." Er schob ihre Arme fort. „Ich kann nicht zusehen, wie du ... Ich muss fort. Außerdem bedeutet es, dass du nur noch zwei Menschen ernähren musst." Er drehte sich um und rannte die Treppe hinauf, zwei Stufen auf einmal, denn er wollte seine Sachen packen, bevor er es sich anders überlegte.

Eleanor nahm sich die Nachricht sehr zu Herzen und tat alles, um es ihm auszureden. Leonard hatte sich seiner Schwester immer sehr nahe gefühlt, hatte sie beschützen wollen, auch wenn ihr die Arbeiterbewegung und all seine anderen Anliegen gleichgültig waren. In vielerlei Hinsicht war sie sehr anspruchsvoll – sie kleidete sich schick, trug Make-up und frisierte ihre Haare modisch. Sie sah sich selbst als der Mittelschicht zugehörig oder sogar noch etwas höher. Sie wusste nicht, dass sie tatsächlich arm waren und in einer Gesellschaft lebten, die die Armen ausbeutete. Sie tat ihm leid. Eleanor wusste auch nicht die Wahrheit über ihren Vater oder Lorenzo Messina – und Leonard würde eher sterben, als sie ihr zu sagen. Sollte sie in ihrer Märchenwelt leben. Das Einzige, was er bereute, war, dass er nicht da sein würde, um sie vor solchen Männern zu beschützen.

„Hör zu, Eleanor", sagte er, als er sich zum Abschied bereitmachte. „Und ich möchte, dass du mir wirklich zuhörst und es nicht einfach mit einem Achselzucken abtust, in Ordnung?"

Sie nickte und blickte mit Tränen in den Augen von seinem Bett, auf dem sie im Schneidersitz saß, zu ihm auf.

„Jeden Sommer kommen die ganzen versnobten reichen Jungs in die Stadt, weil ihre Familien Ferienhäuser hier haben. Du bist ein hübsches Ding, und sie werden sich in dich verlieben – und ich werde nicht hier sein, um auf dich aufzupassen. Trau ihnen nicht, Eleanor. Hör dir ihre Lügen nicht an. Sie werden dir alle möglichen Dinge versprechen, um zu bekommen, was sie wollen, und um dich herumzukriegen, aber es ist alles gelogen. Du bist für sie nur ein Sommerflirt. Sie fahren nach Philadelphia oder New York oder sonst wohin zurück und heiraten versnobte, reiche Frauen und verschwenden nie wieder einen Gedanken an dich."

„Sie sind aber nicht alle so –"

„Doch!", unterbrach er sie. „Doch, das sind sie! Es ist mir egal, ob du mir irgendetwas anderes glaubst, aber das musst du mir glauben. Trau keinem reichen Mann! Geh ihnen aus dem Weg!"

Sie sprang auf, um ihn zu umarmen, und er spürte ihre Tränen an seinem Hals. „Ich werde dich schrecklich vermissen! Musst du wirklich gehen?"

„Ja", seufzte er. „Ja, ich muss."

Kapitel 33

Deer Falls, Pennsylvania – 1942

Nichts ist, wie es war, dachte Eleanor. Sie saß hoch oben auf ihrem Rettungsschwimmerausguck und blickte über den beinahe menschenleeren Strand. Seit Pearl Harbour im letzten Dezember hatte sich alles verändert. Sie rückte den Schirm, der sie vor der warmen Sommersonne schützte, zurecht, und blickte auf ihre Armbanduhr. Nur noch eine Stunde.

Die letzten sechs Monate in der Highschool waren wie in einem Nebel vergangen, weil alle sich auf den Krieg konzentriert hatten, in dem Amerika nun kämpfte. Alle Jungen in ihrer Klasse hatten sich freiwillig gemeldet, ebenso wie die meisten Männer in der Stadt zwischen achtzehn und fünfundvierzig. Und während Deer Falls normalerweise vor Sommergästen aus allen Nähten platzte, waren die Strände und Ferienhäuser diesmal beinahe verlassen. Die Stadt war im Winter immer ziemlich langweilig gewesen, aber wenigstens hatte Eleanor den Sommer gehabt, auf den sie sich freuen konnte – wenn es Tanzveranstaltungen und Partys gab und man interessante neue Leute kennenlernen konnte.

Sie hatte Leonards Warnung allerdings nie vergessen und bald festgestellt, dass er recht gehabt hatte. Sie hatte in den letzten beiden Jahren gelernt, den wohlhabenden „Sommerjungs", die mit ihren schicken Wagen und glatten Sprüchen in die Stadt geweht kamen, nicht zu trauen. Es machte Spaß, mit ihnen zu tanzen oder Lagerfeuer am Strand zu machen oder einen Nachmittag lang mit ihnen segeln zu gehen. Aber sie war zu schlau, um sich in einen von ihnen zu verlieben. Sie hatte größere Pläne für ihre Zukunft. Ihre Mutter hatte Eleanor immer ermutigt, unabhängig zu sein, eine gute Ausbildung zu bekommen, ein eigenständiger Mensch zu sein – und genau das gedachte sie zu tun.

Als Eleanors Schicht als Strandwache endete, war kein Mensch mehr am Strand zu sehen. In der Vergangenheit hatte sie eigentlich immer darauf zählen können, dass ein netter junger Mann sie nach

Hause fuhr. Stattdessen musste sie jetzt laufen. Sie kletterte von ihrem Stuhl herab und drehte das Schild um, sodass *Kein Rettungsschwimmer im Dienst* darauf zu lesen war. Dann ging sie in die Strandhütte, um ihre Sachen anzuziehen und sich auf den zwei Kilometer langen Weg nach Hause zu machen.

Sie war noch nicht weit gegangen, als ein glänzendes schwarzes Auto neben ihr hielt und jemand durch das geöffnete Fenster ihren Namen rief. Zuerst hatte sie Angst, bis sie sah, dass es Mr Messina war, Mamas Vermieter.

„Kann ich dich nach Hause bringen, Eleanor?", fragte er. „Ich will sowieso in die Richtung."

„Klar. Danke." Sie setzte sich auf den Beifahrersitz, und das Leder fühlte sich unter ihren leichten Sommershorts heiß an. Sie fragte sich, wie Mr Messina es aushielt, an einem so heißen Tag wie heute einen Dreiteiler zu tragen.

„Warst du schwimmen?", fragte er beiläufig.

„Nein, zum Schwimmen komme ich nicht – es sei denn, jemand beschließt zu ertrinken", sagte sie lachend. „Ich bin die Rettungsschwimmerin."

„Rettungsschwimmerin! Ich bin beeindruckt", sagte er mit einem Grinsen. „Das ist aber eine Menge Verantwortung für eine junge Dame."

„Ich bin achtzehn. Und ich habe letzten Monat meinen Abschluss gemacht."

„Wirklich? Ich erinnere mich noch an das erste Mal, als ich dich gesehen habe – du warst noch ein kleines Mädchen. Aber wenn du gestattest, dass ein alter Mann wie ich das bemerkt: Du hast dich in eine sehr schöne Frau verwandelt."

„O … na ja … d-danke, Mr Messina", stotterte sie. Sie merkte, wie sie rot wurde. Einige von den „Sommmerjungs" hatten für sie geschwärmt, aber niemand hatte jemals gesagt, sie sei schön – geschweige denn, sie eine Frau genannt. Und Mr Messina war ein erwachsener Mann, ein Großstädter, der sicherlich schon viele Frauen gesehen hatte. Sie warf ihm einen Blick zu, um zu sehen, ob es sein Ernst war. In seinem Blick war nichts als Bewunderung zu lesen. Er war ein sehr gut aussehender Mann, trotz seines Alters und seines leichten Übergewichts.

„He, bitte nenn mich nicht Mr Messina", sagte er und zog eine Grimasse. „Dann fühle ich mich schrecklich alt. Du bist jetzt erwachsen. Nenn mich Lorenzo, in Ordnung?"

Sie zuckte mit den Achseln. „Okay." Aber sie war zu schüchtern, um es auszuprobieren. Es gefiel ihr jedoch, als erwachsen bezeichnet zu werden.

„Und was hast du in diesem Sommer noch vor, außer am Strand zu arbeiten?", fragte er.

„Nichts. Das ist das Problem. Hier ist nichts mehr los, nachdem all die Männer in den Krieg gezogen sind. Es ist beinahe so langweilig wie im Winter."

„Segelst du gerne?"

„Klar – aber es gibt auch keine ‚Sommerjungs', mit denen ich segeln gehen könnte."

„Mal sehen, ob wir da etwas machen können."

Eleanor fragte sich, was er wohl meinte, aber sie hatte keine Zeit, ihn zu fragen, denn sie waren an ihrer Wohnung angekommen. Sie nahm ihre Strandtasche und öffnete die Tür.

„Tausend Dank für die Mitfahrgelegenheit", sagte sie. „Tschüss!" Sie brachte es doch nicht über sich, „Lorenzo" zu sagen.

Am nächsten Tag hatte sie schon den halben Heimweg zurückgelegt, als Mr Messina wieder an ihr vorbeifuhr und ihr anbot, sie mitzunehmen. Diesmal kamen sie aufs Essen zu sprechen. „Was ist dein Lieblingsrestaurant?", fragte er.

Sie lachte. „Es ist schwierig, ein Lieblingsrestaurant zu haben, wenn man noch nie in einem war."

„Das ist ein Witz, oder?"

„Nein", sagte sie und lachte wieder. „Wir können es uns nicht leisten, in irgendeinem Restaurant in Deer Falls zu essen. Und woanders war ich noch nie. Der Imbiss zählt nicht, oder?"

„Du hast ein tolles Lachen", sagte er mit einem Blick auf sie. „Wenn ich mir Witze merken könnte, würde ich welche erzählen, nur um es noch einmal zu hören. Aber im Ernst, was ist mit deinem Freund – fährt er nicht mit dir irgendwohin?"

„Ich habe keinen Freund, L-Lorenzo." Sie sprach seinen Namen aus, um zu sehen, wie es sich anfühlte, und es war ihr peinlich, dass es so zögerlich klang. Er schien es nicht zu bemerken. Sie hielten wieder vor ihrem Haus, aber als sie aussteigen wollte, legte er eine Hand auf ihren Arm, um sie zurückzuhalten.

„Warte, Eleanor. Du willst mir doch wohl nicht sagen, dass eine schöne, charmante junge Frau wie du keinen Freund hat? Das kann ich einfach nicht glauben."

„Es stimmt aber", sagte sie und lächelte, als sie sich auf ihrem Sitz zurücklehnte. „Die Jungs von der Schule sind alle ungeschickt und langweilig. Ihre Vorstellung von einer romantischen Verabredung ist es, ins Kino zu gehen und anschließend einen Milchshake zu trinken. Und um mich mit den ‚Sommerjungs' einzulassen, bin ich zu klug."

„Wieso denn das?" Er wandte sich ihr zu und legte den Arm über die Rückenlehne des Beifahrersitzes hinter ihrem Kopf.

„Mein Bruder hat mich gewarnt, bevor er zum Militär gegangen ist – und er hatte recht. Das sind alles nur verwöhnte reiche Jungs, die flirten und lügen und mir Dinge erzählen, um mich rumzukriegen, aber in Wirklichkeit verachten sie mich. Ich bin für sie nur ein Sommerflirt. Ihr Geld ist geerbt und sie wollen Frauen heiraten, deren Familien ebenfalls reich sind. Ich hoffe, ich lerne eines Tages einen echten Gentleman kennen – jemanden, der mich in schicke Restaurants ausführt und mich wie eine Erwachsene behandelt und nicht wie einen Ferienflirt."

„Diesen Mann beneide ich. Er ist ein wahrer Glückspilz."

Am dritten Nachmittag sah Eleanor Lorenzos Auto vor der Strandhütte stehen, als sie sich nach der Arbeit umgezogen hatte. „Ich kann nicht glauben, dass das ein Zufall ist", sagte sie lachend. „Wollen Sie mich verwöhnen, Lorenzo? Ich verlerne noch völlig, zu Fuß zu gehen."

„Heute ist es kein Zufall", sagte er. Er sah wie ein Filmstar aus, wenn er lächelte. Wie ein älterer Clark Gable, genau genommen. „Ich habe auf dich gewartet, weil ich dir eine Frage stellen möchte." Neugierig stieg sie in sein Auto. Wieder drehte er sich zu ihr um und legte den Arm hinter ihren Kopf. „Hast du Lust, heute Abend mit mir essen zu gehen?"

„Das ist ein Witz, oder?"

„Es ist mein voller Ernst."

Sie spürte, wie ihr Herz einen merkwürdigen kleinen Satz machte, während er ihr Gesicht betrachtete und auf eine Antwort wartete. Es war das gleiche Gefühl, das sie manchmal hatte, wenn ein gut aussehender „Sommerjunge" mit ihr flirtete. Aber Lorenzo war ein erwachsener Mann, ein attraktiver noch dazu – und er fand sie schön.

„Ich … äh … Also, was ich gestern gesagt habe, dass ich noch nie in einem Restaurant war, habe ich nicht gesagt, damit Sie Mitleid mit mir haben und –"

„Ich habe überhaupt kein Mitleid mit dir."

„W-warum laden Sie mich dann ein?"

Er lachte und rutschte ein Stückchen näher. Er roch gut – nach Zigarren. „Weil ich so oft in Restaurants gegessen habe, dass sie für mich ihren Reiz verloren haben. Aber wenn ich mit dir gehe, erlebe ich das Aufregende, Neue noch einmal mit deinen Augen. Es ist dann für mich auch so, als wäre es das erste Mal. Also … gehst du heute Abend mit mir essen, Eleanor?"

„Ich … Ich muss meine Mutter fragen –"

„Natürlich. Und ich bin sicher, dass Fiona nichts dagegen hat. Aber ich muss schon sagen, ich bin ein wenig erstaunt, dass eine junge Frau mit deiner Intelligenz und Reife noch um Erlaubnis fragen muss, wenn sie mit einem alten Freund essen gehen will."

„Ich *muss* nicht direkt –"

„Gut. Dann überlass ich die Entscheidung dir. Aber ich hoffe, du sagst Ja." Er ließ den Motor an und wendete den Wagen, um sie nach Hause zu fahren.

Eleanors Kopf drehte sich. Sie wollte unheimlich gerne zusagen, aber irgendetwas an dem Angebot schien ihr nicht richtig. Sie war ziemlich sicher, dass er verheiratet war, obwohl sie seine Frau noch nie gesehen hatte. Aber Eleanor wischte das ungute Gefühl beiseite. Lorenzo war ein alter Freund der Familie. Und so wie er es formuliert hatte, klang es, als würde sie ihm einen Gefallen tun, wenn sie seine Einladung annahm – und seine Gefühle verletzen, wenn sie ein so großzügiges Angebot ablehnte.

„Ich gehe gerne mit Ihnen essen", sagte sie, als sie vor ihrem Haus hielten.

„Gut. Dann hole ich dich um halb acht ab. Wir gehen zu Sandersons Steakhaus."

Eleanor erzählte ihrer Mutter nichts. Es schien ihr, als würde der Zauber dieses besonderen Abends verfliegen, wenn sie erklären musste, dass ihr Vermieter sie zum Essen einlud, nur weil sie ihm erzählt hatte, dass sie sich diesen Sommer langweilte und noch nie in einem Restaurant gegessen hatte.

Und der Abend war zauberhaft. Lorenzo verwöhnte sie mit einem ausgedehnten Sechs-Gänge-Menü bei Kerzenschein, mit leiser Musik im Hintergrund und einem märchenhaften Ausblick auf den glänzenden See. Aber es war mehr als ihre erste Begegnung mit einem Restaurantessen, was diesen Abend so denkwürdig machte. Es war die gesittete Art, mit der Lorenzo sie behandelte und ihr zum ersten Mal im Leben das Gefühl gab, eine Frau zu sein. Und der Blick, mit dem er sie ansah, machte sie ganz schwindelig.

„Lass uns das bald wiederholen", sagte er, als er sie kurz vor Mitternacht zu Hause absetzte.

„Sehr bald wird das nicht gehen", lachte sie. „Ich habe mindestens eine Woche lang keinen Hunger."

„Wenn ich dich so ansehe, wünsche ich mir, wieder jung zu sein, Eleanor. Obwohl ich mich schon jünger fühle, wenn ich mit dir zusammen bin. Dafür danke ich dir sehr." Er hob ihre Hand an seine Lippen und küsste sie. „Gute Nacht."

Eleanor schwebte die ganze Woche wie auf Wolken, auch wenn sie von der Arbeit nach Hause laufen musste. Lorenzo traf sie nur zwei Mal auf ihrem Heimweg, und beim zweiten Mal fragte er sie, wann sie ihren freien Nachmittag habe.

„Ich habe am Donnerstag frei – warum?"

„Hast du Lust, mit mir segeln zu gehen?" Er sah so gespannt aus, so hoffnungsvoll, dass sie einfach nicht absagen konnte. Und sie wollte auch gar nicht absagen. Sie erzählte ihrer Mutter, dass sie mit Freunden zum See gehen würde – was ja auch stimmte. Lorenzo verbrachte den ganzen Nachmittag mit ihr auf seinem herrlichen Segelboot. Sie taten nichts als schwimmen, sonnenbaden und reden, aber er war so aufmerksam, stellte ihr hundert Fragen und hörte sich mit echtem Interesse an, was sie zu sagen hatte, sodass sie am Ende des Tages das Gefühl hatte, eine exotische Urlaubsreise gemacht zu haben.

Eleanor hatte einen Großteil ihres Lebens in Deer Falls gewohnt, aber Lorenzo Messinas Ferienhaus hatte sie noch nie gesehen. Es lag am Ende einer langen, mit einem Tor versehenen Auffahrt, versteckt hinter Dutzenden von Hektar Wald. Er hatte seinen eigenen Bootsanleger und einen abgeschirmten Strand. Es schien wie ein Paradies, gleich außerhalb von Deer Falls.

„Hast du Hunger?", fragte er, als zwei Bedienstete herausgeeilt kamen, um ihm beim Vertäuen des Segelbootes zu helfen. „Natürlich hast du. Komm rein, und ich sage meinem Koch, er soll uns etwas zu essen machen."

Sie willigte ein, denn sie war neugierig darauf, wie das Innere seines beeindruckenden Hauses aussah. Was sie davon sah, war umwerfend. Und die Mahlzeit, die seine Bediensteten servierten – bei Kerzenschein im Esszimmer der Villa –, war sogar noch besser als das Essen bei Sandersons.

Wieder dankte Lorenzo ihr, als er sie vor ihrem Haus absetzte. Dann lehnte er sich näher, mit dem Duft von Sonne und Sand und frischer Luft auf seiner Haut, und küsste sie ganz sacht auf die Wange. Eleanor spürte das Pflaster des Gehwegs kaum unter ihren Füßen, als sie aus dem Wagen stieg und zusah, wie er wegfuhr. Aber als sie sich umdrehte, um hineinzugehen, sah sie ihre Mutter am Fenster des Ladens stehen, die Vorhänge in der Hand, und ihr Gesicht war die reinste Schreckensmaske.

Eleanor hatte noch nie so viel Angst gehabt. Fiona bewegte sich wie in einem Traum, öffnete die Ladentür, um Eleanor hineinzulassen, während der Ausdruck des Schreckens und des Ekels nicht aus ihrem Gesicht wich. Sie zitterte von Kopf bis Fuß, als sie sich Eleanor in den Weg stellte.

„Was um alles in der Welt hast du dir dabei gedacht? Wo warst du mit diesem Mann? Was hat er mit dir gemacht?"

„N-nichts –"

„Lüg mich nicht an!" Sie versetzte Eleanor eine schallende Ohrfeige. „Ich habe euch zusammen gesehen! Ich habe gesehen, wie er dich geküsst hat!"

„D-das war nichts. Es hat nichts zu bedeuten." Aber während sie ihre schmerzende Wange rieb, wusste Eleanor, dass sie ihre Mutter anlog. Sie dachte an das wunderbare, schwindelige Gefühl, das sie den ganzen Tag gehabt hatte, als sie mit Lorenzo auf dem Boot gewesen war. Sie wollte morgen wieder mit ihm zusammen sein und den Tag darauf und am übernächsten Tag auch. Wenn ihre Mutter sich Sorgen wegen des Altersunterschieds machte, musste sie ihr klarmachen, dass er keine Rolle spielte.

„Du wirst nie wieder in seine Nähe gehen, ist das klar?"

„Warum denn nicht? Lorenzo respektiert mich, Mama. Er behandelt mich wie eine Erwachsene, was man von dir und allen anderen nicht behaupten kann. Er ist der einzige Mensch auf der ganzen Welt, der mir zuhört."

Fiona sah aus, als würde sie gleich ohnmächtig werden. „Nein, Eleanor, nein! Er hört dir nicht zu, er versucht dich zu verführen!"

„Das tut er nicht! Wie kannst du so etwas sagen?"

„Weil ich diese Art Mann kenne. Ich weiß genau, was er vorhat. Er schmeichelt dir, damit du das Gefühl hast, etwas Besonderes zu sein, und ihm vertraust, und dann … dann –" Ein Schrei würgte den Satz ab.

„Du weißt doch gar nichts über Lorenzo. Er ist lieb und süß, und er lacht mit mir –"

„Ich weiß alles, was man über ihn wissen kann! Ich bin seine Geliebte, Eleanor! So konnte ich euch in all den Jahren überhaupt nur durchbringen."

Eleanor erstarrte. „Das ist eine Lüge!"

„Es ist die Wahrheit, so wahr mir Gott helfe. Ich wünschte, es wäre nicht so. Und jetzt sieht es so aus, als wollte er auch dich zu seiner Gespielin machen. Aber ich werde nicht zulassen, dass er dich bekommt, Eleanor. Und wenn ich dich in deinem Zimmer einsperren muss, um dich von ihm fernzuhalten, ich schwöre, ich tu's!"

Eleanor stieß ihre Mutter zur Seite und rannte die Treppe hinauf und ins Bad, knallte die Tür zu und schloss hinter sich ab. Sie hatte Angst, sich übergeben zu müssen. Sie saß in dem dunklen Badezimmer auf dem Toilettendeckel und schluchzte. Sie wusste nicht, was schlimmer war – der Gedanke an das, was Lorenzo Messina ihrer Mutter antat, oder daran, was er beinahe mit ihr gemacht hätte.

Nach einer langen Zeit klopfte ihre Mutter an die Badezimmertür und flehte sie an: „Eleanor, bitte. Mach auf."

Sie antwortete nicht, bewegte sich nicht einmal.

„Bitte, Eleanor." Fiona weinte auch. „Bitte vergib mir. Ich habe getan, was ich tun musste." Sie flehte, stundenlang, wie es Eleanor schien, aber trotzdem antwortete sie ihr nicht. Sie konnte ihr nicht ins Gesicht sehen. Sie schämte sich für ihre Mutter und für sich selbst.

Eleanor wusste, dass sie Deer Falls verlassen musste. Sie konnte nicht riskieren, Lorenzo Messina jemals wieder zu begegnen. Und sie konnte ihre Mutter nicht länger ansehen, nachdem sie wusste, was sie war. Während Eleanor zusammengekauert im Badezimmer saß und auf die Dämmerung und den ersten Bus aus der Stadt wartete, plante sie, was zu tun war.

Ihre Mutter saß am Tisch und starrte blind in die Ferne, ihr schönes Gesicht rot und geschwollen, als Eleanor herauskam, um ihr ihre Entscheidung mitzuteilen. „Ich gehe. Du brauchst dir also keine Sorgen um mich zu machen." Sie holte tief Luft, um sich zu sammeln und um nicht weinen zu müssen. „Ich habe beschlossen, nach New York zu gehen. Ich werde Verwandte meines Vaters aufsuchen und –"

„Wie bitte? *Was* willst du tun?"

„Leonard hat einen Verwandten von Papa gefunden, einen Mann namens Russell Bartlett. Er ist Regisseur am Broadway –"

„Nein … nein …", stöhnte Fiona. „Tu das nicht, Eleanor. Geh nicht dorthin. Sie werden nichts mit dir zu tun haben wollen."

„Natürlich werden sie. Ich habe sicher Tanten und Onkel und Cousins und Großeltern väterlicherseits. Sie können doch unmöglich alle tot sein. Nur weil du nicht mit ihnen zurechtkamst, heißt das nicht, dass ich mich nicht mit ihnen verstehe. Ich werde jeden Bartlett im Telefonbuch anrufen."

Fiona stand mühsam auf, packte Eleanors Arm und schüttelte sie. „Geh nicht nach New York! Diese Leute werden dir nur wehtun."

„Warum? Warum erzählst du mir nichts über meinen Vater? Was ist mit ihm passiert? Er ist gar nicht tot, oder?"

„Doch, das ist er, ich schwöre es. Er ist vor dreizehn Jahren gestorben."

„Wie ist er denn ums Leben gekommen? Ich will die Wahrheit wissen!"

Fiona sah aus, als würde sie lieber selber sterben, als es ihr zu sagen, aber schließlich tat sie es doch. „Er hat sich umgebracht. Er hat alles an der Börse verloren und sich das Leben genommen."

Eleanor schwankte, als dieser Schock sie traf. „Aber … aber er muss doch Eltern und Geschwister gehabt haben. Irgendwelche Verwandte.

Ich werde sie suchen. Ich weiß schon, dass ich einen Onkel habe – Russell Bartlett."

„Nein … den hast du nicht! Bitte zwing mich nicht, das zu tun, Eleanor. Bitte zwing mich nicht, dir zu sagen –"

„Was? Was verheimlichst du mir?" Fiona war so blass, dass Eleanor dachte, sie würde jeden Moment in Ohnmacht fallen.

„Er ist nicht dein Onkel, er ist dein Halbbruder."

„Wie? War mein Vater vorher schon einmal verheiratet?"

Fiona sank auf ihren Stuhl und bedeckte ihr Gesicht mit den Händen. „Nein … dein Vater und ich waren … wir waren nie verheiratet. Er war mit Russells Mutter verheiratet."

Eleanor tastete nach der Tischkante, um sich daran festzuhalten. „Was willst du damit sagen? Dass ich ein … uneheliches Kind bin? Du warst auch die Geliebte meines Vaters?"

Fiona antwortete nicht. Das war auch gar nicht nötig. Ihre Verzweiflung war Antwort genug. Eleanor kehrte ihrer Mutter den Rücken, voller Hass auf sie, und ging in ihr Zimmer, um zu packen. Sie schloss die Zimmertür hinter sich ab, aber diesmal stand ihre Mutter nicht flehend vor der Tür.

Eleanor brauchte den ganzen Tag, um zu packen. Dabei wählte sie das, was sie mitnehmen, und das, was sie zurücklassen würde, genau aus. Sie ging für immer von zu Hause fort. Sie würde nie zurückkehren. Sie würde sich einen Ort suchen, wo niemand wusste, wer sie war oder woher sie kam. Und sie würde noch einmal ganz von vorne anfangen.

Als sie spät abends fertig war, ging Eleanor zum Drugstore und kaufte sich einen Root-Beer-Shake und eine New Yorker Zeitung, dann setzte sie sich neben die Getränkemaschine, um die Zeitung zu studieren, und betete, dass sie niemandem begegnete, den sie kannte. Die Zeitung war voll mit Stellenanzeigen in der Rüstungsindustrie, in denen Frauen aufgefordert wurden, sich zu melden und ihren Beitrag zu leisten. Sie umkringelte drei oder vier davon in Städten, von denen sie noch nie etwas gehört hatte, und ging dann zum Busbahnhof, um nach Preisen und Fahrplänen zu fragen. Sie wollte noch nicht nach Hause gehen und ihrer Mutter gegenübertreten, deshalb beschloss sie, um den See zu laufen, bis sie nicht mehr konnte, und sich auf diese Weise von dem Ort zu verabschieden, der dreizehn Jahre lang ihr Zuhause gewesen war.

Die Straßen von Deer Falls waren stockfinster, weil alle Straßenlaternen gelöscht und die Fenster in allen Häusern verdunkelt waren, aber Eleanor kannte den Weg zum See auswendig. Sie zog ihre Schuhe aus und watete am Ufer entlang, damit der schwappende Klang der Wellen sie beruhigte, während sie um all das weinte, was sie verloren hatte. Eine Stunde später kam sie an eine Stelle, wo der Sand endete und die Wälder bis ans Ufer heranreichten. Sie setzte sich auf einen Fels und zog ihre Schuhe an, dann ging sie weiter. Sie war erst einen halben Kilometer weitergegangen, als sie hörte, wie sich ein Auto näherte. Im Wald war es so ruhig, dass sie jedes Geräusch ganz klar erkennen konnte, und das Brummen des Motors klang nach Lorenzos Auto – oder zumindest nach einem teuren Wagen wie seinem. Sie dachte an ihn und ihre Mutter und ihr wurde wieder schlecht.

Scheinwerfer leuchteten zwischen den Bäumen auf, als das Auto näher kam, und Eleanor versteckte sich instinktiv, um nicht gesehen zu werden. Als sie wieder durch die Bäume lugte, erhellten die Bremsleuchten den Wald hinter dem Auto, und sie erkannte voller Entsetzen Lorenzos Haus zwischen den Bäumen. Irgendwie war sie auf seinem Grundstück gelandet. Es war sein Auto, das auf den See zu fuhr, in Richtung Bootsanleger.

Der Wagen hielt hinter einem älteren Auto, das bereits am Anleger parkte, und kurz darauf stieg Lorenzo aus. Er ging schnell auf die Beifahrerseite, öffnete die Tür, zerrte einen Mann heraus und stieß ihn zu Boden. Der Mann war an Händen und Füßen gefesselt und bettelte: „Bitte, Mr Messina. Bitte … es tut mir leid!"

„Niemand bestiehlt mich, Tony. Niemand."

Lorenzo griff in die Innentasche seiner Jacke, und einen Augenblick später hörte Eleanor einen lauten Knall, als er dem Mann eine Waffe an den Kopf hielt und ihn erschoss. Das Geräusch hallte durch den Wald wie eine Explosion, und sie rollte sich entsetzt zu einem Ball zusammen. Er hatte einen Mann getötet! Der charmante Lorenzo Messina hatte gerade kaltblütig einen Mann erschossen! Eleanor biss sich in die Hand, um nicht schreien zu müssen, während sie gegen die aufsteigende Hysterie ankämpfte.

Einen Moment später hörte sie den Motor des zweiten Autos anspringen und aufheulen, als läge etwas Schweres auf dem Gaspedal. Sie zwang sich aufzublicken und sah, wie Lorenzo den Toten zu dem

zweiten Wagen schleppte und ihn in den Kofferraum hievte. Dann legte er einen Gang ein und löste die Handbremse des Fahrzeugs, sodass
es die Bootsrampe hinunterschoss und die Wasseroberfläche durch-
brach, dass es nur so spritzte. Sie konnte in der Dunkelheit schwach
erkennen, wie der Wagen langsam auf den Grund des Sees sank. Der
ganze Vorfall hatte nicht mehr als zwei oder drei Minuten gedauert.

Eleanor saß zusammengekauert im Gebüsch und wagte kaum zu
atmen. Sie wartete, bis Lorenzos Auto davongefahren war. Dann stand
sie mit zitternden Beinen auf und rannte blindlings durch den Wald.

Teil 9

Kathleen und Joelle

2004

Kapitel 34

Riverside, New York

Kathleen starrte ihren Onkel an, vollkommen schockiert von dem, was er ihr gerade erzählt hatte. Joelle saß ganz dicht neben ihr und hielt Kathleens Arm fest, als wollte sie sich nach diesem schrecklichen Schlag stützen.

„Hat sie jemals der Polizei erzählt, was sie gesehen hat?", fragte Kathleen.

Leonard schüttelte den Kopf. „Sie hatte Todesangst. Du musst bedenken, dass die meisten Männer, die sie kannte, im Krieg waren, und diejenigen, die zurückgeblieben waren und den Polizeidienst übernommen hatten, waren ziemlich alt. Sie wusste nicht, wem sie trauen konnte. Eleanor wusste, dass Messina ein mächtiger Mann war, und sie hatte Angst, er könnte ihrer Mutter etwas antun, wenn sie jemandem erzählte, was sie gesehen hatte. Selbst mir hat sie es erst Jahre später erzählt."

„Kein Wunder, dass sie nie zurückging", murmelte Kathleen.

„Ich kenne nicht alle Einzelheiten dessen, was Eleanor während des Krieges hier in Riverside erlebt hat", fuhr Onkel Leonard fort, „aber als ich nach Hause kam, war deine Mutter ein ganz anderer Mensch als das Mädchen, das ich damals zurückgelassen hatte. Während des Prozesses kam heraus, dass sie verheiratet war und dass ihr Mann im Krieg umgekommen war, und das erklärte einiges."

Kathleen wollte Leonard gerade unterbrechen und ihm sagen, dass Rick Trent gar nicht gestorben war, aber er nahm den Faden seiner Geschichte schon wieder auf.

„Sie war sehr deprimiert. Dein Vater hat sie aufgemuntert. Sie wieder zum Lachen gebracht. Es überraschte kaum, dass sie sich in ihn verliebt hat. Und um den armen Donald war es vom ersten Moment an, als er Eleanor sah, geschehen. Er hat nie aufgehört sie zu lieben."

„Wenn er sie so sehr geliebt hat, warum hat er sie dann –"

„Warum er sie getötet hat?", unterbrach Leonard sie. „Du wirst mich nie davon überzeugen, dass er das getan hat."

„Ich wollte fragen, warum er nicht besser für sie gesorgt hat. Warum er sich nie eine feste Arbeit gesucht hat."

„Dieses Haus war viel schöner als das, in dem dein Vater aufgewachsen war – aber ich verstehe deine Frage." Er seufzte und rieb sich die Stirn, als verursache ihm die Erinnerung Kopfweh. „Dein Vater hat mehr als nur ein paar Fehler gemacht, Kathleen. Aber er hat sich geändert, du wirst sehen."

Sie musste sich erst einmal von dem Schock erholen, dass ihre Mutter Zeugin eines brutalen Mordes gewesen war, und all das, was sie in den letzten zwei Tagen gehört hatte, verarbeiten. „Vielleicht hat Lorenzo Messina Mama umgebracht. Offenbar war er zu so etwas fähig."

„Aber warum sollte er das tun?", fragte Leonard. „Er wusste doch nicht einmal, dass sie Zeugin gewesen war."

„Ich weiß nicht", sagte Kathleen mit einem Achselzucken. „Es war nur so eine Idee … Das heißt, Papa und du, ihr wusstet gar nichts von der Heirat mit Rick Trent?"

„Nein. Die Polizei fand die Briefe in ihrer Handtasche und dazu den letzten Brief, der besagte, dass er im Kampf gefallen war. Donald wäre das aber egal gewesen. Er hat deine Mutter geliebt."

„Ihr erster Mann starb gar nicht im Krieg, Onkel Leonard. Cynthia Hayworth hat mir gestern Abend die Geschichte erzählt. Ricks Vater war sehr reich, und als er herausfand, dass sein Sohn während des Krieges heimlich meine Mutter geheiratet hatte, hat er Nachforschungen über ihre Vergangenheit angestellt. Er muss herausgefunden haben, dass sie unehelich geboren war. Dies und die Tatsache, dass Oma Fiona die Geliebte eines reichen New Yorker Bankiers gewesen war, hat er benutzt, um die Ehe annullieren zu lassen. Er beschuldigte Mama, hinter Ricks Geld her gewesen zu sein, und Rick verließ sie. Deshalb war sie so deprimiert."

Leonard schüttelte traurig den Kopf. „Das hat sie uns nie erzählt. Aber du glaubst doch nicht, dass sie zu diesem Mann zurückkehren wollte, oder? Waren dafür die Zugfahrkarten gedacht? Ich kann einfach nicht glauben, dass deine Mutter eine Affäre hatte. Kannst du dir vorstellen, dass Eleanor ein Verhältnis hatte? Sie war doch viel zu krank. Wenn die Theaterkarten nicht wären, hätte ich gesagt, dass sie vorhatte, in New York einen Spezialisten aufzusuchen."

„Was meinst du? Was fehlte ihr denn?"

„Deine Mutter hatte eine schwere Krankheit namens Myasthenia Gravis."

„Was um Himmels willen ist denn das?"

„Es hat etwas mit dem Immunsystem zu tun und verursacht fortschreitende Muskelschwäche. Es begann mit undeutlicher Aussprache, Schluckbeschwerden … Deshalb hingen ihre Augenlider auch immer so herunter und sie sah so erschöpft aus. Es ging so weit, dass es ihr peinlich war, in der Öffentlichkeit gesehen zu werden, weil sie Angst hatte, die Leute könnten glauben, sie sei betrunken. Außerdem brachte jede Kleinigkeit, wie zum Beispiel eine Suppe aufzuwärmen, sie bereits an den Rand der Erschöpfung. Medikamente hätten vielleicht geholfen, aber die konnte sie sich nicht leisten. Es war schwierig genug, vier Kinder zu ernähren und zu kleiden, selbst mit staatlicher Hilfe. Ich half, so gut ich konnte, aber ich habe auch für meine Mutter gesorgt, bis sie starb. Sie gab den Laden auf, nachdem Eleanor gegangen war, damit sie sich von Lorenzo Messina befreien konnte."

Eine ganze Weile konnte Kathleen nichts sagen. „W-warum hat Mama mir nie erzählt, dass sie krank war?"

„Du warst noch ein Kind, Kathleen. Hättest du es wirklich verstanden? Und dann bist du schon so jung von zu Hause fortgegangen."

„Und ich bin nicht einmal zu Papas Prozess zurückgekommen. Ich fühle mich schrecklich deswegen."

„Das brauchst du nicht. Ich bin froh, dass du nicht dabei warst, und er ist es auch. Es gab keinen Grund, warum du all die furchtbaren Dinge hättest hören sollen. Connie ist mit Annie und den Jungs für sechs Monate weggefahren, damit sie nicht alles mitbekamen. Sie kennen die Einzelheiten immer noch nicht und wollen sie auch gar nicht wissen. Du hattest die Chance, ein neues Leben zu beginnen, und ich bin froh, dass du sie genutzt hast."

„Ich habe die Zeitungsausschnitte über die Verhaftung und den Prozess gefunden, die Connie aufgehoben hat. Ich habe sie gestern Abend gelesen."

„Sie hat sie nicht aufgehoben. Das war ich."

„O." Kathleen holte tief Luft, um die Frage zu stellen, die ihr schon den ganzen Tag zu schaffen machte. „Aber wenn Papa sie nicht getötet hat, wer war es dann? Und warum?"

„Ich versuche schon seit fünfunddreißig Jahren, die Antwort darauf zu finden. Die Polizei hat einen anderen Verdächtigen nie auch nur in Betracht gezogen."

Kathleen spürte, wie eine Welle der Trauer um ihre Mutter sie überkam, so schmerzlich und wund, als wäre sie erst gestern gestorben. „Ich fühle mich so schuldig, weil ich mich mit ihr gestritten habe, als ich sie das letzte Mal sah", sagte sie mit Tränen in den Augen. Leonard nahm ihre Hand, und sie spürte Joelles Arm um ihre Schulter. „Ich hatte nie die Gelegenheit, ihr zu sagen, dass es mir leid tut. Wir haben uns ausgerechnet über das Geld fürs College gestritten. Sie wollte meinen Antrag für ein Studentendarlehen nicht unterschreiben. Aber sie schwor, sie würde das Geld irgendwie für mich auftreiben, und ich sagte: ‚*Wie? Willst du es stehlen, wie Papa es immer macht?*‘ Das waren die letzten Worte, die ich zu ihr gesagt habe."

„Ich wusste, dass etwas sie bedrückte", sagte Leonard, „aber ich wusste nicht, was. Sie sagte: ‚Ich habe Kathleen enttäuscht, Len, ich habe sie im Stich gelassen. Ich war über das Versagen unserer Mutter so verbittert, und jetzt habe ich selbst meine Tochter so enttäuscht.‘"

„Mama!", rief Joelle plötzlich. „Vielleicht war das Geld in Eleanors Handtasche ja für dich."

Kathleen starrte sie an, voller Sorge, ihre Tochter könnte recht haben. „Aber woher hatte sie es? Woher kam es?"

„Ich wünschte, ich wüsste es", murmelte Onkel Leonard. „Wir haben alles für Anwälte ausgegeben, aber geholfen hat es nicht ... Unser Leben ist ganz schön kompliziert geworden, nicht wahr?"

„Das kann man wohl sagen", stimmte Kathleen zu. „Oder wie Rory Quinn es ausgedrückt hätte: ‚Wir haben es ganz schön vermasselt.‘"

Sie schwiegen eine Weile, und Kathleen hörte Connie und Annie und die anderen Frauen in der Küche lachen. Dann ertönte vor dem Haus eine Hupe, und ein weißer Transporter hielt hinter Kathleens Lexus. Er trug die Aufschrift „Gallagher's Fernseh- und Haushaltstechnik" an der Seite.

„Er ist zu Hause!", kreischte Annie und kam aus der Küche gerannt. „Papa ist zu Hause!" JT eilte aus dem Garten durchs Haus, sein Gesicht rot vor Vorfreude. Kathleen sprang auf und reichte Onkel Leonard die Hand, um ihm aufzuhelfen.

„Geh du nur", sagte er zu ihr. „Ich habe deinen Vater im Laufe der Jahre immer mal wieder gesehen, du nicht."

„Wie meinst du das? Bist du nach Attica gefahren, um ihn zu besuchen?"

„Wir alle sind raufgefahren. Aber er kann es kaum erwarten, dich zu sehen. Geh schon."

Kathleen konnte die Tränen nicht zurückhalten, als sie den anderen nach draußen folgte, um ihren Vater zu begrüßen. Er sah überhaupt nicht wie ein Sträfling oder skrupelloser Verbrecher aus, als er aus dem Wagen stieg, sondern einfach wie ein älterer, weißhaariger Mann – dünner, als sie ihn in Erinnerung hatte, aber mit demselben unbekümmerten Lächeln und den Sommersprossen auf den Armen. Er hatte immer noch einen federnden Gang, als er auf Annie und JT zueilte und sie umarmte. Das Gefängnis hatte ihn nicht untergekriegt. Kathleen blieb auf den Stufen zur Veranda stehen, als sie sich bewusst wurde, dass er neunundsiebzig Jahre alt war. Ein Schluchzer entsprang ihrer Kehle, als sie sah, dass sein Hemd und die Hose und die Schuhe nagelneu waren.

„O Papa", rief sie. Er blickte auf, und über sein Gesicht strömten Tränen, als er auf sie zuging und sie ganz fest an sich drückte.

„Kathy! Meine Kathy! Ich dachte nicht, dass ich dich noch einmal wiedersehen würde."

„Es tut mir so leid, Papa –"

„Sch … sch …", beruhigte er sie. „Nun lass das mal. Von jetzt an sehen wir nach vorne und nicht zurück." Schließlich ließ er sie los und hielt sie einen Augenblick auf Armlänge von sich. „Was für eine hübsche Frau du bist. So schön wie deine Mutter."

Als sie ihrem Vater erneut um den Hals fiel und an seiner Schulter weinte, wusste Kathleen mit felsenfester Gewissheit, dass er nicht der Mörder ihrer Mutter war. Das Wissen war ihr jedoch kein Trost. Nicht nur, dass der Schuldige davongekommen war, sondern Papa hatte fünfunddreißig Jahre für ein Verbrechen im Gefängnis gesessen, das er nicht begangen hatte.

„Willkommen zu Hause, Papa", murmelte sie. Sie wusste nicht, was sie sonst sagen sollte, um ihr Gefühl der Ungerechtigkeit zum Ausdruck zu bringen. „Willkommen zu Hause."

Er lachte, als er sie losließ, als wollte er versuchen, die Anspannung aus der Atmosphäre zu nehmen. „Mensch! Sieh dir mal einer dieses Haus an! Es sieht besser aus als damals, als wir es gekauft haben. Wer hat es denn in Schuss gebracht?"

„Wir haben alle geholfen, Papa", erwiderte Annie. „Donny und JT und ich. Und ein paar Leute aus der Kirche haben auch mit angepackt. Es war unser Missionsauftrag."

„Na, da soll mich doch …", sagte er. „Du meinst wirklich, dein Onkel Leonard hat einen Haufen Christen auf dieses Haus losgelassen?"

Annie lachte. „An dem Tag, als sie das neue Dach gedeckt haben, hat er für alle Grillhähnchen gekauft. Komm und guck dir an, wie es drinnen aussieht … Und deine Enkel sind schon ganz gespannt darauf, dich zu sehen."

Als Annie seine Hand nahm und ihn durch die Haustür führte, bemerkte Kathleen ihren Bruder Mütze zum ersten Mal. Im Alter von unglaublichen fünfzig Jahren sah er ihrem Vater sehr ähnlich, war aber untersetzter mit seinen breiten Schultern und Armen – wahrscheinlich vom Tragen schwerer Geräte. Er breitete die Arme aus. „He, Kathy, wie geht es dir?"

„Gut. Mir geht es prima, Mütze." Sie fing wieder zu weinen an, als sie ihn umarmte.

„He! Das sagst du besser nicht noch mal zu mir, wenn du weißt, was gut für dich ist."

„Hör mal, ich war diejenige, die dich jeden Tag an der Hand genommen und in den Kindergarten gezerrt hat. Glaub mir, du hast den Namen hundertmal verdient."

„Mensch, ist es gut, dich zu sehen." Seine Augen glänzten feucht. „Wir haben eine Menge nachzuholen."

Sie gingen hinein, und Kathleen konnte sich nicht daran erinnern, dass das Haus jemals so voller Lachen und Freude gewesen war. Sie lehnte sich zurück und betrachtete ihre Familie, als wären sie Fremde, ehrfürchtig staunend angesichts der Veränderung, die sie alle durchgemacht hatten.

„Wenn ich es nicht mit eigenen Augen sehen könnte, würde ich es niemals glauben", sagte sie zu Joelle. „Ich bin ja so froh, dass du mich überredet hast, herzukommen."

„Trotz all der schrecklichen Dinge, die du über deine Familie herausgefunden hast?"

„Ja, trotz allem."

„Kommt schon, Leute!", verschaffte Connie sich schließlich Gehör. „Das Essen steht auf dem Tisch, also setzt euch, damit wir anfangen können. Dies ist eine Feier, du meine Güte, und was ist eine Feier ohne Essen?"

Alle beluden ihre Pappteller mit Essen und suchten sich dann im Wohnzimmer, auf dem Boden oder am Esszimmertisch einen Platz. Kathleen saß am Tisch zwischen ihrem Vater und Joelle. Onkel Leonard saß ihnen gegenüber.

„Wartet! Keiner isst, bevor wir gedankt haben", sagte ihr Vater. Er räusperte sich und wartete, bis alle still waren. „Herr, ich danke dir –" Er konnte nicht weitersprechen. Stattdessen schlug er eine Hand vor die Augen und gab Mütze ein Zeichen.

„Ja, Herr … wir danken dir für dieses Essen … und für … für Papa –" Er schüttelte überwältigt den Kopf und stieß JT an.

„H-Herr, Gott …" Auch er kam nicht weiter.

Kathleen war es egal, ob alle sahen, dass sie weinte. Der Anblick ihres Vaters und ihrer Brüder, die mit gesenktem Haupt dasaßen und Gott dankten, war nicht weniger als ein Wunder. „Himmlischer Vater, wir alle danken dir", sagte sie. „Danke, dass du Papa nach Hause gebracht hast … und uns alle wieder zusammen. Amen."

„Amen", kam die vielstimmige Wiederholung. Dann brachen alle in Gelächter aus, und sie begannen zu essen. Kathleen hatte das Gefühl, dass auf dem Tisch und in der Küche mehr Essen stand als in ihrer gesamten Kindheit. Sie war beinahe zu überwältigt, um überhaupt etwas davon zu nehmen.

Nachdem die meisten fertig waren oder sich nachgenommen hatten, ließ ihr Vater sein Glas erklingen, um die Aufmerksamkeit der Familie zu erlangen.

„Ich möchte ein paar Worte zu euch sprechen, solange ich euch alle an einem Ort versammelt habe", begann er. Das Lächeln wich aus seinem Gesicht, und in seinen Augen glänzten Tränen. „Ich habe eure Mutter nicht getötet. Aber ich habe mich vieler anderer Dinge schuldig gemacht – ich habe gestohlen und euch Kinder zum Stehlen verleitet, ich war kein guter Vater und Ehemann, ich habe Leute um ihr Geld betrogen. Ich hatte es weiß Gott verdient, im Gefängnis zu sitzen. Ich habe Schande über mich selbst und meine Familie gebracht, weil ich ein Dieb war und euer Leben damit belastet habe. Ich bin eurer Mutter und euch nicht gerecht geworden. Aber ich habe sie nicht getötet. Ich hätte ihr niemals etwas zuleide tun können." Seine

Stimme wurde leiser, und es dauerte einen Moment, bis er fortfahren konnte.

„Als man mich des Mordes schuldig sprach, war ich ziemlich wütend. Nachdem alle Berufungen nutzlos waren und mir klar wurde, dass ich viele Jahre im Gefängnis vor mir hatte, überlegte ich mir, dass mir nichts anderes übrig blieb, als an Gott zu appellieren. Ich wollte, dass er mich befreit – und das hat er auch getan. Allerdings nicht so, wie ich es erwartet hatte." Er lächelte.

„Der Gefängnisseelsorger erzählte mir von Jesus – wie er zu unrecht beschuldigt und für ein Verbrechen, das er nicht begangen hatte, hingerichtet wurde. Aber Jesus unterwarf sich Gottes Willen und rettete uns alle noch dazu. Er hat die Strafe für meine Verbrechen auf sich genommen. Der Geistliche sagte, unser einziges Ziel im Leben sei es, Gott zu verherrlichen – und das hatte ich nicht getan. Ich tat eigentlich genau das Gegenteil. Es spielte keine Rolle, dass ich den Mord nicht begangen hatte. Ich habe mich in so vielen anderen Dingen schuldig gemacht – vor allem dadurch, dass ich das Leben, das Gott mir geschenkt hat, verschwendet habe. Und deshalb kam ich, als ich Gott kennenlernte, zu dem Schluss: Wenn ich ins Gefängnis gehen musste, um ihn zu finden … dann war es die Sache wert."

Kathleen starrte ihren Vater verwundert an. Sie konnte kaum glauben, was sie da hörte. Ihr Vater und ihre ganze Familie waren Christen geworden und hatten ihr Leben geändert, und sie hatte nichts damit zu tun gehabt. Sie behauptete, Christin zu sein, und doch hatte sie sich so vollständig von ihnen abgewandt, dass sie noch nicht einmal daran gedacht hatte, für sie zu beten. Sie wusste, dass sie Gott deshalb um Vergebung bitten musste. Es war egal, wie viele großartige Dinge sie für Gott getan hatte und wie viele Wohltätigkeitsorganisationen sie im Laufe der Jahre unterstützt hatte. Wenn sie nicht einmal ihrer eigenen Familie Liebe und Mitgefühl entgegenbringen konnte, war all das nichts wert. Plötzlich wurde Kathleen klar, dass sie ebenso gefangen gewesen war wie ihr Vater, weil sie in all den Jahren emotional von ihrer Familie getrennt gelebt hatte.

„Ich habe eure Mutter nicht umgebracht", wiederholte ihr Vater, „aber ich habe ihr auch nicht geholfen. Und jetzt möchte ich sicherstellen, dass meine Rechnungen mit euch beglichen sind. Ich möchte euch alle bitten, mir zu vergeben. Donny …? JT …? Annie …?", fragte er und sah sie der Reihe nach an. Sie alle nickten und murmelten ihre Zusicherung. „Leonard und Connie …? Und du, Kathleen?"

„Natürlich, Papa. Natürlich vergebe ich dir."

„Danke", flüsterte er.

Es war still im Raum, als er sich mit dem Ärmel die Tränen trocknete. Dann sagte JT: „Du hast es wahrscheinlich nicht mitbekommen, Kathleen, aber Papa hat sich zu einem richtigen Bekehrungsprediger entwickelt."

„Das habe ich bemerkt." Sie konnte sich ein Lächeln nicht verkneifen. Ihrem Vater ging es genauso.

„Und ich bin stolz, einer zu sein", sagte er. „Gott hat mir die Verantwortung für meine Mitinsassen gegeben. Sie sahen, dass ich mich verändert hatte, und wollten wissen, warum. Der Gefängnispfarrer hat uns erzählt, wir sollten einen Lebensvers haben, und meiner war 1. Timotheus 1,16: ‚Doch gerade deshalb war Gott mir ganz besonders barmherzig. An mir wollte Jesus Christus zeigen, wie groß seine Geduld mit uns Menschen ist. An meinem Beispiel soll jeder erkennen, dass wirklich alle durch den Glauben an Christus ewiges Leben finden können.'

Das Komische daran ist: Wäre ich nur als gewöhnlicher Dieb verurteilt worden, hätten die anderen mir gar nicht zugehört. Aber die Tatsache, dass ich ein verurteilter Mörder war – die gab meinem Zeugnis so richtig Gewicht für all die anderen Mörder. Seht ihr? Gott weiß wirklich, was er tut. Er hat mich ins Gefängnis gebracht, damit ich ihn verherrliche, und ich muss euch sagen, wir hatten eine richtige Erweckung da oben in Attica. Wir haben sie alle dazu gebracht, dass sie in der Bibel lesen und zu Gebetstreffen gehen."

Connie holte einen Kuchen und ein halbes Dutzend anderer Desserts, und alle fingen wieder an zu lachen und zu reden. Aber ihr Vater wandte sich an Onkel Leonard, und Kathleen hörte, wie er ihn leise fragte: „Und was ist mit dir, Leonard? Hast du die Bücher gelesen, die ich dir gegeben habe?"

„Ich habe sie gelesen."

„Und? Was hältst du davon?"

„Ich glaube, dass Jesus Kommunist geworden wäre, wenn er heute gelebt hätte – na ja, oder zumindest Sozialist. Er hat sich um die Armen und Hilflosen der Gesellschaft gekümmert. Mehr wollte ich ja gar nicht – eine gerechte Behandlung der Armen."

„Es hilft aber nicht viel, den Armen Essen und Kleidung und ein Dach überm Kopf zu geben", sagte ihr Vater, „wenn ihre Seelen nicht gerettet sind. Jesus war nicht nur ein guter Mann, Len. Entweder er ist der Sohn Gottes oder ein Irrer, weil er behauptete, er sei es."

Kathleen sah, dass auch Joelle dem Gespräch lauschte. Sie lehnte sich zu ihrer Tochter und flüsterte: „Joelle, Jesus war kein Sozialist."

Sie lächelte und sagte: „Ich weiß, was er meint, Mama."

Später, als das Fest schließlich zu Ende war und jeder ins Gespräch vertieft war oder ein Nickerchen machte, ging Kathleen zu ihrer Schwester Annie in die Küche, um ihr und den anderen Frauen beim Aufräumen zu helfen. Sie war angenehm überrascht, als Joelle ebenfalls nach einem Geschirrhandtuch griff. Kathleen hatte so vieles, wofür sie dankbar sein konnte, und sie spürte, dass viele Wunden an diesem bemerkenswerten Tag geheilt waren. Aber es gab immer noch Dinge in ihrem Herzen, die ungeklärt waren.

„Annie, ich versuche mich an Mama zu erinnern. Ich weiß, dass es lange her ist, aber woran erinnerst du dich, vor allem aus der letzten Zeit?"

„Du meinst … als sie starb?"

„Nein, nein. Ich will nicht, dass du das noch einmal durchleben musst … Ich frage mich nur … I-ich mache mir schreckliche Sorgen, dass Mama wütend auf mich war, als sie starb. Wir haben uns fürchterlich gestritten, bevor ich von zu Hause wegging –"

„Sie war überhaupt nicht wütend auf dich! Ganz im Gegenteil. Sie sagte, sie wollte dir helfen."

„Mir helfen? Aber wie?"

„Ich dachte, sie wollte eine Party oder etwas in der Art für dich planen, weil sie mir einschärfte, nichts zu verraten. Selbst Papa und Onkel Leonard und die Jungs sollten nichts davon wissen. Aber ich nehme an, es macht nichts, wenn ich es jetzt erzähle."

Kathleen hielt beim Abtrocknen inne, während Annies Blick in die Ferne wanderte, als würde sie die Ereignisse noch einmal vor sich sehen.

„Mama lieh sich Connies Auto, und wir machten einen Ausflug – na ja, eigentlich zwei Ausflüge. Beide Male fuhren wir, sobald Papa und Onkel Leonard morgens zur Arbeit gegangen waren, und beeilten uns zurück zu sein, bevor sie nach Hause kamen. Es war Sommer, und ich hatte Ferien. Ich weiß nicht mehr, wo die Jungs waren. Ich fragte

Mama, wohin wir führen, und sie sagte: ‚Wir wollen Kathleen helfen. Sie hat meine Hilfe verdient.'

Ich wusste, dass du gerade zum College gegangen warst, deshalb dachte ich, wir würden zu dir fahren und dir beim Umzug oder so helfen. Aber das taten wir nicht. Zuerst fuhren wir zu Brinkleys Drugstore und Mama holte einen ganzen Berg Kleingeld. Sie sagte zu mir, ich solle mir einen Schokoriegel aussuchen, während sie in die Telefonzelle im Laden ging und einige Anrufe erledigte. Ich weiß nicht, mit wem sie gesprochen hat.

Als sie herauskam, stiegen wir in Connies Auto und fuhren eine lange Strecke. Mir kam es vor, als würden wir fast bis Kalifornien fahren, weil unsere Familie nie mit dem Auto irgendwohin fuhr, außer nach Bensenville. Aber es waren wahrscheinlich nur etwa zwei Stunden."

„Hast du eine Ahnung, wohin ihr gefahren seid?", wollte Kathleen wissen.

„Ich glaube, nur bis Albany, aber sicher weiß ich es nicht. Schließlich hielten wir vor einem Gebäude, an dem überall blau-weiß-rote Fahnen hingen und ein Banner, auf dem stand: ‚Wählt Soundso in die zweite Amtszeit.' Ich erinnere mich noch daran, weil ich Mama fragte, was Amtszeit bedeutete, aber sie hat mir keine Antwort gegeben. Sie ließ mich im Auto warten, während sie hineinging. Nachdem wir so lange gefahren waren, wollte ich unbedingt aussteigen, aber sie hatte Nein gesagt. Wir würden nicht lange bleiben – und es dauerte tatsächlich nicht lange. Sie kam mit einem Umschlag gleich wieder raus. Ich weiß, dass Geld darin war, weil sie mit mir zu einem Restaurant fuhr und einen Zwanzigdollarschein aus dem Umschlag zog, um uns etwas zu essen zu kaufen. Es war das erste Mal, dass ich in einem Restaurant aß. Ich wollte auch noch einen Nachtisch bestellen, aber sie sagte: ‚Wir dürfen nur ein bisschen ausgeben. Der Rest ist für Kathleen.' Ich war echt sauer auf dich!", lachte Annie.

Joelle packte Kathleen am Arm. „Rick Trent! Mama, das muss es gewesen sein! Mrs Hayworth hat doch gesagt, dass er Politiker wurde."

„Ja! Ich habe das auch gerade gedacht. Daher müssen die dreitausend Dollar stammen. Wahrscheinlich hat sie ihm gedroht, mit dem, was er ihr angetan hat, an die Öffentlichkeit zu gehen. Deshalb hat sie die alten Briefe herausgekramt."

„Wovon redest du?", fragte Annie.

„Ich erkläre es dir später", sagte Kathleen und wischte damit die Frage ihrer Schwester beiseite. „Was war mit dem zweiten Ausflug?"

„Am nächsten Tag haben wir es wieder so gemacht – wir sind gleich nach dem Frühstück losgefahren nur dass wir diesmal in eine hübsche kleine Stadt an einem See fuhren."

„O nein!" Kathleen schlug sich die Hand vor den Mund, denn sie ahnte, was Annie ihr gleich erzählen würde.

„Was ist denn?", fragte Annie.

„Erzähl weiter, bitte. Ich erkläre es später."

„Sie traf sich mit jemandem am See, einem älteren Mann mit grauen Haaren. Sie ließ mich wieder im Auto warten, aber diesmal war ich froh, weil der Mann richtig wütend auf sie wurde. Ich habe gesehen, wie sie sich stritten. Als Mama zurückkam, zitterte sie so sehr, dass sie den Wagen kaum wenden konnte. Ich hoffte, wir würden wieder in einem Restaurant essen, aber sie verließ die Stadt, als wäre der Teufel hinter ihr her. Und sie hatte diesmal keinen Umschlag bei sich."

„Lorenzo Messina!", sagte Joelle.

„Sie kann doch nicht so leichtsinnig gewesen sein, ihn erpressen zu wollen, oder?", hauchte Kathleen. „Das Auto im See?"

„O Mama!", rief Joelle. „Er muss es gewesen sein, der sie umgebracht hat!"

„Wer? Wollt ihr mir nicht endlich erzählen, wovon ihr die ganze Zeit redet?", beschwerte sich Annie.

„Was ist denn hier los?", fragte ihr Vater, als er in die Küche kam.

„Hol Onkel Leonard", sagte Kathleen. „Er muss das auch hören."

Er kam mit seiner Gehhilfe in die Küche und gesellte sich zu ihnen, und Kathleen bat ihn und ihren Vater, sich hinzusetzen.

„Ich glaube, Mama hat versucht, das Geld von Leuten aus ihrer Vergangenheit zu bekommen, weil sie mir helfen wollte, das College zu bezahlen. Deshalb hatten wir uns gestritten, als wir uns zum letzten Mal sahen, und sie schwor, sie würde das Geld bekommen. Ich konnte ja nicht ahnen ..." Sie brachte den Satz nicht zu Ende, denn der Gedanke, dass der Tod ihrer Mutter durch sie verursacht worden sein könnte, war einfach zu schrecklich.

„Tante Annie hat uns gerade ein weiteres Puzzleteil geliefert", fuhr Joelle fort, als Kathleen nicht mehr dazu fähig war. „Sie und Eleanor fuhren irgendwohin, vielleicht Albany, und jemand in einem Wahlkampfbüro hat ihr einen Umschlag mit Geld gegeben – wahrscheinlich die dreitausend Dollar, die Eleanor in ihrer Handtasche hatte, als sie starb."

„Das muss Rick Trent gewesen sein, ihr erster Mann", schaltete sich Kathleen wieder ein. „Deshalb hat sie die alten Briefe wieder herausgekramt – um ihn zu erpressen. Mrs Hayworth sagte, er habe für den Kongress oder etwas in der Art kandidiert, aber wenn Mama publik gemacht hätte, was für eine schmutzige, üble Sache er und sein Vater da veranstaltet hatten, hätte ihn niemand mehr gewählt."

„Also hat er sie getötet?", fragte Onkel Leonard.

„Vielleicht. Aber ich glaube, es war eher Lorenzo Messina. Annie hat gesagt, dass sie und Mama am nächsten Tag zu einer kleinen Stadt am See fuhren und dass sie mit einem älteren Mann mit grauen Haaren gestritten hat."

„Was hat sie sich nur dabei gedacht!", rief Leonard. „Einen solchen Mann erpresst man doch nicht!"

Wieder einmal war Kathleen ganz schlecht bei dem Gedanken, dass ihre Mutter um ihretwillen ein so schreckliches Risiko eingegangen war. Sie musste sich setzen.

„Ich glaube, ich weiß, was es mit den beiden Fahrkarten nach New York auf sich hat", sagte Joelle. „Ich wette, sie wollte diesen Bartlett finden, der am Broadway arbeitete, und von ihm auch Geld erpressen."

„Aber dazu kam es nie", sagte Kathleens Vater. „Sie starb, bevor sie es tun konnte."

„Ich fühle mich schrecklich", weinte Kathleen. „Warum bin ich nicht nach Hause gekommen? Wir hätten das alles vor fünfunddreißig Jahren herausfinden können. Es tut mir so leid, Papa! Es ist meine Schuld, dass du im Gefängnis warst."

„Das stimmt nicht, Liebes", sagte er und nahm sie in den Arm. „Du hattest doch noch nie von diesem Rick und dem anderen Kerl gehört."

„Wir hatten jeder ein Teil des Puzzles, ohne es zu wissen", sagte Annie. „Ich bin genauso schuld daran wie du, Kathleen. Ich habe nie jemandem von den beiden Ausflügen erzählt, die Mama gemacht hat."

„Du warst neun Jahre alt", wandte Kathleen ein. „Und du hattest Mama versprechen müssen, dass du niemandem etwas davon sagst."

„Hört mal zu, ihr zwei", schaltete ihr Vater sich ein. „Niemand ist schuld außer dem Kerl, der es getan hat. Glaubst du nicht, unser guter

Gott hätte all diese Dinge schon vor fünfunddreißig Jahren ans Tageslicht bringen können, wenn er es gewollt hätte? Aber wo wären wir dann heute alle, und was für Menschen wären wir? Ich wäre immer noch ein Dieb, das weiß ich ganz sicher. Nein, es war mein voller Ernst, als ich sagte, das Gefängnis hat sich gelohnt, um den Herrn zu finden."

„Na ja, ich will jedenfalls herausfinden, was wirklich geschehen ist", sagte Leonard. „Es muss Lorenzo Messina gewesen sein. Ich werde zur Polizei gehen und sie dazu bringen, den Fall neu aufzurollen."

„Die Polizei wird sich nicht dafür interessieren", sagte Kathleen. „Was sie betrifft, ist das Verbrechen abgehakt. Papa hat die Strafe dafür abgesessen. Außerdem müsste Messina doch schon lange tot sein, oder? War er nicht Mitte vierzig, als ihr 1929 nach Deer Falls gezogen seid? Dann wäre er jetzt etwa …115 Jahre alt."

„Du warst immer gut im Kopfrechnen", sagte ihr Vater stolz.

„Ich werde dir helfen, wenn du willst, Onkel Leonard", sagte Joelle. „Ich kann im Internet nach Richard Trent googeln und nachforschen, in welchen Jahren er kandidiert hat. Und wir können auch versuchen, etwas über den Gangster herauszufinden. Vielleicht erfahren wir sogar, wer der arme Kerl auf dem Grunde des Sees war."

Annie schüttelte den Kopf, als mache das Gespräch sie ganz schwindelig. „Auf dem Grunde des Sees? Ich glaube, ich frage besser gar nicht."

„Ich wäre froh über deine Hilfe, junge Dame", sagte Onkel Leonard. „Wir werden einen Prozess anstrengen. Donald hat eine Entschädigung von der Regierung verdient, weil er all die Jahre unschuldig im Gefängnis gesessen hat."

„Na, dann viel Erfolg dabei", sagte Kathleen trocken.

„Wenn wir das nächste Mal kommen, bringe ich meinen Laptop mit", versprach Joelle. „Im Internet kann man alle möglichen Dinge in Erfahrung bringen. Wir kommen doch wieder, nicht wahr, Mama?", fragte sie, zu Kathleen gewandt. „Zum Beispiel zu Thanksgiving und Weihnachten und so?"

„Das würde ich gerne", sagte Kathleen lächelnd. „Und wo wir gerade von Weihnachten sprechen, Papa …"

„O nein", stöhnte er. „Du wirst doch wohl nicht den geklauten Weihnachtsbaum erwähnen, oder? Ich hatte gehofft, du hättest das vergessen."

„Wie könnte ich?", lachte sie. „Du hast mich zu deiner Komplizin gemacht!"

„Und ich erinnere mich daran", sagte Onkel Leonard, „wie diese Leute von Kathleens Kirche mit all den Geschenken vor der Tür standen … und ich in meiner Unterwäsche habe sie angestarrt, als kämen sie vom Mars. Einer war der Geschäftsführer der Bank und der andere war einer von den Brinkleys, denen der Drugstore gehörte. Aber zurück zu deinem Prozess, Donald –"

„Nein, nein, nein", sagte der und hielt abwehrend die Hände hoch. „Wir werden heute nicht über Prozesse reden. Tu, was du nicht lassen kannst, an einem anderen Tag, Len, aber heute wollen wir uns hinsetzen und feiern und den Tag und unser Zusammensein genießen. Soll die Vergangenheit ruhig in der Vergangenheit bleiben – es hilft nichts, sie hervorzuholen. Die Wahrheit ist, dass wir alle eine Chance haben, noch einmal von vorne anzufangen, an jedem neuen Tag unseres Lebens, wenn wir den Herrn kennen."

„Ist das der Anfang der nächsten Predigt?", fragte Onkel Leonard. „Denn dann …" Er versuchte, mürrisch zu wirken, aber Kathleen sah, dass er lächelte.

„Ja – aber sie wird kurz. Wenn du deine Sachen packst und vor deinen Problemen davonläufst, folgen sie dir höchstwahrscheinlich. Ich glaube, einige von euch wissen, was ich meine. Die einzige Möglichkeit, noch einmal ganz von vorne anzufangen, ist zu tun, was ich getan habe: ein neuer Mensch in Christus zu werden. In der Bibel steht, dass das Alte vergeht und alles neu wird. Man muss sich natürlich trotzdem mit der Vergangenheit auseinandersetzen und um Vergebung bitten. Reue gehört dazu, wenn man in Christus ein neuer Mensch wird. Aber nur er kann alles neu machen."

„Du willst mir erzählen", sagte Leonard, „dass du einfach so vergessen kannst, dass du wegen eines Verbrechens, das du nicht begangen hast, im Gefängnis gesessen hast?"

Er überlegte, bevor er antwortete, und Kathleen sah, dass seine Augen sich mit Tränen füllten. „Es gibt ein Gebet, das ich in Attica beten gelernt habe – ich glaube, es war Teil eines längeren Gebetes. Aber der Teil, den ich mag, lautet: *Möge das, was wir erleiden, uns lehren barmherzig zu sein – mögen unsere Sünden uns lehren zu vergeben.*"

Kathleen streckte den Arm aus, um seine Hand zu drücken, und sagte. „Amen, Papa. Amen."

Kapitel 35

Bethesda, Maryland

Sie waren beinahe zu Hause und standen im Stau. Kathleen trommelte mit den Fingern auf das Lenkrad und versuchte nicht ungeduldig zu werden. Sie warf einen Blick zu Joelle hinüber, die ihren Kopfhörer aufgesetzt hatte und im Takt zu einer ihrer CDs nickte. Sie war in ihrer eigenen Welt, aber Kathleen fühlte sich ihr so viel näher als noch vor ein paar Tagen, als sie von zu Hause losgefahren waren. Sie hatte widerstrebend in diese Reise eingewilligt, in der Hoffnung, dass sie sich dabei näher kommen würden – und sie hatte viel mehr gewonnen, als sie sich je erträumt hatte.

Joelle wandte sich plötzlich zu ihr um und zog die Hörer von ihren Ohren. „Suchst du dir eine neue Arbeit, wenn wir wieder zu Hause sind?", fragte sie.

„Ich dachte, ich warte bis Herbst. Warum?"

„Wir sollten nach Mexiko fahren, Mama."

Kathleen lachte. „Du meinst jetzt? Einfach weiterfahren, bis wir in Mexiko ankommen?"

„Nein, das meine ich nicht." Sie verdrehte die Augen. „Weißt du, ich habe mir überlegt, sie brauchen doch erwachsene Mitreisende für die Fahrt der Jugendgruppe nach Mexiko."

Kathleen starrte sie an. „Willst du wirklich mitfahren? Die Lebensbedingungen werden dort ziemlich primitiv sein."

„Ich weiß." Sie lächelte und streckte die Hand aus, um den Saphirring an ihrem Finger zu bewundern. „Ich mag Onkel Leonard. Er ist klasse!"

Kathleen lachte laut auf.

Der Stau löste sich auf, und zwanzig Minuten später hatten sie die Autobahn verlassen und waren beinahe zu Hause. Beim Anblick all der vornehmen Häuser fühlte Kathleen sich ein wenig schuldig – aber auch sehr froh. Sie dachte an das Gebet ihres Vaters und wiederholte es für sich im Geiste: *Möge das, was wir erleiden, uns lehren barmherzig zu sein – mögen unsere Sünden uns lehren zu vergeben.*

„Joelle …?", sagte sie plötzlich.

„Ja, Mama?" Sie setzte den Kopfhörer ab.

„Auf dem Hinweg habe ich dich doch gefragt, was du mit deinem Leben anfangen willst, und du hast gesagt, du wolltest etwas tun, das Bedeutung hat, weißt du noch?"

„Ja."

„Ich habe über Oma Fiona und meine Mutter nachgedacht und auch über mein eigenes Leben – die Träume, die wir hatten, die Entscheidungen, die wir getroffen haben. Irgendetwas fehlte. Als wir unsere Pläne für unser Leben schmiedeten, haben wir vergessen, Gott zu fragen, was er wollte. Ich hoffe, dass du danach fragen wirst. Ein Hinweis auf seine Antwort ist normalerweise in den Begabungen zu finden, die er uns mitgegeben hat – für mich war es etwas mit meinem Sinn für Zahlen. Aber mein Vater hatte recht, als er sagte, dass unser einziges Ziel im Leben ist, Gott zu verherrlichen. Ich hätte mein Talent dafür benutzen sollen, und nicht für ein schickes Haus und Autos und solche Sachen. Vielleicht ist es gut, dass ich meine Arbeit verloren habe. Ich kann noch einmal anfangen und es diesmal richtig machen. Du stehst noch am Anfang des Erwachsenenlebens. Ich hoffe, dass du dein Leben Gott übergibst und nach seinen Träumen für dein Leben fragst. Ich bin sicher, dass sie herrlicher sind als alles, was wir uns erträumen können."

„Ich weiß, Mama", sagte sie leise. Kathleen blickte zu Joelle hinüber und sah, wie sie sich eine Träne abwischte.

„Mama?", sagte sie wenige Minuten später. „Die Männer in Oma Fionas und Oma Eleanors Leben waren nicht sehr anständig, oder? Rory Quinn, Arthur Bartlett, Rick Trent. Selbst Opa war nicht immer nett."

„Nein, das waren sie nicht. Ich nehme an, Fiona und Eleanor wollten einfach nur geliebt werden und erlaubten den Männern stattdessen, sie zu benutzen. Ich weiß noch, wie einsam ich als Teenager war. Ich war damals auch ziemlich verletzlich. Die meisten Menschen wollen einfach nur geliebt werden. Aber fang nicht an, die Männer zu hassen, Joelle. Es gibt eine ganze Menge tolle Männer. Ich würde an deiner Stelle darauf achten, dass er gläubig ist."

„Du hast eine gute Wahl getroffen, Mama. Papa ist wirklich toll, oder nicht?"

„Ja, das ist er."

Sie fuhren die Auffahrt zu ihrem Haus hinauf, und Kathleen hatte einen Kloß im Hals, als sie sah, was Gott ihr alles geschenkt hatte.

„Papa ist zurück!", sagte Joelle.

Sie sahen seinen Wagen in der Garage stehen, als das elektrische Garagentor sich öffnete. Er saß am Küchentisch, aß ein Gericht vom Thai-Imbiss und las im *Wall Street Journal*, als sie zur Tür hereinkamen. Seine Ärmel waren hochgekrempelt und die Krawatte hatte er gelockert; und Kathleen kam es vor, als hätte er noch nie so attraktiv ausgesehen. Joelle schlang zuerst die Arme um ihn.

„Ich habe dich vermisst, Papa!"

„Ich auch", sagte Kathleen. Er blickte von einer zur anderen, als könne er nicht verstehen, warum sie beide zur Begrüßung in Tränen ausbrachen.

„Was ist denn mit euch beiden los? Ich meine, ich fühle mich ja geschmeichelt, aber …"

Kathleen, die immer so beherrscht war, immer Angst hatte, ihre Gefühle zu zeigen, immer Ablehnung fürchtete, schwor sich, dass die Dinge sich von jetzt an ändern würden. Sie schlang die Arme um seinen Hals und sah ihm direkt in die Augen.

„Ich liebe dich, Mike."